# WILBUR SMITH

## con TOM HARPER

# ONDA DI TEMPESTA

Traduzione di
Sara Caraffini

HarperCollins

ISBN 979-12-5985-126-0

Titolo originale dell'edizione in lingua inglese:
*Storm Tide*

Originally published in the English language
by Bonnier Zaffre, London, UK

Traduzione di Sara Caraffini


Prima edizione HarperCollins
ottobre 2024

FSC
www.fsc.org
**MISTO**
**Carta da fonti gestite
in maniera responsabile**
**FSC® C005461**

Questo libro è prodotto con carta FSC certificata e da fonti controllate con un sistema
di controllo di parte terza indipendente per garantire una gestione forestale responsabile.

*Questo libro è dedicato a mia moglie*
*MOKHINISO,*
*che è la cosa migliore che mi sia mai capitata.*

# LA FAMIGLIA COURTNEY

## IN ONDA DI TEMPESTA

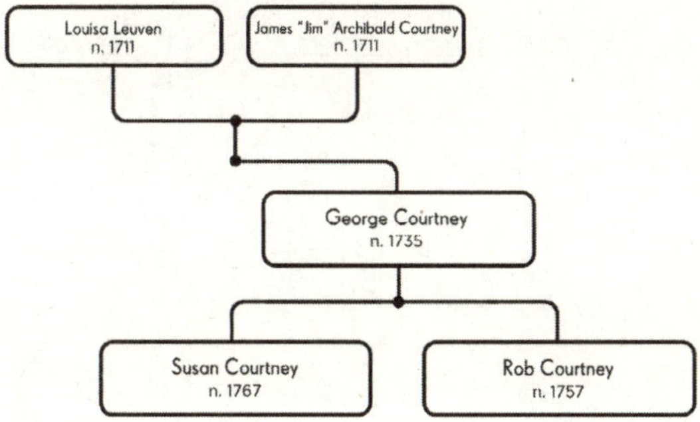


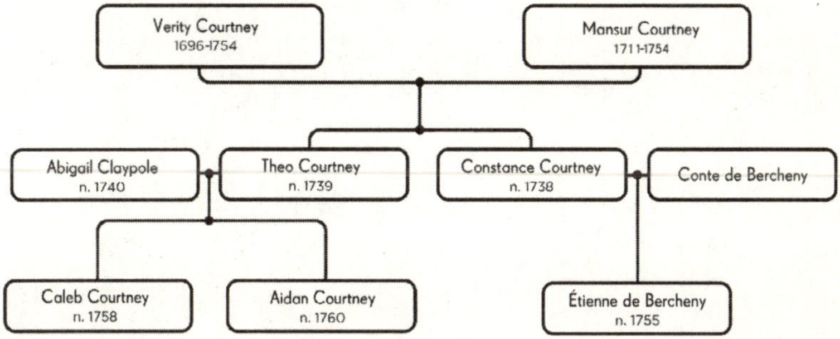

*Costa orientale dell'Africa, 1774*

Robert Courtney era a caccia di prede.

Avanzò a guado nelle acque cristalline della laguna quasi senza causare increspature. A diciassette anni era già alto più di sei piedi, molto abbronzato dopo una vita trascorsa sotto il sole africano e muscoloso grazie al lavoro nei campi e a lunghe nuotate nell'oceano. La fiocina che teneva sollevata oltre la spalla gli sembrava leggera come una freccia.

Sopra di lui, un enorme promontorio dalle pareti scoscese svettava sulla Nativity Bay e alla sua sinistra l'acqua scompariva in un intrico di paludi di mangrovie. Dal mare soffiava una brezza profumata talmente lieve da solleticargli a stento la peluria dietro il collo.

Fissò l'acqua, irrigidendo il braccio che reggeva la fiocina, ma ignorò i pesciolini che gli saettavano fra le gambe. Mirava a una preda più grossa. A volte grandi ombrine indiane e merluzzi bianchi si infilavano nella baia per crogiolarsi nelle secche tiepide. Riuscire a infilzarli mentre baluginavano come miraggi richiedeva rapidità e bravura, tuttavia Rob giocava in quell'insenatura sin da quando aveva imparato a camminare ed era in grado di immergere la fiocina di scatto senza produrre alcun rumore, regolandone d'istinto l'angolazione in base alla distorsione causata dall'acqua.

Serviva comunque fortuna per uccidere la preda.

Aveva notato dei movimenti accanto agli scogli sul versante meridionale della baia, così si diresse lentamente da quella parte, badando di non spaventare i pesci. Visto che la maggiore profondità dell'acqua gli impediva di proseguire a guado si tenne a galla bocconi, spingendosi in avanti con calcetti delicati che rompevano a stento la superficie.

Vide un'ombra scura stagliarsi contro il sabbioso fondale bianco, troppo grande per essere un granchio e troppo rotonda per essere un sacco. Incuriosito, dimenticò per un attimo il pesce e lasciò la fiocina a galleggiare, poi si tuffò. Pesci minuscoli sfrecciarono via mentre con due vigorose sforbiciate delle gambe raggiungeva il fondale. Allungò una mano verso l'oggetto e si stupì di non riuscire a staccarlo dalla sabbia; persino usandole entrambe faticò a sollevarlo.

Riemerse e tenne alzato il suo trofeo, battendo i piedi. Non appena lo tastò meglio capì cosa fosse. Lo scoprì ben più pesante di quanto avrebbero lasciato supporre le sue dimensioni, con tracce della levigata superficie ferrosa ancora visibili sotto i cirripedi che lo incrostavano.

Era una palla di cannone.

Rob sapeva che un tempo quella rada era stata teatro di una battaglia, combattuta quasi quarant'anni prima da suo nonno Jim e dal suo bisnonno Tom. Aveva sentito raccontare la storia così tante volte da conoscerla ormai a memoria. Sapeva che il califfo dell'Oman aveva portato lì la propria flotta per punire i Courtney e che Tom aveva attirato quelle navi nella baia solo per poi farle bruciare fino alla linea di galleggiamento grazie a palle di cannone arroventate. Per anni gli scheletri delle imbarcazioni affondate erano rimasti nella rada come antichi mostri, poi tempeste e maree avevano fatto il loro lavoro e ciò che restava dei relitti era finito in mare aperto oppure era stato spinto sulla riva per essere utilizzato come legna da ardere. La battaglia stava scomparendo dalla memoria collettiva e una volta che fossero morti i suoi nonni sarebbe diventata una semplice leggenda.

Pensò con stupore alle mutevoli correnti e maree che adesso avevano reso visibile la palla di cannone. Ormai da parecchio tempo nessuno, lì nella Nativity Bay, sparava con intenti bellicosi.

Stava fissando l'oggetto con una tale attenzione che per poco non gli sfuggì il movimento nell'acqua, lo scatto possente, l'increspatura di una pinna che fendeva la superficie. Alzò gli occhi per vedere un enorme pesce sfrecciare verso di lui.

No, non un pesce bensì uno squalo. Uno squalo tigre.

Era talmente vicino che Rob riuscì a distinguerne ogni dettaglio: le striature scure sul fianco, le mascelle aperte, i denti giallastri inclinati come quelli di una sega. Una volta, da una barca, ne aveva visto uno tranciare di netto il guscio di una tartaruga. Questo era giovane, ma già più grosso di lui. Doveva essersi infilato nella rada per cacciare nelle sue acque poco profonde.

Rob non aveva il tempo di fuggire. Lo squalo era il cacciatore e l'oceano il suo elemento. La fiocina trascinata via dalla corrente era ormai irraggiungibile.

Le mascelle si spalancarono. Rob vide gli occhi scuri e malevoli puntati su di lui. Aveva soltanto una possibilità.

Sollevò la palla di cannone con entrambe le mani e la riabbassò con tutta la sua forza, colpendo di striscio il naso dello squalo, che ormai distava solo pochi pollici dal suo ventre esposto. L'animale si ritrasse con movimenti spasmodici, sferzandolo crudelmente con la coda mentre virava di scatto.

L'impatto gli fece cadere di mano la palla di cannone e lo squalo si girò per sferrare un nuovo attacco.

Rob si gettò verso la fiocina e il suo energico scalciare attirò lo squalo, che sfrecciò in avanti con vigorosi colpi di coda, fendendo l'acqua come un proiettile. Spalancò le mascelle per divorargli la gamba.

Rob, disperato, allungò la mano e afferrò la fiocina. Si piegò di scatto, allontanando le gambe dalla bocca dell'animale mentre si serrava con forza e i denti gli graffiavano la carne. Il sangue intorbidò l'acqua, rendendo frenetico lo squalo che, trasformatosi in un ammasso vorticante di pelle e pinne abrasive, lo urtò con una furia tale da fargli quasi perdere la presa sull'arma.

I piedi di Rob toccarono per un attimo la sabbia compatta, il che gli permise di tenersi in equilibrio abbastanza per sollevare e riabbassare di scatto la fiocina nel momento in cui l'animale attaccava di nuovo. La punta affondò nella carne gommosa.

Lo squalo cominciò a dimenarsi in maniera convulsa, arrossando l'acqua con il suo sangue, il cui gusto lo rese follemente vorace persino negli ultimi istanti di vita. Rob si allontanò a nuoto, osservandolo e ansimando, senza provare alcuna compassione. La sua sorellina andava spesso a nuotare in quella baia e lui rabbrividì al pensiero del suo corpicino delicato stretto fra quelle mascelle.

Alla fine lo squalo smise di muoversi e affiorò in superficie, dove rimase a galleggiare a pancia in su. Rob gli affondò ancor più la fiocina nel corpo, quindi se ne avvolse la fune intorno alla spalla per trascinarlo fino alla spiaggia. Quella sera avrebbero mangiato carne di squalo.

Sentendo echeggiare il fragoroso boato di una cannonata alzò gli occhi e vide la prua di una nave girare intorno al promontorio per poi infilarsi nel canale all'ingresso della baia. Lasciò andare lo squalo e raggiunse a nuoto il riparo degli scogli sul margine della laguna. Ben pochi comandanti conoscevano l'entrata nascosta ed erano ancora meno quelli disposti a mettere a repentaglio il proprio vascello insinuandosi in quell'infido passaggio senza un nocchiere. Ma c'era sempre il timore che un giorno una nave pirata o una negriera arrivassero lì per caso.

Quella non era nessuna delle due cose. Rob lanciò un grido di gioia quando riconobbe la polena dal seno nudo inarcata sotto il bompresso. Si arrampicò sulle rocce per guardar passare la nave, urlando e salutando con la mano l'equipaggio.

Era magnifica, una snella goletta con i portelli dei cannoni pitturati di nero sul fasciame bianco. Le vele rappezzate attestavano i rigori del viaggio oceanico, ma lo scafo basso nell'acqua dimostrava che aveva fatto ottimi affari. Se fosse stato ancora più basso la nave si sarebbe incagliata sul banco di sabbia che proteggeva l'ingresso del canale, però il suo comandante la guidò con maestria oltre i pericoli. I gabbieri terzarolarono le vele mentre gli addetti ai cannoni sul ponte di prua assicuravano il pezzo di caccia prodiero che aveva sparato la salva di saluto. Quando la poppa ruotò, Rob riuscì a leggere il nome, *Dunstanburgh Castle*, sull'arcaccia.

Amava le navi, ne era affascinato da sempre. Quante

volte era salito in cima alla scogliera con il cannocchiale del padre per osservare il passaggio di una vela in lontananza? Aveva costretto il padre a recitargli i nomi delle varie imbarcazioni fino a poterli elencare persino nel sonno: fieri Indiamen – i bastimenti della Compagnia delle Indie Orientali – e tozzi brigantini, dau arabi provenienti da Zanzibar e sloop delle Bermuda con le vele triangolari. Amava soprattutto le navi da guerra, le fregate e i vascelli che vedeva saltuariamente bordeggiare lungo la costa arrivando da Cape Town, le bandiere rosse che sventolavano a poppa. Una volta, in quello che era stato il momento più eccitante della sua vita, aveva osservato due fregate scambiarsi bordate per quasi tre ore, a poche miglia dalla costa. Non aveva mai dimenticato lo spettacolo dei cannoni che spuntavano come file di denti né la cortina di fuoco che avevano creato, sparando all'unisono.

La *Dunstanburgh Castle* era più piccola di quelle navi da guerra, con soltanto quattro cannoni su ogni fiancata per scoraggiare i pirati. Rob la raggiunse, salì rapidamente la biscaglina e sbirciò dal barcarizzo ancor prima che l'ancora toccasse il fondo sabbioso.

«Chiedo il permesso di salire a bordo» disse.

«Chi diamine sei?» Un uomo con un principio di calvizie dal viso arrossato lo raggiunse a grandi passi dopo aver sguainato un lungo coltello dall'aria letale. «Che io sia dannato!» esclamò. «Non esiste nemmeno un angolo di questa costa che sia al sicuro da pirati e selvaggi?»

Fissò Rob, pronto a sbudellarlo in un istante. Il ragazzo, con la pelle color nocciola, fradicio, sporco di sangue di squalo e nudo come Adamo, somigliava a un orrendo spiritello marino.

La furia dell'uomo evaporò lentamente a mano a mano

che un ricordo acquistava nitidezza. Rinfoderò il coltello, cinse il nuovo arrivato con le braccia e lo strinse a sé.

«Robert Courtney. Sei talmente cresciuto che ho stentato a riconoscerti. È bello rivederti.»

«È bello rivedere anche voi, capitano Cornish.»

«Chiamami Tawny, come fa tuo nonno.» Indietreggiò per guardarlo meglio. «Come mai hai del sangue sulla gamba?»

Rob abbassò lo sguardo. I denti dello squalo avevano lasciato una serie di tagli rossi che andavano dal ginocchio alla caviglia. Se la sua esitazione fosse durata una frazione di secondo in più, avrebbe perso la gamba.

Indicò lo squalo che galleggiava verso la costa.

«Ho preso qualcosa per la cena.»

Lo disse con nonchalance, ma Tawny vedeva chiaramente quali sforzi fossero serviti.

«Sei diventato un uomo» commentò in tono burbero, poi aggiunse: «Sembri un autentico pirata».

«Mi serve solo una nave.»

Da quando era salito a bordo non aveva mai smesso di sorridere. Adorava sentire il ritmo della goletta, persino mentre era all'ancora. Trovava inebrianti lo scricchiolio del sartiame, la delicata oscillazione della coperta sotto i suoi piedi, le grida del nostromo, l'odore di pece e rum.

Cornish lo osservò attentamente, riuscendo a leggergli sul viso la stessa brama che anche lui aveva provato, alla sua età. «Un paio di mani in più potrebbero farmi comodo. Magari parlerò con tuo padre.»

Il sorriso di Rob divenne radioso. «Lo fareste veramente?»

«Lo farò. Ora infilati i calzoni e andiamo a riva, dalla tua famiglia.»

Quando la scialuppa raggiunse la spiaggia, trovò un capannello di persone ad aspettarla. C'erano il padre e la nonna di Robert, e la sua sorellina Susan che correva in mezzo a loro, con le trecce color oro che svolazzavano. Intorno ai tre si erano assiepati domestici e braccianti perché nella tenuta i Courtney impiegavano parecchi membri delle tribù locali, molti dei quali servivano la famiglia da decenni e venivano trattati più come parenti che come dipendenti.

Il padre di Rob, George, salutò Cornish con una rigida stretta di mano, ma sua nonna Louisa fu meno formale: gli gettò le braccia al collo e gli stampò un bel bacio sulla guancia.

«Sono così felice di vederti!» esclamò, scostandogli dalla fronte una ciocca di capelli grigi. «Che cos'è questa? Sembra passato un solo giorno da quando c'era tuo padre fermo su questa spiaggia, dopo che avevamo sconfitto quel mostro di Zayn al-Din.»

Cornish si tolse il berretto. «Siamo tutti più vecchi, signora, però voi siete più bella che mai.»

Louisa fece schioccare la lingua e liquidò l'adulazione con un gesto della mano, ma c'era qualcosa di vero nel complimento del capitano: benché ormai prossima alla sessantina, lei non aveva perso la propria avvenenza. La pelle color panna era ancora tonica, con soltanto rughe lievissime a tradire la sua età. I lunghi capelli biondi erano diventati bianchi, ma rimanendo sottili come seta cinese, e gli occhi azzurri che sorridevano a Cornish erano magnifici, con lo stesso colore dell'oceano profondo in una giornata estiva.

Si socchiusero per la preoccupazione quando lei guardò Rob.

«Che cosa ti è successo?»

Cornish aveva chiesto al medico di bordo di disinfettare e bendare i segni lasciati dai denti dello squalo sulle gambe del ragazzo, a cui aveva dato un paio di calzoni di seta per coprirli.

«Non ditelo a mio padre» lo aveva supplicato Rob, ma quando abbassò lo sguardo vide che una goccia di sangue gli stava colando lungo la caviglia.

«È solo un graffio» borbottò.

In realtà sentiva un dolore pulsante alla gamba e gli girava la testa. Reggersi in piedi richiedeva uno sforzo notevole, ma strinse i denti e tentò di resistere.

Louisa, alla quale non sfuggiva nulla, lanciò un'occhiata allo squalo che i domestici avevano tirato a riva e cominciato a macellare sulla spiaggia, poi riportò lo sguardo sul nipote. Tre macchie scure simili a puntini di morbillo gli si stavano allargando sulla gamba dei calzoni, laddove il sangue era filtrato attraverso le bende, raggiungendo il tessuto.

«Hai lottato con quello squalo?»

«Sì» ammise Rob senza riuscire a impedire che l'orgoglio gli trapelasse dalla voce.

Suo padre si accigliò. Pur avendo vent'anni in meno di Louisa sembrava più vecchio di lei: aveva il viso grigiastro e i capelli bianchi, e la schiena curva dopo essersi appoggiato per anni a un bastone perché aveva la gamba sinistra fatta di legno dal ginocchio in giù. Sorrideva di rado.

«Avresti dovuto sorvegliare il bestiame a Dutchman's Creek, invece di giocare in riva al mare.»

Rob provò un empito di rabbia. Era arrivata una nave e l'unica cosa a cui il padre riuscisse a pensare erano le mansioni da svolgere nella tenuta. Si morse la lingua. Sapeva che se avesse tentato di difendersi avrebbe provocato un altro litigio. Agli occhi del padre era ancora un ragazzino a cui dare ordini, non un giovane in procinto di diventare uomo.

«Il ragazzo sta crescendo» disse Cornish. Vide accentuarsi il cipiglio di George e si affrettò a cambiare argomento. «Dov'è Jim?»

Un'ombra balenò sul viso di Louisa. «Ti sta aspettando a casa. Non è forte come un tempo, ma vederti gli farà un gran bene.»

Cornish le diede il braccio e la accompagnò su per la spiaggia. Il padre di Rob si accodò a loro, sforzandosi di restare dritto mentre la gamba di legno affondava nella sabbia. Rob lo seguì, trasalendo di dolore a ogni passo, ma troppo orgoglioso per darlo a vedere.

In fondo alla spiaggia, fra le colline e la giungla, c'era un pianoro attraversato da un fiume sinuoso che scendeva fino al mare. Sulla sua ansa era situato il complesso di edifici della famiglia Courtney, eretto dal bisnonno di Rob, Tom, che aveva raggiunto la Nativity Bay mentre fuggiva per salvarsi la vita. La casa da lui costruita rispecchiava le sue esigenze: era simile a un forte, con il fiume che fungeva da fossato e postazioni di cannoni che coprivano ogni via d'accesso. Il terrapieno e la palizzata che completavano le strutture difensive erano bastati per respingere i nemici.

Ma da allora erano passati quarant'anni. La palizzata correva ancora lungo il perimetro, però ormai il suo scopo primario era impedire al bestiame e alle capre di mangiare i fiori nel giardino piantato da Louisa. Le piattaforme di terriccio negli angoli, originariamente destinate ai pezzi di artiglieria, erano state trasformate in aiuole per ortaggi e gli unici cannoni visibili erano conficcati nel terreno, in verticale, per fungere da pilastri del cancello. Gli edifici bianchi e puliti erano resi scintillanti dai gusci di conchiglia triturati e mischiati alla calce.

Adesso era un posto pacifico, l'unica casa che Rob avesse mai conosciuto.

Suo nonno, Jim, li stava aspettando sulla veranda. Per quanto robusto, si era incurvato dopo una vita intera passata a lavorare la terra. Aveva i capelli bianchi e si appoggiava a un bastone da passeggio, ma l'energia nei suoi occhi verdi non si era minimamente affievolita e quando vide Louisa avvicinarsi insieme a Cornish un sorriso senza età gli illuminò il volto.

Baciò la moglie e abbracciò il capitano.

«Sembra passato un secolo da quando i nostri padri hanno combattuto contro Zayn al-Din e zio Guy in questa baia» disse.

«Di tempo ne è passato davvero parecchio» replicò Cornish. «Che Dio conceda il riposo alle loro anime.»

Tom Courtney era morto dieci anni prima, alla veneranda età di novantuno, e la moglie Sarah gli era sopravvissuta di un solo giorno. Erano stati seppelliti insieme sul promontorio in cima alla scogliera, nella terra rossa del continente che avevano trasformato nella loro casa.

«Andrò a porgere loro i miei omaggi prima di partire» disse Cornish. «Ma la vita è per i vivi e noi non abbiamo ancora finito. Lasciate che vi mostri i profitti che ho ricavato dalla mia ultima traversata.»

Raccontò dei suoi viaggi mentre cenavano con la carne dello squalo ucciso da Rob. Era appena tornato dall'India, portando regali per tutti: una pezza di seta pregiata per Susan, uno scrigno tempestato di gemme per Louisa, una miniatura dipinta per George e un pugnale ricurvo per Rob. Mentre parlava delle grandi città commerciali che aveva visitato – Calcutta, Madras e Bombay – le immagini che evocava spinsero Rob a sbarrare gli occhi per l'eccitazione. Jim si allungò in avanti, picchiettando il bastone sul pavimento per la gioia di ascoltare le avventure di Cornish.

«Sei mai stato in India, nonno?» gli chiese Rob.

Jim scosse il capo. «Mio padre ci andava spesso durante i suoi viaggi per commerciare, così come mio cugino Mansur, ma io ho sempre preferito le pianure africane all'oceano.»

«Mansur si è stabilito a Madras, vero?» gli domandò Cornish.

La luce negli occhi di Jim si spense. «Sì, dopo il suo litigio con mio padre. Qualche anno fa ho saputo che è morto quando i francesi hanno attaccato la città. Ho mandato lettere a Madras per scoprire che cosa ne era stato dei suoi figli, Constance e Theo, ma ho saputo solo che vivevano con un parente a Calcutta. Non ho mai scoperto che cosa sia successo loro in seguito.»

«La cosa ci ha spezzato il cuore» mormorò Louisa. «Mansur e Jim erano come fratelli.»

«E il resto del mondo?» chiese Rob. Per quanto fosse

stata eccitante la storia della sua famiglia, aveva ascoltato i racconti così spesso da trovarli inevitabilmente noiosi. Non voleva vivere nel passato. «Di quali guerre, battaglie e grandi sfide si parla nelle *coffee houses* di Londra?»

Cornish diede qualche tiro alla pipa. «Dimentichi che sono passati quasi due anni dalla mia partenza dalla Gran Bretagna. Per quanto ne so il paese è in pace, ma dubito che lo rimarrà a lungo. I coloni in America stanno facendo un sacco di storie riguardo alla loro libertà, temo che vogliano battersi per ottenerla.»

«Che cosa c'è di sbagliato in questo?» domandò Rob. «Tutti gli uomini meritano la libertà.»

«Se tu vedessi i neri che fanno sgobbare nei loro campi» ribatté Cornish, «ti chiederesti quanto è profondo il loro amore per la libertà.»

Rob non capiva. «Anche noi abbiamo dei neri che lavorano nei nostri campi.»

«E li pagate per questo, e a fine giornata tornano a casa propria e dalla loro famiglia, e se il lavoro non gli piace si spostano altrove.»

«In America è diverso» spiegò Louisa. «Là lavorano come schiavi.»

«Una volta ero ormeggiato nel porto di Cape Town accanto a una nave negriera yankee» raccontò Cornish. «Non sentivo altro che sferragliare di catene e lamenti. E quanto al tanfo... l'inferno stesso non potrebbe puzzare così. La mattina guardavamo l'equipaggio buttare in mare i corpi di coloro che erano morti durante la notte, molti dei quali erano bambini non più grandi della vostra Susan. Li gettavano fuori bordo, lasciandoli in pasto agli squali.»

Negli occhi di Louisa, palesemente rattristata e dispiaciuta, era comparsa un'espressione assorta.

«Sono arrivata qui in Africa a bordo di una nave come quella. Eravamo dei condannati, non degli schiavi, ma ci trattavano nello stesso modo.» Rabbrividì. «Nessun essere umano dovrebbe mai soffrire così.»

Cornish annuì. «Gli yankee si lamentano che Re Giorgio li tratta come schiavi perché chiede loro di pagare le tasse, ma picchiano a morte un uomo se non lavora abbastanza sodo. Ecco quanto amano la *libertà* degli altri.»

«Finirà in niente» affermò con sicurezza George.

Odiava i discorsi sul conflitto, su qualsiasi cosa potesse intromettersi nella pace della Nativity Bay. Sotto quell'aspetto, come sotto molti altri, era l'esatto contrario del figlio. Rob adorava sentir parlare di guerre, battaglie e avventure. In diverse occasioni George l'aveva trovato seduto ai piedi del nonno ad ascoltare storie sulle epiche imprese dei Courtney del passato. «Perché non sei forte e coraggioso come gli altri Courtney?» gli aveva chiesto una volta Rob, con la tipica schiettezza di un bambino. Da allora era cresciuto e aveva imparato a usare un certo tatto, ma la domanda, ancora priva di risposta, aleggiava sempre fra loro due, rappresentando un baratro incolmabile che li separava.

«La Gran Bretagna possiede l'esercito e la marina più forti del mondo» aggiunse George. «Poche migliaia di coloni non oseranno certo sfidarli.»

«Forse» concesse Cornish, «ma la Francia non ha dimenticato come la Gran Bretagna gliele abbia suonate, qualche anno fa. Ha perso un impero in Nordamerica e ha una gran voglia di riprenderselo. Se i coloni combattono, i francesi potrebbero unirsi a loro e a quel punto Re Giorgio si ritroverà con una fantastica guerra fra le mani.»

George si strinse nelle spalle. «Qui siamo ben al di fuori di tutto ciò.»

Rob non riuscì a dominare le emozioni. Aveva intravisto un mondo completamente diverso e voleva saperne di più.

«Come puoi dire una cosa del genere, pa'? Se dev'esserci una guerra io vorrei combattere.»

George stava per ribattere in modo brusco, ma Jim lo anticipò.

«Ricordo che cosa provavo, alla tua età. Battersi per una causa, una famiglia o il proprio onore è uno scopo nobile. Ma forse, quando avrai conosciuto la guerra, capirai perché i tuoi parenti più anziani siano meno ansiosi di vederla scoppiare.»

«È solo una perdita di tempo» sbottò George, secco.

Rob sapeva che il padre era stato un giovane avventuroso, lo aveva sentito raccontare dai nonni. Ricordava vagamente le occasioni in cui, da bambino, era rimasto seduto sulla punta del promontorio a scrutare l'oceano per avvistare il veliero paterno che tornava. Rammentava la sensazione della sabbia fra le dita dei piedi mentre lui scendeva di corsa sulla spiaggia per andare incontro alla iole che portava a riva George. Era stato talmente eccitato da non riuscire a rimanere in attesa sulla spiaggia, preferendo avvicinarsi a nuoto alla barca a remi finché il padre non si era allungato sopra la fiancata per tirarlo a bordo. Avevano poi raggiunto la grande casa, dove Rob si era seduto sulle ginocchia di George mentre la famiglia gli si radunava intorno per ascoltare il resoconto del suo ultimo viaggio.

Era cambiato tutto, dopo che George aveva perso la gamba in seguito a un banale incidente, una scaramuccia con i pirati al largo della costa del Madagascar. I Courtney li avevano respinti senza problemi e la palla di moschetto che gli aveva colpito di rimbalzo il polpaccio sembrava avere provocato un semplice graffio. Ma la ferita si era infettata, la cancrena si era diffusa e ben presto l'unico modo per salvargli la vita era stato amputargli l'arto. Rob non avrebbe mai dimenticato quando, seduto fuori dalla casa, aveva ascoltato le urla di George mentre Jim gli segava la gamba. Nessuno dei due uomini si era mai ripreso del tutto dall'esperienza. George non era più andato per mare.

Cornish vide l'espressione di Rob. «Tuo figlio è cresciuto» disse a George. «È tempo che trovi la propria strada.»

«Forse» replicò George. «Fra qualche anno, magari.»

Rob non riuscì a trattenersi oltre dall'annunciare la notizia.

«Il capitano Cornish mi ha offerto un posto sulla sua nave» disse di getto.

Suo padre si rannuvolò in volto. «Allora mi spiace che ti abbia fuorviato, non aveva alcun diritto di farti quella proposta.»

«Io voglio andare» dichiarò Rob.

«Non posso permetterlo. Mi servi qui, Rob. C'è parecchio da fare nella fattoria. E in caso di pericolo chi difenderebbe tua sorella e tua nonna?»

«Tutte le tribù locali ci sono fedeli» protestò il ragazzo. «In caso di problemi vi proteggerebbero loro.»

«Se non vuoi pensare a me pensa almeno a tuo nonno. Sei disposto a spezzare il cuore di un uomo anziano per imbarcarti in qualche sciocca avventura?»

Jim si agitò. A causa dell'età avanzata si addormentava sulla poltrona così spesso che talvolta gli altri si dimenticavano della sua presenza, ma adesso si alzò, afferrando il bastone da passeggio con una determinazione ferrea.

«Ti sbagli» disse a George. «L'unica cosa che mi spezzerebbe il cuore sarebbe vedere mio nipote trattenuto qui contro la sua volontà. Deve andarsene, esplorare il mondo e arricchirsi. Come un tempo hai fatto tu.»

George picchiettò un dito sulla gamba di legno, con aria amareggiata. «E guarda che cosa ho ottenuto in cambio. Vuoi che succeda anche a Robert?»

«Voglio che lui viva pienamente la propria vita.»

«Anch'io.»

«No! Tu vuoi che sopravviva, il che è molto diverso.»

Si guardarono torvi. Rob spostò lo sguardo dall'uno all'altro dei due uomini che più amava al mondo, suo padre e il nonno che per lui era stato quasi un secondo padre. Detestava essere la causa di una lite fra loro, ma soprattutto odiava sempre più che quei due vecchi gli dicessero cosa fare.

«Avete mai pensato che io dovrei avere voce in capitolo, visto che si tratta della mia vita?» gridò.

Senza lasciare agli altri il tempo di replicare corse fuori dalla casa, furibondo.

George guardò in cagnesco la direzione imboccata dal figlio. Jim fece per seguire Rob, ma Louisa gli posò una mano sul braccio.

«Lascialo stare» gli consigliò. «Ha bisogno di tempo per calmarsi.»

Tawny Cornish si alzò, a disagio. «Dovrei tornare alla mia nave.»

«Ti accompagno» disse George.

Quando Jim e Louisa rimasero soli si sedettero sui gradini antistanti l'ingresso come avevano già fatto innumerevoli volte, osservando il cielo e individuando le varie costellazioni. La fascia luminosa della Via Lattea scintillava nel firmamento e intorno a loro le lucciole sfavillavano fra i cespugli.

«Se non avessimo concepito George in un deserto selvaggio e totalmente disabitato per un raggio di mille miglia comincerei a temere che tu mi sia stata infedele» affermò Jim in tono burbero. «Come può essere figlio mio?»

La moglie gli mise la testa sulla spalla. «Ricordi quando era bambino? Era sempre in movimento, non faceva che curiosare ovunque. Ogni bastone che raccoglieva diventava una spada o un fucile.»

«Quand'è che è diventato un tale codardo?»

Louisa si irrigidì. «Non dire così. Non è necessario dimostrare il proprio valore in battaglia per essere coraggiosi.»

«A volte sospetto di avergli tagliato per sbaglio anche le palle, quando gli ho amputato la gamba.»

Lei non l'aveva mai sentito parlare in quel modo e immaginò che Jim fosse sempre più consapevole della propria impotenza, a mano a mano che perdeva le forze.

«George era avventuroso quanto te» affermò. «Quando ha rinunciato al mare l'ha fatto per Rob e Susan, non voleva rischiare di lasciarli orfani.»

Jim rimase in silenzio. Sapeva che lei aveva ragione, ma l'orgoglio gli impediva di ammetterlo. Ricordò le urla mentre usava la sega.

«Comunque non dovrebbe intralciare Rob, è ora che il ragazzo prenda in mano il proprio destino.»

«Certo» confermò Louisa. «E con il tempo George

se ne renderà conto. Avere te che gli urli contro servirà solo a complicare la situazione. È ostinato, come tutti voi Courtney.»

L'espressione di Jim si addolcì. «Anche tu sei una Courtney, amore mio. Lo sei diventata il giorno in cui mi hai sposato.»

«E tu hai forse aspettato il permesso di tuo padre, prima di portarmi via di corsa da Cape Town?»

«Se ben ricordo eravamo troppo impegnati a scappare al galoppo dall'intero contingente olandese per poter chiedere il suo benestare.» Jim aveva la voce rauca, ma gli brillavano gli occhi mentre rammentava l'episodio. «All'epoca non ti sei lamentata.»

«E non me ne sono mai pentita.» Louisa si alzò, poi lo aiutò a fare altrettanto. «Ma non possiamo controllare quello che fanno i nostri figli e men che meno quello che fanno i nostri nipoti. Dobbiamo confidare in Dio.»

«Preferirei confidare in un buon cavallo e in una pistola stretta nella mia mano.»

Lei lo baciò. «Jim Courtney» mormorò, «non cambierai mai.»

Cornish rimase lì per una settimana. In circostanze più liete si sarebbe trattenuto più a lungo, ma si rendeva conto che la sua presenza riusciva solo a peggiorare la spaccatura fra George e Rob. Padre e figlio si parlavano a stento e quando lo facevano la conversazione sfociava sempre in urla e porte sbattute. Quando lui annunciò che se ne andava gli sembrò quasi di percepire il sollievo dei padroni di casa.

I Courtney lo accompagnarono giù alla spiaggia, tutti tranne Jim, che lamentava un'emicrania. Rob aveva l'impressione di seguire il suo stesso funerale. In riva al mare Cornish gli afferrò la mano e lo guardò impietosito.

«Magari la prossima volta, ragazzo» disse, burbero. «La vita è dura, su questo continente. Non devi avercela con tuo padre se ti vuole al suo fianco.»

Non c'era nulla che Rob potesse dire. Osservò la scialuppa raggiungere la *Dunstanburgh Castle*, i cui gabbieri correvano lungo i pennoni per sciogliere le vele. Immaginò come gli sarebbe apparso il mondo visto da quell'altezza, mentre lui si teneva in equilibrio su un'asta sottile con soltanto un centinaio di piedi d'aria a separarlo dall'oceano. L'equipaggio inserì le aspe nella testata dell'argano e cominciò a issare l'ancora. Mentre la nave si preparava a salpare Rob si sentì come se il suo futuro stesse per allontanarsi.

Si rifiutò di guardare il padre.

Sentendo arrivare una sorta di ululato dal complesso alle loro spalle pensò per un attimo che fossero i cani, poi capì che si trattava del triste lamento dei loro domestici africani. Forse era un canto d'addio per Cornish e la sua ciurma, eppure suonava così straziante da far sembrare irrisorio il dolore di Rob, al confronto.

Uno dei domestici corse giù per il sentiero che partiva dalla casa, li raggiunse e si lasciò cadere in ginocchio sulla sabbia. Vedendone l'espressione Rob capì che era successo qualcosa di grave.

«Padron Jim è morto.»

Data l'assenza di un medico, nessuno sapeva cosa avesse causato il decesso di Jim. Forse era stato un improvviso attacco di cuore, un istantaneo esaurirsi della scintilla vitale. Rob sperava che non avesse sofferto, che la morte fosse giunta rapidamente, come lo spegnersi di una candela. Era tutto così misterioso e angosciante. Lo seppellirono sul promontorio, in una tomba spoglia, accanto ai genitori. Cornish, tornato dalla propria nave, tenne il servizio e George pronunciò un breve elogio funebre. Rob non sapeva cosa dire. All'epoca della morte della madre era stato quasi troppo piccolo per potersene ricordare adesso e in seguito era stato fortunato: l'unica perdita era stata quella del suo cane Samson, ucciso dal morso di un serpente. L'attuale dolore era un'esperienza nuova e terribile per lui. Non sapeva come mai provasse una simile disperazione. Fu costretto a ricacciare indietro le lacrime che minacciavano di solcargli le guance perché sapeva che il padre non avrebbe approvato.

Il giorno dopo il funerale andò a visitare la tomba. Il terriccio rivoltato di recente bordava la lapide posata sopra la bara e l'iscrizione era ancora velata dalla polvere bianca generata dallo scalpello dell'incisore.

JAMES COURTNEY

1711-1774

Il padre di Rob, fermo accanto alla tomba a capo chino, sembrava molto diverso, quasi avvizzito, come se la perdita del padre lo avesse privato di una parte essenziale della sua anima. Stava rimpicciolendo, dopo la lesione fisica era adesso il suo spirito a venire eroso. Rob, che percepiva il cambiamento come se il giorno stesse lasciando il posto alla notte, non lo vedeva più come un'onnipotente figura autoritaria, bensì come un uomo solo, fragile, sempre più ingrigito.

Gli andò accanto, in silenzio, senza riuscire a farsi venire in mente qualcosa da dire. Avrebbe voluto abbracciarlo, addossarsi una parte del suo fardello di sofferenza, ma lo sentiva irradiare orgoglio e senso di solitudine come un fuoco emana calore, quindi non osava muoversi.

Alla fine non riuscì a sopportare oltre il silenzio.

«Non dimenticherò mai la storia di come ha tratto in salvo nonna Louisa da una nave di condannati che si stava schiantando contro la costa.» Pur avendola sentita un migliaio di volte stentava ancora a credervi.

George non fiatò.

«Era un vero eroe» aggiunse Rob.

Trovava difficile conciliare l'immagine dell'anziano dagli occhi scintillanti che aveva conosciuto con quella dell'audace avventuriero di cui aveva sentito parlare.

George, con una smorfia sospettosa sul viso, gli scoccò un'occhiata in tralice.

«E io invece non lo sono, immagino.»

Rob trasalì. «Non volevo affatto dire questo.»

«Ho visto come mi guardi.» George si picchiettò il pugno sulla gamba di legno. «Tuo padre lo storpio, il pantofolaio, che non era nemmeno degno di allacciare le scarpe al grande Jim Courtney.»

George aveva sempre posseduto una vena di acredine, ma Rob non l'aveva mai visto così risentito.

«Come puoi parlare in questo modo mentre sei davanti alla tomba di tuo padre, sepolto da meno di un giorno?» chiese Rob.

George lo fissò. «Quando sarai più vecchio capirai.»

«Me ne andrò di casa» annunciò Rob, stupito dalle sue stesse parole. Non aveva progettato di affrontare l'argomento così a ridosso della morte di Jim, ma non appena lo fece sentì che un enorme peso gli veniva tolto dalle spalle.

«Ne abbiamo già discusso» ribatté George. «Non puoi andartene. Te lo proibisco.»

«No» disse Rob. «Se dalla morte del nonno è scaturito qualcosa di positivo è che mi ha dato una seconda possibilità di partire con il capitano Cornish. Dicevi di avere bisogno di me perché badassi a tuo padre e ora quell'onere non esiste più.»

«Ho specificato anche che ho bisogno di te per lavorare la terra.»

«E io dico che pure se tutte le messi fossero già state raccolte e tutto il nostro bestiame fosse ben pasciuto tu troveresti comunque un pretesto per farmi rimanere.» Rob gli diede le spalle. «Partirò, padre, che tu me lo consenta o meno.»

«Farai quello che ti viene detto di fare, dannazione.»

George calò pesantemente una mano sulla spalla di Rob, lo girò verso di sé e, senza lasciargli il tempo di reagire, lo schiaffeggiò con forza sulla guancia.

Gli occhi di Rob si riempirono di lacrime, ma non per il dolore. Quando era ragazzino, George lo aveva picchiato come faceva qualsiasi padre, ma non lo toccava da molti anni. A parte la rabbia del momento e il livido che cominciava a formarsi sulla guancia, la cosa più dolorosa era il messaggio sotteso allo schiaffo: *Non sei altro che un bambino.*

Rob ricambiò il colpo.

Non era affatto un bambino. Ormai era diventato un uomo, snello e vigoroso. Il pugno che sferrò nasceva da un potere particolare, alimentato dalla giovinezza e dalla collera. Colpì il mento del padre così forte da scagliare George a tre piedi di distanza. La gamba di legno si incastrò in una fessura, si piegò e si spezzò a metà.

Rob rimase fermo accanto al padre, steso supino come uno scarabeo capovolto, con il moncone della gamba proteso all'insù. Aveva il labbro che sanguinava e il viso terreo per lo sbalordimento.

«Me la pagherai» disse, boccheggiando.

«No.» Rob lo guardò dall'alto, in preda a un senso di nausea dovuto al senso di colpa o al disprezzo, non avrebbe saputo dirlo. «Non sei il mio padrone. Non sei altro che un vecchio.»

Si asciugò una lacrima mentre il rombo del sangue nelle sue orecchie somigliava a quello della più violenta tempesta oceanica. Prima che il padre potesse vederlo piangere si voltò e cominciò a correre giù per il sentiero.

Quella sera, invece di scendere per la cena, Rob rimase nella sua stanza.

Alle nove sentì i colpi delicati di Louisa sulla porta, ma non rispose. Quando la aprì, dopo qualche minuto, scoprì che lei gli aveva lasciato un vassoio di cibo, che divorò famelicamente.

Alle dieci udì in corridoio il familiare picchiettare ritmato della gamba di legno del padre che andava a letto, con passo esitante e insicuro. Aveva dovuto aggiustarla con delle stecche e non sapeva se sarebbe stata in grado di reggere il suo peso. Rob aspettò che George passasse oltre.

Il picchiettare si interruppe davanti alla sua porta.

Rob riuscì a scorgere l'ombra del padre attraverso lo spiraglio sotto il battente e, trattenendo il fiato, aspettò che l'uscio si aprisse. Vide il pomello girare. Si chiese cosa avrebbe detto al padre. George era andato lì per scusarsi oppure per inveirgli di nuovo contro?

Non l'avrebbe mai scoperto. Il padre lasciò andare il pomello, la sua ombra riprese a muoversi e lui si allontanò lungo il corridoio. *Tap. Tap. Tap.* Rob sentì scricchiolare la porta della camera paterna, poi calò il silenzio.

Riprese a respirare, senza riuscire a stabilire se il dolore al petto che provava dipendesse dal sollievo o dalla delusione.

Alle undici la luce sotto la porta scomparve, mentre i domestici spegnevano le lampade e si ritiravano nei loro alloggi. Gli unici suoni erano il frinire degli insetti all'esterno e il richiamo di un gufo reale su un albero vicino. Rob rimase steso a letto, vestito di tutto punto, fissando il soffitto e lottando contro i dubbi dell'ultimo momento. Sarebbe riuscito a farlo?

Si strofinò il viso e tastò il livido causato dal padre. Voleva forse rimanere lì per tutta la vita e finire per diventare come George, un uomo avvizzito e colmo di risentimento? Scese dal letto. Aveva infilato in una borsa di tela gli abiti, il suo coltello, la collana fatta con i denti dello squalo e qualche altro effetto personale. La lasciò cadere fuori dalla finestra, poi scavalcò il davanzale. La fresca aria notturna e la luna talmente luminosa da far risultare meno brillanti le stelle lo rinvigorirono. Stava facendo la cosa giusta.

Si allontanò di soppiatto e, una volta superata la palizzata, scese alla spiaggia. Riusciva a pensare solo all'avventura che lo aspettava, non gli venne in mente di voltarsi a dare un'ultima occhiata finché la casa non scomparve dietro di lui.

La *Dunstanburgh Castle* era all'ancora nella baia, pronta a salpare con la marea del mattino. L'acqua calma che la circondava riluceva come uno specchio. Lui trascinò fino all'acqua la piccola piroga tirata in secca sopra la linea di marea, vi infilò la borsa e stava per salirvi quando sentì una voce alle sue spalle.

«Dove pensi di andare, Robert Courtney?»

Rob si girò di scatto e vide la nonna sbucare dall'ombra di un albero del kapok, con i capelli argentei che sfavillavano e l'abito bianco simile a una lama di chiarore lunare.

«Ho pensato che i pesci stessero salendo nella rada» mentì Rob.

«E cosa ti aspetti di prendere senza una fiocina o una lancia?»

Rob fu felice che il buio le impedisse di vederlo arrossire.

«Stavo scappando» bofonchiò. Poi, prendendo coraggio, aggiunse: «*Sto* scappando, per salire sulla nave del capitano Cornish».

Con suo profondo stupore lei non tentò di dissuaderlo. «Certo.»

Lui la fissò. «Non vuoi cercare di fermarmi?»

«Mi daresti retta?»

Quando la nonna gli si avvicinò, Rob notò che portava appeso al collo un sacchettino rotondo e stringeva un oggetto lungo e sottile avvolto in un lenzuolo.

«So che non puoi rimanere. Ho visto come guardi il mare e le navi che fanno scalo qui. Fissi quell'orizzonte azzurro e brami di scoprire che cosa c'è dietro.»

Lui non l'aveva mai sentita parlare in quel modo. Per la prima volta nella vita si rese conto di conversare con qualcuno che lo capiva davvero.

«Ma stai attento» lo avvisò Louisa. «Prima che Tom venisse qui nella Nativity Bay nessuno degli uomini della famiglia Courtney aveva raggiunto la vecchiaia. Il padre di Tom, suo nonno e i suoi tre fratelli erano andati incontro a una morte violenta e prematura. Fort Auspice è stato un paradiso per noi, un posto in cui possiamo vivere in pace. Ho paura di cosa potrebbe succederti se lo lasci.»

Rob vide la preoccupazione sul suo viso e sentì l'angoscia nella sua voce, ma aveva diciassette anni e come tutti i giovani si riteneva immortale, quindi non le credette.

«Devo farlo» le spiegò.

Lei si asciugò una lacrima nell'angolo dell'occhio. «Sapevo che avresti detto così. Lo avrebbe fatto anche Jim.»

Gli passò il sacchettino che, per quanto piccolo, doveva essere pesante, visto che le sue braccia magre faticarono a reggerlo. Quando lui lo prese sentì un tintinnio di monete.

«Considerala la tua eredità da parte di Jim» disse Louisa. «Ovunque tu vada, ti spianerà la strada. E se sei un vero Courtney riuscirai a decuplicarla, prima di tornare a casa.»

Rob rimase sbalordito. Non aveva mai tenuto in mano così tanto denaro in vita sua, non aveva mai nemmeno immaginato di possedere una somma simile.

«E voglio anche che tu abbia questa.»

Lei aprì il secondo involto. Rob trattenne bruscamente il fiato: aveva già visto quell'oggetto, diverse volte.

«La spada Nettuno di zio Jim.»

«È stata donata alla nostra famiglia da Sir Francis Drake in persona» spiegò Louisa, benché lui conoscesse a memoria tutte le storie. «Ogni uomo della famiglia Courtney l'ha portata in battaglia.»

Il chiarore lunare scintillò sull'acciaio di Toledo azzurro. Rob passò il pollice sulla lama che, per quanto Jim non la usasse da anni, risultava affilata come il giorno in cui era stata forgiata. Se la rigirò fra le mani, eccitato nel sentire il perfetto equilibrio dell'arma.

La bramava con tutta l'anima, ma...

«Non posso prenderla.» La restituì a Louisa. «Dovrebbe andare a mio padre.»

«Tuo padre è un brav'uomo. È mio figlio e gli voglio bene, ma è stato forgiato da un metallo diverso, rispetto agli altri Courtney. Non userà mai più questa spada. Non è fatta per restare nel suo fodero a prendere polvere in un angolo dimenticato di un continente sconosciuto. Jim voleva che la avessi tu, e io anche.»

La nonna gliela mise in mano e gli serrò le dita intorno a essa. Rob la strinse, sentendo tremare il braccio, e percepì per la prima volta il carattere definitivo della decisione presa.

«Ti rivedrò?» Per un attimo la sua voce parve di nuovo quella di un bambino.

«Certo che mi rivedrai» rispose briosamente Louisa. «Non sono poi così vecchia e le maree ti riporteranno sempre a casa. Torna ricco e forte, con una bellissima giovane sposa e una nidiata di pronipoti che io possa viziare.»

«Lo prometto» disse Rob.

«Ora vai. Cornish ha bisogno dell'alta marea per portare la nave oltre il banco di sabbia e non rimanderà certo la partenza.»

Si abbracciarono. Rob era talmente emozionato che rischiò quasi di stritolare il corpo magro della nonna con le sue forti braccia e per un attimo lei temette che il ragazzo non la lasciasse più andare.

Ma il richiamo del mare era irresistibile. Rob allentò la presa, la baciò sulla guancia e caricò la spada e il denaro sulla piroga. Dopo che Louisa la spinse via dalla riva, entrando nell'acqua in camicia da notte, lui cominciò a pagaiare verso la goletta con colpi vigorosi e sicuri.

«Addio!» le gridò.

Il chiaro di luna creava nella baia un sentiero argenteo che puntava direttamente verso la nave all'ancora e il mare aperto. Ben presto Rob non fu nulla più che un'ombra sull'acqua brillante. Louisa si toccò la croce che portava al collo.

«Buon viaggio» sussurrò, percorsa da un fremito interiore. Si posò la mano sul seno, all'altezza di una protuberanza, invisibile sotto la pelle. Non ne aveva parlato a nessuno, nemmeno a Jim, ma l'aveva sentita crescere dentro di lei con un potere maligno.

Sarebbe stato inutile cercare di combatterla. La sua vita aveva incluso alcuni grandi dolori, ma le aveva anche regalato molte gioie. Louisa era contenta.

Però sapeva che non avrebbe più rivisto Rob.

Rob si nascose nella stiva, pervasa dai profumi delle erbe aromatiche del carico indiano di Cornish. Aveva progettato di aspettare due giorni affinché il comandante non avesse modo di rimandarlo indietro, ma alla fine i suoi bisogni fisiologici divennero così impellenti da farlo salire in coperta, battendo le palpebre e colmo di vergogna, proprio mentre la campana della nave segnava il mezzodì. L'enorme cima del promontorio a forma di dorso di balena era ancora chiaramente visibile dietro di loro.

Tawny Cornish lo osservò con aria severa. «Un clandestino, eh?»

«Vi prego, non riportatemi indietro» lo implorò Rob.

«Non posso assumermi una simile responsabilità. Se ti succedesse qualcosa...»

Cornish era molto combattuto. La stagione era quasi troppo avanzata per riuscire a intercettare gli alisei e ogni giorno di ritardo nel raggiungere Londra gli sarebbe costato una perdita nei profitti, ma la coscienza non gli avrebbe permesso di sottrarre il ragazzo alla sua famiglia.

«Che cosa potrei dire a Louisa?»

«È stata la nonna ad aiutarmi a venire qui. Mi ha dato questa.»

Estrasse la spada Nettuno, che sibilò nella luce del mattino.

«Mettila via» si affrettò a dirgli Cornish. «È un'arma che non andrebbe sfoderata a cuor leggero.»

Rob obbedì. «Siete stato voi a dire che dovrei farmi strada da solo.»

La brezza fece schioccare il vessillo sul colombiere. Cornish prese una decisione.

«Ti ingaggerò come marinaio, ma dovrai guadagnarti vitto e alloggio» lo avvisò. «Vedi di non bighellonare né sottrarti ai tuoi doveri.»

Il sorriso di Rob divenne così largo da fargli dolere la mascella. «Grazie, signore. Vi prometto che non ve ne pentirete.»

Cornish gli assegnò una cuccetta e un turno di guardia, poi ordinò a uno dei compagni di mostrargli i rudimenti di base. Rob imparava in fretta e si dimostrò uno studente zelante. La sua mente e il suo corpo si adattarono con naturalezza ai compiti assegnati. Ben presto fu in grado di arrampicarsi con la stessa rapidità di qualsiasi gabbiere, tenendosi in equilibrio sui pennoni come un gatto mentre la nave rollava sotto di lui. Sapeva impiombare una cima, terzarolare una vela e fare un nodo da un'altezza di cento piedi. Il suo giovane corpo divenne ancora più forte e robusto. Cornish, per quanto fosse un comandante risoluto, stentava a nascondere il proprio orgoglio. Persino quando vide Rob tornare da una licenza a Cape Town esibendo i postumi di una sbornia e un tatuaggio livido sul braccio non batté quasi ciglio.

In città il ragazzo aveva fatto davvero baldoria, deciso a dimostrarsi un compagno rozzo e coriaceo ma leale. La sua banda di marinai aveva bevuto e cantato, la voce di Rob che diventava rauca mentre lui riversava cuore e anima nelle melodie. Essendo uno dei più giovani riusciva a raggiungere le note più alte e le aveva mantenute fino a rimanere senza fiato, e tutti gli astanti lo avevano applaudito e acclamato a gran voce, offrendogli un bicchiere dopo l'altro. Lui era libero, quella era una nuova vita, e aveva sentito un empito di energia vitale repressa indurlo a burle e risate ancora più diaboliche. Deciso a provare che ormai faceva parte dell'equipaggio, si era morso il labbro e aveva distolto lo sguardo mentre il tatuatore gli realizzava un disegno intricato sulla pelle del braccio, il dolore insignificante in confronto alla gioia del cameratismo. Adesso vi era impressa in eterno una nitida ancora a cui si intrecciava una fune robusta. Cingendosi le spalle, legati dal sangue e da un incrollabile amore fraterno, i marinai erano passati di taverna in taverna con passo malfermo.

Il ragazzo stava crescendo.

«Somigli a un puledro selvaggio che è saltato fuori dal recinto» gli disse Cornish. «Proprio come tuo nonno Jim.»

Rob si illuminò per l'orgoglio. Sapeva che non esisteva un complimento più lusinghiero che Cornish potesse fornire o che lui potesse apprezzare maggiormente.

La *Dunstanburgh Castle* doppiò il Capo di Buona Speranza e si gettò fra le enormi onde lunghe dell'oceano Atlantico. Poco dopo la costa africana scivolò sotto l'orizzonte. Rob, al lavoro sul colombiere, fu l'ultimo uomo sulla nave a vedere il continente prima che scomparisse. Era l'unica casa che avesse mai conosciuto.

Ma quello era il passato. Gli diede la schiena e rivolse il viso verso nord-ovest, verso i nuovi orizzonti e i nuovi continenti che lo aspettavano.

Sul versante opposto dell'oceano, a quasi ottomila miglia di distanza nella colonia del Massachusetts, Theo Courtney era fuori di sé dalla rabbia.

«Che cos'è questo?» chiese, sventolando due pezzi di carta che erano stati un unico foglio prima che lui lo strappasse, furibondo. «L'ho trovato in camera tua.»

Caleb Courtney, in piedi nella cucina della casa colonica, lo fissò cercando di fargli abbassare lo sguardo. Il loro legame di parentela era palese: entrambi avevano una corporatura robusta, folti capelli rossi e penetranti occhi verdi. Theo aveva il viso molto abbronzato a causa delle lunghe ore trascorse a controllare le sue tenute agricole mentre quello di Caleb era ancora costellato di lentiggini giovanili. Per il resto c'erano ben poche differenze fra loro due.

«È un pamphlet» rispose Cal in tono gelido. «E tu non avresti dovuto frugare in camera mia.»

«Inneggia al tradimento» farfugliò Theo. «Dice che la nostra colonia dovrebbe rompere con la Gran Bretagna e dichiararsi indipendente.»

«Quello che tu definisci "tradimento" io lo chiamo "buon senso".» Poi, avendo un'età a cui è difficile non provocare l'interlocutore, Cal aggiunse: «Re Giorgio è un tiranno che vuole trasformarci tutti in schiavi».

«Io ho rischiato la vita nell'esercito del re!» gridò Theo. «Mentre tu e quelle teste calde dei tuoi amici stavate succhiando il latte materno io combattevo per proteggere le colonie dai francesi. E ora che questa minaccia è scomparsa e il re ha la *temerarietà* di chiedere alle colonie di pagare per la loro liberazione tu parli di schiavitù?»

«Noi non votiamo per il parlamento a Londra, quindi perché dovremmo assoggettarci alle sue richieste? Solo le assemblee legislative delle colonie hanno il diritto di imporre le tasse.»

Theo divenne talmente paonazzo da dare l'impressione di poter esplodere.

«Siamo inglesi. Se il parlamento non può creare le nostre leggi si diffonderà l'anarchia.»

«Cal non lo pensa davvero, pa'» affermò una voce sulla soglia. Il secondogenito di Theo, Aidan, più basso e bruno del fratello, aveva ascoltato la discussione senza farsi notare. «Il semplice fatto che lui legga quelle cose non significa che le pensi.»

«Stanne fuori, Aidan» disse Cal. «Non sono affari tuoi.»

«Anch'io vivo qui. Se deve esserci una guerra...»

«Non ci sarà nessuna guerra» dichiarò Theo con un tono che non ammetteva discussioni. Appallottolò insieme i due pezzi di carta, poi li gettò nel fuoco. Guardò torvo Cal, sfidandolo a protestare. «E se sento parlare ancora di questo tradimento scoprirai che non sei ancora troppo grande perché io possa darti una bella battuta.»

«Non sarebbe nulla in confronto a quella che daremo noi a Re Giorgio» borbottò Cal, poi corse fuori dalla cucina, schivando il boccale di peltro che il padre gli aveva lanciato contro.

Raggiunse le scuderie e sellò il suo cavallo, Maverick. Aveva bisogno di fare una galoppata.

La presenza dell'animale lo tranquillizzò. Maverick, uno spaventoso stallone con il manto lucido e nero come pece bagnata, era stato un regalo di compleanno da parte del padre. Cal lo aveva chiamato così in onore di Samuel Maverick, l'apprendista che qualche anno prima, durante il massacro di Boston, era stato ucciso dagli inglesi, diventando un martire della causa della libertà. Aveva fatto parte della folla che si era opposta ai soldati e, quando questi ultimi avevano sollevato i moschetti per spaventarla e indurla ad allontanarsi, aveva gridato: «Sparate, dannate giubbe rosse!». Loro l'avevano fatto, uccidendo lui e altre quattro persone.

Theo, invece, pensava che il figlio avesse ribattezzato il cavallo Maverick, ossia "Indipendente", per il suo carattere fiero, e Cal aveva preferito non dirgli la verità per non sembrare un ingrato.

Accarezzò il muso dell'animale, poi gli spazzolò la criniera per sciogliere un nodo. Fissò il sottopancia e stava per infilare un piede nella staffa quando un'ombra si stagliò sulla soglia.

«Non stai scappando, vero?» chiese Aidan in tono impaurito.

«Torno per cena» replicò Cal, stringato.

Sin da quando Aidan aveva imparato a camminare seguiva il fratello maggiore come un'ombra, disperatamente ansioso di non rimanere indietro. Quando Cal aveva imparato a cavalcare, lui si era slogato la clavicola tentando di arrampicarsi in groppa al cavallo. Quando Cal aveva cominciato a tirare di boxe con gli amici, Aidan era tornato a casa con un braccio rotto. A volte Cal apprezzava quell'adorazione incondizionata, ma negli ultimi quattordici anni l'aveva trovata, per lo più, profondamente irritante.

«Dove stai andando?» gli chiese il fratello.

«Alla fattoria degli Hartwell.»

«Perché?»

Cal non rispose.

«Nell'ultima settimana ci sei andato cinque volte. Ti sei preso una cotta per Liza Hartwell?»

«Certo che no» disse lui.

«Allora perché?»

Cal esitò e Aidan, intravedendo un varco, giocò il proprio asso.

«Se non me lo dici racconterò a papà che ti sei sbaciucchiato con Liza nel suo fienile e lui ti proibirà di tornare là.»

«Se tu lo facessi ti riempirei di pugni.»

«Glielo racconterei comunque.»

Cal guardò in cagnesco il fratello minore. Non era sicuro che Aidan sapesse mantenere un segreto, ma non voleva che il padre cominciasse a fare domande sulle sue visite alla fattoria Hartwell, inoltre moriva dalla voglia di dare la notizia a qualcuno.

«Prometti di non dirlo ad anima viva.»

«Lo giuro» affermò Aidan in tono serio.

«Fratelli di sangue?»

Lui sollevò la mano destra, il cui palmo era solcato da una sottile cicatrice, laddove se l'era tagliato sei anni prima. Il loro era stato un giuramento puerile, ma entrambi lo rispettavano solennemente, come se avessero giurato sulla Bibbia. Cal premette la mano su quella del fratello.

«Abbiamo formato un gruppo» spiegò sottovoce. «Si chiama l'Esercito del sangue della libertà.»

Aidan strizzò gli occhi. «Come, scusa?»

«L'Esercito del sangue della libertà.» Cal tentò di far suonare il nome maestoso, pur sapendo che era quasi uno scioglilingua. Rappresentava un compromesso: metà dei ragazzi avevano sostenuto che avrebbero dovuto chiamarsi "Esercito della libertà" mentre gli altri, irremovibili, avevano optato per "Sangue della libertà". Dopo ore di acceso dibattito si erano accordati per usarli entrambi.

«Chi ne fa parte?» domandò Aidan.

«Ragazzi delle fattorie. Un mese fa Sam Hartwell è andato a Boston a parlare con alcuni patrioti. Ne abbiamo abbastanza di politici che parlano e scrivono pamphlet, dobbiamo organizzarci in vista della guerra.»

Aidan provò una fitta di gelosia, rattristato dal fatto che il fratello si fosse unito a una società segreta senza dirglielo.

«Posso entrarci anch'io?»

«Sei troppo giovane.»

«Ma...»

«No.» La voce di Cal suonò severa come quella paterna. «Non è come quando giocavamo alla guerra nel campo di fieno.» Gli arruffò i capelli. «Non voglio che tu ti faccia male.»

«Non me ne farò» ribatté Aidan. «So cavalcare bene quanto te e sparare persino meglio.»

Cal resistette all'impulso di contraddirlo. «E quando avrai sedici anni ci saranno abbastanza battaglie per tutti noi. Fino ad allora, questo è un lavoro da uomini.»

Prima che il fratello potesse discutere si issò in sella e uscì al galoppo dal cortile delle scuderie.

Nel salotto della fattoria Theo sentì il frastuono ritmato degli zoccoli. Quando guardò fuori dalla finestra, Maverick e il suo cavaliere si erano lasciati dietro una nube di polvere sul sentiero antistante la casa.

Sua moglie Abigail entrò portando un vassoio con una teiera, lo posò sul tavolo e riempì due tazze.

«Ho sentito la vostra discussione dalla camera» disse. «Dovevi proprio essere così duro con il ragazzo?»

«Quello che dice equivale a un tradimento.»

«Se i figli, crescendo, credessero a tutto quello che si sono sentiti dire dai padri il mondo non cambierebbe mai. Lui deve diventare indipendente, come hai fatto tu alla sua età.»

«Era diverso.» Theo si accigliò. «Io non ho avuto scelta.»

«Nemmeno io, dopo averti conosciuto» ribatté Abigail in tono arcigno.

Quando Theo era arrivato in America era orfano. In breve tempo era diventato un eroe nella guerra di frontiera contro i francesi e i loro alleati indiani. Contro ogni aspettativa lui e il suo raffazzonato esercito avevano inflitto ingenti danni alle forze francesi, vincendo la battaglia di Fort Royal che aveva capovolto le sorti della guerra. Si era innamorato di Abigail e lei era rimasta incinta di Cal, rendendo furiosa la sua famiglia. La fama e la vittoria avevano fornito a Theo una discreta somma di denaro, da lui investito in un'attività commerciale che aveva la sua base nel porto di Boston. Gli affari erano andati a gonfie vele perché lui, che aveva imparato il mestiere nei bazaar di Calcutta, nelle contrattazioni era in grado di battere anche lo yankee più spietato. In seguito aveva comprato quella fattoria in una cittadina a circa venti miglia da Boston.

Si lasciò cadere sulla sua poltrona preferita e sorseggiò il tè. Persino quella bevanda era contaminata dal gusto acre della politica: Cal rifiutava di berlo sin da quando il governo britannico lo aveva tassato.

«Ho paura di quello che potrebbe succedergli se non la smette con questa follia» spiegò. «Non si tratta solo di politica. Il governo farà impiccare i traditori.»

Abigail guardò fuori dalla finestra, dove il loro secondogenito stava attraversando cauto il cortile delle scuderie. «Sono più preoccupata per Aidan. Seguirà Cal ovunque andrà. Per lui il fratello maggiore è un autentico idolo.»

«Un tempo io idolatravo mia sorella maggiore Constance» dichiarò Theo. «La cosa non mi ha fruttato nient'altro che il crepacuore.»

Cal rientrò per la cena, come promesso. Fissò il proprio piatto senza prendere parte alla conversazione e salì presto in camera sua, seguito da Aidan. Poco dopo Theo e Abigail spensero le candele e andarono nella loro stanza.

A mezzanotte meno un quarto Cal si alzò dal letto. Quando aprì la porta delle scuderie i cavalli sbuffarono e nitrirono, ma si tranquillizzarono sentendo il suono familiare della sua voce. Lui sellò Maverick, legò alla sella il pesante fagotto che aveva nascosto sotto un mucchio di fieno, poi avvolse degli stracci intorno agli zoccoli dell'enorme stallone affinché non facessero rumore sui ciottoli. Tenendolo per le briglie lo portò lontano dalla fattoria, prima di togliere i pezzi di stoffa e montare in sella.

Era convinto che nessuno lo avesse visto partire.

La luna si nascondeva dietro nubi frastagliate, fornendo solo un fioco chiarore a guidarlo lungo la strada in quella notte buia. Cal aveva il terrore che Maverick potesse ritrovarsi con la zampa bloccata in una buca, mettendo fine a tutto prima ancora che iniziasse. Ma il cavallo dal passo sicuro non lo deluse. Ben presto la paura lasciò il posto all'euforia suscitata dalla cavalcata notturna e dal sentire l'odore dello stallone e il vento freddo sul viso. Gli zoccoli di Maverick pestavano la strada sassosa, facendo sprizzare scintille che gli fluttuavano intorno ai piedi. Era perfettamente calzante, pensò Cal: quella sera lui avrebbe creato la scintilla di una rivoluzione.

Gli altri lo aspettavano accanto al ponte. Sagome quasi indistinte giravano intorno ai rispettivi cavalli, facendo battute nervose e controllando le proprie armi. Alcuni si erano travestiti da indiani, altri portavano una sciarpa avvolta intorno al viso e il cappello abbassato sulla fronte. Si erano dati parecchio da fare: quasi tutte le assi di legno del ponte erano state staccate e portate sulla riva, sopra il fiume ne restavano ben poche.

«Sei in ritardo» disse uno dei cavalieri. Aveva il viso nascosto, ma Cal riconobbe la chiazza bianca sul muso del suo cavallo, che apparteneva a Sam Hartwell.

«Ho dovuto aspettare che pa' si addormentasse» spiegò Cal, «altrimenti non avrei potuto prendere questo.»

Svolse la coperta legata dietro la sua sella e il chiarore lunare scintillò sulla lunga canna dall'aria letale del fucile di suo padre.

Gli altri ragazzi trattennero bruscamente il fiato. Sapevano tutti sparare e avevano dei fucili appesi alla parete, a casa. Alcuni dei più audaci ne avevano portato uno. Ma quello era diverso: era l'arma di un eroe, il fucile che aveva cacciato i francesi dal Nordamerica e vinto la battaglia di Fort Royal. Benché suo padre parlasse di rado delle proprie imprese, Cal ne aveva riferito i racconti agli amici.

Gli si assieparono intorno, toccando gli intarsi di ottone annerito e il legno graffiato.

«Ti frusterà se scopre che l'hai preso» lo avvisò Sam, invidioso.

«Entro l'alba il fucile sarà tornato al suo posto e lui

non lo saprà mai» disse Cal. «A meno che non restiamo qui a parlare per tutta la notte.»

Senza ulteriori indugi premette i talloni sui fianchi del cavallo e si lanciò sul ponte. Le poche tavole rimaste sembravano troppo strette e fragili per poter reggere il peso del ragazzo e del suo stallone, ma Maverick riuscì ad arrivare in fondo senza fallo. Sam, non volendo farsi battere, si fiondò dietro di lui e gli altri lo seguirono finché soltanto uno di loro, George Hartwell, il fratello minore di Sam, non rimase sulla riva opposta.

«Resta lì» gli disse Cal. «Sai cosa fare.»

George strinse con forza il proprio fucile e rivolse loro un saluto tremante. Gli altri gettarono in acqua le ultime assi del ponte, lasciandone soltanto una. Cal fece girare Maverick e lo spronò al trotto. Mentre cavalcava con i suoi amici intorno e il fucile del padre appeso alla spalla non provava altro che una gioia selvaggia venata di baldanza. Nell'eccitazione del momento dimenticarono di doversi muovere in modo furtivo. Gli zoccoli dei cavalli picchiarono con fragore sulla strada. Alcuni ragazzi, inebriati dalla giovinezza e dalla guerra, non riuscirono a impedirsi di lanciare grida di gioia. Somigliava a uno dei tanti giochi in cui si erano finti dei soldati, ma adesso era tutto meravigliosamente reale.

Il loro passaggio nei paesini e nelle tenute agricole della colonia del Massachusetts non poteva essere sfuggito a nessuno, ma le persiane delle case rimasero chiuse e chiunque li avesse sentiti rimase a letto. In quel periodo era pericoloso rimanere all'esterno.

Ben presto captarono nell'aria il profumo salmastro del mare. Smontarono e legarono i cavalli a uno steccato, dietro una macchia d'alberi che li nascondeva rispetto alla strada. Ormai nessuno scherzava o urlava. Cominciavano ad assimilare fino in fondo la letale gravità di quanto stavano per fare.

Sulla collina di fronte a loro una tozza torre si stagliava contro il cielo stellato. Il fuoco ardeva in un braciere sistemato sottovento e a distanza di sicurezza: sarebbe bastata un'unica scintilla all'interno dell'edificio per ridurre la collina a un enorme cratere. Si vedevano solo tre sentinelle che, raggruppate accanto al braciere, parlavano a bassa voce.

«Non riesco a credere che non la difendano meglio» sussurrò Cal.

«Quell'idiota del governatore ci ha sottovalutato di nuovo» disse Sam. «È un errore che pagherà caro.»

La torre era l'arsenale reale degli inglesi, che durante i loro anni di dominio non avevano mai permesso di costruire stabilimenti per produrre la polvere da sparo, imponendo che venisse tutta importata dalla madrepatria, fino all'ultimo granello. Quella del Massachusetts veniva conservata lì.

Vi fu una pausa durante la quale i membri dell'Esercito del sangue della libertà si fissarono, titubanti. Avevano passato mesi a discutere il loro piano, ma ora che erano pronti ad agire nessuno voleva fare la prima mossa.

«Basta» disse Cal. «Non sono venuto fin qui per nascondermi in un fosso.»

Saltò di nuovo sul cavallo e, dando un energico colpo di reni, cominciò a risalire con impudenza il sentiero che portava all'arsenale.

Le sentinelle, vedendolo arrivare, gli corsero incontro per poi minacciarlo con i moschetti.

«Chi va là?»

«Un amico» rispose Cal, arrochendo la voce. Aveva nascosto il fucile. «Vengo da Fairfield. Un gruppo di uomini sta smantellando il ponte.»

I soldati parvero agitarsi.

«Vogliono tagliarci fuori!» urlò uno di loro. «Senza il ponte il generale non potrà mandarci rinforzi da Boston.»

Un tenente uscì dalla guardiola e osservò Cal da capo a piedi, rassicurato dalla sua giacca di buon taglio e dagli stivali lucidati.

«Maledizione!» gridò. «Sergente, radunate gli uomini. Raggiungeremo Fairfield per dare a quei ribelli yankee una bella lezione sul potere del re.»

Ben presto tutte le sentinelle a parte due avevano formato una colonna davanti alla torre, con le bandoliere bianche che brillavano nel buio. Cal le accompagnò fino al ponte, tenendo il cavallo al passo per non distanziarli. Parlò con il tenente in tono cordiale, divertito da com'era facile ingannarlo. L'ufficiale era un uomo loquace che si lamentò di avere chiesto ripetutamente altri uomini al governatore. Lo aveva implorato di trasferire le scorte di polvere da sparo a Boston, più sicura, a prescindere dai rischi per la popolazione civile, ma il governatore sosteneva che spostarla sarebbe sembrato un segno di debolezza.

Cal annuì. Non trovava certo difficile fingersi comprensivo: gli bastava ripetere quello che aveva sentito dire al padre.

Raggiunsero finalmente il ponte.

«Dove sono quei farabutti?» Il tenente si avvicinò al fiume, tenendo sollevata la lanterna. Si chiese se fosse stato troppo frettoloso a fidarsi di Cal. «Se ci avete fatto venire qui per niente...»

Si interruppe quando vide il ponte smantellato. Restava solo un'unica tavola, che passava sopra il fiume come una corda tesa. L'acqua che vi scorreva sotto risultava a stento visibile.

«Ormai potrebbero distare parecchie miglia da qui» affermò il suo sergente.

In quel preciso istante una fiammata squarciò le tenebre e sulla riva opposta risuonò uno sparo, ma il proiettile non li sfiorò nemmeno. Chi aveva fatto fuoco aveva mancato volutamente il bersaglio, anche se gli inglesi non dovevano saperlo. George Hartwell aveva interpretato alla perfezione il proprio ruolo.

«Salite sul ponte!» gridò il tenente. «Non possiamo permettere che lo distruggano prima che lo attraversiamo.»

I suoi uomini corsero in fila indiana lungo l'unica asse rimasta e, una volta arrivati in fondo, si disposero a ventaglio, puntando con titubanza i moschetti verso le tenebre. Ben presto Cal fu l'unico a rimanere indietro.

«Venite qui» lo sollecitò il tenente. «Dovete andare a Boston ad avvisare il generale che ci servono rinforzi.»

Lui scese da cavallo, raggiunse la riva e, con un abile calcio, staccò l'ultima tavola dal supporto, poi la tirò con tutta la sua forza fino a farla cadere in acqua. La corrente impetuosa la trascinò subito via.

Il tenente lo fissò, convinto che si fosse trattato di un incidente causato dal buio.

«Goffo caprone che non siete altro!» Guardò dietro di sé, benché non fossero stati sparati altri colpi. «Ora siete bloccato sul versante sbagliato.»

«Tutt'altro» replicò Cal. «Siete voi a trovarvi sul versante sbagliato. Io sono esattamente dove voglio essere.» Si toccò la tesa del cappello. «Potete salutare il generale da parte mia, quando sarete sulla nave diretta a Londra, il luogo a cui appartenete.»

Prima che i soldati sbigottiti avessero il tempo di capire cos'era successo, Cal voltò il cavallo e tornò al galoppo verso l'arsenale.

Quando Cal tornò alla santabarbara l'operazione era in pieno svolgimento. L'Esercito del sangue della libertà si era sbarazzato rapidamente delle sentinelle rimaste: erano stese a terra nella guardiola, legate e cosparse di pece e di piume. Alla luce di numerose lanterne i ragazzi spingevano fuori i barili dalla massiccia porta spalancata del deposito di esplosivi e li caricavano su carri di fieno che sembravano comparsi dal nulla. Ridevano e cantavano, inebriati dalla vittoria. La scena faceva pensare più a una festa che a un'azione militare.

Cal trovò Sam Hartwell nella calca.

«Riusciranno a vedere queste luci sin da Boston» sottolineò, preoccupato.

«Che lo facciano pure» ribatté Sam, il cui alito sapeva di brandy. «Ora che il ponte è stato smantellato, nemmeno il generale Gage potrà fare qualcosa per fermarci.»

«Ci sono altri ponti.»

«Ce ne andremo molto prima che gli inglesi riescano a percorrerli.»

«Allora ci conviene sbrigarci.»

Cal si unì alla fila di giovani che si passavano i barili fino ai carri in attesa.

«Qui c'è abbastanza polvere da sparo per far saltare le Case del Parlamento!» gridò uno dei suoi amici.

«O iniziare una guerra» disse un altro.

«E concluderla» aggiunse un terzo.

Cal non replicò. Stava fissando uno dei ragazzi che uscivano dalla torre, più basso degli altri e parzialmente nascosto dal pesante barilotto che reggeva a fatica. Una sciarpa gli copriva naso e bocca, eppure aveva qualcosa di inconfondibilmente familiare.

Cal lo raggiunse in fretta e gli tolse la botticella dalle mani. Il ragazzo sgranò gli occhi e si voltò per andarsene, ma lui gli strappò via la sciarpa.

«Aidan?» L'incredulità lasciò spazio alla collera. Cal sollevò il fratello da terra e lo tenne bloccato contro un muro. «Mamma e papà ti ucciderebbero se scoprissero che sei qui.»

«Tu sei qui» disse Aidan.

«È diverso. Te l'ho già spiegato, questa non è roba per te.» Cal era talmente furibondo che riusciva a stento a parlare. «Come mi hai trovato?»

«Ho rubato un cavallo e ti ho seguito fino al luogo dell'appuntamento. Poi è stato facile.»

«Non ti permetterò di correre dei pericoli.»

«E io non permetterò a te di accaparrarti tutta la gloria.»

Si fissarono. Se si fossero trovati alla fattoria avrebbero risolto la questione con i pugni, ma sarebbe stato stupido accapigliarsi nel bel mezzo di un'operazione militare.

Poi Cal sentì un rumore.

«Che cos'è?»

Nessun altro se n'era accorto, dato il frastuono causato dallo spostamento dei barilotti e dall'esultanza generale, ma Cal aveva un ottimo udito e un istinto sopraffino nell'individuare un pericolo. Si mise in ascolto.

Sentì di nuovo il rumore e vi riconobbe l'urgente squillo di un corno.

Cal lasciò andare il fratello e saltò su un carro di fieno, da dove riusciva a vedere chiaramente il fianco della collina. Una linea di luci si estendeva nella valle, puntando rapida verso di loro: erano fiaccole brandite da uomini a cavallo contraddistinti da mantelli svolazzanti e brillanti lame affilate.

«Dragoni!» urlò Cal. «Arrivano i dragoni.»

Non aveva previsto che giungessero così in fretta. Dovevano aver fatto attraversare il fiume ai loro cavalli, a meno che non fossero stati avvisati in anticipo dell'attacco.

Vide Aidan che, fermo accanto al carro, lo guardava dal basso con aria di aspettativa.

«Stiamo per combattere?»

L'allegra atmosfera intorno alla torre si trasformò subito in caos. Alcuni giovani fuggirono, altri si schierarono davanti ai dragoni lanciati all'attacco, stringendo lunghi fucili al cui confronto sembravano minuti.

«Dobbiamo portare via la polvere da sparo» disse Cal. Guardò Maverick, legato a un recinto davanti alla guardiola. «Pensi di poterlo cavalcare?»

Aidan sgranò gli occhi per lo stupore e il piacere. Il fratello non gli aveva mai lasciato toccare il suo cavallo e gli aveva dato uno scappellotto sull'orecchio quando, dopo essersi infilato di nascosto nella stalla, aveva tentato di accarezzarlo.

Afferrò con cautela le briglie. Lo stallone si agitò nel sentire la mano non familiare sulle redini e Aidan si ritrasse, ma era deciso a non lasciarsi ostacolare dalla paura. Sollevando il più possibile il piede, lo infilò nella staffa e si issò in sella. Gli sembrava di essere straordinariamente in alto.

«Ora vattene da qui il più in fretta possibile» disse Cal, saltando giù dal carro.

Aidan fece una smorfia quando capì perché lui gli avesse affidato il cavallo.

«Voglio combattere.»

«Questo non è un posto adatto a te.» Cal lanciò un'occhiata alla disordinata fila di giovani che si preparavano ad affrontare i dragoni. Non stringevano abbastanza saldamente i fucili, che erano quindi inclinati a ogni angolazione possibile, come fili di paglia che spuntano da un covone. «Fra pochi istanti qui ci sarà una carneficina.»

Diede una violenta pacca sulle terga di Maverick, che scattò in avanti, rischiando di disarcionare Aidan. Cal aspettò di vedere il fratello raddrizzarsi e scomparire nella notte, poi saltò di nuovo sul carro, ghermì il frustino posato sul sedile del guidatore e lo calò sul dorso dei cavalli. Doveva portare via la polvere da sparo.

L'Esercito del sangue della libertà fece fuoco. Nei boschi dell'entroterra sarebbero tutti riusciti a centrare uno scoiattolo a duecento passi di distanza ma al buio, con la cavalleria del re lanciata verso di loro, spararono troppo presto e in modo irregolare. Le pallottole mancarono il bersaglio o si conficcarono nel terreno.

Mentre i giovani si sforzavano di ricaricare con dita rese goffe dal fumo, dal frastuono e dal panico, i dragoni spronarono i loro destrieri per raggiungere i nemici. Erano l'élite dell'esercito britannico e non ebbero la minima esitazione. Avanzando quasi affiancati formarono un compatto muro di acciaio e carne di cavallo.

I cavalli di Cal, spaventati dai colpi di moschetto, si

erano lanciati al galoppo, facendo sobbalzare violentemente il carro appesantito dai barilotti. Lui rischiò di essere scaraventato a terra e fu costretto a manovrare le redini con tutta la sua forza per evitare di finire in un fossato.

Alle sue spalle sentì delle urla, spari e il suono nauseabondo di zoccoli che frantumavano ossa. Si arrischiò a guardare.

Le fiaccole intorno alla santabarbara illuminavano una carneficina. L'Esercito del sangue della libertà non era più un esercito, ma di sangue se ne stava versando parecchio. I dragoni passarono sopra i ribelli sconfitti, lasciando che i cavalli li calpestassero e sfondassero loro il cranio con gli zoccoli. Alcuni giovani si batterono con qualsiasi cosa avessero a portata di mano, altri cercarono di arrendersi. I dragoni li massacrarono tutti, dal primo all'ultimo. Per mesi erano rimasti a Boston, frustrati, ad ascoltare gli scherni e le minacce dei patrioti che vivevano in città. Adesso avevano finalmente la possibilità di dare una lezione ai coloni ribelli.

I morti erano ragazzi con cui Cal era cresciuto, amici che conosceva da tutta la vita. Rimase inebetito nel vederli schiacciati dai cavalli o moribondi sulla punta delle sciabole britanniche. Tutte le lunghe serate che avevano trascorso insieme, parlando di eccidi e libertà, non lo avevano preparato per una cosa simile. Pregò che ormai Aidan si trovasse molto lontano da lì.

Il suo unico desiderio era assicurarsi che gli amici non fossero morti invano. Se fosse riuscito a consegnare la polvere da sparo in mani sicure le sorti dell'esercito di ribelli si sarebbero capovolte. Strinse con forza le redini dei cavalli che, in preda al panico, sfrecciavano nella notte, facendo oscillare e sussultare con forza il carro. Gli sembrava di trovarsi sopra un tronco trascinato dalla corrente impetuosa di un fiume, poteva solo tenersi aggrappato.

Superò una pietra miliare e imboccò la strada litoranea. Alla sua sinistra, in lontananza, l'oceano appariva placido e sereno nel chiarore lunare. La strada serpeggiava lungo la costa, risalendo colline e infilandosi fra i piccoli torrenti che sfociavano nel mare. Cal si accorse che i cavalli cominciavano a stancarsi, così allentò la presa sulle redini.

Vide le sagome scure di edifici agricoli che bordavano la strada, ma non si fermò. Forse gli abitanti erano dei patrioti, disposti a nascondere il suo carro e il relativo carico, però preferiva non correre rischi: prima dell'alba gli inglesi avrebbero mandato pattuglie a perquisire ogni tenuta della contea e se avessero trovato un carro pieno di polvere da sparo rubata nel granaio di un agricoltore quest'ultimo avrebbe passato seri guai.

Il vento proveniente dal mare spazzò via le nuvole che avevano coperto la luna, la cui luce trasformò il terreno in una tavolozza di grigio e argento. Cal guardò dietro di sé.

Ebbe un tuffo al cuore scorgendo dei cavalieri che, mezzo miglio più indietro, guadagnavano rapidamente terreno. I dragoni. Il chiarore lunare fece scintillare le cinture bianche e le fibbie argentee sulle loro uniformi, oltre all'acciaio delle spade che brandivano.

Cal frustò il tiro di cavalli, spronandoli ad accelerare. Il carro avanzò sobbalzando, le ruote che giravano così rapidamente da fargli temere che gli assi potessero spaccarsi.

Ma gli animali stanchi non potevano mantenere a lungo quel passo. Aggiogati al pesante carro, tendendo allo spasimo ogni muscolo per trainarlo, non potevano certo seminare quei cavalleggeri ben riposati e assetati di sangue. Una collina gli si stagliò di fronte.

La mente di Cal vagliò freneticamente le varie opzioni. Poteva abbandonare il carro e fuggire, ma con la luna così brillante avrebbe faticato a distanziare i dragoni. In caso di cattura lo avrebbero ucciso sul posto o, più probabilmente, portato a Boston per essere esibito come ribelle prima di venire giustiziato pubblicamente. Visto che era un traditore lo avrebbero impiccato finché non fosse quasi morto, per poi sbudellarlo e bruciarne le viscere davanti ai suoi stessi occhi e infine squartarlo.

Non avrebbe abbandonato la polvere da sparo.

Due dragoni si staccarono dal gruppo per precedere i compagni, decisi a raggiungerlo prima che arrivasse in cima alla collina e subito dopo imboccasse la discesa, riuscendo così ad accelerare. Cal sferzò i cavalli, che avevano la pelle fumante e le nari coperte di schiuma mentre si tendevano con tutte le loro forze contro le tirelle, quasi capissero che terribile rischio lui stava correndo.

La sommità era ormai vicina, ma i due dragoni stavano guadagnando terreno. Si separarono, allargandosi come le ganasce di una tagliola, per raggiungere i lati opposti del carro. Non c'era nulla che Cal potesse fare. Aveva ancora il fucile del padre appeso alla schiena, ma aveva bisogno di tutte le sue energie per guidare il carro e non poteva staccare le mani dalle redini.

Con la coda dell'occhio vide uno dei soldati arrivargli accanto, sulla destra, e l'altro raggiungerlo sulla sinistra, rapido e minaccioso mentre avvicinava sempre più la propria cavalcatura alle ruote rombanti. Per un attimo proseguirono tutti e tre affiancati.

Una sciabola saettò verso la testa di Cal, che si scostò di scatto, appena in tempo. La lama affondò nel legno del sedile accanto a lui e vi rimase conficcata, vibrando. Mentre il dragone, lanciato al galoppo, cercava di liberarla, Cal tirò con forza le redini in modo che il carro deviasse di lato.

Il nemico si era avvicinato troppo. Le ruote bordate di metallo urtarono la zampa anteriore del suo cavallo e l'osso si spezzò con uno scricchiolio. Nonostante il frastuono di zoccoli e ruote e il tintinnio delle briglie, il grido dell'animale risuonò nitido e orrendo quando stramazzò scompostamente al suolo. Le ruote posteriori del carro gli sfrecciarono accanto, rischiando di spezzargli il collo.

Cal tirò di nuovo le redini, riportandolo al centro della strada, però era come cercare di dirigere un bisonte intento a caricare: il carro si muoveva, ma con tremenda lentezza. Per un attimo agghiacciante la ruota anteriore destra rimase sospesa nel vuoto, sopra il fossato che correva lungo il ciglio, girando rapida. Lui sentì il carro cominciare a inclinarsi. Se fosse caduto nel fosso a quella velocità sarebbe andato in mille pezzi.

Poi la ruota ritrovò il bordo della strada con un sobbalzo così violento che Cal venne scaraventato in aria, a due piedi di altezza, e lasciò andare redini e frustino.

Il tiro di cavalli rallentò, consentendogli di vedere le redini strisciare sul terreno fra le tirelle. Doveva assolutamente recuperarle, perciò si tolse il fucile dalla schiena e lo posò accanto a sé. Tenendosi aggrappato al sedile con una mano sola, si calò nell'esiguo spazio fra il carro e i cavalli. Le ruote gli rombavano accanto e gli zoccoli picchiavano sul suolo a pochi pollici dal suo viso, sollevando un polverone che lo soffocava e accecava. Cercò di afferrare le strisce di cuoio. Il terreno che sfrecciava sotto di lui gli scorticò la punta delle dita, riducendogli le unghie a monconi sanguinanti, ma nonostante l'atroce dolore Cal continuò a tentare finché non riuscì ad afferrare le redini.

Si raddrizzò sul sedile, poi sputò la polvere che gli riempiva la bocca e se la sfregò via dagli occhi.

Qualcosa di affilato gli punse le costole.

«Fermate il carro» gli intimò una tagliente e perentoria voce dall'accento britannico.

Il secondo dragone era ritto sul predellino e gli puntava la spada contro il petto. Doveva essersi affiancato al carro per poi saltare a bordo mentre Cal recuperava le redini. Balzare da un cavallo al galoppo su un carro che sbandava selvaggiamente non era impresa da poco, ma Cal non poteva certo ammirarla. Maledisse l'uomo per la sua bravura equestre mentre sentiva un altro cavallo avvicinarsi rapido da dietro. Dovevano esserci altri dragoni sulle sue tracce.

Non c'era nulla che potesse fare. Al minimo movimento quello lo avrebbe trafitto, come dimostrava il suo sogghigno trionfante.

Eppure qualcosa di ostinato dentro Cal rifiutava di arrendersi. Lui fece schioccare le redini, spronando i cavalli ad accelerare. Rimpianse di non avere il tempo di ghermire il fucile per ricavare dalla pietra focaia una scintilla in grado di far esplodere il carico di polvere da sparo. Almeno la sua morte non sarebbe stata vana.

«Vi avevo avvisato!»

Il dragone contrasse il braccio. Cal si preparò mentalmente all'affondo e in una frazione di secondo si chiese se sarebbe stato doloroso venire trafitto dalla spada. Ripensò agli amici massacrati davanti alla santabarbara e si ispirò al loro esempio, decidendo di morire in modo altrettanto coraggioso.

La spada sfrecciò in avanti. Non avrebbe potuto mancarlo, visto che distava solo pochi pollici dal suo petto, eppure in quel breve spazio cambiò traiettoria e si inclinò verso l'alto, tagliando la spalla della giacca di Cal invece di trapassargli il cuore.

Qualcun altro era salito sul carro e aveva serrato le braccia intorno al petto del dragone per poi tirarlo indietro con forza. Non era uno scontro equo: l'uomo era alto quasi sei piedi mentre il suo aggressore somigliava più a un ragazzo. Il dragone prese il braccio che lo tratteneva e lo piegò fin quasi a romperlo. Il ragazzo urlò di dolore.

Cal strappò di mano al dragone l'elsa della sciabola e, senza riflettere né esitare, gli affondò la lama nel petto.

L'uomo si afflosciò e, prima che Cal potesse ritrarla, il carro sobbalzò a causa di una buca nella strada. Il dragone cadde giù e fece una capriola sul terreno. Il carro sussultò di nuovo mentre le ruote passavano sopra l'uomo, dandogli il colpo di grazia. Cal tirò le redini.

Fissò il suo salvatore. Era Aidan.

«Come sei arrivato fin qui?» chiese, ansimante, e poi, senza aspettare una risposta, aggiunse: «Mi hai salvato la vita».

Girando la testa vide Maverick tenere agevolmente il passo con il carro.

«Forse non sei inutile come pensavo» affermò, tentando di celare le emozioni.

Gli occhi di Aidan scintillavano di baldanza.

Cal gli vide del sangue sulla camicia. «Sei ferito?»

Il fratello sorrise e gli mostrò un foro nel tessuto. «Hai affondato così tanto la spada del dragone che gli è uscita dalla schiena e per poco non ha infilzato anche me. La mia prima ferita di guerra. È solo un graffio.»

«C'è ancora il tempo di riportarne una seconda. Stanno arrivando altri dragoni.»

Cal guardò dietro di sé e li vide avvicinarsi lungo la strada. Passò le redini a Aidan.

«Prosegui fino a Duxbury, là ci sono dei patrioti che prenderanno in consegna la polvere. Io cercherò di rallentare i nostri inseguitori.»

Recuperò il fucile lasciato cadere sul fondo del carro e se lo appese alla spalla, poi fischiò per chiamare Maverick, che gli si avvicinò al piccolo galoppo fino a distare meno di un piede. Cal si allungò verso di lui, afferrò il pomo della sella e saltò. Divaricò le gambe e atterrò agilmente su di essa, senza che il cavallo rallentasse nemmeno.

Il carro sfrecciò giù per il fianco opposto della collina, oscillando selvaggiamente mentre Aidan si sforzava di guidarlo. Cal pregò che il fratello minore riuscisse a riprenderne il controllo. Girò Maverick. Poco più indietro trovò il cavallo del dragone che brucava erba sul ciglio della strada, con la carabina del soldato ancora infilata accanto alla sella, insieme a una pistola di fattura pregiata. Le prese entrambe.

Smontò per avere una maggiore stabilità, poi imbracciò la carabina, che aveva la portata maggiore, si inginocchiò e la puntò contro il primo dei tre dragoni lanciati al galoppo verso di lui. Le sue braccia, per quanto indolenzite dopo lo sforzo di guidare i cavalli, non tremarono mentre prendeva la mira.

Il bersaglio era lontano e in movimento, nel buio. Il bagliore della polvere che esplodeva impedì a Cal di vedere dove finiva il proiettile. Quando gli si schiarì la vista notò il cavallo che galoppava ancora verso di lui, ma senza cavaliere. Il dragone steso a terra si dimenò e urlò mentre i due compagni lo superavano.

Con la massima calma Cal ricaricò e fece di nuovo fuoco, ma stavolta il suo bersaglio scartò di scatto e lui lo mancò.

I due nemici rimasti si stavano avvicinando rapidamente, senza lasciargli il tempo di ricaricare il fucile. Cal aveva due pallottole pronte, una nella carabina e l'altra nella pistola, ma erano entrambe armi a corta gittata, quindi non poteva essere sicuro di colpire i bersagli prima che gli fossero quasi addosso.

Ruotò sulla sella e sollevò la carabina, imponendosi di rimanere fermo finché i nemici non si fossero avvicinati tanto da permettergli di vedere il sudore sui fianchi dei loro animali.

Un soldato esperto avrebbe cercato di colpire il cavallo, visto che era un bersaglio più grande, ma Cal, ancora un novellino restio a ferire un animale innocente, sparò al cavaliere. Lo mancò, così gettò via la carabina ed estrasse la pistola. Ormai i dragoni erano talmente vicini che non poteva permettersi un altro colpo a vuoto. Fece fuoco nel buio e uno dei due cadde a terra.

Ne restava soltanto uno, ma ormai gli era addosso. Una sciabolata saettò verso Cal, che la parò disperatamente con la pistola. Riuscì a bloccare la lama, ma l'arma gli schizzò via dalla mano.

Il dragone girò il destriero per lanciarglisi di nuovo contro. Cal era disarmato, non aveva nemmeno un coltello. La sua unica difesa era il cavallo sotto di lui. Tirò con forza le redini e affondò i talloni nei fianchi di Maverick che balzò in avanti, superando con un balzo il fossato accanto alla strada e finendo nel campo attiguo proprio mentre la sciabola del dragone, che l'aveva raggiunto, fendeva con un sibilo l'aria nel punto in cui fino a un attimo prima si era trovata la testa di Cal.

L'inglese si gettò all'inseguimento, gridando l'«urrà» tipico di un cavaliere impegnato nella caccia alla volpe. Cal aveva un vantaggio: gironzolava in quella zona sin da quando era un bambino, quindi la conosceva come il palmo della sua mano. Ma il dragone cavalcava come un demonio e persino al buio, su un terreno a lui ignoto, riusciva a evitare ogni steccato e ogni fosso. Per quanto Cal procedesse veloce non era in grado di seminarlo.

Galoppare sul terreno umido stava esaurendo le forze di Maverick, che aveva le orecchie tirate all'indietro e i fianchi madidi di sudore. Cal non osava guardare dietro di sé, ma sentiva il tintinnio degli speroni del dragone avvicinarsi sempre più. Attraversò una piccola macchia d'alberi, tenendo il viso premuto sulla criniera del cavallo per non farsi decapitare da un ramo basso. Quando emersero dal boschetto vide un'altra staccionata di fronte a sé e riuscì a raddrizzare la schiena prima che Maverick la superasse con un salto.

Erano tornati sulla strada, che in quell'area sopraelevata correva vicina a una scogliera. Cal proseguì, cercando di spremere fino all'ultimo briciolo di energia dal suo stallone stremato. Aveva l'impressione di trovarsi in un incubo, inseguito da un nemico implacabile che sembrava non rallentare mai. Si dondolò e deviò di scatto per evitare la punta guizzante della spada del dragone che lo aveva quasi affiancato, ma stava per esaurire le opzioni.

Maverick, sfinito, rallentò. Cal guardò dietro di sé. Nel chiarore lunare l'elmo del dragone gli lasciava in ombra gli occhi, però la bocca era aperta in un ringhio bellicoso. L'uomo sollevò la spada mentre spronava il cavallo affiancando Cal, pronto a sferrargli un colpo capace di aprirlo in due, dalla spalla al ventre.

Con le ultime forze rimaste Maverick spiccò un salto che rischiò di disarcionare Cal, colto alla sprovvista. Istintivamente serrò con forza le cosce sui fianchi dello stallone e gli si aggrappò alla criniera. Non sapeva come mai il cavallo si fosse lanciato, vide solo una chiazza scura allargarsi sotto di lui prima che l'animale toccasse terra con un tonfo, sbalzandolo quasi di sella.

Nel terreno alle sue spalle spiccava una fenditura, una stretta gola creata dallo sgretolarsi della scogliera. Maverick l'aveva vista e aveva reagito in tempo. Il cavallo del dragone, invece, vi piombò dentro al galoppo, urtandone il ciglio opposto con una tale violenza da spezzarsi il collo. Il suo cavaliere venne disarcionato e scagliato oltre il bordo del burrone, ruzzolando giù per la ripida discesa fino a piombare sulle rocce sottostanti.

Cal fece fermare Maverick, entrambi ansimavano così forte da rischiare che il loro cuore scoppiasse. Lui aveva a malapena la forza di sollevare la testa, ma quando il martellare nelle sue orecchie si attenuò sentì un rombo familiare in lontananza e alzò gli occhi.

Si trovava in un avvallamento fra due colline. La strada scendeva lungo il pendio dietro di lui, deviando verso l'entroterra per evitare la gola in cui era finito il dragone e poi tornando dritta per puntare alla cima del colle seguente. Il carro era quasi arrivato lassù. Cal vide i barili di polvere da sparo accatastati sul pianale e, appollaiata sul sedile del guidatore, la figura minuta di Aidan che, concentrato sul proprio compito, non aveva notato la battaglia che infuriava alle sue spalle.

Scoprendo che il carro era al sicuro, Cal provò un empito di orgoglio fraterno: avrebbe voluto abbracciare Aidan. L'avevano fatto insieme. Sam Hartwell e tutti i suoi amici erano perduti, ma non erano morti invano.

Tuttavia c'era qualcosa che non andava. Quando Aidan arrivò in cima alla collina Cal vide la sua sagoma farsi più nitida, stagliandosi non contro le stelle, bensì contro un opaco bagliore arancione.

Il carro parve fermarsi sulla vetta, poi cominciò a scendere dall'altra parte, scomparendo.

Cal, attanagliato dal terrore e dimenticando la spossatezza, spronò Maverick, che reagì fiaccamente: era quasi azzoppato e troppo sfinito per riuscire a procedere se non al trotto. Il bagliore arancione si fece più brillante mentre salivano sulla collina, ma per quanto Cal gli premesse i talloni sui fianchi, lo implorasse e blandisse, lo stallone era troppo lento.

Quando arrivarono in cima Cal sentì il cuore fermarsi. Gli inglesi erano là. Non sapeva come vi fossero riusciti, se la notizia si fosse diffusa con la rapidità di un fulmine, se qualcuno li avesse traditi oppure si trattasse di semplice sfortuna. Ma erano là ad aspettarlo.

Avevano tagliato alcuni alberi per poi sistemarli di traverso sulla strada ai piedi della collina. Le fiamme nei bracieri sui due lati della barriera illuminavano la dozzina di soldati con le baionette inastate schierata dietro di essa. Non c'era modo di oltrepassarla.

Più giù lungo il pendio Cal vide Aidan tirare le redini, allungandosi all'indietro nel disperato tentativo di far rallentare i cavalli, ma il carro continuò ad avanzare e accelerò di slancio lungo la discesa.

A un tratto il ragazzo cadde sopra i barilotti alle sue spalle e i cavalli che tiravano il carro riuscirono a liberarsi e scappare. Cal, orripilato, si rese conto che le sciabole dei dragoni dovevano avere scalfito i finimenti, che adesso si erano spezzati. Il carro proseguì la corsa, fuori controllo, destinato a schiantarsi contro la barricata.

«Salta, Aidan!» gridò Cal con tutto il fiato che aveva in gola.

Pensò che Aidan l'avrebbe fatto. Il ragazzo si rialzò, a cassetta, guardandosi intorno con aria incredula, e parve pronto a saltare. Ma, non riuscendo a costringersi a farlo o volendo seguire fino in fondo le istruzioni del fratello di non lasciare il carro, non tentò di abbandonarlo.

Cal affondò i talloni nei fianchi di Maverick e si lanciò in avanti, convinto di poterlo ancora salvare. Alcuni soldati, assaliti dal panico nel veder sfrecciare verso di loro il carro privo di guidatore, si diedero alla fuga. Altri rimasero a guardare a bocca aperta, ma due o tre dotati di maggiore sangue freddo aprirono il fuoco. Una fiammata sgorgò dai moschetti.

Il carro colpì la barricata con la stessa velocità di un toro alla carica. Le ruote anteriori andarono in frantumi, il telaio si spaccò. I soldati furono scagliati qua e là come birilli e i bracieri vennero rovesciati, spargendo carboni ardenti tutt'intorno. I barilotti di polvere da sparo scagliati in aria si ruppero non appena toccarono il suolo.

Cal vide Aidan che, scaraventato al di sopra della barriera di tronchi, piombava poi a terra come una bambola di stracci.

Uno dei barilotti rotolò attraverso la strada e oscillò come un uovo mentre si lasciava dietro una scia della polvere nera che fuoriusciva dalle fessure nelle doghe. Si avvicinò pigramente a uno dei bracieri caduti, puntando verso le braci sul terreno polveroso.

Le raggiunse e si fermò.

Quando la scia di polvere nera si incendiò, un bagliore simile a un lampo divampò sulla strada, poi il paesaggio fu inghiottito da una palla di fuoco talmente gigantesca e sfavillante da dare l'impressione che il sole di mezzogiorno fosse spuntato in piena notte. Cal si riparò gli occhi. Dopo una frazione di secondo la violenza dell'esplosione lo investì, rischiando di sbalzarlo di sella, e il fragoroso boato simile a un tuono lo assordò.

Sbirciando attraverso le dita, vide quella che gli parve una visione dell'inferno priva di suoni. Il fumo permeava la notte. Il telaio del carro bruciava, simile allo scheletro di un enorme animale morente. Scoppiarono ulteriori incendi quando altri barilotti presero fuoco ed esplosero con quello che le orecchie traumatizzate di Cal percepivano solo come uno schiocco sommesso. Frammenti di legno e arti umani erano disseminati sul terreno.

Con la consapevolezza che Aidan si trovava in quell'inferno Cal ignorò il sangue che gli colava dal naso, il dolore alle orecchie e il fumo nei suoi occhi e spronò Maverick. Ma lo stallone si impennò, ritraendosi dalle fiamme, e non si lasciò convincere ad avanzare. Cal smontò e corse fra le macerie che bruciavano, ricordandosi appena in tempo di slacciarsi la cartuccera perché non esplodesse a causa del calore. Il fuoco gli scottò il viso e gli ustionò la pelle, ma lui non si accorse del dolore. Si arrampicò sui resti della barricata e saltò giù sul lato opposto.

Raggiunse di corsa Aidan, steso a terra con le braccia allargate. Senza badare alla manica della propria camicia in fiamme, gli si inginocchiò a fianco e cercò di sollevarlo.

Non appena la testa del ragazzo si staccò dal terreno ricadde all'indietro come un cardine rotto. La violenza della caduta gli aveva spezzato il collo, uccidendolo sul colpo.

Le lacrime rigarono il viso di Cal, fresche sulle vesciche che gli costellavano la pelle strinata. Suo fratello era morto, la polvere da sparo era scomparsa, tutto era perduto.

Poco più in là qualcosa si mosse sul terreno. Un soldato steso sotto uno dei tronchi scagliati in aria dalla violenza dell'esplosione era ancora vivo.

Cal lo raggiunse e lo osservò, scoprendo che il tronco gli aveva spezzato la gamba e lo teneva bloccato a terra, ma lo aveva anche protetto dalla deflagrazione. Lui fissò Cal con occhi colmi di rabbia.

«Levatemi di dosso questo dannato peso» disse, a denti stretti.

Cal esitò, paralizzato da una tempesta di emozioni. La furia dell'uomo parve esaurirsi.

«Vi prego» implorò lui.

Era del tutto inerme. Cal gli si accovacciò accanto e notò il sollievo sul suo volto mentre allungava la mano verso il tronco. Era pesante, ma Cal era abituato a sfoltire il sottobosco e a tagliare legna della fattoria, quindi avrebbe potuto salvare il soldato.

Ma nessuno aveva salvato Aidan.

Un enorme vuoto si spalancò dentro Cal, come se il suo cuore stesse implodendo. Come l'avrebbe comunicato al padre? E alla madre? Immaginò di entrare nella cucina della fattoria, immaginò il sorriso della madre che si sgretolava in una smorfia di disperazione e la collera che compariva negli occhi del padre.

*Non è stata colpa mia se Aidan mi ha seguito*, si disse, cercando di convincersene. *Non è stata colpa mia.* Per quante volte potesse ripeterlo, sapeva che il padre non gli avrebbe mai creduto.

Prese la lunga baionetta appuntita infilata in un occhiello nella cintura del soldato. Il senso di colpa dentro di lui montò fino a diventare quasi insopportabile. Cal rimpianse di non essersi gettato con Maverick dentro la palla di fuoco quando i barilotti di polvere erano esplosi, così da eliminare se stesso e la propria vergogna. Pensò di piantarsi nel cuore la punta affilata della baionetta, che scintillava nel bagliore delle fiamme.

*Non è stata colpa mia.*

Il senso di colpa si trasformò in rabbia. Per quanto lui soffrisse atrocemente, il padre non gli avrebbe fornito alcuna consolazione e lo avrebbe ritenuto responsabile di tutto. Era così ingiusto.

Sentì del liquido caldo colargli sul viso e lo asciugò con la mano, pensando che fossero lacrime e vergognandosene. Ma quando si guardò le dita vide che erano sporche di sangue.

Si era ferito? Abbassò lo sguardo, tornando a concentrarsi su ciò che aveva intorno. Il soldato giaceva sotto di lui, la baionetta conficcata nella gola. Il sangue sul volto di Cal doveva essere zampillato da un'arteria, anche se ormai usciva lentamente. Il collo dell'uomo era costellato di ferite, laddove lui l'aveva accoltellato ripetutamente, con una tale violenza che alla fine la baionetta era rimasta conficcata nel terreno sottostante.

*Devo essere stato io*, pensò, pur non serbandone alcun ricordo. Si asciugò gli occhi e fissò la poltiglia sanguinolenta a cui aveva ridotto la gola di quello che era stato un soldato.

Cominciò a tremare così forte da temere che potesse spezzarglisi il collo e sentì la bile salirgli in gola. Era la prima volta che uccideva a sangue freddo.

*Era disarmato e tu l'hai ucciso*, protestò una vocina nella sua testa. Ma un'altra voce replicò: *L'hai fatto per Aidan*. E quella seconda voce suonava affettuosa e consolatoria. Suo padre poteva dire ciò che voleva, la tragica fine di Aidan non era colpa di Cal. Aidan era morto per lo stesso motivo per cui l'aveva appena fatto quel soldato, ossia per la rivoluzione, per la libertà. Theo non l'avrebbe mai capito.

Intravide il proprio volto nella fibbia scintillante del militare e per poco non si ritrasse di scatto, orripilato. Somigliava a una creatura mostruosa, disumana: era ustionato, sporco di sangue e pieno di vesciche, con la bocca aperta in un ringhio. Stentò a riconoscersi.

*Non lascerò che tu sia morto invano*, promise a Aidan. *Non ci permetterò di perdere questa guerra.*

Ci sarebbe riuscito, a prescindere da quello che avrebbe dovuto fare, da quanti inglesi avrebbe dovuto uccidere. Si sarebbe assicurato che suo padre capisse.

*Non è stata colpa mia.*

Robert Courtney non aveva mai immaginato che al mondo potessero esistere così tante navi, ma in fondo cominciava a capire che erano parecchie le cose del mondo che non era riuscito a prefigurarsi. Sin da Gravesend il Tamigi era gremito di imbarcazioni, ormeggiate talmente vicine fra loro che si sarebbe quasi potuto attraversare il fiume camminando sui pennoni ingarbugliati. C'erano massicci Indiamen che portavano tè dalla Cina, zucchero dalla Giamaica e calicò dall'India. Navi che trasportavano pellicce dal Canada, spezie dalle Indie Orientali, avorio dall'Africa e olio di balena dalla Groenlandia. A Woolwich alcune chiatte scaricavano salnitro proveniente dal Bengala che sarebbe stato macinato insieme a zolfo e carbone, poi caricato su altre navi sotto forma di polvere nera per combattere le guerre che rendevano necessari tutti quei commerci nell'intero globo.

E poi c'era Londra.

Rob la vide per la prima volta come una chiazza di fumo scuro che aleggiava sopra l'orizzonte.

«È un incendio boschivo?» chiese a Cornish.

Il comandante ridacchiò. «Quello è il fumo di centomila case.»

Rob pensò che stesse scherzando, poi vide la città e si rese conto che Cornish aveva minimizzato: era vasta come una foresta, caotica, buia e piena di rumore. Si estendeva a perdita d'occhio, con edifici che sembravano alti come il promontorio della Nativity Bay.

«Com'è possibile che così tante persone vivano in un unico luogo?» domandò stupito. «Come fanno a mangiare? Dove vanno a caccia?»

Alcune donne dagli abiti sgargianti raggruppate sulla costa salutarono con la mano, si sollevarono il vestito per mostrare la sottoveste e mandarono baci. Lui ricambiò timidamente il saluto, pur non riuscendo a capire cosa stessero dicendo.

«Scoprirai che la vita qui è molto diversa da quella a cui sei abituato» disse Cornish con un sorriso. Ma il suo sguardo tradiva una certa preoccupazione: fino a quel momento lui non si era reso conto che la città potesse sgomentare un ragazzo cresciuto come Rob.

La *Dunstanburgh Castle* ormeggiò al Monsoon Dock e cominciò a calare il proprio carico sulle chiatte. I membri dell'equipaggio si misero in fila per ricevere la paga. Avevano sostituito la rozza tenuta da marinaio con capi di vestiario davvero straordinari: appariscenti calzoni a righe, scarpe dalla punta allungata, camicie ornate di nappe, frange, bottoni d'ottone e d'argento e decorazioni di ogni genere.

«È questa la moda, a Londra?» chiese Rob.

Gli unici indumenti che potesse mettere erano una camicia pulita e un paio di calzebraghe che aveva tenuto al sicuro sul fondo del proprio baule.

Uno dei compagni gli fece cenno di raggiungerlo. «Sbarca con noi, Rob. Ti mostreremo tutte le viste più amene della città di Londra.»

Lo disse in tono gentile – Rob era molto benvoluto

dall'equipaggio – ma Cornish, sentendo le fragorose risate degli altri marinai, capì subito quali intenzioni avessero.

«La vista del bel culo di una puttana, vuoi dire» commentò uno di loro.

«Rob viene con me» annunciò Cornish senza lasciare voce in capitolo al ragazzo. «Stasera ceneremo insieme.» Notò la delusione sul viso di Rob. «Domani ci sarà tutto il tempo di visitare la città.»

Non appena sbarcarono, il fracasso e l'odore parvero decuplicare. L'unica esperienza a cui Rob potesse paragonare il tutto era il suo essersi ritrovato in mezzo a un branco di elefanti irrequieti che pestavano le zampe a terra e barrivano.

«Aspettami qui» gli disse Cornish. «Devo passare cinque minuti con l'ispettore doganale, ho una bottiglia di brandy da consegnare.»

Rob, reso euforico dall'energia della città, faticava a rimanere fermo. Voleva correre, vedere ogni strada, ogni edificio e ogni segreto che Londra potesse offrire. Restò sulla banchina, guardandosi intorno con occhi grandi come quelli di un vitello appena nato. Se mai aveva nutrito dei dubbi sulla propria decisione di lasciare la Nativity Bay, ormai non ne aveva più.

«Al ladro!» gridò una voce incalzante che fendette il trambusto. «Fermate quel ladro!»

Rob riportò di scatto l'attenzione sul molo di fronte a lui. Un uomo alto e scarno, con camicia e calzoni laceri, correva a una velocità sorprendente, stringendo un sacchetto di pelle che dava l'impressione di valere più di tutti i suoi indumenti messi insieme. Un giovane con una giacca color prugna e calzoni al ginocchio gialli a righe lo stava inseguendo, rallentato dalla fitta calca.

Rob capì subito cosa stava succedendo e avanzò agilmente, tanto che l'uomo dagli abiti cenciosi gli sbatté contro. Rischiò di cadere a causa della violenza dell'impatto, ma Rob rimase saldamente al proprio posto e afferrò il sacchetto.

«Dubito che questo vi appartenga» dichiarò.

L'uomo alzò la testa, lo stupore nei suoi occhi che si trasformava in collera. Lasciò andare il portamonete.

«Non appartiene nemmeno a voi.»

Il frastuono sul molo cessò. Le persone che si erano disposte in cerchio attorno a Rob per osservare il dipanarsi del confronto si ritrassero di scatto, inspirando bruscamente: nella mano del ladro era comparso un coltello.

Rob era disarmato eppure, a dispetto del sangue che gli scorreva rapido nelle vene, provava una calma innaturale. Guardò l'uomo dritto in faccia.

«Se ve ne andate subito, per voi sarà tutto più facile.»

Con un grido furibondo l'altro gli si lanciò contro, brandendo il coltello. Rob non aveva mai affrontato un uomo armato, ma possedeva l'istinto di un Courtney e, quando l'avversario cominciò a muoversi, si girò di lato, schivando il colpo. La lama fendette l'aria nel punto in cui una frazione di secondo prima si era trovato il suo ventre. Rob non si preoccupò del coltello. Ormai era molto vicino al ladro, così gli sferrò una ginocchiata all'inguine e, quando l'altro si piegò in due, un violento pugno in faccia.

Il malvivente lasciò andare il coltello e cadde in ginocchio. Rob posò il piede sulla lama per impedirgli di raggiungerla, poi aspettò che l'uomo lo attaccasse di nuovo.

Ma il ladro ne aveva avuto abbastanza e, rialzatosi affannosamente, si aprì un varco a spintoni fra la folla di spettatori per poi darsi alla fuga.

«Ottimo lavoro» disse una voce, complimentandosi con Rob.

Era arrivato l'uomo con la giacca color prugna e Rob, vedendolo da vicino, si rese conto che non era molto più vecchio di lui. Aveva un viso avvenente, con zigomi appuntiti e capelli arruffati raccolti in una coda di cavallo stretta da un nastro di velluto. I suoi pigri occhi a mandorla saettavano qua e là con un'intensità quasi felina.

«Hugo Lyall» si presentò.

«Robert Courtney.»

Rob stringeva ancora in mano il sacchetto di pelle di Hugo, che lo prese.

«Vi sono debitore.»

«Non è stato niente di che.»

Ora che la lotta era terminata, l'ardore di Rob si era placato, lasciandolo in preda a un leggero capogiro.

Hugo se ne accorse. «State tremando.»

«È solo colpa dell'eccitazione. Non mi ero mai battuto prima d'ora.»

«Mai?» Hugo sgranò gli occhi, incredulo. «Avete dato un'ottima prova di voi, per essere un dilettante. Ho visto pugili che sarebbero stati fieri del gancio che avete rifilato a quel tizio.»

Rob sorrise del complimento. «Una volta ho dovuto lottare con uno squalo, non è poi così diverso.»

Hugo rise. «Ora sono sicuro che mi state prendendo in giro.»

Lui allargò il colletto della camicia per mostrargli i denti di squalo infilati nella cordicella che gli cingeva il collo.

«Ho tenuto un souvenir.»

Hugo aveva smesso di ridere e lo fissava incuriosito.

«Da dove venite?»

«Dall'Africa.»

«Ah. Vi dedicavate al *blackbirding* sulla costa della Guinea?»

Rob sorrise, senza sapere che il termine indicava la tratta degli schiavi. «Sono cresciuto là.»

«Siete olandese?»

Era difficile collocare geograficamente l'accento di Rob.

«Inglese.»

Hugo strinse gli occhi. «Ma nessun inglese cresce in Africa.»

Rob non sapeva bene cosa replicare. «Io l'ho fatto.»

Vi fu una pausa di silenzio. Lui aveva l'impressione che stessero parlando di due cose diverse, in un certo senso, ma non sapeva cosa dire. Hugo mise fine all'impasse.

«Sto dimenticando la buona educazione. Mi avete fatto risparmiare una somma considerevole, correndo enormi rischi. Permettetemi almeno di offrirvi qualcosa da bere.»

Rob, titubante, girò la testa per guardare la sede della dogana.

«Dovrei aspettare il capitano Cornish.»

«Sciocchezze.» Hugo aveva un modo di parlare estremamente risoluto che faceva sembrare non solo banale ma anche meschina qualsiasi obiezione. «Lui vi troverà.» Gli prese una mano per tirarlo verso di sé. «E io ho alcuni amici che sarebbero felici di conoscervi.»

Rob non riuscì a resistere. Inoltre, bere qualcosa gli avrebbe sicuramente giovato.

«Mi piacerebbe.»

Hugo lo accompagnò in una taverna vicina al molo dove l'aria era pervasa da fumo di pipa e risate, tutto lo spazio disponibile gremito da uomini che sorseggiavano alcolici, scommettevano e litigavano. Cinque o sei giovani, più o meno coetanei di Rob, erano stipati su due panche. Dovevano trovarsi lì già da un po', perché avevano davanti bicchieri vuoti e diverse bottiglie di vino, anch'esse vuote. Erano accomunati da alcune caratteristiche fisiche, più come gli esemplari di una determinata razza canina che come i membri di una stessa famiglia: capelli arruffati raccolti in una coda di cavallo legata da un nastro, camicia di cotone dai polsini ornati di pizzo, mento rivolto verso l'alto e occhi socchiusi che sembravano guardare il mondo con sufficienza.

«Vi presento Rob» disse Hugo. «Ha impedito che io venissi derubato.»

«Da una sgualdrina che hai cercato di non pagare?» lo schernirono gli amici. Lui li ignorò.

«Rob viene dall'Africa.»

«Avete cavalcato elefanti?» chiese uno.

«O leoni?» domandò un altro.

«Ho sparato a degli elefanti» ribatté Rob.

«E lottato contro gli squali» aggiunse Hugo con orgoglio, come se fosse responsabile della cosa.

Gli altri lo osservarono con maggiore interesse.

«Buon Dio» commentò un giovanotto, «credo che dica sul serio.»

«Siete un gentiluomo?» si informò uno degli amici di Hugo.

«Non essere ridicolo» disse un altro. «Non hanno gentiluomini, in Africa.»

«Secondo me non è altro che un comune marinaio. Guardate il suo tatuaggio.»

Rob si abbassò la manica per coprirlo. Cominciava a sentirsi come un animale esotico esibito all'interno di una gabbia e a preoccuparsi di come avrebbe fatto Cornish a trovarlo.

«Devo andare» spiegò, suscitando parecchie grida e proteste.

«Rimanete per un drink» dissero gli altri. «Raccontateci storie dell'Africa.»

Rob cominciò ad allontanarsi e Hugo si alzò per accompagnarlo fuori.

«Vi chiedo scusa se i miei amici sembrano sgarbati» mormorò.

«Sono sicuro che non significa nulla.»

«Significa che sono dannatamente ubriachi.» Hugo lo guardò negli occhi. I suoi erano limpidi, sinceri, colmi di buonumore e divertimento, e Rob scoprì di trovarlo simpatico. «Venite davvero dall'Africa» aggiunse Hugo con una punta di incredulità.

«Già.»

«Ho sempre sognato di esplorare il mondo. Adesso dove vivete?»

«Al momento su una nave.»

Hugo prese da una tasca della giacca un astuccio smaltato, lo aprì e ne estrasse un bigliettino su cui erano goffrati il suo nome e indirizzo.

«Io abito al 22 di Wimpole Street. Passate a trovarmi, se potete. Mi piacerebbe sentire altri racconti delle vostre avventure in Africa, magari senza così tante interruzioni.»

Gli passò il biglietto e poi, con un sorriso sbarazzino, tornò dagli amici.

Rob trovò Cornish sulla banchina, intento a scrutare ansiosamente la folla.

«Ti avevo detto di aspettarmi qui» lo rimproverò il capitano, il cui timore di avere perso Rob si trasformò in rabbia. «Devi stare attento, a Londra.»

Rob ripensò alla colluttazione con il ladro. Nella sicurezza del senno di poi sembrava uno scontro eccitante, il genere di cosa che avrebbero fatto i suoi antenati. Decise che Cornish non avrebbe affatto apprezzato il racconto.

«Mi sono fatto un amico» si limitò a dire.

«Chi?»

«Hugo Lyall.» Rob gli mostrò il biglietto, poi se lo infilò nella cintola dei calzoni. «È sembrato molto simpatico.»

«Stai attento» lo avvisò Cornish. «Non tutti in questa città sono ciò che sembrano.»

Ma Rob non lo ascoltò.

Cornish si preoccupava per Rob, ma anche di scaricare il contenuto della stiva abbastanza in fretta da battere sul tempo gli altri mercanti, ottenere il prezzo migliore per le sue merci, allungare agli agenti della dogana le bustarelle che si aspettavano, raddobbare la nave dopo il lungo viaggio, incontrarsi con i creditori e vedere la moglie. L'indomani mattina, quando Rob chiese l'autorizzazione a scendere a terra, lui alzò a malapena gli occhi dallo spesso registro su cui era chino.

«Vedi di tornare prima del tramonto» fu tutto ciò che disse.

Rob sapeva a stento da dove cominciare a esplorare Londra. Dopo mezz'ora sentiva gli occhi doloranti a forza di fissare e la testa che pulsava tentando di assimilare così tanto. I suoi sensi erano assaliti da suoni, odori, movimenti, trambusto e uno straordinario assortimento di esseri umani, come se tutti gli animali più esotici della natura selvaggia si fossero riuniti e reclamassero attenzione. Era un ammasso di umanità che zigzagava e interagiva senza sosta come fosse impegnato in un'antica danza rituale di cui lui ignorava lo scopo.

Non riusciva a muoversi senza che una donna o un ragazzo si offrissero di vendergli un tortino di carne o un dolcetto. Ne comprò tre, usando alcune monete della paga fornitagli da Cornish. Non aveva mai speso dei soldi, fino a quel momento. A casa sua se si voleva qualcosa bisognava farselo da soli. Trovò inebriante poter comprare oggetti così facilmente, inoltre c'era un'enorme varietà di scelta. Tutte le ricchezze che Rob aveva mai immaginato esistessero al mondo sembravano trovarsi lì e le persone volevano che ne prendesse una parte, gli mettevano in mano i loro prodotti con una strana disperazione. Lui cominciava a sentirsi attratto dall'abbondanza, dall'eccesso.

In Africa era stato abituato a lavorare sotto un sole cocente, ma lì la folla e gli edifici ammassati rendevano la calura afosa e sfiancante. Per rinfrescarsi comprò una pinta di birra scura, da cui però ricavò solo un'emicrania e un senso di vertigini. Era convinto che tutti lo stessero fissando, che stessero ridendo di lui perché era un nuovo arrivato ignorante.

Cominciò a vagare senza meta fino a sentirsi disorientato. In vita sua non si era mai perso: per quanto si allontanasse da Fort Auspice riusciva sempre a trovare una pista di selvaggina o un corso d'acqua capaci di ricondurlo a casa. Lì, invece, gli alti edifici celavano il sole e sembravano chiudersi intorno a lui. Qualsiasi direzione Rob tentasse di imboccare, alla fine si ritrovava sempre in un vicolo cieco. Pensò che se solo fosse riuscito a raggiungere il fiume avrebbe potuto seguirlo fino a tornare ai moli, ma non lo trovò. Come poteva un corso d'acqua tanto ampio scomparire semplicemente?

Aveva quasi cominciato a disperare quando notò una targa che indicava Wimpole Street. Prese dalla tasca il biglietto da visita di Hugo Lyall, bagnato di sudore e macchiato, e lesse l'indirizzo: *22 Wimpole Street*. Le poche case presenti nella via erano per lo più in fase di costruzione, ma alcune ville eleganti e imponenti erano già state ultimate e quella al numero 22 sembrava la più lussuosa: era alta sei piani, con una scintillante facciata rivestita di stucco bianco e pilastri che incorniciavano una grossa porta nera.

Dopo che Rob ebbe bussato, andò ad aprirgli un domestico in livrea con la pelle nera come quella degli indigeni della Nativity Bay.

«*Sawubona*» disse automaticamente Rob, stupito, salutandolo nella lingua che aveva usato con i suoi domestici a casa.

L'uomo, accigliandosi come se gli avessero rivolto il più infamante degli insulti, lo guardò dall'alto in basso.

«Sì?»

«Hugo Lyall abita qui?»

Il domestico lo osservò e notò il catrame sotto le unghie, i calli sulle mani e la scottatura solare sul collo.

«Mr Lyall non è in casa.»

Rob ripescò il biglietto. «Mi ha chiesto di venire a fargli visita.»

«Non è in casa» ripeté il domestico più ad alta voce e più lentamente, come se stesse parlando a un bambino ottuso. Poi, senza attendere una risposta, gli chiuse la porta in faccia.

Rob la fissò, confuso e umiliato. Poi, non potendo rimanere tutto il giorno lì davanti, fece per andarsene.

«Robert Courtney» lo salutò una voce familiare.

Era Hugo che, con una giacca verde mare dalla fodera viola, stava scendendo da una carrozza che doveva essere costata più dell'intero carico della *Dunstanburgh Castle*. Fece un sorriso felice e stupito nel vedere Rob.

«Non siete ancora tornato in Africa?»

«Mi ero perso» confessò lui. «Stavo cercando di ritrovare la strada per il Monsoon Dock.»

«Quindi vi siete perso davvero.»

«Se poteste indicarmi la direzione da prendere...»

«Assolutamente no» replicò Hugo in tono risoluto. «Sembrate mezzo morto. Prima venite dentro a bere qualcosa.»

Vedendo Rob esitare, insistette. «Non ho mai avuto l'occasione di offrirvi il drink che vi ho promesso ieri.»

Rob aveva una gran sete. E dopo il severo anonimato di Londra era un vero sollievo trovare qualcuno che sembrava sinceramente felice di vederlo. Seguì Hugo oltre il domestico accigliato, attraverso un atrio dal pavimento di marmo e su per uno scalone fino a un opulento salotto.

Oziarono su divani di seta mentre altri domestici neri versavano loro del vino da brocche termiche d'argento. Hugo sollevò il bicchiere.

«Alla vostra.»

Il vino ben freddo scese nella gola di Rob, rinfrescante come acqua di fonte.

Lui indicò la splendida stanza, dove ogni arredo sembrava degno di una reggia: specchi e quadri dalla cornice dorata, spessa carta da parati ruvida, un clavicembalo.

«Vivete qui da solo?»

«Per il momento» rispose Hugo. «Mio padre sta visitando le sue tenute nelle Indie Occidentali e non tornerà per alcuni mesi.»

«E vostra madre?»

«È morta quando ero bambino.»

«Anche la mia.»

Si guardarono negli occhi, cogliendo una scintilla di affinità fra loro due.

«Mi dispiace» disse Rob. «Immagino non sia stato facile.»

Hugo proruppe in una risata ragliante. «Per niente. Mio padre è un uomo severo.»

«Anche il mio.»

«Non riesce a capire che sono diverso da lui.»

«Neanche il mio.»

Il silenzio nella stanza parve avvilupparli, mentre si fissavano. Per la prima volta in vita sua Rob si sentiva capito. Aveva rimpianto per tutta la vita di non avere un fratello maggiore, qualcuno che gli mostrasse come affrontare il mondo nel modo in cui suo padre non avrebbe mai potuto fare. Forse il legame con un fratello sarebbe stato come quello che percepiva adesso.

«A quanto pare abbiamo parecchie cose in comune» affermò Hugo, prima di sorridere. «Ascoltateci, ci stiamo autocommiserando come una coppia di ragazze. Voi avete l'intera Londra da vedere e io devo ascoltare tutto ciò che potete raccontarmi sull'Africa. Avete mai visto un camelopardo?»

«Non credo.»

Hugo parve deluso. «Ho sentito dire che sono alti come una casa e pezzati come un leopardo.»

Rob capì a cosa si riferiva. «Noi le chiamiamo giraffe» spiegò. «Sì, ne ho viste varie centinaia. E anche dei leoni.»

«Una volta, a una fiera, ho visto un leone. Era malconcio e trascurato, e mi ha fatto una gran pena, incatenato e in cattività così lontano da casa. Ma sono comunque riuscito a scorgere la nobiltà che racchiudeva.»

«Sono animali magnifici» confermò Rob.

«Il mio unico desiderio è sempre stato diventare un pirata o un esploratore.» Sul viso di Hugo balenò un'espressione mesta. «Mio padre me l'ha proibito, naturalmente.»

«Il mio mi ha vietato di venire a Londra» disse Rob.

«Ma voi siete venuto comunque?» Hugo sembrava sbalordito. «Avete sfidato vostro padre?»

Rob si strinse nelle spalle. «Eccomi qua.»

«Siete scappato per mare.» Hugo batté le mani. «Siete un vero portento. Dovete raccontarmi tutta la storia.»

«Non è poi così straordinaria» dichiarò timidamente Rob. «Londra è di gran lunga più esotica.»

Ma non poteva negare di apprezzare tutto quell'interessamento. Dopo che un domestico gli rabboccò il bicchiere cominciò a raccontare la propria storia. All'inizio era imbarazzato dalla curiosità dimostrata da Hugo, ma più beveva e più parlava con disinvoltura. Non si era mai trovato così al centro dell'attenzione e scoprì che gli piaceva. Le domande di Hugo, la sua palese soggezione davanti alla vita di Rob, gli fecero desiderare di raccontare tutto al suo nuovo amico.

Perse la cognizione del tempo. A Fort Auspice gli abitanti del posto ricavavano una birra leggera dal granturco fermentato, inoltre c'erano sempre state bottiglie di vino e brandy prese sulle navi che facevano scalo nella Nativity Bay, ma le bevande alcoliche erano servite ogni volta con parsimonia, in occasioni speciali come Natale e i compleanni. Hugo, invece, tracannava il vino come se fosse acqua e ogni volta che Rob diceva di dover andare via gli faceva un'altra domanda che richiedeva un'altra lunga risposta. Ben presto Rob, perso in una tiepida foschia di risate e chiacchiere, si sentì girare la testa a causa dell'alcol.

Il pomeriggio lasciò il posto alla sera. Rob, accorgendosi di avere fame, menzionò la cosa e in un battibaleno lui e Hugo si ritrovarono seduti a un tavolo in una bistecceria a divorare grossi pezzi di carne e scolare pinte di vino. Poi Hugo decise che avevano bisogno di intrattenimento, così scesero barcollando fino ai giardini di piacere di Marylebone, cantando con voce rauca.

Rob aveva portato un borsellino con parte della sua paga da marinaio e alcuni dei soldi di Louisa, ma aveva speso tutto in vestiti, quindi fu Hugo a dover pagare le sei pence del biglietto d'ingresso.

«Da dove prendete i soldi?» chiese Rob, reso spigliato dall'alcol.

«Da mio padre.»

Lui cercò di immaginare come un uomo potesse guadagnare abbastanza per mantenere una villa così splendida.

«È un mercante?»

Hugo parve sgomento. «Dio, no. Se vi sentisse fare una domanda del genere vi schiaffeggerebbe. Possiede alcune tenute nelle Indie Occidentali.»

Rob trovava difficile concentrarsi su ciò che l'altro diceva. «Tenute?»

«Zucchero.» Hugo si accigliò. «Insomma, se volete passare l'intera serata a parlare di affari potete trascorrerla con l'agente di mio padre.»

Rob lasciò perdere e si abbandonò alle attrazioni dei giardini di piacere. Per quanto Londra lo avesse già sbalordito con le sue dimensioni e la sua magnificenza, quel luogo si rivelò ancora più straordinario. Osservarono un incontro di pugilato fra due donne che cercavano di uccidersi a forza di pugni, come se una delle due avesse rubato l'innamorato dell'altra. Gli spettatori, tutti uomini, lanciavano grida di esultanza e *buuuu* con tanta foga da far pensare che fossero le loro mogli ad azzuffarsi disperatamente, spinte da una violenta gelosia. Rob vide le due donne avvinghiarsi in un corpo a corpo e una di loro fare un sorrisino saputo, ma non poté impedirsi di fissarne attento il ventre e le cosce nudi. Quando poi passarono a un combattimento fra orso e cani rimase nauseato nello scoprire il primo così indifeso e i secondi così frenetici. Provava un'insolita empatia per gli animali selvatici e avrebbe voluto mettere fine all'esibizione, ma le sue grida di protesta si persero nel latrare arrochito della folla ubriaca. Un mangiatore di fuoco gli restituì il buonumore sputando fiamme come un animale fantastico, un drago emerso dai bui abissi della sua immaginazione febbrile. Rob sospettò di essere morto ed essere stato trasportato in un luogo in cui esistevano solo le sensazioni. Tutto era nuovo ed eccitante, un mondo dedicato a qualsiasi piacere il sole o la luna potessero offrire.

Alla fine i giardini chiusero e i due giovani tornarono con passo malfermo verso la villa di Wimpole Street, fermandosi in un paio di taverne lungo la strada. Una volta arrivati crollarono su poltrone di seta nel salotto e Hugo chiese altro vino, che arrivò subito. I domestici non dormivano mai?

L'orologio a pendolo nel corridoio batté le due.

«Due tocchi, fra poco inizierà il mio turno» mormorò Rob, assonnato.

Hugo scoppiò a ridere. «Sciocco. Sono le due del mattino.»

Rob si riscosse dal torpore. «Avrei dovuto tornare dal capitano Cornish ore fa.»

«Ditegli che vi siete perso» gli consigliò Hugo. «Restate un altro po', potremmo trovare presto della compagnia femminile.»

Rob allungò una mano per non perdere l'equilibrio. «Devo andare.»

Barcollò fino alla porta e sul pianerottolo, poi vide l'enorme scalone vorticargli intorno. Fece un passo e rischiò di piombare giù per i gradini, di testa.

Hugo gli afferrò un braccio. «Vi spezzerete l'osso del collo sulle scale, in queste condizioni. Restate qui.»

Rob sapeva che avrebbe dovuto tornare sulla nave. Cornish ignorava dove fosse finito, forse era preoccupato. Ma la casa era tiepida e Hugo gentile, e a un tratto il vino che aveva bevuto gli causò una terribile sonnolenza.

«Grazie» disse. «Se siete sicuro che per voi non sia un disturbo...»

Si lasciò cadere sul letto di piume, pensando a com'era stato fortunato a trovare un amico come Hugo.

L'indomani mattina non si sentì altrettanto fortunato. In bocca aveva il gusto della sentina, lo stomaco andava su e giù come una nave durante una tempesta e la testa gli faceva male come se vi avesse appena sparato un cannone.

Rimase steso a letto, sollevandosi solo per sporgersi e vomitare nel vaso da notte. Era quasi mezzogiorno quando Hugo infilò la testa nella stanza.

«Pensavo che i marinai reggessero bene l'alcol.» Sembrava non avere affatto risentito dei bagordi della notte precedente. «Mangiare un boccone vi curerà.»

Rob avrebbe voluto dire che doveva tornare sulla nave, ma dopo essersi svuotato lo stomaco scoprì di avere una fame da lupi. Ben presto stava mangiando un piatto di uova mentre tentava di rispondere all'ininterrotto flusso di domande di Hugo sull'Africa e sulle avventure della sua famiglia. Il padrone di casa aveva gli occhi sgranati come un ragazzo che avesse appena visto entrare nel suo salotto un autentico pirata.

«E oggi cosa dovremmo fare?» chiese Hugo quando il suo piatto fu vuoto. «Andare a teatro? Al White's Club? Ci sono così tante cose che dovete vedere.»

Rob moriva dalla voglia di trascorrere la giornata con lui e ammirare qualcun'altra delle innumerevoli meraviglie che Londra aveva da offrire, ma sapeva che avrebbe dovuto tornare sulla nave già da tempo.

«Il capitano Cornish si chiederà dove mi sono cacciato.»

«Il viaggio è finito» sottolineò Hugo. «L'equipaggio non è autorizzato a scendere a terra?»

«Presumo di sì» rispose Rob, «ma non ho un posto in cui stare.»

«Certo che ce l'avete. Rimarrete qui.»

Rob ne fu felice. La prospettiva di restare con il suo nuovo amico, così sofisticato e dai modi disinvolti, gli sembrava un sogno troppo magnifico per poter sperare di realizzarlo.

«Siete sicuro?»

«Per tutto il tempo che volete.»

«Ma vostro padre...»

«Lui non è qui a porre domande e questa casa è decisamente troppo grande per una persona sola.» Hugo si accorse che Rob si faceva ancora qualche scrupolo. «Se questo può farvi sentire meglio gli scriverò per avvisarlo.» Strizzò l'occhio. «Non riceverà la mia lettera prima di sei settimane e, anche se avesse delle obiezioni, ce ne vorranno altre sei perché mi arrivi la risposta.»

«Siete davvero generoso» disse Rob. «Temo di non avere molto da offrire, in cambio.»

«Sciocchezze» replicò con foga Hugo. «Londra era così noiosa, prima del vostro arrivo.»

Rob rimase di stucco. «Non riesco a immaginare che possa mai essere noiosa.»

«E io non riesco a capire perché vogliate scambiare una vita di sfrenata avventura con questa fogna, eppure eccovi qui. Quando sono con voi mi sembra di essermi infilato in un romanzo di Daniel Defoe.» Hugo suonò il campanello per chiamare un domestico. «È deciso. Ma se volete fare un figurone e sembrare un uomo di mondo non potete indossare quegli orrendi indumenti da marinaio. Ho alcuni abiti vecchi che potreste mettere. Non sono più alla moda come un tempo, ma posso chiedere al mio sarto di adattarveli.»

«Siete molto gentile» replicò Rob, «ma ho a malapena consumato quelli che ho.»

In pratica era cresciuto in calzoni di tela e camicia di cotone; ogni volta che un indumento diventava troppo liso per poterlo rammendare ancora, sua nonna gliene procurava un rimpiazzo, perfettamente identico. Il giorno di Natale, o in caso di un battesimo o un funerale, lui si era infilato faticosamente uno dei vecchi abiti del nonno. Il concetto di moda gli era del tutto estraneo.

Hugo, invece, lo prendeva molto più sul serio e Rob, prima di rendersene conto, si ritrovò in piedi su una cassa al centro del salotto mentre un uomo anziano con il mento prominente e un berretto rosso gli si affaccendava intorno con metri da sarto e spilli.

«Non dovrei spendere denaro per vestiti di cui non ho bisogno» dichiarò Rob, agitato.

«Sì che ne avete bisogno» insistette Hugo. «Se dovete passare del tempo a Londra non potete sembrare un umile marinaio appena sceso dalla nave.»

*È quello che sono*, pensò Rob. Ma Hugo sembrava così contento di vederlo con indosso i nuovi abiti eleganti che gli parve scortese sottolinearlo.

Quando Rob andò a recuperare i propri effetti personali sulla *Dunstanburgh Castle*, dire addio a Cornish non risultò imbarazzante come aveva temuto.

«La nave rimarrà nel porto per settimane, mentre la raddobbiamo per il prossimo viaggio» spiegò Cornish. «Ho promesso di portarti qui a Londra, ora devi trovare da solo la tua strada.»

Parlò con una pacatezza da filosofo, ma non riuscì a nascondere la preoccupazione nei propri occhi. Da quando avevano lasciato la Nativity Bay Rob era cresciuto sotto ogni punto di vista, però era ancora molto giovane.

«Sei in grado di mantenerti?» chiese Cornish.

«Ho i soldi che mi ha dato la nonna.»

«Te ne serviranno altri.»

Lo accompagnò giù nella propria cabina e aprì un baule in cui una mezza dozzina di lunghe zanne di elefante era posata sulla tela da sacco.

«Queste sono per te» disse in tono burbero.

Rob arrossì. «È troppo» protestò.

«Considerale una ricompensa per tutta la gentilezza che la tua famiglia mi ha riservato nel corso degli anni.»

Rob non si curava dei vecchi debiti di famiglia.

«Posso farmi strada da solo.»

«Non ne dubito, ma è molto più facile iniziare con

qualcosa che con niente.» Cornish vide l'ostinazione nello sguardo del ragazzo e sospirò. «Se non vuoi accettarlo come dono consideralo un investimento. Se hai anche solo un goccio di sangue Courtney nelle vene ne ricaverai un cospicuo profitto. Potrai rimborsarmi quando ti sarai arricchito.»

Rob ne prese una. Dovette usare tutta la sua forza per riuscire a reggerla e nel baule ne erano rimaste cinque altrettanto grandi. Il peso lo rassicurò. Per quanto fosse deciso a guadagnarsi da vivere contando solo sul proprio ingegno non poteva negare che Londra fosse un luogo opprimente e costoso. Meglio iniziare con un piccolo capitale, forse a quel punto non si sarebbe sentito così inferiore a Hugo.

«Lascia che ti rammentino da dove provieni» aggiunse Cornish. «So che sei venuto per vedere il mondo e forse, prima della fine, ne vedrai più di quanto tu avessi preventivato. Ma la Nativity Bay è casa tua. Fra tre mesi salperemo per la costa del Malabar e ripasseremo da là. Su questa nave c'è una cuccetta per te, se la vuoi.»

«Grazie» disse Rob.

Era grato al comandante, ma era anche un diciottenne solo, con un borsellino pieno e la più grande città del mondo ai suoi piedi. Quello non era certo il momento adatto a dubbi duraturi. Quando raggiunse la casa di Hugo si era già dimenticato di Cornish e aspettava con ansia le avventure notturne.

Hugo non credette ai suoi occhi, vedendo il baule pieno di avorio. Passò le dita su una delle zanne, sbalordito dalle sue dimensioni.

«Immagina di affrontare l'animale a cui appartenevano. Bisognerebbe possedere un incredibile coraggio.»

Rob non sapeva cosa dire.

«Finora l'unico avorio che io avessi mai toccato era quello di una palla da biliardo. E questo cos'è?» aggiunse Hugo mentre prendeva il lungo fagotto di tela posato sul letto.

«Non...» cominciò a dirgli Rob, ma il suo amico l'aveva già aperto. Lo zaffiro sul pomo della spada Nettuno brillò mentre Hugo la teneva sollevata verso la luce.

«Buon Dio» disse con un fil di voce. «Deve valere almeno centomila sterline.»

Rob non aveva mai considerato l'arma sotto quel punto di vista.

«Apparteneva a mio nonno, e a suo padre prima di lui...»

Hugo la sguainò e sferrò alcuni fendenti all'aria in maniera plateale. «Sapevo che eri un pirata.»

Rob desiderò che l'amico la posasse, ma voleva anche fargli capire quant'era importante la spada. Dati la ricchezza e il lignaggio di Hugo, era felice di dimostrargli che anche i Courtney avevano origini illustri.

«Hai vissuto davvero una vita straordinaria» affermò Hugo con un tono talmente ammirato che Rob si gonfiò di orgoglio. «Bada di tenere al sicuro quest'arma.»

Non appena Rob rimase solo staccò una tavola dell'assito nell'angolo della stanza e ve la nascose sotto, insieme al sacchetto di monete avuto da Louisa. Viveva sotto il tetto di Hugo e si odiò per quella mancanza di fiducia nei suoi confronti, ma l'eventualità di perdere la spada, per quanto remota, gli appariva insopportabile.

La città era tumultuosa, una giungla di mattoni, pietra e fuliggine che brulicava di vita, ma orientarsi al suo interno non si rivelò difficile come Rob aveva temuto inizialmente. Nel corso delle settimane seguenti imparò i ritmi e la geografia di Londra, proprio come aveva fatto con le foreste a casa. Riusciva a seguire il traffico dei carri fino ai crocevia principali nello stesso modo in cui un tempo si era lasciato guidare fino alle pozze d'acqua dalle tracce della selvaggina. Invece dei ruscelli costeggiava il flusso di esseri umani, osservando come i rigagnoli di persone si ingrandivano fino a diventare l'enorme folla che gremiva le vie principali. Invece che con alti alberi e rocce sporgenti imparò a orientarsi grazie a guglie di chiese e insegne di taverne. Quando era arrivato erano sembrate tutte uguali ai suoi occhi troppo indaffarati, ma piano piano riuscì a memorizzarne le caratteristiche distintive. Quella di St Martin in The Fields aveva la stessa forma di un termitaio, quella a strati di St Brides somigliava a un'alzata per torte, l'imperturbabile torre quadrata di St George's gli indicava che era quasi tornato a Wimpole Street.

Imparò a conoscere anche molte delle tante taverne.

Come la giungla, la città racchiudeva dei pericoli. Rob imparò a stare all'erta per cogliere i segnali rivelatori: il rombo delle ruote di una diligenza pronta a spuntare a gran velocità da dietro un angolo, lo scricchiolio di una finestra sopra la sua testa che lo avvisava che qualcuno stava per svuotare in strada un vaso da notte, l'ombra che si infilava nel vano di una porta in un vicolo deserto quando lui tornava a casa a tarda notte.

Ben presto, grazie a vigilanza e istinto, fu in grado di raggiungere una qualsiasi destinazione di Londra senza correre troppi pericoli.

Passava molte delle sue giornate con Hugo e gli amici, ma c'erano anche occasioni in cui ognuno di loro andava per la sua strada. In quei casi Rob si spingeva a est, nella City. Aveva fatto amicizia con alcuni dei mercanti che gremivano il cortile del Royal Exchange e, all'inizio con titubanza, ma poi con sempre maggiore sicurezza, prese a commerciare in proprio. Cominciò con il vendere le zanne d'avorio avute da Cornish e utilizzò i proventi per acquistare una partita di tè da una nave che era arrivata in ritardo e vendeva quindi a prezzo scontato: il suo comandante era disperatamente ansioso di sbarazzarsi del carico. Rob conservò il tè per qualche settimana e lo vendette non appena i prezzi salirono di nuovo. Scoprì di possedere un talento naturale per intuire quando un prezzo basso stava probabilmente per aumentare.

Non menzionò la cosa a Hugo. Aveva ben presto capito che l'amico nutriva alcune salde opinioni sul mondo che nemmeno mille discussioni sarebbero riuscite a modificare. Se non si era un gentiluomo non si era nulla. Un gentiluomo non si dedicava al commercio. Il denaro era spregevole, se non come mezzo per ottenere il piacere. Parlare di soldi era imperdonabilmente noioso. Se mai Rob chiedeva il prezzo di un oggetto Hugo lo scherniva senza pietà, definendolo una vecchia nonnetta taccagna.

Rob non capiva fino in fondo come un simile spendaccione potesse non curarsi mai dei soldi o come si potesse ottenere del denaro senza dedicarsi a qualche tipo di commercio. Ma le poche volte in cui fece la domanda vide l'amico incupirsi, e lui non voleva litigare. Così tenne per sé le proprie attività in borsa.

Tentò di investire saggiamente i soldi così da moltiplicarli, ma sembravano uscirgli dal borsellino non appena li guadagnava. C'erano talmente tanti modi di spendere, a Londra, e Hugo li usava tutti. Portò Rob dai sarti, dai calzolai e dalle modiste migliori di St James's a comprare abiti o tessuti dai colori sgargianti del tipo che lui e i suoi amici privilegiavano. C'erano giardini di piacere, banchetti, taverne, corse, battaglie fra galli, taverne che servivano soprattutto gin, teatri: una sconfinata cornucopia di appagamento.

Un giorno si recarono all'ippodromo di Epsom Downs, nel Surrey. Persino nel cuore di Londra Rob aveva visto di rado così tanto chiasso e colore. I gentiluomini e le loro signore assistevano alle corse da carrozze ferme lungo la pista mentre tribune temporanee dall'altezza vertiginosa vacillavano sopra di loro, talmente gremite di spettatori che Rob temeva potessero crollare.

Erano seduti sulla carrozza aperta di Hugo vicino alla linea di partenza, osservando la folla che gironzolava e i fantini che preparavano i rispettivi animali. Gli odori di tortini ripieni di carne caldi, pellame e cavalli permeavano l'aria. Hugo faceva continui commenti sulle persone che vedeva, menzionandone titolo, reddito, famiglia e scandali, ma Rob era più interessato agli animali. Ad attirare la sua attenzione fu soprattutto un baio alto con coda e nodelli neri, che pestava gli zoccoli a terra e tentava di mordere qualsiasi stalliere gli si avvicinasse.

«Di chi è quel cavallo?» chiese a Hugo.

La risposta del suo amico fu sovrastata da un forte tintinnio di tirelle e ruote quando si avvicinò a loro un grande calesse tirato da un quartetto di castrati neri. Aveva le ruote rosse bordate di nero e un telaio color borgogna profilato d'oro e, dato che la copertura di cuoio era abbassata, Rob riuscì a vedere che ospitava due coppie di uomini e donne eleganti.

Uno di loro, un giovane dai capelli color sabbia e il naso appuntito che cingeva con un braccio una ragazza bionda, salutò Hugo.

«Gran belle corse quelle di oggi, vero?»

«Lord Tewkesbury» sussurrò Hugo all'orecchio di Rob. «Un famigerato scommettitore. Una volta ha puntato mille sterline su quale pulce sarebbe saltata via per prima dal sedere di una sgualdrina.» Poi, a voce più alta, chiese: «Avete un cavallo che partecipa?».

«Sì.» Tewkesbury indicò con il bastone da passeggio l'alto baio che Rob aveva ammirato poco prima. «Sir Bors è mio.» Si allungò in avanti. «Vi piacerebbe fare una scommessa?»

Rob non aveva mai visto Hugo rifiutare la possibilità di scommettere, ma persino lui esitava a farlo contro Sir Bors.

«Sarebbe un dannato spreco di soldi. Sir Bors è l'animale più splendido sul campo. Dubito che si potrebbe ottenere una quotazione di venti a uno contro di lui.»

Tewkesbury parve deluso. «Vi credevo un uomo di fegato, Lyall, ma troverò sicuramente qualcuno più coraggioso di voi.»

Rob sentì l'amico dimenarsi sul sedile accanto a lui.

«Scommetto io» annunciò.

Tewkesbury sollevò un pince-nez d'oro e lo guardò, socchiudendo gli occhi.

«Chi è costui?»

«Robert Courtney.»

«Dei Courtenay del Devon?»

«Dei Courtney d'Africa.»

Tewkesbury si accigliò, sicuro che lo stessero prendendo in giro, ma Rob aveva un'espressione così schietta che era difficile pensare che stesse scherzando.

«Presumo che non abbia importanza da dove venite, se il vostro credito è buono. Chi pensate che abbia l'andatura necessaria per battere il mio cavallo?»

Rob indicò un puledro magro e pezzato che aveva visto fermo con aria placida sullo sfondo mentre i suoi stallieri gli intrecciavano la criniera.

«A quanto me lo dareste?»

Tewkesbury scoppiò in una risata secca, fragorosa. «Alcmaeon? Quattro a uno. Cento ghinee su Sir Bors contro il vostro ronzino.»

Rob sbiancò. Per quanto avesse ricavato cospicui profitti dai commerci in borsa, al momento la maggior parte del suo capitale era investito in merci che lui non poteva vendere rapidamente, se non in perdita. Stava per replicare che non aveva tutti quei soldi quando Hugo disse: «Farò io da garante per la puntata di Rob».

«Magnifico.» Tewkesbury si sporse dal calesse per stringere la mano a Rob. «Siamo d'accordo.»

Il calesse si allontanò rumorosamente, aprendosi un varco fra la folla. Hugo si accasciò sul sedile e fece segno a uno dei venditori di birra di portargliene una, poi rivolse a Rob un'occhiata che esprimeva una via di mezzo fra l'ammirazione e l'ansia.

«In nome del cielo, che cosa ti è saltato in mente?»

«Perché mi hai sostenuto?» Ora che Tewkesbury se n'era andato, Rob cominciò a tremare.

«Ho dato per scontato che tu sapessi cosa stavi facendo.» Hugo svuotò il boccale e fissò speranzoso l'amico, al di sopra dell'orlo. «Sai cosa stai facendo, vero?»

«Non avevo mai scommesso su un cavallo» ammise Rob, sincero.

«Buon Dio.» Hugo si aggrappò a un lato della carrozza. «Che cos'hai fatto?»

«Ho usato il buon senso.» Rob indicò il cavallo di Tewkesbury, che il fantino con livrea e berretto rosso a righe stava guidando cautamente fino alla postazione di partenza. «Sembra in perfetta forma, ma guarda come contrae le orecchie ogni volta che la sua zampa posteriore sinistra tocca terra. Ha qualche problema.»

Hugo emise un fischio. «Ora rimpiango di non avere scommesso io. E il cavallo che hai scelto? Alcmaeon?»

«Non ti so dire.» Rob avrebbe voluto potergli spiegare che crescere in una fattoria a così stretto contatto con animali sia addomesticati sia selvatici gli aveva permesso di sviluppare una notevole perspicacia in merito ai loro bisogni. «Ha una flemma che mi è piaciuta. Sembra determinato.»

«Hai rischiato un centinaio di ghinee basandoti su una semplice sensazione?»

«In realtà le cento ghinee che ho rischiato sono le tue.»

Hugo si prese la testa fra le mani. «Allora che Dio abbia pietà di noi.»

I cavalli vennero messi in posizione e i commissari

di gara salirono sulla torretta di legno costruita accanto al palo di partenza. I tempi si allungarono perché il puledro baio continuava ad agitare la testa e a sgroppare, disturbando gli altri animali sulla linea. Il pezzato, nel frattempo, rimase fermo e tranquillo, gli zoccoli posati saldamente sul terreno e le orecchie drizzate.

«Guarda Tewkesbury» disse Hugo, disgustato. Il calesse dell'uomo, fermo accanto alla linea di partenza, era circondato da una ressa di adulatori urlanti. «Speriamo di riuscire a cancellargli quel sorrisetto compiaciuto dalla faccia.»

Sir Bors ne aveva avuto abbastanza e, ignorando gli strenui sforzi del fantino, partì all'improvviso. I commissari di gara, messi di fronte alla poco allettante prospettiva di richiamarlo indietro, scelsero la strada più facile e suonarono subito il corno che dava il via alla gara.

«Non è giusto!» urlò Rob.

Grida di protesta si levarono dalla folla, ma non dalle persone intorno a Tewkesbury. Sir Bors si era staccato di una lunghezza prima che uno qualsiasi degli altri cavalli si muovesse. Corse in avanti con le zampe potenti, mentre gli zoccoli facevano schizzare via dal prato grosse zolle di terra. I suoi avversari, che stentavano a tenere il passo, sfrecciarono accanto alla carrozza di Hugo formando una chiazza indistinta di colore e rumore, poi scomparvero.

«Il tuo è ultimo» commentò mestamente Hugo.

Il puledro pezzato avanzava con passo costante in fondo al campo, galoppando senza troppo impegno.

Rob si alzò in piedi, riparandosi gli occhi per seguire i cavalli che, in lontananza, procedevano sulla pista.

«Alcmaeon sta recuperando terreno.»

Era vero. Senza dare l'impressione di sforzarsi troppo, il pezzato aveva già superato due avversari. Ma era una ben misera consolazione, visto che Sir Bors aveva staccato ancor più gli inseguitori, precedendoli ormai di quattro lunghezze.

«Tewkesbury sarà insopportabile» si lamentò Hugo. Prese distrattamente una lettera dalla tasca interna della giacca, la fissò per un attimo e poi la rimise via. «E se mio padre scopre come sto usando la mia rendita andrà su tutte le furie.»

«Alcmaeon è ancora in gara.»

I cavalli avevano raggiunto l'angolo opposto ed erano troppo lontani per risultare chiaramente visibili, ma Rob, grazie alla sua vista acuta, riuscì a distinguere una chiazza grigia che avanzava.

«Si sta battendo solo per il secondo posto.»

Persino da quella distanza tutti gli spettatori potevano vedere che Sir Bors era ancora nettamente in testa.

Il frastuono prodotto dagli astanti aumentò quando i cavalli percorsero l'ultima curva per poi imboccare il rettilineo che portava al traguardo. Sir Bors precedeva ancora gli avversari, raggruppati dietro di lui.

«Alcmaeon sta accorciando le distanze» disse Rob, emozionato e in punta di piedi per osservare i due animali sfrecciare sul rettilineo. Alcmaeon aveva staccato il gruppo di inseguitori e si avvicinava al grosso baio. Entrambi i fantini erano chini in avanti, sferzando i rispettivi cavalli per estrarne fino all'ultimo briciolo di velocità mentre puntavano verso il traguardo.

«Non ha il tempo materiale di raggiungere Sir Bors» sottolineò Hugo.

Con le lunghe zampe e la corporatura possente, il favorito non doveva fare altro che mantenere il passo per un altro furlong, ma...

«Guarda!» gridò Rob.

La testa di Sir Bors si stava abbassando e il suo petto grondava sudore. Ogni passo tonante sembrava leggermente più corto del precedente. Il cavallo, con gli occhi strabuzzati e le narici dilatate, sembrava non avere la forza di percorrere le ultime iarde.

*«Forza!»* urlò Rob, eccitato per l'inseguimento. Ormai i due cavalli erano affiancati e la linea del traguardo distava solo poche iarde. Sferzando ripetutamente Sir Bors, il fantino di Tewkesbury riuscì a fargli trovare un ultimo empito di energia con cui proseguire. Il boato degli zoccoli faceva tremare il terreno.

Era chiedere troppo: Sir Bors era stremato. Alcmaeon lo superò e tagliò il traguardo con un muso di vantaggio. Le tribune e le carrozze eruppero in acclamazioni frenetiche, soltanto il gruppo intorno al calesse color oro di Tewkesbury non si unì all'esultanza generale.

Rob cercò con lo sguardo il rivale e si levò il cappello in segno di saluto, assaporando l'occhiata gelida che ottenne in cambio mentre si sentiva pervadere dal senso di trionfo. Hugo lo cinse con le braccia, rischiando di farlo cadere.

«Ce l'hai fatta.» Gli brillavano gli occhi. «Sapevo che eri un vero portento. Pensa a come ti divertirai a spendere la tua vincita.»

«La nostra vincita» lo corresse Rob. «Mi hai fatto da garante, quindi divideremo i proventi in parti uguali.»

«E spenderli il più in fretta possibile.» Si era già sparsa la voce della scommessa e una piccola folla si stava radunando intorno alla carrozza per brindare alla loro salute. «Non so se mi rende più felice avere guadagnato quattrocento ghinee oppure vederti ferire l'orgoglio di quel bastardo.»

«Quattrocento ghinee» ripeté Rob, che stentava a credervi. Era più di quanto avesse mai guadagnato facendo scambi in borsa, inoltre era stato molto meno faticoso. Per un attimo fu tentato di credere che sarebbe riuscito a rifarlo, che i cavalli da lui scelti si sarebbero sempre piazzati e quindi avrebbe potuto guadagnarsi da vivere facilmente scommettendo.

Poi rammentò come Sir Bors fosse stato sul punto di vincere la corsa. Il suo era stato un colpo di fortuna e nulla più. Avrebbe dovuto festeggiarlo e goderselo, invece di aspettarsi che si ripetesse. Si poteva accumulare un patrimonio grazie al duro lavoro, non alla sorte.

Si rese conto di una cosa e, senza riflettere, affermò: «Dovremmo andare per mare insieme».

«Come, scusa?»

Rob aveva parlato d'impulso, ma non appena lo disse si convinse che era una buona idea.

«Fra due settimane la *Dunstanburgh Castle* salpa per la costa del Malabar. Il suo comandante mi ha già offerto una cuccetta e sono sicuro che ci sarebbe posto anche per te.»

Hugo si accigliò. «Dubito che sarei questo gran marinaio.»

«Non ci andremmo come semplici marinai. Con i soldi che abbiamo appena vinto compreremo un carico e lo venderemo in India, in maniera indipendente. Cornish ci lascerà un po' di spazio nella sua stiva. Vedremo il mondo e diventeremo ricchi come principi.»

Rob si accorse che l'idea metteva radici nella mente

dell'amico. In mezzo alla folla di spettatori ubriachi, respirando l'aria che puzzava di birra e fango e letame, lui vedeva le scure coste dell'Oriente, vedeva zafferano, oro e avorio.

«Non è quello che sognavi?» chiese Rob. «Potresti staccarti da tuo padre, trovare la tua strada nel mondo da solo, diventare indipendente. Pensa a come sarà orgoglioso di te quando vedrà cosa sei diventato.»

«Orgoglioso?» chiese Hugo in tono sommesso.

Sembrava che qualcosa lo rodesse ancora. Dubbio o paura? Rob non avrebbe saputo dirlo. Poi l'espressione di Hugo si addolcì e la tensione dentro di lui parve allentarsi. Alzò gli occhi, fissandoli in quelli di Rob con aria felice.

«Conquisteremo il mondo insieme.»

Rob provò la stessa eccitazione di quando il suo cavallo aveva tagliato il traguardo, la sensazione di favolose possibilità che si realizzavano. Si immaginava già a metà della traversata oceanica.

«Dovremmo tornare subito a Londra, potremo cominciare a scegliere il nostro carico già domani.»

«Sarà magnifico. Ma non domani.» Hugo si rannuvolò in volto, poi estrasse il foglio che Rob gli aveva visto in mano poco prima. «Ho ricevuto una lettera da un amico di mio padre, un noioso fannullone che svolge un incarico governativo. Mi ha chiesto di andare da lui domani.»

«Sai per quale motivo?»

«Mio padre lo avrà sicuramente incaricato di farmi la ramanzina sulle mie mancanze.» Sospirò. «Dovrò ascoltarlo elencare i meriti della sobrietà e della parsimonia, immagino, dopodiché tu e io programmeremo la nostra avventura.»

Era una cosa senza importanza, eppure Rob provò una

fitta di disagio, come se il padre di Hugo li avesse sentiti per magia parlare del loro piano e si fosse proteso al di sopra dell'oceano per fermarlo. L'amico notò la sua preoccupazione e rise.

«Non temere, mi sorbirò la paternale, dopodiché mio padre avrà mie notizie quando gli scriverò da Calcutta. Ora beviamo un altro bicchiere per festeggiare.»

L'indomani mattina Hugo si avvicinò all'ingresso di una grande villa su Portman Square. L'esserci stato piuttosto spesso da bambino, al seguito del padre, non riuscì ad attenuare il tremito delle sue ginocchia mentre restava fermo sul gradino davanti alla porta.

Consegnò il proprio biglietto da visita a un domestico in livrea. «Il Barone di Dartmouth mi ha chiesto di passare.»

Varcare la soglia fu come mettere piede in un altro continente. Tappeti persiani coprivano i pavimenti e alle pareti erano appesi arazzi di seta. C'erano zanne d'elefante, porcellane pregiate provenienti dalla Cina e statue di strani dei con la testa di animale. Hugo avrebbe dovuto trovare eccitante la vista di così tanti tesori esotici – era così che si immaginava la casa di Rob, a ben pensarci – eppure li notò a stento.

Il Barone di Dartmouth lo ricevette nel suo studio, seduto dietro una scrivania di tek intagliato. Una pelle di tigre era fissata alla parete dietro di lui, fra ritratti dei suoi illustri antenati, e la stanza era pervasa dall'aroma del tabacco dolce contenuto in un narghilè. L'uomo portava una parrucca, abitudine che la maggior parte dei londinesi aveva abbandonato da tempo perché ormai fuori moda. Hugo aveva sentito dire che Dartmouth lo faceva perché gli si erano bruciati tutti i capelli in battaglia. Altre voci, ancora più strampalate, sostenevano che avesse combattuto come mercenario in India e fosse in grado di uccidere un uomo con un frustino d'acciaio. La cosa più orrenda era la sua mano destra, una protesi d'oro che scintillava in fondo alla manica della giacca. Secondo qualcuno aveva perso la sua infilandola nella bocca di una tigre per poi soffocarla. Nessuno osava mai chiedere se le voci fossero fondate, perché chiunque capiva la verità sottesa: il Barone di Dartmouth era capace di tutto.

L'uomo diede una lunga boccata al narghilè e il fumo risalì attraverso l'acqua, ribollendo.

«Parlatemi di Robert Courtney» disse senza preamboli.

Hugo rimase di stucco. Dartmouth era uno degli uomini più ricchi e potenti del paese. Nelle sue vesti di presidente del Board of Trade and Foreign Plantations era lui a esaminare tutti i commerci fra la Gran Bretagna e le sue colonie. Con un'unica parola era in grado di decretare il successo o la rovina di mercanti, ditte, persino interi ministeri. Hugo trovava inconcepibile l'idea che un uomo del genere si preoccupasse delle imprese di due giovanotti che se la spassavano a Londra.

«Come fate a sapere di Rob?» fu l'unica cosa che riuscì a ribattere.

Dartmouth lo fissò con i suoi scintillanti occhi neri. «Ho ricevuto una lettera di vostro padre.»

Quello spiegava almeno in parte le cose. Essendo uno dei principali proprietari di piantagioni da zucchero nelle Indie Occidentali, il padre di Hugo aveva contato a lungo su Dartmouth. Hugo ricordava i due uomini che parlavano d'affari, complottando, durante le visite in quella casa quando lui era bambino. Il legame si era rivelato proficuo per entrambi. Ogni volta che, in parlamento, mercanti indipendenti o abolizionisti bigotti mettevano sotto accusa gli interessi sullo zucchero, Dartmouth faceva in modo che le loro proteste venissero ignorate o spazzate via. In cambio Lyall e gli altri proprietari di piantagioni si assicuravano che una parte cospicua dei loro ingenti profitti finisse nelle casse personali dell'uomo.

Ma la cosa non spiegava l'interesse di Dartmouth per Robert Courtney.

«Rob Courtney è appena arrivato a Londra. Alloggia da me.»

«Così mi ha detto vostro padre. Che cosa sapete di lui?»

Hugo tentò disperatamente di riflettere. «La sua famiglia è originaria dell'Africa. Lui è cresciuto là ed è arrivato qui a Londra circa tre mesi fa. Ci siamo conosciuti per caso. È mio amico.»

Dartmouth torse la bocca in un sogghigno, come se Hugo avesse appena confessato un vizio particolarmente vergognoso e depravato.

«Ha altri amici qui a Londra? Alleati che lo aiuterebbero?»

«Non che io sappia.»

«Mi ha mai menzionato?»

Hugo scosse il capo. Dartmouth e Rob erano persone così diverse che lui non riusciva a concepire che occupassero la stessa sfera dell'esistenza e men che meno potessero sovrapporsi.

«Sono sicuro che è all'oscuro della vostra esistenza quanto di quella dell'altra faccia della luna.» Poi, assalito dall'improvviso timore di aver insultato l'interlocutore, aggiunse: «È un ragazzo innocente. Piuttosto ingenuo».

Il barone si appoggiò allo schienale, riflettendo attentamente. C'era qualcosa di mostruoso nel modo in cui la sua fronte si aggrottò, nel modo in cui i suoi occhi dalle palpebre pesanti parvero rivolgersi verso l'interno. Persino l'atto di pensare risultava gravido di minaccia.

Hugo rimase in attesa, la sua mente un groviglio di confusione. Per quanto lo riguardasse, l'uomo di fronte a lui era sempre stato solo il Barone di Dartmouth, il titolo nobiliare eterno come quello del re. Ma adesso gli si affacciò alla mente il vago ricordo di una cena di anni prima con gli amici del padre, quando la cricca di proprietari di piantagioni aveva parlato del loro benefattore. Un uomo molto esperto che possedeva tenute nelle Indie Occidentali sin dall'epoca della Regina Anna era stato schietto nella sua ubriachezza.

«Il Barone di Dartmouth non è altro che un riccone borioso» aveva detto. «Lo conoscevo quando era semplicemente Christopher Courtney.»

La curiosità ebbe la meglio su Hugo. «Ho ragione di credere che il cognome di sua signoria fosse Courtney, prima che foste nominato barone?»

«E con ciò?» La voce di Dartmouth, tagliente come uno stocco, fece rimpiangere a Hugo di avere aperto bocca, ma ora che lui aveva cominciato doveva rispondere alla domanda dell'uomo.

«Mi chiedevo... se Rob potesse essere vostro parente.»

Quelle parole provocarono una reazione del tutto inaspettata. Quasi senza lasciare a Hugo il tempo di finire la frase Dartmouth balzò in piedi, facendogli temere che, se non ci fosse stata una scrivania a dividerli, il barone lo avrebbe preso per il bavero e gettato contro la parete.

«Non ho nessun parente!» urlò, furibondo e malevolo. «Mio zio Tom è fuggito in Africa perché accusato di essere un assassino. È morto senza figli e non è mai stato compianto. Mio padre Guy era l'unico discendente sopravvissuto di quella linea di Courtney. Capito?»

Si appoggiò alla scrivania, ansimando. Ormai usava di rado il nome con cui era nato, Christopher Courtney. Gli erano serviti vent'anni di meticolose discussioni, pressioni politiche e corruzione per far dichiarare morti senza eredi i parenti e potersi quindi assicurare il titolo di Barone di Dartmouth, appartenuto a suo nonno.

A Hugo non interessava. Voleva solo fuggire da lì il più rapidamente possibile.

«Dev'essere una coincidenza» bofonchiò, avviandosi verso la porta. «Mi scuso di avere disturbato sua signoria.»

«Aspettate!» ruggì Dartmouth. «Non ho ancora finito con voi.»

Hugo si immobilizzò.

«Ditemi tutto quello che sapete di Robert Courtney. Fino all'ultimo dettaglio, per quanto insignificante.» Dartmouth si allungò in avanti. «Se scoprirò che mi avete nascosto qualcosa, qualsiasi cosa, potete stare certo che ve ne pentirete amaramente.»

Hugo si sforzò di riflettere, cercando di farsi venire in mente qualsiasi brandello di informazione che potesse soddisfare il barone e permettere a lui di fuggire.

«Ha una spada, un'arma davvero magnifica. Un cimelio di famiglia, credo. È...»

Si interruppe. Cercando di evitare lo sguardo di Dartmouth, aveva posato il suo su un quadro alto e stretto appeso dietro la scrivania che ritraeva un uomo dall'aria forte e fiera con l'abbigliamento tipico del secolo precedente. Doveva essere stato dipinto quasi cent'anni prima, perché la pittura era sbiadita e la vernice trasparente era piena di incrinature e ingiallita. Eppure un dettaglio brillava sulla tela opaca: un enorme zaffiro azzurro incastonato nel pomo della spada su cui poggiava la mano dell'uomo.

Dartmouth rimase immobile mentre seguiva la direzione dello sguardo di Hugo.

«Quale spada?» chiese con un tono che suggeriva che sarebbe stato capace di uccidere.

Hugo si asciugò la fronte. «È solo una vaga somiglianza.»

«*Quale spada?*» Dartmouth picchiò il pugno sulla scrivania, facendo rovesciare il narghilè, le cui braci caddero su un pezzo di carta e gli diedero fuoco. Lui spense le fiamme con la mano d'oro. «È vero? Dopo tutti questi anni un Courtney è arrivato a Londra con la spada Nettuno?»

Hugo, che non riusciva a stabilire se l'uomo si aspettasse una risposta o stesse solo parlando fra sé, trasalì quando gli occhi neri si posarono nuovamente su di lui.

«Devo sapere tutto. Dove vive, com'è arrivato, chi altri c'è con lui e *cosa vuole*.»

«Sì, Milord» gracchiò Hugo. Non voleva tradire il suo amico, ma in quel momento avrebbe detto qualsiasi cosa Dartmouth volesse sentire, pur di potersene andare da lì.

Come preannunciato, il barone non aveva ancora finito con lui. «C'è dell'altro nella lettera di vostro padre.» Gettò il foglio sulla scrivania, verso il giovane. «Leggetela.»

Hugo lo prese e lo tenne sollevato verso la luce. Il suo viso, già pallido, parve diventare bianco e la mano gli tremò come per un'improvvisa paralisi.

«Dice che mi taglierà i fondi» sussurrò. «Tutta la mia rendita. Come farò?»

Dartmouth fece un sorriso crudele. «Continuate.»

«Ha intenzione di comprarmi il grado di tenente dell'esercito e farmi assegnare alla guarnigione nelle Indie Orientali.» Hugo lasciò cadere la lettera. «Quelle sono le isole delle febbri, nessun uomo stanziato là sopravvive per più di sei mesi.»

«Vostro padre ha sentito voci più che sufficienti sulla vostra dissolutezza e su come sperperate il patrimonio da lui accumulato con il duro lavoro. È ora che diventiate un uomo.»

Hugo si cinse il petto con le braccia, quasi volesse raggomitolarsi su se stesso.

«No.»

«Ma...» Dartmouth lasciò che la parola aleggiasse nell'aria, penzolando come un amo. «Vostro padre e io siamo legati da diversi anni. Ho la presunzione di pensare che lui rispetti il mio parere. Se io dovessi metterci una buona parola forse potrei addolcire l'opinione che ha di voi, magari potrei persino fargli cambiare idea e rinunciare a questa iniziativa.»

Hugo chinò il capo. «Che cosa volete da me?»

Per un attimo Dartmouth non rispose. Mentre parlava con il giovane una parte della sua mente aveva continuato a lavorare rapida. Quando aveva ricevuto la lettera con cui il padre di Hugo lo informava dell'arrivo dall'Africa di un ragazzo di nome Courtney aveva quasi liquidato la cosa come una semplice coincidenza. Ma non aveva certo raggiunto le vette del potere grazie alla negligenza, e l'istinto gli aveva consigliato di indagare sulla faccenda. Ormai non c'erano dubbi.

Con la mano sinistra si accarezzò il polso destro, nel punto in cui la mano d'oro era fissata al braccio. Quest'ultimo gli faceva ancora male, ma il dolore non era niente in confronto a ciò che lui provava quando pensava alla spada Nettuno. Era il cimelio di famiglia più prezioso che i Courtney possedessero. Più di sessant'anni prima lui l'aveva brandita e Tom Courtney gliel'aveva fatta cadere, mozzandogli la mano. In seguito Dartmouth era diventato l'uomo più ricco dell'India, forse dell'impero britannico, e aveva accumulato più oro, terre e titoli di qualsiasi altro Courtney prima di lui. Soltanto un trofeo gli era sfuggito, e adesso le maree del fato lo avevano condotto fino alla sua porta, nelle mani di un ragazzo ignorante. Il nipote di Tom Courtney – non poteva essere altri che lui – era arrivato a Londra.

Si allungò in avanti al di sopra della scrivania, godendo del modo in cui Hugo si faceva piccino sulla sedia. Aspettava quel momento da anni e ora la creatura piagnucolosa che aveva di fronte sarebbe diventata lo strumento della sua vendetta.

«Ecco cosa farete...»

«Sei molto pallido» disse Rob. «L'incontro con l'amico di tuo padre è stato così terribile?»

Stava gustando una colazione tardiva insieme a Hugo e divorò con entusiasmo il suo piatto di rognoni alla diavola, ma il suo amico toccò a malapena il cibo. Era terreo in volto, con gli occhi cerchiati di scuro, e sembrava sul punto di piangere.

Premette la forchetta su un rognone, da cui uscì qualche goccia di sangue. Gli sembrava di avere le viscere annodate ben strette.

«Che cosa c'è che non va?» chiese Rob.

«Dartmouth mi ha consegnato una lettera di mio padre» rispose di getto Hugo. «Ha intenzione di lasciarmi senza un penny.»

«A causa mia?»

«Tu non c'entri. Mio padre ha sempre disprezzato il mio modo di vivere. I suoi amici gli scrivono per riferirgli malignità e metterlo contro di me. Adesso ha perso la pazienza, vuole comprarmi un titolo da ufficiale dell'esercito e spedirmi nelle isole delle febbri.»

Rob non l'aveva mai sentito così disperato. Da quando lo conosceva, Hugo era sempre stato un vulcano di energia e buonumore. Vederlo così era come vedere un cane da caccia con le zampe spezzate.

«Non importa cosa pensa tuo padre» lo consolò. «Ricordi cosa abbiamo deciso ieri? Non dipenderai più dai cordoni della borsa che lui stringe, commerceremo in maniera autonoma.»

«È proprio quello che voglio dire» replicò Hugo. «Senza la mia rendita non ho di che comprare il nostro carico per l'India.»

Rob rifletté sul problema. Il denaro da lui vinto con la scommessa non sarebbe bastato per pagare anche la parte dell'amico.

Cominciava a sentirsi contagiato dalla disperazione di Hugo.

«Non c'è nulla che possiamo fare?»

«Dovresti proseguire senza di me» rispose Hugo. «Mi rassegnerò al mio destino.»

«No.» Rob non poteva abbandonarlo. «Sei stato molto generoso con me. Pagherò per entrambi.»

«Non posso permettertelo.»

«Mi hai prestato tu i soldi per scommettere ai cavalli» gli rammentò Rob. «È la stessa cosa. Consideralo un investimento sul nostro patrimonio futuro.»

La speranza iniziò a illuminare il volto di Hugo. «Hai abbastanza soldi? Per entrambi, intendo.»

«Un altro paio di mesi e li guadagnerò di certo.»

Hugo si morse il labbro. «Sarebbe troppo tardi. Mio padre tornerà fra due settimane, dopodiché io sarò del tutto impotente.»

Rob sentì svanire l'ottimismo. Fissò Hugo, cercando di fargli capire quanto desiderasse aiutarlo, benché la sua mente non riuscisse a escogitare una soluzione.

I loro sguardi si incrociarono e sembrò che Hugo avesse un'idea. Posò la forchetta, gli occhi che brillavano.

«Forse esiste un modo.»
«Dimmelo.»
«Te lo mostrerò.»
Fece indossare a Rob i suoi abiti più eleganti e insistette perché portasse con sé la spada Nettuno, cosa che lui era restio a fare.
«Ruberemo il denaro che ci serve?» chiese.
Hugo scoppiò a ridere. «Sapevo che avevi l'istinto del pirata» ribatté, «ma questa sarà una transazione più tranquilla.»
«Sai che non intendo vendere la spada.»
«Non ti chiederei mai di farlo» lo rassicurò Hugo. «Ma devi fidarti di me. Una bizzarra caratteristica del denaro è che è molto difficile da ottenere a meno che tu non ne abbia già, nel qual caso è facilissimo riuscirvi.»
Raggiunsero in carrozza una casa di commercio di Cornhill, dove un uomo di nome Spinkley con un dente d'oro li accolse nel suo ufficio.
«Spinkley è l'agente di mio padre» spiegò Hugo. «Si occupa di tutte le sue transazioni finanziarie. E anche delle mie.»
«Anche vostro padre ha interessi nello zucchero?» chiese l'uomo a Rob in tono mellifluo.
«La famiglia di Robert ha interessi in Africa» disse Hugo senza lasciare all'amico il tempo di ribattere. «Affari commerciali su vasta scala.»
Spinkley li fissò da sopra l'orlo degli occhiali e sorrise.
«Confesso di non conoscere la famiglia.» Rifletté per un attimo. «Courtney. Non sarete per caso imparentato con il Barone di Dartmouth, vero?»
«Non credo, signore» rispose con titubanza Rob. Quella conversazione lo metteva a disagio. Gli sembrava di in-

terpretare un ruolo in una recita senza sapere minimamente cosa doveva fare.

Ma Hugo aveva la capacità di spazzare via tutti i dubbi.

«La mia famiglia e i Courtney sono grandi amici. Mio padre garantirebbe per Rob senza un attimo di esitazione.»

«Se fosse qui» replicò Spinkley, «invece che a cinquemila miglia di distanza, nelle Indie Occidentali.»

«Tornerà» disse con disinvoltura Hugo. «E a quel punto non vorrete certo che scopra che non avete accolto cordialmente il mio amico. La cosa potrebbe indurlo a chiedersi se apprezzate davvero il fatto di averlo come cliente.»

«Non volevo certo insinuare...» L'uomo batté rapidamente le palpebre. «Posso far redigere subito un contratto dal mio impiegato.» Un'inflessione maliziosa gli si insinuò nella voce. «Naturalmente... avete una garanzia accessoria, vero?»

Rob non capì a cosa si riferisse, ma Hugo gli diede una gomitata nelle costole.

«La spada» sussurrò.

Rob la sguainò di malavoglia e la posò sulla scrivania. Vide gli occhi di Spinkley farsi così sporgenti che temette potessero cadergli nella tazza di tè.

«Questa... ah... getta una luce ben diversa sulla faccenda» dichiarò. «Sarà più che sufficiente.»

Aspettarono che l'impiegato stilasse il contratto, che sembrava piuttosto lungo. Rob cominciò a leggerlo, ma visto che il documento menzionava carichi ipotecari, recupero dietro cauzione e interesse composto gli risultava incomprensibile come se fosse scritto in francese.

«Sei troppo pignolo» lo prese in giro Hugo. «Hai forse intenzione di leggere ogni parola? Limitati a firmare il dannato coso e prendi i soldi, prima che Mr Spinkley li doni tutti a un orfano meritevole.»

Rob firmò. Lasciarono l'ufficio con un borsellino pieno di monete e una lettera di credito per averne altre. Cosa più importante, lui stringeva ancora la propria spada.

«Sei sicuro che quell'uomo non possa prenderla, vero?» chiese per la terza volta a Hugo.

«Solo se tu non lo rimborsi. Ma non hai motivo di preoccupartene.»

Rob non condivideva fino in fondo la sicurezza dell'amico: qualsiasi rischio di perdere la spada, per quanto insignificante, lo allarmava. Quando uscirono dal palazzo si trovarono di fronte una piccola folla che stringeva dei fasci di volantini. Un uomo con le guance incavate e il mento appuntito vide Rob scendere i gradini e gli ficcò un foglietto in mano.

«Tollerate la schiavitù, signore? Allora tollerate la crudeltà stessa.»

Rob rimase talmente stupito che prese il foglietto. Quando alzò lo sguardo i fiammeggianti occhi azzurri dell'uomo parvero trapassargli l'anima, facendolo sentire nudo.

Hugo prese lo sconosciuto per il bavero e lo scagliò quasi a terra.

«Al diavolo voi e le vostre infami calunnie!» ruggì. «Lasciate che gli uomini onesti si occupino dei loro affari, altrimenti vi farò nero a forza di botte finché non sembrerete voi stesso un negro.»

L'uomo dalle guance incavate si spazzolò gli abiti, rivolse un'occhiata disgustata ai due giovani e si voltò per raggiungere un altro cliente che stava entrando nell'edificio.

Rob aveva dovuto trattenere l'amico per impedirgli di colpire lo sconosciuto. Non l'aveva mai visto così furibondo. Lo guidò verso una *coffee house*, dove ordinò un caffè con brandy. Solo a quel punto si rese conto di avere ancora in mano il pamphlet e lo lisciò.

Sulla copertina spiccava l'immagine di un uomo nero inginocchiato e avvolto in catene che guardava verso il cielo, sormontato dalla scritta: NON SONO UN UOMO E UN FRATELLO? All'interno era raffigurata una donna nera nuda che penzolava dalla forca, con la lingua che spuntava dalle labbra e braccia e seni mozzati.

*Chi può negare la natura di quel turpe ramo del commercio, l'acquisto sulla costa africana di creature come noi per rifornire le nostre isole delle Indie Occidentali dove si coltiva la canna da zucchero?*

Prima che lui potesse leggere altro, Hugo glielo strappò di mano e lo tenne sospeso sopra la candela sul loro tavolo per poi lasciarlo bruciare.

«Di che cosa si trattava?» chiese Rob, sbigottito. «Chi erano quelle persone?»

«Abolizionisti» rispose astiosamente Hugo. «Tizi che protestano contro la schiavitù.»

«Ma che cosa c'entra con noi?» Rob non riusciva a scacciare dalla mente l'immagine della donna mutilata.

«È perché utilizziamo gli schiavi nelle piantagioni.»

L'amico lo fissò orripilato. «Schiavi?»

«Certo. Tagliare le canne da zucchero è un lavoro da cani, in quale altro modo potremmo svolgerlo?»

«Ma...» Rob non riuscì a farsi venire in mente nessuna replica che non rischiasse di offendere a morte l'amico.

Ricordò la frase della nonna. *Nessun essere umano dovrebbe mai soffrire così.*

«Non è mostruosamente crudele?»

«Tutt'altro» replicò Hugo. «Parli come uno di quei pazzi abolizionisti. Trattiamo gli schiavi come figli. E i neri non riuscirebbero mai a cavarsela da soli, sai. Se non li sfamassimo e vestissimo, se non dirigessimo il loro lavoro, morirebbero di fame.»

Gli africani che Robert aveva conosciuto nella Nativity Bay non erano affatto così: erano pieni di risorse e coraggiosi, e avevano insegnato ai Courtney tutto quello che avevano bisogno di sapere per sopravvivere in quell'ambiente naturale spietato.

Hugo notò il suo scetticismo. «Sei mai stato nelle Indie Occidentali?»

«No.»

«Io sì e ti assicuro che per i negri è la vita migliore in cui possano sperare.»

Suonava molto convinto. Forse i neri in Giamaica provenivano da una tribù diversa, rispetto ai vigorosi guerrieri di Fort Auspice.

«Non volevo offenderti» puntualizzò mitemente Rob.

«Comunque quella è l'occupazione di mio padre. Presto non mi riguarderà più.»

Le due settimane seguenti trascorsero in un turbine di attività. Rob passava le giornate in città a contrattare, comprare e spremersi le meningi per rammentare ogni minima notizia sulla situazione dei commerci in India appresa grazie ai capitani di mare che erano passati dalla Nativity Bay. Sembrava che lame d'acciaio e moschetti fossero molto ricercati a Bombay, così come tabacco e alcolici.

«Sembrerebbe un luogo agghiacciante» disse Hugo quando Rob glielo riferì. «Non fanno altro che combattere e abbandonarsi ai vizi?»

Lì a Londra era difficile trovare delle armi, ma non c'era certo penuria di tabacco e brandy da acquistare. Rob contrattò per tutta la merce che poteva permettersi e trovò un magazzino non lontano dal Monsoon Dock dove poterla lasciare finché Cornish non fosse stato pronto a caricarla. Il vecchio edificio dall'intelaiatura lignea era molto meno robusto dei depositi più nuovi che lo circondavano, ma era a buon mercato e il responsabile sembrava un uomo onesto.

«Farà al caso nostro, purché non crolli nelle prossime due settimane» dichiarò Rob.

Non vedeva l'ora di partire. Londra poteva anche offrire innumerevoli piaceri, ma dopo tre mesi, per quanto la cosa potesse sembrare impossibile, lui la trovava noiosa. Desiderava tornare per mare, sentire la nave come una creatura vivente da amare, maneggiare e domare. In un certo senso, per lui quell'angusto mondo di legno lungo meno di cento piedi racchiudeva più libertà di tutti i locali notturni londinesi messi insieme.

Hugo sembrava persino più ansioso di Rob di lasciare la città. Guardava perennemente gli orologi, come se così facendo potesse costringere il tempo a passare più in fretta. Tre volte al giorno ripassava con Rob i tempi di navigazione previsti: la tabella di marcia per caricare, le fasi delle maree, il tragitto per scendere lungo il fiume.

«Verrebbe da pensare che tu sia inseguito da un'orda di pirati» lo prese in giro Rob.

«Mio padre potrebbe tornare da un momento all'altro» replicò l'amico, agitato.

«E se anche fosse? Non può impedirti di partire.» Rob gli posò una mano sul braccio. «So com'è difficile opporsi al proprio padre, ma non hai bisogno dei suoi soldi e nemmeno del suo permesso. Adesso sei indipendente.»

Hugo sorrise e parve consolato da quelle parole. «Che cosa farei senza di te?»

Alla fine esaurirono il credito concesso loro da Spinkley. Il magazzino conteneva alte pile di barili di brandy e balle di tabacco, così tante che Hugo chiese se la stiva della *Dunstanburgh Castle* sarebbe riuscita ad accoglierle tutte.

«Lo scopriremo domani, quando carichiamo» disse Rob.

Hugo fissò i barili accatastati. «Quanto abbiamo speso?»

«Diecimila sterline.»

«E a quanto ammonteranno i nostri profitti?»

Rob si strinse nelle spalle. «Spero che guadagneremo almeno altrettanto.»

Grazie a Cornish sapeva che, quando si trattava di contrattare, i mercanti di Bombay avrebbero fatto sembrare gli agenti di vendita e i commercianti londinesi degli agnellini innocenti, al confronto, ma confidava nella propria bravura.

«Dovremmo festeggiare la nostra buona sorte» dichiarò Hugo. «E la nostra ultima notte di libertà.»

«C'è una sorta di libertà anche a bordo di una nave» sottolineò Rob.

«Forse» concesse l'amico, «ma la carne di manzo sotto sale non sazia tutti gli appetiti.»

Divenne ben presto chiaro a quali appetiti si riferiva. I due bevvero, mangiarono e alla fine raggiunsero un'alta casa di Tenterden Street. Le finestre erano velate da tende discrete, ma all'interno le pareti erano coperte da specchi dorati e da quadri raffiguranti donne nude violentate da antichi dei. Alcuni dipinti sembravano avere preso vita perché in ogni corridoio e salotto sfilavano giovani donne semisvestite con seni color panna che facevano capolino dalla scollatura degli abiti, dotati di uno spacco all'altezza della vita per rivelare ombre invitanti fra le cosce. Gli specchi sui muri le riflettevano all'infinito, da ogni angolazione.

Rob ne scelse una di nome Mary, una ragazza del Dorset con le guance rosee e un sorriso gentile. Quando lei gli posò una mano sul pene, lui rischiò di raggiungere subito l'apice del piacere. Ma Mary, essendo una ragazza sensibile e ben addestrata, sapeva che se gli avesse dimostrato di valere il suo prezzo lui sarebbe tornato, così lo blandì e stuzzicò per quasi un'ora prima di lasciarlo sfogare. Rob ebbe l'impressione di essere morto e salito in paradiso.

«Era la tua prima volta?» gli chiese poi Hugo mentre, entrambi nudi, erano stesi sui divani.

«No» replicò Rob, indignato.

Aveva qualche esperienza alle spalle. Una delle giovani domestiche nella Nativity Bay aveva avuto l'abitudine di portarlo dietro il deposito, ridacchiando, per poi lasciarsi toccare il seno mentre si strusciava contro di lui. Sulla *Dunstanburgh Castle* Rob si era fatto un'idea pittoresca e sfrenatamente bizzarra del sesso, ascoltando le conversazioni dei marinai, ma non aveva mai immaginato nulla del genere.

«Non ti credo» ribatté Hugo. «Vedo l'enorme sorriso che hai stampato in faccia.» Si abbandonò contro lo schienale, tenendo sollevato un bicchiere di champagne spumeggiante. «Brindo al nostro viaggio» disse.

«Al nostro viaggio.»

«Che possiamo tornare qui ricchi come Creso.»

Rob rise. La sua mente era ancora immersa in una squisita foschia che sapeva dell'afrore muschiato di Mary e di champagne.

«Trovi eccitante seguire le orme dei tuoi antenati?» chiese Hugo. «Tuo nonno è salpato da Londra quasi cento anni fa per fare fortuna e tu stai per imitarlo.»

Rob gli aveva raccontato la storia parecchie volte, ma Hugo non riusciva mai a rammentare chiaramente i dettagli. Per fortuna non si stancava mai di ascoltarla.

«Tom Courtney era il mio *bis*nonno» lo corresse Rob.

«E la tua magnifica spada... apparteneva a lui?»

«È stata donata a *suo* nonno da Sir Francis Drake in persona, appartiene alla nostra famiglia da sette generazioni.»

«Che famiglia straordinaria.» Hugo gli versò il poco champagne rimasto. «Non vedo l'ora di conoscerli.»

«Spero non ti deludano.» Rob fu assalito da una strana ondata di malinconia quando rammentò come si era separato dal padre. «Tom Courtney è morto anni fa. Mio nonno rappresentava l'ultimo legame con quell'epoca ed è spirato prima della mia partenza. Scoprirai che i Courtney odierni sono decisamente meno eroici.»

«Allora tu e io scriveremo un nuovo capitolo di quella storia» disse Hugo, «e fra cento anni i tuoi bisnipoti narreranno le gesta di Robert Courtney e nutriranno ben poca fiducia negli omuncoli della loro epoca.»

«Forse» replicò Rob in tono scettico.

Sognava da sempre di riuscirvi, pur trovando difficile immaginare quale impresa avrebbe potuto compiere che fosse all'altezza delle gesta dei suoi celebri antenati. A volte trovava quasi insopportabile il peso della cosa.

«Comunque sia, potrai giudicare da solo quando arriviamo nella Nativity Bay.»

Rob cercò di raffigurarsi Hugo, con la sua raffinatezza urbana e le sue arguzie pronunciate in tono strascicato, a Fort Auspice. Non riusciva a immaginare come avrebbe reagito suo padre.

Hugo fece cenno a una delle ragazze di portargli un'altra bottiglia di champagne. Quando lei si piegò per versarlo la sottoveste salì fino a rivelare l'incavo fra le sue natiche nude in modo estremamente allettante. Lei intinse un dito nello champagne, poi lo succhiò con fare allusivo.

«Qualcos'altro?»

Hugo notò l'espressione di Rob.

«Credo che il mio amico sia pronto per un bis.»

«Dovremmo controllare il carico» protestò fiaccamente Rob.

«Prima dovremmo soddisfare le altre tue esigenze.»

Hugo chiamò con un gesto la ragazza, che si inginocchiò accanto a Rob in modo da coprirgli le cosce nude con i capelli dorati, poi gli prese in bocca il pene e cominciò a dargli colpetti leggeri con la lingua.

«Ricordami come si può raggiungere la Nativity Bay, di preciso» chiese Hugo. «Sai che non ho testa per la geografia.»

«Si trova sulla costa orientale dell'Africa meridionale» rispose Rob, che aveva difficoltà a concentrarsi a causa delle fitte di eccitazione provocate dalla lingua della ragazza.

«Sembrerebbe incredibilmente esotica. Ci sono tracce di civiltà nei paraggi?»

«Cape Town» disse Rob con un lieve rantolo. «Ma dista un migliaio di miglia da lì.»

«Sei sicuro che riusciremo a trovarla?»

«Si trova sul lato sottovento di un promontorio la cui cima somiglia al dorso di una balena» lo rassicurò Rob. «Sarebbe impossibile non notarlo.»

«Allora speriamo di riuscire a vederlo presto insieme.»

«*Mmmmm*» gemette Rob mentre la bocca solerte della ragazza si richiudeva intorno a lui.

L'indomani mattina, per la prima volta da quando Rob lo conosceva, Hugo si svegliò prima di lui. Rob lo trovò nel suo spogliatoio, fermo accanto a un baule che traboccava di abiti; altri indumenti erano sparsi in giro per la stanza.

«Non ti serviranno capi eleganti, per mare» lo prese in giro Rob, tenendo sollevato un paio di calzoni di seta a righe. «Comunque non salperemo prima di tre giorni. Oggi ci limiteremo a sistemare il carico sulla nave.»

«Non vedo l'ora di partire» dichiarò con foga Hugo. «Ogni giorno temo che si verifichi una catastrofe.»

«Risparmia i tuoi timori per quando saremo per mare, è là che si trovano i pericoli.»

Era una mattinata limpida e luminosa. Rob provava ancora un senso di benessere grazie al ricordo del suo incontro con Mary, abbinato all'eccitazione per la loro nuova avventura. Aveva l'impressione di nuotare con una forte marea alle spalle e di procedere rapido, si sentiva in grado di fare qualsiasi cosa. Forse Hugo aveva ragione: magari un giorno le sue imprese avrebbero retto il paragone con le gesta dei grandi eroi Courtney del passato.

La sensazione persistette mentre, poco più tardi, la carrozza di Hugo percorreva rumorosamente le strade londinesi. Osservando i passanti, vedendo i negozi e le maestose dimore e gli enormi monumenti, Rob trovava difficile credere di esserne rimasto così colpito, al suo arrivo lì. Adesso risultavano familiari, persino banali.

Ma mentre si avvicinavano ai moli, sobbalzando sull'acciottolato delle viuzze strette, una nota di disagio si insinuò nella sua felicità. Prima vi fu un aroma acre che lo raggiunse sulla carrozza aperta, solleticandogli le narici. La folla in strada si infittì, tanto da costringere il cocchiere a rallentare: sembrava che tutti stessero procedendo spediti nella stessa direzione.

L'odore di fumo si intensificò e la foschia che velava il cielo azzurro divenne sempre più densa.

«Che cosa succede?» chiese Rob.

Sentì montare la paura e, non appena la carrozza si fermò perché non poteva proseguire oltre, saltò giù e cominciò ad aprirsi un varco a spintoni fra la calca. Riusciva a cogliere solo stralci di quanto stavano dicendo le persone intorno a lui, il loro chiacchiericcio era simile a quello di un nutrito stormo di uccelli, ma una parola risultava chiara: *incendio.*

Girò l'angolo e fissò allibito la scena. Avrebbe dovuto trovarsi di fronte il magazzino in cui avevano stipato le loro merci, che invece non si trovava là. Gli edifici sui due lati erano ancora in piedi, i loro muri di mattoni rossi strinati di nero. Attraverso la cappa di fumo che ancora si levava dall'ammasso di travi bruciacchiate Rob riuscì a vedere solo il fiume e il cielo aperto retrostante.

Sentì le gambe molli. Se non fosse stato per la calca intorno a lui sarebbe caduto. Tutto quello che aveva posseduto, il carico da cui dipendeva il suo futuro, era scomparso.

Un rombo e uno schianto segnalarono il crollo di un'altra parte dell'edificio. Era difficile credere che restasse ancora qualcosa in grado di cadere, ma evidentemente del legno stava bruciando senza fiamma, perché una fontana di scintille sgorgò dalle assi che si spostavano. La folla si ritrasse, invece Rob avanzò come una falena attirata dalla luce. Si fermò davanti alla calca, da solo, fissando le rovine delle sue ambizioni. Tutto il denaro preso in prestito e tutte le speranze che era riuscito a comprare erano ridotti in cenere.

Quando Hugo emerse dalla calca e gli si fermò accanto, Rob provò un altro fremito di disperazione. Era stato lui a coinvolgere l'amico in quel progetto, come avrebbe potuto guardarlo negli occhi, adesso?

«È terribile» sospirò Hugo. «Hai perso tutto.»

«Vuoi dire che *abbiamo* perso tutto» lo corresse Rob, irritato da quelle parole.

Prima che il suo amico potesse ribattere, un uomo si staccò dalla folla e Rob, a dispetto della luce fioca, riuscì a vedere scintillare un dente d'oro nella sua brutta bocca. Era Spinkley, l'agente del padre di Hugo. Come aveva fatto ad arrivare così in fretta?

Si infilò le mani in tasca e osservò la scena.

«Terribile, terribile. Che enorme perdita.»

Un orrendo sospetto cominciò a prendere forma nella mente di Rob.

«Come sapevate di trovarmi qui?»

«Le cattive notizie viaggiano in fretta e io devo tutelare il mio investimento.» Spinkley indicò le macerie fumanti. «Gira voce che tutte le vostre merci fossero conservate in quel magazzino.»

Il fumo si era insinuato nei polmoni di Rob, che sentì la gola serrarsi.

«È vero.»

«In tal caso non posso nutrire alcuna fiducia nella vostra capacità di saldare il debito. Mi rincresce dovervi chiedere la restituzione del denaro che vi ho prestato.»

«Così presto?» chiese Rob, con lo stomaco che faceva una capriola.

«È nel contratto che avete firmato.» Spinkley tenne sollevato il documento su cui era scribacchiata la firma di Rob. Equivaleva a una condanna a morte.

«Non ho i soldi con cui farlo» si costrinse a ribattere faticosamente Rob.

«Allora rivendico la vostra garanzia collaterale.»

«La spada?» Rob si sentì mancare il terreno sotto i piedi e gli sembrò di cadere in un pozzo, scivolando lungo una parete semisgretolata che si trasformava in polvere ogni qual volta lui cercava di aggrapparvisi. «Volete la spada come rimborso del prestito?»

«È questa la natura di una garanzia collaterale» spiegò Spinkley in tono del tutto spassionato, come se quella fosse solo un'arida questione di numeri, come se lui non avesse notato che la vita di Rob era andata in rovina. «Benché, per essere precisi, la spada rappresentasse solo la garanzia del prestito principale. Vanno considerati anche gli interessi.»

«Gli interessi?»

«Altre duecento sterline.»

Gli mostrò un pezzo di carta su cui i numeri scritti con inchiostro rosso e copiati da un registro sembravano aumentare a ritmo vertiginoso.

Rob era portato per l'aritmetica, ne capiva la logica vorace, capiva come una semplice percentuale potesse autoalimentarsi fino a superare di gran lunga la somma originaria. In fondo era così che aveva avuto intenzione di arricchirsi, con un commercio che faceva crescere i profitti del successivo. Ma ora che il processo veniva capovolto lui si rese conto che poteva diventare una trappola da cui sarebbe stato impossibile fuggire.

«Come posso rimborsare la somma totale?» chiese con voce fioca. «La spada è tutto ciò che possiedo. Se non basta...»

«La cosa non mi riguarda.» Spinkley ripiegò il documento, poi passò le dita sulla piega producendo un sibilo simile a quello di una lama che tagli una gola. «In base ai termini del contratto siete tenuto a ripagare il debito principale e gli interessi quando io vi chiedo di farlo. Se la spada non basta per rimborsarmi verrete rinchiuso nella prigione dei debitori finché non mi avrete restituito tutto.»

Rob sentì le ganasce della trappola serrarglisi sul collo. Aveva sentito parlare delle prigioni dei debitori come la famigerata Marshalsea di Southwark, gestita come un'impresa privata mirante ai profitti che commerciava in infelicità umana. A volte gli amici di Hugo ci scherzavano sopra, ma sempre con la paura negli occhi. Quello era lo spettro che infestava i loro incubi gravati dai debiti. In base alla terribile logica delle carceri, il prigioniero doveva pagarsi vitto e alloggio, quindi più a lungo rimaneva lì e più si indebitava. Chi non era in grado di pagare veniva torturato con ferri roventi, serrapollici ed elmi di ferro stretti con una vite intorno al cranio. Se un detenuto moriva durante la notte – cosa che succedeva spesso, nelle celle sovraffollate e prive di finestre – all'alba sarebbe risultato irriconoscibile perché i topi gli avrebbero rosicchiato il viso.

«Quanto tempo mi rimane?» chiese Rob.

Spinkley finse platealmente di riflettere.

«Fino a mezzogiorno di oggi, in base ai termini qui indicati.»

Rob si allontanò barcollando stordito. La folla insensibile, ignara della sua disperazione, lo spintonava. In Africa lui aveva affrontato leoni, elefanti, persino lo squalo. Il debito non era altro che carta, inchiostro e promesse infrante eppure, in un certo senso, Rob si sentiva più impotente, intrappolato da una bestia invisibile che lui non era in grado di combattere o almeno capire.

Confuso com'era, non si accorse di essere seguito da Hugo finché l'amico non gli afferrò il braccio.

«Che cosa farai?» gli chiese.

«Che cosa posso fare?» Rob era furibondo con se stesso per essere caduto nella trappola dall'usuraio. «Puoi prestarmi dei soldi?»

«Sai che ho già esaurito il mio credito con Spinkley. Potrei soltanto chiedergli un prestito, che lui mi rifiuterebbe subito, se ne indovinasse il motivo. Potrebbe persino esigere che io saldi i miei debiti.»

«Ma metà del carico era tuo.»

Hugo si irrigidì e si ritrasse. «Sei stato tu a fornire la garanzia collaterale e a prendere i soldi. Il prestito è a tuo nome. Non cercare di coinvolgermi nella faccenda.»

«*Coinvolgerti nella faccenda?*» Rob non credeva alle sue orecchie. «Ma ci siamo dentro insieme, questa è sempre stata la nostra avventura condivisa.»

Vide l'amico stringersi nelle spalle con un'espressione indifferente che forse, se Rob avesse avuto il tempo di riflettervi, avrebbe giudicato simile a quella di un ragazzo che osservi un gattino annegare in uno stagno.

«Mi spiace, Rob. Sei da solo» replicò Hugo e in lontananza, come a sottolineare il carattere definitivo della sua affermazione, una cacofonia di campane di chiesa cominciò a battere le dieci. «Fra due ore gli ufficiali giudiziari di Spinkley verranno a casa mia a reclamare tutto il possibile.»

Ormai soltanto una cosa aveva importanza.

«La spada» disse Rob. «Non posso permettergli di prenderla.»

«Ma è la tua unica garanzia collaterale, la tua unica speranza di evitare la prigione dei debitori.»

Rob non lo sentì, si era già messo a correre.

La carrozza di Hugo si trovava nei paraggi, ma lui era come un animale braccato, non si fidava di niente e nessuno, a parte se stesso. Continuò a sfrecciare lungo le strade della brulicante città che si era illuso di avere domato, i monumenti familiari che adesso apparivano freddi e indifferenti alle sue tribolazioni, finché non raggiunse la casa di Wimpole Street, con il mal di testa e lo stomaco sottosopra, non sapeva se per il trauma della perdita subita o per gli effetti della corsa.

Picchiò sulla porta fino a quando non gli venne aperta dal valletto di Hugo, a cui passò accanto talmente in fretta da rischiare di farlo cadere. Salì i gradini tre alla volta, corse in camera sua e sollevò la tavola dell'assito sotto cui aveva nascosto la spada Nettuno.

Il sole che filtrava attraverso le tende fece brillare come gli abissi marini lo zaffiro sul pomo. Rob ne aveva sempre notata solo la bellezza, adesso invece lo guardava con gli occhi avidi di un uomo disperato. Si chiese quanto avrebbe potuto ricavare dalla gemma se l'avesse staccata e venduta ai gioiellieri di Hatton Garden, quanto valore avrebbe avuto l'oro, una volta fuso.

Il pensiero lo riempì di vergogna. Era davvero caduto così in basso? Meglio morire che disonorare a quel modo il retaggio della sua famiglia. Nel corso di quasi due secoli i Courtney avevano brandito quell'arma combattendo contro galeoni spagnoli, corsari olandesi, pirati indiani e uomini malvagi di tre diversi continenti. Un giorno Rob l'avrebbe vista in mano al proprio figlio.

Avrebbe affrontato la punizione, se necessario, ma se fosse riuscito a evitarla, tanto meglio. Si chiese che cosa avrebbe fatto nonno Jim, trovandosi nei suoi panni. Non si sarebbe certo arreso docilmente a uomini avidi come Spinkley solo perché sostenevano di avere una certa autorità, non si sarebbe lasciato intrappolare nei loro trabocchetti di carta.

Jim avrebbe fatto esattamente come quando aveva salvato Louisa dalla nave di condannati in procinto di affondare: sarebbe fuggito.

Rob gettò qualche indumento nella sua sacca e avvolse la spada in una giacca. Probabilmente avrebbe dovuto dire addio a Hugo, che però sembrava non essere ancora rincasato. Immaginò che l'amico preferisse tenersi alla larga dagli uomini di Spinkley, che stavano per andare lì.

Sentì picchiare con forza sulla porta d'ingresso e, guardando fuori dalla finestra, vide una banda di tizi dall'aria robusta e armati di randelli riuniti intorno ai gradini ai piedi dell'entrata. Spinkley non aveva certo perso tempo, prima di mandare i suoi ufficiali giudiziari: non era ancora mezzogiorno.

Udì il valletto aprire in fretta la porta, poi una discussione urlata e passi che salivano pesantemente le scale. Rob non rimase ad aspettare. Sgattaiolò fuori dalla camera, togliendosi le scarpe per non fare rumore, poi sfrecciò lungo un corridoio, aprì la finestra a ghigliottina affacciata sul giardino posteriore e buttò giù la sua borsa.

Non poteva saltare da quell'altezza e gli ufficiali giudiziari lo avevano quasi raggiunto. Sfrecciò oltre una porta proprio mentre arrivavano in cima alle scale e dall'interno di un armadio li sentì correre nella sua stanza per poi uscirne. Un uomo passò rapido davanti al suo nascondiglio, facendo tremare la porta sui cardini, e si fermò accanto alla finestra.

«Guardate, c'è una borsa qui in giardino» gridò una voce burbera. «Dev'essere uscito dalla finestra.»

I passi si allontanarono. Dopo avere contato fino a venti Rob lasciò il nascondiglio e, non osando scendere le scale, salì negli alloggi dei domestici all'ultimo piano. Il soffitto inclinato era basso, ma nel timpano c'era un abbaino che si apriva sul tetto. Uscì.

La città sottostante appariva piccola e meno rumorosa, ma l'altezza non lo preoccupava. Era come trovarsi fra il sartiame di una nave. L'aria fresca e l'eccitazione della fuga gli schiarirono le idee, aiutandolo a concentrarsi sul suo scopo.

Scalzo e con la spada fissata alla schiena da un'imbracatura di fortuna fatta con le maniche della giacca, corse agilmente lungo il colmo del tetto. Quando arrivò in fondo alla fila di case si calò lungo una grondaia – facile come scivolare giù da un paterazzo – e scavalcò un muro, ritrovandosi nella via.

Sapeva dove doveva andare: a parte Hugo aveva soltanto un amico, lì a Londra.

Sfinito dopo aver attraversato di corsa mezza città, impiegò più di due ore per tornare ai moli. Non gli importava che la folla sempre più fitta lo rallentasse, perché gli forniva un riparo, la possibilità di non farsi notare. Gli rammentava gli gnu visti in Africa, che si riunivano a migliaia per proteggersi dai denti del leone o dal fucile del cacciatore. Un tempo li aveva osservati solo attraverso un mirino, adesso invece vedeva il mondo con i loro occhi.

Si disse che la sua paura era infondata, che gli ufficiali giudiziari non avevano modo di sapere dove sarebbe andato, in quella grande città. Più si allontanava dalla casa di Hugo e più sarebbe stato al sicuro. Finalmente riuscì a distinguere gli alberi delle navi all'ancora che svettavano sopra i tetti e avanzò spedito. Persino fra le centinaia di vascelli che gremivano il fiume riuscì a individuare subito la *Dunstanburgh Castle* mentre, all'ancora, dondolava con il cambiare della marea. Rob era al sicuro.

Stava per scendere i gradini e cercare una barca a remi quando una voce lo bloccò.

«Robert?»

Rob si voltò per vedere Hugo che gli si avvicinava rapido.

Lo abbracciò. «Grazie a Dio sei qui. Non volevo partire senza averti salutato, ma gli uomini di Spinkley non mi hanno lasciato altra scelta.» Si interruppe. «Come hai fatto a trovarmi?»

Hugo sorrise. «Sapevo che non avevi nessun altro posto in cui andare.» Notò il fagotto che l'amico stringeva. «È la spada?»

«Non potevo lasciare che finisse fra le grinfie di Spinkley.» Rob, assalito da un'ondata di spossatezza, si ritrovò sul punto di piangere. «So che è una mossa da codardo, ma questa spada è l'unico cimelio di famiglia che ho.»

Hugo gli toccò delicatamente il braccio. «È più che comprensibile, so quanto sia preziosa per te.»

Rob si accorse che la folla circostante si era zittita, così si guardò intorno. Quattro uomini grandi e grossi con il viso livido e un randello in mano si erano disposti in cerchio intorno a lui e spingevano via chiunque altro si trovasse sul molo affollato.

Rob tentò di muoversi, ma la mano di Hugo gli si serrò intorno al braccio, trattenendolo. I tizi con i randelli si avvicinarono.

«Che cosa...»

Dietro la spalla di Hugo comparve una figura corpulenta orribilmente familiare, con il doppio mento e un dente d'oro che scintillava.

«Vi sono davvero grato, Mr Lyall» disse Spinkley, «per avere contribuito alla cattura di un uomo malvagio.»

Rob fissò prima lui e poi Hugo.

«Che cosa sta succedendo?» chiese all'amico.

«Esattamente quello che sembra stia succedendo.»

«Tu...» Rob non aveva parole per descrivere come si sentisse tradito. «Mi fidavo di te.»

«Non ho avuto scelta. Devo a Spinkley molti più soldi di te. Se mio padre mi tagliasse i fondi dovrei scegliere fra la prigione dei debitori e la guarnigione su un'isola infestata dalle febbri.»

«Mi hai convinto tu a farmi prestare tutti quei soldi. Sapevi che il magazzino sarebbe bruciato.» Rob si sforzò di capire. «Pensavo che fossimo amici.»

Gli sembrò di veder balenare il senso di colpa negli occhi di Hugo, ma scomparve così in fretta che lui non poteva esserne sicuro.

«Non ho avuto scelta» ripeté Hugo, desiderando disperatamente che Rob gli credesse. «Ci sono uomini potenti che vogliono vederti annientato.»

Uno degli scagnozzi di Spinkley si fece avanti e afferrò la spada avvolta nella giacca, ma Rob rifiutò di lasciarla andare. Dopo una breve colluttazione, una randellata gli colpì il braccio, rendendolo insensibile, e l'arma gli venne tolta di mano.

L'ufficiale giudiziario la passò a Spinkley, che la sfilò dalla giacca e la tenne sollevata per ammirarne la pregevole fattura.

«Un oggetto davvero squisito.»

Per Rob vederla stretta da quelle mani grassocce e avide fu come essere pugnalato al cuore. Si tuffò verso Spinkley, i cui uomini lo trattennero.

«Non fatevene una colpa, giovane Courtney» gli disse l'agente di commercio. «La vostra rovina è stata inevitabile quasi sin dal momento in cui siete arrivato qui a Londra.»

Rob si dimenò per sottrarsi alla presa delle mani che lo tenevano bloccato. Allungò il collo per lanciare un'occhiata alla *Dunstanburgh Castle*, sperando che Cornish riuscisse a vederlo e a mandare qualcuno ad aiutarlo, ma sui ponti della nave non si mosse nessuno.

«Avete la spada!» gridò. «Non ripaga forse il debito? Perché non mi lasciate andare?»

«Con gli interessi che avete accumulato questa non basta a saldarlo.» Spinkley toccò amorevolmente la spada, fissandone il pomo ornato dalla gemma come se volesse leccarlo. «Portatelo nella prigione di Marshalsea.»

Tutti gli orrendi racconti che Rob aveva sentito su quel carcere per debitori lo colpirono come una martellata. Non avendo amici o familiari in grado di pagare per il suo mantenimento nell'ala più confortevole riservata ai gentiluomini, sarebbe finito nel settore comune, dove i detenuti erano stipati in celle puzzolenti senza nemmeno avere abbastanza spazio per sdraiarsi. Non ne sarebbe mai uscito.

Fissò Hugo, cercandogli qualche traccia di compassione sul viso.

«Ti prego, non lasciare che lo facciano» implorò. «In nome della nostra amicizia.»

Hugo non riuscì a incrociare il suo sguardo. «Mi dispiace, Rob, non volevo che finisse così.»

Si girò di scatto con un fruscio della sua giacca elegante e scomparve nella via affollata. Due ufficiali giudiziari ghermirono Rob e gli altri due cominciarono ad aprirsi un varco fra la gente.

Lui piegò le ginocchia in modo che tutto il suo peso gravasse sugli uomini che lo tenevano e, prima che potessero rafforzare la presa, diede un violento pestone sul piede di uno di loro.

Non appena l'uomo lo lasciò andare Rob si girò di scatto e affondò i denti nella mano di un altro, strappandogli un urlo di dolore. Finalmente libero, si tuffò verso il molo. Il Tamigi era reso puzzolente dai liquami e interessato da forti correnti, ma Rob era un buon nuotatore e se fosse riuscito a raggiungere la *Dunstanburgh Castle* avrebbe forse potuto salvarsi.

Una mano si allungò verso di lui, mancò la sua spalla ma ghermì il tessuto fluttuante della manica, tirandolo indietro. Rob si lanciò in avanti e la manica si strappò mentre lui si fiondava verso l'estremità del molo. Altri cinque passi...

Non scoprì mai cosa l'aveva fatto cadere, forse un randello degli ufficiali giudiziari, un anello di ormeggio o un astante convinto di fare il proprio dovere civico. Rob sentì solo un colpo allo stinco, poi piombò sul selciato sbattendo il mento e finì lungo disteso.

Era talmente vicino al fiume che le sue braccia si sporsero dal margine del molo e vide l'acqua marrone scorrergli quasi sotto il naso. Era così vicino. Cercando di ignorare il dolore alla testa, si spinse in piedi per l'ultimo sforzo.

Qualcosa di pesante lo sbatté di nuovo a terra: uno degli ufficiali giudiziari gli era saltato sopra. Rob tentò di levarselo di dosso, ma l'uomo era troppo massiccio e gli premette il randello sulla gola fino a sfondargli quasi la trachea. Gli altri gli si assieparono intorno, tempestandolo di calci vendicativi alla testa e alle costole. Lui non pensava più alla fuga, voleva solo proteggersi.

Attraverso una foschia di sofferenza sentì la voce agitata di Spinkley gridare: «Per l'amor di Dio, non uccidetelo! Il Barone di Dartmouth vuole la sua preda viva!».

Le percosse cessarono. Braccia rudi lo tirarono in piedi; un ufficiale giudiziario si avvolse la manica strappata della camicia di Rob intorno al morso sanguinante che aveva sulla mano e gli rivolse un'occhiata che prometteva altro dolore non appena Spinkley avesse voltato le spalle.

«Levatelo dalla mia vista» disse Spinkley, paonazzo a causa dello sforzo di inseguire Rob e con la giacca tutta storta. «Richiudetelo a Marshalsea e dite al secondino di usare la mano pesante con lui. Spezzeremo il suo spirito ribelle una volta per tutte.»

«Alt!» gridò una voce.

A dispetto della sofferenza Rob alzò gli occhi e vide un uomo alto che portava un'uniforme blu della marina sulle cui maniche spiccavano i galloni di tenente. Lo accompagnava un gruppetto di marinai in casacca e calzoni corti. Lui indicò il tatuaggio sul braccio di Rob, lasciato scoperto dalla manica strappata.

«Quest'uomo è un marinaio.»

«È un prigioniero» ribatté Spinkley in tono ostinato.

Il tenente lo guardò dall'alto in basso. Non era anziano, ma aveva già i capelli bianchi, tagliati tanto corti da restargli ritti sul cuoio capelluto. La pelle del viso era così tesa da far sembrare insolitamente sporgenti le ossa sottostanti, gli occhi erano azzurri e penetranti.

«Per ordine del re ho il potere di arruolare nella marina di Sua Maestà qualsiasi marinaio io trovi, così che possa combattere nella guerra contro l'America. Prendo io quest'uomo.»

Spinkley si erse in tutta la sua statura.

«Come senza dubbio saprete, è espressamente vietato alla marina arruolare chiunque sia imprigionato per debiti come il qui presente Mr Courtney.»

«Non vedo nessuna prigione.»

«Stavamo giusto per andarci.»

«È stato incriminato davanti a un giudice?»

«No!» disse Rob di getto. «Sono un marinaio. Ho viaggiato sulla *Dunstanburgh Castle* sotto il capitano...» Si interruppe quando venne schiaffeggiato sulla bocca da uno degli ufficiali giudiziari, ma questi ultimi sembravano sapere già come sarebbe finita. Il tenente aveva con sé una dozzina di marinai armati, una spada fissata al fianco e una pistola infilata nella cintura.

«È oltraggioso» farfugliò Spinkley. «Come vi chiamate?»

«Sono il tenente Henry Coyningham, imbarcato sulla nave di Sua Maestà *Perseus.*»

«Sapete chi mi ha ordinato di far arrestare quest'uomo?» chiese Spinkley.

Coyningham rimase in attesa con aria di aspettativa.

«Me l'ha ordinato il Barone di Dartmouth, presidente del Board of Trade and Foreign Plantations. Se lo sfidate vi assicuro che finirete la carriera comandando una barca da pesca nelle isole delle febbri.»

Coyningham si strinse nelle spalle. «Se il vostro mecenate vuole sporgere reclamo può farlo presso l'ammiragliato, che certo non mi biasimerà per aver fatto il mio dovere.»

Due suoi uomini afferrarono rudemente Rob e lo portarono fino a un capannello di tizi dall'aria triste, in attesa con altri marinai. Gli ufficiali giudiziari si picchiettarono il randello sul palmo della mano, ma sapevano di essere in inferiorità numerica e di non poter fare nulla.

Rob si unì agli uomini accalcati, piazzandosi al centro del gruppo per proteggersi. Il tizio accanto a lui alzò gli occhi.

«Dovete avere offeso a morte qualcuno. Che cosa avete fatto?»

Rob, intontito, non poté fare altro che scuotere la testa. «Vorrei tanto saperlo.»

L'uomo era una testa più basso di lui, ma aveva mani enormi, braccia forti e una corporatura massiccia. Un occhio nero e il naso storto dimostravano che aveva usato i pugni di recente, ma il suo viso era gentile. Rivolse a Rob il primo sorriso sincero che lui vedesse da quella che gli sembrava un'eternità.

L'uomo gli tese la mano. «Angus MacNeil» disse con un leggero accento scozzese.

Rob gliela strinse. «Robert Courtney.»

Spinkley se n'era andato, indirizzandogli un'ultima sequela di imprecazioni, minacce e occhiatacce. Il tenente gli diede le spalle e urlò ordini ai suoi marinai.

«Sbrigatevi. Ci serve un'altra dozzina di uomini, se vogliamo guadagnarci la paga. E dobbiamo portarli a bordo prima di sera.»

L'indomani mattina Rob si chiedeva già se fosse stato davvero salvato, alla fin fine: sembrava non esserci poi molta differenza fra la vita in marina e quello che lui aveva sentito dire della prigione di Marshalsea. Dal molo venne portato in una stanza sopra il pub che il tenente aveva affittato per sistemarvi le reclute. Quando fu piena vennero trasferite su una lancia e portate lungo il fiume, fino alla carcassa priva di albero di una nave in disarmo ancorata a una certa distanza dalla riva. Rob e gli altri furono spinti giù per una scala a pioli e dentro una stanza senz'aria sul ponte di stiva che venne poi chiusa con una grata sorvegliata da quattro marinai scelti.

«Ci trattano come dei prigionieri» si lamentò una delle reclute, un ragazzo di nome Thomas che sembrava sul punto di piangere. «Mi sono offerto volontario, non dovrebbero trattarmi come un criminale.»

«Io sono rimasto in prigione fino a ieri, quando è passato il tenente» ammise Angus, la cui schiettezza nel parlare ricordava a Rob suo nonno. «Ti assicuro che questo è meglio.»

«Perché eri in prigione?»

«Lesioni gravi.»

«Che cosa significa?»

«Quello di lesioni gravi è un reato che consiste nella

deliberata mutilazione di una persona che lascia la suddetta incapace di difendersi in combattimento» rispose lui, dando l'impressione di citare un elenco dei capi d'accusa ufficiale. «In parole povere significa che ho mozzato il braccio a un uomo.»

Rob non sapeva cosa dire, ma nemmeno voleva che Angus trovasse offensivo il suo silenzio.

«Se lo meritava?» chiese.

L'uomo si strinse nelle spalle. «Secondo me sì. Gli ho chiesto di smettere di fare quello che stava facendo e lui ha rifiutato.»

«Che cosa stava facendo?»

«Si fotteva mia moglie.»

Rob ci pensò su. «Direi che è stato fortunato, visto che gli hai tagliato solo il braccio.»

Angus scoppiò a ridere. «Infatti.»

Dieci miglia più su lungo il fiume, Hugo Lyall aveva il privilegio di trovarsi in un ambiente più gradevole, ma la morbida moquette, i soffici divani bordati di broccato color oro e il bicchiere di ottimo porto stretto nella sua mano non gli fornivano nemmeno un briciolo di comodità. Non con lo sguardo acido del Barone di Dartmouth che lo trafiggeva.

«È fuggito?»

«Per puro caso» replicò Hugo in tono contrito. «Nulla avrebbe potuto impedirlo.»

«Eravate là. Avreste dovuto impedirlo *voi.*» Dartmouth picchiettò la sua mano posticcia sul tavolo. «Sapete cosa faccio a chi mi delude.»

Hugo deglutì.

«I responsabili dell'arruolamento forzoso lo avranno portato su una delle navi in disarmo di Deptford» sottolineò Spinkley che, convocato insieme a Hugo, stava sudando profusamente sotto la sua giacca pesante. «Passeranno alcuni giorni prima che venga assegnato a un vascello della marina.»

Dartmouth non replicò, limitandosi a passarsi la mano d'oro sulla gola.

Hugo rimase a bocca aperta quando capì cosa l'uomo voleva fargli fare.

«Non potete certo aspettarvi che io salga di soppiatto su una nave da guerra e uccida qualcuno.»

Dartmouth lo studiò. Qualsiasi cosa succedesse, lui non doveva esservi implicato. Ma se lasciava che Hugo facesse di testa sua chissà quali guai avrebbe causato quel giovane idiota.

«Conosco un uomo in grado di occuparsi di questioni simili in maniera discreta» disse alla fine. «Lo manderò da voi, così potrete prendere i debiti accordi con lui.»

Hugo annuì. Una settimana prima non si sarebbe creduto nemmeno capace di colpire qualcuno. Aveva saputo che stava per condurre Rob alla rovina, che il magazzino sarebbe bruciato lasciandolo senza un soldo, ma si era comunque tenuto aggrappato alla consapevolezza che l'amico non sarebbe rimasto ferito. Adesso persino l'omicidio sembrava preferibile al dover affrontare lo sguardo terrificante del barone.

Dartmouth non aveva ancora finito con lui.

«Avete seguito le mie istruzioni in merito all'altra questione di cui abbiamo parlato?»

«Sì» rispose con foga Hugo, felice che avessero smesso di parlare di un omicidio. «Ho chiesto a Rob come trovare la Nativity Bay.» Ripeté quanto raccontatogli dall'amico sulla baia e il promontorio a forma di dorso di balena situato a mille miglia da Cape Town. «Ha detto che sarebbe impossibile non notarlo.»

Dartmouth grugnì. «E la spada?»

Spinkley la prese, ancora avvolta nella giacca.

«Avevo pensato che sua signoria potrebbe permettermi di tenerla» disse.

Dartmouth alzò gli occhi dalle palpebre pesanti. «Vorreste tenerla *voi*?»

«In considerazione dell'aiuto da me fornito in questa faccenda. Robert Courtney mi doveva parecchio denaro e, ah...»

«Se volete lasciare questa stanza vivo mi darete subito la spada.»

Spinkley posò l'involto sulla scrivania. La giacca si aprì e la luce dorata riflessa colpì il viso di Dartmouth, che si piegò sull'arma, sbavando come un cane a cui venga offerto un osso. Si vide riflesso innumerevoli volte nelle sfaccettature dello zaffiro.

«Sono sicuro che sua signoria vorrà compensarmi per le perdite che ho subito» dichiarò Spinkley.

Dartmouth sollevò la testa, sfilò la spada dal fodero e la agitò nell'aria, talmente vicino al viso dell'uomo da spellargli quasi il naso.

«Andatevene!» urlò.

Spinkley obbedì, seguito da Hugo, che non avrebbe potuto correre più veloce nemmeno se avesse avuto tutti i demoni dell'inferno alle calcagna.

Quando Dartmouth rimase solo fissò a lungo la spada, poi prese la penna d'oca per scrivere una lettera al figlio, Gerard Courtney, a Calcutta. La sua grafia era disordinata e quasi illeggibile, un groviglio di tratti rabbiosi e macchie di inchiostro. Dopo aver perso la mano era stato costretto a imparare a fare tutto con la sinistra. Scribacchiò furiosamente, la penna che grondava sete di vendetta.

*Gli eredi di Tom Courtney vivono in Africa, in un luogo chiamato Nativity Bay. Lo troverai circa mille miglia a nord-est di Cape Town, dietro un promontorio a forma di dorso di balena. Se vuoi tenere fede al tuo dovere come Courtney e come mio figlio noleggerai subito una nave per perlustrare quella costa. Non ho bisogno di dirti cosa fare quando li trovi.*

*L'ultima volta che ti ho scritto ti ho detto che il pronipote di Tom, Robert, era arrivato qui a Londra, ma non preoccuparti. Quando leggerai questa mia, lui sarà già morto.*

Rob si svegliò da un incubo. Aveva sognato di essere tornato alla Nativity Bay, a immergersi nelle acque azzurrine. Per quanto velocemente nuotasse non era riuscito a fuggire a uno squalo le cui mascelle gli si erano chiuse intorno, stringendo sempre più forte finché Rob non aveva sentito le ossa spezzarsi.

Si svegliò di soprassalto e il suo violento sussulto si trasmise ad Angus, steso di fianco a lui, che ancora addormentato rotolò da una parte, urtando l'uomo che aveva accanto. Le reclute erano talmente stipate nel misero spazio a loro riservato che il minimo movimento le disturbava tutte.

Rob rimase sdraiato ad ascoltare il buio circostante. Doveva essere quasi l'alba perché una fioca luce grigiastra filtrava dal portello di cannone lasciato socchiuso per far circolare l'aria. Aveva pensato che le amache sulla *Dunstanburgh Castle* fossero troppo vicine, ma rappresentavano una sistemazione lussuosa in confronto a quella attuale. Se era così che la marina trattava le sue reclute, come sarebbe stata la vita una volta che si fossero imbarcate sulle rispettive navi?

Si sarebbe rivelata comunque preferibile all'alternativa.

Ma quella era una ben misera consolazione. Sin da

quando era bambino odiava fuggire davanti al pericolo. Più di una volta, nel bush africano, la sua testardaggine gli era valsa cicatrici e ossa rotte. Adesso stava scappando dai debiti, eludendo i nemici e lasciandosi alle spalle l'unica cosa preziosa che possedeva: la spada Nettuno.

Se avesse abbandonato la nave sarebbe diventato un disertore, oltre che un debitore insolvente. Invece della prigione avrebbe rischiato il cappio del boia, inoltre avrebbe aggiunto la potente Royal Navy alla lista dei suoi nemici.

*I suoi nemici.* Era andato a Londra, rifletté, senza avere neppure un nemico al mondo. Com'era riuscito a farsene di così potenti? Di certo doveva dei soldi a Spinkley, che forse gli aveva messo contro Hugo, ma sul volto di entrambi aveva visto qualcosa di più dell'avidità: la paura. Avevano paura di qualcuno.

Spinkley aveva detto di lavorare per il Barone di Dartmouth, ma chi era costui? Rob non l'aveva mai sentito nominare, non aveva idea del motivo per cui un uomo così potente avrebbe dovuto conoscerlo, figurarsi volerlo morto. Rob doveva aver sentito male.

Si stava interrogando sulla cosa quando udì, al capo opposto della stanza, un rumore causato da qualcuno che si stava alzando e seguito da un tonfo e da un'imprecazione. L'uomo doveva avere picchiato la testa perché non era abituato ai bassi soffitti della nave.

Rob ne rimase stupito. Tutti gli uomini arruolati forzatamente erano marinai esperti e, come lui, chinavano la testa d'istinto non appena scendevano la scaletta.

Doveva essere il nuovo arrivato, concluse, un tizio magro e muscoloso e con il viso butterato, di nome Lendal. Era salito a bordo prima del crepuscolo e per tutta la sera

era rimasto seduto nella stiva ad ascoltare le chiacchiere, senza proferire parola. Aveva tenuto il cappello ben calcato sulla fronte persino in quello spazio angusto e Rob aveva avuto la sgradevole sensazione che, al di sotto della tesa, gli occhi dell'uomo lo stessero fissando.

Lendal attraversò l'ambiente, avanzando con cautela fra gli uomini addormentati. Non c'era quasi lo spazio per muoversi e molti di loro si lamentarono rabbiosamente nel sonno quando il suo piede li urtò.

Si stava dirigendo verso Rob.

Un raggio di luce dell'alba si rifletté sul fiume ed entrò dal portello, facendo sfavillare la sottile e affilata lama metallica che spuntava dalla mano di Lendal.

Impugnava un coltello.

Rob era disarmato. Non aveva nient'altro che gli indumenti che portava quando gli addetti al reclutamento forzato lo avevano preso. Si costrinse a rimanere immobile, tenendo le palpebre quasi del tutto abbassate per paura che uno scintillio nei suoi occhi dimostrasse che era sveglio. Contrasse i muscoli sotto la coperta, pronto a scattare. Vide l'uomo avvicinarsi lentamente, un'ombra nel buio, e si impose di aspettare. L'elemento sorpresa era la sua unica arma, doveva sfruttarla fino in fondo.

Lendal scavalcò Angus e si accovacciò accanto a Rob, che si chiese quali intenzioni avesse. L'uomo poteva permettersi soltanto un unico colpo. Se avesse commesso errori le grida di Rob avrebbero svegliato gli altri e lui sarebbe stato colto in flagrante mentre cercava di commettere un omicidio. Ma non gli sarebbe stato certo facile uccidere Rob in maniera sia rapida sia discreta: era chiuso a chiave nella stiva con dei marinai scelti di guardia sopra di loro, quindi non sarebbe potuto fuggire prima della scoperta del cadavere.

Lendal doveva essere giunto alla stessa conclusione perché cambiò idea. Dopo avere infilato il coltello nello stivale sciolse la fascia di tessuto che portava intorno al collo, se ne avvolse le estremità intorno ai pugni chiusi, la tese e si piegò verso il collo di Rob.

*Vuole strangolarmi*, capì lui.

Aspettò finché non riuscì quasi a sentire le fibre della stoffa solleticargli la gola.

Muovendo le braccia di scatto afferrò i polsi di Lendal e lo tirò da una parte. L'uomo perse l'equilibrio, piombando pesantemente sopra Angus, che grugnì e tentò di drizzarsi a sedere, le membra che si aggrovigliavano con quelle di Lendal. Nella confusione Rob raggiunse a tastoni il piede di Lendal e gli sfilò il coltello dallo stivale.

La zuffa terminò bruscamente quando lui glielo puntò alla gola.

«Chi sei?» sibilò. «Che cosa stai facendo?»

Lendal cercò di scrollarsi di dosso il coltello.

«Stavo cercando la latrina» rispose in tono offeso. «Un uomo non può andare a pisciare in pace?»

«Hai cercato di uccidermi.»

«Sono inciampato.»

«Perché? Chi ti manda?»

Lendal gli sputò in faccia. Rob gli premette la lama sulla gola e lo vide sgranare gli occhi, bianchi nella penombra, quando capì che non avrebbe potuto cavarsela mentendo.

«*Chi?*»

«Nessuno.»

Silenzio. Rob premette la lama sulla pelle fino a far

uscire una goccia di sangue. Non era mai arrivato così vicino a uccidere qualcuno e si chiese se avrebbe avuto il coraggio di spingere il coltello fino in fondo, in caso di necessità.

Sentì un rapido movimento alle sue spalle, seguito da un tonfo e uno squittio. Angus si allungò in avanti, facendo oscillare sopra la testa di Lendal un animaletto che si divincolava energicamente per sottrarsi alla stretta della sua mano.

«Ho preso un ratto» disse con disinvoltura. «Sai cosa farà a quel tuo bel visino, se lo lascio andare? Ti divorerà, un boccone alla volta. Ha i denti piccoli, gli ci vorrà un po' per aprirsi un varco fino al tuo cervello a forza di rosicchiare, ma ci arriverà, te lo assicuro.»

Lendal cominciò a tremare. Angus abbassò il roditore finché le zampette non graffiarono la guancia dell'uomo, appena sotto l'occhio.

«Levamelo di dosso!» gridò Lendal.

Il chiasso aveva svegliato gli altri uomini nella stanza, ma Rob li ignorò.

«Chi ti ha mandato?» chiese di nuovo.

Mentre il topo squittiva e si dimenava sopra il viso di Lendal, Rob si era ritratto, appena appena, ma aveva staccato il coltello dalla gola dell'uomo, che approfittò dell'occasione per avventarsi su di lui.

Nel buio Rob capì a malapena cos'era successo. Quando Lendal cercò di afferrare il coltello il ratto cadde a terra e corse via. Angus fu spinto da parte e Lendal serrò la mano su quella di Rob tentando di strappargli l'arma.

Rob strinse il manico ancora più forte, cercando di impedire all'avversario di prendergli il coltello, che andava avanti e indietro fra loro due, a scatti. Rob era più robusto, ma Lendal possedeva la forza della disperazione. Quale timore o odio poteva spingerlo ad aggredire qualcuno persino davanti a così tanti testimoni?

In seguito, quando Rob ripensò alla colluttazione, si rese conto che doveva essere durata solo pochi secondi. Sul momento, invece, nel buio pervaso da un acre odore ferroso, parve che loro due si contendessero l'arma per un'eternità. Rob sentì che il manico cominciava a scivolargli sul palmo sudato. Lendal lo stava tirando verso di sé e lui non aveva più una presa abbastanza salda per opporre resistenza.

Invece di provare a contrastare l'avversario spinse il coltello verso di lui con tutta la sua forza, molto più in fretta di quanto Lendal si aspettasse, e al contempo ne ruotò il manico in modo da puntare la lama verso il collo dell'uomo.

Era talmente affilata che a Rob bastò esercitare solo una leggera pressione per affondarla nella gola di Lendal. Il sangue caldo gli imbrattò le mani. L'uomo stramazzò con un forte tonfo sull'assito, poi rimase immobile.

Rob lasciò cadere il coltello. Non aveva mai ucciso un uomo, prima, e aveva la mente in subbuglio ma, persino mentre il sangue gli gocciolava fra le dita, il suo cervello continuava a ripetere la stessa domanda.

*Perché? Perché ha cercato di uccidermi? Perché ha tentato di aggredirmi persino dopo che l'avevo colto sul fatto? Sapeva sicuramente di non poter fuggire.*

Capì di dover rimandare quelle riflessioni: era chiuso a chiave in una stiva puzzolente, con trenta uomini e un cadavere di cui era responsabile.

«Come ci liberiamo di lui?» chiese, ansimando.

«Lo buttiamo fuori dalla latrina» disse Angus.

Scostò con forza la tendina che nascondeva la ritirata e, reggendosi su una gamba sola, abbassò con forza un piede sull'intelaiatura lignea intorno al buco, colpendo ripetutamente la grata di ferro sottostante.

Dopo che il legno si scheggiò la grata cadde nel fiume. Rob e Angus infilarono il cadavere nell'apertura, pulendosi le mani insanguinate sulla sua camicia.

Rob lo ruotò per spingerlo fuori, ignorando gli uomini dietro di lui che si erano svegliati per trovarsi davanti quella scena assurda. Per essere così snello Lendal si rivelò sorprendentemente pesante.

«Per fortuna è magrolino» grugnì Angus. «Passa in un buco fatto per una piccola merda.»

Le spalle della salma sbucarono di scatto dal foro e subito dopo il resto del corpo cadde nel fiume con uno *splash*. Angus guardò l'acqua.

«La marea sta calando» annunciò. «Arriverà a metà strada fra qui e Sheerness prima che lo trovino.»

Rob si allungò sopra l'apertura e vomitò nel fiume. Voltandosi, vide due dozzine di paia di occhi che lo fissavano. Tutti gli uomini erano svegli, ormai, e avevano visto cosa aveva fatto. Se a lui fosse rimasto qualcosa nello stomaco avrebbe rigettato di nuovo.

«Credo che siamo tutti d'accordo su cosa è successo» disse tranquillamente Angus. «Mr Lendal ha deciso che in fondo la vita da marinaio non faceva per lui ed è scappato attraverso la latrina prima che potessimo fermarlo. Non è forse così?»

Nessuno rispose. Uno dei marinai, un tizio di Newcastle che aveva servito su una nave carboniera, sputò un grumo di tabacco.

«Quel bastardo non mi piaceva per niente.»

La luce pervase la stanza quando la botola venne spalancata. Il viso petulante del tenente Coyningham comparve nell'apertura.

«Basta oziare. Verrete con me a bordo dell'HMS *Perseus.*»

Strizzò gli occhi nell'oscurità, riuscendo a scorgere il legno rotto intorno alla latrina ma non, fortunatamente, il sangue.

«Che cosa è successo?»

«È stato Mr Lendal, signore, il nuovo volontario» rispose Angus. «È scappato dal buco per la mer...»

«Riesco a vedere dov'è andato» disse Coyningham. «Quanto tempo fa?»

Vi fu una scrollata di spalle generale.

«Durante la notte» rispose Angus.

«Avviserò la guardia costiera. Sarà fortunato se riesce a sopravvivere alle correnti.»

L'ex marinaio della nave carboniera scosse tristemente il capo. «Non era un buon nuotatore, temo.»

«Allora che se lo pigli il diavolo.» Coyningham fece loro cenno di raggiungerlo. «Venite sul ponte. L'ultimo che arriva assaggerà la frusta.»

Mentre salivano la scaletta una delle reclute più giovani chiese: «Dove stiamo andando?».

Coyningham parve tentato di colpirlo per la sua insolenza, poi rinunciò e mostrò i denti in un sogghigno sgradevole.

«Darete a quei dannati ribelli una lezione su come si obbedisce al re.»

Portare una nave sulla testa non era certo facile, ma in quel periodo andava di moda e la Contessa de Bercheny si sforzava di essere sempre alla moda. Le sue acconciatrici si erano messe al lavoro all'alba, raccogliendole i lunghi capelli color oro in un enorme pouf per poi tenderli su un'intelaiatura di fil di ferro, torturarli con ferri bollenti e forcine, e fissarli con così tanta pasta che vi si sarebbe potuto rompere sopra un uovo. Sulla chioma avevano infine adagiato il modellino in cartapesta di una nave a vele spiegate, con lo stendardo bianco di Luigi XVI su cui campeggiavano i gigli fissato all'albero maestro.

Scendendo dalla sua carrozza dorata, la *comtesse* salutò con la mano la folla riunita. Si era lasciata alle spalle da così tanto tempo il nome con cui era nata, Constance Courtney, che lo rammentava a malapena. Aveva sposato un capitano francese, il cui dono di nozze per lei era stato una morte prematura. Dopo averlo pianto ben poco, la donna aveva salito con spietata ambizione la scala dell'aristocrazia francese, passando dal capitano a un colonnello, dal colonnello a un generale e infine al suo attuale marito, il Conte de Bercheny. Non era sempre filato tutto liscio, più di una volta lei aveva rischiato di morire, ma essendo piena di risorse era riuscita a sopravvivere mentre i suoi ex amanti venivano scaricati o perivano. Aveva raggiunto i vertici della società francese – era amica intima della nuova regina, Maria Antonietta, il primo nome sulla lista degli ospiti per ogni ballo – e adesso, mentre scendeva sulla banchina nel porto di Brest, si trovava al centro dell'attenzione generale.

Fu salutata da un giovanotto con la divisa da comandante nuova di zecca in cui tutto sfavillava, dalle lucide fibbie sulle sue scarpe al merletto dorato che gli bordava il cappello. Aveva sottili capelli biondi e un viso altezzoso da cui gli avevano insegnato a cancellare qualsiasi traccia di emozione. Ma nemmeno lui riuscì a nascondere la propria eccitazione.

«Étienne.» Lei gli diede un bacio sulla guancia. «Sei bellissimo.»

Il giovane le prese il braccio e la guidò verso la fila di ufficiali schierati in attesa di accoglierla.

«Sono felice che tu sia qui, *maman*» le mormorò all'orecchio. «So quanto hai lavorato per questo momento.»

Constance gli passò un pacchetto sigillato preso dalla borsa.

«Due giorni fa il re in persona ha firmato il decreto che ti nomina ufficiale.»

Rivolse un aggraziato cenno d'assenso al tenente che a sua volta le rivolse un inchino, notando come gli occhi dell'uomo indugiavano sul rigonfiamento dei seni spinti verso l'alto dal bustino stretto. Lo omaggiò di un sorriso. Sapeva quale effetto aveva sugli uomini e si divertiva a giocare con loro, anche se ormai da parecchio tempo non si sarebbe certo data da fare per un semplice tenente.

«E qual è la tua nave?» chiese al figlio, osservando la flotta che gremiva il porto.

Étienne le passò un cannocchiale d'ottone, uno strumento delicato ricevuto in dono dal padre a Parigi. Tenendole strette le spalle nude, la fece girare nella direzione desiderata. Fra le navi a due e tre ponti all'ancora, piene di graffi, ce n'era una che scintillava quasi sull'acqua. La vernice rossa sui portelli dei cannoni era bagnata, la pece lucida sul sartiame. Le vele imbrogliate sui suoi pennoni erano di un bianco virginale, non ancora tese da temporali e pioggia. La polena raffigurante un'aquila dal becco dorato si allungava voracemente sull'acqua, le ali spinte indietro a cingere la prua come se stesse calando in picchiata sulla preda.

«Sembra così piccola» disse Constance. «Ti porterà davvero attraverso l'intero oceano?»

«La *Rapace* è la nave più splendida del mondo» si vantò Étienne, entusiasta come un bambino che parli di un nuovo giocattolo. «Quaranta cannoni, e con il vento in poppa può davvero volare. È in grado di superare in velocità qualsiasi vascello più grande e di distruggere tutti quelli più piccoli.»

Constance abbracciò il suo primogenito e figlio prediletto, vigoroso, bello, fiero e quasi spietato come lei. Non lo viziava – aveva bisogno che fosse forte, e comunque Étienne era troppo orgoglioso per accettare la carità – ma a corte lei si adoperava indefessamente per promuovere i suoi interessi. Aveva concesso un'udienza privata nel suo boudoir a più di un ammiraglio. In quale altro modo un cadetto di nemmeno vent'anni avrebbe potuto ottenere il comando della nave di più recente fabbricazione della marina?

«Spero che tu riduca in cenere la Royal Navy» disse lei con improvvisa veemenza.

Étienne le rivolse un'occhiata ammonitrice. «Dimentichi che non siamo in guerra con la Gran Bretagna» le rammentò ad alta voce, a beneficio degli astanti.

«Certo» ribatté Constance. «Che sciocca. I vecchi istinti sono duri a morire.»

I presenti scoppiarono a ridere con aria di apprezzamento. Capivano che la pace fra i due paesi era solo una finzione diplomatica, una semplice tregua fra un conflitto e l'altro. L'ultima volta in cui avevano combattuto, la Francia aveva perso un impero in Nordamerica. Era pronta a vendicarsi, l'unica incognita era quando il governo avrebbe avuto il coraggio di farlo. Lo scontro fra la Gran Bretagna e le colonie americane si sta inasprendo. Re Luigi avrebbe aspettato che i coloni indebolissero i loro padroni, poi avrebbe colpito.

Quello che nessuno dei presenti lì sulla banchina sapeva, a parte Constance ed Étienne, era che le prime manovre belliche si erano già avviate. Il documento che lei aveva portato da Versailles non era una semplice nomina a ufficiale: autorizzava Étienne ad agire come corsaro all'interno della marina ribelle delle colonie americane. La nave e il suo equipaggio erano francesi, ma avrebbero combattuto sotto bandiera americana in nome della nuova repubblica. Un'altra finzione, un'altra menzogna.

Ma Constance sapeva benissimo che menzogne e finzioni potevano uccidere ben più repentinamente della verità.

«Torna ammantato di gloria» mormorò all'orecchio del figlio.

Vincere alcune battaglie, dando una sonora lezione agli inglesi e catturandone le navi, avrebbe permesso al giovane di fare scalpore a Parigi. I servili adulatori di Constance che lavoravano per gli organi di stampa lo avrebbero presentato come un eroe e gli alleati della donna si sarebbero assicurati che il nome di Étienne venisse citato in ogni *salon* e *soirée* della città. Poi un matrimonio vantaggioso ai vertici dell'aristocrazia e Constance avrebbe ottenuto tutto il potere che desiderava.

Ma non era la semplice ambizione a motivarla. Vent'anni prima un esercito britannico l'aveva lasciata a morire in una cella sotterranea indiana, costringendola ad affrontare la prova più difficile della sua vita. Era uscita da quella segreta strisciando, mezza morta, e avrebbe concluso la propria esistenza in un bordello indiano se un ufficiale francese non l'avesse salvata. Non dimenticava mai un debito. Ogni cannonata esplosa dal figlio contro vascelli britannici avrebbe rappresentato un altro colpo sparato per la sua vendetta.

Étienne si mise sull'attenti e fece il saluto militare. Una raffica di vento fece garrire la bandiera bianca sull'albero maestro della *Rapace*.

«Ti renderò fiera di me, *maman*. Le navi britanniche saranno una facile preda. Ti manderò la testa del primo comandante che catturo, avvolta nella sua bandiera.»

Constance si umettò le labbra con la lingua. «Sei davvero un figlio obbediente.»

Rob aveva pensato che viaggiare sulla *Perseus* sarebbe stato molto simile al viaggiare sulla nave mercantile di Cornish e sotto alcuni aspetti era davvero così. Le vele, le cime e il sartiame erano gli stessi. La disposizione dei ponti e la struttura della chiglia si somigliavano. Il vento, le onde e i punti cardinali sulla bussola erano familiari.

Tutto il resto era diverso.

La *Dunstanburgh Castle* si era spinta dall'India a Londra con un equipaggio di cinquanta persone. La *Perseus* era poco più grande, ma ne trasportava oltre duecento. La differenza principale erano i cannoni. Il capitano Cornish ne aveva portati solo alcuni per spaventare i pirati, ma ognuno di essi occupava uno spazio che si sarebbe potuto utilizzare più proficuamente per il carico. Quelli della *Perseus*, invece, erano la sua ragion d'essere. I lunghi cannoni da dodici libbre in grado di scagliare una palla a più di un miglio di distanza sembravano animali accovacciati sul ponte principale. In battaglia erano necessari sei uomini per servire ognuno di essi, e altri ancora per manovrare la nave.

La *Perseus* era lunga centoventi piedi. Per quanto tutti i membri dell'equipaggio lavorassero e dormissero gomito a gomito, esistevano barriere invisibili che un uomo varcava a proprio rischio e pericolo. Gli ufficiali erano distanti, il comandante irraggiungibile. Al contrario di Cornish, abituato a gironzolare per il ponte e chiacchierare con gli uomini, il comandante Tew era una figura impettita sul cassero.

Un'altra differenza era rappresentata dalla disciplina, come Rob scoprì la prima mattina, quando gli aiuto nostromo scesero sul ponte inferiore usando generosamente le gomene per tirare giù gli uomini dalle amache. Su una nave mercantile i marinai venivano ingaggiati ed erano quindi liberi di abbandonare un comandante che li maltrattasse, sbarcando nel porto seguente. Nella Royal Navy la maggior parte degli uomini si trovava lì suo malgrado. Ufficiali e sottufficiali trattavano i marinai come fossero una via di mezzo fra criminali e animali. Gli ordini venivano urlati, gli errori puniti, e al minimo ritardo rispuntavano le funi. Rob trovava sbalorditivo che i marinai non si ammutinassero, eppure sembravano accettare la situazione senza fare domande.

«Il capitano Tew è un uomo severo ma giusto» disse quella sera a cena uno dei compagni di Rob, un anziano capopezzo brizzolato di nome Hargrave. «Sa che in battaglia è la disciplina a tenere in vita l'equipaggio.»

«Non come il Segugio» intervenne un altro, citando il soprannome che avevano assegnato a Coyningham, il tenente. «Quello è un vero tipaccio. Se il capitano non lo tenesse in riga ci frusterebbe fino a riempire gli ombrinali con il nostro sangue.»

«Mi ha salvato dalla prigione» sottolineò Rob, leale.

Il capopezzo lo fissò, con un occhio chiuso. «Ti ha preso per raggiungere la sua quota. Non gliene fregava niente se stavi andando in prigione o alla Camera dei Lord.»

L'indomani mattina le reclute si allinearono in coperta

per venire assegnate alle nuove postazioni e Coyningham passò lentamente davanti alla fila, guardandole torvo.

«Dove hai servito?» chiese ad Angus.

«Cannoniere sulla *Repulse*, signore» rispose lui. «Tre anni.»

Coyningham annuì e, senza alcun preavviso, gli calò violentemente lo stivale sul piede nudo.

Angus boccheggiò per il dolore. Si irrigidì, strinse i denti e serrò le mani a pugno così forte che le nocche sbiancarono. Coyningham rise.

«Dovrai muoverti dannatamente più in fretta di così. Se a colpirti fosse stata la ruota di un affusto avresti perso il piede.»

La rabbia ribollì sul viso di Angus e per un attimo Rob temette che il suo amico colpisse il tenente. Sembrava quasi che Coyningham lo stesse incoraggiando a farlo: voleva un pretesto per punirlo, non allo scopo di trasformarlo in un esempio, bensì di fargli male.

«Angus ha i piedi così grossi che probabilmente riuscirebbe a fermare il cannone meglio di un cuneo di legno» disse Rob.

La frase alleviò la tensione. Gli uomini intorno a lui scoppiarono a ridere, Angus trasse un bel respiro e si ricompose. Ma Coyningham si voltò di scatto verso Rob.

«Il tuo nome?»

«Rob Courtney, signore.»

I penetranti occhi azzurri di Coyningham si fissarono nei suoi, apparentemente irritati dall'aria salmastra perché le orbite erano arrossate e iniettate di sangue.

«Pensi che la disciplina a bordo di questa nave sia qualcosa di cui ridere?»

«No, signore.»

Rob non si lasciava intimidire facilmente, ma dovette appellarsi a tutte le sue energie per far fronte all'ostilità emanata dal tenente, che sembrava pronto a colpirlo.

Eppure non lo fece. Rob era alto e robusto ma, cosa più importante, possedeva un'evidente forza interiore. Non era indietreggiato davanti alla collera di Coyningham, che rimase destabilizzato dalla cosa. Come tutti i prepotenti non apprezzava chi gli teneva testa.

Cercò bersagli più facili.

In fila dopo Rob c'era un tredicenne di Londra chiamato Thomas, che durante la notte Rob aveva sentito piangere sulla sua amaca.

«Sei già stato per mare?» gli chiese Coyningham.

Il ragazzo scosse il capo, senza fiatare, e il suo silenzio rese furibondo l'ufficiale.

«Rispondimi quando ti faccio una domanda, dannazione a te.»

«No» disse Thomas, tirando su col naso.

Coyningham lo schiaffeggiò. «Se mai ti rivolgerai a me, mi chiamerai "signore". Capito?»

«Sì» rispose il ragazzo. «Volevo dire... sì, signore.»

Troppo tardi. Un altro schiaffo gli centrò la bocca, facendogli sanguinare il labbro. Il tenente indietreggiò, rosso in volto.

«Levati i calzoni» ordinò.

Mise fine con un'occhiata al brusio di inquietudine che si propagava lungo la fila. Il ragazzo, troppo spaventato per disobbedire, si sciolse la cintura di corda e lasciò cadere i calzoni di tela. Era a malapena abbastanza grande perché gli crescessero i peli sui testicoli.

Coyningham lo osservò, facendosi scivolare una mano sul cavallo dei pantaloni.

«Voglio vedere muoversi il tuo culo. Sali sulle crocette.»

Il ragazzo sgranò gli occhi, terrorizzato. «Signore?»

«Mi hai sentito» disse l'ufficiale. Estrasse un orologio. «Se fra un minuto non sarai sulla coffa di maestra farò in modo che tu non possa sederti per una settimana.»

Thomas levò lo sguardo sulle crocette, due tavole sottili fissate alla cima dell'albero maestro, talmente in alto da risultare a malapena visibili.

«Non posso arrampicarmi fin lassù, signore» disse in tono supplichevole. «Non riesco neanche a salire una scala, mi vengono le vertigini e cado.»

Coyningham strappò una cima dalle mani di un aiuto nostromo e gli sferzò le natiche.

«Comincia a salire subito» gridò, furibondo, «altrimenti ti butto a mare!»

Un altro morso della fune ebbe la meglio sul terrore del ragazzo, che si aggrappò alle sartie, oscillando come un gattino su un albero, e si arrampicò sulle griselle.

Gli uomini in coperta avevano smesso di lavorare per osservare la scena. In quella giornata di burrasca la nave si muoveva a scatti e rollava a causa di una brezza capricciosa. Ogni passo che Thomas faceva sembrava appesantirgli ancor più le membra. Più saliva e più lento diventava.

Alla fine raggiunse la coffa di maestra, cinquanta piedi più su del ponte, poi si infilò nel buco del gatto e si accasciò contro l'albero. Alcuni uomini esultarono, ma Coyningham alzò una mano per zittirli.

«Non sei nemmeno a metà strada!» gridò attraverso un megafono. «Continua.»

Il ragazzo abbracciò l'albero e rifiutò di muoversi. Coyningham guardò il marinaio scelto che era di guardia accanto al gran boccaporto.

«Quel moschetto è carico?»

Vedendolo annuire, prese l'arma, la imbracciò e sparò in aria. Si assicurò di mirare ben lontano dal sartiame, ma Thomas non poteva saperlo e ricominciò ad arrampicarsi rapidamente come se il pallettone gli avesse sfiorato la natica.

Dopo aver percorso solo poche iarde si fermò e si aggrappò alle sartie, oscillando come un pendolo quando la nave rollò.

Coyningham aveva il viso paonazzo per la rabbia. «Avanti!» urlò attraverso il megafono. «Continua o ti frusterò a sangue!»

Thomas non si mosse. Il tenente restituì il moschetto al marinaio scelto.

«Ricaricalo.»

Rob si accorse che il ragazzo lanciava un'occhiata al mare sottostante. Si trovava sull'albero di gabbia, troppo in alto perché Rob riuscisse a vederlo in volto, ma percepì la sua disperazione. L'aveva vista in Africa, in animali azzoppati che non riuscivano più a trascinarsi fino alle pozze d'acqua. Si trattava di una follia al di là di qualsiasi ragionevolezza, era il momento in cui la vita diventa troppo dolorosa per continuare a viverla.

*Vuole buttarsi*, capì Rob. *Sempre che Coyningham non gli spari, prima.*

Troppo rapidamente perché qualcuno potesse fermarlo corse fino alle sartie, saltò sulle parasartie e si arrampicò rapido sulle manovre, agile come un acrobata. Lo seguirono le grida di Coyningham, talmente furibonde da indurlo a chiedersi se l'altro avrebbe potuto, alla fin fine, sparare sul sartiame, nel qual caso Rob si sarebbe trovato sulla traiettoria del proiettile. Continuò ad arrampicarsi, superando il lato della coffa di maestra, ignorando il buco del gatto e salendo lungo le sartie di gabbia. Thomas si trovava esattamente sopra di lui e fissava il mare con uno sguardo spiritato.

Il sartiame era troppo stretto perché Rob potesse sistemarsi accanto al ragazzo, così spiccò un balzo e si aggrappò alla sezione inferiore delle sartie. Se avesse mollato la presa anche solo per un attimo sarebbe precipitato sul ponte.

Finì per trovarsi faccia a faccia con Thomas mentre dondolavano entrambi sulle sartie con soltanto le cime a separarli.

«Va tutto bene» disse Rob. Staccò una mano, la allungò verso Thomas e gli cinse le spalle con un braccio. «Ti aiuto io.»

«Non posso scendere!» gridò il ragazzo, tremando, con il viso ridotto a una maschera madida di lacrime. «Non ci riesco.»

«Certo che no.» I loro volti erano talmente vicini che Rob poteva parlare a bassa voce, persino con il vento che soffiava intorno a loro. «Dobbiamo comunque farti arrivare alle crocette.»

Thomas sgranò gli occhi, terrorizzato. Rob gli afferrò il polso e lo tenne premuto saldamente sul sartiame.

«Non fare nulla che potresti rimpiangere» aggiunse in tono pacato. «Se ti arrendi adesso Coyningham otterrà la sua vittoria e ogni uomo su questa nave ne subirà le conseguenze.»

«Ma cosa posso fare?» domandò il ragazzo, nuovamente in preda al panico. Nel giro di un secondo Rob lo avrebbe perso, inoltre non poteva rimanere lì ancora a lungo: il braccio destro, che stava reggendo tutto il peso del corpo strattonato dal vento, cominciava a fargli male.

Staccò la mano di Thomas dal sartiame e la posò sul piolo metallico seguente, poi lo guardò negli occhi.

«Fissa l'orizzonte, ti aiuterà a salire fino alle crocette. Dimostrerai a Coyningham che non può spezzarti.» Indicò con un cenno del capo il ponte sottostante. «Laggiù ci sono duecento uomini che vogliono vederti riuscire, diamo loro qualcosa per cui esultare.»

Il vento fischiava fra le sartie. Le cime scricchiolavano, la tela schioccava e le onde si infrangevano sulla chiglia. Dalla coperta si levarono alcune grida, ma nessuno dei due riuscì a distinguere le parole. Rob continuò a fissare Thomas dritto negli occhi per impedirgli di guardare altrove, poi levò lentamente lo sguardo verso l'orizzonte.

Gli occhi del ragazzo fecero altrettanto. Una mano lasciò andare cautamente il sartiame e rimase sospesa a mezz'aria, tremando.

Dopo un attimo si allungò per afferrare la grisella seguente, poi la successiva e quella dopo ancora. Rob udì delle grida di esultanza arrivare dal ponte. Seguì Thomas che saliva, mormorandogli rassicurazioni come avrebbe fatto con un animale spaventato.

Non appena raggiunsero le crocette Thomas vi agganciò una gamba e si issò sullo stretto pennone. Lui e Rob si sedettero rivolti l'uno verso l'altro, osservando l'oceano implacabile.

«Pensavo che sarei morto» disse Thomas.

«Non avrei lasciato che succedesse» replicò Rob, pur avendo lo stomaco sottosopra al pensiero di come c'erano andati vicini. «Ci prenderemo cura di te.»

La discesa fu più rapida. Rob sentì la paura di Thomas

attenuarsi mentre il ponte si avvicinava e lui imparava a fidarsi delle cime. Gli uomini in coperta lanciarono grida di esultanza quando il ragazzo posò il piede sull'ultimo piolo metallico e si lasciò cadere sull'assito. Rob si calò lungo uno degli stralli e lo raggiunse, in mezzo alla calca di marinai.

Angus passò i calzoni a Thomas, che se li infilò mentre guardava di sottecchi e ansiosamente Coyningham.

Ma il tenente non provava più alcun interesse per lui e calò su Rob come se volesse stenderlo con un pugno.

«Come osi minare la mia autorità?» strillò. «Aiutante di bordo! Prendete questo miscredente e mettetelo ai ceppi.» Si allungò verso l'orecchio di Rob. «Una volta che sarai stato incatenato giù nella cella scoprirai cosa posso farti.»

Poi si raddrizzò di scatto. L'aiutante di bordo si fermò a metà del ponte e si voltò verso poppa.

Il capitano Tew, appena uscito dalla sua cabina, si avviò a grandi passi verso Rob e Coyningham. Aveva un viso severo e occhi grigio acciaio a cui non sfuggiva nulla. I capelli incipriati, benché ormai quello stile risultasse antiquato, accentuavano la sua autorevolezza.

«Ho sentito uno sparo» disse. «Non mi piace che sulla mia nave si faccia fuoco senza che io lo abbia ordinato.»

Il tenente aveva perso tutta la sua boriosa spavalderia.

«Stavo... ah... mettendo alla prova l'idoneità degli uomini a lavorare sull'alberatura. Ho dato loro un assaggio di battaglia.»

Tew annuì, poi si rivolse a Rob.

«Vi ho visto sul sartiame. Sembravate molto agile. Come vi chiamate?»

«Robert Courtney.»

«Ho bisogno di gabbieri in grado di manovrare questa nave al meglio delle sue possibilità.»

Rob si toccò la fronte. «Sì, signore.»

Tew alzò la voce in modo che tutti potessero sentirlo.

«Ma non posso avere a bordo uomini che non sappiano controllare la propria paura.» Si rivolse a Coyningham. «Courtney e il ragazzo fungeranno da gabbieri nella guardia di sinistra, sotto il comando del secondo tenente Verrier. Prima che avvistiamo l'America mi aspetto di vedere il ragazzo che danza su quei pennoni come una scimmia.»

Thomas impallidì, ma Rob gli sussurrò all'orecchio: «Ti insegnerò io».

Coyningham tentò di dominare la collera. «E la punizione?»

Tew inarcò un sopracciglio. «L'uomo stava aiutando un compagno di bordo, non ho visto alcuna traccia di disobbedienza. Potete congedare la ciurma.»

Coyningham tenne a freno l'orgoglio. Rob temette che potesse esplodere a causa dello sforzo di controllarsi e i marinai sorridevano compiaciuti per il suo disagio.

«Rompete le righe!» latrò il tenente.

Si diresse verso il quadratino mentre gli uomini puntavano alla cambusa.

Rob avrebbe voluto ringraziare Tew, ma il comandante si era spostato sul cassero e sembrava di nuovo altezzoso, irraggiungibile.

«Stai attento» disse Angus. «Ti sei inimicato il Segugio e il comandante Tew non potrà salvarti ogni volta.»

Rob sapeva che era vero, ma su una nave lunga centoventi piedi cosa avrebbe potuto fare?

«La via fino all'America è lunga.»

Dopo il battesimo del fuoco l'atmosfera a bordo della *Perseus* cambiò.

Rob amava il suo lavoro. A prescindere dall'ora o dalle condizioni climatiche non si stancava mai di arrampicarsi fino in cima all'alberatura, ben lontano dalle preoccupazioni sottostanti. Si era conquistato la fiducia degli altri gabbieri. Era ottimista, sempre pronto a fare una battuta o dire una parola incoraggiante, e loro lo apprezzavano e rispettavano. Vedevano come faceva da tutore al giovane Thomas, convincendolo ogni giorno ad arrampicarsi sul sartiame, e lo ammiravano per quello. Il ragazzo acquistava sempre più sicurezza.

Lassù sui pennoni, mentre sistemavano le cime o lottavano con la tela ribelle, si creava un piacevole cameratismo diverso da qualsiasi cosa Rob avesse mai sperimentato. I gabbieri erano la sua famiglia.

Amava anche la nave. La *Dunstanburgh Castle* era un magnifico vascello, ma in confronto alla *Perseus* arrancava lenta come un bue. Tutte le fregate erano veloci, e quella era la più veloce della flotta britannica. Il segreto, scoprì Rob, era situato sotto la chiglia. Era la prima nave dotata di un rivestimento in rame sul fondo che impediva ad alghe e cirripedi di attaccarsi alla struttura e rallentare il vascello. A volte, quando la *Perseus* si inclinava a causa di un forte vento, Rob guardava giù per la fiancata e vedeva i bordi della copertura in rame ancora lucida perché uscita di recente dai cantieri navali. Più spesso si trovava sul colombiere a orientare le vele, perché Tew cercava sempre di aumentare di qualche nodo la velocità. Ritto su un pennone con il vento che gli soffiava intorno mentre la fregata fendeva le onde, Rob si sentiva come un uccello rapace lanciato in picchiata.

In coperta la vita era più dura perché il tenente Coyningham non gli aveva perdonato di averlo umiliato davanti agli uomini e al comandante. Rob imparò a paventare il passo pesante dei suoi stivali da equitazione che attraversavano il ponte. Far parte della guardia del secondo tenente gli concedeva un po' di tregua, ma lui doveva rimanere perennemente all'erta quando Coyningham era in coperta. C'era sempre qualche nuova umiliazione: l'ordine di sfregare le latrine o trovare una cima sepolta sul fondo della stiva, fra i ratti. E se Rob non era abbastanza rapido l'aiuto nostromo aveva il braccio pronto e un brutto carattere a cui Coyningham lasciava campo libero.

«Perché è così crudele?» chiese una sera Rob, seduto insieme ai compagni. «Sembra che abbia dentro di sé un bollitore di rabbia sul punto di scoppiare.»

«Non sopporta di non aver ottenuto il comando della *Perseus*» rispose Hargrave, l'anziano capopezzo che aveva servito lì sulla nave per cinque anni, sotto il comandante precedente. «L'anno scorso stavamo tornando da Antigua quando il vecchio capitano Tennant si è ammalato di febbre ed è morto. Coyningham ha assunto il comando. Pensava che al nostro arrivo a Londra sarebbe stato promosso al grado di capitano, ma voleva assicurarsene, così quando ci siamo imbattuti in una nave corsara yankee che veleggiava in quelle acque l'ha considerata un'occasione per conquistare la gloria.»

Guardò fuori dal portello del cannone come se riuscisse a vedere il vascello nemico passare nei pressi del loro giardinetto.

«Ci trovavamo vicino a un paio di isole separate da un banco di scogli. La nave yankee era piccola, sapeva che in caso di uno scontro avremmo vinto noi, così ci ha mostrato la poppa e ha spiegato tutte le vele. Si è infilata dietro il banco di scogli ed è fuggita.

«Coyningham ci ha ordinato di inseguirla, ma il nocchiere si è rifiutato di farlo, dicendo che l'acqua era troppo bassa e ci saremmo schiantati contro gli scogli. Coyningham ha imprecato e urlato, però il nocchiere non ha ceduto. E gli uomini erano con lui.»

Rob si raffigurò la scena, immaginò l'aria umida, l'urgenza disperata e la linea di acqua bianca che schiumava sopra la scogliera.

«Che cosa è successo?»

«Coyningham l'ha fatto impiccare per ammutinamento.» Hargrave sputò un grumo di tabacco fuori dal portello. «Avrebbe fatto impiccare anche l'intero equipaggio, se non avesse avuto bisogno di noi per riportare a casa la nave. E probabilmente ha rimpianto di non averlo fatto, quando siamo tornati. L'ammiragliato ha saputo cos'era successo, l'ha incolpato di aver perso il controllo del vascello e ha assegnato il comando al capitano Tew, invece. Quindi, per come la vede Coyningham, è stata tutta colpa degli uomini se lui l'ha perso.»

«Non stupisce che sia così duro con loro» commentò Rob.

Hargrave scosse il capo. «Ha sempre avuto una vena di malvagità, solo che adesso non cerca più di controllarla.» Fissò Rob al di sopra del tavolo. «Stai attento. Quando ti guarda vede un uomo che gli terrà testa. In un modo o nell'altro cercherà di spezzarti.»

Erano per mare da meno di una settimana quando Rob assistette alla sua prima fustigazione. Una delle nuove reclute, un marinaio inesperto, aveva imprecato in seguito alle provocazioni di Coyningham, che per l'insubordinazione aveva ordinato di infliggergli una dozzina di frustate.

I tamburini chiamarono gli uomini ai loro posti. I marinai scelti si misero in fila accanto al parapetto del cassero con le baionette inastate mentre la vittima veniva spogliata della camicia e legata a un carabottino al centro della nave. Il resto dell'equipaggio si radunò sul ponte principale. L'aiuto nostromo estrasse il gatto a nove code dal sacchetto di panno grezzo e lo fece schioccare per sciogliere i muscoli della spalla. Le nove cordicelle costellate di stretti nodi si aprivano a ventaglio. Non sembrava uno strumento pericoloso, ma una dozzina di colpi avrebbe ridotto a brandelli la carne di un uomo.

Tew lesse ad alta voce il Codice dell'ordinamento militare, poi serrò le labbra per il disgusto e Rob capì che non era favorevole alla punizione, ma in veste di comandante era obbligato a sostenere i propri ufficiali e non poteva tollerare alcuna infrazione disciplinare.

L'aiuto nostromo si fece avanti, piegò il braccio e colpì con tutta la sua forza. Il prigioniero gemette e morse la striscia di cuoio infilata fra i denti. Nove segni di un rosso acceso costellati di goccioline di sangue gli scintillarono sulla schiena.

Risuonò un unico colpo di tamburo. Coyningham si asciugò la saliva dalle labbra con la manica della giacca.

«Uno» disse.

Dopo tre frustate la schiena dell'uomo era scorticata, dopo sei una poltiglia sanguinolenta. Prima della nona sferzata il gatto a nove code era talmente imbrattato di sangue e pelle che ogni colpo scagliava tutt'intorno schizzi scarlatti, alcuni dei quali finivano sul volto degli uomini.

Il tamburo batté per l'ultima volta.

«Dodici» disse Coyningham, che aveva il viso arrossato e uno sgradevole rigonfiamento sui pantaloni che stava cercando di nascondere con la mano senza farsi notare. «Liberate il prigioniero.»

L'aiuto nostromo svuotò un mastello di acqua di mare sulla schiena del marinaio, che urlò quando il sale gli pizzicò la carne sanguinante, benché quella fosse la cosa più gentile che si potesse fare: con un po' di fortuna l'acqua salata avrebbe pulito le ferite e prevenuto le infezioni.

Agli uomini fu ordinato di rompere le righe. Gli amici del marinaio lo portarono via e Rob stava per seguirli – aveva tenuto da parte la propria razione di rum per darla al poveretto e alleviarne il dolore – quando sentì la voce di Coyningham dietro di sé.

«Tu non puoi andare, Courtney.» Il tenente indicò il sangue che imbrattava la coperta. «Inginocchiati e pulisci. Se alla fine troverò anche un'unica macchiolina dovrai toglierla con la lingua.»

Rob si toccò la fronte con le nocche. «Sì, signore.»

Coyningham si piegò verso di lui. «Cerca di abituartici, Courtney. Presto assaggerò il tuo sangue.»

Un giorno Tew convocò Rob nella cabina di poppa. Era il locale più lussuoso della nave, anche se nemmeno lì ci si poteva dimenticare lo scopo della *Perseus*, data la presenza di due massicci cannoni da dodici libbre. In caso di battaglia il mobilio sarebbe stato portato nella stiva.

Tew sedeva dietro la scrivania intento a studiare una mappa e alzò a malapena gli occhi quando Rob entrò.

«Vedete quel libro?» latrò, riferendosi al volumetto sottile posato sullo scrittoio. «Leggetelo.»

Quando Rob lo aprì vide sul risguardo un'iscrizione vergata da una mano infantile: *A papà. Torna a casa sano e salvo. Con affetto, Edward*. Passò in fretta alla prima pagina.

«"Sono nato nell'anno 1632"» lesse ad alta voce, «"nella città di York, in una buona famiglia, anche se non originaria di quella terra, essendo mio padre un forestiero di Brema che si stabilì inizialmente a Hull. Acquisì una pregevole tenuta grazie al commercio e, una volta abbandonata l'attività, visse poi a York, dove sposò mia madre, i cui parenti si chiamavano Robinson..."» Si interruppe. «Devo continuare?»

«È sufficiente.» Tew indicò la mappa. «Potete mostrarmi la nostra posizione attuale?»

Rob prese un compasso a punte fisse e calcolò dove

pensava che fossero, poi fece un segnetto con la matita sul punto in questione.

«Sembrate molto sicuro di voi» commentò Tew. Il suo orologio mostrava che non era ancora mezzogiorno. «Il nocchiere non ha effettuato il rilevamento odierno.»

«L'ho sentito quando ha eseguito quello di ieri» spiegò Rob. «Conoscendo la nostra rotta e velocità direi che ci troviamo pressappoco qui.»

Attraverso il lucernario aperto sentì la campana della nave battere nove rintocchi. Mezzodì. Sul ponte soprastante si udirono grida e passi pesanti mentre il nocchiere radunava i sottotenenti perché puntassero i rispettivi sestanti verso il sole.

«Scopriremo presto se avete ragione.»

Tew si appoggiò allo schienale della sedia e osservò con i suoi occhi grigi Rob che, non sapendo cosa ci si aspettava da lui, rimase in piedi in silenzio.

«Avete tutte le doti innate di un ottimo marinaio» affermò Tew. «Gli uomini vi rispettano, persino quelli esperti vi seguono.»

Rob arrossì. «Cerco solo di fare del mio meglio, signore.»

«Dove avete imparato a leggere?»

«Da mia nonna.»

«E la navigazione?»

«Il capitano Cornish me l'ha insegnata sulla mia ultima nave.»

«Davvero?»

Fuori dalla porta il marinaio di guardia pestò il piede a terra per annunciare un visitatore, dopodiché un guardiamarina lentigginoso e dall'aria nervosa infilò dentro la testa.

«Il nocchiere vi manda i suoi saluti, signore, e vuole

informarvi della nostra attuale posizione.» Lesse le coordinate da un foglietto, poi uscì non appena Tew lo congedò.

Il comandante prese il compasso e individuò sulla mappa la posizione indicata, poi vi tracciò sopra una crocetta. Collimava quasi perfettamente con quella segnata da Rob.

«Siete riuscito a fare il calcolo a mente?» I modi burberi di Tew non riuscirono a celare l'ammirazione nel suo tono.

«Sì, signore.»

Tew posò il compasso. «Per quanto avete servito sulla vostra ultima nave? Per tre anni, vero?»

«Per nove mesi, signore» lo corresse Rob.

L'uomo lo fissò, accigliato. «Potete anche avere un enorme talento per i numeri, ma in questo caso la memoria vi tradisce. Sono stati tre anni, ne sono quasi sicuro.»

Rob intuì che non era il momento di discutere.

«Vi promuovo al grado di aiuto nostromo» annunciò Tew. «Per poterlo fare devo certificare all'ammiragliato che avete servito per mare per almeno tre anni.» Lo fissò. «Ecco perché temo che abbiate rammentato erroneamente il tempo da voi trascorso sulla *Dunstanburgh Castle*. Sono stati tre anni, vero?»

«Credo di sì, signore.»

«In tal caso non ci sono ostacoli.» Tew si alzò e gli strinse la mano. «Congratulazioni, Mr Courtney. Aiuterete Mr Verrier, il secondo tenente. Mi aspetto grandi cose da voi.»

Rob non riuscì più a impedire al suo sorriso di allargarsi.

«Grazie, signore.»

Quando uscì dalla cabina, frastornato, si stupì di trovare ad aspettarlo un gruppetto di compagni che nell'apprendere la notizia gli diedero pacche sulla schiena ed esultarono. Angus gli mise in mano una coppa di rum.

«Bravo» gli disse.

Un'ombra nitida nella luce del sole tropicale si proiettò sopra di loro dal cassero. Anche senza alzare lo sguardo Rob riconobbe il collo irrigidito e il naso aquilino. I suoi amici si zittirono.

«Tornate al lavoro!» gridò Coyningham. «Tornate al lavoro, altrimenti assaggerete la frusta.»

«Ormai non può più frustarti» spiegò Angus, «ma non pensare di essere al sicuro. Troverà un altro modo per nuocerti.»

Rob non dimenticò il monito di Angus e tenne sempre alta la guardia, non confidando mai nel fatto che il suo nuovo rango o il favore del comandante potessero proteggerlo. Aveva visto l'espressione negli occhi di Coyningham.

Ma ben presto ebbe nuove preoccupazioni ad angustiarlo. Una brezza costante permise loro di procedere rapidi. I segni fatti sulla cartina si avvicinavano ogni giorno di più alla costa americana. Tutti gli uomini a bordo percepivano il senso di aspettativa. E il pericolo. Il comandante Tew faceva sparare i cannoni due volte al giorno, usando polvere nera e palle in modo che gli addetti potessero fare pratica mirando a pezzi di legno galleggianti. La tensione era palpabile.

Uno degli svantaggi della promozione di Rob era che adesso doveva passare più tempo in coperta, lontano dall'alto dell'alberatura dove amava stare, ma riusciva comunque a escogitare pretesti per arrampicarsi sul sartiame. Un pomeriggio era salito con la scusa di controllare gli imbrogli. Scoprì che era tutto a posto – gli uomini sapevano che li avrebbe esaminati di persona e li tenevano perfettamente in ordine – ma si gingillò per qualche istante, godendosi quella tregua dal trambusto sul ponte. Guardò in lontananza, ricordando una frase di Louisa.

*Fissi quell'orizzonte azzurro e brami di scoprire che cosa c'è dietro.*

Rob aveva veleggiato oltre l'orizzonte e fatto mezzo giro del mondo, rispetto all'Africa. Cosa aveva scoperto? Il sadismo di Coyningham, l'avidità di Spinkley, la sregolatezza di Lyall. Era stato truffato, percosso, imprigionato e quasi ucciso. Forse suo padre aveva ragione, forse lui sarebbe dovuto rimanere al sicuro nel paradiso cinto da mura della Nativity Bay.

Ma in quel caso non avrebbe mai visto le meraviglie di Londra, conosciuto Angus o assaporato il cameratismo del ponte di batteria. Angus era un vero amico, leale e con una battuta tagliente sempre pronta. Conosceva il valore del lavoro di squadra, e sotto quell'aria cinica e annoiata batteva un cuore gentile. Quando Rob ripensava al giovanotto che era stato un anno prima si vergognava della propria ingenuità. Se non avesse lasciato Fort Auspice sarebbe rimasto un bambino per tutta la vita.

*In ogni caso,* si disse, *non puoi tornare là finché non avrai recuperato la spada.*

Soffriva ogni volta che ci pensava. Una parte del motivo per cui si dava così da fare a bordo era il senso di colpa che provava, doloroso come una ferita aperta. Che si trovasse sui pennoni o steso nella sua amaca di notte, continuava a pensarci. Soffriva per il tradimento da parte di Hugo, per la bruciante ingiustizia del modo in cui Spinkley l'aveva imbrogliato. Ma soprattutto si faceva un'unica, semplice domanda: *Perché?*

Riesaminava i ricordi così spesso che riusciva a vederli persino dormendo. Vi rimuginava sopra, vagliandoli in cerca di un indizio o un significato. Si accorse molto in fretta che un nome collegava tutti gli eventi accaduti a Londra.

Durante il loro primo incontro Spinkley aveva chiesto: «Non sarete per caso imparentato con il Barone di Dartmouth, vero?» e in seguito, sui moli: «Sapete chi mi ha ordinato di far arrestare quest'uomo?». Dartmouth aveva anche mandato Lendal a ucciderlo nella stiva della nave? *Perché?* Come faceva una persona così illustre a sapere dell'esistenza di Rob? E perché mai avrebbe dovuto volerlo rovinare?

Rob chiese ai suoi amici fra l'equipaggio se avessero sentito parlare di quell'uomo. Quasi tutti si intendevano di nobiltà britannica quanto della faccia in ombra della luna, ma Williams, un impiegato arruolatosi in marina durante un attacco di disperazione causato dal tradimento della moglie, era più informato degli altri.

«Il Barone di Dartmouth è First Lord of Trade and Foreign Plantations.»

«Sai qualcos'altro?»

Williams si strinse nelle spalle. «Ho letto di lui sul giornale, non è che mi abbia invitato a casa sua per un tè.»

Rob non aveva scoperto nulla di nuovo. «Perché mai un personaggio di quel calibro dovrebbe volermi uccidere?» chiese.

«È responsabile delle colonie americane, che sono la nostra destinazione» precisò Williams.

«Ma io non ho mai avuto intenzione di andare in America, mi trovo qui solo perché Dartmouth mi ha spinto fra le braccia della marina.»

Rob si sentiva più confuso che mai. Sapeva che nel corso dei secoli l'albero genealogico della famiglia Courtney aveva sviluppato diversi rami. Possibile che lui fosse imparentato con un pari del regno? Ma anche in quel caso, che cosa poteva mai aver attirato su di lui l'attenzione di Dartmouth o il suo odio implacabile?

Per quanto rimuginasse non riusciva a trovare risposte plausibili.

*Forse lo scoprirò in America*, pensò, seduto sulle crocette con le gambe penzoloni.

Qualcosa comparve in lontananza, interrompendo bruscamente le sue riflessioni. Rob scrutò l'orizzonte.

Dopo che per settimane si erano viste soltanto onde grigie a perdita d'occhio, all'improvviso la monotonia venne spezzata da una bassa macchia, il bordo di un vasto continente.

Rob trasse un bel respiro e lanciò un grido verso il ponte sottostante.

«Terra!»

Fissò la costa lontana, rimpiangendo di non aver portato un cannocchiale con cui avrebbe potuto osservarla meglio.

L'America.

Cal Courtney si unì all'esercito continentale accampato fuori Boston. Ormai era considerato un eroe: l'attacco alla santabarbara era stato un fiasco, ma un fiasco *eroico*. Lui era stato oggetto di brindisi e saluti militari, poi lo avevano promosso tenente. Gli uomini gli avevano dato pacche sulla spalla e stretto la mano mormorando: «Che tuo fratello possa riposare in pace». Cal aveva cercato di celare la propria smorfia.

L'esercito era una marmaglia disordinata, senza uniformi né tende e con poco rispetto per il grado. Non era composto di soldati professionisti ma di volontari: bottai e impiegati, fabbri e librai, braccianti agricoli, conciatori, carradori e vagabondi. Quando si misero in fila per l'ispezione parvero a malapena più professionali delle teste calde dell'Esercito del sangue della libertà. Ma Cal adorava la cosa. Dopo essersi dato da fare per anni in gran segreto, cercando di frenare la lingua davanti al padre e nascondendo i pamphlet sotto il letto, era un vero sollievo poter parlare apertamente. Restava seduto con i compagni intorno ai fuochi da campo fino all'alba, discutendo di Thomas Paine, del Congresso, dei diritti dell'uomo e della causa. Brindavano alla salute di George Washington e alla morte del tiranno Re Giorgio. Finalmente poteva esprimere se stesso. Sentiva che era quello il significato della libertà.

Ma l'aveva ottenuta a caro prezzo.

A causa dell'attacco alla polveriera non aveva perso solo il fratello. Quando era tornato faticosamente a casa, insanguinato e ustionato, era riuscito a stento ad affrontare i genitori. La madre gli aveva letto in volto la notizia su Aidan ancor prima che lui potesse dargliela balbettando. Non avrebbe mai dimenticato il suo grido né le lacrime che avevano riempito gli occhi di suo padre.

Non aveva mai visto piangere Theo. Per un attimo si erano fissati, accomunati dal dolore, e Cal si era sentito più vicino al padre di quanto non gli succedesse da anni. Aveva desiderato abbracciarlo, come quando era bambino.

Poi aveva visto la rabbia ricomparirgli nello sguardo.

«Hai ucciso tuo fratello!» aveva urlato Theo. «L'hai ucciso. E per cosa?»

«È morto da eroe» aveva insistito Cal, urlando senza rendersene conto. «Per una causa.»

«È morto perché tu non hai voluto fare come ti era stato detto di fare. Parli di una causa, ma hai tradito la tua famiglia, e quella è la causa più importante di tutte.»

Theo era parso sul punto di colpirlo, ma poi qualcosa si era spezzato dentro di lui. Aveva tentato di sollevare il pugno chiuso solo per lasciarlo subito ricadere, spegnendosi come un fuoco rimasto senza ramoscelli. Era svuotato.

Cal era salito in camera a radunare le sue poche cose e se n'era andato senza che nessuno cercasse di fermarlo. La madre stava singhiozzando in camera mentre il padre era rimasto in salotto.

Mentre lui varcava il cancello aveva sentito aprirsi una porta alle sue spalle.

«Cal?»

Si era voltato, speranzoso, scoprendo che il padre era fermo sulla soglia della fattoria, con il volto segnato e rigato di lacrime. Sembrava essere invecchiato di vent'anni in quindici minuti.

«Padre?»

Aveva bramato un sorriso, una traccia di affetto che potesse alleviare il fardello del suo senso di colpa, ma il viso di Theo si era indurito.

«Vattene. Non sei più mio figlio.»

Cal era corso via senza guardarsi indietro. Ogni tanto si svegliava in piena notte con un grido silenzioso che echeggiava dentro di lui. Piangeva lacrime amare per la crudeltà della vita, la propria indole ostinata, il conflitto di destini che gli aveva strappato il padre dall'anima. In altre occasioni, all'arrivo della posta, si scopriva a sperare in una lettera dei genitori, poi si rimproverava e induriva di nuovo il proprio cuore.

*Non capisci*, affermava rabbioso, dicendo mentalmente ciò che non poteva spiegare al padre. *Non è stata colpa mia. Non c'erano alternative. Se tu e gli uomini come te vi foste opposti al re britannico forse adesso non saremmo costretti a combattere. Non è stata colpa mia.*

Sarebbe stato più facile se avesse avuto qualcuno contro cui battersi. Ogni volta che ripensava a Aidan ricordava quello scontro disperato in cima alla scogliera. Desiderava così tanto che l'esito fosse stato diverso che temeva che il cuore potesse scoppiargli. La prospettiva di entrare in azione somigliava a una promessa di salvezza, come se combattendo lui potesse modificare la battaglia che aveva già perso.

I suoi nemici non erano molto lontani. Se saliva sulle

colline riusciva a vederli chiaramente al di là dell'acqua, imbottigliati a Boston, intenti a sfilare nel parco cittadino, a sorvegliare il lungo molo o a marciare per le strade. Spesso arrivavano a portata di fucile, ma il generale Washington aveva proibito alle sue truppe di sparare se non dietro esplicito ordine. Dovevano risparmiare la polvere da sparo. Cal aveva sentito vociferare che se tutti gli uomini dell'esercito fossero stati chiamati a combattere non avrebbero avuto a disposizione nemmeno dieci proiettili a testa.

Avrebbe voluto salvare la polvere da sparo della santabarbara. Avrebbe voluto che Aidan non fosse morto.

Aspettò mentre l'estate lasciava il posto all'autunno e la temuta febbre tifoide cominciava a diffondersi nell'accampamento. L'eccitazione della libertà si affievolì notevolmente. Scavavano latrine, spaccavano legna per il fuoco, marciavano avanti e indietro sulla piazza d'armi. Pulivano moschetti che non avevano mai sparato.

Nemmeno con una completa fornitura di polvere nera l'esercito avrebbe potuto nuocere a Boston, che era completamente circondata dall'acqua, a parte uno stretto istmo che la collegava alla terraferma. Gli inglesi si erano trincerati in modo da poter resistere anche a un assedio su vasta scala e le loro navi da guerra nel porto coprivano qualsiasi via d'accesso dall'acqua. Gli americani disponevano di pochi cannoni, fra cui nessuno di quelli grandi e da assedio che sarebbero serviti per conquistare la città.

Un giorno, mentre orinava in una latrina, Cal sentì due ufficiali lamentarsi della mancanza di cannoni.

«È tutta questione di posizione» disse uno di loro, un colonnello dal viso arrossato. «Ero con Ethan Allen e i suoi ragazzi quando hanno preso Fort Royal. Ci siamo impadroniti di due dozzine di cannoni abbandonati dai nemici, pezzi da ventiquattro libbre e mortai. Se li avessimo qui, Boston sarebbe ai nostri piedi.»

«Invece si trovano sul lato sbagliato delle montagne» replicò il suo compagno, anch'egli un colonnello. «E non c'è modo di portarli fin qui.»

«Vi sbagliate» dichiarò Cal.

I due alti ufficiali alzarono gli occhi, stupiti di venire interrotti da un umile tenente.

«Dovreste badare a come vi comportate, signore» disse uno di loro, «altrimenti dovrò insegnarvi io le buone maniere.»

«Di dove siete?» chiese l'altro.

«Vengo dal Massachusetts» rispose Cal.

«E come mai pensate di poter dire a due uomini delle Green Mountains qual è la conformazione del terreno nel Vermont?»

«Mio padre è Theo Courtney» affermò Cal. I due colonnelli si scambiarono un'occhiata: conoscevano il nome. «Durante l'ultima guerra ha contribuito a sottrarre Fort Royal ai francesi e me ne ha parlato spesso. Ha detto che esiste un sentiero segreto fra le montagne usato dai francesi.»

I colonnelli rifletterono.

«Dov'è?» domandò uno di loro.

«Non lo so» ammise Cal e poi, alzando la voce quando l'altro cominciò a schernirlo, aggiunse: «Ma posso trovarlo».

«Ci state facendo perdere tempo» disse il colonnello. «Come può un uomo del Massachusetts trovare sentieri che scavalcano le montagne e di cui noi non sappiamo?»

«C'è un uomo che può mostrarmeli. Un indiano abenachi che all'epoca era amico di mio padre.»

«Gli Abenachi sono alleati degli inglesi.»

«Infatti.» Cal sorrise. «Ma ho un piano.»

Dieci minuti dopo si trovava nell'accogliente studio di una fattoria vicina a spiegare la sua proposta a un generale sempre più ammaliato. Due giorni più tardi, mentre i primi venti invernali vorticavano intorno a Cambridge, si allontanò a cavallo dall'accampamento con cinquanta uomini e un brevetto da capitano nella bisaccia. Nessuno di loro portava l'uniforme e i loro cavalli non recavano il marchio dell'esercito continentale.

Fino a non molto tempo prima il villaggio degli Abenachi aveva rappresentato la frontiera fra l'impero britannico e quello francese mentre le due grandi potenze si disputavano il controllo del Nordamerica. I francesi avevano perso, ma la pace non era durata a lungo. I pali del recinto intorno alle capanne di tronchi del villaggio sembravano tagliati di recente: le loro punte erano ancora acuminate.

Gli esploratori abenachi erano andati incontro a Cal a dieci miglia da lì, non appena era entrato nel loro territorio. Lui l'aveva previsto, data la guerra in corso, e aveva lasciato quasi tutti i suoi uomini accampati a un giorno di marcia, portando con sé solo un tenente e un sergente per non sembrare una minaccia. Gli Abenachi li tennero comunque d'occhio mentre li accompagnavano verso il loro insediamento.

Il *sachem*, il capotribù che si fermò al centro dello spiazzo antistante la casa tribale, non era l'uomo più alto del villaggio né era particolarmente anziano, ma aveva occhi saggi e un'autorevolezza che zittì il trambusto circostante. Gli uomini intorno a lui brandivano tomahawk e fucili, visto che in quel periodo turbolento gli stranieri non erano i benvenuti.

Cal deglutì. «Il figlio di Siumo il falco ti saluta» annunciò.

Il *sachem* si accigliò come se stesse tentando di ricordare eventi remoti, poi piegò la testa all'indietro e scoppiò a ridere.

«Caleb Courtney!» gridò. «Possibile?»

Vide Cal fare un sorriso imbarazzato, poi lo raggiunse e lo strinse in un abbraccio affettuoso. Odorava di grasso d'orso e fumo di legna.

«L'ultima volta che ci siamo visti eri solo un cucciolo» disse. «E ora guardati. Sei diventato un uomo.» Toccò il fucile appeso dietro la schiena di Cal. «E un guerriero. È bello rivederti.»

«È bello anche rivedere te, Moses.» Cal sapeva che il capo degli Abenachi aveva altri nomi e altri titoli, ma lui lo aveva sempre conosciuto con il nome assegnatogli da missionari francesi.

Moses accompagnò Cal e i suoi uomini nella casa tribale e li fece sedere accanto al fuoco.

«Come sta tuo padre?»

Quando Theo Courtney aveva l'età di Cal era stato catturato dagli Abenachi e adottato dalla tribù. Per un anno aveva vissuto come un indiano, apprendendo le loro usanze e la loro profonda conoscenza della foresta. Lo avevano soprannominato Siumo, falco. Moses era stato il suo compagno di avventure e migliore amico. Quando Theo era tornato nell'esercito britannico si era arruolato anche lui e dopo la guerra era andato in Massachusetts insieme a Theo, Abigail e il piccolo Cal. Cal ricordava di essere rimasto seduto sulle sue ginocchia accanto al fuoco nelle sere d'inverno, mentre Moses e Theo si raccontavano le rispettive imprese. In seguito Moses, ormai stanco della vita nella colonia, era tornato al suo villaggio per poi diventare *sachem* della tribù.

«Mio padre sta bene» mentì Cal. «Ma sarà più felice quando i ribelli saranno stati sconfitti e il buon governo di Re Giorgio sarà ben saldo nelle colonie.»

Si sforzò di rimanere impassibile mentre lo diceva, osservando il viso di Moses per scoprire se avesse subodorato la menzogna. Odiava dover mentire a un uomo che conosceva da un'intera vita, lo giudicava vergognoso, ma non aveva alternative.

*Moses era amico di mio padre*, rammentò a se stesso. Il pensiero accentuò un'amarezza nel suo cuore che sovrastò qualsiasi senso di colpa.

«Che cosa ci fate qui?» Moses guardò gli uomini insieme a Cal. «Questi sono soldati inglesi?»

«Siamo esploratori» spiegò. «Sai che la primavera scorsa i ribelli hanno preso Fort Royal?»

Moses diede una lunga boccata alla pipa e annuì. «È stata una grave perdita. Ha trasformato la foresta in un posto pericoloso per noi. La tribù soffre la fame quando non siamo più al sicuro nel luogo in cui cacciavano i nostri antenati.»

«Gli inglesi stanno progettando una nuova campagna che inizierà in primavera.» Durante la marcia da Boston Cal aveva avuto tutto il tempo di perfezionare la sua storia. «So che tu e mio padre avete trovato un sentiero che scavalca le montagne. Se me lo mostri potremo usarlo per portare fin qui i nostri cannoni, quest'estate, e riprenderci il forte.»

Moses era assorto nelle riflessioni. Non aveva ancora quarant'anni, ma le preoccupazioni della vita gli avevano inciso sul viso le rughe tipiche di un uomo assai più vecchio.

«È pericoloso» lo ammonì. «I ribelli hanno diverse

pattuglie sul tragitto che da qui porta alle montagne. Se scoprono che ti sto aiutando potrebbero attaccare il nostro villaggio.»

«Se non lo fai» replicò Cal in tono solenne, «il tuo popolo morirà di fame.»

Moses annuì, fissando le fiamme. Il compito di un *sachem* era tenere al sicuro la propria tribù, vivendo di stagione in stagione come i loro antenati avevano fatto per generazioni. Era troppo giovane per rammentare l'epoca che aveva preceduto l'arrivo dei bianchi con i loro fucili, l'alcol e le guerre iniziate da re che lui non aveva mai sentito nominare, ma era abbastanza vecchio da avere sentito i suoi nonni raccontare dei tempi andati, di un'epoca in cui il mondo era sicuro e noto. Moses aveva passato la vita vorticando come una foglia in un uragano, alleandosi con uomini di cui non poteva fidarsi, sapendo che forse l'esito finale sarebbe stato deciso in palazzi che distavano migliaia di miglia, al di là del grande oceano. Fare una scelta era come sparare con un fucile nel buio, sapendo che avresti potuto colpire il lupo o tuo figlio.

Ma Theo Courtney gli aveva salvato la vita più di una volta e non l'aveva mai tradito, quindi Moses si fidava di suo figlio.

«Ti mostrerò il sentiero.»

La temperatura calò drasticamente mentre si arrampicavano sulle montagne, dove gli alberi erano spogli. Cal rimase sbalordito dalla leggerezza e agilità con cui gli Abenachi si aggiravano per la foresta. Crescendo nel Massachusetts era andato fiero della propria conoscenza dei boschi, ma in confronto a Moses sembrava un bue che brancolava fra gli alberi seguendo un colibrì.

«Quando era giovane, tuo padre sapeva muoversi come un serpente» ricordò Moses. «Ora sarà sicuramente vecchio e grasso.»

«È cambiato» ammise Cal, nervoso.

Moses ridacchiò. «E tuo fratello Aidan?»

«È morto.»

La risata di Moses gli morì sulle labbra. «Come?»

«Si è unito una banda clandestina di patrioti.» Non esisteva menzogna migliore della verità. «È morto cercando di rubare polvere da sparo dalla santabarbara britannica.»

«Questo deve avere spezzato il cuore di tuo padre» commentò Moses in tono grave.

Cal fissò un punto in lontananza. Gli sembrava di essere tornato accanto al cancello della fattoria a guardare il padre fermo sulla soglia di casa. *Non sei più mio figlio.*

«È stato difficile per tutti noi.»

Si zittì e Moses, vedendolo così addolorato, non insistette. Proseguirono insieme, arrampicandosi a ritmo costante, finché non si trovarono di fronte una parete rocciosa perpendicolare. La montagna incombeva su di loro, con i pini che oscillavano lievemente nella brezza invernale.

«Il sentiero è questo» disse Moses.

«Dove?» chiese Cal.

Il capo degli Abenachi lo accompagnò fino alla parete rocciosa, dietro la quale lui vide, quasi completamente nascosta, una stretta gola che risaliva il fianco della montagna.

«È da qui che siamo passati tuo padre e io» spiegò Moses. «Da qui puoi raggiungere la cima e poi, seguendo il crinale, arrivare al forte.»

Cal alzò gli occhi. La gola era ripida e talmente angusta che sembrava quasi impossibile farvi passare dei cannoni. Sarebbero servite funi, leve e un'immane determinazione per riuscire a trascinarli su per la montagna lungo quel tragitto.

Ma lui aveva diciotto anni e per mesi, mentre era accampato con l'esercito di Washington, non aveva fatto altro che lucidarsi gli stivali. Nulla era impossibile.

«Puoi portarmi sulla vetta?» chiese a Moses.

Grazie a una difficile arrampicata raggiunsero un punto nei pressi del crinale in cui la gola si biforcava e Moses assunse un'aria assorta.

«È qui che abbiamo combattuto contro i francesi» disse. «Tuo padre ha guidato diciassette uomini contro un migliaio di nemici e li ha sconfitti.»

Cal conosceva la storia e non aveva nessuna voglia di riascoltarla.

«E tu?» chiese. «Non sei mai stato tentato di unirti ai patrioti?»

Moses corrugò la fronte. «Come può essere un patriota chi combatte contro il suo legittimo re?»

«Ai ribelli, volevo dire» si corresse Cal.

«Diciotto inverni fa ho giurato lealtà a Re Giorgio e non intendo violare il mio giuramento.»

«Ma gli Abenachi hanno combattuto contro gli inglesi, prima di allearsi con loro. Perché non rifarlo?»

«Gli inglesi sono la nostra unica speranza» rispose Moses. «Rispettano i trattati che hanno stipulato con noi, ci lasciano liberi di vivere e cacciare nelle nostre terre. Ma i coloni li sfidano. Vengono qui superando le montagne e i fiumi, si impadroniscono della terra per costruirvi fattorie e poi dicono che appartiene a loro. E quando lottiamo per riavere ciò che è nostro ci uccidono. Dimmi, perché un bianco che combatte per la sua terra è un patriota, ma un Abenachi che fa la stessa cosa è un criminale?»

Cal non sapeva che cosa rispondergli.

Quando finalmente raggiunsero il crinale la gola si ampliò. La seguirono verso ovest per diverse ore, sotto una fredda pioggerellina, fino a un poggio in fondo allo sperone montano, affacciato sul lago. Dal ciglio della rupe Cal riuscì a vedere Fort Royal sotto di lui.

Non era più il forte conquistato da Theo circa diciassette anni prima: quello era saltato in aria quando il generale francese aveva fatto appiccare il fuoco alla santabarbara piuttosto che arrendersi. Le macerie erano state utilizzate nelle fondamenta del nuovo edificio a forma di stella a cinque punte, con bastioni in pietra e argini in legno, posto su un promontorio che dominava il lago. Cal notò la bandiera a righe delle colonie appesa baldanzosa alla sua asta.

I cannoni, accovacciati sui bastioni come enormi gatti pronti a spiccare un balzo, avevano la bocca chiusa da un tappo a causa della pioggia e il focone coperto di tela, ma lui riuscì comunque a percepirne la potenza.

«Aspetta che li portiamo a Boston» sussurrò a bassa voce. «Faremo a pezzi gli inglesi.»

«Che cosa vuoi dire?» chiese Moses.

Cal rimase impietrito. Aveva creduto di essere solo, invece l'Abenachi lo aveva raggiunto da dietro senza fare rumore.

«Niente» rispose Cal, stringato.

«Perché parli di puntare i cannoni contro il tuo stesso popolo?» Cal tentò di ignorarlo, ma Moses aggiunse: «Perché fai una smorfia sprezzante ogni volta che dici "gli inglesi" e chiami i ribelli "patrioti"? Perché sei venuto?».

Si avvicinò a Cal, che indietreggiò di un passo e si fermò di colpo quando sentì il ciglio del burrone sotto di sé. Era bloccato fra Moses e un baratro di un migliaio di piedi, senza via di scampo. Aveva una pistola infilata nella cintura, ma la polvere da sparo era stata sicuramente bagnata dalla pioggia.

«Lasciami spiegare» disse.

Moses sollevò la testa. «Ti ascolto.»

Cal aprì la bocca, senza però riuscire a proferire parola. Gli si affacciarono alla mente mille possibili spiegazioni, nessuna delle quali sembrava plausibile. Era consapevole solo dell'enorme vuoto dentro di lui, che lo risucchiava, e degli occhi di Moses che lo fissavano.

Data la sua giovane età riusciva di rado a celare ciò che

provava e il capo degli Abenachi, che aveva passato tutta la vita a valutare gli uomini, gli lesse la verità in faccia.

«Questi cannoni sono destinati ai ribelli» disse.

Cal non fiatò. Avvertiva un'enorme pressione sul petto, come se fosse schiacciato fra due macigni. Una parte di lui voleva fuggire, cosa che lo fece avvampare per la vergogna. Se non avesse portato a termine quella missione avrebbe tradito la rivoluzione e la morte di Aidan sarebbe stata vana.

Moses allungò una mano verso di lui. «Qualsiasi sciocchezza tu abbia fatto non è troppo tardi. Sei ancora il figlio di tuo padre.»

Con un ruggito Cal gli si avventò contro, gli cinse il torace con le braccia e lo spinse indietro, cogliendolo di sorpresa. Barcollarono avvinghiati, poi caddero a terra.

Benché il ragazzo fosse più alto e più grosso di lui, l'Abenachi era forte e muscoloso e riuscì a girarlo supino mentre si contorceva e dimenava come un serpente. Cal cercò affannosamente di prendere il coltello dalla cintura, ma senza riuscirvi perché Moses gli teneva bloccate le braccia.

Mentre lottavano Cal sentì sbattere contro la sua gamba il tomahawk infilato nella cintura dell'avversario. Tentò di afferrarlo, ma Moses lo spinse su un fianco e gli immobilizzò il braccio sotto il suo corpo. Lanciando un urlo di guerra, ghermì l'arma e, dopo essersi seduto a cavalcioni di Cal premendogli la gamba sul braccio libero, la sollevò.

«Se tu non fossi il figlio di tuo padre ti sfonderei il cranio.»

«Non sono il figlio di mio padre!» gridò Cal.

Moses esitò, poi abbassò su Cal gli occhi non più velati dalla furia del guerriero e vide l'immagine sputata del giovane Theo Courtney di cui era diventato amico tanti anni prima. Il passato somigliava a un paese straniero, il presente era difficile da affrontare e lo confondeva con le sue mutevoli alleanze, i conflitti crudeli e la facilità con cui un amico poteva diventare un nemico. Moses non voleva distruggere ciò che considerava importante. Non poteva uccidere il ragazzo.

Abbassò il tomahawk. «Cerchiamo di essere amici» propose. «Torna a casa e dimentica questo litigio.»

Era un'offerta generosa, se non fosse stato per un unico particolare.

«Non posso andarmene senza i cannoni.»

«Allora come...»

Moses vide troppo tardi il coltello nella mano di Cal, che era riuscito a sfilarselo dalla cintura e, liberata la mano di scatto, glielo premette sul petto.

L'Abenachi sgranò gli occhi. «Che cosa sei diventato?» sussurrò.

«Non voglio ucciderti.» La mano di Cal tremava, colmandolo di vergogna. «Mi hai mostrato il sentiero di cui avevo bisogno. Se mi dai la tua parola che non rivelerai che cosa stiamo per fare ti lascerò andare.»

Lo sguardo di Moses rimase saldo. «Significherebbe tradire tuo padre.»

«E cosa mi dici di suo figlio?»

Cal sentì montare la rabbia. Sarebbe davvero riuscito a uccidere l'uomo che lo aveva tenuto sulle ginocchia quando era bambino? Se non l'avesse fatto forse non sarebbe mai riuscito a tornare dall'esercito continentale.

L'Abenachi notò la sua titubanza.

«Per amore di tuo padre...»

Si interruppe quando il pugno di Cal lo colpì al viso, facendolo oscillare di lato. Cal si sollevò verso di lui. Voleva solo levarselo di dosso e poi tenerlo bloccato a terra per costringerlo ad arrendersi, ma Moses aveva l'istinto di un guerriero e il tomahawk in mano. Cominciò ad abbassarlo verso la testa del ragazzo, di riflesso.

Aveva dimenticato il coltello di Cal. Il ragazzo lo stringeva ancora e, quando l'Abenachi si piegò su di lui, sollevò istintivamente la mano per proteggersi. Prima che uno dei due capisse cosa stava succedendo la lama affondò nel cuore di Moses.

Il tomahawk cadde a terra, il suo manico che colpiva di striscio la testa di Cal. Il capotribù abenachi fu percorso da un tremito, poi si immobilizzò. Il sangue sgorgato dalla ferita sul suo petto, imbrattò le mani di Cal e gli colò lungo le braccia per poi inzuppargli la camicia. Lui lasciò andare il coltello, gettò il corpo da una parte, orripilato, e corse via.

Si fermò, ansimando, sul ciglio del burrone. Una parte di lui desiderava buttarsi di sotto per cancellare ciò che aveva fatto. Non riusciva a guardare dietro di sé. Il solo pensiero del fiducioso Abenachi gli causò una violenta stretta al cuore, come se lui avesse ucciso il suo stesso padre.

Suo padre. Le ultime parole di Theo gli echeggiarono nella mente: *Non sei più mio figlio.* Fiamme di rabbia cominciarono a propagarsi dentro di lui, cancellando il senso di colpa. La morte di Moses era stata un incidente, Cal non aveva alcuna responsabilità. O forse era stata inevitabile. Gli Abenachi si erano alleati con gli inglesi, quindi ucciderne uno era stato semplicemente suo dovere, un'altra puntura nel ventre della potenza militare di Re Giorgio. Quella era una guerra e Moses era stato il nemico.

Cal guardò oltre le rupi. Molto più in basso riuscì a distinguere le punte di stella del forte e i cannoni neri sui suoi bastioni, e quella vista lo tranquillizzò.

Aveva fatto ciò che doveva fare.

Al largo della costa di Long Island la *Perseus* si incontrò con un cutter proveniente da New York che portava notizie sull'andamento della guerra. La ribellione si era ulteriormente diffusa, l'esercito continentale cingeva d'assedio Boston. I coloni non disponevano di una vera e propria marina, ma le navi denominate "violatori di blocco" e quelle corsare abbondavano lungo la costa atlantica.

«Non possono attaccarci» spiegò il comandante del cutter, seduto nella cabina di Tew. «Ma sono dannatamente difficili da sconfiggere e ci pungono ovunque possono. Le truppe del generale Howe a Boston, isolate a causa dell'assedio, ricevono i rifornimenti via mare. Se le navi corsare americane catturano troppi dei nostri vascelli da carico, gli uomini di Howe saranno costretti ad arrendersi per non morire di fame.»

La *Perseus* ricevette l'ordine di pattugliare la costa del Connecticut, del Rhode Island e del Massachusetts, intercettando qualsiasi veliero incontrasse.

«Non capisco quali risultati i Lord dell'ammiragliato si aspettino da me» ammise Tew. «Quelle sono quasi cinquecento miglia di costa di cui gli yankee conoscono senza dubbio ogni baia e insenatura. Sono degli autentici maestri nel portare merci di contrabbando sulla terraferma, ecco perché sono così contrari a pagare le tasse del re.»

Rob pensò alla difficile impresa che li aspettava. A Portsmouth la flotta della Royal Navy era parsa così potente da far sembrare inconcepibile che qualcuno le si potesse opporre, ma sul versante opposto dell'Atlantico non appariva poi tanto forte, data la vastità del continente.

Per la prima volta cominciò a chiedersi se i coloni potessero non essere facili da sconfiggere come tutti pensavano.

Quel nuovo paese gli ricordava l'Africa, non per il clima o l'odore che arrivava dalla terraferma, bensì per il suo carattere indomito e selvaggio. Su gran parte della costa fitte foreste scendevano fino al mare e lunghe spiagge sabbiose si estendevano per miglia. I villaggi e i paesini di pescatori abbarbicati al litorale non sembravano più significativi di patelle aggrappate a una balena.

Ma per essere un luogo così scarsamente popolato generava una sbalorditiva mole di traffico commerciale. Ogni giorno la *Perseus* incrociava almeno due dozzine di imbarcazioni che facevano la spola: pescherecci diretti verso i Grandi Banchi di Terranova, baleniere di Nantucket che puntavano verso l'Oceano Meridionale, navi mercantili che portavano legname nelle Indie Occidentali e rum in Gran Bretagna. Sembrava che non volessero permettere alla guerra di intralciare il commercio.

Ogni nave fermata dalla *Perseus* batteva bandiera britannica e sosteneva di essere fedele a Re Giorgio, quando interpellata in tal senso.

«Vista tutta questa lealtà ci si stupisce che ci siano abbastanza uomini per organizzare una ribellione» commentò ironicamente Tew. «Non riesco a credere che amino tutti il loro re quanto affermano di fare.»

«Amano i loro profitti» ribatté Coyningham. «È l'unica cosa a cui questi yankee tengono. Quando vedranno che la guerra fa un buco nei loro borsellini si affretteranno a metterle fine.»

Un grido proveniente dal colombiere interruppe la conversazione.

«Vela a babordo!»

Tutti gli ufficiali afferrarono i cannocchiali e corsero verso il parapetto.

«Una nave da guerra» disse Tew, notando la fila di portelli dei cannoni. «Francese, a giudicare dalle sue linee.»

Come a confermare la cosa, lo stendardo bianco della Francia sventolava sul colombiere.

Ogni uomo a portata d'orecchio guardò Tew. In quel momento nessuno di loro, nemmeno Coyningham, avrebbe voluto essere nei suoi panni. Se la fregata francese proveniva dall'Europa doveva essere al corrente delle ultime notizie e nel caso fosse stata dichiarata guerra fra Gran Bretagna e Francia, dopo la partenza della *Perseus*, il comandante francese avrebbe potuto approfittare del fatto di saperlo, acquisendo un vantaggio devastante.

«Tutti gli uomini ai loro posti» disse con calma Tew. «In caso di necessità saremo pronti a farci valere, ma non sparate finché non avrò dato l'ordine.»

La nave venne preparata a entrare in azione: si tesero reti sopra la coperta per proteggerla dall'eventuale caduta di pennoni, si infilarono le amache nella rete laterale perché fornissero un riparo e si tolsero i paraventi e ogni suppellettile non necessaria dal ponte di batteria. I giovani mozzi sparsero segatura sui ponti per evitare che il sangue li rendesse scivolosi. La polvere da sparo fu prelevata dalla santabarbara, i tiratori scelti presero posizione in cima all'alberatura e gli addetti ai pezzi sganciarono i paranchi.

Tew calcolò i loro tempi di reazione grazie all'orologio da tasca. L'intera procedura richiese sette minuti.

«Che cosa sta facendo la nave francese?» chiese.

«Mantiene la rotta, signore» rispose subito il guardiamarina Milnrow, piazzato sul parapetto con un cannocchiale. «Non sembra che si stia preparando per la battaglia.»

Le due navi si avvicinarono l'una all'altra. Arrivando da dietro, l'equipaggio della *Perseus* riuscì a vedere il nome scritto in brillanti lettere dorate sulla poppa di quella francese: *Rapace*.

La *Rapace* ridusse la velatura, lasciando che la *Perseus* le si affiancasse. Sul suo ponte non si scorgeva traccia di alcuna attività inconsueta.

«Se non si è preparata per la battaglia» disse il secondo tenente Verrier, «sta correndo un terribile rischio.»

Sul cassero della fregata francese un uomo alto con un tricorno e le spalline da comandante prese un megafono per salutarli al di sopra dell'acqua.

«*Bonjour*» disse. Poi, con un inglese dal leggero accento francese, aggiunse: «Spero non intendiate scatenare una guerra. Quando ho lasciato la Francia i nostri paesi erano in pace».

In coperta gli addetti ai cannoni si rilassarono.

«State all'erta» latrò Tew prima di prendere il proprio megafono. «Che cosa vi porta in queste acque?»

«Stiamo scortando un convoglio diretto in Martinica» rispose il francese.

Tew diede una lunga e lenta occhiata all'orizzonte. «Non vedo nessun convoglio.»

«È scoppiata una tempesta, così ci siamo separati, ecco perché ci siamo spinti tanto a nord.»

«Se ci fosse stata una tempesta l'avremmo incontrata» borbottò Coyningham. «Invece il mare non avrebbe potuto essere più calmo.»

Tew lo ignorò. «Avete in programma di entrare in porto in America?»

«*Non*» gli garantì il comandante francese. «Ci dirigeremo verso sud per cercare le nostre navi.»

Per la prima volta Rob vide Tew esitare e guardare con aria indecisa la cerchia di ufficiali riuniti intorno a lui.

«Sta mentendo» disse Coyningham. «Siamo sopravento rispetto a loro e i cannoni sono carichi. Possiamo disalberare la loro nave con un'unica bordata, poi andare all'arrembaggio e costringerla ad ammainare la bandiera prima che lui si renda conto dell'accaduto.»

«Attaccare una nave pacifica quando le nostre nazioni non sono in guerra sarebbe un gesto davvero infame» sottolineò Verrier. «Sarebbe poco più che un atto di pirateria.»

Coyningham gli rivolse un sogghigno sprezzante. «Ogni uomo a bordo dichiarerebbe che la fregata francese ha sparato per prima.»

Probabilmente aveva ragione. I marinai allineati sul ponte fissarono il comandante con aria di aspettativa. Nell'aria aleggiava l'odore sulfureo di una miccia lenta che bruciava, sarebbe bastato che un'unica scintilla cadesse sul focone.

Tew scosse il capo. «Non possiamo scatenare una guerra. Ritiratevi.»

Si udì il sibilo del vapore mentre le micce venivano spente con secchiate d'acqua. L'addetto al timone lo ruotò e la *Perseus* cominciò ad allontanarsi dalla rotta della *Rapace*, il cui comandante alzò un braccio in un gesto che era una via di mezzo fra un saluto militare e un addio. Era troppo distante per poterne distinguere il viso, ma a Rob sembrò che la sua postura denotasse un'arroganza che rasentava il disprezzo.

«Spero che non li rivedremo più» mormorò ad Angus.

L'altro annuì. «È assurdo lasciar andare una nave francese che era alla portata dei nostri cannoni. È come liberare un lupo da una trappola.»

Quella notte e l'indomani mattina sulla *Perseus* regnò un'atmosfera carica di tensione. I compiti di routine non venivano portati a termine, i sottufficiali sbottavano con i marinai e gli ufficiali stentavano a dominare la collera. Coyningham, particolarmente di cattivo umore, imprecava e minacciava gli uomini tanto da poter causare un ammutinamento.

«È così ansioso di combattere?» chiese Rob. «Lo credevo un codardo.»

«Non sarebbe stata questa gran battaglia, dato che avevamo quella fregata a tiro dei nostri cannoni. E se l'avessimo catturata il comando sarebbe spettato a lui» spiegò Angus. «L'avrebbe riportata in patria da eroe, ottenendo promozione, medaglie, forse un'udienza con il re.»

«Ma non siamo in guerra con la Francia.»

Angus si strinse nelle spalle. «Tutti sanno che è solo questione di tempo. Dopo che verrà sparato il primo colpo nessuno si preoccuperà di chi ha fatto fuoco.»

Un brivido freddo scese lungo la schiena di Rob. La giornata si era fatta nuvolosa e la terraferma non risultava più visibile. Viticci di foschia fluttuavano sopra le murate, avviluppando la nave.

«Riducete le vele» ordinò la voce di Tew da poppa. Rob non si era accorto che era salito in coperta, ma il comandante possedeva la misteriosa capacità di intuire dove e quando era maggiormente necessario. «Siamo troppo vicini alla costa per i miei gusti e qui attorno ci sono banchi di scogli infidi. Piazzate scandagliatori sulle catene e vedette a prua. Se nei paraggi c'è una nave corsara yankee potrebbe benissimo cercare di scivolare fuori dall'ancoraggio, approfittando di questa nebbia.»

Gli uomini obbedirono in fretta, scordando la fiacchezza. Nessuno voleva essere colto di sorpresa su una costa ostile e sconosciuta.

«Avete sentito il comandante!» gridò Coyningham, percorrendo a grandi passi il ponte, seguito dall'aiuto nostromo. «Salite sull'albero e terzarolate la randa. L'ultimo a scendere assaggerà la frusta.»

Thomas corse verso il sartiame dell'albero maestro, superando Rob. Era molto diverso dal ragazzo inesperto che durante la prima settimana per mare Rob aveva aiutato a salire sulle crocette, adesso era in grado di dondolarsi sulle parasartie con la stessa leggerezza di un marinaio esperto, raggiungendo la cima dell'alberatura prima dei compagni.

Ma quella mattina Thomas aveva qualcosa di diverso, era pallido, teneva gli occhi bassi e si arrampicava sulle griselle con estrema lentezza, come se avesse un pesante fardello sulle spalle. Gli altri gabbieri si trovavano già molto più in alto di lui.

Rob capì che dipendeva dalla foschia: aveva addestrato il ragazzo a superare la paura delle altezze osservando l'orizzonte, che però adesso era nascosto dalla nebbia e aveva fatto riaffiorare il terrore di Thomas, il quale si sarebbe sicuramente bloccato a metà dell'albero, proprio come la prima volta.

E Coyningham gliel'avrebbe fatta pagare.

I gabbieri avevano già finito di ammainare la vela e si lasciarono scivolare giù per i paterazzi, atterrando sul ponte con agilità felina. Thomas rimase solo sul sartiame.

«Scendi subito» gli ordinò Coyningham.

Uno dei gabbieri si mosse per dare una mano al ragazzo, ma si fermò di scatto non appena sentì l'urlo del tenente.

«Una dozzina di frustate a chiunque lo aiuti.»

Rob guardò dietro di sé. Tew era ritto sul cassero, impassibile, a parlare con l'ufficiale di rotta. Aveva visto sicuramente cosa stava succedendo, ma non poteva annullare l'ordine del suo sottoposto davanti agli uomini.

Thomas scese piano piano. Ogni passo era una vera tortura, per quanto sapesse che non era nulla in confronto a ciò che lo aspettava. Non appena posò i piedi sul ponte l'aiuto nostromo lo afferrò, gli strappò la camicia e lo fece piegare in avanti sopra un barile. Due sottufficiali gli tennero bloccate braccia e gambe mentre l'aiuto nostromo estraeva il suo pezzo di fune.

«Datela a me» ordinò Coyningham.

Rob non riusciva a credere ai propri occhi. Era inaudito che un ufficiale frustasse un uomo, ma Coyningham sembrava avere perso il lume della ragione. Tutta la furia che provava per essersi visto negare la sua ricompensa il giorno precedente fu incanalata in quell'atto.

E in qualcos'altro. Mentre sollevava la fune incrociò lo sguardo di Rob con un'espressione malevola che sembrava voler dire: *Non posso toccarti, ma posso farti soffrire.*

Rob sapeva di non poter reagire alla provocazione, era proprio ciò che Coyningham desiderava. Se Rob si fosse spinto oltre avrebbe perso qualsiasi protezione offertagli dal suo grado.

Coyningham abbassò il braccio e la cima fischiò nell'aria per poi fermarsi di colpo mentre la sua estremità schioccava a un solo pollice di distanza dalla schiena di Thomas.

Rob aveva afferrato a mezz'aria la fune calata con estrema violenza dal tenente e, essendo più forte, la stringeva così saldamente da impedirgli di liberarla.

Coyningham la tirò con tutte le sue energie, ma Rob resistette, tanto che la cima si tese allo spasimo fra loro due.

Rob mollò la presa. Il tenente perse l'equilibrio e, dopo avere barcollato all'indietro, inciampò e cadde, picchiando il sedere a terra. Alcuni uomini risero, ma ci ripensarono in fretta: negli occhi di Coyningham era comparsa una luce minacciosa.

Si alzò e si spazzolò gli abiti. «Ve ne pentirete!» sibilò. «Questo è ammutinamento.»

Solo a quel punto Rob si accorse che ogni uomo presente sul ponte lo stava osservando.

«Marinai scelti!» gridò Coyningham. «Mettete ai ceppi Mr Courtney!»

Due marinai dalla giubba scarlatta cominciarono ad attraversare il ponte. I membri dell'equipaggio, accigliati, non erano dell'umore adatto per lasciarli passare, ma non avrebbero potuto proteggere Rob senza rischiare un'accusa di insubordinazione.

Rob aspettò con aria di sfida. Cosa poteva fare? Era stata una follia mettersi fra Coyningham e Thomas. Aveva fornito all'ufficiale il pretesto che desiderava e adesso ne avrebbe pagato il fio. Ma non avrebbe potuto agire diversamente.

«Aspettate!» ordinò Tew, poi si diresse verso Coyningham. «Che cosa significa tutto questo?»

Coyningham rimase impietrito. Per un attimo Rob temette che potesse frustare il comandante, ma era sperare troppo. Colpire Tew sarebbe stato un errore irreparabile, che avrebbe spedito il tenente davanti alla corte marziale.

E forse Coyningham avrebbe potuto farlo. In coperta regnava il silenzio mentre tutti aspettavano di vedere cosa sarebbe successo. La nebbia smorzava i rumori, facendo suonare lontano lo schiaffo delle onde sulla chiglia.

Ma il boato di un cannone da dodici libbre riesce a fendere qualsiasi cosa. Sgorgò dalla caligine ed echeggiò sul ponte, talmente distorto dalla foschia che parve arrivare da tutte le direzioni.

Nessuno si mosse mentre il rumore si affievoliva, poi Tew strappò di mano la cima a Coyningham e la gettò via.

«Ricomponetevi» intimò bruscamente. «E preparatevi a combattere.»

La nebbia cominciava a diradarsi e l'albero di bompresso della *Perseus* trafiggeva lembi di nuvole. Tutti guardarono al di sopra delle frisate, scrutando la caligine per individuare eventuali ombre. L'altra nave doveva essere vicina, infatti riuscivano a sentire lo scricchiolio di tavole e cordame, tonfi probabilmente causati da piedi che correvano o da cannoni che venivano spinti fuori.

«Che cos'era?» chiese Angus indicando, dalla dritta di prora, il punto in cui una sagoma grigia sembrava fluttuare nella foschia. La fissarono ma, invece di acquistare nitidezza, sbiadì finché non furono nemmeno sicuri che fosse mai stata là.

«Ti spaventi senza motivo» disse Rob.

Ma osservò attentamente il punto indicato da Angus. Il silenzio era totale. Il suo amico doveva esserselo sognato.

Rob spostò l'attenzione verso babordo.

«Là.» Grazie alla sua vista acuta riuscì a individuare prima di chiunque altro qualcosa di solido fra le volute di nebbia. Diede un pugnetto leggero sulla spalla di Angus. «Stavi guardando nella direzione sbagliata.»

«So che cosa ho visto» insistette lo scozzese.

Ma non vi fu il tempo di discutere: non appena il timoniere modificò la rotta l'altro vascello divenne chiaramente visibile. Era un brigantino, più grande della media ma comunque più piccolo della fregata, e in passato doveva essere stato un mercantile. Le sue fiancate erano state forate a beneficio dei cannoni. Rob ne contò otto, inclusi i due girevoli piazzati vicino alla poppa. La bandiera a strisce rosse e bianche della marina dei ribelli sventolava a poppa. Era una nave corsara.

I cannoni vennero spinti in fuori in maniera discontinua, senza la minima precisione. I membri dell'equipaggio dovevano essere dei volontari, pieni di entusiasmo ma privi di addestramento o disciplina. La *Perseus* mostrò loro come si sarebbero dovute fare le cose. Subito dopo l'ordine di Tew tutti i portelli si sollevarono nello stesso istante, gli addetti tirarono i paranchi e quattordici bocche da fuoco spuntarono all'unisono dalla chiglia.

Gli uomini esultarono. Il brigantino sarebbe stato una facile preda e avrebbe fruttato loro parecchio denaro nei tribunali delle ricompense.

«Che cosa pensa di fare?» domandò Rob. «Non può certo sperare di eguagliare la potenza dei nostri cannoni.»

«Non sparerà» pronosticò Coyningham, meno scontroso adesso che contemplava il premio di cui avrebbe ottenuto il comando. «Stanno solo mostrando i denti per poter dire di avere sfidato la potente Royal Navy, ma non morderanno.»

Il brigantino fece fuoco.

Non fu la singola e violenta bordata di una nave della marina: i cannoni spararono in maniera irregolare, come una serie di fuochi d'artificio. Non importava, perché a cento iarde di distanza non potevano mancare il bersaglio. Otto palle di cannone colpirono la *Perseus*. Alcune passarono fra il sartiame, stridendo, ma altre centrarono le murate, provocando nubi di schegge di legno.

«Fuoco» ordinò Tew.

La bordata della *Perseus* produsse un boato assordante. Lingue di fiamma sgorgarono dai cannoni e il fumo si mescolò con la nebbia rimasta. Al di sopra dell'acqua Rob vide la devastazione provocata sul brigantino. Era più basso sull'acqua rispetto alla fregata britannica, i cui addetti ai pezzi avevano preso la mira con un'accuratezza letale. Enormi squarci si aprirono sulla fiancata, uno dei cannoni si rovesciò e l'albero di mezzana fu spezzato a metà, cadendo sul ponte.

L'equipaggio della nave corsara dimostrò tutta la propria audacia continuando a ricaricare a dispetto del violento attacco. Ancora una volta i marinai britannici si dimostrarono più rapidi ed efficienti, sparando un'altra bordata prima che gli americani riuscissero a fare altrettanto.

«Ammainate la bandiera!» gridò Tew con il megafono. «Non potete vincere.»

«Dovrete affondarmi prima che io la ammaini!» fu la spavalda risposta, accompagnata da una mezza dozzina di colpi quando il brigantino riuscì ad approntare di nuovo i cannoni.

«Non mancano certo di coraggio» ammise Tew, «ma non otterremo nessun premio in denaro per una nave affondata.» Cercò con lo sguardo il secondo tenente. «Mr Verrier! Preparate una squadra d'arrembaggio.»

Rob, fermo lì accanto, vide la collera sul viso di Coyningham che, in veste di primo ufficiale, avrebbe dovuto guidare personalmente la squadra, di regola. Nemmeno nel caos della battaglia Tew aveva dimenticato come Coyningham aveva trattato Thomas. Quella era la sua punizione.

Verrier gridò gli ordini e Rob lo raggiunse di corsa per distribuire picche e coltellacci agli uomini nel suo turno di guardia. Il brigantino capì le loro intenzioni e cercò di allontanarsi, ma la *Perseus* si trovava sottovento e lo seguì. I due scafi si avvicinarono lentamente l'uno all'altro.

«State giù» urlò Rob. «Può ancora attaccare.»

I cannoni americani stavano sparando, tuttora pericolosi. Un marinaio scelto barcollò all'indietro con una scheggia di legno conficcata a fondo nella guancia, un bozzello colpito cadde dal sartiame e sfondò il cranio di un uomo. Rob si accovacciò insieme ai compagni dietro la murata, con accanto Angus, mentre la distanza fra le due navi si riduceva sempre più. Ormai erano talmente vicine che i cannoni del brigantino non riuscivano quasi a inclinarsi verso l'alto quanto bastava per sparare al di sopra della fiancata della *Perseus*.

In preda all'entusiasmo il guardiamarina Milnrow si alzò, sventolando la spada come un folle.

«Preparatevi al nostro arrembaggio, dannati bastardi yankee!» gridò.

L'eco del suo grido non si era ancora spenta quando lui, colpito da dietro, fu squassato da convulsioni. Una palla di cannone gli uscì dall'addome, tranciandolo a metà. La sezione superiore del suo corpo si staccò e roteò nell'aria, oltre la murata. Per un attimo le gambe rimasero dritte, come una gallina senza testa, poi caddero sull'assito, il sangue che fiottava sul ponte.

Gli uomini fissarono la scena in preda all'orrore e, cosa persino peggiore, alla consapevolezza che la palla di cannone che aveva ucciso Milnrow non era stata sparata dal brigantino ma era arrivata da dietro la fiancata opposta della *Perseus*.

Dimenticando il brigantino a babordo, tutti guardarono a dritta.

Un'altra nave che, nascondendosi nella nebbia, li aveva raggiunti di soppiatto alle spalle mentre erano distratti dal brigantino. Rob intravide gli artigli protesi della sua polena.

«La fregata francese!» gridò.

Étienne de Bercheny aveva aspettato quel momento per tutta la vita. Strinse l'elsa d'oro della spada con gli intarsi in avorio ricevuta in dono dalla madre. Quel giorno l'avrebbe resa fiera di lui, avrebbe ucciso degli inglesi.

Attraverso la foschia vide la bandiera a righe dell'esercito continentale sventolare sul colombiere e fece una smorfia: non era nobile partecipare alla sua prima battaglia sotto mentite spoglie, ma era un espediente necessario.

Su uno sgabello accanto a lui sedeva Jean, l'artista assunto da Constance per accompagnarlo, impegnato a disegnare su un blocco di carta con un carboncino. Dopo il loro ritorno in patria gli schizzi sarebbero stati riprodotti tramite incisione e stampati su tutti i giornali per illustrare i trionfi di Étienne.

«Quando disegni le navi fai in modo che la nostra bandiera sia quella di Re Luigi» gli ordinò Étienne. «*Maman* non vorrà certo che l'opinione pubblica parigina mi consideri un codardo.»

L'artista, obbediente, cancellò con un dito la bandiera dei ribelli per sostituirla con quella gigliata. Le istruzioni della contessa erano state chiare: lui si trovava lì per dare origine a una leggenda, non per documentare i fatti.

Étienne annuì. Lungo il ponte il suo equipaggio si accovacciò accanto ai cannoni, le micce pronte. Lui assunse una posa eroica, con il mento sollevato e gli occhi che fissavano un punto in lontananza, affinché l'artista potesse immortalarlo. Sollevò la spada, pronto a far scattare la trappola per la fregata.

«*Pour le roi!*» gridò, suscitando l'esultanza degli uomini. «Mirate alto» disse loro. «Dobbiamo assicurarci che il nostro premio sia in discrete condizioni, se vogliamo riuscire a portarlo in Francia.»

Abbassò la spada di scatto.

La fregata francese e il brigantino fecero fuoco. La *Perseus* fu bersagliata da entrambi i lati, prigioniera in una morsa di proiettili di ferro. Un uragano di schegge metalliche e lignee investì gli uomini sul ponte da tutte le direzioni mentre dall'alto piovevano bozzelli e cordame.

«Ma non siamo in guerra con la Francia» protestò Verrier con il tono lamentoso di un bambino il cui avversario abbia violato le regole del gioco.

«Quella nave non combatte per la Francia» sottolineò cupamente Rob prima di indicare il colombiere della fregata su cui sventolava, invece della bandiera bianca di Re Luigi del giorno prima, lo stesso vessillo a strisce del brigantino.

«È una trappola» disse Tew. «Hanno programmato l'intera operazione.» Non c'era il tempo di recriminare. «Non possiamo batterci contro due vascelli contemporaneamente. Tenente Verrier, prendete i vostri uomini e date l'assalto al brigantino.»

Verrier lo fissò. Il brigantino aveva virato, allontanandosi dalla *Perseus*, quindi la squadra d'arrembaggio avrebbe dovuto raggiungerlo con la lancia.

«È una follia.»

«È un ordine» replicò Tew. «Anche se non riuscite a

catturarlo, almeno gli impedirete di darci battaglia. Io farò vela e cercherò di fare i conti con la nave francese.»

Era un piano disperato. Persino fronteggiando solo la *Rapace* la loro nave si sarebbe ritrovata sottovento, con un numero di cannoni inferiore e a corto di uomini. Inoltre aveva già subito seri danni, laddove la fregata francese era rimasta intatta.

La squadra di arrembaggio aveva ancora meno probabilità di successo. Se fossero riusciti a salire sul brigantino si sarebbero ritrovati bloccati su una nave nemica, in inferiorità numerica e senza alcuna speranza di ottenere rinforzi. Potevano solo augurarsi di vendere cara la pelle.

«Che cosa state aspettando?» gridò Rob.

Superò la fiancata e scese la scaletta fino alla lancia. Gli altri lo seguirono gridando: «*Perseus*» e «Per Re Giorgio».

Erano terribilmente esposti. I loro cannoni si erano zittiti intanto che Tew mandava gli uomini su fra l'alberatura a spiegare altre vele, ma il brigantino e la fregata continuavano a bersagliarli. Palle di cannone sparate dal brigantino fischiavano sopra le teste degli uomini nella lancia che, mentre la *Perseus* si allontanava, rimase allo scoperto fra le due navi nemiche, rappresentando un perfetto bersaglio.

«Remate» ordinò Verrier.

I vogatori fecero sfrecciare la barca fra le onde, verso la prua del brigantino americano, da cui si levarono grida di esultanza quando l'equipaggio vide la *Perseus* filare via e pensò che stesse scappando. Il loro comandante diede l'ordine di spiegare tutte le vele per inseguirla, il che permise alla lancia di guadagnare secondi preziosi intanto che gli americani erano distratti.

Ma non era certo invisibile. Gli uomini del brigantino saliti a sciogliere le vele l'avvistarono mentre si avvicinava e le loro urla avvertirono i marinai in coperta. Rob li vide sfrecciare su per le griselle, armati di fucile, per prendere posizione in cima all'alberatura.

I marinai scelti posarono un ginocchio sul fondo della lancia e tentarono di colpire i tiratori americani ma, sparando da un'imbarcazione che rollava e con moschetti poco precisi, avevano ben poche speranze di centrare il bersaglio. Il meglio che potessero fare era infastidire gli americani, complicando loro il compito di prendere la mira.

Non bastò. Uno dei rematori si piegò su se stesso, artigliandosi il fianco, e Rob prese subito il suo posto.

«Più forte» disse ai compagni per sollecitarli.

Il brigantino stava acquistando velocità. Se li avesse oltrepassati avrebbe trasformato la lancia in un semplice spettatore della battaglia e sarebbe riuscito ad avvicinarsi alla poppa della *Perseus* per poi tempestarne i ponti di cannonate.

Gli uomini vogarono con tutte le loro forze, rischiando di spezzarsi la schiena. Un secondo marinaio fu centrato alla spalla da un colpo di moschetto, così il secondo tenente Verrier si scambiò di posto con lui per remare mentre il ferito teneva la barra del timone.

La lancia e il brigantino si avvicinarono lentamente l'una all'altro. Il fuoco dei moschetti cessò mentre la prima si infilava nell'ombra dello scafo del secondo. Quando un uomo si sporse dalla fiancata della nave americana Verrier alzò la pistola e gli sparò in faccia.

Ma non potevano certo tenere il passo del brigantino con le vele spiegate. Il ritmo dei vogatori stava rallentando.

«Un ultimo sforzo!» gridò Rob.

Scavalcò le panche per arrivare a poppa e, tenendosi in equilibrio sul sedile del rematore, prese dalla carena il rotolo di fune con un rampino fissato a un'estremità. Ne srotolò un pezzo, se lo fece roteare sopra la testa, come fosse il lazo che aveva usato parecchie volte con i capi di bestiame del padre, e infine lo lasciò andare.

Aveva soltanto una possibilità, ma i suoi calcoli si rivelarono impeccabili, tanto che il rampino sfrecciò nell'aria e si agganciò alle catene sotto il bompresso del brigantino. Rob assicurò l'altro capo della fune a una galloccia a prua della lancia proprio mentre la cima si tendeva allo spasimo e la barca scattò in avanti, trainata dalla nave.

Rob e Angus tirarono la corda verso di loro fino ad arrivare sotto il bompresso. Marinai scelti ed equipaggio approntarono le armi, poi Rob aspettò l'ordine.

Quando non lo sentì si voltò a guardare: ogni secondo di ritardo faceva aumentare il pericolo. Cosa stava pensando Verrier?

Lo vide accasciato sul proprio remo, una macchia di sangue scura che si allargava intorno al forellino sulla sua giubba blu. Provò una fitta di dispiacere: il tenente si era dimostrato coraggioso, un brav'uomo oltre che un prezioso baluardo contro la brutalità di Coyningham. Ma ormai non aveva importanza, se avessero aspettato ancora sarebbero morti.

Rob cercò l'unico altro ufficiale presente sulla lancia, un brufoloso guardiamarina di nome Evans che era più giovane di lui e pallido per il terrore.

«Date l'ordine» gli sibilò Rob.

L'altro lo guardò con l'aria di non capire.

«L'ordine di arrembaggio. Gli uomini guardano ai loro

superiori» aggiunse Rob in tono pressante. «Adesso siete voi l'ufficiale al comando.»

Evans deglutì a fatica e annuì, poi si alzò con le ginocchia che tremavano così violentemente che Rob temette di vederlo cadere in acqua.

«All'attacco!» gridò il guardiamarina.

Gli uomini proruppero in grida d'esultanza, gettandosi in avanti. Dopo essersi infilato la sciabola da arrembaggio nella cintura e il coltello fra i denti, Rob si aggrappò alle catene a prua per issarsi sul ceppo dell'ancora e da lì sul ponte.

Un marinaio americano gli si avventò contro brandendo una picca. Rob, che aveva fatto pratica con la spada sulla *Perseus* ma vantava ben poco addestramento formale, parò istintivamente il colpo con la sciabola, salvato più dalla forza che dalla tecnica. Spinse da parte la picca, la cui punta gli mancò ampiamente la spalla, conficcandosi nel bompresso così a fondo che l'americano non riuscì a sfilarla. Rob gli calò la sciabola sulla clavicola come se stesse spaccando legna con un'ascia, talmente energico da arrivare quasi fino al cuore dell'uomo, che stramazzò sulla coperta.

Rob recuperò la picca dal bompresso. Era un'arma più familiare, simile a una vecchia amica. Lui si era addentrato parecchie volte nel bush per cacciare con bastoni acuminati. I pastori qwabe del padre erano stati felici di insegnargli a usare le loro zagaglie, le lance lunghe e leggere tipiche della tribù. Rob utilizzò la picca con maestria, aprendosi un varco nella calca di uomini come aveva fatto nelle fitte foreste africane. Accanto a lui Angus maneggiava un'ascia da arrembaggio con effetti letali, costringendo gli americani a indietreggiare.

Al di sopra del cozzare di metallo, delle grida e degli strepiti Rob sentì il boato sordo delle cannonate, simile a un tuono lontano. La *Perseus* stava sicuramente combattendo con la fregata francese. Lui non riuscì a vedere chi stesse vincendo, ma almeno stava facendo la sua parte. L'equipaggio americano, distratto dalla squadra di arrembaggio, non riusciva più a manovrare il brigantino, che si spostò sottovento, sempre più lontano dalle altre due navi. La cosa stava riducendo lo svantaggio del capitano Tew.

Ma gli uomini della *Perseus* saliti sul brigantino si trovavano in grosse difficoltà. Erano in netta inferiorità numerica, visto che la nave americana vantava un equipaggio cospicuo rispetto alle sue dimensioni, ed erano completamente circondati, ridotti a uno sparuto gruppetto sul ponte di prua che si batteva per salvare la pelle. Più della metà di loro era già morta o ferita. Il giovane guardiamarina li esortava con coraggio a non demordere, ma la sua era una voce solitaria. Se non fossero riusciti a fuggire da lì avrebbero dovuto arrendersi o morire.

Rob affondò la picca nel ventre di un marinaio americano e, invece di ritrarla, continuò a spingerla in avanti, trafiggendolo da parte a parte. La punta uscì dalla schiena dell'uomo e si conficcò in quello dietro di lui, che rimase parimenti infilzato. Rob continuò a spingere, scagliandoli all'indietro, e i due fecero cadere altri compagni prima di stramazzare sul ponte.

Rob lasciò andare la picca, si lanciò subito nel varco appena creato e balzò sulla murata, da dove spiccò un salto verso il sartiame, dando una sforbiciata con le gambe per evitare l'affondo di una sciabola.

Si arrampicò rapido sulle griselle, puntando alla coffa di maestra. Sentì il sartiame tintinnare sotto i piedi dei suoi inseguitori, ma non si voltò a guardare. Arrivato a metà altezza vide un paranco penzolare da un pennone e saltò per raggiungerlo, sapendo di non doverlo assolutamente mancare. Lo afferrò a mezz'aria e lasciò che lo slancio lo facesse oscillare al di sopra del ponte di coperta, quasi fino all'albero di mezzana. Doveva arrivare più lontano, così si afferrò a un paterazzo, si diede una spinta per staccarsene e riuscì ad aggrapparsi alle sartie di mezzana.

Gli uomini in coperta lo persero di vista a causa del caos e del fumo. Lui si arrampicò fino in cima, poi avanzò lentamente lungo un pennone fino a trovare la drizza che teneva al suo posto la bandiera del brigantino.

La tagliò con il coltello e la fune schizzò via mentre la bandiera dei ribelli cadeva fluttuando sul cassero. Sotto di sé Rob udì grida costernate, seguite da uno strano e improvviso silenzio. Ammainare la propria bandiera significava arrendersi e rinunciare alla propria nave, quindi per un attimo gli americani si chiesero se la battaglia fosse ormai persa.

Un uomo con la giubba blu arrivò a grandi passi dal cassero, brandendo una pistola.

«Continuate a combattere!» urlò. «Abbiamo la vittoria a portata di mano.»

Il comandante americano puntò la pistola verso prua. Rob lo vide mirare ad Angus che, approfittando dello sconcerto dei nemici, si era lanciato sul ponte di coperta insieme ad alcuni compagni senza accorgersi dell'arma puntata contro di lui.

Rob si lasciò cadere dal pennone. Da quell'altezza si sarebbe sicuramente spezzato le gambe se fosse piombato sul ponte, ma il comandante nemico attutì la caduta. Rob gli finì sopra, facendogli schizzare via la pistola di mano, e lo pugnalò al cuore senza lasciargli il tempo di ricomporsi.

Subito dopo raggiunse un cannone girevole piazzato vicino alla fiancata e lo ruotò in modo che puntasse verso il centro del brigantino, dove si erano radunati i marinai americani. Sentì qualcosa spostarsi all'interno della canna. Era carico. L'addetto doveva avere abbandonato la sua postazione o essere stato ucciso prima di poter sparare.

Il cannone era dotato di un otturatore a pietra focaia, come un fucile, e la polvere nera si trovava già nel focone. Rob tirò con forza la cordicella che vi era fissata, la pietra focaia sprigionò scintille e la fiammella corse dentro il focone, dando fuoco alla polvere. Dalla bocca del cannone uscì una gragnuola di minuscoli pallini che falciò quanti si trovavano sul ponte di coperta. Colpito alle spalle, l'equipaggio americano vacillò. I marinai britannici, senza avere bisogno di ulteriori incoraggiamenti, si scagliarono in avanti gridando: «Dio salvi il re».

La battaglia terminò bruscamente. Adesso che la loro bandiera era stata ammainata e il loro comandante era morto, gli americani non avevano più nulla per cui battersi. Con la stessa repentinità con cui lo scontro era iniziato gettarono le armi e si arresero alla squadra di arrembaggio.

Angus corse da Rob, a poppa.

«Quali sono i tuoi ordini?»

Rob lo fissò, sbigottito. «I miei ordini?» Osservò il ponte di coperta, disseminato di cadaveri e feriti, e imbrattato di sangue. «Al comando c'è il guardiamarina Evans.»

«Il guardiamarina è stato infilzato da una baionetta, quindi sei tu l'ufficiale di grado più alto.»

Rob fissò l'amico con sguardo vitreo. Non aveva ancora diciannove anni e fra l'equipaggio c'erano uomini che servivano in mare da trent'anni o più. Si sentì addosso i loro sguardi. Contusi e insanguinati, eccitati per la vittoria, lo stavano tutti fissando.

Come poteva dire loro cosa fare?

Ma invece di venire distratto dalla loro aspettativa scoprì che gli dava forza. Qualcosa scattò dentro di lui, come una vela riempita dal vento che si tenda di scatto.

«Chiudete i prigionieri sottocoperta» disse.

Gli uomini della *Perseus* avevano catturato la nave, ma erano ancora in inferiorità numerica rispetto all'equipaggio americano, e lui doveva consolidare la vittoria prima che gli avversari riprendessero animo.

Un sorriso affettuoso comparve sul volto di Angus, che vide il mantello del comando posarsi sulle spalle di Rob mentre il ragazzo veniva a patti con la propria responsabilità. Gli uomini lo avrebbero seguito ovunque lui avesse deciso di guidarli, pensò.

Radunarono gli americani e li chiusero a chiave nella stiva. Rob ispezionò la nave, scoprendola gravemente danneggiata dalle bordate della *Perseus*. La vela maestra era scomparsa e il tangone penzolava dall'albero di mezzana come un arto spezzato. Il ponte di coperta era ingombro di cordame e pezzi di legno, oltre che di corpi.

«Incaricate gli uomini di sgombrare il ponte e spiegare qualche vela» ordinò.

Si era alzato un forte vento che spirava dal largo e li spingeva verso la terraferma. Dovevano ottenere un abbrivio sufficiente per governare il brigantino, altrimenti sarebbero stati impotenti.

La brezza aveva diradato la nebbia rimasta, quindi Rob riuscì finalmente a vedere con chiarezza. Le due fregate, la *Perseus* e la *Rapace*, si erano allontanate. A occhio nudo era difficile capire come stesse procedendo lo scontro e lì sul cassero danneggiato non c'erano cannocchiali a portata di mano. Su entrambe sventolava ancora la bandiera e una foschia di fumo celava i loro ponti, su cui i cannoni stavano sparando. La *Perseus* sembrava più malconcia, ma Tew la stava spingendo alla massima velocità, superiore a quella della fregata francese, per poter fare manovra e sottrarsi alla portata dei cannoni nemici.

«Dobbiamo aiutarla» disse Rob. «Insieme potremmo riuscire a battere i francesi.»

Vide comparire un'espressione dubbiosa sui volti intorno a lui. Gli uomini erano stremati e avrebbero dovuto appellarsi a tutte le loro forze per rimettere in sesto il brigantino. La prospettiva di combattere di nuovo rischiava di spingerli all'ammutinamento.

Rob si costrinse a sorridere. Nella foga del momento le parole che i suoi uomini avevano bisogno di sentire parvero salirgli alle labbra con estrema naturalezza.

«Non siamo forse i più temuti guerrieri sull'oceano? Vogliamo che i nostri compagni rimasti sulla *Perseus* ottengano tutta la gloria, quando cattureranno la fregata francese? Lasceremo spendere a loro il denaro del premio? Questa è la vostra occasione di dimostrarvi degni della nostra bandiera... e di arricchirvi.»

I marinai lanciarono grida di esultanza, poi sgombrarono il ponte e si misero rapidamente al lavoro, scassinando il deposito del velaio per rammendare vele e impiombare funi che erano state tranciate durante la battaglia.

Ma ci stavano impiegando troppo tempo. Il vento li spingeva indietro, lontano dalle fregate e verso l'imboccatura dell'enorme baia che si apriva nella costa. Le vele e il cordame riparati frettolosamente non avrebbero potuto reggere la tensione di andare controvento. Angus, che si occupava della ruota del timone, fece una smorfia.

«C'è qualcosa che non va» disse a Rob. «Il timone non risponde in maniera adeguata.»

«I cavi?» chiese sottovoce Rob.

Se una cannonata li aveva centrati sarebbero servite ore per riparare il danno. Il vascello, ancora più vicino al promontorio roccioso all'ingresso della baia, sarebbe rimasto in balia del vento e delle correnti.

Angus scosse il capo. «Più probabilmente qualcosa sotto la poppa gli impedisce di ruotare. Possiamo portarla davanti al vento, ma se tentiamo di forzare troppo il timone rischia di spezzarsi.»

Rob si costrinse ad assumere un'aria tranquilla per nascondere agli uomini il panico che provava. Quelli più vicini avevano già sentito fin troppo, smettendo di lavorare per guardarlo. Lui osservò la linea di cavalloni bianchi che schiumavano sul promontorio roccioso. Incagliarsi in una costa sottovento con vele rammendate alla bell'e meglio e un timone spezzato era il peggior incubo di qualsiasi marinaio. Se non fossero riusciti a virare la prua al vento la loro unica opzione sarebbe stata infilarsi nella baia, sperando di trovare un'insenatura riparata in cui effettuare il raddobbo.

Rammentò le carte che aveva studiato a bordo della *Perseus*. La costa in quella zona era un pericoloso labirinto di banchi di sabbia, secche e scogliere. Inoltre, cosa ancora peggiore, il territorio intorno a Narragansett Bay era una roccaforte di simpatizzanti dei ribelli e nella baia era situato il porto di Newport dove, stando ai rapporti arrivati a Tew, la marina dei ribelli teneva una flottiglia. Non appena loro avessero visto il brigantino e capito cos'era successo avrebbero cercato di riprenderselo e non sarebbero certo stati gentili con i marinai britannici che se n'erano impadroniti.

Rob percepì il senso di solitudine del comando, del dover scegliere fra opzioni poco promettenti. Qualsiasi cosa facesse, degli uomini avrebbero rischiato di morire. Ma se avesse aspettato ancora, il mare avrebbe deciso per lui. Erano già talmente vicini alla costa che sentiva lo scroscio delle onde che si infrangevano sulle rocce.

«Virate sottovento» ordinò con tutta la sicurezza di sé che riuscì a racimolare. «Entreremo nella baia.»

Gli uomini obbedirono subito. Il promontorio sfilò a meno di cento iarde dal loro baglio mentre il brigantino avanzava con cautela nel canale che separava un'isola dalla terraferma. A Rob ricordò l'ingresso della Nativity Bay a casa.

«Magari sarebbe meglio piazzare uno scandagliatore sulle catene» gli mormorò all'orecchio Angus. «Acque infide, da queste parti.»

Rob annuì, furioso con se stesso per aver dimenticato una precauzione così ovvia. Quante cose era costretto a tenere a mente un comandante! Nemmeno quando doveva prendere decisioni di estrema importanza poteva trascurare i mille altri dettagli atti a garantire una navigazione priva di rischi.

Impartì l'ordine e si ripromise di essere più meticoloso, in futuro.

Fortunatamente il vento soffiava proprio dietro di loro e li spinse giusto al centro del canale, lontano dalle pericolose secche lungo i bordi. Si attenuò quando raggiunsero il riparo rappresentato dalla terraferma. Rob si sentiva abbastanza sicuro da modificare appena la rotta, cercando una cala in cui potessero gettare l'ancora.

Non vide nessun punto promettente. La costa rocciosa forniva ben poco riparo perché quasi del tutto priva di insenature. Mentre si addentravano nella baia Rob cominciò a temere che non sarebbero mai riusciti a uscirne. Anche se il vento avesse girato in loro favore, molto probabilmente la fregata francese si trovava fuori dalla rada e se li avesse seguiti lì dentro li avrebbe intrappolati.

«Laggiù» disse Angus. Rob alzò gli occhi.

Vide un possibile ancoraggio, ma non la cala tranquilla o la spiaggia deserta in cui aveva sperato. Quando il brigantino superò una lingua di terra, alla loro destra la baia si ampliò. Nel punto indicato da Angus c'era un porto dall'aria florida, con moli e gru costruiti per accogliere il commercio transatlantico. Solide case a due piani e con la veranda bordavano il fronte del porto, identiche a quelle dietro di esse, mentre i cantieri navali lungo la costa ospitavano vascelli in varie fasi di completamento. Doveva essere la cittadina di Newport.

«Qui riceveremo sicuramente un caloroso benvenuto» mormorò Angus.

Passò a Rob un piccolo cannocchiale trovato fra le macerie nell'alloggio del comandante e lui se lo accostò all'occhio per osservare le navi ormeggiate nel porto.

Sfoggiavano tutte la bandiera a strisce della marina dei ribelli. Non costituivano una vera e propria flotta, erano solo cinque o sei pescherecci e schooner modificati, ma avrebbero avuto rapidamente la meglio sul brigantino danneggiato.

Rob fu riassalito dal senso di claustrofobia legato al comando. Aveva preso una decisione che si era rivelata sbagliata e ora si trovava di fronte un dilemma: se avesse cercato di scappare gli americani lo avrebbero inseguito e raggiunto, se invece avesse mantenuto la rotta sarebbe finito dritto fra le loro braccia. L'unica carta che gli restava da giocare era che i nemici non sapevano ancora che il brigantino era stato catturato.

Continuò a osservare il porto attraverso il cannocchiale, riflettendo freneticamente, e notò una nave che prima non aveva visto, una fregata nuova fiammante che doveva essere appena uscita dal cantiere navale, con gli alberi già sollevati e quasi tutte le vele armate. Presto sarebbe stata pronta a prendere il mare e, fornita dei cannoni, sarebbe diventata la nave più potente della marina americana.

Nella mente di Rob cominciò a prendere forma un'idea che gli avrebbe permesso di rimediare alla sua scelta sbagliata. Passò il cannocchiale ad Angus e indicò la fregata.

«Che cosa ne pensi?»

Il suo amico la osservò con occhio esperto.

«È bella grossa, con fori per quaranta cannoni e un fasciame estremamente robusto, a giudicare da come è bassa nell'acqua. Una volta ultimata non dovrà temere nulla se non una nave da guerra britannica.»

«Allora forse possiamo fare qualcosa.» Gli occhi di

Rob brillavano di malizia. «Aprite tutti i boccaporti e i portelli di cannone. Accatastate sul ponte di coperta la pece, il cordame, la tela per vele e il legname che trovate nei depositi. Voglio questo brigantino pronto a bruciare come un falò.»

Angus parve sbalordito. «Una nave incendiaria?»

«Anche se riuscissimo a filarcela da questa baia senza spezzare il timone non potremmo mai battere in velocità le navi nel porto, e se invece sbarchiamo ci metteranno ai ceppi in un battibaleno. Comunque sia, non riusciremo a tenerci questa preda, ma almeno possiamo sfruttarla al meglio.»

«E come faremo a scappare?»

«Se riusciamo a condurre la nave incendiaria nel porto scateneremo un caos e un panico tali che nessuno ci vedrà fuggire.» Rob indicò la lancia che stavano trainando, la stessa che li aveva portati dalla *Perseus* al brigantino. «Possiamo scappare con quella.»

Angus gli rivolse un'occhiata in cui l'ammirazione si mescolava all'ansia.

«Dicono che il comando cambi profondamente un uomo. E guardati: solo mezz'ora fa non riuscivi quasi ad aprire la bocca per dare ordini e adesso sei Sir Francis Drake.»

Angus aveva voluto fargli un complimento, ma vide Rob trasalire come se quelle parole avessero riaperto una vecchia ferita. Non poteva sapere che la menzione di Sir Francis Drake aveva rammentato al suo amico la spada Nettuno, lo splendido dono fatto da Drake al suo antenato, Sir Charles Courtney. Per la prima volta al comando di una nave e in procinto di combattere, Rob avrebbe dovuto averla con sé. Ne percepì vividamente la mancanza. Sette generazioni di Courtney se l'erano tramandata e lui l'aveva persa.

Angus gli rivolse il saluto militare. «Non volevo offendervi, signore» aggiunse.

Rob si ricompose e, vedendo l'espressione preoccupata dell'amico, gli diede una pacca sulla spalla.

«Non devi ancora rivolgermi il saluto militare né darmi del voi. Mi sono impadronito solo poco fa della mia prima nave e ora mi accingo a farla bruciare fino alla linea di galleggiamento. Temo che non rimarrò un comandante a lungo.»

«Lo sarai abbastanza a lungo.»

Mentre Angus correva a controllare i preparativi necessari, Rob riprese a osservare il porto con il cannocchiale e notò un certo trambusto sulla banchina. Uomini e donne si stavano radunando per guardare il brigantino avvicinarsi: capivano dalle sue condizioni che era reduce da una battaglia e desideravano disperatamente sapere se aveva vinto.

La possibilità che fosse stato catturato sembrava non sfiorarli nemmeno. La prua nascondeva la catasta di materiali altamente infiammabili che venivano gettati sul ponte di coperta, intorno all'albero. Il fuoco era il peggior incubo dei marinai, ma adesso abbracciavano con gioia e ingegnosità diaboliche la prospettiva di appiccarlo. Dopo avere impregnato di pece la tela da vele e le amache, le intinsero nella polvere da sparo e le impilarono sul fasciame intorno all'albero di trinchetto. Altri uomini sfilacciarono le estremità di alcune funi, poi le avvolsero nella carta insieme a polvere da sparo e schegge di legno; gli involti così ottenuti sarebbero bruciati abbastanza a lungo da garantire che le fiamme si propagassero.

«Quanto tempo avremo prima che il fuoco raggiunga la santabarbara?» chiese Rob.

«Cinque minuti» pronosticò Angus.

Rob misurò la distanza con lo sguardo. Avrebbero dovuto infilarsi nel porto prima di appiccare il fuoco, se volevano assicurarsi che nessuno avesse il tempo di salire a bordo e spegnere l'incendio.

«Spero che gli uomini siano pronti a remare per salvarsi la pelle.»

Osservò con un senso di costrizione al petto le piccole imbarcazioni che stavano andando incontro al brigantino.

«Issate la bandiera degli yankee.»

Sul colombiere ricomparve lo stendardo a righe rosse e bianche che Rob aveva tolto poco prima e dalla folla sulla riva si levarono grida di esultanza.

Gli spettatori non si sarebbero lasciati ingannare a lungo. Con le sue vele di fortuna il brigantino stava entrando in porto troppo rapidamente, quando avrebbe dovuto ridurle e approntare il cavo dell'ancora. Rob, invece, aveva fatto in modo di procedere alla massima velocità possibile.

Angus ricomparve al suo fianco, con aria mesta.

«Scusami, ma...» cominciò a dire.

«Non ora» sbottò Rob, teso e consapevole di camminare sul filo del rasoio. Se avessero appiccato il fuoco troppo presto avrebbero lasciato agli americani il tempo di reagire, se invece lo avessero fatto troppo tardi il suo equipaggio sarebbe bruciato insieme alla nave.

«La faccenda non può aspettare» insistette Angus. «Che cosa intendi fare con i prigionieri?»

Rob si immobilizzò. Costretto a prendere così tante

decisioni in mezzo a tutti quei pericoli, si era scordato dell'equipaggio del brigantino rinchiuso nella stiva. Se li avesse lasciati lì sarebbero bruciati vivi.

A dispetto dei rischi non poteva avere una cosa del genere sulla coscienza.

«Calate in mare le scialuppe» disse, «ma prima togliete i remi. Portate in coperta i prigionieri a gruppi e sistemateli sulle barche, alla fine raggiungeranno la spiaggia.»

«Le persone sulla riva vedranno cosa stiamo facendo.»

Rob si strinse nelle spalle. «Non abbiamo alternative.»

Non c'era il tempo di calare le imbarcazioni in maniera ordinata. Gli uomini di Rob ne gettarono i remi sopra la catasta di legname sul ponte e poi le lanciarono oltre la fiancata, facendo sollevare enormi pennacchi di schiuma. Quando la prima fu in acqua una dozzina di prigionieri era già risalita dalla stiva e, minacciata con una picca da arrembaggio, aveva raggiunto la murata. Nessuno di loro oppose resistenza: bastò un'unica occhiata al materiale infiammabile ammucchiato intorno all'albero maestro perché fossero assaliti dal disperato desiderio di lasciare il brigantino.

Rob controllò di nuovo la situazione. Vedere persone che scendevano nelle scialuppe quando la nave aveva le vele spiegate sembrava aver causato un certo smarrimento sulla riva e una delle piccole barche a remi andate incontro al brigantino ne aveva quasi raggiunta la prua.

Un uomo elegante con una coccarda blu fissata al cappello era ritto a poppa con aria titubante e li salutò.

«Quali novità?» chiese.

«Una grande vittoria!» gridò di rimando Rob, cercando di emulare l'accento degli americani. «Abbiamo fatto assaggiare a Re Giorgio la sua stessa medicina.»

Alcuni urrà si levarono dall'imbarcazióne, ma l'uomo si accigliò.

«Se avete vinto perché state abbandonando la nave?»

«Siamo stati colpiti sotto la linea di galleggiamento» rispose Rob, per quanto il brigantino fosse ben alto sull'acqua. «Le pompe non riescono a tenere il passo.»

Ma la menzogna non poteva reggere a lungo. I marinai americani sulle scialuppe avevano sentito tutto e cominciarono a protestare furiosamente.

«Sta mentendo!» gridarono. «Gli inglesi hanno preso la nave e intendono bruciarla.»

Il tempo era scaduto. In coperta c'erano ancora venti o trenta prigionieri in attesa di calarsi nelle barche e se si fossero messi in testa di combattere, ora che riuscivano a scorgere un porto sicuro, Rob avrebbe rischiato di perdere il brigantino.

«Gettate gli altri fuori bordo!» urlò.

I marinai britannici spinsero subito in mare quelli americani, incoraggiando chiunque esitasse con un bel calcio nel sedere o il colpo di piatto di una sciabola sulle spalle. Alcuni gridarono che non sapevano nuotare, ma Rob non se ne curò: avrebbero trovato il modo di arrivare alle scialuppe oppure sarebbero stati tratti in salvo dai compagni. I suoi uomini stavano correndo un rischio ben più grande. Ormai gli americani sapevano che il brigantino era stato catturato e di lì a breve avrebbero senza dubbio attaccato.

Lo strillo acuto di una voce femminile riportò la sua attenzione sul ponte di coperta.

«Sarebbe questa la galanteria dei marinai britannici? Volete gettare in acqua una povera fanciulla indifesa?»

Sul ponte erano comparsi tre civili, due uomini e una

ragazza sui diciassette anni con un abito verde smeraldo e i capelli corvini sciolti sulle spalle perché aveva perso la cuffietta.

Il suo viso riuscì a indurre tutti gli uomini sul ponte a smettere di lavorare per fissarla, persino nel bel mezzo della battaglia, circondati dai nemici e con la nave pronta a esplodere.

«Da dove arrivano queste persone?» chiese Rob, sbalordito.

Uno dei marinai si sfregò la fronte con le nocche. «Quando abbiamo catturato la nave li ho trovati in una delle cabine sottocoperta e li ho chiusi a chiave nella stiva insieme agli altri.»

Rob raggiunse i passeggeri.

«Chi siete?»

Il più basso dei due uomini si erse in tutta la sua modesta statura, inferiore ai cinque piedi. Era estremamente grasso, con le guance cascanti, un naso molto pronunciato e una parrucca incipriata che nella confusione era scivolata un poco di lato.

«Grazie a Dio siete qui» disse. «Mia nipote e io temevamo che questi vagabondi ribelli ci avrebbero tagliato la gola.»

Rob lo fissò, stupito dal suo strano accento, non propriamente inglese né americano, abbinato a una sorta di pronuncia strascicata.

«Non siete uno degli yankee?»

L'uomo avvampò di sdegno. «Certo che no. Sono un fedele suddito di Re Giorgio. Mi chiamo Hezekiah Bracewell.» Indicò gli altri due. «Loro sono mia nipote, Miss Sophie Bracewell, e il mio segretario, Mr Crow.»

Rob lanciò un'occhiata all'altro uomo, che Bracewell

aveva definito un segretario, ma sembrava più un pugile abituato a combattere a mani nude: aveva spalle ampie che tendevano al massimo la corta giacca, braccia molto muscolose e una profonda cicatrice che gli solcava una guancia. Intercettando l'occhiata di Rob, lo fissò con aria minacciosa.

«Come siete arrivati qui?» chiese Rob a Bracewell.

«Ero diretto verso le mie tenute in Giamaica quando questo brigantino ha abbordato il mio sloop e ci ha fatto prigionieri. Non ho certo bisogno di descrivere le atrocità che abbiamo temuto di subire per mano di questi furfanti, soprattutto in merito alla virtù di mia nipote.»

La nipote, Sophie, girò il viso come se non riuscisse nemmeno a contemplare gli orrori a cui l'uomo alludeva, eppure Rob ebbe la sensazione che non fosse affatto spaventata.

L'ultimo dei marinai americani era finito in acqua, fra grida e spruzzi. I tre passeggeri inaspettati erano gli ultimi rimasti. Bracewell si guardò tardivamente intorno e notò la loro rotta, la velocità e i materiali infiammabili accatastati intorno all'albero maestro.

«Che cosa diavolo sta succedendo?» chiese. «Che tipo di soccorso è mai questo?»

«Non siete ancora fuori pericolo» spiegò Rob. Non poteva permettersi di coinvolgere dei civili in un piano tanto rischioso. Si rivolse ad Angus. «Buttateli fuori bordo insieme agli altri.»

La ragazza, lanciando un grido, si gettò in ginocchio, gli cinse le gambe con le braccia e lo guardò dal basso con un'espressione implorante sul visetto angelico.

«Vi supplico, signore, non condannateci a un simile destino.»

«Non vi lasceranno annegare.» Rob suonò meno sicuro di quanto avrebbe voluto. Gli occhi azzurri di Sophie avevano qualcosa di ipnotico che faceva breccia nelle sue difese. «I marinai vi accompagneranno a riva con le scialuppe.»

«Ma se cadiamo in mano ai ribelli chi può dire che cosa ci faranno? Che cosa *mi* faranno.»

Lei gli serrò più forte le ginocchia, così turbata che parve non accorgersi di quanto avesse avvicinato le dita al cavallo dei calzoni di Rob. Lui sperò che lo zio della ragazza non l'avesse notato.

«Sarei disposta a fare qualsiasi cosa pur di risparmiarmi un simile destino.»

Rob non aveva il tempo di discutere né la minima voglia di farlo, scoprì.

«Andate a poppa.»

Si sottrasse alla presa della ragazza. Mentre parlavano il brigantino aveva continuato ad avvicinarsi alla fregata nel porto. Ormai nessuno, sulla costa, poteva nutrire dubbi sulle loro intenzioni. Rob vide i carpentieri e gli attrezzatori allineati su un lato della nave nuova di zecca fissare quella che filava verso di loro. Alcuni marinai dei vascelli all'ancora si erano arrampicati sul sartiame per osservare meglio la scena senza che nessuno di loro pensasse di piazzarsi accanto ai cannoni.

Rob scrutò il porto, la fregata in fase di rifinitura e lo specchio d'acqua che li separava, continuando a calcolare velocità e distanza. Il momento era arrivato.

«Caricate i cannoni» ordinò. «Usate parecchia polvere nera e doppia carica. Poi appiccate il fuoco e andiamocene.»

Gli uomini obbedirono. Bloccarono la ruota del timone con delle funi, bracciarono le vele e calarono alcune cime fino alla lancia. Prima di correre a poppa Angus diede fuoco a uno dei fasci di materiali combustibili e lo gettò sulla catasta di legna, da cui si levarono prima fumo e, dopo un attimo, lingue di fuoco.

Accanto al parapetto poppiero Bracewell fissava sgomento la barca sotto di loro, nell'acqua.

«Vi aspettate che mia nipote vi si cali come una comune sgualdrina?» chiese.

«L'alternativa è bruciare vivi.»

Il fumo del falò li stava investendo. Prima che Bracewell potesse reagire, Angus afferrò Sophie per la vita e se la gettò sulla spalla. Usando una mano sola superò il parapetto e si calò lungo la cima, fino alla lancia. A Bracewell non rimase che seguirlo, sbuffando e imprecando. Scivolò giù pesantemente e si spellò i palmi delle mani. Il suo segretario, Crow, scese subito dopo, dimostrandosi sorprendentemente agile per un uomo della sua stazza.

A uno a uno i membri dell'equipaggio si calarono nella lancia. Restava solo Rob, che diede un'ultima occhiata al brigantino, con un empito di rammarico: l'aveva comandato solo per un paio d'ore, ma era stato *suo*. Sarebbe stato difficile ridiventare un sottufficiale a bordo della *Perseus*, evitando le trappole di Coyningham e obbedendo agli ordini di brufolosi sottotenenti.

*Se aspetti ancora non dovrai preoccuparti mai più di Coyningham.*

Le fiamme salirono lungo l'albero maestro fino a raggiungere il bordo inferiore della vela. Rob superò il parapetto con un balzo e si lasciò cadere pesantemente nella lancia in attesa. Angus impartì subito l'ordine e gli uomini si piegarono sui remi come se il demonio in persona stesse frustando la loro schiena. L'imbarcazione sfrecciò fra le onde.

Rob prese posto fra i compagni, vogando con il loro stesso vigore. Quando guardò dietro di sé vide il panico diffondersi nel porto. Alcune navi cercavano di salpare mentre altre, troppo frettolose, avevano inavvertitamente tranciato i cavi dell'ancora e stavano andando alla deriva, fuori controllo.

Nessuna era in grado di fermare il brigantino che, simile a uno sfavillante angelo ardente, puntava rapido verso il porto e la fregata in fase di completamento. Le fiamme che lambivano alberi e pennoni formavano una piramide di fuoco alta duecento piedi. Le vele si erano già ridotte in cenere, ma lo slancio lo teneva in movimento. Si udì una serie di boati quando le fiamme raggiunsero i cannoni che Rob aveva fatto approntare e che spararono come se fossero serviti da un equipaggio fantasma, provocando squarci nei vascelli vicini e costringendo alla fuga la folla sul molo.

Il brigantino colpì la fregata con una violenza tale da frantumarne la prua. La nave appena costruita aveva il fasciame asciutto, della pece fresca che gocciolava dal sartiame e il ponte di coperta cosparso di segatura e pezzi di fune, quindi prese subito fuoco come un falò. Le fiamme divennero ancora più alte e Rob riuscì a percepirne il calore persino da quella distanza.

«Continuate a remare!» gridò per sovrastare il frastuono della conflagrazione. «Non siamo ancora al sicuro, dobbiamo allontanarci prima che la santabarbara esploda.»

Aveva sperato di avere cinque minuti di tempo prima che l'incendio raggiungesse il deposito di polveri nelle viscere della nave, ma non aveva tenuto conto dell'impatto combinato di due navi in fiamme. L'urto aveva squarciato l'intera fiancata del brigantino e l'aria si infilava nelle falle, alimentando le fiamme e aumentandone la frenesia.

Quando la santabarbara esplose la deflagrazione parve far tremare il mare stesso. Migliaia di pezzi di detriti in fiamme furono scagliati in aria, ricadendo in una pioggia di fuoco sulle altre navi. Uno sloop disancorato si incendiò e finì contro un altro, dandogli fuoco all'imboccatura del porto.

Gli uomini sulla lancia levarono grida di esultanza fino ad arrochirsi e Rob non riusciva a smettere di sorridere. Oltrepassarono le scialuppe che poco prima avevano calato in mare per l'equipaggio americano e intonarono aspri canti di vittoria. Uno degli uomini salì in piedi sul sedile del rematore e si calò i calzoni per mostrare loro il sedere.

«Potete baciarmi il culo, farabutti yankee!» gridò.

Nessuno li inseguì. A Newport non era rimasta nemmeno una nave in grado di prendere il mare e, anche in caso contrario, l'accesso al porto era bloccato da quelle in fiamme. Sarebbero servite settimane per portare via i relitti, mesi per rimpiazzare tutte le imbarcazioni perse.

Rob ordinò all'equipaggio di alzare l'albero. Gli uomini misero via i remi e rimasero seduti mentre il vento gonfiava la vela. La lancia si inclinò di lato, la fiancata dello scafo che sfiorava la superficie come in un panfilo da regata.

Gli uomini si scostarono quando Hezekiah Bracewell e la nipote si spostarono verso poppa. L'uomo si lasciò cadere sulla panca di fronte a Rob mentre Sophie allargava l'ampia gonna sotto di sé e si sedeva con grazia accanto allo zio.

«Davvero un gran bel lavoro» si complimentò Bracewell con Rob. «Quei pirati ribelli ci penseranno due volte prima di sfidare nuovamente la marina di Re Giorgio.»

La ragazza si avvolse intorno a un dito una ciocca di capelli scuri e rivolse un sorriso radioso a Rob.

«Mio zio e io siamo in debito con voi, comandante...»

Lui scosse il capo. «Non dovete chiamarmi "comandante", signorina, sono semplicemente Mr Courtney.»

Quando incrociò lo sguardo di Sophie ebbe l'impressione che qualcosa si contraesse dentro di lui. La pelle chiara della ragazza era perfetta, le labbra dalla piega impertinente formavano un perfetto arco di Cupido e gli occhi brillavano di una sfacciata energia.

«Sono sicura che quando a Londra sapranno delle vostre imprese vi nomineranno ammiraglio» affermò.

Rob arrossì. «Ho fatto solo il mio dovere.»

«Allora confido che sarete ricompensato in qualche altro modo.»

Si allungò in avanti, rendendogli difficile non vederle l'incavo fra i seni, due morbidi globi spinti verso l'alto dallo stretto bustino dell'abito scollato che portava.

Angus, tre posti più avanti, guardò Rob negli occhi.

«Calma» lo ammonì, cercando di restare impassibile. «Potresti scoprire che a gonfiarsi non sono solo le onde.»

Avevano lasciato la baia e il mare era più agitato. Rob scrutò l'orizzonte senza scorgere traccia della *Perseus* o della *Rapace*. Erano soli.

«E adesso?» chiese Bracewell. Persino la sua voce suonò fioca nel fragore dell'oceano.

«Il porto sicuro più vicino è Boston, nella colonia del

Massachusetts» replicò Rob. «Visti i danni subiti, la *Perseus* si dirigerà sicuramente là, soprattutto se sta trainando una nave catturata.»

Tralasciò di dire che poteva benissimo essere affondata o essere ormai nelle mani dei francesi. Il viaggio sarebbe già stato abbastanza difficile anche senza preoccuparsi di quello.

Sophie gli strinse la mano fra le sue.

«Sono felice che ci siate voi a guidarci, Mr Courtney.»

Raggiunsero Boston tre giorni più tardi, a bordo di uno sloop che li aveva raccolti al largo del Rhode Island. Non appena entrarono nel porto Rob osservò ansiosamente le imbarcazioni presenti e fu felice di vedere la *Perseus*, al sicuro e all'ancora, e il suo equipaggio che si dava da fare con martelli e pennelli per rimediare alle cicatrici lasciate dalla battaglia.

«È sopravvissuta» disse, contento.

Quando riportarono la lancia alla *Perseus* il loro arrivo causò un enorme trambusto: mille domande gridate dall'alto e un'entusiastica accoglienza da parte di uomini che pensavano di avere perso per sempre i compagni. Soltanto Coyningham rovinò l'atmosfera perché rivolse un'occhiataccia feroce a Rob, come se non sopportasse di vederlo vivo e vegeto, e lo accompagnò subito a poppa, nella cabina del comandante.

Tew, fermo davanti a uno specchio a sistemarsi l'uniforme di gala mentre si preparava a scendere a terra, non parve affatto stupito dall'intrusione. Si limitò a inarcare un sopracciglio e dire: «Mr Courtney, non pensavo che avremmo goduto di nuovo del piacere della vostra compagnia».

«Com'è finita la battaglia con la nave francese?» volle sapere Rob. «L'avete catturata? Signore» si ricordò di aggiungere.

«Siamo stati dannatamente fortunati» rispose l'altro. «Era in netto vantaggio su di noi e se non avessimo avuto la fortuna di centrare il suo albero maestro non saremmo mai riusciti a fuggire.»

Rob notò la frustrazione nei suoi occhi. Tew era un ufficiale coraggioso e degno d'onore, aveva sicuramente sofferto nel vedersi costretto a lasciare la battaglia senza vincerla. Ma si era ritrovato con pochi uomini e con una nave gravemente danneggiata. Proseguire lo scontro con quella francese sarebbe servito solo a causare la morte di altri marinai e probabilmente avrebbero perso comunque.

Serviva un particolare tipo di coraggio per condurre un vascello in battaglia e adesso Rob capì che ne serviva altrettanto per capire quando ritirarsi.

Coyningham non si dimostrò così solidale.

«Avremmo potuto catturarla, se voi non foste venuto meno al vostro dovere» dichiarò in tono sprezzante. «Siete fuggito nel bel mezzo della battaglia, rinunciando a lottare.»

«Il vento ci era sfavorevole, la *Perseus* era in pessime condizioni e ci trovavamo presso una costa sottovento» sottolineò Rob con più calma di quella che provava. Aveva immaginato che Coyningham non sarebbe stato felice del suo ritorno, ma non si era aspettato un simile astio. «Non potevamo riprendere a combattere.»

Tew tamburellò le dita sull'elsa della spada.

«E il secondo tenente? O il guardiamarina Evans?»

«Sono caduti in battaglia, signore» rispose Rob. «Ho preso io il comando, mi assumo la piena responsabilità dell'accaduto.»

«E il brigantino catturato?» domandò Coyningham.

«Visto che siete tornato senza niente a parte la nostra lancia, presumo che siate riuscito a perdere anche quello.» Gli puntò contro un dito con fare accusatore. «Sapete cosa succede a un comandante che perde la propria nave. Vi assumerete la piena responsabilità anche di quello.»

Rob si sforzò di mantenere il sangue freddo.

«Ho perso il brigantino perché dopo averlo condotto nel porto di Newport l'ho usato come nave incendiaria contro gli americani. Dobbiamo avere bruciato una dozzina o più dei loro vascelli, inclusa una fregata appena costruita. Quindi sì, me ne assumo la piena responsabilità.»

Sulla cabina calò il silenzio. Coyningham e Tew fissarono Rob con malcelata incredulità, uno in preda alla furia e l'altro allo stupore.

«Quindi è vero» mormorò Tew.

«Come facciamo a esserne sicuri?» Coyningham, paonazzo, era fuori di sé. «Abbiamo soltanto la parola di Courtney.»

«Tutti gli uomini a bordo giureranno che l'abbiamo fatto davvero.» Rob si ricordò dei Bracewell. «Così come i prigionieri che abbiamo tratto in salvo.»

«Certo che è vero» dichiarò Tew. «Ieri abbiamo ricevuto la notizia da Newport. I rapporti sono a malapena credibili, ma non si può dubitare che sia successo davvero. I danni che avete causato ai ribelli sono incalcolabili.»

Rob non sapeva bene quale risposta ci si aspettasse da lui. Coyningham lo guardava in cagnesco e Tew stava fissando il lucernario soprastante, perso nelle sue riflessioni.

«Con il tenente Verrier morto, c'è un posto vuoto da riempire» disse Tew. «Dovrò parlare con l'ammiraglio, naturalmente, ma sono sicuro che approverà la mia decisione.»

Zittì con un'occhiata di fuoco Coyningham non appena fece per protestare, poi allungò una mano verso Rob, che la strinse senza capire che cosa significasse il gesto.

«Congratulazioni, tenente Courtney.»

La notizia della promozione di Rob si sparse per la nave ancor prima che venisse annunciata ufficialmente. I suoi compagni gli versarono doppie razioni di grog, gli diedero pacche sulla schiena e lo acclamarono fino ad avere la voce rauca.

Angus alzò la coppa per brindare. «Al tenente Courtney» disse. «Non sono molti gli uomini arruolati forzatamente che si guadagnano il rango di ufficiale.»

«Non dimenticherò da dove provengo» promise Rob.

Angus tracannò il grog rimastogli. «Certo che no. Avrai bisogno che ti guardiamo le spalle, quando Coyningham ti aggredirà.»

Gli uomini intorno a loro risero, ma Rob non lo fece. Nonostante l'intontimento dovuto alle abbondanti libagioni provava un crescente senso di disagio. Quella poteva benissimo essere l'ultima volta che passava del tempo con gli amici lì sul ponte di batteria. Una volta confermata la sua promozione si sarebbe trasferito sul quadratino e in una cabina da ufficiale, avrebbe mangiato su piatti di porcellana e bevuto chiaretto invece di grog. Se un marinaio avesse parlato di ammutinamento, persino per scherzo, lui avrebbe dovuto farlo frustare.

Angus fraintese il suo stato d'animo.

«Stai pensando a lei? A Miss Sophie Bracewell, la ragazza del brigantino?»

Non era così, ma non appena Rob la sentì nominare la rivide mentalmente, con estrema chiarezza.

«È difficile da dimenticare.»

«Immagino che sia andata a Boston» disse Angus.

«Suo zio l'ha portata a terra non appena abbiamo gettato l'ancora.»

«Senza dubbio per evitare che lei si facesse rubare il cuore da un affascinante marinaio.» Angus gli strizzò l'occhio. «Probabilmente ha notato come la guardavi.»

«Io? Quale uomo non la guardava?» protestò Rob.

«Infatti, ma tu sei l'unico di cui lei ha ricambiato l'occhiata.»

Lui tentò di fingere di non essersene accorto. «Non importa, dubito che la rivedrò più. E suo zio non le permetterebbe mai di frequentare un umile marinaio.»

Si alzò in piedi nel sentire un improvviso frastuono sulla costa, come se tutte le campane delle chiese cittadine avessero cominciato a suonare nello stesso istante.

«È scoppiato un incendio? Gli yankee stanno attaccando?»

Angus gli diede uno scappellotto sull'orecchio. «Testa di rapa che non sei altro» disse. «È per la tua vittoria che stanno suonando.»

Angus aveva ragione. L'esercito britannico era rimasto bloccato a Boston per mesi senza nemmeno un successo da festeggiare, quindi accolse l'eroica impresa di Rob a Newport con lo stesso entusiasmo di un uomo assetato che si veda offrire una bottiglia. Si spararono colpi a salve, si celebrarono messe di ringraziamento e si decise di fargli dono di una spada commemorativa. Il comandante in capo, il generale Howe, lo invitò a un ballo nella sua villa in cui sarebbe stato l'ospite d'onore.

Tutta quell'attenzione metteva a disagio Rob. Sapeva che l'unico motivo per cui veniva salutato come un eroe era che gli inglesi erano disperati. E in un angolino della mente temeva che la notizia di quelle gesta giungesse al suo nemico a Londra. Poteva anche trovarsi a migliaia di miglia dal Barone di Dartmouth, ma non l'aveva certo dimenticato.

Vista dalla *Perseus* impegnata nel raddobbo all'interno del porto, Boston sembrava invincibile. C'erano tre vascelli ancorati nei paraggi e una dozzina di altre navi da guerra in grado di affondare qualsiasi imbarcazione i ribelli potessero impiegare contro di loro. Eppure tutta quella potenza non riusciva a nascondere il fatto che Boston fosse una città assediata. Dal colombiere della *Perseus* Rob poteva osservare le verdi colline ondulate e scorgere il gigantesco anello di terrapieni e palizzate che deturpava il paesaggio. L'istmo che collegava la città alla terraferma era stato chiuso da barricate su entrambe le estremità. Nessuno avrebbe potuto entrare, ma loro non potevano uscire.

«Poco importa» dichiarò Coyningham durante la cena nel quadratino. «Fintanto che controlliamo l'oceano possiamo rifornire le nostre truppe fino alle calende greche. Gli americani marciranno nelle loro trincee e verranno uccisi dalla peste prima di riuscire a stanarci per fame.»

«Potrebbero sconfiggerci» ribatté Rob, «se piazzassero i cannoni sul crinale a sud.»

Aveva visto dal colombiere l'altura chiamata Dorchester Height che dominava la città. Per qualche strano motivo né gli inglesi né gli americani avevano pensato di occuparla.

«Potrebbero farlo» concordò Coyningham, «se avessero i cannoni.» Sin dalla promozione di Rob ostentava una gelida cortesia venata di sarcasmo e condiscendenza, quando parlava con lui. «Ma non esiste artiglieria da assedio nel raggio di cinquecento miglia, quindi siamo al sicuro.»

Rob ripensò al coraggio con cui si erano battuti gli americani al largo di Newport, a come il comandante del brigantino lo aveva portato direttamente davanti ai cannoni della *Perseus* per fungere da esca della trappola. Si chiese se la sicurezza di sé degli ufficiali britannici fosse ingiustificata.

Ma il nervosismo suscitato dalla prospettiva di battersi con i coloni non era nulla in confronto al terrore che Rob provò entrando nella villa del generale per un ballo in suo onore, quando giunse la serata in questione. Si sentiva ridicolo, anzi, peggio che ridicolo, un impostore. La giubba dell'uniforme nuova di zecca e ornata di merletti dorati era rigida, i calzoni troppo aderenti, le calze strette sui polpacci. Gli sembrava di essersi messo in maschera.

Non appena Rob comparve, il silenzio calò sul salone e tutti gli sguardi si volsero verso di lui. L'orchestra attaccò con una solenne fanfara, poi passò al popolare motivo di Händel *See, the Conqu'ring Hero Comes!*, di cui gli ospiti lì riuniti cantarono le parole con tanta foga che le candele parvero vibrare sui loro supporti.

Rob rimase impietrito e avrebbe potuto fuggire a gambe levate se Tew non lo avesse raggiunto per poi prendergli il braccio e guidarlo fra la calca che lo osservava.

«Sorridete» gli sussurrò all'orecchio. «Siete un eroe, loro si aspettano che sembriate tale.»

Rob si stampò in faccia qualcosa di simile a un sorriso e cercò di prendere atto degli applausi mentre raggiungeva con palese esitazione la pedana rialzata che era stata eretta sul davanti del salone. L'uomo dal viso tondo fermo lì accanto portava la splendida uniforme da generale, con le spalline dorate e la stella dell'Ordine della Giarrettiera cucita sulla giubba.

Rob riuscì a salire i gradini senza cadere.

«Sembrate quasi a vostro agio come mi sento io» gli disse l'alto ufficiale con un rapido cenno d'assenso.

Rob sorrise. Se un generale si sentiva in imbarazzo, lui non stava poi così male.

«Non vi tratterrò a lungo. Ma ci avete fornito un motivo di esultanza in una stagione cupa e le persone devono avere la possibilità di rendere omaggio al loro eroe.»

Un domestico passò al generale un cuscino di velluto su cui poggiava una spada.

«I leali cittadini di Boston hanno organizzato una raccolta fondi e desiderano che io vi doni questa come pegno della loro ammirazione» disse l'ufficiale.

Rob la prese, notandone la magistrale fattura, la cesellatura dorata sul fodero e il pomo a forma di leone ringhiante. Quando estrasse la lama di qualche pollice per esaminarla scoprì che non si trattava di una fragile spada celebrativa: l'acciaio era resistente e flessibile, ben affilato.

«Un'arma adeguata» commentò il generale, come se gli avesse letto nel pensiero. «Non mi siete parso il tipo d'uomo che apprezza orpelli e sfarzo.»

Rob gli rivolse un inchino, in preda a emozioni contrastanti. La spada era magnifica, lui notò il perfetto bilanciamento della lama e intuì che sarebbe sembrata un prolungamento del suo braccio. Ma per quanto realizzata con maestria e letale, non era la spada che lui avrebbe dovuto brandire. Quella si trovava a migliaia di miglia da lì, nelle mani del suo nemico.

*Ma questa te la sei guadagnata da solo*, si disse. Non rappresentava l'eredità di un polveroso antenato che riecheggiava antiche glorie, era una lama nuova il cui futuro doveva ancora essere scritto.

Se la fissò alla cintura. «Grazie, signore. È un dono davvero generoso.»

«Se la usate per uccidere dei ribelli yankee e dei francesi, saranno soldi ben spesi.»

Il generale gli posò una mano sulla spalla e lo girò verso gli astanti, che lo acclamarono di nuovo. Mentre gli applausi si spegnevano, l'orchestrina attaccò con il primo motivo da ballo. Rob fu felice di fuggire, anche se non riuscì a passare inosservato. Ovunque si voltasse c'erano uomini ansiosi di stringergli la mano e brindare alla sua salute, e le signore arrossivano e ridacchiavano dietro i rispettivi ventagli.

«Mi sento come una fortezza assediata su tutti i lati» confessò a Tew durante una breve tregua.

«Rifugiatevi sulla pista da ballo» gli suggerì il comandante. «Almeno là possono attaccarvi soltanto uno alla volta.»

Rob seguì il consiglio. Era un bravo ballerino. A casa sua la nonna gli aveva insegnato alcuni passi e a Londra aveva imparato danze più moderne con Hugo. Non rimase mai a corto di compagne di ballo: per ogni ragazza che piroettava via verso un partner diverso, un'altra gli si avvicinava con grazia. Si muovevano rapide e agili, formando una chiazza indistinta di abiti eleganti e serica cortesia, simile a un campo di grano agitato da una dolce brezza. Era il sogno di ogni giovanotto, ma Rob non lo apprezzò quanto avrebbe dovuto. Cominciava ad avere l'impressione che la sua fama fosse una cosa separata da lui, un trofeo sfavillante che alle ragazze interessava molto di più del vero Rob. Facevano ben poca conversazione e quando lui tentava di intavolarne una si limitavano ad assumere un'aria annoiata. Le lasciava sempre andare con la sensazione di averle deluse.

La serata trascorse lentamente. Il piroettare sulla pista da ballo e i numerosi brindisi lo lasciarono stremato e in preda a un capogiro. Rob desiderava solo lasciarsi cadere sulla sua cuccetta a bordo della *Perseus*. Scrutò la folla per individuare Tew, chiedendosi se il comandante l'avrebbe salvato. Ma, prima che avesse il tempo di congedarsi, l'orchestrina attaccò il motivo seguente e un'altra giovane donna gli si avvicinò.

Continuò a cercare Tew con lo sguardo, tanto da non accorgersi quasi di lei.

«Mi avete dimenticato così in fretta?»

Rendendosi conto che la ragazza parlava con lui, Rob abbassò lo sguardo e rischiò di inciamparle sui piedi quando notò i lunghi capelli corvini raccolti in una treccia che le girava intorno alla testa, la bocca scarlatta e gli occhi che brillavano di malizia.

«Miss Bracewell» disse. La foschia nella sua mente si diradò di colpo. «Non sapevo che foste qui.»

«In quale altro posto dovrei essere?» ribatté lei. «Non c'è modo di uscire da questa città.»

«Volevo dire...»

Sophie si scostò con una piroetta mentre lui restava immobile, sentendo i piedi di piombo. Lei gli si avvicinò di nuovo e gli prese la mano.

«Vostro zio è qui?» chiese Rob.

«Laggiù.» Con un cenno del capo Sophie indicò un angolo della stanza, dove Bracewell stava chiacchierando con l'ammiraglio. «Preferireste ballare con lui?»

«N-no» balbettò Rob.

«Bene. Mi hanno raccontato storie terribili su quello che fanno i marinai.»

Lui pensò di aver capito male. Sapeva a quali vizi contro natura si dedicassero alcuni uomini a bordo delle navi, ma una signora non poteva certo aver sentito voci tanto scandalose.

Il brano era finito. Sophie gli si accostò tanto che Rob riuscì a percepire il calore irradiato dalla sua pelle.

«Sono sicura che dopo essere rimasto confinato su

una nave così a lungo, con solo quei marinai villosi come compagnia, apprezzereste un tocco femminile.»

Prima che lui potesse rispondere gli posò delicatamente una mano sul davanti dei calzoni. Chiunque l'avesse guardata avrebbe pensato che stesse tenendo le mani pudicamente conserte davanti a sé, invece le sue dita strinsero con forza il membro pulsante di Rob attraverso il tessuto, massaggiandolo finché lui non si trattenne a stento dal boccheggiare.

«Ho una stanza al piano di sopra» sussurrò la ragazza. «Seguitemi fra due minuti.»

Si scostò, facendo una riverenza talmente profonda che la sua bocca arrivò quasi al livello dell'inguine di Rob. Poi, con un sorriso sincero, raddrizzò la schiena e uscì da una porta laterale.

A Rob girava la testa e fu costretto a piegarsi in avanti per nascondere con l'orlo della giacca lo sgradevole rigonfiamento incoraggiato da Sophie che gli sporgeva dai calzoni come una prua.

Quando vide un'altra donna avvicinarglisi per il ballo seguente, puntando verso di lui come una nave pirata pronta a ghermire la preda, le sorrise.

«Scusatemi» le disse, «ho bisogno di una boccata di aria fresca.»

Seguì Sophie fuori dalla porta laterale e si ritrovò in un corridoio dove un imponente scalone portava al piano superiore. Non c'erano luci accese, ma una scia di cera gialla proveniente dalla pista da ballo saliva gli scalini. Rob la percorse.

Sul pianerottolo regnava un silenzio quasi sinistro, il frastuono nel salone ridotto a un brusio lontano. Lui attraversò il corridoio con passo felpato, seguendo le macchioline di cera fino a una porta lasciata socchiusa da cui filtrava della luce.

La aprì e si fermò, sbalordito, sulla soglia di una camera con le finestre coperte da pesanti tendoni tirati, un fuoco che bruciava senza fiamma nel caminetto e un grande letto a baldacchino al centro. Due candele dalle fiammelle tremolanti proiettavano un intimo chiarore.

Sophie era stesa sul letto, nuda, con i capelli corvini sparsi sul cuscino e le braccia allargate. Le gambe leggermente divaricate rivelavano un ciuffetto di peli scuri fra le cosce. La sua pelle vellutata come una pesca scintillava nella luce delle candele. Lei si stava accarezzando l'inguine e gemeva sommessamente.

Alzò in fretta la testa e fischiettò i primi accordi di *See, the Conqu'ring Hero Comes!*

«Avete intenzione di fissarmi soltanto? Oppure volete brandire la potente spada che vi è stata regalata?»

Rob, benché profondamente eccitato dalla bellezza della ragazza, esitò.

«E se qualcuno ci scopre?»

«Questa è la mia stanza. Lo zio e io siamo ospiti del generale Howe.»

Rob chiuse la porta e si avvicinò rapidamente al letto. Fino a quel momento non si era reso conto di quanto bramasse Sophie e sentì il desiderio divampare dentro di lui. Quando si slacciò la cintura la spada cadde a terra, dimenticata, e un bottone dorato saltò via dalla sua giacca nuova mentre lui se la toglieva in gran fretta. Salì sul letto con la foga di un uomo terribilmente affamato che si trovi davanti un banchetto.

Lei si sollevò per andargli incontro, emettendo profondi ansiti di gola. Le sue snelle braccia candide racchiudevano una certa forza che le consentì di afferrare Rob e girarlo supino. Gli si mise sopra, carponi, con un'espressione selvaggia negli occhi. I suoi lunghi capelli gli carezzavano il petto e i suoi seni gli sfioravano il ventre mentre si dondolava da una parte all'altra.

«Fate come vi dico» lo sollecitò.

Era diversa da qualsiasi donna lui avesse mai conosciuto. Sapeva benissimo cosa voleva, guidando le mani di Rob fino a punti del suo corpo da cui sapeva di poter trarre il massimo piacere. Scosse con forza la testa e si dimenò contro di lui come un'anguilla. Gli affondò le unghie nella pelle fino a farlo sanguinare. Lanciò gemiti di piacere così forti che i domestici nel corridoio la sentirono sicuramente, ma quando Rob cercò di tapparle la bocca con un bacio lei gli morse il labbro e poi lo tenne bloccato sul letto, tendendogli il corpo allo spasimo. Rob temette di poter esplodere, ma lei era un'amante esperta e lui perse il conto delle volte in cui Sophie lo condusse fin sull'orlo dell'estasi solo per staccarsi all'ultimo momento, serbandolo per sé.

Alla fine, con un gemito che dovette arrivare fino alla *Perseus*, raggiunse l'orgasmo, posandosi le mani a coppa sui seni e strizzandosi i capezzoli che divennero simili a ciliegie mature. Lasciò andare Rob, che si svuotò dentro di lei con affondi vigorosi e tremanti che fecero oscillare il letto.

Rimasero stesi lì, nudi e avvinghiati, nell'afrore dell'amplesso. Rob sapeva che avrebbe dovuto andarsene, Tew si stava senza dubbio chiedendo dove fosse finito. Adesso lui era un ufficiale, non avrebbe dovuto tornare a bordo scavalcando furtivamente la fiancata mentre pregava che gli uomini incaricati della guardia notturna non lo vedessero. Ma era vittima dell'incantesimo di Sophie.

«Dove avete imparato a fare l'amore con tanta maestria?» chiese, incredulo.

«E voi?» ribatté lei.

Rob non sapeva cosa rispondere. Ormai trovava quasi insopportabile ripensare alle sue imprese nei bordelli londinesi insieme a Hugo. Le prostitute non erano state né ordinarie né a buon mercato, ma in confronto a Sophie erano passeggiatrici da mezzo scellino. Conoscevano le mosse da fare, ma non le eseguivano con l'abbandono totale e travolgente che lei aveva appena dimostrato. I piaceri che fornivano erano semplici transazioni fisiche, Sophie era un'autentica maga nelle arti amorose.

Lui si allungò per baciarla, ma lei rotolò via.

«Dovete andarvene» gli disse in tono di rimprovero. «Mio zio dorme nella stanza accanto. Se vi trova qui vi farà frustare a sangue.»

A Rob sembrò che il sangue bollente nelle sue vene si raffreddasse all'istante. Ripensò al chiasso che avevano appena fatto, con una totale spudoratezza e urlando a squarciagola.

«E se ci ha sentito?»

Lei si strinse nelle spalle delicate. «Non mi ha mai colto in flagrante, finora.»

Rob ne trasse ben poca consolazione, ma non aveva il tempo di chiedersi quanti altri amanti Sophie avesse portato lì né di ingelosirsi. Si infilò i calzoni e si abbottonò la camicia alla bell'e meglio.

«Quando posso rivedervi?» le chiese.

In quel momento sarebbe stato disposto a lasciare la Royal Navy e gettare nel porto la spada dorata pur di poter trascorrere un'altra notte con lei.

Un sorriso guizzò sulle labbra di Sophie ma, prima

che lei potesse rispondere, all'esterno risuonò il fragoroso boato di una cannonata, non lontana come quelle delle navi da guerra americane a cui ormai erano abituati, bensì vicina e assordante. Le finestre vibrarono e la brocca sul portacatino tintinnò. Dopo qualche istante, un urto violento fece tremare l'intera villa. Un bicchiere cadde dalla toeletta frantumandosi sul pavimento. Un rombo riempì la stanza mentre le tegole sul tetto cominciavano a piombare sul marciapiede sottostante. Urla e strepiti risuonarono nella casa.

Rob reagì all'istante. Ancora semisvestito, si gettò sopra Sophie, che strillò mentre rotolava giù dal materasso e scivolava sotto il letto, appena in tempo. Sembrò che una valanga piombasse su di loro. Una nube di polvere riempì la stanza. Il letto emise scricchiolii e gemiti quando venne sommerso da calcinacci. Avrebbe retto oppure loro sarebbero stati schiacciati?

Dall'alto del crinale di Dorchester Heights Cal Courtney osservò le guglie e i moli di Boston nella luce grigiastra che precede l'alba. Sembrava che lui avesse disturbato un formicaio: se fino a un attimo prima la scena era stata il ritratto della tranquillità, una città addormentata nonostante l'assedio, adesso figure in preda al panico gremivano le strade, le campane delle chiese suonavano a distesa, le finestre venivano aperte di scatto e pennacchi di fumo si levavano dagli edifici centrati dalle cannonate. Gli abitanti sbigottiti fissavano la collina senza capire cosa stava succedendo.

Soltanto la sera prima, al tramonto, la cima del colle era stata nuda mentre ora somigliava a una fortezza. Delle mura erano comparse all'improvviso e inspiegabilmente come se fossero opera di uno spiritello. Migliaia di soldati americani erano schierati sul pendio e, cosa ben più preoccupante, fra le fortificazioni spuntavano le bocche di due dozzine di enormi cannoni da assedio, puntati sulla città e sulla flotta britannica all'ancora.

Cal assaporò il senso di trionfo. Quella vittoria era merito suo, frutto di mesi di indicibili tormenti. Trainando quei cannoni al di sopra di montagne e in mezzo a uragani aveva perso un dito a causa del congelamento e un altro quando la mano gelata gli si era incollata a un cerchione per poi venirne schiacciata. Giorno dopo giorno, pollice dopo pollice, aveva portato le enormi bocche da fuoco attraverso cinquecento miglia di lande desolate. Dopo il disgelo le aveva trascinate su terreni paludosi e, quando l'inverno era ridiventato rigido, fra cumuli di neve alti fino al petto.

Nemmeno quando erano arrivati a Boston il compito aveva potuto dirsi concluso. Per raggiungere le alture avevano dovuto superare un lembo di terra controllato dagli inglesi, a poche centinaia di piedi dalle loro sentinelle. Avevano scelto la sera del ballo del generale, quando tutti gli ufficiali britannici avrebbero lasciato le rispettive postazioni. Nel buio l'esercito continentale aveva spinto i ventiquattro grandi cannoni su per una collina ripida e gelata. Il terreno era troppo duro per potervi scavare trincee e piazzole, così avevano portato intelaiature di legno imbottite di paglia intrecciata per erigere rudimentali bastioni. Dei barili riempiti di pietre costituivano fortificazioni di fortuna che, in caso di attacco degli inglesi, sarebbero servite anche come armi da far rotolare giù per i pendii così da travolgere i nemici.

Cal posò una mano sul cannone e recitò una preghiera per il fratello minore. La cosa non avrebbe riportato indietro Aidan né vendicato la sofferenza di Cal, ma era un inizio.

Sollevò di nuovo la spada e osservò la fila di cannoni. I *suoi* cannoni. Gli addetti ai pezzi, ritti dietro di essi con le micce accese, erano in attesa di un suo ordine.

«Fuoco!»

Rob non sentì la seconda bordata: aveva le orecchie piene di polvere e assordate dai tonfi delle travi e tegole che continuavano a cadere sul letto sopra la sua testa. Il mobile non poteva reggere tutto quel peso e, quando una sua gamba cedette, crollò verso l'angolo, imprigionando il piede di Sophie, che urlò e cercò inutilmente di liberarlo. La pioggia di macerie spezzò un'altra gamba del letto, che straorzò come il ponte di una nave durante una tempesta, diventando una stretta tettoia a malapena abbastanza alta da consentire loro di respirare. Nel caso se ne fosse rotta una terza sarebbero rimasti schiacciati, ma Sophie non era ancora riuscita a liberare il piede.

La valanga rallentò e la caduta di detriti si attenuò fin quasi a cessare. La stanza, ancora invasa da un denso polverone, si fece silenziosa. Rob fece leva con mani e ginocchia sul pavimento e spinse energicamente la schiena verso l'alto nel tentativo di sollevare il pesantissimo letto, riuscendo a stento a muoverlo.

Il mobile si spostò appena appena, quanto bastava per permettere a Sophie di sfilare il piede, poi lei e Rob strisciarono fuori e osservarono la stanza devastata.

Il soffitto era scomparso, restava solo una griglia di travi spezzate attraverso cui si vedeva il grigio cielo mattutino. Le macerie del tetto e di metà di una parete erano sparse in giro per la camera.

Sophie, ancora nuda e con la pelle chiara chiazzata di sudiciume e sangue mescolatisi al sudore dell'amplesso, si fece strada cautamente fra il caos, raggiungendo ciò che restava del suo cassettone, da cui prese una semplice tunichetta bianca che si infilò.

«Succede sempre questo quando vi portate a letto una signora?» chiese.

Rob rimase sbalordito dalla sua compostezza. Lei aveva rischiato di morire e tuttavia, a parte una lieve zoppia quando posava a terra il piede sinistro, sembrava incolume. Aveva il viso incrostato di polvere, ma la spavalderia le brillava negli occhi.

«Soltanto con voi» rispose lui.

Vide scintillare fra le macerie il fodero dorato della sua nuova spada e la raccolse, scoprendo che c'era un'intaccatura sulla guardia ma la lama era intatta. Finì rapidamente di vestirsi e si fissò l'arma alla cinta.

Per quanto il muro interno fosse crollato per metà, il telaio della porta era rimasto miracolosamente in piedi. Rob la aprì e uscì in corridoio, dove c'erano meno danni ma più chiasso. Sembrava che tutti gli ospiti e i domestici della casa, in preda al panico, stessero correndo da qualche parte. Molti di loro stringevano dei contenitori pieni d'acqua: zuppiere, padelle per infermi, vasi da notte, qualsiasi cosa fossero riusciti a trovare. Lui sentì odore di fumo, l'urto doveva aver fatto cadere una candela che aveva poi provocato un incendio.

«Dov'è vostro zio?» chiese a Sophie.

Lei lo accompagnò verso la stanza attigua, la cui porta si spalancò prima che Rob avesse il tempo di toccarla. Sulla soglia si stagliò Bracewell vestito di tutto punto, con giacca, calzoni e scarpe. Il suo segretario, Mr Crow, era fermo dietro di lui. Guardarono entrambi Sophie.

«Grazie a Dio sei sana e salva» disse Bracewell. Era talmente spaventato che non chiese come mai Rob si trovasse insieme a lei o perché la nipote fosse così discinta, anche se il sogghigno di Crow suggeriva che lui l'avesse invece indovinato. «Che cosa diavolo sta succedendo?»

«I ribelli» rispose Rob. «Dobbiamo uscire immediatamente da qui.»

Il fumo era sempre più denso. I domestici si erano dileguati come ratti in fuga da una nave che affonda.

Rob prese per mano Bracewell e lo trascinò verso le scale. Non avevano fatto nemmeno tre passi quando, più avanti nel corridoio, risuonò uno schianto fragoroso e scintille trasportate da una folata di aria calda appiccarono il fuoco tutt'intorno a loro. Il fumo divenne talmente fitto che Rob non riuscì a vedere quasi nulla.

«Le scale devono essere crollate.»

Tirò Sophie e suo zio sul pavimento, dove il fumo era più inconsistente, poi si strappò alcune strisce di stoffa dalla camicia e le diede ai compagni perché si proteggessero la bocca.

«E adesso?» chiese la ragazza.

«Seguitemi.»

Strisciando, li riportò nella camera di Sophie, che grazie agli enormi squarci nel soffitto era meno invasa dal fumo. Rob si tenne basso e riuscì a raggiungere la finestra con i vetri in frantumi, poi usò un pezzo di mattone per eliminare le schegge rimaste e sfondare il telaio. Si sporse verso l'esterno per inspirare avide boccate di aria fresca.

Si trovava troppo in alto per poter saltare a terra, ma il tetto delle scuderie si univa al retro della casa, formando un mezzanino di fortuna. Era il meglio che potessero fare. Il calore sulla schiena di Rob era aumentato e indicava che le fiamme erano entrate nella stanza, quindi non avevano il tempo di cercare un'alternativa.

«Ma ci romperemo le gambe!» gridò Bracewell.

«Sempre meglio che bruciare vivi.»

Rob cercò di spingerlo verso la finestra senza riuscire a spostarlo, data la sua enorme mole.

«Vai tu per primo» ordinò Bracewell a Crow. «Controlla che non ci siano rischi.»

Crow lo fissò torvo, ma era un domestico obbediente e quindi seguì le istruzioni. Rob lo guardò atterrare sul tetto delle scuderie, fare una capriola e saltare giù nel cortile, illeso.

Il calore era sempre più intenso. Rob prese in braccio Sophie, la fece penzolare dalla finestra fin dove riusciva ad arrivare e poi la lasciò cadere. Aveva il cuore in gola quando la vide posare i piedi sul tetto, sana e salva.

«Tocca a voi» disse a Bracewell.

L'uomo si arrampicò sul davanzale, ma si bloccò di colpo.

«La mia borsa!» urlò. «È in camera mia.»

«Scordatevela» gli consigliò Rob.

Sophie guardò verso di loro con aria supplichevole.

«Salta, zio, prima che sia troppo tardi.»

Bracewell rifiutò di muoversi. Una trave in fiamme cadde dal tetto, passando a pochi pollici dalla testa di Sophie. Le scuderie, piene di paglia, avrebbero preso fuoco come una candela romana non appena fossero state raggiunte dalle fiamme. La ragazza correva un grave pericolo, ma era decisa a non andarsene da lì senza lo zio, che non intendeva allontanarsi senza la sua borsa.

«Non posso. È troppo preziosa.»

«Più preziosa della vostra vita?» Quella di Rob voleva essere una domanda retorica, però Bracewell annuì con foga.

«Non potete...»

Rob lo interruppe con un violento spintone, facendolo cadere dal davanzale sul tetto delle scuderie, che cedette sotto il suo peso. Evidentemente la paglia attutì la caduta di Bracewell perché dopo un attimo Rob lo vide uscire di corsa dall'edificio. Appena in tempo, perché in un istante il fabbricato prese fuoco.

L'incendio si stava propagando anche all'interno della villa. Le travi del tetto piombarono nella camera, alle spalle di Rob, che salì subito sul davanzale. Vide una catasta di paglia al centro del cortile, abbastanza lontana dalle scuderie da non essere ancora in fiamme, ma anche piuttosto distante dalla finestra. Sarebbe riuscito a raggiungerla?

Non aveva scelta. Si diede una spinta, saltando il più distante possibile dall'edificio. Vide il suolo sfrecciare verso di lui e si fece forza.

Finì sulla catasta di paglia, che essendo più spessa del previsto gli garantì un atterraggio morbido, poi si girò su un fianco per dissipare attraverso la spalla la forza d'urto dell'impatto.

Rimase steso lì, muovendo le gambe per controllare se si era rotto qualcosa. Non si era reso conto che i lembi posteriori della sua camicia avevano preso fuoco e la paglia sotto di essi aveva iniziato a bruciare senza fiamma per poi incendiarsi. Balzò in piedi di colpo, come un gatto finito su una stufa, e si rotolò sull'acciottolato nel tentativo di spegnere le fiamme.

Fu investito da un getto di liquido freddo che lo lasciò intorpidito e udì un sibilo di vapore. Quando aprì gli occhi si ritrovò al centro di una pozzanghera. Sophie era ferma accanto a lui, con un secchio in mano e lo zio di fianco.

«Non siamo ancora al sicuro.»

Rob la prese per mano e la portò oltre il cancello, seguito da Bracewell e Crow. Si aprì un varco fra la folla radunatasi per osservare l'incendio senza fermarsi finché non se ne fu allontanato parecchio. Sembrava che i cannoni avessero smesso di sparare.

Era ustionato, bagnato fradicio, pieno di lividi e dolorante, ma con gli occhi adoranti di Sophie che lo fissavano aveva ben pochi rimpianti.

«Una notte con voi è davvero un'esperienza indimenticabile» le sussurrò mentre lo zio della ragazza ansimava dietro di loro.

«Quello è solo l'inizio» gli mormorò lei all'orecchio prima di assumere un'aria pudibonda quando Bracewell li raggiunse e guardò Rob con palese ammirazione.

«Be', Mr Courtney...»

«*Tenente* Courtney» gli rammentò Sophie.

«Questa è la seconda volta che mi salvate in altrettante settimane. Ho un enorme debito nei vostri confronti. Devo trovare il modo di ripagarlo presto, altrimenti gli interessi mi rovineranno.»

Sophie gli picchiettò un dito sul braccio, simulando indignazione. «Dimentichi, zio, che il tenente Courtney ha salvato due volte anche *me*. Devo trovare il modo di ricompensare il nostro galante ufficiale.»

Rivolse un soave sorriso a Rob, che si accorse di arrossire.

«La possibilità di rendersi utile è già di per sé un'ottima ricompensa» disse.

Sophie si allungò verso di lui. Il suo profumo era talmente intenso da sovrastare l'odore di fumo e paglia.

«Credo che possiamo fare meglio di così.»

Cal Courtney era furibondo. Il momento in cui i cannoni avevano aperto il fuoco, quella mattina, era stato il più splendido della sua vita, l'unica gioia che avesse provato dopo la scomparsa di Aidan, qualcosa che giustificava la sua morte e quella di Moses, e tutto ciò che Cal aveva fatto.

Ma dopo quindici minuti il colonnello a capo dell'artiglieria aveva ordinato il cessate il fuoco. Avevano abbattuto qualche muro e la villa del governatore stava bruciando, tuttavia per il resto avevano a stento scalfito le difese della città.

«Ci siamo fatti sentire» disse il colonnello. «Ora vedremo come rispondono gli inglesi.»

Cal rimase in attesa, in preda a un misto di nervosismo e aspettativa. Desiderava disperatamente che i nemici attaccassero: arrancando su per quel pendio ripido, con barili pieni di pietre che rotolavano in mezzo a loro, sarebbero stati massacrati e a quel punto la vittoria dei patrioti sarebbe stata completa.

Ma gli inglesi non abboccarono all'amo. Tentarono di colpire il crinale con le batterie allineate nella baia, però i loro cannoni non si inclinavano abbastanza verso l'alto, tanto che le palle centrarono i pendii più bassi senza causare danni e rimbalzando sul terreno duro. Ben presto si rinunciò al tentativo. Alcune chiatte cariche di soldati salparono da Boston, ma tornarono indietro non appena si levò il vento. Per il resto gli inglesi rimasero all'interno delle loro opere difensive.

«Lasciatemi sparare qualche altro colpo per vedere se questo riesce a provocarli» lo implorò Cal. Il suo appello venne ignorato.

«Il generale Washington non vuole rischiare che muoiano altri civili.»

«Non ho trascinato questi cannoni per cinquecento miglia attraverso pantani e bufere di neve per vederli rimanere inutilizzati!» ruggì Cal. Si rivolse agli addetti ai pezzi. «Aprite il fuoco.»

«Fermi!» gridò il colonnello. Gli uomini spostarono lo sguardo dall'uno all'altro ufficiale, titubanti. «Capitano Courtney, se aggiungete una sola parola vi porterò davanti al generale per insubordinazione.»

«Obbedirò agli ordini quando Washington manderà qui un ufficiale che sia all'altezza di darli. Voi non siete altro che un bustaio con buone entrature.»

Il colonnello arrossì. Prima della guerra era stato un *corsetier*, un produttore di indumenti intimi femminili, e lo umiliò sentirselo ricordare.

«Chiedetemi subito scusa o esigerò soddisfazione.»

«Vi darò ben più di questo.»

Cal non provava alcun interesse per le regole da gentiluomini del duello. Furibondo com'era, voleva sistemare la questione come avevano sempre fatto i ragazzi nella fattoria, quindi serrò la mano a pugno e cercò di colpire il colonnello alla mascella.

L'ufficiale, colto di sorpresa, si ritrasse di scatto ma nel farlo abbassò il volto, venendo così centrato al naso invece che al mento. Si udì lo scricchiolio della cartilagine che si rompeva, poi un fiotto di sangue tiepido si riversò sul pugno di Cal. Fu una sensazione piacevole. Se non poteva prendersela con gli inglesi, almeno poteva sfogare la rabbia sull'uomo che l'aveva fermato. Ritrasse la mano per sferrare un altro pugno.

Delle braccia lo afferrarono da dietro. Per quanto i cannonieri fossero solidali con il loro capitano non potevano rimanere a guardare mentre picchiava un superiore. Cal si dimenò fino a sottrarsi alla loro presa e servirono quattro uomini per riuscire a trattenerlo.

Il colonnello si alzò, tenendosi un fazzoletto premuto sul viso. Sotto il sangue la sua pelle era bianca come gesso. Quando parlò la sua voce parve simile allo starnazzare di un'anatra.

«Almeno durante un duello vi avrei concesso opportunità pari alle mie» dichiarò. «Adesso, invece, affronterete il cappio del boia.»

Mentre la sua rabbia sbolliva Cal si rese conto con nauseante certezza che l'altro aveva ragione. Il generale Washington odiava la mancanza di disciplina, non gli avrebbe riservato alcuna clemenza.

Il colonnello rivolse un gesto agli uomini. «Portatelo via.»

Dopo aver ingaggiato un barcaiolo per farsi portare fino alla *Perseus*, Rob supplicò Bracewell e Sophie di andare con lui, per sicurezza, ma Bracewell rifiutò.

«Devo raggiungere il generale» spiegò. «Ho questioni urgenti da discutere con lui.»

Nella confusione del mattino Rob sperava di poter risalire a bordo inosservato, ma Coyningham, a cui non sfuggiva mai nulla, lo stava aspettando in cima alla biscaglina.

«Tenente Courtney» disse in tono beffardo, «ancora una volta non vi trovavate al vostro posto quando è iniziata la battaglia. Sareste dovuto tornare parecchio tempo fa, non appena sono stati sparati i primi colpi. Che cosa stavate combinando? Aspettate solo che io informi il comandante Tew.»

Rob cercò di dominare la rabbia. «Tew mi ha concesso ventiquattro ore di licenza a terra.»

«E voi ne avete approfittato per diventare spazzacamino?» Coyningham lo osservò dalla testa ai piedi, notando gli abiti laceri e bruciacchiati, la mancanza di scarpe e calze, il viso sporco di fuliggine. «Lavatevi e cambiatevi. Se foste un semplice marinaio che sale a bordo in questo stato vi farei dare subito una dozzina di frustate.»

Rob andò a ripulirsi, imbarazzato per essere comparso davanti agli uomini in quelle condizioni. Sapeva che, in quanto ufficiale, non avrebbe dovuto farlo. Forse, se fosse nato per diventarlo come Coyningham, avrebbe saputo come comportarsi. Ma allo stesso tempo non aveva rimpianti. Sentiva ancora il sapore di Sophie sulle labbra, ricordava chiaramente cosa aveva provato dentro di lei.

«Lei chi è?» chiese Angus quando rimasero soli sul ponte di coperta.

Tew era stato convocato sulla nave di bandiera per un colloquio con l'ammiraglio e sulla *Perseus* regnava una certa ansia. Dorchester Heights distava quasi due miglia dall'ancoraggio britannico, quindi la flotta si trovava al limite della portata dei cannoni, il che non impediva però agli addetti ai pezzi americani di spararle contro qualche colpo di prova. Alcune palle di cannone piombarono fra le navi ancorate, facendo sollevare schizzi di schiuma, e una causò un foro perfettamente rotondo in una vela stesa ad asciugare.

«Chi è chi?» domandò Rob con aria innocente.

Angus fece un gran sorriso. «Dovrai fare meglio di così. Ti sento addosso l'odore di passerina. Scommetto che le ragazze hanno fatto la fila per tastare la spada del grande eroe.»

Rob arrossì. «Se anche fosse vero io non direi...»

Si interruppe nel sentire il grido della vedetta che annunciava il ritorno della lancia di Tew dalla nave ammiraglia. Il comandante salì a bordo con espressione tetra e convocò gli ufficiali nella propria cabina.

«Il generale ha deciso di abbandonare Boston» annunciò senza preamboli. «Non siamo in grado di cacciare gli yankee da quelle alture né di difendere la città dai loro cannoni. Evacueremo le truppe per ritirarci a New York.»

La notizia fu accolta da mormorii di sgomento e incredulità. Boston era la città più fortificata del Nordamerica, se loro non riuscivano a tenerla non esisteva nessun luogo sicuro.

A Rob si strinse lo stomaco al pensiero di Sophie, che non aveva un posto in cui andare. I soldati americani assediavano Boston da quasi un anno e lui riusciva a immaginare cosa avrebbero fatto a Sophie quando si fossero infine impadroniti della città.

«E i civili?» chiese. «A Boston devono esserci migliaia di fedeli sudditi del re, cosa ne sarà di loro?»

«Faremo il possibile» replicò Tew, stringato. «Ci siamo accordati con il generale Washington affinché ci permetta di battere in ritirata indisturbati, se lasciamo intatta la città. Una volta imbarcate le truppe accoglieremo tutti i lealisti che riusciremo a ospitare sulle navi.»

Quali che fossero gli accordi presi dai generali, i militari in procinto di partire sfogarono sulla città il loro sfrenato risentimento, tanto che si rasentò l'anarchia. I cannoni tacevano, ma nell'intera città echeggiava il frastuono di finestre e porte fatte a pezzi, grida maschili e urla femminili. Le case venivano saccheggiate quasi prima ancora che gli abitanti ne fuggissero. Le acque del porto erano ingombre di relitti galleggianti, oggetti scartati fra cui mobili, barili, carriole e indumenti. Rob vide passare una carrozza dorata, simile a un trono semisommerso.

Ogni giorno il lungo molo appariva stipato di persone disperatamente ansiose di salire sulle navi da trasporto e da guerra ancorate lì. L'inverno era tornato, più gelido di prima. Venti implacabili sferzavano la baia e bersagliavano di grandine pungente i rifugiati, che talvolta le guardie dovevano respingere con le baionette. Rob, al sicuro sulla *Perseus*, si sentiva un codardo. Scrutava i visi con il cannocchiale, temendo e insieme sperando di scorgere Sophie fra di loro. Non sopportava di pensarla in mezzo a quel caos. Aveva rinunciato alla segretezza e parlato di lei ad Angus.

«Starà benissimo» disse lo scozzese. «È una ragazza che sa come indurre gli altri a prendersi cura di lei.»

Ma dopo non averne avuto notizia per una settimana Rob non riuscì ad aspettare oltre. Una notte, sotto una mezza luna, sgattaiolò sul ponte con una sacca di tela piena di vestiti e si fermò sul capodibanda a fissare la gelida acqua nera sottostante. Con la marea calante un fiume di rifiuti passava davanti allo scafo.

«Serata fredda per un bagno» disse la voce di Angus dietro di lui. Rob si voltò.

«Ho sentito un colpo sulla chiglia e ho pensato che potessero essere gli yankee che cercavano di tagliarci i cavi dell'ancora.»

Angus si posò le mani sui fianchi. «Ed è così?»

Rob smise di fingere. «Devo trovarla, non sopporto di pensarla sola e indifesa in quella città.»

«Sei mesi fa eri sulla buona strada per marcire in una prigione per debitori fino alla fine dei tuoi giorni. Ora sei un tenente e un eroe, vuoi gettare via tutto questo per una ragazza?»

«Non è una semplice ragazza» replicò rabbiosamente Rob. «La amo.»

Era una dichiarazione audace, eppure in quale altro modo spiegare perché non riusciva a smettere di pensare a Sophie e di sognarla, perché tremava al ricordo di lei? Dell'amore sapeva solo ciò che aveva letto nei libri, ma era sicuro di amare Sophie.

«Hai diciotto anni, Rob. Quello che sai delle donne...»

Angus fece una sbuffata sprezzante. «Forse lei ti ha fatto trascorrere una notte magnifica, ma a parlare è il tuo uccello. Non sai che cos'è il vero amore.»

«Non puoi sapere che cosa provo per lei.»

«Teneri sentimenti che non ti salveranno dal cappio, se vieni impiccato per diserzione. Vuoi offrire quella chance a Coyningham?»

Rob, furioso, avrebbe potuto tuffarsi in acqua in quel preciso istante, ma nel buio udì uno sciabordio di remi e vide avvicinarsi una luce fioca.

Si mise subito in allerta.

«Chi va là?» gridò.

«Ehi della nave!» fu la risposta. «Scialuppa che arriva dalla nave ammiraglia, con a bordo passeggeri per la *Perseus.*»

Una piccola imbarcazione accostò alla fiancata della nave e il barcaiolo sollevò la lanterna rivelando tre passeggeri rannicchiati a poppa e avvolti in mantelli. Uno era basso e tozzo, con il viso celato da un cappello dalla tesa larga, e un altro era talmente enorme da sembrare una montagna, sotto il suo mantello. Il terzo, snello e composto, con una sciarpa legata sui lunghi capelli corvini, alzò lo sguardo e incrociò quello di Rob. Sophie.

Lui la fissò. «Sto sognando?» chiese ad Angus. «A quanto pare gli dei mi sorridono.»

Guardò su verso il cielo e levò le braccia come in un gesto di supplica.

Angus si sfregò gli occhi. «Oppure hai una fortuna del diavolo.»

«Che cosa succede?» La voce di Coyningham spezzò l'incantesimo. Era comparso sul ponte come per magia. Rob si chiese se dormisse mai: a prescindere dall'ora dimostrava un istinto infallibile quando si trattava di trovare Rob.

«Hezekiah Bracewell!» gridò lo zio di Sophie dalla barca. «Abbiamo ordini dell'ammiraglio. Dobbiamo salire a bordo per poi viaggiare sulla vostra nave.»

Coyningham lanciò un'occhiata diffidente a Rob come se sospettasse un complotto, ma chiamò gli uomini di guardia e ordinò loro di approntare il bansigo, un sedile di tela appeso a funi riservato a chi preferiva non affrontare la pericolosa salita della biscaglina.

Issarono Bracewell sulla nave come un sacco di patate.

«È altamente irregolare salire a bordo di soppiatto in piena notte» sottolineò il tenente, tirando su col naso.

«Desiderate consultarvi con l'ammiraglio?» ribatté Bracewell. «Ecco le mie credenziali.»

Allungò verso di lui un plico avvolto in tela cerata.

Ma Coyningham non lo prese. In quel momento Sophie spuntò sopra la fiancata. L'elegante abito bianco, le mani conserte posate in grembo e la pelle che scintillava dorata nella luce delle lanterne la facevano sembrare un angelo sospeso a mezz'aria.

Coyningham la fissò a bocca aperta, poi si riscosse e si rivolse all'equipaggio.

«Non lasciate Miss Bracewell appesa lì, tiratela subito a bordo o vi farò scorticare la schiena.»

I marinai issarono il sedile al di sopra della murata e lo calarono verso il ponte. Sophie scese, barcollando come se potesse perdere i sensi a causa del rollio della nave, a cui non era abituata. Coyningham la raggiunse in fretta e le prese il braccio.

«Grazie, tenente» disse lei con un sorriso che lacerò il cuore di Rob.

«Lasciate che vi mostri i vostri alloggi» le propose Coyningham. «Potete prendere la mia cabina.»

«Non sarà necessario» disse Bracewell. «Sono sicuro che non appena il comandante saprà della nostra presenza a bordo insisterà per cederci la sua.»

Coyningham deglutì. «Certo. Lo informo subito.»

Accompagnò zio e nipote a poppa, lasciando Rob e Angus in mezzo ai bagagli che stavano issando a bordo. Per essere dei profughi che scappavano da una città abbandonata i Bracewell avevano portato con sé davvero una montagna di effetti personali.

Vedendo Coyningham afferrare il gomito di Sophie per farle evitare un rotolo di fune sul ponte, Rob fu tentato di ghermire una picca dalle rastrelliere intorno all'albero per trafiggerlo. Aveva sognato Sophie per un'intera settimana, disposto a rischiare qualsiasi cosa per lei, e adesso che la ragazza era a bordo Coyningham l'aveva allontanata da lui.

Sophie guardò dietro di sé e la mezza luna le illuminò il viso, consentendo a Rob di scorgere ogni dettaglio dei suoi lineamenti squisiti.

Lei incrociò il suo sguardo, poi arricciò le labbra in un bacio silenzioso.

Lui ricominciò a respirare: Sophie lo amava ancora. La vide scomparire oltre la porta, ma l'immagine di quell'ultimo bacio gli rimase impressa a fuoco nella mente.

«Non metterti strane idee in testa» gli disse all'orecchio una voce rozza. Crow, il segretario di Bracewell, era salito a bordo senza farsi notare e la sua espressione dimostrava che gli aveva letto fin troppo chiaramente nel pensiero. «Miss Sophie non è per tipi come te.»

Senza lasciargli il tempo di replicare si voltò di scatto

per controllare che i bagagli del suo principale venissero sistemati adeguatamente. Rob, deciso a non farsi intimidire, lo lasciò andare.

«Ci saranno dei problemi» annunciò Angus in tono cupo. «Non metterti contro il Segugio per conquistare l'affetto di Sophie.»

«Lei non lo degnerebbe nemmeno di un'occhiata.»

L'amico lo guardò in tralice. Fece per ribattere, poi cambiò idea: a dispetto della sua maturità e del suo rango, Rob era ancora un adolescente all'apice della lussuria, c'erano alcune considerazioni a cui non avrebbe mai dato retta.

«Avere una donna a bordo porta sfortuna» si limitò ad affermare Angus.

La *Perseus* salpò l'indomani mattina, bersagliata da nevischio e grandine. Bracewell, Sophie e Crow erano gli unici passeggeri. Mentre lasciavano il porto di Boston, Rob guardò dietro di sé e vide centinaia di figure smorte accalcate sui moli nella speranza di essere portate via prima che i ribelli prendessero la città. Si chiese quale potere possedesse Bracewell per riuscire a convincere l'ammiraglio a lasciargli requisire la fregata quando la situazione era così drammatica.

«Punteremo verso sud» disse Tew ai suoi ufficiali.

Era di pessimo umore, tutt'altro che contento dei nuovi ordini portati da Bracewell e della necessità di cedere la propria cabina ai nuovi arrivati. Lui si era spostato in quella Coyningham, Coyningham in quella del secondo tenente e quest'ultimo, un tizio gioviale di nome Fawcett, nella cabina che sarebbe spettata a Rob. Quest'ultimo, essendo l'ufficiale di rango più basso, era finito a dormire con i guardiamarina, cosa che aveva reso particolarmente felice Coyningham perché allontanava ancora di più Rob da Sophie mentre lui alloggiava sotto di lei.

«Non siamo più diretti a New York» aggiunse Tew. «Andremo in Giamaica, dove sembra che Mr Bracewell debba svolgere un compito che è di estrema importanza per la guerra» spiegò senza curarsi di celare lo scetticismo nella propria voce. «L'ammiraglio mi ha ordinato di mettere la mia nave a disposizione di Mr Bracewell e di fornirgli tutta l'assistenza possibile.»

Stese una carta nautica sul tavolo, calcolando la rotta che avrebbero seguito. Rob se ne accorse a stento perché stava pensando al viaggio che li aspettava. Come minimo otto settimane per mare, sulla nave insieme a Sophie. Era sicuro che avrebbero trovato il modo di rubare qualche istante lontano dallo zio della ragazza e dagli occhi gelosi di Coyningham, e il pensiero gli fece contrarre i lombi per il desiderio.

Tew arrotolò la carta e osservò i suoi ufficiali.

«Speriamo in un viaggio tranquillo e piacevole.»

Fermo davanti a una tenda nell'accampamento dell'esercito continentale, Cal Courtney guardò la fregata allontanarsi, oltrepassando Governors Island. Lo stupì vederla salpare, il resto della flotta britannica era rimasto all'ancora per continuare a caricare passeggeri e rifornimenti portati dalle imbarcazioni che si affaccendavano intorno ai moli. Si chiese perché quella nave fosse stata autorizzata a partire così presto. Dov'era diretta? Circolavano parecchie voci secondo cui gli inglesi avrebbero sferrato l'attacco seguente contro New York City. Lui avrebbe tanto voluto trovarsi là.

Era una speranza assurda. L'unica azione che avrebbe visto, ormai, sarebbe stata un'udienza della corte marziale per avere colpito un suo superiore. La consapevolezza suscitava in lui un senso di vuoto. Si maledisse per l'incapacità di dominare il proprio temperamento impulsivo. Il padre lo aveva avvisato spesso che sarebbe stato la sua rovina, il che era ancora più doloroso.

Come avrebbe potuto onorare il ricordo di Aidan, se non fosse stato in grado di combattere?

Un uomo sporse il capo dalla tenda.

«Il generale può ricevervi.»

Due sentinelle lo accompagnarono dentro. Pur avendo i polsi indolenziti a causa delle manette, Cal aveva un atteggiamento fiero, più da eroe che da prigioniero, e fissò con aria di sfida il generale seduto alla scrivania.

L'ufficiale, che aveva severi occhi grigi e capelli dello stesso colore raccolti in una coda di cavallo, lo osservò incuriosito. Portava una sobria giubba blu, priva di qualsiasi insegna di grado, ed era un bell'uomo, benché il mento sporgesse leggermente rispetto alla dentiera che portava.

«Mr Courtney» disse con la dolce pronuncia strascicata della Virginia. «L'eroe del momento.»

Non riuscendo a capire dal suo tono pacato se volesse essere sarcastico, Cal preferì non replicare.

«Che cosa dovrei fare con un uomo che riesce a portare dei cannoni attraverso un territorio selvaggio che tutti ritenevano impenetrabile e fa breccia in una città che tutti dicevano inespugnabile, eppure nell'ora del suo trionfo non riesce a rispettare le regole della disciplina?» chiese il generale in tono meditabondo.

«Noi Courtney abbiamo sempre avuto problemi con l'autorità» ammise Cal.

«Infatti.»

L'ufficiale, che Cal aveva visto diverse volte apparire saldo come una roccia, sembrava stranamente esitante.

«Questo non è un esercito facile da comandare. Voi potete anche rappresentare un esempio estremo, Mr Courtney, ma nessuno di voi abitanti del New England rispetta granché l'autorità. Il colonnello Duffield insiste perché io vi destituisca, se non voglio che ogni membro dell'esercito continentale pensi di avere il diritto di aggredire i suoi superiori.»

Si massaggiò il mento, visto che i denti finti gli davano palesemente fastidio.

«Perché avete aggredito il colonnello?»

«Interrompere così presto il cannoneggiamento è stato un atto di disgustosa vigliaccheria» dichiarò Cal. «Se avessimo continuato avremmo potuto affondare la flotta degli inglesi, catturare il loro esercito e vincere la guerra in un pomeriggio.»

Il generale sorrise. «Magari fosse stato possibile. Per riuscirci avremmo dovuto distruggere Boston. I nemici vi si sono insediati a fondo come termiti e dispongono di diversi eserciti mentre io ne ho soltanto uno con cui difendere l'America. Non posso permettermi di perdere migliaia di uomini in un attacco vanaglorioso o di inimicarmi i rappresentanti del Massachusetts nel congresso continentale.»

«Non posso essere d'accordo con voi, signore.»

«Voi odiate gli inglesi.»

«Hanno ucciso mio fratello.» Cal sollevò le mani, scuotendo le catene perché tintinnassero. «Il mio unico desiderio è avere l'occasione di vendicarlo. Toglietemi queste manette, datemi un fucile e affronterò qualsiasi ostacolo, pur di ottenerla.»

«Capisco» replicò il suo superiore. Dopo qualche istante di riflessione aggiunse: «Non posso tenervi qui. Stiamo cercando di trasformare questa marmaglia in un esercito professionale e non posso tollerare la minima insubordinazione».

Cal si irrigidì. In parte se l'era aspettato, visto che il generale era un severo assertore della disciplina, ma si sentiva comunque tradito.

«Non possiamo lasciare che scoppi uno scandalo» continuò l'altro.

«Darò le dimissioni.»

Cal avrebbe potuto addentrarsi nel territorio selvaggio e magari unirsi a una delle tribù indiane che stavano combattendo a fianco dei ribelli. Ma il generale scosse il capo.

«Ho un compito diverso da affidarvi. Un compito che vi permetterà di mantenere il vostro grado e magari persino di farvi onore.»

Cal riprese a sperare.

«Una fregata francese, la *Rapace*, è di pattuglia al largo della costa e, dato che la Francia non è ancora entrata in guerra, sta veleggiando come nave corsara, autorizzata da una lettera di marca. Sarebbe inopportuno per Re Luigi che un vascello che batte bandiera americana avesse un equipaggio interamente francese. Lui desidera mantenere una parvenza di neutralità, almeno per ora, e ha chiesto che un rappresentante del nostro esercito salga a bordo in veste di comandante nominale per assisterli nelle operazioni.» Si allungò in avanti. «Per quanti assedi e battaglie possiamo vincere, non riusciremo mai a sconfiggere gli inglesi sulla terraferma. Mentre controllano i mari sposteranno i loro eserciti per attaccarci altrove. Dobbiamo sconfiggerli in mare, se vogliamo vincere questa guerra.»

Cal sapeva che gli stava offrendo una sospensione della pena, ma non si prese il disturbo di fingersi grato.

«Non so nulla su come si combatte per mare» protestò. «Non vi permetterò di esiliarmi per farmi contare gabbiani nel bel mezzo dell'oceano solo per tutelare la dignità di un colonnello.»

Il generale serrò le labbra. Era un uomo paziente, ma poteva dimostrarsi un nemico implacabile con chi rifiutava di obbedire alle sue decisioni.

«Imparerete in fretta lo stile di combattimento. Per mare un cannone spara esattamente nello stesso modo. E se credete che io vi stia allontanando dall'azione vi sbagliate. La nave corsara si accinge a partire per una missione della massima segretezza. Se avrete successo volgerete nettamente in nostro favore le sorti del conflitto. Otterrete la gloria, inoltre vi spetterà un ottavo dei premi in denaro derivanti da tutti i vascelli catturati dalla fregata.»

Notò la luce che si accese negli occhi di Cal alla menzione del denaro. Onore e dovere andavano benissimo, ma come qualsiasi giovane lui aveva bisogno di farsi strada nel mondo.

«Questa fregata è in tutto e per tutto una nave da guerra, tranne che nel nome. Si aprirà un varco fra i vascelli britannici come una volpe in un pollaio. Nel giro di sei mesi potreste guadagnare centomila sterline.»

Le gote di Cal avvamparono. Non era un uomo venale, si batteva per il fratello e per la causa della libertà, eppure il pensiero di un simile patrimonio fece scattare qualcosa dentro di lui. Il suo litigio con Theo riguardo alla morte di Aidan bruciava ancora. Il padre lo aveva definito un traditore della famiglia e gli aveva tagliato i fondi. Sarebbe stato magnifico tornare da lui in trionfo, raggiungendo la fattoria a bordo della sua carrozza personale. Aveva sacrificato così tanto, meritava qualcosa in cambio.

«Ci andrò» disse.

Il generale si concesse un sorriso. Era un abile giudice di caratteri e aveva capito che tipo fosse il suo uomo. Gli passò una lettera sigillata.

«Questi sono i vostri ordini. Non apritela finché non

sarete per mare. Quando vedrete quale missione vi sto affidando e quali opportunità vi offre mi ringrazierete.»

«Sì, signore.»

Il generale si alzò. «Sono sicuro che riuscirete nel vostro intento, Mr Courtney. Avete dentro di voi qualcosa che non vi permetterà di fallire.»

Cal raggiunse la fregata a Newport. La *Rapace* era ancorata ben al di fuori del porto, ancora ingombro degli scheletri neri della flotta bruciata. A bordo della lancia che lo stava portando fin là, la studiò attentamente: era deciso a padroneggiare quel nuovo teatro di guerra e voleva capirla a fondo.

Quando l'imbarcazione accostò alla fregata il tenente che lo accompagnava gli indicò di sedersi sul bansigo appena calato fin lì, ma Cal lo spinse via e cominciò a salire i pioli di legno infissi nello scafo della nave. Non aveva nessuna intenzione di farsi issare a bordo come una balla di merce.

Quando raggiunse il ponte di coperta stentò a non fissare a bocca aperta i membri dell'equipaggio che vi si erano radunati. Ogni cosa, in loro, sembrava essere stata misurata con un righello. Formavano file perfette, le schiene diritte come la piega dei loro calzoni. Ogni uniforme era immacolata, senza nulla fuori posto. Rappresentava un gran bel cambiamento rispetto al cencioso esercito continentale, dove era raro trovare due uomini con la giubba dello stesso colore.

Un giovane ufficiale si fece avanti e gli rivolse un impeccabile saluto militare. Portava calze rosse, calzoni rossi, panciotto rosso e giubba blu sui cui polsini erano ricamate delle ancore. Cal fu assalito da un empito di indignazione. Il ragazzo non era più vecchio di lui. Il capitano cercava forse di umiliarlo mandando ad accoglierlo, davanti a tutti gli uomini schierati, il suo ufficiale di livello più basso?

«Dov'è il comandante?» chiese, brusco.

L'ufficiale si inchinò rigidamente, ma con un'espressione furiosa.

«Sono il cavaliere Étienne de Bercheny e ho l'onore di comandare questa nave.»

«Mi aspettavo un uomo più vecchio.»

«Anch'io» replicò Étienne.

Si guardarono negli occhi. Possedevano entrambi tutto l'orgoglio e l'arroganza della gioventù. Erano abili combattenti e assassini, abituati a comandare, gelosi del proprio onore. Cal spostò istintivamente la mano verso la pistola che portava alla cintola mentre Étienne la allungò verso l'elsa della spada. Sarebbe bastato il semplice contrarsi di un muscolo perché si sfidassero a duello.

Ma mentre si fissavano la tensione si attenuò. A parte la statura non avrebbero potuto essere più diversi, dal punto di vista fisico: Cal aveva folti capelli rossi e un viso dai tratti decisi, Étienne era biondo, con la carnagione chiara e i lineamenti delicati di un angelo. Eppure Cal notò qualcosa di familiare negli occhi del giovane francese, gli sembrò di incontrare un vecchio amico. E vedendolo cambiare espressione capì che Étienne aveva visto la stessa cosa in lui. Era qualcosa di più dell'affinità fra due guerrieri e dell'odio condiviso per gli inglesi, era qualcosa di profondo, come se si fossero conosciuti in una vita precedente.

Erano troppo diffidenti per abbassare del tutto la

guardia, ma si rilassarono un poco. Cal porse la mano a Étienne, che la strinse.

«Penso che abbiamo qualcosa in comune» disse con un marcato accento francese.

«*Oui?*» Diversi precettori avevano cercato di insegnare il francese a Cal, o di inculcarglielo a forza di percosse, ma lui non aveva mai avuto la pazienza di impararlo. «Che cosa?»

«A entrambi piace uccidere gli inglesi.»

Cal scoppiò in una fragorosa risata. «In tal caso andremo d'amore e d'accordo.»

«Da dove vogliamo cominciare?»

«Ho degli ordini scritti.»

Estrasse il plico che gli era stato affidato. Il generale gli aveva detto di non aprirlo finché non fosse stato per mare ma Cal, troppo impaziente per aspettare, aveva spezzato il sigillo non appena era tornato nella propria tenda. Aveva letto il documento con crescente stupore, sbalordito dall'audacia della missione, dopodiché qualsiasi dubbio avesse potuto nutrire sull'opportunità di accettarla era svanito.

«Dobbiamo salpare alla volta delle Indie Occidentali» disse a Étienne.

«Ma la flotta britannica è a Boston» protestò il francese. «Se andiamo nei Caraibi perderemo la nostra occasione di darle battaglia.»

«Nelle Indie nuoceremo loro più di quanto potremmo fare qui. Inoltre» aggiunse Cal, «non tutte le navi britanniche si trovano a Boston. Tre giorni fa ho visto una fregata filarsela.»

Étienne contrasse la mascella. «Ne avete visto il nome?»

«*Perseus.*»

«Tre giorni» disse Étienne. «Ormai potrebbe trovarsi ovunque.»

«Infatti» concordò Cal, con un sorriso feroce. «Ma abbiamo molte spie a Boston. Ora che i nemici se ne stanno andando, all'improvviso sono tutti patrioti. Si dice che la *Perseus* porti informazioni essenziali per la guerra e sia diretta in Giamaica.»

Étienne trasse un bel respiro. Quella con la fregata britannica era stata la sua prima battaglia e il fatto che la preda fosse fuggita rappresentava una terribile onta per lui. Adesso aveva l'occasione di vendicarla.

«Fisserò subito la rotta per le Indie Occidentali, monsieur.»

La temperatura aumentò mentre la *Perseus* veleggiava verso sud. Aveva lasciato Boston durante una grandinata e si era imbattuta in una tempesta durata tre giorni, ma al momento viaggiava sotto un cielo azzurro. Gli ufficiali si tolsero la giubba per effettuare i turni di guardia in maniche di camicia.

Non era soltanto il sole a scaldare l'atmosfera a bordo: la presenza di Sophie Bracewell teneva gli uomini in uno stato di perenne agitazione. Il comandante Tew fece montare un tendone sul cassero per consentire a lei e allo zio di sedersi all'ombra. Bracewell rimaneva spesso nella sua cabina, mentre Sophie usciva ogni mattina per poi prendere posto su una sedia con un libro o il suo ricamo. Gli uomini sulla nave riuscivano a stento a levarle gli occhi di dosso, ma lei sembrava non accorgersene. Restava seduta in silenzio, la testa piegata di lato, le labbra socchiuse, una ciocca di capelli ribelle che le ricadeva sulla guancia.

Gli uomini potevano guardare, e sognare, ma sapevano che Sophie era fuori dalla loro portata. Per Rob era diverso. Non riusciva a dimenticare la notte trascorsa con lei, il tocco della sua pelle e la sensazione del corpo della ragazza sotto il suo. Svolgere le proprie mansioni sul ponte di coperta, guardare ogni altro uomo a bordo che la fissava era una vera tortura. A volte lei alzava gli occhi dal libro e incrociava il suo sguardo, con un sorriso, dopodiché lui si sentiva scoppiare di desiderio. Altre volte, invece, lei lo ignorava e Rob piombava in un malumore corrucciato.

«Sei come un cane in calore» disse Angus. «Hai bisogno di far piegare quella ragazza sul verricello e toglierti la voglia di lei, altrimenti ti esploderanno i calzoni per la lussuria.»

La promozione di Rob non aveva modificato la loro amicizia. Di fronte agli altri uomini Angus era il rispetto fatto persona, ma in privato mostrava la consueta schiettezza.

«Non capisci» replicò Rob.

Era sicuro che quello che provava fosse amore, ma sapeva anche che Angus non aveva tutti i torti. Era giovane e impulsivo, e ansioso di assaggiare nuovamente i frutti proibiti offertigli da Sophie, spinto da una brama che stentava a dominare. Doveva trovare il modo di rimanere solo con lei.

Non era certo facile su una nave dove non si distava mai più di tre piedi da qualcun altro, ed era reso ancora più arduo dal fatto che Sophie dormisse nella cabina più grande insieme allo zio. Ma l'ostacolo principale era rappresentato dal loro compagno di viaggio, Crow, che era una presenza minacciosa. Aveva perso metà dei denti e quelli rimasti erano guasti e neri. Teneva in tasca un cono di zucchero da cui staccava dei pezzetti che poi sgranocchiava rumorosamente. Seguiva Sophie come un avvoltoio che bracchi una gazzella ferita. Quando lei saliva sul ponte lui prendeva posto accanto al parapetto, guardando torvo chiunque si avvicinasse, e non appena lei tornava sottocoperta la seguiva con passo felpato. Di notte dormiva sul pavimento davanti alla porta della cabina, come un cane fedele.

Un giorno sorprese Rob a guardare Sophie di sottecchi e gli rivolse un'occhiata talmente truce da farlo rabbrividire. Ma Rob era comunque deciso a eluderne la sorveglianza.

Una settimana dopo la loro partenza da Boston, Bracewell invitò a cena gli ufficiali. Tew era di malumore nel vedersi trattato come un ospite nella sua stessa cabina, ma i sottoposti erano felici di avere l'opportunità di conversare e amoreggiare con Sophie. Crow servì il cibo.

«Come trovate la vita a bordo, Miss Bracewell?» chiese il secondo tenente Fawcett. «Dobbiamo sembrarvi terribilmente rozzi, in confronto all'alta società di Boston.»

«I gentiluomini mi annoiano.» Sophie aveva organizzato i posti a tavola in modo da trovarsi accanto a Rob. «Preferisco la compagnia degli uomini d'azione.»

«Confido che si possa essere entrambe le cose» dichiarò Coyningham.

Era seduto, molto impettito, all'altro lato della ragazza e non toccò quasi cibo. Era evidente per qualsiasi uomo sulla *Perseus* che si era infatuato di Sophie ed era altrettanto chiaro che lei non provava nulla per lui. Sul cassero Coyningham rappresentava uno spettacolo quasi patetico: se il vento le faceva cadere di mano il fazzoletto lui lo raccoglieva, se lei menzionava la calura lui andava a prenderle un ventaglio. Eppure Sophie lo guardava di rado.

«Posso chiedervi della natura del vostro compito in Giamaica?» domandò uno dei guardiamarina, un giovane grassoccio di nome Brompton. «Oppure è confidenziale?»

«È strettamente confidenziale» rispose Bracewell, poi strizzò l'occhio. «Ma posso dire che si spinge fino al cuore stesso della nostra campagna in America.»

«In tal caso stiamo veleggiando nella direzione sbagliata» dichiarò Fawcett fra l'ilarità generale. Indicò la scia della nave, fuori dalle finestre a poppa. «L'America è da quella parte.»

«La guerra non verrà vinta in America, bensì nei Caraibi» gli spiegò Bracewell.

«Non si sta affatto combattendo nei Caraibi, che io sappia» sottolineò Tew.

«Eppure sono indispensabili per il conflitto.» Bracewell diede una manata sul tavolo, facendo tintinnare le stoviglie e traboccare il vino dal suo bicchiere. «Sapete da dove provengono questa nave, le sue vele e cime, i suoi cannoni, il suo fasciame?»

«Dai cantieri navali di Chatham» rispose Tew.

«Dallo zucchero. Tutta questa guerra viene finanziata grazie allo zucchero, compreso ogni bottone sulla vostra uniforme, ogni granello di polvere da sparo e ogni brandello di vela su ogni nave.»

«Io preferisco essere pagato in ghinee» disse Brompton.

Risuonarono altre risate, ma Bracewell non vi si unì.

«Sapete quanto paga il governo per tenere a galla anche una sola nave o sul campo un unico battaglione? Ora moltiplicate quella cifra per tutte le navi della marina e tutti i reggimenti dell'esercito e vi farete un'idea di quanto costi l'insieme. Nessun governo può permettersi di prelevare una somma simile dalle sue entrate.»

«Veniamo comunque pagati» asserì Fawcett.

«Perché il governo si fa prestare i soldi» spiegò Bracewell con il fervore dell'autentico appassionato. «Quindi, fintanto che il ministero può tassare le importazioni di zucchero per rimborsare i propri debiti, i banchieri di Londra presteranno loro fondi quasi illimitati.»

Rob rabbrividì. Non aveva dimenticato il proprio incontro con i banchieri londinesi. Aveva toccato con mano come fossero pronti ad anticipare denaro e cosa volessero in cambio.

«Questo fa sicuramente sì che il governo sia in debito con i banchieri, vero?»

Bracewell gli rivolse un sorriso indulgente che tese le sue labbra sporche di vino.

«Ogni uomo è una creatura dei suoi creditori, è questa la prima regola della vita.»

A Rob venne in mente una domanda.

«Il Barone di Dartmouth fa parte del ministero?» chiese con la massima innocenza possibile.

«Il Barone di Dartmouth è un mio grande amico» si vantò Bracewell. «È presidente del Board of Trade and Foreign Plantations.»

«Lo conoscete da molto tempo?» chiese Coyningham.

«Sin da quando era solo Sir Christopher Courtney. Ha fatto parte del consiglio di amministrazione della Compagnia delle Indie Orientali, poi è diventato governatore generale a Calcutta. Ha fatto fortuna in India prima di tornare a Londra. È stato un fedele alleato, in merito agli interessi sullo zucchero.»

«Courtney?» Sophie drizzò le orecchie nel sentire il nome. «Pensate che possa essere imparentato con il nostro valoroso tenente Courtney?»

Risate divertite si propagarono intorno al tavolo. Rob si costrinse a ridere come gli altri, benché la sua mente stesse lavorando a pieno ritmo.

«Anche il padre di Dartmouth era un personaggio illustre?»

«Eccome. Era Sir Guy Courtney, console generale per l'Oriente.»

In parte Rob se l'era aspettato, eppure trasalì nell'udire quel nome così temuto. La forchetta gli cadde di mano, rimbalzò sul piatto tintinnando e finì sul pavimento.

Mentre tutti gli sguardi si appuntavano su di lui, si piegò rapidamente a raccoglierla, il che gli concesse il tempo di ricomporsi. Sin da quando era bambino il nome di Guy Courtney era secondo solo a quello del diavolo per il terrore e l'odio che evocava, sufficiente a far fare brutti sogni a Rob. Era stato Guy a portare le forze assassine di Zayn al-Din nella Nativity Bay perché attaccassero Fort Auspice. Era stato Guy a puntare un pugnale alla gola del padre di Rob quando George aveva solo tre anni. E il Barone di Dartmouth, artefice di tutte le sventure di Rob, era suo figlio.

All'improvviso tutto ciò che era successo a Londra – il prestito, l'incendio, la perdita della spada, la sensazione di trovarsi fra le grinfie di un nemico invisibile e implacabile – acquistò un senso terribile.

Quando Rob si raddrizzò aveva ripreso il controllo delle proprie emozioni, ma scoprì che Bracewell gli stava rivolgendo un'occhiata feroce, fissandolo con aperto sospetto.

«Sembrate molto interessato al Barone di Dartmouth. Siete sicuro che non sia vostro parente?»

«Mr Courtney non riscuoterebbe certo la paga da tenente se fosse imparentato con uno degli uomini più ricchi della Gran Bretagna» disse Sophie.

Gli altri ufficiali scoppiarono a ridere e la conversazione proseguì. Rob tentò di non guardare Bracewell, ma si accorse che l'uomo lo stava fissando.

Dopo che venne servito il porto, Bracewell si asciugò la bocca con il tovagliolo.

«C'è una questione di cui vorrei parlare con voi, capitano. Presumo che la nostra rotta ci condurrà oltre la costa delle Caroline, vero?»

Tew annuì, diffidente.

«Nella costa del South Carolina c'è un'insenatura chiamata Seabrook Bay, la conoscete?»

«L'ho vista sulle carte.»

«Vi sarei davvero grato se poteste raggiungerla. Ho una tenuta un po' più nell'entroterra ed è imperativo che io passi a recuperarvi alcuni preziosi effetti personali.»

Tew si accigliò. «I miei ordini sono di portarvi in Giamaica con la massima celerità. Abbiamo già perso fin troppo tempo.»

Il giorno dopo la partenza da Boston l'albero di gabbia della *Perseus* era rimasto danneggiato durante una burrasca invernale e il raddobbo aveva richiesto tre interi giorni.

«Vi è stato ordinato di mettere la vostra nave a mia disposizione.» Bracewell puntò ripetutamente un dito su Tew, rischiando di rovesciare il decanter. La sua voce si era fatta sgradevole. «Insisto perché facciate ciò che vi chiedo.»

«Questo posticiperà il nostro arrivo in Giamaica» replicò Tew. «E la costa del South Carolina è in mano ai ribelli, pattugliata dalle loro navi corsare. Anche se raggiungessimo l'ancoraggio nulla garantisce che riuscireste ad arrivare a casa vostra sano e salvo.»

«Allora è una vera fortuna che abbiamo così tanti *uomini d'azione* a bordo» affermò con enfasi Bracewell.

Mentre discutevano, Sophie aveva avvicinato quasi impercettibilmente la sedia a quella di Rob. Dopodiché divaricò leggermente le gambe in modo da premere la coscia sulla sua e lui le posò un piede dietro la caviglia per poi farlo salire lungo il polpaccio.

Fu servito di nuovo il porto. Rob non aveva dimenticato la sconvolgente notizia sul Barone di Dartmouth, che però si trovava a migliaia di miglia da lì, a Londra. Con la pancia piena di vino e la gamba tiepida di Sophie contro la sua, Rob aveva esigenze più immediate da soddisfare.

«Benissimo.» In fondo al tavolo Tew si era arreso a Bracewell. «Sono costretto a obbedire ai vostri ordini, ma annoterò sul diario di bordo che la giudico una mossa tutt'altro che saggia.»

«Il vostro giudizio non mi interessa affatto» ribatté bruscamente l'altro, reso irascibile dal troppo vino. «Sarà sufficiente che mi portiate dove ho bisogno di andare.»

Tew arrossì e tutti gli ufficiali, incluso Coyningham, si irrigidirono. Insultare un comandante sulla sua stessa nave, nella sua stessa cabina, era un'offesa inconcepibile.

Ma non c'era nulla che Tew potesse fare. Si alzò.

«Grazie per l'ospitalità, Mr Bracewell.» Rivolse un cenno del capo a Sophie. «Miss Bracewell, vi auguro la buona notte.»

Gli ufficiali si congedarono e lo seguirono. Quando Rob spinse indietro la sedia sentì qualcosa punzecchiargli le costole e, abbassando lo sguardo, vide che Sophie gli aveva infilato sotto il panciotto un foglietto ripiegato.

Una volta tornato nella sua cabina lo lesse. Diceva: *Aspettami stanotte.*

Quando i guardiamarina con cui divideva la cabina si addormentarono sulle rispettive cuccette lui rimase sveglio, vestito di tutto punto. Sapeva che avrebbe dovuto riflettere su Christopher Courtney, sul significato delle notizie avute da Bracewell e su come si sarebbe ripreso la spada Nettuno, eppure i suoi pensieri tornavano sempre a Sophie.

Sentendo bussare alla porta, si alzò di scatto e la aprì. Lei lo stava aspettando, impaziente, con indosso solo una sottile camicia da notte e uno scialle. Lo baciò con urgenza, mordendogli il labbro così forte che lui sentì il gusto del sangue. Sophie lanciò un'occhiata agli uomini che russavano alle spalle di Rob.

«C'è un posticino più intimo in cui poter andare?»

Non c'erano molti angoli privati su una nave lunga cento piedi, ma Rob aveva riflettuto a lungo sul problema e, illuminando il tragitto con una lanterna, precedette Sophie lungo il corridoio e giù per un'altra scala, fino al ponte inferiore. Più avanti, una porticina si apriva sullo spazio a prua dove venivano tenute le cime, le più piccole accatastate ordinatamente intorno al pesante cavo dell'ancora, arrotolato come un enorme serpente addormentato.

Rob stese a terra la coperta che aveva portato.

«Mi aspettavo qualcosa di più comodo.»

«Non sempre l'amore dev'essere comodo.» Sophie guardò i rotoli di corda. «Ho sentito che in marina frustate gli uomini.»

«A volte è necessario, ma cosa c'entra con l'amore?»

«L'avete mai fatto?»

Rob scosse il capo. «È compito degli aiuto nostromo.»

«Ma l'avete visto fare?»

Lui annuì.

«Mostratemelo» gli ordinò lei.

Si sfilò la camicia da notte, sotto la quale era nuda. I capelli le coprivano il seno e la sua pelle scintillava nel chiarore della lanterna. Ignorò la coperta, si inginocchiò sul pavimento e si allungò in avanti, abbracciando la spessa gomenetta.

Rob, titubante, prese una corta fune da un mastello pieno di pezzi assortiti e la calò delicatamente sulla schiena di Sophie, che trasalì a malapena.

«Più forte» ordinò.

Lui riprovò, stavolta lasciandole una striscia rosso pallido sulla pelle.

«Più forte» ripeté lei. «Fatemi male.»

Rob non capiva, ma la voce di Sophie aveva un tono ipnotico a cui lui non poteva disobbedire. Irrigidì il braccio e abbassò con forza la corda, causando un'escoriazione scarlatta in rilievo. La ragazza trattenne bruscamente il fiato e subito dopo ansimò di piacere o dolore, lui non riuscì a capirlo.

«Di nuovo.»

Rob obbedì. Più forte la colpiva e più Sophie sembrava goderne. Cominciò a gemere, prima in maniera sommessa e poi con crescente intensità, e prese a mordere la fune di fronte a lei per smorzare il suono. Dimenandosi da una parte e dall'altra, inarcò la schiena, su cui comparve ben presto un reticolo di segni rossi, anche se lui si premurò di non lacerare la pelle. I gemiti della ragazza si levarono in un crescendo.

Alla fine si spensero in un uggiolio. Sophie si alzò e si girò verso di lui, il seno madido di sudore, l'umida peluria fra le cosce che scintillava.

Allungò una mano per toglierli di mano la fune, poi la fece schioccare nell'aria per saggiarne il peso.

«Spogliatevi» gli ordinò.

Rob obbedì. Sophie gli posò l'altra mano sul membro, poi lo titillò e tirò. Si protese verso di lui, sfiorandogli il petto con i capezzoli mentre gli passava la corda dietro la schiena.

Lui sentì l'estremità della fune solleticargli il dorso. La luce della lanterna creava due fiammelle negli occhi di Sophie.

«Ora tocca a me.»

L'indomani mattina Rob si svegliò tardi, con i segni lasciati da Sophie che gli pulsavano sulla schiena. Per paura che i guardiamarina li notassero dovette aspettare che salissero in coperta prima di rotolare giù dalla cuccetta. Si infilò in fretta la camicia, soffrendo di nuovo nel rammentare l'esperienza. Quando salì sul ponte vide Sophie sul suo consueto sedile riparato dal tendone, intenta a ricamare sotto lo sguardo vigile di Crow. Si toccò il berretto in segno di saluto, ma lei finse di non accorgersene.

*Perché si comporta così?* si chiese, angosciato. Anche Angus se ne accorse.

«Hai fatto qualcosa per irritare Miss Bracewell?»

Rob tentò di rimanere impassibile, ma era troppo giovane per riuscire a impedirsi di arrossire. Angus capì tutto in un istante.

«L'hai avuta» dedusse. «Scaltro demonietto.»

«Ma stamattina lei non mi guarda nemmeno.»

«Ti sta mettendo alla prova» spiegò Angus. «Non vuole che tu pensi di poterla avere troppo facilmente.»

*Chi la fa l'aspetti,* pensò Rob.

Per il resto della mattinata si comportò come se Sophie non esistesse e rimase concentrato sui propri uomini, mostrando un insolito interesse per il loro lavoro. Quando era costretto ad attraversare il cassero le girava alla larga. Doveva fare uno sforzo enorme per non guardarla. Visioni della notte precedente continuavano a comparirgli davanti agli occhi. Non osava sbirciare la ragazza per scoprire se il suo comportamento stava avendo qualche effetto su di lei: con il suo istinto felino Sophie lo avrebbe colto subito in flagrante.

Quel pomeriggio si levò una brezza tiepida e a un tratto Sophie, le cui mani agili stavano ricamando con maestria, lanciò un grido: si era punta il dito con l'ago e per lo stupore aveva lasciato andare il ricamo, che il vento aveva strappato dal suo grembo e poi sospinto al di sopra del parapetto.

Prima che scomparisse nell'oceano una mano salda lo ghermì a mezz'aria. Coyningham attraversò il ponte per restituirlo a Sophie, con un inchino.

Lei lo guardò con gli occhi che brillavano di gratitudine e si strinse al petto il tessuto.

«Grazie» disse con un fil di voce. «Vi ho lavorato per così tante ore che perderlo mi avrebbe rattristato profondamente. È proprio vero, l'amore vince tutto.»

Coyningham arrossì. «Come, scusate?»

Sophie lisciò il ricamo e lo tenne sollevato. Al centro spiccava il motto latino *Omnia vincit amor*.

Un sorriso svenevole si allargò sul volto dell'uomo.

«Sono lieto di esservi stato utile.»

Sophie si infilò in bocca il polpastrello, su cui spiccava ancora una goccia di sangue, e lo succhiò con le labbra umide.

«Potete stare sicuro della mia gratitudine, tenente.»

La voce di Tew interruppe il loro colloquio. «Se avete finito, tenente, è ora di fare pratica con i cannoni.»

Coyningham si toccò la tesa del cappello e si inchinò

di nuovo. Mentre passava accanto a Rob gli lanciò un'occhiata trionfante.

«Non mettetevi in testa idee al di sopra di voi» disse.

Quella notte Rob tornò nel deposito delle corde. Non sapeva se Sophie lo avrebbe raggiunto, ma aveva talmente fame di lei che era disposto a tentare qualsiasi cosa. Aspettò per un secolo, nella luce soffusa della lanterna. Pensieri lussuriosi imperniati su Sophie e gelosi incentrati su Coyningham gli si mescolarono nella testa fino a farlo quasi impazzire. E se lei lo avesse respinto? E se in quel momento si fosse trovata nella cabina di Coyningham, intenta a stringerlo fra le sue splendide cosce? E se...

Si riscosse di scatto dalle sue fantasticherie quando udì un fioco scalpiccio sull'assito davanti alla porta. Sophie sgattaiolò dentro, vestita solo della sottile camicia da notte. Lui si stupì della sua capacità di aggirarsi furtiva per la nave, eludendo la sorveglianza di Crow, senza mai farsi cogliere in fallo, e si chiese dove avesse imparato a farlo.

La raggiunse per abbracciarla, ma lei si ritrasse e lo schiaffeggiò con forza.

«Che cosa stavate facendo, oggi?» chiese. «Non mi avete degnato nemmeno di un'occhiata. Avete forse pensato di potermi trattare come una comune sgualdrina, ora che mi avete avuto?»

«Io?» replicò Rob, sbalordito. «Siete stata voi a comportarvi come se non esistessi.»

Le si riempirono gli occhi di lacrime. «Come avrei potuto? Credete sia facile restarmene seduta lì ogni giorno con Crow che mi sorveglia come un carceriere? Sapete che cosa gli ordinerebbe di farmi mio zio, se scoprisse che cosa abbiamo fatto?»

Rob fu assalito dal senso di colpa. «E la vostra conversazione con Coyningham?»

«Coyningham non significa niente per me. Ha un'aria così derelitta e disperata che mi ha fatto pena. Volete forse odiarmi per questo?» Sophie pestò il piede a terra per la frustrazione. «Ma voi! Se solo aveste una vaga idea di ciò che provo per voi...»

Si coprì il volto con le mani e chinò il capo.

«Vi chiedo scusa» disse Rob. «Non lo farò più.»

Lei alzò lo sguardo. Stava sorridendo e i suoi occhi scintillarono nel chiarore della piccola lanterna.

«Vi perdono» disse, sfilandosi la camicia da notte.

«Grazie.»

«Ma dovrete comunque essere punito.»

L'indomani Tew piazzò sui colombieri due vedette a cui dava il cambio ogni due ore. A un certo punto si vociferò di una vela all'orizzonte, che però non ricomparve. Tutti gli uomini avevano i nervi tesi: l'equipaggio si accorgeva che il comandante non era felice di quella deviazione nel South Carolina che gli assegnava il ruolo di galoppino di Bracewell, e il suo stato d'animo era contagioso.

La temperatura salì ulteriormente mentre si avvicinavano alla costa dello stato. Il sole era scomparso e nuvole grigie premevano su di loro, rendendo l'aria calda e appiccicosa. A Rob ricordava il periodo natalizio nella Nativity Bay, l'umidità che si accentuava mentre loro aspettavano le piogge di gennaio. Quando avvistò la terraferma per la prima volta il ricordo si fece ancora più vivido. La bassa costa, bordata da paludi di mangrovie e isolotti fangosi, avrebbe potuto essere quella africana e lo fece pensare alla sua famiglia. Che cosa stavano facendo in quel momento? Erano giù sulla spiaggia a far rimbalzare sassi sull'acqua della baia mentre aspettavano il ritorno di Rob? Lo avevano dimenticato?

Avrebbe voluto tornare là. Avrebbe voluto portarvi Sophie, presentarla a sua sorella e mostrarla con orgoglio al padre. Desiderava farle capire da dove arrivava lui, farle conoscere il suolo dell'Africa in cui affondava le radici.

Ma non poteva tornare senza la spada Nettuno. Ora che sapeva chi era davvero il Barone di Dartmouth era più determinato che mai a riprendersela.

«Un penny per i tuoi pensieri» mormorò Angus, accanto a lui.

Rob sorrise con aria timida. «Stavo pensando a casa mia.»

«Mr Courtney.» La voce di Tew viaggiò lungo la nave, convocandolo sul cassero. «Una parola, se non vi dispiace.»

Rob lo raggiunse accanto al tavolo con le carte nautiche. Erano presenti tutti gli ufficiali, e anche Bracewell, ma quel mattino Sophie era rimasta nella propria cabina. Rob si chiese se fosse indolenzita quanto lui.

«La Seabrook Bay è un autentico dedalo di isolette e paludi» disse Tew, passando la mano sopra la mappa. «Persino con l'alta marea faticheremo ad avvicinarci alla costa. Con la bassa marea rischiamo di incagliarci.»

«Se ci arenassimo rappresenteremmo dei facili bersagli per qualsiasi ribelle presente nella zona» sottolineò Fawcett.

Tew annuì. «Esatto, quindi entreremo nella baia mentre la marea sale. Da quel momento, Mr Bracewell, avrete sei ore di tempo per raggiungere la vostra casa, recuperare i vostri beni e tornare a bordo prima che leviamo l'ancora.»

«Che cos'è che dovete prendere?» chiese Rob. «È qualcosa di pesante?»

«Si tratta di una cassaforte» rispose Bracewell. «Inoltre porterò con me alcuni domestici.»

Tew avvampò di irritazione al pensiero che altri passeggeri salissero sulla sua nave, ma era troppo furbo per discutere con quell'uomo.

«Guiderò io la spedizione» si offrì Rob, che non vedeva l'ora di entrare in azione e di dimostrare nuovamente il proprio valore a Sophie e a suo zio.

«Il sottotenente Courtney vuole sempre accaparrarsi tutta la gloria» commentò Coyningham, sprezzante. «In qualità di tenente dovrei avere io il comando dell'operazione.»

«Infatti» confermò Tew, «ma il sottotenente Courtney verrà con voi in veste di secondo ufficiale.»

«È davvero necessario?» protestò Coyningham. «Avrete sicuramente bisogno di lui qui a bordo.»

«La mia decisione è definitiva.»

«Il mio segretario, Crow, vi accompagnerà» annunciò Bracewell. «Può mostrarvi la strada.»

Alle loro spalle si udì un sonoro schiocco quando Crow, che Rob non aveva sentito arrivare, staccò con un morso un pezzo di zucchero che poi cominciò a frantumare grazie ai pochi denti rimasti, mentre la saliva gli colava lungo il mento. Con una coppia di pistole infilate nella cintura avrebbe potuto passare per un pirata.

Mentre ci si dedicava agli ultimi preparativi Tew prese da parte Rob.

«Sapete che il governatore ha emanato un proclama che autorizza a liberare tutti gli schiavi leali al re?» Gli passò un fascio di documenti. «Questi sono certificati che attestano la loro libertà, consegnateli a qualsiasi schiavo incontriate.»

Rob guardò con stupore il comandante. La cosa non era inclusa nei loro ordini.

«Perché, signore?»

Tew parve quasi imbarazzato. «La schiavitù è un abominio» disse semplicemente, poi si voltò come se non osasse mostrare le proprie emozioni a Rob. «Se c'è qualcosa che possiamo fare per aiutare queste povere anime dovremmo farlo.»

«Potete contare su di me, signore.»

Partirono con due barche a remi, Coyningham su una e Rob sull'altra, poi Crow li guidò attraverso le secche e i banchi di fango fino alla foce di un fiume che confluiva nella baia. L'atmosfera aveva un che di inquietante. In lontananza alcuni pescatori cercavano molluschi nel fango e fra gli alberi che bordavano la riva Rob intravide dimore imponenti intervallate da prati verdi. Talvolta la foresta lasciava il posto a vaste risaie, collegate al fiume da paratoie, eppure non si vedeva nessuno al lavoro e i campi erano invasi dalle erbacce.

«Che cosa è successo?» chiese Rob.

Crow gli rivolse un sorrisetto crudele. «Il governatore ha detto che gli schiavi potevano essere liberati, se erano disposti a combattere per la Gran Bretagna. La metà di loro è scappata e quelli rimasti sono stati messi sotto chiave perché non potessero seguire gli altri.»

Rob cercò di trovare un senso alla cosa.

«Quindi i ribelli che si stanno battendo per la libertà vogliono tenere degli schiavi mentre il re che loro sostengono voglia ridurli in schiavitù ha in realtà liberato gli schiavi.»

Crow assunse un'aria sconcertata. «L'uomo è libero di tenere degli schiavi» dichiarò, «altrimenti dove andremo a finire?»

Senza lasciare a Rob il tempo di replicare indicò un pontile di legno che aggettava dalla riva del fiume.

«Il posto è questo.»

Lo raggiunsero remando e ormeggiarono le barche. Rob guardò l'orologio da tasca prestatogli da Fawcett, scoprendo che erano già passate due ore.

«Quanto dista la casa?»

«Quattro miglia» rispose Crow.

Avrebbero impiegato un'ora per andare e una per tornare, quindi i margini erano davvero stretti.

«Non possiamo perdere tempo.»

Si incamminarono di buon passo su un sentiero nella foresta. Gli uomini rimasero in gruppo perché sulla terraferma i marinai, comuni o scelti che fossero, si sentivano come pesci fuor d'acqua. Si guardavano intorno, a disagio, brandendo le armi per ogni minimo rumore.

Quando fra i cespugli lungo la strada, alla loro destra, risuonò un fruscio, uno dei marinai scelti sollevò istintivamente il moschetto e fece fuoco. Si udì un grido e Rob rimase orripilato nel vedere tre donne nere uscire incespicando dal sottobosco, con le mani alzate in un gesto di resa.

«Non sparate» implorarono. «Siamo leali. Leali.»

Crow sfoderò la pistola per puntargliela contro.

«Col cavolo che lo siete. Siete delle schiave fuggitive, piuttosto.»

La donna a capo del trio, vestita di una corta tunichetta bianca lacera e sporca dopo il viaggio nella foresta, si lasciò cadere in ginocchio.

«Non siamo schiave fuggitive, Re Giorgio ci ha liberato.»

«Re Giorgio non prova alcun interesse per voi» replicò Coyningham, stringato, «e noi non abbiamo tempo da perdere.» Si rivolse a un sottoposto. «Rimettetevi in cammino.»

Prima che potesse muoversi, lei gli cinse le gambe con le braccia.

«Vi prego, signore» supplicò. «Moriremo di fame, nella foresta. E su quella strada ci sono truppe ribelli, con cavalli e fucili e tutto il resto.»

Coyningham la spinse via con un calcio. «Levati di torno.»

«Aspettate.» Rob le si accovacciò accanto e le diede il fazzoletto per asciugarsi il viso. «Ci sono davvero delle forze ribelli più avanti?»

Lei annuì, con gli occhi sgranati per la paura. «Sono centinaia, in marcia da Charleston.»

«E hanno dei cannoni?»

«Sì, signore.»

«Dove sono?»

La donna indicò il sentiero davanti a loro, poi mosse il braccio descrivendo un cerchio quasi completo.

«Dappertutto?»

Lei annuì.

Rob la tirò in piedi.

«Scendete nella baia e vedrete una nave britannica» le disse. «Se riuscite a raggiungerla il comandante vi offrirà riparo.» Si rivolse a Coyningham. «Dobbiamo tornare indietro, altrimenti non riusciremo più a tornare alla *Perseus* a causa della strada bloccata.»

«Mr Bracewell ha bisogno delle sue cose» ringhiò Crow.

«Certo» concordò Coyningham. «Siete più stolto di quanto pensassi, se credete alle parole di una negra» disse poi a Rob. «Molto probabilmente l'hanno piazzata lì i ribelli per spaventarci. Dubito che siano più di mezza dozzina, sempre che ce ne siano, e un'unica occhiata alle nostre baionette basterà a farli scappare a gambe levate.» Scoppiò a ridere. «Ancora una volta sembra che vogliate fuggire al primo accenno di pericolo.»

«È sbagliato far correre dei rischi agli uomini» insistette Rob. «Si sono offerti volontari per servire il re, non Mr Bracewell.»

«Se volete tornare alla *Perseus* per dire a Mr Bracewell che non avete avuto il fegato di farlo avete la mia autorizzazione. A quel punto sua nipote vedrebbe che tipo di eroe siete in realtà. Ma sono io al comando, quindi proseguiremo.»

Rob non aveva altra scelta. Non poteva tornare alla nave da solo né voleva abbandonare gli uomini, ma la sua apprensione si accentuò a mano a mano che avanzavano. Erano circondati da foresta e paludi dalla folta vegetazione, l'ideale per un'imboscata. Sarebbe bastata una dozzina di uomini per bloccare completamente la strada e se avessero avuto un cannone avrebbero falciato gli uomini della *Perseus* come granturco.

Sbucarono dalla foresta ritrovandosi davanti a un muro di pietra e a un cancello con pilastri sormontati da sfingi di pietra che separava la strada da un viale. Quest'ultimo attraversava i prati portando fino a un'elegante villa di mattoni rossi circondata da un gruppo di edifici e ammantata dall'atmosfera di desolazione tipica di una proprietà in abbandono.

«Aspettatemi qui» disse Crow ai marinai. «Mi ci vorranno solo dieci minuti.»

«Vengo con voi» si offrì Coyningham. «Miss Bracewell mi ha chiesto di prenderle alcuni effetti personali.»

Rob provò un empito di gelosia. Perché Sophie non l'aveva chiesto a lui? E cosa poteva mai volere? Si impose di rimanere impassibile.

I due scomparvero dentro la casa mentre Rob e i suoi uomini aspettavano ai piedi dei gradini. Lui sentiva la situazione farsi di secondo in secondo più pericolosa. I ribelli non potevano essere lontani.

Era frutto della sua immaginazione o si sentivano davvero delle voci?

«Frugate negli edifici esterni» disse ad Angus. «Assicuratevi che nessuno ci stia spiando.»

Angus lo guardò di traverso. «Se questa è una trappola ci siamo già finiti dentro.»

Raggiunse rapidamente il gruppo di edifici sul versante opposto del prato insieme a due uomini. Controllarono l'interno di due dei più piccoli e poi si avvicinarono a un granaio più ampio, con la porta a doppio battente chiusa da una trave che Angus, dopo essersi chinato per sbirciare dentro da una fessura fra le assi, sollevò in fretta.

La porta si spalancò, dimostrando che Rob aveva avuto ragione: non erano soli. Quelli che aveva sentito non erano però dei ribelli, bensì uomini, donne e bambini neri che si riversarono fuori dal granaio e corsero verso la casa, urlando domande.

«Che cosa succede?»

«Arriva il padrone?»

«Dove sono i ribelli?»

Rob li guardò, scioccato. Essendo cresciuto nella Nativity Bay era abituato a trovarsi fra persone nere, ma là erano orgogliose e libere, abituate a ridere e chiacchierare mentre lavoravano, capaci di cacciare e combattere meglio di chiunque altro. Gli uomini e le donne che si trovava adesso di fronte erano diversi: si muovevano lentamente, tenendo gli occhi bassi e la schiena curva. Persino i bambini aggrappati alla mano della madre avevano l'aria spaventata, sembravano avviliti e svuotati.

Da quanto tempo erano rinchiusi in quel granaio?

Non tutti erano stati piegati. Rob notò una giovane sui diciotto anni che portava un grazioso vestitino di calicò invece degli abiti di lavoro degli altri schiavi e le cui braccia snelle non erano state irrobustite dal duro lavoro nei campi. La sciarpa gialla che le teneva i capelli scostati dal viso ne metteva in risalto i lineamenti delicati, gli occhi color nocciola e la pelle di un marrone dorato.

Possedeva una compostezza e una maturità insolite in qualcuno di così giovane. Rob si accorse che donne con il doppio dei suoi anni la guardavano in attesa di istruzioni e alcune bambine si premevano contro la sua gonna.

Lui non si rese conto di averla fissata finché la ragazza non incrociò il suo sguardo. Rob le vide negli occhi un'espressione di sfida, una forza che diceva che nessun uomo avrebbe potuto possederla, e provò un'inspiegabile vergogna.

Rammentando l'incombenza affidatagli da Tew, prese dal portacartucce i certificati avuti dal comandante e li tenne sospesi a mezz'aria.

«Ho un annuncio da fare» disse con un certo imbarazzo.

Cinquanta paia di occhi inespressivi lo fissarono.

«Il governatore ha decretato che ogni schiavo disposto a combattere per il re otterrà la libertà.»

Li sbirciò, chiedendosi se avessero capito, ma non vide molta gioia sui loro visi. Alcuni di loro sembravano diffidenti e un uomo pieno di tatuaggi tribali pareva quasi arrabbiato.

«Che trucco è mai questo?» gridò. «Pensi di poterci rubare?»

«Nessun trucco.» Rob gli mostrò i fogli. «Vedete questo timbro? È il sigillo di Re Giorgio. Lui non vi tradirà.» Cominciò a leggere il documento ad alta voce. «"Con la presente dichiaro liberi tutti i Domestici vincolati da contratto, neri e non, che abbiano la capacità e la volontà di prendere le armi, unendosi alle truppe di Sua Maestà il prima possibile, allo scopo di condurre più celermente questa colonia a un più adeguato senso del proprio dovere."» Alzò gli occhi. «Chi vuole unirsi a noi?»

Nessuno si mosse. Rob scese dai gradini e raggiunse lo schiavo a lui più vicino, un uomo sulla sessantina con la schiena solcata da un reticolo di cicatrici scure, poi gli mise in mano uno dei certificati.

«Siete libero.»

L'uomo incespicò. Rob distribuì gli attestati a tutti gli schiavi, che li fissarono come se non riuscissero a capire di avere ottenuto la libertà.

«Scendete nella baia» li sollecitò lui. «Là c'è una nave che vi offrirà un passaggio sicuro.»

Per un attimo temette che la *Perseus* sarebbe stata sovraccarica, ma non poteva preoccuparsene in quel momento. Confidava che Tew avrebbe tenuto fede alla promessa del re.

Nessuno degli schiavi affrancati si diresse verso il cancello.

«Andate» disse Rob, «prima che arrivino i ribelli.»

Ma loro, invece di ascoltarlo, stavano guardando l'uomo con i tatuaggi da lui notato in precedenza. Non era molto più vecchio di Rob, ma a dispetto dei suoi cenciosi indumenti da schiavo emanava un'innata autorevolezza. Si accigliò, meditabondo, come un leone che fiuti la posta del cacciatore, sospettando una trappola.

Alla fine parlò, in una lingua africana a Rob incomprensibile. Gli altri annuirono e, con profondo stupore di Rob, cominciarono a tornare verso i loro alloggi sul retro della villa.

«Che cosa hai detto ai tuoi compagni?» gridò Rob. «Vuoi forse condannarli a una vita di schiavitù?»

L'uomo alto e grosso gli rivolse un'occhiata sprezzante. «Dico di prendere le loro cose. Ce ne andiamo.»

«Come ti chiami?» chiese Rob.

«Scipio.»

«Di dove sei?»

Lui si accigliò, con un'espressione che sembrava dire: *Perché ti interessa?*

«Io sono nato in Africa» dichiarò Rob.

Per la prima volta vide lo schiavo abbassare la guardia, l'ostilità che lasciava il posto alla curiosità.

«Appartengo alla tribù degli Ebo.»

«E sei di stirpe nobile» indovinò Rob.

Gli elaborati disegni sulla schiena dell'uomo lo identificavano come un principe nello stesso modo in cui il tatuaggio di Rob attestava che lui era un marinaio.

Scipio raddrizzò la schiena e allungò le braccia in avanti. I muscoli gli guizzarono sul torace nudo, muovendo i disegni come le piastre di un'armatura a scaglie.

«Sono un principe che discende da Eri» dichiarò e in quel momento parve in tutto e per tutto tale. «Lo *mzungu* mi ruba e mi porta qui.»

«E ora io sono venuto a liberarti» ribatté Rob. «Forse, quando sarà tutto finito, torneremo in Africa insieme.»

Scipio lo fissò. Il suo viso solcato di cicatrici rituali era un campo di battaglia di emozioni sul quale sospetto e diffidenza lottavano contro la speranza.

«Chi sei?» domandò sommessamente.

«Mi chiamo Robert Courtney.»

Gli schiavi tornarono dai loro alloggi con fagotti grandi e piccoli ricavati da coperte e fazzoletti. Al loro interno Rob vide pentole e padelle, specchi, qualche utensile e pezze di tessuto dai colori vivaci, tutto ciò che quei poveretti possedevano. Gli ricordarono i lealisti che abbandonavano Boston, ma loro, al confronto, erano sembrati dei re.

Gli schiavi erano un triste spettacolo a vedersi, eppure mostravano una certa dignità e la disperazione di poco prima era stata sostituita da una quieta risolutezza. Lo guardarono tutti, in attesa di un suo ordine.

Rob sentì qualcosa agitarsi dentro di lui. Mentre quegli sventurati lo fissavano cominciò a percepirne la sofferenza. Erano stati strappati alle rispettive case e famiglie, trasportati attraverso l'oceano per essere costretti a lavorare come bestie da soma, e adesso contavano su di lui.

Si schiarì la gola. «Non vi deluderò» promise.

Rimase stupito dalla loro improvvisa espressione spaventata, poi ne capì il motivo.

«Che cosa diavolo state facendo?»

Crow e Coyningham, appena usciti dalla casa, si erano fermati sui gradini dietro di lui. Coyningham sembrava stringere fra le braccia una pila di sottovesti mentre, alle sue spalle, quattro marinai reggevano una massiccia cassaforte.

Crow osservò gli schiavi con una smorfia di disprezzo.

«Chi vi ha detto di radunarli?»

«Voglio portarli sulla nave.»

«Certo» replicò Crow. «Tuttavia non avranno bisogno delle loro cose, là dove sono diretti.»

Rob si chiese che cosa intendesse dire, ma prima che potesse riflettervi sopra uno degli schiavi urlò e si udirono degli spari.

Erano arrivati i ribelli.

Cal non sapeva nulla dell'arte della navigazione, ma era in grado di riconoscere l'abilità quando la vedeva. Étienne aveva guidato la *Rapace* in modo superbo. Avevano raggiunto la *Perseus* molto prima del previsto grazie a un vento invernale che arrivava dall'Atlantico e aveva colpito con violenza la fregata britannica. La *Rapace*, invece, aveva aspettato in un porto riparato che tutto finisse e poi, appostata appena sotto l'orizzonte, aveva inseguito la preda per quasi mille miglia.

«Non è difficile» spiegò Étienne quando Cal gli fece i complimenti per la perizia con cui aveva rintracciato l'altra nave. «Sappiamo che è diretta in Giamaica.»

Poi la *Perseus* aveva deviato verso est, in direzione della costa del South Carolina, lasciando sconcertati gli inseguitori finché Cal non aveva studiato una carta nautica.

«In base alle informazioni riservate fornitemi dal generale» aveva detto, «a bordo c'è un certo Hezekiah Bracewell, che possiede una tenuta qui.» Aveva indicato un punto sulla mappa contrassegnato dalla scritta *Seabrook Bay*. «Scommetto tutto il denaro del mio premio che sono diretti lì.»

Avevano architettato un piano, poi Cal era sbarcato a Charleston per prendere contatto con le forze continentali lì nella zona mentre Étienne continuava a seguire la *Perseus* con la *Rapace*.

«Ci incontreremo nella Seabrook Bay, arrivando per mare e via terra.» Étienne aveva serrato le mani intrecciando le dita come le due lame di una tagliola. «A quel punto gli inglesi saranno alla nostra mercé.»

Cal non aveva avuto alcun problema a radunare una compagnia a Charleston. La città era una roccaforte dei patrioti, di giovani teste calde che morivano dalla voglia di battersi. Lui era già famoso per l'eroica impresa di portare i cannoni fino a Boston e in un attimo aveva avuto a disposizione gli uomini e i fucili di cui aveva bisogno.

Ma non era stato abbastanza rapido. Avrebbe dovuto raggiungere la Seabrook Bay prima che la *Perseus* riuscisse a farvi sbarcare alcuni uomini, invece dopo avere lasciato Charleston aveva ricevuto la notizia che un drappello di inglesi aveva già raggiunto la piantagione. Imprecando, aveva proseguito a spron battuto mentre i cannoni da campo lo seguivano più lentamente.

Si accovacciò accanto a un pilastro del cancello per ricaricare il fucile. In veste di ufficiale non avrebbe dovuto portarne uno con sé, ma era troppo impaziente per aspettare che i nemici arrivassero a tiro di pistola, inoltre aveva una mira migliore della maggior parte dei suoi uomini.

Puntò l'arma contro uno schiavo nero, alto e coperto di cicatrici. Contrasse il dito sul grilletto, poi ci ripensò: era inutile sprecare pallottole per i negri quando c'erano dei marinai britannici da uccidere. Mirò a un caporale della marina e fece fuoco.

Non appena i ribelli aprirono il fuoco si scatenò un autentico pandemonio. Il caporale crollò in ginocchio quando il proiettile gli penetrò nell'orbita oculare e uscì dalla nuca, seguito da uno zampillo di sangue. Gli schiavi si gettarono a terra e alcuni bambini urlarono. Gli uomini della *Perseus* raggiunsero di corsa qualsiasi riparo riuscissero a scorgere.

Rob si tuffò dietro la statua di un leone e sbirciò oltre il suo dorso. Nuvolette di fumo spuntavano dalla foresta sul limitare opposto della tenuta. Una delle pallottole che colpivano rumorosamente la casa, staccandone frammenti di muro, centrò il muso del leone e gli tranciò il naso.

I ribelli avanzavano. Scavalcavano gli steccati della tenuta e attraversavano di corsa i prati, posando un ginocchio a terra per sparare e poi riprendendo a muoversi mentre i compagni li coprivano.

«Tornate alle barche!» strillò Coyningham, rannicchiato al riparo nell'ingresso della villa mentre stringeva con forza una manciata delle sottovesti che aveva portato fuori. «Tornate alle barche prima che ci taglino la strada.»

«E gli schiavi?» chiese Rob.

Coyningham lo guardò come se fosse impazzito. «Di che cosa state parlando? Lasciateli perdere, sciocco.»

«I ribelli li rimetteranno in catene, se li catturano.»

«E ci impiccheranno, se catturano noi.» Coyningham si lanciò giù per i gradini, gettandosi poi a terra senza tante cerimonie. «I negri serviranno solo a rallentarci, non sono affar nostro.»

«Si sono offerti volontari e stanno combattendo per il re.» Rob indicò i certificati che gli schiavi liberati tenevano ben stretti.

«Metà sono donne e bambini, e gli altri sono storpi.»

Coyningham si girò verso i suoi uomini. La fanteria dei coloni stava puntando verso il cancello posteriore della tenuta. Se l'avesse raggiunto, per loro non ci sarebbe stata via di scampo.

«A me!» gridò. «Sparate una raffica e andate.»

«Fermi!» urlò Rob. «Se scappiamo, i neri verranno massacrati.»

Il viso di Coyningham divenne violaceo. «Disobbedite a un ordine diretto? Questo è ammutinamento!»

Accovacciati sul terreno, i due si fissarono come una coppia di cani ringhianti mentre i proiettili fischiavano tutt'intorno a loro. Se non fossero riusciti a dirimere la questione, altri uomini sarebbero morti.

«Tornate alla nave» disse Rob. «Prendete Crow e metà dei marinai. Io rimarrò indietro per rallentare i ribelli. Signore» aggiunse a denti stretti.

Dall'espressione di Coyningham capì che l'uomo stava facendo i suoi calcoli.

«Vi lascerò dieci uomini, se ne trovate così tanti disposti a rimanere.»

Guardandosi intorno Rob vide che non c'era certo penuria di volontari. Ne scelse dieci dei migliori – fra cui Angus, Hargrave e Thomas – e rimpianse di non poterne prendere di più.

«Ci rivediamo alla nave, signore.»

«Non vi aspetteremo» replicò Coyningham. «La marea sta già calando.»

Si voltò e si mise a correre, senza curarsi di attendere gli uomini che lo seguivano reggendo la cassaforte. Il drappello di Rob continuò a sparare, coprendo la ritirata del gruppo di Coyningham finché non ebbe raggiunto la sicurezza della foresta.

«E adesso?» domandò Angus. «Quegli yankee sono almeno un centinaio. Non si mette bene per noi.»

«Dimentichi che questi schiavi affrancati si sono arruolati nell'esercito di Re Giorgio.» Rob si rivolse a Scipio. «Bracewell tiene delle armi in casa?»

L'altro annuì.

«Mostrami dove sono, poi prendi la tua gente e seguite il tenente Coyningham nella baia. Lascia una dozzina dei tuoi compagni più robusti. Cercheremo di asserragliarci nella villa per rallentare gli yankee.»

«No» ribatté Scipio. «Io rimango e combatto. Phoebe prende la nostra gente.»

Indicò la giovane donna con la sciarpa gialla in testa subito notata da Rob che, vedendo l'occhiata possessiva che Scipio le rivolse e come il suo sguardo la individuava in maniera automatica, immaginò fossero sposati.

Provò inspiegabilmente qualcosa di simile alla gelosia, ma lo accantonò: gli aggressori avevano raggiunto gli edifici esterni. Palle di moschetto picchiettavano i muri e le donne si stendevano sopra i figli piangenti per proteggerli. Non potevano più rischiare restando allo scoperto.

«Andate» disse a Phoebe. «Uomini della *Perseus*, ripiegate sulla casa.»

Corsero dentro, scoprendo che la villa era sontuosamente arredata, con lampadari di cristallo e carta da parati goffrata che dovevano arrivare dalla Gran Bretagna.

«Rompete le finestre e piazzate degli uomini su tutti e quattro i lati della casa in modo che i ribelli non possano coglierci di sorpresa.» Rob si rivolse a Scipio. «Dove tiene i fucili Bracewell?»

Sul retro c'era una camera blindata, la cui porta di massicce assi di quercia era rinforzata da bandelle di ferro e chiusa da un enorme lucchetto che Rob guardò con aria dubbiosa.

«Non riusciremo mai a spaccarlo.»

Scipio, sorridendo, estrasse una chiave.

«Il padrone non ha segreti per i suoi schiavi» disse mentre il lucchetto si apriva di scatto.

Rob, guardandosi intorno, pensò che Bracewell doveva aver vissuto nel terrore dei propri schiavi: la stanza era quasi rifornita come l'armeria della *Perseus*. Una parete era occupata da fucili da caccia di varie dimensioni e da carabine, un'altra ospitava una dozzina di moschetti. Alcune mensole erano ingombre di sacchetti pieni di palle da moschetto, piombo e stampi per fabbricarle, oltre che di scatole di cartucce di carta, e sul pavimento in fondo erano posati due barilotti di polvere da sparo.

«C'è di che resistere a un assedio per almeno un anno» commentò Rob.

Notò un'arma in particolare che non aveva mai visto prima, con due canne sovrapposte montate su un perno così da potersi scambiare di posizione e il calcio fatto di legno d'acero magistralmente intagliato e ornato di intarsi in oro. La prese dalla rastrelliera per esaminarla. Una canna era rigata, l'altra liscia, e un gancio le faceva ruotare per consentire di scegliere con quale delle due sparare.

Se la mise in spalla e per sicurezza prese anche un fucile. Scipio distribuì moschetti, polvere da sparo e palle ai neri rimasti con lui, poi seguirono Rob su per un imponente scalone fino al primo piano, dove gli uomini della *Perseus* stavano già organizzando un'energica difesa.

Rob era felice che Sophie non fosse lì a vedere cos'era successo a casa sua. Alcune finestre erano state rotte e alcuni tappeti calpestati, e mobili di inestimabile valore erano stati capovolti per costituire barricate di fortuna. Una delle palle di moschetto che arrivavano fischiando dall'esterno mandò in frantumi un vaso di porcellana su una mensola, un'altra lasciò un foro al centro di un grande ritratto dalla cornice dorata.

Rob guardò fuori da sopra un tavolo da pranzo di mogano spinto davanti a una finestra. Angus e i suoi erano riusciti a bloccare l'avanzata degli americani, consentendo così agli schiavi liberati di attraversare il prato posteriore, raggiungere il cancello sul retro e infilarsi nella foresta. Lui intravide un lampo della sciarpa gialla di Phoebe, intenta a sollecitare gli ultimi della fila.

Ma la loro fuga non era passata inosservata. Due soldati americani sbucarono da dietro un mulino da riso e li inseguirono, probabilmente pensando alla generosa ricompensa che avrebbero ottenuto catturando degli schiavi. Rob sollevò il fucile, prese la mira e sparò. Il primo uomo cadde a terra, il secondo si fermò, lanciò un'occhiata verso la casa e corse di nuovo al riparo.

Phoebe alzò lo sguardo e Rob si sentì percorrere da un brivido quando lo incrociò. Lei sollevò una mano per ringraziarlo, poi scomparve fra gli alberi.

I ribelli non avrebbero potuto seguirli a meno di oltrepassare la villa, il che non sarebbe stato facile. Le palle di moschetto non avevano alcun effetto sui solidi muri di mattoni e gli uomini di Rob sparavano costanti raffiche di colpi per tenere indietro i ribelli. Grazie all'arsenale di Bracewell sarebbero riusciti a resistere a lungo.

Sempre che i ribelli non portassero lì l'artiglieria pesante.

Rob corse di stanza in stanza, incoraggiando i suoi uomini e cercando di individuare eventuali pericoli. I marinai avevano mostrato come usare i fucili agli schiavi affrancati, che avevano imparato in fretta: la prospettiva della libertà forniva loro tutta la motivazione di cui avevano bisogno, tanto che si battevano con la stessa ferocia dei loro istruttori. Rob si chiese come un uomo potesse ridurne in schiavitù un altro in base al colore della sua pelle.

Ma per quanto i suoi uomini tenessero a bada gli aggressori, continuavano ad arrivare ribelli che riuscivano a girare intorno alla villa approfittando del riparo offerto dagli edifici annessi. Gli assediati non riuscivano a fermarli.

«Se non ce ne andiamo subito ci circonderanno» avvisò Angus.

«No» ribatté Rob, caparbio. «Dobbiamo far guadagnare altro tempo alle donne e ai bambini.»

Ricordò l'espressione sui loro visi, il modo in cui si erano fidati di lui. Se fossero stati ricatturati dai ribelli sarebbe stato peggio che se non fossero mai fuggiti. Doveva assicurarsi che riuscissero a mettersi in salvo.

Trovò Scipio in un salotto dalle pareti rivestite di boiserie, accovacciato dietro divani di seta a sparare tranquillamente contro i soldati americani. Alcuni di loro spingevano verso la casa la carrozza di Bracewell trovata nella rimessa, riparandovisi dietro mentre si avvicinavano.

«C'è un'altra via per arrivare al mare?» chiese Rob. Sapeva che presto avrebbero dovuto andarsene, ma se fossero tornati sui loro passi avrebbero attirato i ribelli verso gli schiavi in fuga.

«Sì.»

Scipio sparò un altro colpo, centrando l'angolo posteriore della carrozza e staccandone una pioggia di schegge. Uno dei nemici spuntò incespicando da dietro di essa, artigliandosi il viso trafitto dai frammenti di legno. Con la massima disinvoltura Scipio ricaricò per poi fare fuoco, uccidendolo.

«Come?»

Lui smise di ricaricare e puntò il calcatoio verso il versante settentrionale della tenuta.

«Laggiù.»

Rob sbirciò fuori dalla finestra. «Ma è una palude.»

«C'è un sentiero.»

Rob guardò l'orologio preso in prestito. Non voleva andarsene, ma se si fosse trattenuto ancora a lungo avrebbero mancato la marea e Tew sarebbe salpato senza di loro, lasciandoli intrappolati fra il mare e l'esercito dei ribelli.

Raggiunse il lato opposto della casa e trovò Angus e tre marinai in un'imponente camera da letto. Avevano sistemato il materasso in verticale contro il bovindo affacciato sul giardino per usarlo come scudo.

«Ci sono addosso come un nugolo di mosche!» gridò Angus per sovrastare il frastuono dei moschetti.

Guardando fuori, Rob vide le truppe ribelli ammassarsi fra gli alloggi degli schiavi. Eppure il ritmo dei loro spari era rallentato. Che cosa stavano escogitando?

Un profondo boato sommerse il crepitare dei moschetti e dopo un istante la villa tremò sulle fondamenta, i quadri che si staccavano dalle pareti. Rob sentì un forte schianto al piano di sotto quando un intero servizio di piatti cadde dal suo scaffale, frantumandosi sul pavimento.

«Hanno l'artiglieria» disse Angus, sgomento.

«È ora di andare» annunciò Rob.

«Troppo tardi» ribatté l'amico. «Siamo circondati.»

«Creeremo un diversivo.» Rob si guardò intorno nella stanza mentre un piano disperato cominciava a prendere forma nella sua mente. «Buttate il materasso fuori dalla finestra, poi datemi una mano con questo cassettone.» Cercò Hargrave. «Vai a prendere un barilotto di polvere dalla riserva di Bracewell.»

Gli uomini spinsero fuori il materasso dalla finestra spaccata. Rob sganciò la spada, poi lui e Angus raggiunsero un lungo cassettone di palissandro addossato alla parete, lo trascinarono fino alla finestra e, con tutta la loro forza, lo sollevarono e lo gettarono su un'aiuola. Il mobile rotolò un'unica volta prima di fermarsi, posato su un lato, davanti al materasso.

«Andiamo!» gridò Rob.

Lui e Angus si tuffarono fuori e piombarono sul materasso proprio mentre una gragnuola di proiettili staccava schegge dal mobile di fronte a loro, il cui legno massiccio bloccò le pallottole con la stessa efficacia di una lastra di metallo.

Rob controllò il fucile, scoprendo che entrambe le canne erano cariche. Sentiva i soldati ribelli sul lato opposto del cassettone, a nemmeno venti piedi di distanza. Incrociò lo sguardo di Angus, sollevò tre dita e iniziò il conto alla rovescia, al termine del quale si alzarono all'unisono, spararono e si abbassarono di nuovo dietro il mobile senza lasciare ai nemici il tempo di rispondere al fuoco.

Rob udì le grida di esultanza dei ribelli che si lanciavano verso di loro, sicuri di poterli raggiungere prima che potessero ricaricare. In tutta calma versò nello scodellino la polvere da sparo contenuta nel suo corno, spostò il fermo con il pollice e fece ruotare le due canne finché quella liscia non scattò, poi si alzò.

I soldati ribelli gli erano troppo vicini per poter prendere la mira con il fucile. Due di loro si fermarono, pensando che lui volesse arrendersi, ma gli altri continuarono ad avanzare, pronti a sbudellarlo con le baionette.

Rob sparò. Da quella distanza non poteva certo sbagliare. Un cono di pallini schizzò fuori dalla canna falciando gli americani che si avvicinavano. Uno fu centrato in un occhio, un altro venne trafitto alla gola da tre colpi.

Rob e Angus superarono con un salto il cassettone e corsero fra i soldati caduti. Rob strappò un fucile dalla mano di un uomo, capovolse il ferito e lo trafisse con la sua stessa baionetta. Un ribelle cercò di alzarsi, ma Angus lo pestò con il calcio del fucile finché non smise di muoversi.

Su quel lato della casa non c'erano soldati ancora in vita. Rob guardò verso la finestra soprastante, da dove Hargrave lo stava guardando.

«Buttami il barilotto di polvere.»

Hargrave glielo lasciò cadere accuratamente fra le braccia. In mezzo all'erba ardevano già alcuni focherelli appiccati da stoppacci e cartucce di carta gettati via. Stringendosi al petto il barilotto, Rob corse fino a un piccolo edificio imbiancato a calce che distava un centinaio di iarde dalla villa e che gli americani avevano utilizzato come avamposto.

Passò ad Angus il fucile a doppia canna.

«Torna alla casa e raduna gli uomini accanto all'ingresso a nord.»

Si accorse che l'amico avrebbe preferito non lasciarlo solo, ma nel bel mezzo della battaglia lo scozzese non poteva certo disobbedire all'ordine di un ufficiale, quindi fece ciò che gli veniva detto.

Rob tolse lo zaffo dal barilotto per poi lasciarsi dietro una sottile scia di polvere da sparo mentre copriva le ultime iarde che lo separavano dall'edificio. Quando aprì la porta fu assalito da un tanfo talmente intenso che rischiò di lasciar cadere la botticella. Si era aspettato un deposito o magari un ricovero per animali, ma lì aleggiava un odore diverso, il puzzo di sudiciume umano, sangue e carne marcescente che sovrastava qualcosa di più primordiale: il tanfo della paura e della disperazione. Una minuscola zaffata bastò a fargli desiderare di fare dietrofront e scappare, come un cavallo che capti l'odore del fuoco.

L'orrore si accentuò quando i suoi occhi si abituarono alla penombra. Vide schizzi di sangue che imbrattavano le pareti quasi fino ad altezza vita, ganci fissati a una spessa trave di legno che attraversava il soffitto e ceppi fissati alle pareti. Un vasto assortimento di strumenti potenzialmente letali penzolava da cinghie di cuoio appese a ganci: coltelli dalla lama ricurva, roncole, mannaie, ferri per marchiare e martelli.

*Dev'essere un mattatoio*, si disse, pur rammentando l'odore degli animali macellati sentito nella Nativity Bay abbastanza vividamente per capire che questo era diverso. Ma non aveva tempo da perdere. Sentì il cannone sparare di nuovo, facendo tintinnare gli utensili sui rispettivi ganci, e si chinò per posare sul pavimento il barilotto di polvere da sparo.

Mentre lo faceva, la sua mano urtò qualcosa che rotolò via fino a fermarsi in un rettangolo di luce solare che entrava dall'inferriata della finestra sulla parete in fondo.

Rob lo fissò, venendone fissato a sua volta: era un occhio umano, impossibile sbagliare. L'iride era marrone, la pupilla un puntolino dilatato per il terrore, e sul retro erano ancora attaccati dei nervi strappati dall'interno del cranio.

Le pareti parvero rinchiudersi intorno a Rob, assalito da un violento conato di vomito. Doveva andarsene da lì.

Lasciò a terra il barilotto e corse fuori dalla porta per poi riempirsi i polmoni di aria fresca. Dopo essere rimasto nella stanza semibuia fu abbagliato dal sole e strizzò gli occhi per osservare il suolo, seguendo il filo scuro della scia di minuscoli granellini che si era lasciato dietro.

Gli stoppacci scartati bruciavano ancora nel prato. Se non si fosse sbrigato, la polvere da sparo avrebbe preso fuoco senza lasciargli il tempo di mettersi al riparo. Estrasse la pistola, la caricò e la puntò verso l'estremità della miccia.

Vide un'ombra stagliarsi sull'erba ai suoi piedi e alzò gli occhi, ma era già troppo tardi. Un uomo gli si avventò contro, facendolo cadere, e lui contrasse le dita intorno al grilletto. La pistola sparò in aria.

I due uomini piombarono pesantemente sul prato, rotolando lontano dalla miccia. Il mondo circostante divenne un miscuglio di macchie indistinte e ombre. Rob tentò di colpire l'avversario con la canna della pistola, ma l'altro, forte come un toro, gliela strappò di mano e la gettò via.

Continuarono ad azzuffarsi sul terreno. Erano degni avversari, entrambi giovani e forti. Avvinghiati com'erano, nessuno dei due poteva sferrare un colpo violento, ma la sconfitta di Rob diventava di secondo in secondo più probabile. Sarebbero arrivati altri ribelli, Angus e i compagni dentro la casa sarebbero rimasti isolati, la *Perseus* sarebbe salpata abbandonandoli.

Lui cadde all'indietro, di schiena, cercando di parare la gragnuola di colpi dell'avversario. I loro volti erano così vicini che il sudore colava dai capelli dell'uomo e finiva negli occhi di Rob, che vide capelli di un rosso acceso e occhi verdi resi folli dalla frenesia della lotta.

Se fosse rimasto supino avrebbe perso. Riuscì a liberare un braccio e a ghermire una manciata di folti capelli sulla nuca dell'avversario, tenendolo bloccato, e prima che l'altro potesse divincolarsi contrasse i muscoli del collo e gli sferrò una testata con tutta la sua forza.

Non appena l'uomo, sbarrando gli occhi, allentò la presa Rob si sollevò parzialmente e lo spinse via. Benché lui gli avesse dato una testata capace di stordire un bue, il suo nemico aveva già ripreso a muoversi. Balzarono in piedi nello stesso istante e si fissarono, sporchi di sangue e ansimanti.

Rob cercò a tastoni la spada, senza trovarla. L'aveva lasciata nella villa, era disarmato.

Il suo avversario estrasse dal fodero nascosto nello stivale un lungo coltello dalla lama ricurva e alle sue spalle Rob vide una dozzina o più di soldati ribelli correre verso di loro.

«Non avete scampo» disse l'americano. «Vi arrendete?»

«No.»

«Siete un uomo coraggioso.» Socchiuse gli occhi come se qualcosa in Rob gli desse da pensare o gli sembrasse familiare. «Ci siamo già incontrati?»

«Ne dubito.»

Gli occhi verdi parvero sconcertati ancora per un istante, poi lui si scrollò di dosso la sensazione.

«In ogni caso immagino che questo sarà il nostro ultimo incontro.»

Sollevò il coltello. La luce si rifletté sulla lama, poi scomparve di colpo perché il sole era stato oscurato dall'enorme nube di fumo e polvere levatasi dal punto in cui si era trovato il capannone riservato alle torture. Nello stesso istante un boato simile a quello di un uragano investì Rob, insieme a una raffica di detriti che lo scaraventò a terra. Con le braccia si riparò la testa dalle macerie che gli piovevano addosso.

Mentre loro due lottavano i focherelli in mezzo all'erba avevano incendiato la scia di polvere da sparo. Guardando attraverso il fumo Rob vide che il capanno delle torture era stato raso al suolo. Vicino a lui il suo avversario era steso bocconi, la nuca sanguinante perché colpita con forza da un detrito.

Rob si spinse in piedi. Vide per terra il coltello dell'americano e pensò che forse sarebbe stato preferibile affondarlo nel corpo del proprietario, ma non ne aveva il tempo. E probabilmente l'uomo era già morto.

Corse fino alla villa e sfondò una finestra al pianterreno, ritrovandosi in quella che era stata una sala da pranzo elegante.

Scipio lo stava aspettando e, senza chiedere chiarimenti sull'esplosione, gli fece cenno di raggiungerlo.

«Vieni.»

Lo accompagnò sul lato opposto della casa e aprì una porta. Tutti i loro uomini si erano già radunati lì. Rob li contò. Alcuni erano stati feriti di striscio dai proiettili e uno di loro teneva un braccio penzoloni, ma per il resto se l'erano cavata a buon mercato.

«Sei ferito?» chiese ad Angus.

«Sono stato fortunato.»

Angus gli restituì il fucile a doppia canna.

«Speriamo che la fortuna continui.»

Nessuno li vide lasciare la villa dal lato nord e attraversare di corsa il prato: molti ribelli erano stati uccisi o storditi dall'esplosione e gli altri erano corsi ad aiutare i compagni. Per il momento la via era sgombra.

Il prato terminava con una staccionata oltre la quale il terreno digradava fino a un'umida palude di fango ed erba alta, costellata di cespuglietti e alberi nodosi. Sembrava impenetrabile.

Alle loro spalle risuonarono spari e urla mentre gli americani capivano cos'era successo. Scipio sollevò una tavola allentata dello steccato e passò dall'altra parte. Rob lo seguì, il piede che affondava nel fango fino alla caviglia.

«Sei sicuro che ci sia un sentiero?»

Scipio annuì, spazientito. «Sì.»

«Non importa se c'è» disse Angus. «Siamo comunque spacciati.»

Cal aprì gli occhi. Non sapeva per quanto tempo fosse rimasto incosciente, ma non poteva essere stato molto. Gli fischiavano le orecchie e alle sue spalle il polverone causato dall'esplosione si stava posando. Un bernoccolo grande come Bunker Hill aveva cominciato a formarglisi sulla nuca, là dove era stato colpito da una pietra.

Era stato fortunato: i compagni corsi ad aiutarlo erano disseminati sull'erba come rami dopo un temporale e quelli più vicini all'edificio saltato in aria erano stati tranciati in due dalla violenza dello scoppio. Altri davano l'impressione di essere stati schiacciati dal pugno di un gigante. Nessuno di loro si muoveva.

Si tirò in piedi, stringendo i denti per resistere al dolore. Alzò lo sguardo e si gettò subito a terra quando rammentò i tiratori scelti britannici asserragliati nella villa. Strisciò sul prato e si riparò dietro un cassettone che era stato gettato in un'aiuola, poi sbirciò al di sopra di esso.

Nessuno gli sparò contro e quando osservò le finestre sfondate non vide alcun movimento all'interno. La villa era vuota.

Sentì avvicinarsi dei passi di corsa mentre i suoi uomini lo raggiungevano.

«Siete ferito, signore?» chiese un giovane tenente.

Fece per tamponargli il sangue sulla nuca, ma Cal lo spinse via e capì di colpo che cosa era successo.

«Era uno stratagemma.»

Seguito dal tenente e dai suoi uomini, corse intorno alla casa e trovò un sentiero di erba appiattita che attraversava il prato fino a una staccionata rotta al limitare della tenuta. La raggiunse giusto in tempo per vedere gli inglesi scomparire fra la bassa boscaglia della palude.

Prese il fucile a uno dei suoi e lo puntò contro la schiena dell'ultimo uomo in fuga, che però corse dietro un cipresso calvo prima che lui potesse sparare. Era comunque troppo lontano. Cal gettò via l'arma.

Il tenente fissò la palude. Qualsiasi traccia lasciata dai nemici era stata inghiottita dal terreno fradicio, quindi non restava alcun indizio sul tragitto da loro imboccato.

«Li seguiamo?»

Cal si sfregò gli occhi pieni di polvere. «Possono arrivare alla Seabrook Bay, da quella parte?»

«No, signore.»

«Allora lasciateli andare.» Le pesanti ruote dei cannoni da campagna rombarono sul viale d'accesso. «Abbiamo prede più allettanti da cacciare.»

Scipio fece strada attraverso la palude, muovendosi agile e leggero come gli insetti che ronzavano intorno alle loro gambe. Persino quando il piede gli sciaguattava nell'acqua lui trovava sempre del terreno solido un pollice sotto la superficie. Rob si chiese come vi riuscisse, a lui il paesaggio sembrava totalmente privo di punti di riferimento.

Tentava di posare il piede dove l'aveva messo Scipio, ma finiva per infradiciarsi ogni volta. Si spostava leggermente sulla destra per evitare un cespuglio di rovi e affondava fino alla cintola nell'acqua della palude. In diverse occasioni evitò di sprofondare nel pantano solo perché l'altro lo tirava per un gomito.

Scipio si diede un colpetto sulla fronte per indicargli che doveva concentrarsi, ma non era certo facile. Non riuscivano a vedere oltre l'intricata vegetazione e l'ampio paesaggio aperto rendeva difficile stabilire da dove arrivassero i suoni, quindi i ribelli avrebbero potuto trovarsi dieci piedi dietro di loro oppure a due miglia di distanza senza che loro capissero la differenza.

Il cupo boato di una cannonata echeggiò al di sopra dell'acquitrino e uno stormo di anatre spaventate spiccò il volo.

«È impossibile che riescano a vederci» disse Rob. «Stanno sparando alle ombre?»

Angus scosse il capo. «Non era un cannone da campagna ma quello di una nave.»

«Forse la *Perseus* sta segnalando che si accinge a salpare.»

«Forse.»

Proseguirono rapidi. Il terreno diventò più bagnato, poi di nuovo più saldo. Raggiunsero un'isoletta in mezzo alla palude dove Rob vide tettoie di rami fissate agli alberi, i resti di fuochi da campo e due canoe dal fondo piatto legate a un ceppo su uno stretto tratto di acqua limpida.

«Sei già stato qui?» chiese a Scipio, e lo vide annuire. «Perché non sei scappato? Qui non ti avrebbero sicuramente trovato.»

Scipio si accigliò. «Phoebe» rispose, stringato. «Non potevo andarmene.»

Rob si interrogò sulla ragazza con la sciarpa gialla, poi accantonò quelle riflessioni mentre saliva su una delle due canoe e si spingeva via. Ognuna di esse ospitava otto uomini, quindi era talmente bassa che rischiava di imbarcare acqua. Stavano usando come remi le apposite assi intagliate e Scipio, rannicchiato a poppa in punta di piedi, utilizzava una lunga pertica per portarli, in mezzo a giunchi ed erba, lungo stretti canali che costituivano un vero e proprio labirinto d'acqua nel quale, con il sole celato dalle nubi, era impossibile orientarsi. Rob si stupì che qualcuno riuscisse a navigare in quelle condizioni.

Guardò Scipio. «Dove si arriva da qui? Alla Seabrook Bay?»

«Fremont Bay.»

Rob aveva visto il nome sulla carta nautica. Quella baia si trovava a nord del punto in cui era ancorata la *Perseus*, con un ampio istmo di terra che la separava dall'insenatura. Sarebbero stati costretti a pagaiare fino al mare aperto per poi puntare verso sud e tornare indietro se volevano raggiungere l'area da cui erano partiti. La loro nave non avrebbe certo aspettato così a lungo, anche se le canoe sovraccariche fossero riuscite a reggere alla risacca oceanica.

Ma non avevano alternative.

Il canale si allargò e si immise in un fiume la cui corrente li trascinò verso la baia. La marea stava calando in fretta e Rob vide il livello dell'acqua abbassarsi sempre più sugli steli delle canne. Guardò l'orologio e pregò che Tew rimanesse fermo al largo.

Erano talmente bassi nell'acqua e le rive erano coperte di giunchi così alti che non videro la baia finché non arrivarono in fondo a un'ansa alla foce del fiume. Di fronte a loro si estendeva l'acqua limpida di una rada fangosa bordata di palme nane e mangrovie contorte il cui ingresso era sorvegliato da un piccolo isolotto coperto da una fitta foresta.

Rob osservò il basso e angusto lembo di terra che li separava dall'insenatura successiva. Se si fosse alzato in piedi sarebbe riuscito a scorgere gli alberi di gabbia della *Perseus*.

«C'è un canale che collega le due baie?» chiese a Scipio, speranzoso.

L'uomo non rispose. Stava osservando qualcosa nella direzione opposta, verso babordo, e Rob seguì il suo sguardo. Ormai riuscivano a vedere più addentro la baia, dove era ancorato uno sloop che galleggiava con aria innocente come una barca da pesca, ma aveva le fiancate costellate di portelli da cannone e a poppa sventolava la bandiera americana a strisce rosse e bianche.

Non c'erano possibili nascondigli sull'acqua piatta della rada. Dalla nave li avrebbero visti subito, se già non l'avevano fatto, e sarebbe bastato un unico colpo di quei cannoni per affondarli.

«Svelto» sibilò Rob a Scipio. «Scambiamoci di posto.»

Erano talmente stipati che rischiarono di far capovolgere la canoa mentre cercavano di passare l'uno accanto all'altro. Rob prese la pertica. Trovò difficile mantenere l'equilibrio, per non dire manovrare la minuscola barca, ma riuscì a ruotarne la prua in modo da puntare direttamente verso lo sloop.

«Che cosa stai facendo?» sibilò Angus, davanti a lui.

«Tenete pronte le armi» ribatté Rob. Angus gli passò il fucile a doppia canna che Rob aveva preso nella villa di Bracewell. «Andremo all'arrembaggio.»

Un uomo con un cappello di paglia fece capolino sopra una fiancata dello sloop, apparentemente stupito di vedere due canoe avvicinarsi così audacemente. Gridò qualcosa di inintelligibile e altri uomini spuntarono accanto a lui.

*Allineati come anatre*, pensò Rob. A preoccuparlo erano quelli che non riusciva a vedere.

«Ehi, dello sloop!» chiamò.

«Chi siete?» ribatté l'uomo con la paglietta.

«Robert Courtney.» Rob non si curò di dare un nome falso e indicò con la pertica gli uomini neri dietro di lui. «Abbiamo catturato questi schiavi che fuggivano dalla piantagione di Mr Bracewell e abbiamo pensato di portarveli.»

Gli uomini sulla nave confabularono. Ormai Rob era talmente vicino da riuscire a sentire cosa dicevano. Udì il suo nome ripetuto diverse volte e se ne chiese il motivo.

Gli uomini sullo sloop presero una decisione.

«Per questi vostri schiavi» disse quello con la paglietta, «ci divideremo la ricompensa. Cinquanta e cinquanta.»

«Settanta e trenta» controbatté Rob. «Li abbiamo catturati noi.»

«E noi li rimetteremo sul mercato. Sessanta e quaranta.»

«D'accordo» disse Rob, sorridendo per celare il disgusto che provava davanti alla possibilità di mercanteggiare con tanta disinvoltura in merito a delle vite umane.

La canoa urtò lo sloop e l'uomo con il cappello di paglia lanciò una cima con cui legarla. Rob indicò a Scipio di salire a bordo per primo.

«E non creare problemi» disse, strizzando l'occhio.

Scipio si arrampicò su per la scaletta, seguito dagli altri schiavi liberati, e Rob li guardò scomparire dietro la fiancata. Poi giunse il suo turno. Erano solo sei pioli metallici, ma gli parve la salita più lunga della sua vita, con i suoi uomini sotto di lui e l'equipaggio americano sopra.

Scavalcò la murata e registrò la scena in un attimo. Scipio e gli altri erano stati ammassati accanto all'albero, con quattro marinai armati di asce da arrembaggio a sorvegliarli. Una dozzina di loro compagni indugiava sul ponte, osservando la scena. Rob contava sul fatto che a bordo di un vascello così piccolo non ce ne fosse nessuno sottocoperta.

L'uomo con la paglietta gli sorrise.

«Mr Courtney. Un parente del maggiore Courtney, presumo.»

Rob, non sapendo a che cosa si riferisse, rispose con un vago cenno d'assenso.

«Siete stato davvero bravo a catturare i fuggiaschi, ma avreste dovuto legarli. Gli schiavi sono come cani selvatici, non li si può mai lasciare senza guinzaglio, altrimenti mordono.»

«Verissimo» confermò lui.

Con un unico movimento fluido brandì il fucile a doppia canna che aveva appeso alla spalla e fece fuoco. La testa dell'americano, colpita da una gragnuola di pallini sparati a bruciapelo, esplose letteralmente. Prima che l'equipaggio potesse reagire Rob aveva invertito la posizione delle canne e sparato di nuovo. Uno degli uomini a guardia degli schiavi cadde sul ponte e gli altri tre avevano a malapena cominciato a muoversi quando Scipio e i compagni si avventarono su di loro, impugnando i coltelli che avevano nascosto nei calzoni. Strapparono le asce ai loro guardiani e li massacrarono.

Alcuni dei membri dell'equipaggio rimasti provarono a battersi, ma senza avere la minima chance, e gli altri si tuffarono in mare. Ormai tutti gli uomini di Rob erano saliti a bordo e stavano sparando agli americani in acqua per accelerarne la fuga mentre lui e Angus frugavano sottocoperta.

Non c'era nessun altro. La nave apparteneva a loro.

Gli uomini esultarono, ma c'era ben poco tempo per festeggiare: la marea era quasi completamente calata, quindi avrebbero dovuto sbrigarsi per riuscire a raggiungere la *Perseus*.

Mentre i suoi spiegavano le vele, Rob si tolse le scarpe infangate scalciando e si arrampicò rapidamente sul sartiame, fino al colombiere. Non era alto come quello a cui era abituato sulla *Perseus*, ma la terra intorno a loro era talmente piatta da consentirgli una perfetta visuale per un raggio di diverse miglia, al di sopra dell'istmo di terra e nell'insenatura successiva.

Sentì riaccendersi la speranza nel vedere la *Perseus* ancora nella Seabrook Bay. Ma cosa stava facendo? Pur avendo levato l'ancora e spiegato le vele di gabbia procedeva con estrema lentezza. Tew lo stava aspettando? La marea era già calata troppo perché il comandante potesse rischiare la propria nave in quel modo, vero?

Notò qualcosa che si muoveva all'imboccatura della baia.

Un'altra nave.

Era rimasta nascosta dietro l'isola coperta di boschi, ma a quel punto sbucò dal suo lato sottovento come un lupo che esca dal proprio riparo. Era una fregata che batteva bandiera americana, i portelli sollevati per lasciar spuntare i cannoni. Rob rimase scioccato per la seconda volta quando riconobbe la *Rapace*, la nave contro cui si erano battuti al largo di Newport. Come diamine poteva trovarsi lì?

Capì il motivo delle manovre di Tew: con il vento contro non poteva lasciare la rada senza finire sotto il tiro dei cannoni della nave corsara ed essere fatto a pezzi. Era in trappola.

Rob si lasciò scivolare giù per il paterazzo tanto velocemente da scorticarsi i palmi delle mani, poi riferì ad Angus e Scipio ciò che aveva visto.

«Quindi sono in fase di stallo» commentò Angus. «La fregata francese non osa entrare nella baia per dare battaglia e Tew non può uscirne.»

«Quella francese non è costretta a entrare» disse Rob. «Se la *Perseus* rimane ancora a lungo si incaglierà a causa della marea, dopodiché gli yankee potranno sbarcare i loro cannoni e spararle finché non si arrenderà.» Strinse le mani a pugno così forte da conficcarsi le unghie nei palmi. «Dobbiamo aiutare Tew.»

«Ci troviamo nel posto sbagliato.»

Angus indicò il sottile lembo di terra che divideva le due insenature e curvava molto più a nord. Sarebbero servite ore per raggiungere faticosamente l'ingresso della baia e altrettante per tornare indietro scendendo fino a dove si trovava la nave corsara.

«Se solo esistesse un passaggio» gemette Rob.

Scipio aveva ascoltato il loro scambio di battute. Rob non sapeva di preciso quanto l'uomo avesse capito, ma lo vide indicare l'istmo.

«Là» disse Scipio.

Quando Rob guardò da quella parte vide solo una compatta parete verde di canne fluttuanti e alghe.

«Come può una barca passare di lì?» chiese.

«C'è una via.»

«Anche con la marea così bassa?»

Lungo il margine della rada stavano già comparendo dei banchi di fango, ben presto ci sarebbe stata a malapena abbastanza acqua per far galleggiare un tappo di sughero.

Scipio annuì.

«Come fai a esserne sicuro?» domandò Angus. «Non ti tenevano prigioniero nella piantagione?»

«Ero barcaiolo.»

«Dobbiamo tentare» dichiarò Rob, incalzante. «È la nostra unica speranza di arrivare là in tempo.»

«E se ci areniamo?» insistette Angus. «Diventeremo semplicemente un altro bersaglio che la nave corsara potrà colpire a suo piacimento, inoltre perderemo questo veliero.»

Rob sorrise. «Non è mai stato nostro.»

«Vero» ammise Angus, «ma un giorno mi piacerebbe incassare almeno un briciolo di ricompensa per tutte queste navi che catturiamo.»

I membri dell'equipaggio corsero ai loro posti. Gli schiavi affrancati non sapevano manovrare una nave, ma erano perfettamente in grado di tirare una cima e, seguendo le istruzioni di Angus, ben presto bordarono la vela con efficienza. Rob prese il timone mentre Scipio, ritto sulle sartie, gridava quale direzione imboccare.

Rob cercò in coperta Thomas, che dopo il litigio iniziale con Coyningham era diventato un ottimo marinaio. Continuava a non piacergli salire sulle sartie, ma Rob si assicurava di assegnargli il lavoro sul ponte il più spesso possibile e il ragazzo lo ricompensava con un'incrollabile lealtà.

«Su questo sloop dev'esserci uno scandaglio» gli disse Rob. «Trovalo e piazzati a prua. Voglio sapere con la massima precisione quanta acqua abbiamo sotto lo scafo.»

Thomas corse a eseguire l'ordine e Scipio, dal sartiame, rivolse un'occhiata divertita a Rob.

«Non ne hai bisogno» gli disse.

Rob si irritò nel sentirsi dire come comandare il suo veliero.

«Se ci troviamo in secche pericolose devo saperlo.»

«Il pericolo è ovunque.» Scipio scosse la testa, spazientito. «Ora lo sai.»

Da prua li raggiunse la voce di Thomas. «Due braccia.»

Rob trasalì. La costa distava meno di duecento iarde e ancora non riusciva a vedere il canale promesso da Scipio, nel quale stava riponendo davvero parecchia fiducia.

«Un braccio e sei» gridò Thomas.

«Buon Dio» borbottò Angus. «Sotto la nostra chiglia c'è meno di un pelo di passera di baldracca.»

Rob lo sentì a stento, concentrato com'era su Scipio, che indicava la via come l'ago di una bussola. Rob mosse con delicatezza il timone, spostandolo quasi impercettibilmente, come se stesse guidando un cavallo spaventato.

Qualcosa grattò contro la fiancata.

«Che cos'è stato?»

«Tronco galleggiante» rispose Angus.

Con la coda dell'occhio Rob vide canne di bambù e alberi passare loro accanto. Non si era reso conto che erano entrati nel canale, talmente stretto da impedirgli di scorgere l'acqua sotto la fiancata. Sembrava che la nave stesse slittando sulla terraferma.

«Bordate le vele di gabbia e ogni brandello di tela che riuscite a trovare» disse ad Angus.

«Come, scusa?»

Sapevano entrambi che più avessero preso velocità e più violento sarebbe stato l'impatto nel caso avessero colpito il fondo del canale. Rischiavano di squarciare lo scafo.

«Se colpiamo il fondo siamo spacciati, ma se ci areniamo nel fango qualche nodo di velocità in più potrebbe condurci oltre il banco.»

«Un braccio» urlò Thomas.

«Che Dio ci aiuti.»

Rob lanciò un'occhiata a Scipio che si era irrigidito, con lo sguardo fisso in avanti e un'espressione di implacabile concentrazione. Muoveva solo il braccio per indicare la rotta da seguire.

Un fremito percorse lo scafo. Rob si aggrappò al timone per mantenere l'equilibrio e per poco non li fece finire contro un folto di alberi. Raddrizzò la rotta giusto in tempo. Il veliero si stava ancora muovendo, la chiglia che scivolava sul fondo fangoso con un orrendo raschiare.

Ogni uomo a bordo trattenne il fiato, temendo che lo sloop si incagliasse fino a fermarsi, invece proseguì, un piede dopo l'altro e un pollice dopo l'altro, sempre più lentamente a mano a mano che il fango ne frenava lo slancio.

Rob si chiese se non avrebbe già dovuto buttare in mare i cannoni per alleggerire il carico, ma se per miracolo fossero riusciti a passare avrebbero avuto bisogno di tutti quelli disponibili per poter contrapporre un misero sloop a una fregata.

La nave si fermò. Per un attimo lui si sentì privo di peso, come se il suo corpo non l'avesse ancora raggiunto, poi fu assalito dalla prima ondata di disperazione. Aveva fallito.

Una folata di vento fece schioccare le vele e lo sloop, con uno scricchiolio del fasciame, riprese ad avanzare. In coperta nessuno osava muoversi. Lentamente il vascello si inclinò di lato, scivolò nell'acqua con una delicatezza tale da provocare a stento un'increspatura e, lasciatosi alle spalle il fango, acquisì velocità con il rafforzarsi del vento. Rob riuscì a vedere l'acqua su entrambi i lati mentre finalmente il canale si ampliava.

«Due braccia e cinque» gridò Thomas.

Scipio fece un ultimo gesto per indicare di proseguire e scese sul ponte. Rob si sentiva talmente sollevato che lo abbracciò.

«Ce l'abbiamo fatta per un soffio.»

«Ti ho detto che passavamo.»

«Sì, l'hai fatto.»

Ora che Rob non doveva più concentrarsi sulla rotta si accorse che avevano superato la sottile striscia di terra entrando nella Seabrook Bay. Alla sua destra c'era la *Perseus*, che bordeggiava da una parte e dall'altra come un animale in gabbia mentre Tew cercava di mantenerla in acque profonde. Di fronte a loro vide la poppa della nave corsara.

Da quella distanza la netta inferiorità dello sloop risultava evidente: la fregata francese svettava sopra il piccolo vascello.

«Non capiranno se siamo amici oppure nemici» osservò Angus.

«Allora eliminiamo qualsiasi dubbio.»

Rob ammainò la bandiera americana, poi la tagliò con il suo coltello lasciando solo la Union Jack nell'angolo.

«Issate i nostri colori, poi tutti ai posti di combattimento.»

«Ci verrà contro con tutta la sua potenza» lo avvisò Angus.

«Certo. Dobbiamo distrarla in modo che la *Perseus* riesca a uscire dalla baia.»

La reazione della *Rapace* fu immediata: bracciò le vele mentre cambiava rotta, tentando di girare la fiancata verso lo sloop. Rob ghermì con forza il timone, latrando ordini per mantenere orientate le vele in modo tale da seguire la fregata: fintanto che le fosse rimasto dietro, la *Rapace* non avrebbe potuto usare i cannoni contro di loro.

Guardò verso la *Perseus*. Tew aveva visto cosa stava succedendo. Non poteva sapere che Rob si trovava a bordo dello sloop, ma aveva notato la bandiera e si stava avvicinando con la sua nave, pronta a uscire dalla baia per attaccare quella corsara. Se Rob fosse riuscito a tenere impegnata la fregata francese abbastanza a lungo, la *Perseus* e la *Rapace* avrebbero potuto combattere ad armi pari.

La palla sparata dal cannoncino di poppa dei francesi finì in acqua a nemmeno dieci iarde dal loro baglio. Rob non aveva avuto intenzione di arrivare così vicino. Gli schiavi liberati lavoravano con una straordinaria forza di volontà, ma erano marinai tutt'altro che esperti. Avevano viaggiato per mare solo quando erano rimasti ammassati nella stiva di una nave negriera, non sapevano manovrare cime e vele come un equipaggio addestrato.

«Piano» mormorò.

La fregata francese stava virando di nuovo. Se Rob non fosse riuscito a far passare in tempo lo sloop oltre la sua poppa sarebbero stati spacciati.

«La *Perseus*!» gridò Angus con un tono sconvolto che spinse Rob a sollevare gli occhi.

Si era fermata al centro della baia, alta nell'acqua, e oscillava violentemente. Il vento le gonfiava le vele, ma lo scafo non si muoveva.

«È incagliata» capì Rob, inorridito.

La marea era calata troppo in fretta perché la nave potesse fuggire. Era impotente.

Risuonò una cannonata così vicina da risultare assordante. Durante gli istanti in cui Rob si era lasciato distrarre dalla *Perseus*, la *Rapace* aveva virato e ora puntava dritta verso di loro, i cannoncini di prua già pronti a sparare. Nel giro di un minuto si sarebbero ritrovati di fronte la sua fiancata.

La situazione si era capovolta: erano intrappolati tra la fregata francese e la costa, senza che la *Perseus* potesse fare qualcosa per aiutarli.

Rob ruotò il timone.

«Pronti a virare» gridò. «Ci dirigeremo verso la costa.»

«Contro questa marea?» chiese Angus in tono scettico. «Finiremo incagliati come la *Perseus*.»

Rob gli cedette il timone. «Mantieni la rotta finché non potremo proseguire oltre.»

Ormai era questione di chi si tirava indietro per primo. La nave corsara aveva un maggior pescaggio, lo sloop si trovava in acque più basse. Chiunque avesse virato si sarebbe reso vulnerabile, chiunque non lo avesse fatto si sarebbe ritrovato inerme come la *Perseus*.

Étienne aveva studiato ogni manuale di tattica e teoria nautica fino a poterli recitare a memoria, ma nulla nelle loro pagine lo aveva preparato per una cosa simile. Doveva trattarsi di stregoneria, in quale altro modo spiegarlo? Lo sloop aveva veleggiato sopra del terreno asciutto e ora puntava verso la costa come se fosse deciso a distruggersi. Lui si aspettava quasi di vederlo sollevarsi dal mare per volare.

«Monsieur?» chiese il tenente, il viso madido di sudore. «Non possiamo seguirlo. Dobbiamo virare?»

Forse era davvero stregoneria, forse Étienne era vittima di un incantesimo. Condurre una fregata a vele spiegate contro una costa sottovento, in acque sconosciute e a dispetto della bassa marea era un'autentica follia. Se avesse urtato il fondo la chiglia si sarebbe squarciata e i suoi alberi sarebbero caduti uno dopo l'altro come tessere del domino. La sua splendida nave sarebbe diventata un semplice guscio vuoto.

Sapeva che il tenente aveva ragione. Doveva virare o avrebbe perso la nave. Si preparò a dare l'ordine, ma non riuscì a proferire parola. Aveva imparato dalla madre ad avere un'implacabile e spassionata determinazione e sapeva che una volta avvistato un bersaglio sarebbe servita solo la forza di volontà per conquistarlo. Era molto semplice: l'importante era vincere. Sarebbero seguite gloria, adulazione e l'approvazione materna. Cambiare rotta sarebbe equivalso a dichiararsi sconfitti, Étienne non poteva farlo.

«Fate fuoco con i cannoncini di prua.»

Il tenente deglutì nervosamente. «Non riusciranno ad abbassarsi a sufficienza. A questa distanza le palle di cannone passerebbero al di sopra del bersaglio.»

«Fate fuoco comunque!» tuonò Étienne, furibondo.

Il mondo era diventato buio. Lui notò a stento gli uomini che aveva intorno, la nave sotto i suoi piedi o la costa di fronte. Come un falco concentrato sulla preda vedeva soltanto lo sloop, un unico punto brillante.

Qualcosa urtò lo scafo con un tonfo che fece vibrare l'intera nave. Tutti gli uomini sul ponte si immobilizzarono in attesa di scoprire cosa significasse, guardandosi con aria indecisa. Étienne applicava una ferrea disciplina sulla propria nave e disobbedire a un ordine era inconcepibile, ma anche l'uomo più leale cominciava a pensare che se non avessero preso le redini della situazione il loro comandante li avrebbe condotti all'annientamento.

La fregata proseguì. Forse aveva urtato un banco di sabbia o un relitto galleggiante, o magari a causare il tonfo era stato un addetto al pezzo che aveva lasciato cadere inavvertitamente una palla di cannone sul ponte. Di qualsiasi cosa si trattasse, non rallentò la *Rapace*.

Il rumore aveva riscosso Étienne dal suo stato di trance. Le sue pupille ridotte a punte di spillo si dilatarono mentre lui notava la costa che sfrecciava verso di loro. Non si era reso conto di quanto si fossero avvicinati, ormai l'acqua era talmente bassa da consentirgli di vedere il fondale, al di là del parapetto. Se non avessero virato subito sarebbero annegati. Doveva dare l'ordine.

Eppure non riusciva a pronunciare le parole.

Il tenente lo guardò e serrò la mano sull'elsa della spada. Avrebbe avuto il coraggio di usarla sul proprio comandante?

«Devo dare l'ordine, *mon Capitaine*?»

Étienne non si mosse, poi annuì quasi impercettibilmente.

«Sta virando!» gridò Thomas.

«Grazie a Dio» disse Rob.

La nave corsara aveva posticipato pericolosamente a lungo la manovra e si inclinò tanto che Rob riuscì a vedere le alghe attaccate al fondo della chiglia.

«Barra sottovento!» urlò.

Anche lui aveva aspettato troppo. Sentì la carena grattare mentre lo sloop virava. Se non fosse stato così inclinato a causa dell'improvvisa manovra avrebbe potuto incagliarsi. Il boma si spostò fragorosamente e gli schiavi liberi corsero a bracciare le vele, poi il vascello riprese a muoversi, allontanandosi dalla costa e puntando verso le acque più sicure al centro della baia, con la fregata francese dritta di fronte.

Il cacciatore era diventato preda: lo sloop stava inseguendo la *Rapace* fuori dalle secche. Rob era in vantaggio e deciso ad approfittarne.

«Portateci verso la sua poppa» ordinò. «La speroneremo.»

I loro cannoni in ottone da sei libbre non erano grandi – quelli della fregata dovevano essere da diciotto o persino ventiquattro – ma sarebbero bastati contro la poppa indifesa della nave corsara. Da quella distanza le palle avrebbero sfondato gli oblò per poi sfrecciare sopra l'intero ponte di batteria, eliminando qualsiasi uomo o cannone sul loro tragitto. Un'unica bordata avrebbe causato danni incommensurabili.

Angus organizzò gli uomini in squadre di cannonieri improvvisate e, visto che non erano abbastanza per servire tutti i pezzi contemporaneamente, ordinò loro di caricarli e puntarli a turno.

«Fuoco» disse Rob.

Il ponte di coperta tremò quando Angus accostò al primo cannone la miccia accesa, poi ancora e ancora, a mano a mano che lui passava accanto ai pezzi. Spararono tutti in sequenza mentre lo sloop traversava la scia della fregata francese la cui poppa, quando il boato dell'ultima cannonata si spense, era ridotta a un intrico di rottami contorti. La devastazione sull'angusto ponte doveva essere di gran lunga peggiore.

Rob non si illudeva di essere al sicuro: anche danneggiata, la *Rapace* avrebbe avuto la forza di colpire a morte lo sloop.

«Virate!» ordinò. «Ripeteremo l'attacco.»

Non dovettero ricaricare perché la rotazione permise ai cannoni di dritta di entrare in azione per la prima volta. Anche in quel caso Angus li fece sparare a turno. Le palle allargarono l'enorme squarcio in fondo alla nave corsara, tanto da permettere a Rob di scorgerne il ponte di coperta, di intravedere cannoni capovolti, fasciame in frantumi e uomini smembrati. Non provò alcuna compassione.

«Ricaricate i pezzi di dritta. Vireremo per fare un altro tentativo.»

Era deciso a trasformare la *Rapace* in un semplice ammasso di schegge di legno, a sfruttare fino in fondo il vantaggio faticosamente acquisito.

Angus e Hargrave controllarono l'operazione di ricarica mentre Scipio dirigeva gli uomini sui bracci.

«Facciamo in modo di rimanerle dietro» ammonì Rob. «Se le lasciamo lo spazio di virare ci farà saltare in aria.»

Vide che la fregata cominciava a distanziare lo sloop, presto sarebbe stata in grado di virare e puntare quindi i cannoni contro di loro.

Ma non c'erano uomini accanto ai suoi pezzi: li avevano abbandonati per arrampicarsi sui resti del sartiame e spiegare altre vele. Rob aspettò inutilmente che la nave svoltasse.

«Punta verso il mare» disse Angus, incredulo. «L'abbiamo respinta.»

La gragnuola di colpi riversata da Rob sulla *Rapace* doveva averla danneggiata più di quanto lui avesse sperato. La vide deviare dalla rotta solo per evitare un banco di sabbia e poi guadagnare l'imbocco della baia a vele spiegate. Per un attimo pensò di inseguirla, ma il buon senso ebbe la meglio. Nelle acque basse dell'insenatura la manovrabilità dello sloop lo avvantaggiava, però in mare aperto la fregata avrebbe avuto lo spazio necessario per rendere letali i suoi armamenti, inoltre Rob doveva pensare alla *Perseus.*

«Fissate i cannoni» ordinò. Chiamò Scipio e gli affidò il timone. «Portaci il più vicino possibile alla *Perseus.*»

Si rese conto che gli uomini lo stavano fissando, in attesa. La battaglia era terminata così di colpo che non capivano bene cosa fosse successo.

«Abbiamo vinto» disse loro. Si costrinse a dimenticare per un attimo le preoccupazioni, in modo da mostrare la propria gioia all'equipaggio. «Quella fregata è il fiore all'occhiello della marina yankee e noi l'abbiamo mandata via con la coda fra le gambe.»

Gli uomini esultarono. Bianchi e neri senza distinzioni si abbracciarono, lanciando grida di esultanza e di scherno verso la *Rapace* in fuga. Rob cercò Scipio e gli strinse con forza la mano.

«Ci hai salvati tutti» disse. «Sono felice che abbiamo combattuto insieme.» Si guardò intorno nella stretta baia. La nave francese poteva anche essersene andata, ma c'erano altri nemici nei paraggi. «Non siamo ancora al sicuro.»

Sul lato opposto dell'insenatura la *Perseus* era tuttora incagliata nel fango e l'equipaggio aveva cominciato a lanciare vettovaglie in mare per alleggerirla. Rob portò lo sloop il più vicino possibile, poi gettò l'ancora in mezzo a un fiume di barili e assi di scorta che si allontanavano beccheggiando.

Insieme a Scipio e ai suoi uomini portò le canoe verso la *Perseus*. Gli schiavi liberati osservarono ansiosamente la fregata, sperando che mogli, sorelle e figli fossero riusciti a rifugiarsi a bordo, ma non ce n'era traccia benché il gruppo di Coyningham fosse palesemente tornato sano e salvo, visto che la cassaforte di Bracewell era posata sul ponte, accanto all'albero maestro.

Rob rammentò la giovane schiava alta e snella, Phoebe, sperando che fosse rimasta incolume.

Gli tornò in mente un'affermazione di Hugo Lyall.

*I neri non riuscirebbero mai a cavarsela da soli, sai. Se non li sfamassimo e vestissimo, se non dirigessimo il loro lavoro, morirebbero di fame.*

Era suonata falsa, ma Rob non era stato in grado di controbattere. Ora che aveva visto la realtà della vita in una piantagione trovava nauseante che Hugo avesse potuto mentire così spudoratamente, che la loro sontuosa esistenza a Londra fosse stata finanziata da una simile crudeltà. Hugo ci credeva davvero? E Sophie anche? La rivide ritta sul ponte della *Perseus*, i capelli che svolazzavano nel vento. Lei non sapeva sicuramente quali torture avessero luogo nella piantagione dello zio. Lui come avrebbe potuto dirglielo?

Tew si aprì un varco fra la folla di uomini esultanti per andargli incontro.

«Tenente Courtney» disse, e neppure l'abituale compostezza riuscì a celare la sincera emozione nella sua voce. «Ancora una volta avete dato prova di notevole maestria. Vedervi respingere quella fregata con un semplice sloop è stato uno spettacolo che non dimenticherò presto. È stato come guardare un terrier aggredire ferocemente un mastino. L'ammiragliato stenterà a credervi, quando lo descriverò nei miei dispacci.»

Rob arrossì. Anche in quel caso trovò molto più facile gestire gli stenti della battaglia che non la gloria che la accompagnava.

«Non ci saremmo mai riusciti senza gli uomini provenienti dalla piantagione.» Trovò Scipio appostato accanto al parapetto e lo tirò in avanti. «Quest'uomo ci ha mostrato i canali nascosti fra le paludi in modo che potessimo raggiungervi in tempo.»

Tew allungò la mano di scatto per stringere quella di Scipio, benché il suo atteggiamento includesse un disagio che Rob non capiva. Nell'equipaggio della *Perseus* c'erano tre uomini neri e lui non aveva mai visto il comandante trattarli in modo diverso dagli altri. «Vi sono debitore, signore. Se volete offrirvi volontario, per me sarebbe un onore avervi nel mio equipaggio. Sono sicuro che a Mr Bracewell non dispiacerebbe.»

«Mr Bracewell non c'entra nulla» sottolineò Rob. «Ho distribuito i certificati del governatore, come mi avevate ordinato. Scipio e i suoi compagni sono ora uomini liberi.»

Tew parve imbarazzato, forse non aveva informato Bracewell di quei documenti.

«La mia famiglia» disse Scipio. «Donne, bambini. Vengono?»

«Un gruppo di neri della piantagione ha raggiunto la baia e siamo riusciti a farli salire a bordo prima che arrivasse la fregata.»

Scipio inarcò le sopracciglia. «Dove sono?»

«Qui sotto» rispose Tew. «Ma devo avvisarvi che...»

«Voi del ponte!» lo interruppe una vedetta sul colombiere. «Ribelli sulla costa.»

Qualsiasi cosa il comandante stesse per dire venne dimenticata mentre tutti correvano verso la fiancata. La spiaggia, fino a un attimo prima deserta, brulicava di soldati ribelli che si stavano disponendo in formazione.

«Siamo fuori dalla portata dei loro moschetti» affermò Coyningham, compiaciuto.

«Hanno ben più dei moschetti.»

Rob indicò il punto in cui un tiro di cavalli era appena uscito dal bosco, trainando un cannone da campagna su un affusto. Fu seguito da un secondo, poi da molti altri. Gli addetti tolsero i finimenti agli animali e cominciarono a posizionare i pezzi di artiglieria sulla spiaggia.

La *Perseus* aveva la prua rivolta verso la spiaggia e, a parte i due cannoncini prodieri, non poteva usare i propri cannoni contro quelli americani. Incagliata sul banco di sabbia, sarebbe stata alla loro mercé.

«Potremmo cercare di prendere d'assalto la spiaggia»

suggerì Rob, «e di respingerli prima che sistemino i cannoni.»

Tew scosse il capo. «Sono troppi. Ci massacrerebbero senza lasciarci nemmeno il tempo di scendere dalle barche.» Alzò il tono di voce. «Mettere le vele al vento. Gettare i cannoni fuori bordo.»

«Ci serviranno quando usciremo dalla baia, se la fregata francese è ancora là» borbottò Coyningham.

«Non ne avremo bisogno, se quelli dei ribelli cominciano a sparare» ribatté Tew.

«Farò in modo che lo sloop cerchi di disincagliarci» annunciò Rob.

Gli uomini corsero a svolgere le rispettive mansioni. Rob assicurò un gherlino alla poppa della *Perseus* e lo fece portare dai suoi uomini sullo sloop. Hargrave e Angus spararono ripetutamente verso la spiaggia con i cannoncini di prua. Il resto dell'equipaggio, usando bozzelli e paranchi, issò dalla stiva l'ancora di riserva e la gettò in mare insieme a ogni mobile presente a bordo. I pennoni furono ruotati in modo da catturare il vento e far indietreggiare la nave mentre lo sloop spiegava tutte le vele nel tentativo di trainarla.

Non bastò. Il vento riempì le vele, ma la *Perseus* non si mosse.

Rob trasalì nel sentire un improvviso scricchiolio alle sue spalle e quando si voltò vide Crow che, poco più in là, osservava la scena masticando il suo cono di zucchero senza fare alcun tentativo di rendersi utile.

«Se volete alleggerirla un altro po' potreste gettare a mare i negri.» Sputò sul ponte un grumo di saliva marrone. «Certo, Mr Bracewell avrebbe qualcosa da ridire su una simile perdita. Quegli schiavi erano cari come il fuoco.»

Rob si sforzò di dominare le sue emozioni e non stendere Crow con un pugno.

«Adesso sono uomini liberi.»

Crow inarcò un sopracciglio. «Non mi risulta.»

A prua risuonò il boato di una cannonata, seguito dalle grida di esultanza degli uomini in coperta: Hargrave aveva centrato in pieno uno dei cannoni americani sulla spiaggia, riducendolo a un groviglio di legno e metallo.

«Questo ci farà guadagnare un po' di tempo» disse il comandante Tew.

Hargrave sparò di nuovo, ma gli americani si erano fatti furbi e avevano spostato i loro pezzi laddove i cannoncini di prua non potevano colpirli.

«Calate in mare le scialuppe» ordinò Tew. «Possono contribuire a trainarci.»

«Non abbiamo abbastanza uomini da mettere ai remi» obiettò Coyningham.

«Allora useremo gli schiavi liberati.»

«Ma Mr Bracewell ha detto che...»

«Se Bracewell ha obiezioni si ritroverà in acqua insieme al resto del peso morto.» Tew gridò giù per la scala di boccaporto: «Ci serve aiuto. Ogni uomo, donna o bambino abbastanza forte per manovrare un remo salga subito in coperta».

Gli schiavi affrancati sbucarono sul ponte, battendo le palpebre nella luce del sole. Rob li suddivise fra le scialuppe della *Perseus*, aggiungendo a ogni gruppo una manciata di marinai in grado di mostrare agli altri cosa fare. Li osservò con un groppo alla gola. Alcuni non erano più grandi di sua sorella Susan, sui sei o sette anni, altri erano più vecchi di sua nonna, ma presero posto sulle imbarcazioni e ascoltarono attenti i timonieri che spiegavano il da farsi. Molti sembravano spaventati, ma tutti strinsero i remi con un'espressione di feroce risolutezza sul volto.

Rob vide Phoebe, riconoscibile grazie alla fascia gialla sui capelli, prendere posto insieme agli altri. Quando lei alzò gli occhi verso la nave incrociò lo sguardo di Rob, che si voltò in fretta.

Altre cime vennero fissate alla poppa dalle scialuppe, che si disposero a ventaglio come un tiro di cavalli che cerchi di trainare un peso morto. I vogatori si piegarono sui remi, la pelle scura che scintillava di sudore e i muscoli torniti da anni di lavoro sfiancante. Una donna a prua cominciò a intonare un canto sommesso in una lingua che Rob non conosceva e i compagni si unirono a lei, remando all'unisono mentre le rispondevano. A dispetto degli abiti laceri avevano un'aria maestosa.

Dalla terraferma una raffica di vento raggiunse le vele della *Perseus* che, già tese, si gonfiarono. Lo sloop tirava il gherlino come un cane al guinzaglio e gli uomini e le donne sulle barche affondavano i remi nell'acqua.

Rob sentì il ponte tremargli sotto i piedi.

La *Perseus* si era mossa.

Un cannone sparò, ma la palla passò ben al di sopra di loro. Nella fretta di fare fuoco i cannonieri americani avevano calcolato erroneamente l'elevazione necessaria, però la mira si rivelò accurata. La palla colpì l'estremità del pennone della vela maestra, tranciandolo, e Radston, un marinaio che lavorava lassù, cadde in acqua urlando.

«Vogate!» gridò Rob agli equipaggi delle scialuppe.

Schiavi liberati e marinai piegarono la schiena sui remi. Su un lato una palla di cannone piombò in mare, provocando enormi schizzi. Per un attimo sembrò che ancora non bastasse.

Dopo un'altra raffica di vento Rob sentì la chiglia grattare sul fango mentre la nave scivolava indietro, stavolta senza fermarsi. L'acqua gorgogliò sotto lo scafo. La marea aveva cominciato a salire, sollevando la *Perseus* dei pochi pollici che le servivano. Il vento e gli sforzi dei rematori continuarono a tirarla sempre più indietro. Rob ringraziò Dio e l'ammiragliato per il rivestimento di rame che rendeva liscio lo scafo, permettendogli così di slittare più agevolmente sul fondo.

Il canto che si levava dalle barche aumentò di volume. Pur non conoscendo il significato delle parole, i marinai si erano uniti agli schiavi, cantando a gran voce. La *Perseus* accelerò.

Gli americani sembravano decisi a non lasciarsela scappare. Altri due cannoni fecero fuoco dalla riva. Una palla mancò il bersaglio, ma l'altra sgretolò le murate. Alcuni uomini corsero a sgombrare le macerie.

«Che cosa significa?»

Bracewell era salito in coperta. Rob notò che né lui né Crow avevano alzato un dito per rendersi utili, pur essendo più forti e robusti di quasi tutti gli ex schiavi sulle scialuppe. Bracewell, che non sembrava affatto felice della loro liberazione, aveva il viso quasi violaceo per la rabbia.

«Chi ha mandato i miei sulle barche?»

«Ci sono andati spontaneamente» rispose Rob. «Se non l'avessero fatto saremmo ancora bloccati su quel banco di sabbia.»

Il ponte di coperta oscillò quando la nave si liberò e raggiunse l'acqua limpida. Nessuno esultò perché non erano ancora fuori pericolo. I ribelli stavano ricaricando.

«Riportateli subito indietro!» strillò Bracewell. «Non sapete di che cosa sono capaci. Useranno quelle barche per scappare.»

«E se anche fosse? Sono uomini e donne liberi.»

«Sono una mia proprietà. E se favorirete la loro fuga vi renderete complici di un furto.»

«Una proprietà può rubarsi da sola?» chiese Rob.

L'eventuale replica di Bracewell fu sovrastata dal boato di un'altra cannonata sparata dalla spiaggia. Ogni uomo si abbassò d'istinto, ma non c'era alcun pericolo: gli addetti ai pezzi non erano riusciti ad aggiustare la mira in base al movimento della *Perseus*.

E ora che la nave si trovava in acque sufficientemente profonde non aveva più bisogno di essere trainata. Girò la prua e orientò le vele in modo tale da uscire dalla baia. Rob richiamò le scialuppe. Gli schiavi liberati salirono a bordo con gli abiti fradici di sudore ma il volto reso radioso dal successo.

Poi videro Bracewell e Crow. Fra loro si propagò un mormorio, dopodiché chinarono tutti il capo e molti indietreggiarono, facendosi piccini come se temessero di venire picchiati.

«Scendete sottocoperta» sibilò Bracewell.

Scipio si fece avanti.

«No» dichiarò, risoluto. «Adesso siamo liberi.»

«Se lo ripeti ti farò scorticare da Crow a forza di frustate» ribatté Bracewell. «Scendete, tutti.»

Scipio spiegò il certificato. «Siamo liberi» ripeté.

Bracewell glielo strappò di mano. «Che cos'è quest'assurdità? Chi ve l'ha dato?»

«Io» disse Tew. «Li ha firmati il governatore in persona.»

«E io vi ho già spiegato che godo di una dispensa accordatami dal presidente del Board of Trade and Foreign Plantations» ribatté Bracewell. Fece aprire da Crow la cassaforte portata lì da Coyningham ed estrasse un grande foglio in calce al quale penzolava un sigillo di cera. «Il proclama del governatore non si applica al sottoscritto. Questo stabilisce la legge.»

Il proprietario terriero e il comandante si fronteggiarono, con Scipio in mezzo a loro. Un cannone sulla spiaggia sparò di nuovo e Rob sentì il tintinnio di vetri quando la palla sfondò gli oblò della cabina a poppa, ma nessuno parve farvi caso.

«Ho promesso loro che sarebbero stati liberi» mormorò Rob, rivolto più a se stesso che a chiunque altro, ma le sue parole sembrarono avere un effetto galvanizzante su Tew, che posò la mano sull'elsa della spada.

«Queste persone si trovano a bordo della mia nave» affermò. «Qui sono io ad avere l'ultima parola riguardo alla legge e dico che sono liberi.»

«State commettendo un errore» lo avvisò Bracewell.

Coyningham aveva l'aria sgomenta. «Vale la pena di rischiare la reputazione per questi negri, signore?»

«Ne vale la pena per questi *uomini e donne*» replicò pacatamente Tew.

«Non appena raggiungeremo un porto, qualsiasi tribunale sosterrà che gli schiavi appartengono a me» insistette Bracewell.

«Non se attracchiamo a Londra. I tribunali hanno stabilito che non appena uno schiavo posa il piede sul territorio britannico è libero.»

I ribelli spararono di nuovo. Una palla di cannone mancò il bersaglio, un'altra colpì la nave vicino allo specchio di poppa. L'equipaggio corse a occuparsi dei danni, ma Bracewell, Tew e Rob lo notarono a stento, impegnati com'erano nella loro personale battaglia.

«Volete portare questi miserabili quasi in capo al mondo solo perché possano definirsi liberi? Staranno forse meglio scaricati come merci sui moli londinesi, in miseria e senza una casa né alcun mezzo di sostentamento? È questo ciò che chiamate *misericordia*?» Bracewell si allungò verso il comandante. «Questi beni valgono parecchio, per me. Sarei disposto a versare un contributo per far sì che mi vengano restituiti.»

«Davvero?» chiese Tew.

«Lo verserei a voi, capite. Considerando gli enormi rischi che avete corso coraggiosamente per trarre in salvo tali beni sarei pronto a offrire, diciamo... duecento sterline.»

Rob trattenne il fiato, sentendo menzionare una somma pari a quella che un comandante guadagnava in un anno. Persino Tew parve colpito.

«Una cifra davvero ragguardevole.»

«E altre cento sterline da suddividere fra gli audaci marinai di questa nave che hanno salvato i miei beni dai ribelli.» Bracewell aveva alzato la voce per farsi sentire dagli uomini sul ponte. «Vi permetteranno di comprare parecchie scopate, quando scenderete a terra.»

Un brusio si diffuse sul ponte. I membri dell'equipaggio guardarono il comandante e, sul lato opposto della nave, gli schiavi liberati di cui si stava decidendo la sorte osservarono ansiosamente la scena. Tew chinò la testa e Rob si stupì di non vederlo spezzarsi sotto il peso della decisione.

«No» disse Tew. «Non è abbastanza.»

Il boato delle cannonate echeggiò nella baia. A poppa si levò uno schizzo d'acqua provocato dalla palla di cannone appena affondata. Grazie al vento che le gonfiava le vele la *Perseus* si stava sottraendo alla gittata dell'artiglieria dei ribelli.

«Trecento sterline, allora» rilanciò Bracewell. «E vi assicuro che è quasi quanto valgono quei furfanti.»

«Mi avete frainteso» asserì Tew. «Volevo dire è che non esiste somma abbastanza alta per comprare una vita umana. Tenetevi i vostri soldi, macchiati come sono dal sangue degli uomini e delle donne che li guadagnano per voi. Non intendo accettare neppure un penny.»

Alcuni marinai parvero arrabbiati, ma i più stavano annuendo perché approvavano la scelta del comandante. Ormai Bracewell era talmente paonazzo che Rob temette di vederlo esplodere per la collera.

«Scriverò a Londra» farfugliò. «Farò in modo che veniate destituito ed espulso dalla marina. Quando avrò finito di trascinarvi nel fango nemmeno vostra madre ammetterà di conoscervi. Vi distruggerò.»

Crow allungò la mano verso la pistola infilata nella tasca interna della giacca. Tew notò il movimento al pari di Rob, che ghermì una picca dalla rastrelliera fissata all'albero e la puntò alla gola dell'uomo.

«Se toccate la vostra arma vi infilzo» lo avvisò.

Crow si immobilizzò. Tew cercò con lo sguardo uno degli aiuto nostromo fra la folla.

«Mr Leake» chiamò, «scortate sottocoperta Mr Crow e Mr Bracewell. Non dovrebbero rimanere qui in coperta durante la battaglia.»

Il corpulento aiutante esitava ad avvicinarsi al proprietario terriero, furibondo com'era, ma Bracewell si diresse autonomamente verso la scaletta di boccaporto, seguito da Crow.

«La pagherete» dichiarò in tono minaccioso quando la raggiunse.

Non appena Bracewell scomparve giù per i gradini, Rob sentì allentarsi la tensione sul ponte. Gli schiavi liberati scoppiarono a ridere e presero a chiacchierare in tono eccitato. Nemmeno Scipio riuscì a impedirsi di sorridere.

«Grazie» disse semplicemente.

Tew parve imbarazzato. «Non avete motivo di ringraziarmi, non avreste mai dovuto essere privato della libertà.»

Si stavano avvicinando all'ingresso della baia. Dietro di loro sommessi boati e nuvolette di fumo indicavano che i cannonieri sulla spiaggia non si erano ancora arresi, ma li animava più la frustrazione che non la speranza. Ormai la *Perseus* era fuori portata.

I ribelli, tuttavia, non intendevano rinunciare, così aggiunsero altra polvere da sparo ai cannoni per aumentarne la gittata e fecero fuoco un'ultima volta. Una palla centrò il capo di banda, provocando una nube di schegge, poi rimbalzò sul ponte fino a fermarsi ai piedi dell'albero maestro.

«Con il vostro permesso, signore» disse Rob a Tew, «salirò sullo sloop con Scipio e vi farò strada. Potrebbero esserci altre secche non segnate sulle mappe da evitare, prima che usciamo dalla baia.»

Non ottenendo risposta si voltò e scoprì che il comandante non era più là dove si era trovato un attimo prima.

Giaceva sul tavolato, con le mani insanguinate e ormai prive di vita strette intorno alla scheggia lunga un piede che gli aveva trafitto l'occhio destro fino a raggiungere il cervello, uccidendolo sul colpo. Il gesto di afferrarla doveva essere stato istintivo, un ultimo spasmo del corpo prima della morte.

Rob gli si inginocchiò accanto con il cuore che gli martellava nel petto. Estrasse la scheggia, anche se non fece alcuna differenza. Gli sistemò le mani sul petto, conserte, e gli chiuse l'occhio rimasto, poi lo strinse fra le braccia. Non si vergognava delle lacrime bollenti che gli rigavano le guance, anche la maggior parte degli uomini intorno a lui stava piangendo.

Un'ombra coprì il corpo di Tew quando Coyningham si fece avanti. Rob alzò gli occhi e sentì la sofferenza trasformarsi in rabbia quando vide nello sguardo del tenente uno scintillio di trionfo che lui stentava a dominare.

«Lo terremo nell'infermeria di bordo finché non saremo pronti a seppellirlo» ordinò. Cercò l'aiuto nostromo. «Mr Leake, portate i beni di Mr Bracewell sottocoperta e chiudeteli nella stiva.» Osservò gli schiavi liberati, alcuni dei quali si stavano facendo piccini mentre altri serravano le mani a pugno, pronti a battersi. «Legateli con qualsiasi cosa riusciate a trovare. Dubito che abbiamo abbastanza catene per tutti.»

Girando la testa Rob vide che Bracewell e Crow erano sbucati dalla scaletta di boccaporto, attratti dalla tragedia come avvoltoi da una carcassa. Crow staccò un pezzo di zucchero e cominciò a sgranocchiarlo, come uno spettatore a un'impiccagione, mentre il suo principale si accigliava per l'inatteso vantaggio conquistato.

Rob non riuscì a sopportare la loro vista.

«No!» gridò. «I neri sono liberi.»

«Appartengono a Mr Bracewell» ribatté Coyningham.

Rob si alzò. «L'ultimo atto del comandante Tew è stato

liberarli. Avete intenzione di contravvenire al suo ordine mentre il suo corpo è ancora tiepido?»

«Basta così!» latrò Coyningham.

La tensione era palpabile. I membri dell'equipaggio, circondati dalle macerie lasciate dalla battaglia e con il cadavere del loro capitano steso sul tavolato, non sapevano come reagire. Quando gli aiuto nostromo si avvicinarono a Scipio lui li respinse vigorosamente. Borbottii rabbiosi si levarono dai marinai.

Coyningham, sapendo che rischiava di perdere la nave, sfilò una pistola dalla cintura e alzò il cane.

«Adesso sono io al comando!» urlò. «Farò impiccare oggi stesso con l'accusa di ammutinamento chiunque osi disobbedire.» Puntò l'arma verso Rob. «Voi compreso, Mr Courtney.» Spostò la pistola in direzione di Scipio. «Quanto a voi, feccia nera, se opponete resistenza vi getterò tutti in mare, donne e bambini inclusi.»

In seguito Rob si chiese cosa sarebbe successo se lui avesse agito in quell'istante. Forse, con l'aiuto dei marinai a lui leali e degli uomini di Scipio, avrebbe potuto destituire Coyningham, impadronirsi della nave e garantire la libertà agli schiavi. Per un attimo la loro sorte rimase in bilico.

Ma le abitudini della disciplina navale erano troppo ben radicate. Gli uomini erano sconvolti dalla perdita del comandante, sfiniti dopo gli sforzi per salvare la *Perseus* e restii a rischiare la vita per un gruppo di sconosciuti dalla pelle scura.

Quanto agli ex schiavi, fra loro c'erano troppe donne e troppi bambini. Se avessero combattuto avrebbero rischiato di causare un massacro.

Scipio permise all'aiuto nostromo di mettergli un

massiccio paio di manette e portarlo verso la scaletta. Non batté ciglio quando Crow gli sputò in faccia nel vederlo passare. Gli altri lo seguirono, uno dopo l'altro, a capo chino.

Coyningham ruotò di nuovo la pistola, pigramente, verso Rob.

«Desiderate dire qualcosa, tenente Courtney?» chiese in tono minaccioso, il dito arcuato intorno al grilletto. Sapeva quanto era arrivato vicino al perdere l'equipaggio.

Rob represse a fatica l'impulso di prenderlo a pugni. Sapeva che Coyningham gli avrebbe sparato senza pensarci due volte, gli leggeva la sete di sangue negli occhi. Rob doveva rimanere vivo e lontano dalle grinfie di Coyningham, solo così sarebbe riuscito ad aiutare l'equipaggio, Scipio, Phoebe e tutte le povere anime attualmente in balia dei capricci di quell'uomo.

«Mi accerterò che il comandante Tew venga portato sottocoperta» disse a denti stretti.

«*Mr* Tew» lo corresse Coyningham. «Adesso il comandante sono io.»

Étienne de Bercheny guardò la fregata britannica allontanarsi insieme allo sloop e, ribollendo di rabbia, picchiò il pugno sul parapetto con tanta forza da spezzare il legno malridotto.

«È colpa vostra!» urlò a Cal. «Se aveste portato i cannoni sulla spiaggia in tempo avremmo distrutto la *Perseus.*»

«Se aveste attaccato subito, invece di baloccarvi in mare, avreste potuto farlo voi» replicò Cal.

Una barca lo aveva riportato sulla *Rapace* non appena le navi britanniche avevano oltrepassato il promontorio. Aveva la testa fasciata e un profondo taglio sul braccio, conseguenze dello scontro accanto alla villa, ma se ne accorgeva a stento.

«Mi state forse accusando di codardia?»

«Voi mi state forse accusando di inadempienza al mio dovere?»

Entrambi erano furibondi con l'interlocutore, oltre che stremati dalla battaglia, esausti e feriti nell'orgoglio. Non erano stati sconfitti, ma l'aver lasciato fuggire il nemico li riempiva di collera.

«Se mi insultate» disse Étienne, «non avrò altra scelta che esigere soddisfazione.»

Voleva battersi con qualcuno, non gli importava chi. Si concesse di immaginare come sarebbe stato bello sentire la punta del suo stocco affondare nelle viscere dell'americano, dopo la frustrazione della battaglia.

Cal sapeva di essere forte, ma non era certo uno spadaccino provetto. Étienne aveva studiato con i migliori maestri di scherma che Parigi potesse offrire, lo avrebbe sicuramente stuzzicato come fosse un toro per poi sbudellarlo. Sarebbe stato un modo orrendo di saldare il suo debito con Aidan.

«Un duello fra noi due gioverebbe solo ai nostri nemici» sottolineò Cal con tutto l'autocontrollo che riuscì a racimolare.

Il francese, che aveva già posato la mano sull'elsa della spada, si bloccò, stupito e deluso. La staccò con riluttanza per porgerla al giovane.

«Non avremmo potuto distruggere la *Perseus*» gli rammentò Cal. «Non era quella la nostra missione, dovevamo lasciarla andare.»

Étienne fece una smorfia. Era tutto vero, ma contrario al suo senso dell'onore. Che cosa c'era di glorioso nel permettere a un veliero nemico di fuggire?

«Avremmo comunque potuto danneggiarla più seriamente.»

«Avremo un'altra occasione per farlo» lo consolò Cal. «E la prossima volta non avrà scampo.»

«*Vraiment*» disse Étienne. Nel suo attuale stato d'animo avrebbe inseguito la fregata britannica fino alle porte dell'inferno, se fosse stato possibile, ma nemmeno lui poteva portare la propria nave in mare aperto con metà del ponte di batteria sfondato dalle cannonate. «Ora dobbiamo effettuare il raddobbo. Getteremo l'ancora nella baia, dove i vostri cannoni ci proteggeranno mentre ripariamo i danni.»

Mentre tornavano nell'insenatura Cal notò qualcosa nell'acqua, un grosso pezzo del capo di banda staccato da una cannonata e un uomo semisommerso che vi si teneva aggrappato. Doveva essere caduto dalla *Perseus* durante la battaglia. Scalciava energicamente nel tentativo di puntare la sua zattera di fortuna verso la terraferma, ma non poteva certo contrastare la marea e ben presto sarebbe stato trascinato in mare aperto. Vedendo il suo frenetico dibattersi Cal indovinò che non sapeva nuotare.

Trovò un rotolo di fune fra le macerie sul ponte della *Rapace*, ne legò un'estremità, si fece roteare l'altro capo sopra la testa e poi lo lanciò verso l'uomo in acqua. Era un giochetto che aveva fatto spesso per prendere al lazo gli animali nella fattoria paterna. La sua mira si dimostrò perfetta, tanto che la corda finì così vicino al bersaglio da posarsi quasi sulle spalle del marinaio britannico.

L'uomo la afferrò con gratitudine. La scelta fra diventare un prigioniero di guerra e annegare in mare era scontata. Cal lo tirò verso la nave finché non riuscì ad aggrapparsi alla scaletta.

I membri dell'equipaggio smisero di lavorare quando il naufrago salì a bordo. Non erano certo dell'umore adatto per dimostrarsi clementi. Lui li occhieggiò impaurito e, notandone gli sguardi malevoli, cominciò a chiedersi se in fondo non ci fossero destini peggiori dell'affogare.

«Come vi chiamate?» chiese Cal.

«Rudston.»

«E chi comanda la vostra nave, la *Perseus*?»

«Il capitano Tew» rispose Rudston, ignaro della morte

di Tew perché era caduto fuori bordo prima che l'ultima cannonata colpisse il veliero.

«Mi piacerebbe conoscerlo» disse Étienne. «Ha affrontato la mia nave già due volte, la terza volta ci batteremo fino all'ultimo sangue.»

«È stato lui a guidare i vostri uomini fino alla piantagione?» intervenne Cal. Ricordava chiaramente l'uomo con cui si era azzuffato davanti alla villa e la bizzarra sensazione di familiarità che aveva provato guardandolo negli occhi.

«No, quello era il tenente Courtney» rispose Rudston. «Non riuscireste a trovare due uomini più coraggiosi di lui e del capitano Tew nell'intera marina.»

«Courtney?»

Alla menzione del nome una scarica elettrica parve propagarsi lungo la spina dorsale di Cal, che capì con un'inspiegabile certezza che doveva esistere un legame. Sapeva che il padre aveva una sorella di cui non parlava mai. E se quello fosse stato il figlio di quella donna o il discendente di qualche altro ramo dell'albero genealogico?

Certo, era un'ipotesi estremamente fantasiosa. Quante possibilità c'erano che lui incontrasse una persona del genere lì? Eppure su quel volto aveva notato qualcosa di così familiare da restarne colpito nel profondo.

Étienne rise. «È una semplice coincidenza, *non*?»

«Probabilmente sì» rispose Cal, scettico.

Avrebbe voluto saperne di più, estorcere a Rudston tutto ciò che sapeva del suo misterioso omonimo fino ad accertarsi che fra loro due non vi fosse alcun nesso, ma Étienne era di diverso avviso.

«Questi inglesi impudenti sono viscidi come anguille. È ora di compiere un gesto simbolico che serva da esempio.»

Con il volto pallido illuminato da un sorriso latrò un ordine in francese al nostromo, che sbiancò e balbettò una risposta. Venne interrotto da una secca parola di Étienne, dopodiché gli rivolse il saluto militare e si diresse verso il ripostiglio delle funi a prua.

«Che intenzioni avete?» chiese Cal. «Quest'uomo è un prigioniero di guerra, dovremmo rinchiuderlo finché non riusciremo a organizzare uno scambio.»

Étienne lo ignorò. «Sapete cosa fanno gli olandesi per punire un uomo? Lo definiscono *kielhalen*, credo che voi lo chiamiate *giro di chiglia*.»

Cal aveva sentito parlare di quel castigo dal padre che, pur non essendo certo debole di stomaco, era parso a disagio ogni volta che lo menzionava, mentre sua madre aveva cercato di tappare le orecchie di Aidan.

«Pensavo fosse stato dichiarato illegale parecchio tempo fa.»

«Le vecchie usanze hanno la loro utilità.»

«Vi prego, signori.» Rudston, che era impallidito per la paura, si gettò in ginocchio sul ponte. «È una condanna a morte.»

Étienne finse di riflettere.

«Credo sia possibile sopravvivere alla cosa. Sarà interessante scoprire se è vero.»

I suoi uomini afferrarono l'inglese, che si dimenò per la disperazione e cercò di mordere coloro che lo tenevano stretto, ma erano troppo numerosi. Gli chiusero dei ceppi intorno alle caviglie, attaccandovi una catena per appesantirlo, e nel frattempo altri uomini infilarono una fune fra i bozzelli alle estremità dei pennoni della vela maestra. Con una certa difficoltà la fecero passare sotto la prua e poi la tirarono a mezzeria in modo che aderisse alla chiglia, da una fiancata all'altra.

Ne legarono un capo intorno ai polsi di Rudston e l'altro intorno alle caviglie serrate dai ceppi, inserendo così il poveretto nell'enorme occhiello. Lui urlò e si divincolò ma, essendo legato ben stretto, non aveva via di scampo.

Cal osservò la scena con crescente disgusto. Nei racconti del padre non erano mai gli eroi a sottoporre le loro vittime al giro di chiglia. Per quanto lui bramasse di combattere contro gli inglesi, quella era mera crudeltà.

«Quale vantaggio ricaveremo da tutto questo?»

Étienne gli scoccò un'occhiata sprezzante. «Riusciremo a terrorizzare i nostri nemici.»

«Vi prego» implorò Rudston, quasi con la bava alla bocca per la paura. «Vi dirò qualsiasi cosa vogliate.»

«Per esempio?»

«La *Perseus* è diretta in Giamaica» farfugliò lui. «A bordo c'è un uomo molto importante, un proprietario terriero chiamato Bracewell. Lo stiamo portando nella sua piantagione.»

«Lo sapevo già» replicò Étienne. «Non potete rivelarci nulla di interessante.» Si rivolse all'equipaggio. «Issatelo.»

I suoi uomini tirarono la cima legata intorno alle caviglie di Rudston, sollevandolo dal ponte finché non penzolò a testa in giù come un pezzo di carne.

«Vi prego, fatemi scendere» supplicò lui, sempre più terrorizzato. «Posso darvi altre informazioni.»

Étienne gli accostò la bocca all'orecchio. «L'unica cosa che potete darmi è il piacere di guardarvi morire.»

I marinai, ridendo, lo spostarono oltre la fiancata e

lo calarono verso l'acqua mentre un altro gruppo, sul lato opposto della nave, tirava la cima che gli serrava le mani. Rudston si inarcò e si dimenò disperatamente, ma era bloccato fra le due funi come un prigioniero sulla ruota. Cal, sempre più nauseato, avrebbe voluto liberarlo, però era del tutto inerme davanti a Étienne e al suo equipaggio.

Dopo aver raggiunto un picco febbrile, le grida di Rudston risultarono soffocate quando la sua testa finì sott'acqua. Cal guardò al di sopra della fiancata e vide un paio di piedi bianchi scomparire negli abissi.

«Quanto ci vorrà?»

Étienne si strinse nelle spalle. «Lo vedremo.»

Uno strano silenzio calò sul ponte. Ora che il prigioniero era sommerso i marinai non potevano fare altro che immaginare cosa stesse patendo, sotto di loro. A differenza della *Perseus*, la *Rapace* non aveva un rivestimento di rame a renderne levigato lo scafo, su cui durante il viaggio si erano abbarbicati cirripedi e altri crostacei, formando uno strato simile a un migliaio di rasoi. Rudston stava venendo trascinato sopra di essa mentre affogava.

«Tenete tirata la cima» ordinò Étienne.

Se si fosse allentata l'uomo si sarebbe staccato dalla chiglia, evitando così quella tortura. Cal se lo immaginò negli abissi marini, con la bocca spalancata in un grido silenzioso che gli avrebbe riempito d'acqua i polmoni. Annegare sarebbe stata una benedizione.

Gli uomini recuperarono la fune, su cui cominciavano ad apparire brandelli di alghe. Il resto dell'equipaggio raggiunse la fiancata opposta per guardare giù, aspettando di veder emergere il prigioniero, e iniziò a scommettere su quando sarebbe affiorato il corpo e sul fatto che lui fosse sopravvissuto o meno.

Risuonò un grido quando il poveretto uscì dall'acqua. Cal sentì il corpo risalire lungo la fiancata e urtare con un tonfo un portello da cannone aperto. Non si sentirono altre urla.

Le mani legate spuntarono sopra il capo di banda, unite come in preghiera e seguite dal corpo di Rudston, che grondava acqua arrossata dal sangue di un migliaio di ferite. Il suo naso era stato tranciato e un occhio penzolava dall'orbita.

C'era un motivo per cui lo sventurato non urlava: aveva la gola tagliata talmente a fondo che la sua testa era fissata solo a un sottile lembo di carne e ciondolava mollemente all'indietro.

Étienne osservò la figura afflosciata come un medico che studi un cadavere, con aria delusa.

«Non siete soddisfatto del castigo?» chiese Cal.

«Volevo farglielo rifare.» Il capitano francese mise il broncio, poi scosse il capo. «Tagliate la cima» ordinò, «e lasciatelo agli squali. Abbiamo perso già abbastanza tempo.»

«Decisamente» confermò Cal.

Fu un sollievo vedere il corpo cadere in acqua e scomparire. L'orrore di ciò a cui aveva appena assistito lo disgustava. Non era per quello che si era unito alla causa patriottica. Nelle orecchie gli rombava la voce del padre che chiedeva: *Vedi con che tipo di uomini ti sei associato?* Strinse i denti e tentò di ignorarla. Quella era una guerra.

«Non dovremmo permettere alla fregata nemica di allungare troppo le distanze» affermò.

Meglio concentrarsi sul compito da svolgere.

Étienne annuì. «Non appena avremo riparato la nave faremo rotta per la Giamaica.»

E forse, pensò Cal, quando avessero finalmente raggiunto la *Perseus*, avrebbe scoperto la verità sul misterioso tenente Courtney.

Tew, essendo un ufficiale, avrebbe dovuto essere seppellito a terra, ma Coyningham rifiutò di farlo.

«Nel raggio di mille miglia non troveremmo alcun posto che non sia in mano ai ribelli» spiegò a Rob. «E quando raggiungeremo la Giamaica il corpo non sarà altro che un nido di mosche.»

Sorrise, assaporando il turbamento di Rob.

«I miei ordini dicono di portare Mr Bracewell e sua nipote in Giamaica il più in fretta possibile, non possiamo permetterci di perdere altro tempo.»

Tew venne quindi sepolto in mare, come un marinaio comune. Avvolsero il corpo in un pezzo di tela da vela, con la sua spada posata sul petto e due palle di cannone accanto ai piedi per appesantirlo. Dopo averlo coperto con la bandiera della *Perseus* lo adagiarono su un carabottino posato su supporti su un lato della nave. Il quartiermastro suonò la campana per radunare l'equipaggio. Gli ufficiali si misero in fila sul davanti del cassero e i marinai si allinearono con aria solenne sul ponte.

In mancanza di un cappellano a bordo, fu Coyningham a tenere il servizio funebre.

«Io sono la resurrezione e la vita, dice il Signore...» intonò.

Rob ripensò al libro visto nella cabina di Tew e alle

parole scritte con grafia infantile sul risguardo: *A papà. Torna a casa sano e salvo. Con affetto, Edward.* Tew aveva parlato raramente della sua famiglia, ma Rob sapeva che aveva lasciato nell'Hampshire una moglie e un figlio piccolo che sarebbero stati informati dell'accaduto solo dopo mesi. Non avrebbero avuto nemmeno una tomba da visitare, il massimo a cui potessero aspirare erano le coordinate approssimative scribacchiate da lui, una posizione da calcolare in mezzo all'oceano.

«Affidiamo dunque il suo corpo alle profondità marine perché si corrompa in attesa della resurrezione, quando il mare restituirà i suoi defunti.»

La bandiera fu tolta dal sudario, poi due aiutanti del capocannoniere sollevarono il carabottino e lo inclinarono, facendo scivolare giù il corpo.

Forse era giusto così, si disse Rob. Tew era stato un uomo di poche pretese, un autentico marinaio. Aveva amato il mare e la Royal Navy.

«Amen.»

Il cadavere cadde in acqua e scomparve sotto le ombre grigie.

Adesso Rob era il secondo tenente e Fawcett il primo. A Rob sarebbe spettato il comando dello sloop che avevano catturato, ma Coyningham dichiarò di non poter fare a meno di lui. Quando incrociarono una nave da guerra a settantaquattro cannoni diretta a nord le affidarono il vascello catturato perché lo portasse a New York e lo vendesse.

«Un altro premio che non abbiamo potuto tenere» commentò mestamente Angus.

Invece di nominare subito un terzo tenente Coyningham comunicò ai sottotenenti che avrebbe promosso uno di loro una volta raggiunta la Giamaica, scatenando così una feroce competizione per entrare nelle sue grazie. Rob sapeva che avrebbero riferito al comandante ogni minimo pettegolezzo allo scopo di avvantaggiarsi. In un solo giorno Coyningham aveva trasformato un quadratino dall'atmosfera cameratesca in un nido di vipere.

Quello stato d'animo non impiegò molto a diffondersi sull'intera nave. A ogni livello, partendo dai giovani mozzi per arrivare al tavolo degli ufficiali, risultava evidente una netta separazione. Molti uomini accettavano il comando di Coyningham come parte dell'ordine naturale delle cose; erano convinti che il capitano rappresentasse la massima autorità, nel bene e nel male; erano decisi a tenersi fuori dai guai e, se possibile, a guadagnarsi il suo favore. Ma c'erano altri che, avendo caro il ricordo del comandante Tew, temevano per il proprio futuro e consideravano Rob il loro capo, benché lui non li incoraggiasse affatto in tal senso.

«Non sono in pochi a dire che dovresti essere tu il comandante, non il Segugio» gli spiegò Angus.

Ai due rintocchi della seconda comandata, all'una del mattino, si trovavano in coperta durante una delle poche occasioni in cui potevano parlare liberamente senza temere che Coyningham li sentisse.

Ma c'erano comunque alcune cose troppo pericolose per poterle dire ad alta voce. Rob zittì l'amico con un'occhiata torva e guardò dietro di sé.

«Al comando c'è Coyningham» dichiarò in tono neutro.

Angus non si lasciò scoraggiare e Rob gli sentì l'odore di rum nell'alito.

«Visto come gestisce la nave si ritroverà ad affrontare un ammutinamento prima che arriviamo in Giamaica. Ha trasformato la *Perseus* dal miglior vascello della marina a nulla più di una dannata nave negriera.»

Era vero. Mentre puntavano verso sud la temperatura continuava a salire. Con cinquanta schiavi chiusi nella stiva, dalle viscere della fregata si era levato un terribile tanfo di sudore, sangue ed escrementi umani. I gemiti e i lamenti che ne sgorgavano facevano somigliare la *Perseus* a una nave fantasma. Ogni grido di dolore era come un ago che si conficcava nel cuore di Rob. Lui aveva promesso a quelle persone che sarebbero state libere, le aveva portate a bordo, e adesso stavano soffrendo più di quanto non avrebbero fatto restando nella piantagione.

«Inoltre non fa che adulare Bracewell» aggiunse Angus, «come se la nave appartenesse a quell'uomo invece che al re.»

«Coyningham ha delle mire sul patrimonio di Bracewell.»

«Delle mire su sua nipote, intendi.» Angus notò l'espressione di Rob. «Non dirmi che non te ne sei accorto. So che hai un debole per quella ragazza, ma Coyningham la segue come un cagnolino smarrito. E lui ha i gradi di capitano sulla manica.»

Una volta tornato dalla piantagione, Rob aveva guardato a stento Sophie. Il suo corpo bruciava tuttora di desiderio per lei, ma la sua mente si ritraeva orripilata dalle barbarie di cui lui aveva trovato traccia nella tenuta di Bracewell e dal modo in cui quest'ultimo aveva tradito gli schiavi liberati.

«Stai attento» lo mise in guardia Angus. «Lei può anche sembrare un agnellino, ma sotto sotto è una tigre.»

Rob ripensò ai graffi profondi che Sophie gli aveva lasciato sulla schiena e annuì mestamente.

«Hai ragione.»

Sul ponte comparve una luce quando la porta della cabina si aprì per lasciar uscire una figura scalza e avvolta in uno scialle giallo che, dopo essersi guardata intorno, raggiunse i due uomini.

Era Phoebe che, in veste di cameriera personale di Sophie, era l'unica fra gli schiavi a potersi aggirare liberamente per la nave. La luce della lanterna si riflesse sulla pelle di un marrone dorato.

«Tenente Courtney.» Fece una riverenza. «Miss Sophie ha detto che si aspettava di vedervi.»

Usò un tono sommesso. Grazie al suo lavoro aveva imparato a parlare un buon inglese, benché modulato dalle vocali pastose e dai ritmi sensuali tipici della sua lingua madre. A Rob rammentava i domestici di famiglia e i braccianti della Nativity Bay.

Angus lo fissò con aria severa. «Non sapevo che tu avessi altri programmi per la serata.»

«Non li avevo.»

Rob distolse lo sguardo. Non gli dispiaceva che Angus sapesse della sua relazione con Sophie, era già al corrente di gran parte di ciò che era successo fra loro due, ma lo imbarazzava che Phoebe fosse diventata il messaggero di Sophie. Avrebbe preferito che lei rimanesse all'oscuro.

Phoebe aspettò la sua risposta, tenendo le mani conserte davanti a sé, ma quando Rob alzò gli occhi la vide distogliere rapidamente lo sguardo. Lei lo aveva appena fissato? Che cosa pensava? Lo incolpava sicuramente di quanto era accaduto a Scipio e agli altri.

«Di' alla tua padrona che stasera sono indispensabile qui in coperta. Il comandante Coyningham esige che si rispettino i turni di guardia.»

Lei annuì e fece per andarsene, ma a un tratto Rob si scoprì a desiderare che rimanesse.

«Di dove sei?» le chiese.

Phoebe si fermò, stupita. Non era abituata a sentirsi interpellare se non per ricevere ordini o rimproveri.

«Io?»

«Tu» confermò Rob.

«Vengo da un posto a molte migliaia di miglia da qui, dall'altra parte dell'oceano.» La sua voce era venata di desiderio e tristezza. «Non potete conoscerlo.»

«Dimmelo.»

«Sono di Qwabe.»

«Sulla costa orientale dell'Africa? Dove le montagne incontrano il mare?»

Lei lo fissò come se avesse appena compiuto una magia.

«Come fate a saperlo?»

«Sono nato sulle rive del fiume Umgeni.»

«Ma...» Il viso di Phoebe era una maschera di sbalordimento. «Voi siete uno *mzungu*, un uomo bianco.»

«Sono un viandante» replicò Rob, utilizzando il significato letterale della parola. «I miei antenati si sono spinti fino in Africa e adesso io mi sono spinto qui.»

Lei assunse un'aria mesta. «Mi state prendendo in giro.»

«Mai. Ricordi il profumo delle acacie dopo le piogge?»

Il solo menzionarlo lo riportò là, ad annusare l'aroma dolce come vaniglia nell'aria. Negli occhi di Phoebe vide che anche lei lo ricordava.

«La polvere rossa» mormorò la ragazza.

«L'aria talmente limpida che riuscivi a vedere fino ai confini del mondo.»

«Lo scroscio dei fiumi dopo le piogge.»

«Come sei arrivata qui?» chiese lui.

La tristezza le rannuvolò lo sguardo. «Non volete davvero sentire la mia storia.»

«Non c'è nulla che io desideri di più» insistette Rob.

Ed era vero. Voleva ascoltare la voce di Phoebe, continuare a guardare dentro quegli occhi che sembravano riflettere tutte le cose al mondo che lui bramava.

Angus si alzò. «Meglio che vada a controllare gli stragli di trinchetto» disse, prima di dirigersi a prua.

Rob indicò a Phoebe di sedersi.

«Dovrai sistemarti sul cannone» spiegò. «Temo che non abbiamo nessun sedile più comodo, qui sul ponte.»

Temette di averla spaventata, pensò che sarebbe tornata di corsa nella sua cabina, ma dopo un attimo lei si lisciò la gonna e si appollaiò sul cannoncino.

«La mia storia è come tutte le altre» disse. «Mi hanno preso.»

Lui vide che il ricordo la faceva soffrire. «Non sei costretta a raccontarmelo, se ti rattrista.»

Ma lei voleva dirglielo. «Mi trovavo nei campi con mia madre e mia sorella quando abbiamo visto una grande nave ancorata al largo della costa. Non ne avevamo mai vista una tanto da vicino, così siamo scese sulla spiaggia. C'erano degli uomini bianchi. Non avevamo mai visto nemmeno loro. Erano venuti a prendere l'acqua, ci hanno dato perline brillanti e uno specchietto. Abbiamo mostrato loro una sorgente in cui riempire i loro barili.» Si interruppe, tremando per il ricordo. «Uno di loro aveva la barba. Rammento come mi ha graffiato la guancia quando mi ha preso in braccio. Il suo alito odorava di anice e lui si chiamava Don Pedro. Era portoghese, anche se naturalmente all'epoca non lo sapevo. Ha chiesto se volevo vedere l'interno della nave. Mia madre ha risposto di no, ma io l'ho supplicata. Gli uomini bianchi erano così amichevoli. Hanno riso e sorriso e le hanno dato del brandy da una bottiglia, così lei ha detto di sì. Ero eccitata. Persino la piccola barca a remi che ci ha portato alla nave mi ha lasciato sbalordita. Non siamo un popolo marinaro, non ero mai salita prima su un'imbarcazione. Le onde scintillavano come vetro. Quando ho immerso la mano nell'acqua ho strillato perché pensavo che mi avrebbe morso.»

Chinò il capo e Rob, senza riflettere, le prese le mani fra le sue.

«Non appena siamo salite a bordo ci hanno messo in

catene e gettato nella stiva. L'uomo barbuto era il comandante. Ha portato mia madre nella sua cabina e persino sul fondo della nave siamo riuscite a sentire le sue urla. Ero giovane, ma abbastanza grande per capire cosa le ha fatto.»

Parve stupita quando una lacrima le rigò la guancia e Rob immaginò che avesse già pianto tutte le sue lacrime per quella storia.

«La stiva era piena, non avevano bisogno di altri schiavi. Gli schiavisti non erano mai venuti prima nel nostro paese. Sono venuti solo perché avevano bisogno di acqua e ci hanno catturato solo perché eravamo lì.» Phoebe rabbrividì. «Ci hanno accatastato come legna da ardere, uno sopra l'altro, incatenati insieme nel nostro stesso lordume.»

Rob ricordò le condizioni in cui, a Londra, le nuove reclute erano state ammassate nella stiva e cercò di immaginare cosa significasse vivere così per mesi, attraversando gli oceani, premuti contro non dozzine bensì centinaia di altri corpi in uno spazio angusto.

«Credo che volessero portarci in Brasile, ma è scoppiata una tempesta e siamo stati spinti molto più a nord. La nave ha rischiato di affondare e tante persone sono morte.»

«Tua madre?»

Phoebe scosse il capo. «È morta prima che lasciassimo Cape Town.»

Rob ripensò al racconto di Cornish sull'avere visto la nave negriera a Cape Town gettare in mare i cadaveri dei prigionieri per darli in pasto agli squali. Pensare che forse fra di essi c'era stato quello della madre di Phoebe...

«Quando la nave è arrivata in Giamaica i portoghesi

hanno deciso di venderci per poterla riparare e ci hanno portato al mercato degli schiavi come fossimo animali. Bracewell ci ha trovato lì. Ha detto che non sapeva cosa farsene di una bambina, ma gli schiavisti si sono offerti di regalargli la sottoscritta se avesse comprato altri dodici schiavi, così lui mi ha preso. Mi ha dato a sua nipote come giocattolo.»

«Come compagna di giochi, intendevi dire?»

«No, come giocattolo. Lei faceva quello che voleva con me, come se fossi una bambola. Mi infilava abiti eleganti e mi spogliava, mi faceva le trecce, mi dava leccornie prese dalla sua tavola e mi portava a letto con sé. E quando si arrabbiava mi picchiava e mi torceva le braccia come se volesse staccarmele.»

Rob pensò a come Sophie amasse infliggere dolore, a come lo trovasse eccitante. Lui l'aveva creduto una sorta di gioco ma adesso, immaginandola a esercitare quel tipo di potere su un altro essere umano e autorizzata a fare qualsiasi cosa desiderasse, capì che non si trattava affatto di un gioco. Si sentì raggelare fin nel profondo dell'anima.

Provò un empito di vergogna e collera.

«Vorrei tanto averti potuto salvare.»

«Non eravate là.»

Nella voce di Phoebe non c'era alcuna amarezza né alcuna volontà di incolparlo, solo stupore perché Rob pensava di avere avuto l'occasione di cambiare le cose. Lui non ne trasse la minima consolazione, era furioso per le ingiustizie del mondo e ansioso di dimostrarle che si sbagliava.

C'era solo un'altra domanda che doveva fare.

«E Scipio? È tuo marito?»

Phoebe lo osservò, incuriosita. «No, non è mio marito. Miss Sophie non mi permetterebbe mai di sposarmi.»

«Volevo dire...» Rob cercò parole che non suonassero troppo rozze o offensive. «Come un marito.»

Notando il suo imbarazzo, lei scoppiò in una risata sommessa e rauca che lui desiderò subito di poter risentire.

«Non è affatto come un marito. È mio fratello.»

«Ma lui è un Ebo e tu sei di Qwabe, le vostre case distano migliaia di miglia.»

«Era sposato con mia sorella.»

«È tuo cognato?»

«Sì. Lei è morta due anni fa.»

Rob si rese conto che aveva trattenuto a lungo il fiato, come nuotando sott'acqua, e adesso era finalmente riaffiorato. Si sentiva frastornato, stordito da un turbine di riflessioni contrastanti. Di fronte alle terribili tribolazioni patite da Phoebe, che importanza aveva che fosse sposata o meno? Era estremamente egoista da parte di Rob permettere al proprio desiderio di intromettersi nella tragedia della ragazza. E anche se lui avesse osato dare un nome a ciò che provava per lei, in quale mondo avrebbe mai potuto dare seguito alla cosa?

Eppure non riusciva a levarle gli occhi di dosso sin dalla prima volta in cui l'aveva vista. Quando Phoebe parlava lui non desiderava fare altro che ascoltarla. L'unica cosa che sapeva era che doveva stare con lei.

Phoebe lo stava ancora fissando.

«Perché vi interessa se sono sposata oppure no?»

Rob non sapeva cosa dire e, dato che era giovane e sciocco e ignorante, e dato che non riusciva a trovare altre parole, disse: «Perché ti amo».

Si rendeva conto di agire in modo impulsivo, con le

emozioni che traboccavano come la birra scura dal boccale di un ubriaco dalla mano tremante. Non se ne pentì. Dopo Boston aveva pensato di amare Sophie, ma ora capiva che si era trattato di semplice lussuria, di una fame animalesca che aveva avuto la meglio sul raziocinio. Ciò che provava per Phoebe era completamente diverso, una sorta di radiosità interiore che lei gli estraeva dall'anima. L'unico desiderio di Rob era starle vicino.

Lei ricominciò a ridere, ma si fermò quando vide il disagio sul suo volto.

«Non dite cose del genere. Anche se io...» Scosse il capo, come cercando di scacciare un sogno. «È impossibile.»

«Potrei comprare la tua libertà.» Lui non riuscì a trattenersi.

«Miss Sophie non venderebbe mai il suo giocattolo preferito.»

«Allora potrei rubarti a lei. Potrei lavorare per pagarmi il viaggio fino a Cape Town, poi trovare una nave che ci porti su lungo la costa fino alla Nativity Bay. Torneremmo nel luogo a cui apparteniamo. Potremmo passeggiare fra le acacie e far pascolare il bestiame accanto al fiume. Saresti libera.»

La speranza sul viso di Phoebe era quasi troppo dolorosa per poterla guardare. Lei lo fissò, ma in realtà stava osservando il paesaggio della sua infanzia, casa sua.

«È impossibile» ripeté, ma in tono meno sicuro.

Rob la conosceva a stento, come poteva fare promesse tanto avventate? Eppure era del tutto sincero.

Come se fosse attirato da una mano invisibile si allungò in avanti per baciarla. Lei non oppose resistenza. Le labbra di Rob incontrarono le sue, morbide come le pesche che Louisa faceva crescere nel giardino di Fort Auspice. Lui inalò il profumo di Phoebe.

Rapito dal racconto della ragazza e dal suo volto, non vide la porta della cabina aprirsi dietro di lei. Angus, seduto a poppa a intagliare un osso di balena, si alzò e aprì la bocca per avvisarlo.

Rob aveva già percepito il movimento, ma troppo tardi. Si staccò da Phoebe per vedere Sophie, in vestaglia, attraversare il ponte a grandi passi. Lui non aveva mai immaginato che un viso così grazioso potesse contorcersi in una smorfia di collera tanto orrenda. Con i capelli sciolti e la bocca contratta in un ringhio somigliava a una delle Gorgoni, capaci di trasformare un uomo in pietra con lo sguardo, di cui gli raccontava sua nonna.

«Torna al tuo posto, stupida *sgualdrina*» sibilò lei a Phoebe. «E voi» aggiunse, rivolgendosi a Rob, «avete assaggiato il frutto più dolce. Se preferite la compagnia di *sudici* schiavi, farò in modo che passiate il resto della vita con loro. Qualche settimana nei campi di canna da zucchero e la vostra pelle diventerà nera come la loro.»

Rob si alzò. «Non sono uno dei vostri schiavi che potete comandare a bacchetta» dichiarò. «Sono un ufficiale della marina di Sua Maestà. E non appena arriveremo in porto presenterò al governatore una petizione perché liberi Phoebe e tutti gli altri schiavi, in base ai termini dei certificati che abbiamo consegnato loro nella Seabrook Bay.»

Sophie scoppiò a ridere. «E dopo che il governatore avrà cenato con mio zio, suo grande amico, che cosa pensate che farà con la vostra petizione?» Scosse la testa con aria sprezzante. «Siete così ingenuo.»

«Voi invece siete un mostro» disse Rob. «Proprio come vostro zio.»

Sophie tirò Phoebe giù dal cannone, facendola cadere sul ponte, poi le afferrò una ciocca di capelli e cominciò a trascinarla sul tavolato, strappandole un grido di dolore. Rob balzò in piedi, prese Sophie per un braccio e la strattonò. La mano di lei strappò un ciuffo di capelli di Phoebe.

«Se toccate di nuovo Miss Sophie vi pianterò una pallottola nel cuore e vi getterò in mare come il vecchio capitano Tew» affermò una voce vicino all'albero di mezzana.

Era Crow. Dalla bocca gli spuntava una pipa accesa e nella sua mano scintillava la canna metallica di una pistola puntata contro Rob.

La canna si spostò quasi impercettibilmente. «Oppure prima potrei costringervi a guardare la vostra sgualdrina negra che muore.»

Rob lasciò andare Sophie, che si allontanò di un passo e lo schiaffeggiò con forza, senza che lui battesse ciglio.

«Me la pagherete» sibilò lei.

Trascinò Phoebe nella sua cabina. Crow aspettò che se ne fosse andata, poi prese un pezzo di zucchero dalla tasca e cominciò a sgranocchiarlo rumorosamente, tuttavia la pistola nella sua mano non oscillò mai. Rob era sicuro che, se si fosse mosso, l'altro gli avrebbe sparato.

Dopo che Sophie e Phoebe scomparvero nella cabina, Crow si diresse da quella parte, ma invece di entrare si sedette sul ponte, accanto alla porta, con il cappello ben calcato sulla fronte e la pistola ancora stretta in mano.

Rob e Angus si spostarono a prua. Lo scozzese esaminò il viso dell'amico come se si aspettasse di vedervi comparire un livido.

«Per essere uno scricciolo di ragazza colpisce come un pugile professionista» commentò.

Rob si toccò la guancia. Ripensò a tutti gli altri lividi, graffi e segni di morsi che Sophie gli aveva lasciato sul corpo. L'aveva creduto un segno del suo amore, di una passione incontrollabile, ma ora capiva che nel cuore della ragazza non c'era posto per l'amore, solo per una sconfinata crudeltà.

«Si vendicherà» preannunciò Angus. «Non sei al sicuro, Rob. Lei e Coyningham sono fatti della stessa pasta malvagia. Hai visto come lui la segue ovunque, con l'uccello in mano. Se lei gli sussurrerà una parolina all'orecchio lui ti farà ridiventare un semplice mozzo e frustare a sangue.»

«Sono un ufficiale.» Rob stava cercando di ascoltare Angus, ma riusciva a pensare solo a Phoebe. «Ci sono dei limiti a quello che può farmi.»

Angus scosse il capo. «Credimi, troveranno il modo di nuocerti. Tutti e due.»

Un gemito collettivo si levò dagli schiavi nella stiva, come se persino la nave li stesse mettendo in guardia.

La temperatura si alzò anche senza che brillasse il sole. Lunghe nubi correvano nel cielo, spinte da una densa brezza viscosa che era peggio della mancanza di vento e faceva sudare gli uomini sotto le camicie. Il puzzo che saliva dalla stiva peggiorava di giorno in giorno, come quello di un cadavere in putrefazione. Fra gli ufficiali soltanto Coyningham teneva addosso la giacca. Aveva ordinato al velaio di cucirgli sulla manica una striscia di merletto bianco che attestava il suo rango di comandante e la toccava spesso, passando le dita sul pizzo mentre andava avanti e indietro sul ponte.

«Finirà per bucarla, se non sta attento» borbottò Rob.

Sophie rimase come sempre sulla sedia sotto il tendone sul cassero, ancora al centro dell'attenzione di tutti gli uomini, ma i guardiamarina non cercavano più pretesti per parlare con lei del tempo né i capicarico tentavano di intavolare una conversazione con la scusa di spiegare qualche aspetto dell'arte nautica. Avevano paura di Coyningham, che le restava fermo accanto il più spesso possibile, guardando in cagnesco chiunque lanciasse un'occhiata in direzione di Sophie. Le faceva servire il pranzo e le bevande dal suo cameriere di bordo. Se lei menzionava di avere lasciato in cabina il libro o il ventaglio o il ricamo, Coyningham glieli faceva portare subito.

Sophie costringeva Phoebe a restare in piedi dietro di lei, al di fuori dell'ombra del tendone. La ragazza portava un leggero abito bianco senza corsetto e la calura le incollava addosso il tessuto umido, tanto che la sua carne scura risultava visibile attraverso la stoffa sottile. Ogni sua curva risultava esposta, quasi come se lei fosse nuda.

A bordo regnava un'atmosfera tesa, sfrenata. Qualcuno guardava Phoebe con aria così famelica che Rob temeva per l'incolumità della ragazza.

Metterla in mostra come un pezzo di carne davanti a una muta di cani sbavanti rappresentava la vendetta di Sophie. Dover rimanere ferma, ora dopo ora, sotto l'abbagliante sole tropicale la privava di qualsiasi dignità. Lui temeva di vederla svenire, ma lei non abbassò mai la testa e guardava dritto davanti a sé, incrociando lo sguardo degli uomini con aria di sfida tanto da costringere molti di loro a distoglierlo, in preda alla vergogna.

Rob percepiva come lei stesse soffrendo e si odiava perché era lui la causa di tutto. A metà pomeriggio riempì una coppa con l'acqua nella botte aperta accanto all'albero maestro e la portò a poppa. Sophie alzò gli occhi dal ricamo e gli rivolse un sorriso tagliente come un rasoio.

«Per me? Che gentile. Con questo caldo ho davvero la gola secca, ve lo garantisco.»

«È per Phoebe» disse Rob.

Il viso di Sophie si indurì. «Ve lo proibisco.»

«Ha sete.»

«Dovrà abituarsi a rimanere in piedi sotto il sole, là dove sta andando, e anche a lavorare ben più duramente di così. Quando starà tagliando canne da zucchero in piena estate non ci saranno *spasimanti* a portarle dell'acqua.» Sophie ridacchiò. «Naturalmente ha fatto la domestica per tutta la vita, quindi per lei sarà una novità. Per le sue mani delicate non sarà facile abituarsi al lavoro pesante, ma sono sicura che sentire la frusta dei sorveglianti sulla schiena le sarà di sprone.»

Rob avrebbe voluto lanciarle l'acqua in faccia, invece si voltò per porgere la tazza a Phoebe.

«Mi dispiace» disse, muovendo solo le labbra.

Lei la prese e vi serrò intorno la mano in modo da cingere le dita di Rob con le sue.

L'acqua schizzò sul ponte quando la tazza fu strappata loro di mano e Phoebe si ritrasse con un grido. Crow si infilò fra lei e Rob.

«Miss Bracewell ha detto che non dovete avvicinarvi alla ragazza» ringhiò.

Rob lo guardò negli occhi, furibondo, provando il forte desiderio di stenderlo con un pugno. Ma Crow aveva una pistola infilata nella cintura e lui sentiva lo sguardo bollente di Coyningham sulla schiena. A dispetto del proprio grado era del tutto impotente.

Rivolse un cenno d'assenso a Phoebe. «Scusatemi, signorina.»

«Un giorno Crow me la pagherà per ciò che fa» disse ad Angus quando si ritrovarono fuori portata d'orecchio.

«Fa solo ciò che Miss Sophie gli dice di fare» puntualizzò Angus. «È lei quella da cui guardarsi. Ringrazia il cielo che non abbia fatto niente di peggio per vendicarsi.»

Rob immaginò Phoebe in un campo di canna da zucchero, piegata in due, le mani che sanguinavano, la frusta dei sorveglianti che le sferzava la schiena nuda. Doveva salvarla prima che soffrisse così. Per il momento era d'accordo con Angus, sarebbe stato preferibile non peggiorare la situazione.

Ma aveva sottovalutato Sophie.

L'indomani lei prese posto come al solito sulla sua sedia sul cassero e Rob, intento a controllare i cannoni di dritta, la sentì dire a Coyningham: «Con così tanti uomini rinchiusi in un spazio tanto angusto non temete per la vostra vita?».

«Il segreto, Miss Sophie, è applicare una ferrea disciplina. Teniamo loro il guinzaglio corto. Se sono tentati di fare pensieri impertinenti un assaggio della frusta li riporta subito all'obbedienza.»

Gli occhi di Sophie scintillarono e le sue labbra lucide si socchiusero. Lei si posò la mano su un seno.

«È molto doloroso?»

«Dobbiamo renderlo tale perché serva loro di lezione» rispose Coyningham.

«Infatti» confermò lei. «Non c'è nulla come il dolore per far irrigidire i muscoli di un uomo.»

Lanciò un'occhiata verso Rob e sorrise quando lo sorprese a fissarla.

«Non siete d'accordo, tenente Courtney?»

«Credo che di solito gli elogi e una parola gentile risultino più efficaci, se si vuole motivare qualcuno» affermò lui. «Il dolore può spingere un uomo a temervi, ma è del suo cuore che avete bisogno quando arriva il momento di combattere.»

«Lo vedremo, tenente.» Lei si rivolse a Coyningham. «Nella mia cabina c'è una piccola borsa gialla che contiene il mio libro di preghiere...»

«Certo.»

Coyningham scese subito sottocoperta, ma tornò a mani vuote, rosso in volto e sconcertato.

«Non sono riuscito a trovare la borsa» disse in tono di scusa.

«Ma sono sicura di averla lasciata sul letto» replicò Sophie. «Non potete non averla vista.»

«Adesso non è là» le assicurò Coyningham.

«Dove potrebbe essere finita?» La bocca di Sophie formò una O di stupore. «Quel libro di preghiere era un regalo della mia povera madre defunta, l'unico ricordo che mi rimane di lei.»

«Lo troverò» promise Coyningham.

Lei lo osservò al di sopra del ventaglio.

«Spero che... No, è un'ipotesi troppo terribile per poterla contemplare.»

«A che cosa vi riferite?»

«Non pensate che magari...» Sophie si interruppe, ricomponendosi. «In quella borsa conservavo anche una certa somma di denaro. Spero che uno dei vostri uomini non ne sia stato... *tentato*.»

Coyningham si rannuvolò in volto.

«Per Dio, se qualcuno l'ha fatto... Mr Leake!»

L'aiuto nostromo lo raggiunse in fretta.

«Frugate in tutta la nave per cercare la borsa di Miss Bracewell» gli ordinò Coyningham. «Se uno degli uomini l'ha presa si merita due dozzine di frustate con il gatto a nove code.»

«Così poche?» chiese Sophie. «Per un simile oltraggio?»

«Quattro dozzine» rettificò lui.

Gli uomini si radunarono sul ponte, furiosi e stupiti. Durante quel turno di guardia erano quasi tutti di riposo e quindi per nulla felici di veder interrotte le loro poche ore di libertà. Tonfi e schianti si levarono dal tambuccio mentre Leake e i compagni effettuavano un'accurata perquisizione dei bauli dei marinai.

Rob guardò Sophie, sulle cui labbra guizzava uno strano sorriso.

*Quale cattiveria avrà architettato?* si chiese lui.

All'improvviso si udirono delle grida sottocoperta, poi Leake salì la scaletta, stringendo in mano una borsa di seta gialla che tese a Coyningham.

«L'aveva presa uno degli uomini, l'abbiamo trovata fra le sue cose.»

L'equipaggio in coperta si zittì. Quattro dozzine di frustate rappresentavano quasi il limite della sopportazione di un uomo.

Coyningham consegnò la borsa a Sophie con un inchino e lei se la strinse al petto.

«Grazie» disse, rivolgendogli un sorriso radioso. Poi la piega della sua bocca si indurì. «Chi è lo spregevole ladro che l'ha rubata?»

Leake osservò gli uomini riuniti. Quasi tutti chinarono il capo, pregando che il suo sguardo non si fermasse su di loro, ma alcuni, sicuri della propria innocenza, lo fissarono a loro volta. L'aiuto nostromo mosse la mano in direzione della folla.

«Lui.»

Puntò un dito con fare accusatorio. Rob si sentì come se gli avessero sferrato un pugno allo stomaco e finalmente capì fino a dove poteva spingersi il desiderio di vendetta di Sophie.

Leake stava indicando Angus. I marinai intorno a quest'ultimo indietreggiarono di scatto mentre gli aiutanti di Leake lo afferravano. Angus mantenne la calma.

«Non sono stato io» dichiarò, a voce abbastanza alta da farsi sentire sul cassero. «Qualcuno ha cercato di fottermi.»

«Silenzio» ruggì Coyningham. «Legatelo al carabottino, toglietegli la camicia e radunate tutti sul ponte perché assistano alla punizione.»

Sophie raddrizzò la schiena, con le labbra socchiuse. Rob le si avvicinò.

«Vi prego, non fatelo» sussurrò.

«È una decisione del comandante, non posso fargli cambiare idea.»

«Basterebbe una vostra parola per indurlo ad annullare tutto. Sapete che è infatuato di voi.»

«Sono felice che non tutti gli uomini mi considerino più repellente di una sgualdrina nera.»

«Se volete farmi soffrire accetterò qualsiasi punizione scegliate, ma non prendetevela con i miei amici.»

Lei lo fissò da sopra il ventaglio, gli occhi duri e freddi come diamanti.

«Questa è la vostra punizione.»

Sul ponte di coperta il carabottino era stato sollevato dal boccaporto e appoggiato alla sezione anteriore del cassero. Accompagnati dal rullare dei tamburini della marina gli uomini di Leake portarono Angus fin là, gli levarono la camicia, gli allargarono le braccia e gli bloccarono saldamente i polsi con le apposite legature.

Rob si mise in fila con gli altri ufficiali. Pensò di aprirsi un varco con la forza fino all'amico per liberarlo e puntare una lama alla gola di Coyningham, ma sarebbe stato impossibile riuscirvi. Anche se gli uomini dubitavano della colpevolezza di Angus o trasalivano per la severità del castigo, i vincoli della disciplina li costringevano a obbedire. Inoltre c'erano le sentinelle con i moschetti carichi e le baionette inastate ritte lungo il parapetto del cassero. Sarebbero rimaste leali a Coyningham.

Angus si voltò verso Rob e scosse quasi impercettibilmente la testa.

«Ci servirai in seguito!» gridò abbastanza forte perché lui potesse sentirlo.

Il rullio di tamburi raggiunse un crescendo e poi si fermò. Leake estrasse il gatto a nove code dal sacchetto di stoffa e i nodi dei lunghi lacci colpirono rumorosamente il tavolato. Rob sentì qualcuno boccheggiare dietro di lui: Sophie si era alzata e aveva raggiunto il parapetto per guardare.

«Non dovreste assistere» disse Coyningham. «Non è uno spettacolo adatto a una signora.»

«No, il crimine è stato commesso contro di me» replicò lei. «Devo veder punito il colpevole.»

Coyningham annuì. Un tamburino suonò un'unica volta. Leake piegò il braccio.

«Uno» disse Coyningham.

La frusta sferzò la schiena nuda di Angus e i suoi nodi lasciarono una serie di segni scarlatti sulla pelle.

Sophie ansimò come se stesse per svenire, poi infilò una mano sotto il braccio di Coyningham, aggrappandovisi con forza, e si posò l'altra sotto il ventre.

Osservare quella barbarie fu la cosa più difficile che Rob avesse mai fatto; al confronto veleggiare fin dentro la baia di Newport o affrontare la fregata francese nella Seabrook Bay era stato un gioco da ragazzi. Avrebbe voluto chiudere gli occhi, ma si sentiva costretto a guardare ogni colpo, lo doveva ad Angus. Era tutta colpa sua.

Coyningham osservava la scena, ipnotizzato. Rob rammentò il piacere con cui in passato il suo superiore aveva guardato fustigare altri uomini e ricordò anche cosa aveva detto Angus di Coyningham e di Sophie. *Sono fatti della stessa pasta malvagia.*

A bordo della *Perseus* aveva assistito a diverse fustigazioni, che facevano parte della vita in marina. Gli uomini odiavano vederle, ma se giudicavano colpevole la vittima accettavano la punizione come un aspetto dell'ordine delle cose. Adesso, tuttavia, l'atmosfera era più cupa di quanto non fosse mai stata. I marinai cominciavano ad agitarsi. Erano entrati nella marina britannica per guadagnarsi onore e gloria. Sentendo il gusto del sangue sulle labbra e il tanfo degli schiavi chiusi nella stiva che permeava l'aria, si chiedevano cos'erano diventati.

Dopo ventiquattro frustate il medico di bordo esaminò Angus e dichiarò che poteva sopportare il resto del castigo. Lui era quasi privo di sensi, accasciato sul carabottino e troppo stremato per trasalire quando veniva colpito.

«Quarantotto.»

Quando giunse l'ultimo colpo, la schiena di Angus era ridotta a una poltiglia di carne martoriata e sanguinolenta.

«Congedate gli uomini» ordinò Coyningham, brusco.

Osservò la folla di spettatori, ritraendosi leggermente quando captò l'ostilità emanata dagli uomini.

«Che sia di lezione a chiunque creda di potersi appropriare dei beni di Mr e Miss Bracewell.»

Non appena Angus venne slegato, Rob, Thomas e Hargrave corsero ad aiutarlo. Rob gli sorresse la testa e gli versò in gola del brandy mentre Hargrave gli lavava le ferite. Quando l'acqua salata lo toccava, Angus serrava i denti così forte da far temere che potesse tranciarsi la lingua con un morso, ma non emise alcun suono: non voleva dare quella soddisfazione a Coyningham.

Un'ombra cadde su di loro dal cassero e Rob vide le punte lucidate degli stivali da equitazione di Coyningham quasi all'altezza del suo viso. I piedi di Sophie, avvolti da scarpette dai ricami dorati, si trovavano lì accanto.

«Lasciate stare quell'uomo» disse il comandante in tono affettato. «Il prossimo che l'aiuta riceverà una dozzina di frustate.»

L'equipaggio lo fissò. Dopo un simile trattamento un uomo impiegava diversi giorni per riprendersi e di solito veniva lasciato in infermeria a recuperare le forze. Era inaudito che gli si negassero persino le cure di base.

Qualcosa si spezzò dentro Rob, che si alzò di scatto con le mani strette a pugno, pronto per battersi con Coyningham, il quale rimase talmente stupito da non riuscire a fiatare mentre lo fissava a bocca aperta come un pesce.

«Fermo» gridò la flebile voce di Angus. «Non farlo» disse lui, ansimando. Sputò fuori le parole, accompagnate da goccioline da sangue. «Se lo tocchi ti impiccherà al pennone senza dover mai rispondere della cosa. Avrai la tua occasione» aggiunse, più sommessamente, in modo che soltanto Rob potesse sentirlo.

Rob indietreggiò, abbassando gli occhi per non veder comparire l'aria di trionfo sul viso di Coyningham.

«State attento, Mr Courtney» sibilò l'uomo. «Arriverà anche il vostro momento.»

Rob annuì. «Infatti, e a quel punto sarò pronto, siatene certo.»

Coyningham sbiancò. Rob si godette l'ombra del dubbio che doveva aver suscitato nella mente di quel bruto, pur potendolo fare solo per un breve istante.

Il calvario di Angus era stato in realtà destinato a lui. Sophie torturava quotidianamente Phoebe per punirlo. Quali altri modi avrebbero escogitato per fargli del male?

*«Tenente Courtney!»*

Rob si svegliò sentendosi chiamare. Ormai la vita in marina l'aveva abituato a essere buttato giù dal letto a tutte le ore, a restare perennemente all'erta per cogliere qualsiasi cambiamento nel vento o nella marea. Stavolta impiegò un attimo di più per emergere dal sonno. Aveva sognato la Nativity Bay e sua nonna Louisa. Si trovava sulla spiaggia, la sera della partenza, e la luna si rifletteva enorme e argentea sulla superficie del mare. Louisa era entrata in acqua, con i capelli che brillavano nel chiarore lunare, e, benché Rob le avesse gridato di fermarsi, aveva proseguito finché il riflesso della luna non l'aveva inghiottita.

«Tenente Courtney?»

La voce di Hargrave lo riportò alla realtà, alla sua stretta cuccetta in una cabina soffocante. Hargrave sbirciò dentro dalla porta aperta, chinando la testa per non urtare le basse travi sul soffitto. Non aveva una lanterna, ma Rob sentì che c'erano altri uomini nel corridoio dietro di lui.

«C'è qualche problema?»

«Dobbiamo parlare. In privato.»

Rob si vestì e li seguì sulla tolda. Le stelle dei Tropici, enormi e brillanti, ardevano nel cielo mentre una falce di luna scintillava sull'orizzonte. Dai prigionieri chiusi nella stiva giungeva un canto sommesso e dolente che gli rammentò l'Africa, riportandolo al suo sogno e alla strana dolia nel suo cuore. Cosa avrebbe detto Louisa se avesse potuto vederlo in quel momento?

Una decina di uomini si era riunita sul ponte di prua, fra cui Thomas e altri tre o quattro marinai del loro turno di guardia. Persino Angus aveva lasciato barcollando il suo letto da infermo e sedeva accanto al parapetto, con la schiena rigida. Doveva soffrire molto, tanto che due compagni gli sedevano accanto per sorreggerlo in caso di bisogno.

«Che cosa succede?» chiese Rob, pur avendo già indovinato la risposta.

«Non possiamo lasciare che Coyningham continui così» disse Angus. «Dobbiamo fermarlo.»

«Non mi darà retta» replicò Rob, «lo sapete.»

«Non è più tempo di parlare» spiegò Hargrave. «Dobbiamo agire.»

Rob osservò i compagni, tutti con un'espressione seria e determinata.

«Volete dire...»

«Ammutinamento» dichiarò Angus.

Rob si guardò intorno per vedere se qualcuno poteva averli sentiti.

«È una parola che non si dovrebbe nemmeno pensare. Solo per averla detta ad alta voce ti meriteresti una fustigazione che farebbe sembrare un semplice colpetto sulle nocche quella che hai appena subito.»

«Non temo la frusta, ho paura di che cosa ne sarà di noi se non lo facciamo.» Angus si allungò in avanti, facendo una smorfia quando la camicia si tese sulle cicatrici ancora stillanti sulla schiena. «Con un ufficiale che ci guida sembrerà tutto più legittimo e altri uomini troveranno il coraggio di ribellarsi. La domanda è questa: sei con noi?»

La mente di Rob cominciò a lavorare a pieno ritmo. I Courtney servivano nella Royal Navy sin da quando Sir Charles Courtney aveva collaborato con Francis Drake. Prendere parte a un ammutinamento avrebbe lasciato sull'onore di famiglia una macchia impossibile da cancellare.

Ma a che cosa serviva l'onore se rendeva uomini come Angus alla mercé di tiranni come Coyningham? Se significava che uomini coraggiosi come Scipio potevano vedersi privare con l'inganno della libertà e rinchiudere nella stiva come merci? Se un mostro come Sophie poteva approfittare della disciplina navale per vendicarsi crudelmente su marinai innocenti?

Rob pensò a tutti gli uomini che avevano portato la spada Nettuno prima di lui, fino al bisnonno Tom e a Jim. Cosa avrebbero fatto al posto suo?

«Dove vorreste andare?» chiese.

Gli uomini strascicarono i piedi, a disagio. Quello non era un piano ben congegnato, capì Rob, ma solo un consulto dettato dalla disperazione.

«Io vorrei tornare a casa» rispose Thomas, con una vocina che rammentò a Rob che era ancora un bambino.

«Pensi di poter risalire il Tamigi e calare l'ancora nel Pool of London, stupido che non sei altro?» domandò Hargrave. «Se facciamo questa cosa non potremo mai tornare a casa.»

Nessuno replicò. Gli uomini si erano fissati sull'ammutinamento come rimedio estremo alla loro difficile situazione senza però riflettere a fondo sulle conseguenze.

«Verrete braccati» li avvisò Rob. «L'influenza della Royal Navy arriva in ogni angolo del mondo e non vi perdonerà mai il furto di una delle sue navi più pregiate. Non ci sarà porto sulla terra dove possiate essere al sicuro.»

Hargrave parve deluso. «Questo significa che non sarete dei nostri?»

«Immagino che per te sia difficile» disse Angus, «visto che sei un ufficiale e tutto il resto. Ma prima di essere uno di loro sei stato uno di noi e spero tu non l'abbia dimenticato.»

Rob scosse il capo. «Non l'ho dimenticato.»

Sentì uno sferragliare di catene e un gemito giù nelle viscere della nave: uno dei prigionieri doveva essersi mosso mentre dormiva, disturbando tutti gli altri intorno a lui. Forse si era svegliato da un brutto sogno, solo per ritrovarsi in un incubo persino peggiore.

Rob prese una decisione.

«Se siete ancora disposti a seguire questa rotta, io sono con voi.»

Non appena pronunciò quelle parole capì di aver fatto la scelta giusta e fu pervaso da un gradevole senso di sollievo che anche gli altri provarono. Erano grati a Rob e cominciarono a sembrare più speranzosi.

«Ma dobbiamo stare molto attenti. Se Coyningham viene a sapere del nostro progetto ci impiccherà ai pennoni.»

L'espressione degli uomini, nessuno dei quali sottovalutava la posta in gioco o le conseguenze di un eventuale fallimento, si indurì.

«Quanti membri dell'equipaggio rimarrebbero fedeli a Coyningham?»

Angus contò sulla punta delle dita.

«Gli aiuto nostromo, i guardiamarina, i marinai scelti, forse metà dei sottufficiali e una dozzina di altri uomini che sono suoi amici.»

«E chi si unirebbe invece a noi?»

Angus rifletté. «La maggior parte di quelli rimasti.»

«Io dico di farlo subito» ringhiò Hargrave, «fintanto che siamo in mare aperto. Una volta che ci saremo avvicinati alla Giamaica ci saranno sicuramente altre navi da guerra britanniche nei paraggi.»

«E cosa ne faremo di coloro che non si uniscono a noi?»

«Li lasceremo andare alla deriva su una barca.»

«Morirebbero.»

«È più di quanto loro farebbero per noi.»

«No» disse Rob, che aveva studiato le carte nautiche quel pomeriggio stesso. «Se li lasciassimo andare alla deriva sull'oceano avremmo le loro vite sulla coscienza. Dobbiamo aspettare di essere fra le isole, dopodiché potremo far sbarcare Coyningham in un luogo deserto, insieme a chiunque voglia rimanere con lui, e confidare nel fatto che un vascello di passaggio li tragga in salvo, a tempo debito.»

Zittì con un'occhiata i mormorii di dissenso.

«Inoltre avremo bisogno di caricare acqua e provviste per il nostro viaggio.»

Angus notò la risolutezza nel suo sguardo. «Dove avresti in mente di andare?»

«In Africa.»

«Africa?» gridò Thomas. Dal suo punto di vista era come se la meta proposta fosse la luna. «Ma là moriremo tutti.»

«Conosco un posto in cui possiamo rifugiarci» ribatté Rob, «un posto dove la marina non ci troverà mai.»

Gli uomini ripresero a parlottare, alcuni favorevoli alla scelta dell'Africa, altri scontenti. Rob si accorse della loro titubanza e capì che se avessero messo la questione ai voti sarebbe stato arduo prevedere quale fazione avrebbe vinto.

«Se volete che io vi guidi andremo in Africa.» Rob si preoccupava dei propri interessi, oltre che dei compagni. Quello avrebbe potuto essere un ritorno a casa sotto diversi punti di vista, una tregua per la sua coscienza come per la sua anima. «Altrimenti siete soli.»

Si arresero. Potevano anche essere degli ammutinati, ma non riuscivano a immaginare la vita per mare senza un ufficiale a guidarli. E Rob era uno dei pochi uomini a bordo in grado di leggere le carte nautiche e seguire la rotta calcolata.

«Quando agiremo?» chiese Angus.

I giorni seguenti, mentre la *Perseus* puntava lentamente verso sud, furono un'autentica tortura per Rob, che aveva acceso la miccia senza però sapere quando sarebbe avvenuta l'esplosione. Il rischio di essere scoperti aumentava di giorno in giorno. Era impossibile mantenere un segreto su una nave di quelle dimensioni. Angus e i suoi amici dovevano sondare l'equipaggio per cercare alleati e se avessero mal giudicato anche un solo uomo la notizia sarebbe arrivata a Coyningham, dopodiché sarebbe sicuramente morto qualcuno.

La temperatura salì e l'aria divenne afosa. Quando l'equipaggio redazzava il ponte l'acqua ribolliva, formando nuvolette di vapore. I gemiti degli schiavi nella stiva divennero più disperati. Rob cercava di garantire che si portasse loro dell'acqua aggiuntiva e li si facesse salire in coperta a prendere una boccata d'aria, ma ogni volta Coyningham annullava l'ordine.

Avvistarono finalmente la terraferma, basse isole coperte di lussureggiante vegetazione che affioravano a stento dal mare. Più lontano sull'orizzonte riuscirono a distinguere le sagome più ampie di Cuba e Santo Domingo, il che accentuò l'atmosfera febbrile: un'isola apparteneva alla Spagna, l'altra alla Francia e, per quanto la Gran Bretagna non fosse in guerra con nessuna delle due nazioni, in passato erano state entrambe sue nemiche e senza dubbio lo sarebbero ridiventate presto. Nemmeno uno degli uomini a bordo si sentiva a proprio agio nel veleggiare fra quei territori.

«Dobbiamo entrare in azione stanotte» decise Rob. «C'è la luna piena e, una volta oltrepassata Cuba, ci troveremo a un solo giorno di viaggio dalla Giamaica.»

Angus annuì. Le ferite sulla sua schiena si erano ormai rimarginate, anche se lui continuava a fare smorfie di dolore quando camminava.

«Allora facciamolo.»

Quella notte Rob, incapace di dormire e vestito di tutto punto, rimase sdraiato sulla sua cuccetta ad ascoltare i rumori della nave e immaginare tutti i modi in cui il piano avrebbe potuto fallire. Tentò di scacciare quei timori dalla mente, visto che ormai era troppo tardi.

Sentì la campana della nave battere i due rintocchi della prima comandata e, dopo un attimo, un leggero colpo sulla sua porta. Hargrave, Thomas e Angus lo stavano aspettando nel corridoio.

Nessuno parlò. Avevano ripassato così tante volte ciò che progettavano di fare che ognuno di loro conosceva il piano a memoria. Rob guidò Hargrave e Thomas verso la cabina di Coyningham mentre Angus raggiungeva il deposito delle armi. Rob sentiva il cuore martellargli nel petto. Era oppresso dalla gravità di quanto si accingevano a fare, ma sapeva che era la cosa giusta e si sentì rinfrancato nell'immaginare l'espressione sul viso di Coyningham, il suo sdegno quando si fosse reso conto di avere perso il comando.

Si fermò davanti alla porta della cabina del primo tenente, attualmente occupata da Coyningham perché quella più grande ospitava i Bracewell, e stava per aprirla quando sentì degli strani colpi all'interno. Coyningham stava forse avendo una notte agitata?

Rob preferiva non correre rischi, nel caso il comandante fosse stato sveglio, così estrasse la pistola.

«Al mio tre» disse agli altri. «Uno, due...»

La voce della vedetta li raggiunse attraverso il boccaporto aperto.

«Voi sul ponte. Vela a dritta di prua.»

Rob si immobilizzò. La presenza di una vela poteva significare soltanto due cose, entrambe disastrose: se era una nave amica non potevano permetterle di accostare mentre si stavano ammutinando e se invece era un veliero nemico non sarebbero riusciti a respingerlo, con una metà dell'equipaggio intenta a combattere contro l'altra.

I compagni lo guardarono.

«Che cosa facciamo?» sussurrò Thomas.

«Aspettate qui.»

Rob salì in coperta, prese un cannocchiale dalla rastrelliera e si arrampicò rapido sulle sartie fino alle crocette, cogliendo di sorpresa la vedetta, che gli indicò il vascello appena avvistato.

Rob imprecò. Mentre la luna era nascosta dalle nubi la nave si era avvicinata furtiva, ma ormai le nuvole si erano spostate e lui riuscì a vederla chiaramente a occhio nudo, distante meno di tre leghe. Si muoveva serena sul mare argenteo, le vele che scintillavano nel chiarore lunare come quelle di un vascello fantasma.

Era una notte silenziosa e qualsiasi trambusto a bordo della *Perseus* avrebbe viaggiato al di sopra dell'acqua. Ma la nave era amica o nemica? Rob puntò il cannocchiale verso la sua prua.

Si irrigidì. L'ombra sotto il bompresso era molto scura, ma i pochi raggi di luna che si riflettevano sulla ribollente schiuma bianca intorno alla prua bastarono a rendere visibile la forma della polena: un uccello scuro, con il becco proteso in avanti e le ali spinte all'indietro che cingevano le fiancate.

Era davvero la *Rapace*? Li aveva seguiti? Come aveva fatto a effettuare il raddobbo così in fretta? Non aveva esposto alcuna bandiera e, vedendone la sagoma in controluce, Rob non riuscì a capire se vi fossero dei cannoni sulla fiancata. Comunque fosse, il vascello aveva notato la *Perseus* e cambiò rotta, virando in modo da poterla intercettare.

Aveva solo un istante per decidere il da farsi. Data la velocità con cui l'altra nave si era avvicinata, presto li avrebbe superati. A bordo della *Perseus* c'erano più di duecento uomini, quasi tutti addormentati: se lui non avesse avvisato subito l'equipaggio e il veliero si fosse rivelato un nemico, sarebbero morti sulle loro amache.

Si lasciò scivolare giù lungo lo strallo. Angus sbucò dalla penombra, reggendo una bracciata di sciabole da arrembaggio.

«Amica o nemica?»

«Non te lo so dire.»

«Allora cosa facciamo?»

Rob strinse i denti. Non era giusto che il fardello della decisione gravasse interamente su di lui, sarebbe stato molto più facile non doverla prendere. L'ingiustizia della cosa rischiò di paralizzarlo, ma sapeva di non potersi sottrarre alla responsabilità.

«Sveglierò il comandante Coyningham.» Erano le parole più sgradevoli che avesse mai pronunciato.

«Se lo fai perderemo la nostra occasione» lo avvisò Angus. «Manca solo un giorno di viaggio per arrivare in Giamaica, dove Bracewell metterà quegli schiavi al lavoro nella sua piantagione oppure li venderà. Vuoi davvero condannarli a un simile destino?»

Rob sentì una pressione insopportabile montare dentro di lui e scosse il capo.

«Almeno riusciranno a sopravvivere, l'alternativa è morire tutti. Troveremo un'altra soluzione.»

«Non c'è tempo» replicò Angus. «È ora o mai più.»

Rob non riuscì a guardarlo negli occhi.

«Di' ai nostri uomini di riporre le armi. Meglio evitare che Coyningham, salendo in coperta, li trovi armati fino ai denti.»

Tornò rapidamente verso la cabina del comandante ed era pronto a bussare quando all'interno sentì uno strano rumore simile a un miagolio, un borbottio dal tono urgente e uno schiocco simile a quello di un pezzo di legno che si spezza.

Aprì la porta, ma il battente urtò qualcosa sul pavimento, provocando un sommesso gemito di dolore e un acuto grido di stupore. Rob guardò dentro.

All'inizio pensò che l'ammutinamento fosse già iniziato. Coyningham era steso a terra, bocconi e con le gambe divaricate. Era nudo, aveva le mani legate dietro la schiena e il naso che sanguinava dopo essere stato colpito dalla porta. Non era solo: Sophie, anch'essa nuda, sedeva a cavalcioni sopra di lui, stringendo un frustino da equitazione in una mano e una piuma nell'altra.

Coyningham sgranò gli occhi per lo sdegno e tentò di parlare, ma le sue parole vennero soffocate dal bavaglio che lei gli aveva messo.

Sophie, con il corpo che scintillava di sudore e i capezzoli turgidi, gli sorrise.

«Siete venuto per unirvi a noi?» chiese. «Ho sempre desiderato di provare una cosa simile, credo che in Francia lo definiscano *ménage à trois.*» Aveva un'espressione maliziosa negli occhi. «O forse preferireste avere tutto per voi il vostro coraggioso comandante?» Allargò le natiche di Coyningham con il frustino. «Credo che a lui piacerebbe.»

Rob non provò alcuna gelosia, anzi, si vergognava di avere amato quella donna, un tempo, ma non era certo il momento adatto per soffermarsi sui propri sentimenti.

Tolse il bavaglio all'uomo.

«Abbiamo avvistato una nave» annunciò senza lasciargli il tempo di parlare. «Potrebbe essere ostile. Devo ordinare agli uomini di prepararsi all'azione?»

Coyningham annuì.

«Vi lascio mentre vi vestite.»

Sulla tolda i cannoni erano già stati caricati. L'altro veliero si avvicinava in fretta e, avendo visto la *Perseus* prepararsi alla battaglia, si affrettò a issare lo stendardo bianco tipico di una nave mercantile britannica.

«Potrebbe essere una finzione» commentò Rob. «Abbiamo già visto delle navi corsare esporre falsi colori.»

Ma guardandola non provò il fremito di allarme che aveva sentito scorgendo la *Rapace*. La nube sottile che velava la luna riduceva la visibilità, tuttavia sul ponte non si scorgeva traccia del fermento tipico di un equipaggio che si appresta a combattere. E Rob, pur avendo visto la *Rapace* solo nel bel mezzo della battaglia, dedusse da alcune anomalie che quella non era la fregata francese: c'erano troppi pochi uomini in coperta e troppi pochi cannoni, e nessuna striscia di vernice fresca ad attestare le recenti riparazioni che la *Rapace* aveva sicuramente effettuato.

La nave ridusse le vele mentre accostava alla *Perseus* fino ad arrivare solo a un tiro di moschetto di distanza. La luna uscì da dietro la nuvola, la prua virò e finalmente lui riuscì a distinguere chiaramente la polena.

Non raffigurava un falco urlante e famelico, bensì un placido uccello marrone simile alle quaglie che Rob aveva visto spesso corrergli accanto ai piedi a Fort Auspice.

Avrebbe dovuto provare un certo sollievo, invece sentì la bile risalirgli in gola. Aveva avuto l'occasione di salvare Phoebe, liberare Scipio e vendicare Angus, e l'aveva sprecata.

«Chi siete?» gridò al di sopra dello stretto tratto di mare che li separava.

«Siamo la *Corncrake*» fu la risposta. «Veniamo da Bristol e siamo diretti a Port Royal. Abbiamo ordini per voi.»

Non era che un semplice bastimento.

Rob si ripeteva che il progetto di ammutinarsi era andato a monte non appena era comparsa la nave sconosciuta: non avrebbero mai potuto impadronirsi della *Perseus* con un altro vascello che puntava verso di loro. Ma in cuor suo sapeva che non era vero. Il piano era ben congegnato, loro avrebbero potuto acquisire il controllo della nave e se la *Corncrake* avesse tentato di intervenire una cannonata sopra la sua prua l'avrebbe messa in fuga.

Aveva preso la decisione sbagliata. Riesaminò un migliaio di volte gli eventi della notte appena trascorsa. Qual era stato il vero motivo della sua decisione? Perché non aveva colto l'occasione al volo? C'era forse uno sgradevole difetto nel suo carattere, nella sua capacità di affrontare l'esame definitivo? In un angolino della sua mente si annidava la domanda più crudele di tutte.

Era un codardo?

Angus non gli rivolgeva più la parola e gli altri uomini coinvolti nel complotto evitavano di incrociare il suo sguardo, mostrandosi indolenti e poco disciplinati, lenti nell'eseguire i suoi ordini. Chi era rimasto all'oscuro del piano si accorgeva che c'era qualcosa in ballo e osservava Rob con diffidenza, come se gli sentisse addosso l'odore del fallimento.

Almeno Coyningham rimase nella sua cabina: presumeva che ormai ogni uomo a bordo sapesse cosa gli aveva visto fare Rob con Sophie ed era sicuro di non poter salire in coperta senza diventare bersaglio di un centinaio di occhiate furtive e sussurri derisori. Non avrebbe potuto far fustigare ogni uomo a bordo, così rimase sottocoperta a curare la sua dignità ferita.

Rob lo vide solo quando Coyningham convocò gli ufficiali nella cabina del comandante per riferire gli ordini portati dalla *Corncrake*. Parve a disagio nel veder entrare Rob e fissò il tavolo delle carte per non doverlo guardare negli occhi.

Gli altri gli si assieparono intorno. Era presente anche Bracewell, dato che aveva gentilmente concesso loro di usare la cabina. Sophie, invece, non c'era.

«Questa è la nostra posizione» annunciò Coyningham, indicando il canale fra Cuba e Santo Domingo. «Da qui possiamo puntare direttamente verso sud e la Giamaica senza incontrare ostacoli.»

La Giamaica si estendeva sulla mappa come un pollice proteso. Bracewell piantò l'indice sull'angolo nord-ovest dell'isola, lontano da qualsiasi cittadina e porto lì segnati.

«La mia tenuta, la Thebes Plantation, si trova qui.»

«La *Corncrake* ha portato ulteriori ordini» spiegò Coyningham. «Un convoglio di rifornimenti proveniente dalla Gran Bretagna si avvicina alla Giamaica, trasportando polvere da sparo e munizioni destinate alle guarnigioni nei Caraibi, la scorta sufficiente per un anno.» Si guardò intorno con aria solenne. «Sul convoglio ce ne sono abbastanza per dare inizio a una guerra.»

Gli ufficiali annuirono.

«Quindi faremmo meglio ad assicurarci che arrivi a destinazione» disse Fawcett, il primo tenente.

«Esatto» confermò Coyningham. «Una squadra di navi da guerra ha scortato il convoglio fin qua, ma ora andranno a prendere parte alla guerra in America. Non appena avremo portato a casa Mr Bracewell e sua nipote lo raggiungeremo per scortarlo fino a Port Royal, che si trova qui» disse, indicando un punto sulla mappa, «all'ingresso del porto di Kingston, nel settore sudorientale della Giamaica.»

Gli ufficiali parvero delusi. Incaricare una nave come la *Perseus* di scortare un convoglio era come aggiogare un purosangue a un carro di fieno. Sarebbero stati costretti a procedere lentamente e a seguire per un'eternità le ingombranti navi mercantili, senza alcuna prospettiva di battaglie o premi.

«Non ci sono altri vascelli che potrebbero farlo?» chiese Fawcett, parlando a nome di tutti.

Coyningham scosse il capo. «Saremo soltanto noi a fungere da scorta.»

«Se il convoglio è prezioso come dite» commentò Rob, «ha sicuramente bisogno di una maggior protezione.»

«Come sempre, il tenente Courtney sbianca davanti al primo segnale di pericolo» ribatté Coyningham.

Diversi sottotenenti risero con piaggeria.

«I mari intorno alla Giamaica sono sicuri» garantì loro Bracewell. «Una volta che il convoglio avvisterà la terraferma non rischierà più di essere attaccato.» Indicò l'estremità occidentale dell'isola. «L'unico pericolo è qui, c'è un banco di sabbia su cui si sono incagliate molte navi, oltre a una forte corrente intorno al promontorio. In questo punto dovete tenervi vicini alla costa.»

«Faremo come dite» promise Coyningham.

«Sarebbe più prudente rimanere al largo» dichiarò Rob. «Se il convoglio si avvicina a una costa sottovento basterebbe l'attacco di una sola nave corsara per causare una carneficina.»

«Avete sentito il consiglio di Mr Bracewell. Fisseremo una rotta vicina alla costa.»

«Mr Bracewell non si intende affatto di navigazione» insistette Rob.

Coyningham avvampò. «Avete la presunzione di mettere in dubbio i miei ordini?» Una nota tagliente gli si insinuò nella voce. «Questa sarebbe insubordinazione.»

Rob tenne a freno la lingua, sapendo che era inutile fornire all'uomo l'ennesimo pretesto per punirlo.

Coyningham girò la testa. «Se non c'è altro potete tornare alle vostre mansioni. Con un vento favorevole dovremmo raggiungere la Giamaica domani.»

Non c'era altro da dire, ma mentre Rob usciva dalla stanza insieme agli altri ufficiali si accorse che Bracewell stava esaminando la mappa, con un sorriso che gli si allargava sul volto.

Avvistarono la Giamaica da lontano: picchi montani azzurrini e avvolti dalla foschia che si levavano verso le nubi, più alti di tutti quelli che Rob aveva osservato dopo la sua partenza dall'Africa. I loro fianchi ripidi erano rivestiti di fitti boschi e velati da filamenti di nubi bianche. Sotto di essi tutto era verde e lussureggiante.

«Sembra l'Eden» disse uno degli uomini.

«Sì» confermò Angus, «e scommetto che è anche pieno di serpenti.»

Lanciò una rapida occhiata a Bracewell e a Sophie, saliti sul ponte non appena avevano sentito la vedetta avvistare la Giamaica. Con i capelli corvini ordinatamente raccolti sotto la cuffietta, un lungo abito verde e un paio di guanti bianchi, Sophie sembrava il ritratto della modestia. Phoebe, ferma dietro di lei, le proteggeva la testa con un parasole.

Grazie alle carte nautiche Rob sapeva che la maggior parte degli insediamenti in Giamaica si trovava nel settore sudorientale dell'isola, intorno a Kingston e Port Royal. La *Perseus* si tenne al largo rispetto a quei porti, puntando invece verso la costa nordoccidentale. Il cannocchiale confermò quanto indicato dalle mappe: era un territorio selvaggio, isolato. I pochi villaggi erano molto distanti fra loro e i fianchi delle montagne scendevano vicino alla costa ricca di paludi di mangrovie, lasciando una stretta striscia sgombra lungo di essa.

«Ecco la Thebes Plantation» disse Bracewell, reggendosi al parapetto mentre guardava anch'egli attraverso un cannocchiale.

La tenuta, situata su un'altura che affacciava su una baia sabbiosa, includeva una grande villa bianca che si stagliava scintillante contro i verdi campi di canna da zucchero, su un promontorio. Dietro di essa erano raggruppati piccoli cottage, magazzini e alti mulini a vento in pietra le cui vele rosse ruotavano nella brezza. Ancora più indietro, la foresta si inerpicava sulle montagne.

«Si soffre senza dubbio di solitudine, vivendo lì» commentò Coyningham, finalmente uscito dalla propria cabina.

«Infatti» confermò Sophie in tono garbato, come se stesse prendendo parte a un tè in un salotto nell'Hampshire, come se gli eventi nella cabina di Coyningham non fossero mai accaduti. «Nella Thebes Plantation siamo tagliati fuori rispetto alla società, ma mio zio preferisce stare da solo.»

Rob immaginò Bracewell nella sua tenuta, una sorta di monarca, e rabbrividì al pensiero di quello che faceva sicuramente un uomo del genere, disponendo di un potere così illimitato.

«Spero non sentiate troppo la mancanza di una compagnia gradevole» insistette Coyningham.

Lei gli sorrise. «Mai, quando ci siete voi, capitano. Siete sempre molto stimolante.»

Coyningham lanciò una rapida occhiata a Bracewell per vedere se aveva notato la malizia nella voce della nipote, ma l'uomo era concentrato sulla propria tenuta.

«Frutta cinquantamila sterline l'anno» annunciò. «Un migliaio di botti di zucchero, oltre al rum.»

«E quanti schiavi?» chiese Rob.

«Quasi quattrocento.» Bracewell posò il cannocchiale. Non aveva dimenticato il loro scontro nella Seabrook Bay. «Ovviamente aumenteranno di numero, grazie alle persone che avete portato qui dal South Carolina.»

Rob non osò guardare Phoebe, il suo senso di colpa era intollerabile.

Prima che gettassero l'ancora nella baia, dal pontile della tenuta erano partite alcune barche su cui vogavano schiavi a torso nudo, frustati dai guardiani ritti a poppa. Quando si avvicinarono Rob vide che ognuno di loro era incatenato al proprio remo, quindi sarebbero annegati tutti se l'imbarcazione si fosse capovolta nella risacca.

Coyningham convocò sul ponte i marinai scelti, armati di tutto punto, li dispose a formare una falange intorno ai boccaporti e ordinò di aprire la stiva. Il fetore risultò quasi asfissiante. Gli schiavi furono portati in coperta uno alla volta e poi costretti a salire sulle barche. Vedendo l'espressione disgustata dei marinai Rob capì che non apprezzavano affatto quel dovere, ma Coyningham, ansioso com'era di entrare nelle grazie dei Bracewell, non lasciò loro altra scelta.

«Stasera dovete assolutamente cenare con noi, comandante» disse Bracewell, pronto a scendere a terra adesso che i suoi bagagli erano stati sistemati sull'ultima imbarcazione. «E anche i vostri ufficiali. Vi siamo debitori, visto che ci avete riportato a casa sani e salvi.»

«Ne sarei onorato» replicò Coyningham.

«Deve venire anche il tenente Courtney» sottolineò Sophie.

Sia Rob sia Coyningham trasalirono, stupiti, ma dopo un attimo Rob capì che avrebbe dovuto aspettarselo. Sophie era come un gatto che si leccava gli artigli mentre giocherellava con il topo che aveva catturato. Non desiderava la compagnia di Rob, tranne forse per fare sfoggio di sé, ma voleva che fosse presente per solleticare la lussuria di Coyningham e metterli in competizione come due galli da combattimento. Non le importava chi avrebbe vinto, voleva solo divertirsi.

Coyningham sembrava così mogio che Rob lo compatì quasi, finché non guardò verso l'acqua e vide le barche che portavano a riva Scipio e gli altri schiavi. La lussuria non rappresentava una giustificazione per ciò che il nuovo capitano aveva fatto.

«Purtroppo, Miss Bracewell» disse Coyningham, «Mr Courtney deve rimanere a bordo per restare di guardia.»

«Giusto» replicò Bracewell, che non desiderava affatto accogliere Rob nella sua piantagione. Crow, dietro di lui, aveva l'aria sgomenta. Ma Sophie non batté ciglio.

«Hai dimenticato, zio, che il tenente Courtney ci ha salvato a Newport? E ha anche salvato la nostra tenuta in South Carolina. Insisto perché si unisca a noi.»

«Benissimo» disse Bracewell. «Se il comandante Coyningham è d'accordo.»

Coyningham si inchinò, impettito. «Sapete che non riesco a negarvi nulla, Miss Bracewell.»

Sophie abbassò la voce. «Lo spero tanto, comandante.»

A metà pomeriggio, dopo essere rimasti seduti a poppa della barca, a disagio e senza parlarsi, Rob e Coyningham sbarcarono sull'isola, accompagnati da Fawcett e da tre guardiamarina resi esuberanti dall'eccitazione e dal buonumore.

Dal pontile una lunga gradinata di pietra risaliva la collina attraversando giardini terrazzati. Tutt'intorno a loro c'era un'esplosione di colori rappresentata da fiori rosa, arancioni, azzurri e gialli dal profumo molto intenso che Rob non aveva mai visto. Fra le piante spiccavano statue di marmo raffiguranti dee a seno nudo e dei con il fallo eretto. Si respirava un'atmosfera di sfarzo e sensualità.

Eppure Rob non riusciva a dimenticare su cosa si basasse l'insieme. Fra gli alberi in cima al pendio intravide la sagoma sgradevole di un patibolo dietro il quale risuonava un canto malinconico, un lamento sommesso simile a una nenia funebre.

Un uomo li aspettava in cima ai gradini, stagliandosi contro il cielo come un uccello su un albero. Era Crow, che quando li vide avvicinarsi mise in mostra i denti guasti.

«Benvenuti alla Thebes Plantation» disse con la sua pronuncia strascicata.

La sontuosa dimora di Bracewell svettava sulla rupe alla loro destra, ma Crow li guidò verso l'entroterra e il gruppo di edifici dietro le palme.

«Mr Bracewell mi ha chiesto di farvi visitare la tenuta, prima di cena» spiegò quando arrivarono alle scuderie.

Una mezza dozzina di cavalli già sellati li aspettava. Il sogghigno di Crow si allargò mentre lui osservava i goffi tentativi degli ufficiali di marina di montare in sella, assistiti dagli stallieri e dai mozzi di stalla neri.

«La tenuta è così ampia da non poterla visitare a piedi?» chiese Coyningham, tenendosi aggrappato alla sella su cui non era affatto a suo agio.

«Persino a cavallo servirebbe mezza giornata per coprirla tutta» replicò Crow. «Questo sarà solo un assaggio.»

Li accompagnò fino agli edifici raggruppati a circa mezzo miglio di distanza da lì. Si tennero sottovento rispetto alla villa e Rob, avvicinandosi, ne comprese il motivo: l'intenso odore del rum aleggiava ovunque. Nemmeno nella stiva della *Perseus*, dove a volte i barili di rum accatastati si spaccavano, aveva mai sentito nulla di simile. Gli bastò respirare quell'aria satura per sentirsi ebbro.

Smontarono davanti a un complesso di costruzioni al centro del quale troneggiava un alto mulino di pietra affusolato e appuntito, le cui vele rosse ruotavano rapide nella brezza. Lì accanto c'erano un ampio capannone simile a un granaio e una serie di altri edifici annessi. L'aria era scaldata da un vapore alcolico che fece lacrimare gli occhi di Rob.

«Lo zuccherificio» spiegò Crow.

In quel momento comparve un gruppo di schiavi che trainavano un carro pieno di gambi di canna da zucchero. Li scaricarono e li portarono a bracciate nel mulino, seguiti da Crow e dagli ufficiali.

L'interno del mulino era immerso nella penombra, senz'aria e pervaso di rumori assordanti. Dal soffitto scendevano ruote dentate e assali che trasmettevano il movimento rotatorio delle vele a un macchinario i cui rulli rivestiti di rame ruotavano paralleli, leggermente distanziati come le labbra di un'enorme bocca. Gli schiavi nutrivano le voraci mascelle con le canne, le loro mani a pochi pollici di distanza dai cilindri rotanti. Ogni gambo veniva reso sottile come un foglio di carta e sputato fuori dall'altra parte.

«Sarebbe terribile ritrovarsi con un braccio incastrato lì dentro» commentò Fawcett.

«Forse è questo che rende marrone lo zucchero» ipotizzò Coyningham.

Gli altri risero, benché non fosse affatto una battuta divertente. Sarebbe stato facile finire con un arto imprigionato nel macchinario, soprattutto per gli schiavi stanchi. Sembravano stremati, avevano le spalle incurvate e gli occhi talmente vitrei da parere quasi quelli di un morto.

«È la stagione del raccolto» spiegò Crow. «Lavoriamo le canne da zucchero a tutte le ore del giorno e della notte.»

I rulli estraevano dai gambi il succo marrone, che colava nel canaletto sottostante per poi scorrere fuori dall'apposita apertura in una parete del mulino. Il gruppetto arrivato dalla *Perseus* lo seguì all'esterno e fino all'edificio successivo.

Non appena gli ufficiali vi entrarono, il calore li colpì come se fosse solido. Gli schiavi lavoravano seminudi, versando mestolate di liquido in una serie di bollitori metallici mentre dei bambini alimentavano i fuochi sottostanti con gambi maciullati e scarti di canna.

«Il locale per la bollitura» disse Crow.

Il succo di canna da zucchero diventava sempre più denso e viscoso a mano a mano che passava da un bollitore all'altro, poi veniva portato nell'edificio adiacente e travasato in enormi imbuti di argilla sistemati sopra dei vasi.

«Nel giro di un mese sarà pronto da versare nel tè» aggiunse Crow.

«A che cosa servono i vasi?» chiese un guardiamarina.

«A raccogliere la melassa che scende dall'imbuto» rispose lui. «La trasformiamo in rum nella distilleria.»

Tornarono fuori e salirono a cavallo. Videro un tozzo capanno disposto a una certa distanza dagli altri, ma Crow non li portò là e mentre lo superavano Rob sentì un brivido freddo nel cuore: era identico al fabbricato riservato alle punizioni corporali che aveva visto nella piantagione di Bracewell in South Carolina. Persino gli schiavi che trainavano i carri pieni di canne da zucchero facevano un'ampia deviazione pur di evitarlo.

Gli ufficiali della *Perseus* oltrepassarono le casupole dal tetto di paglia degli schiavi, circondate da orticelli, e scesero lungo uno stretto sentiero fra i campi di canne da zucchero. Alcuni schiavi li precedevano di corsa per aprire uno dei cancelli fra i vari campi – o *cane pieces*, come li chiamò Crow – e, dopo aver aspettato che il gruppetto passasse, lo richiudevano e sfrecciavano fino al successivo. Crow fece mantenere al suo cavallo un passo sostenuto così da costringerli a correre a perdifiato per riuscire ad arrivare in tempo.

Rob stentava a credere che la piantagione potesse essere così vasta. Proseguirono per quasi un quarto d'ora tra i fruscianti folti di canne prima di raggiungere l'area in cui era al lavoro un altro gruppo di schiavi, tutti vestiti di calicò bianco, gli uomini in camicia e pantaloni, le donne in camicetta e gonna. Colpivano le canne con lunghi coltelli dalla lama ricurva, tagliandone via le fronde e strappandone le foglie prima di sistemarle sui carri. Non alzarono lo sguardo sui nuovi arrivati, sapevano che se avessero rallentato il ritmo anche solo per un attimo avrebbero assaggiato la frusta del sorvegliante che andava avanti e indietro alle loro spalle. Altri quattro uomini armati di fucili e pistole erano di guardia negli angoli del campo.

Rob riconobbe un paio degli uomini al lavoro: avevano combattuto al suo fianco nella Seabrook Bay. Bracewell non aveva certo perso tempo prima di sfruttarli. Rob si colmò di sollievo vedendo che non lo guardavano – non ne avrebbe sopportato il tacito rimprovero – ma poi si vergognò. Che cos'era il suo senso di colpa in confronto ai tormenti che quei poveretti avrebbero sofferto?

Cercò Scipio con lo sguardo, senza vederlo.

Fawcett si guardò nervosamente intorno. Lo spettacolo di trenta neri che brandivano quei falcetti dall'affilatezza letale lo metteva a disagio.

«Le guardie servono a proteggere noi?»

Crow gli fece l'occhiolino. «Ufficiali valorosi come voi non hanno certo bisogno di protezione. Il compito delle guardie è bloccare i fuggiaschi.»

«Ma dove potrebbero mai andare?» chiese il corpulento guardiamarina Brompton prima di indicare il bastione montano che svettava in lontananza, al di sopra della distesa di canne da zucchero. «Siete circondati da rupi e foreste impenetrabili.»

Crow abbassò la voce. «Vanno dai cimarroni.»

Gli ufficiali si girarono a guardarlo con l'aria di non capire.

«Chi sono i cimarroni?» chiese Rob.

«Schiavi fuggiti che vivono sulle montagne da anni, per lo più nascosti.»

«E voi lasciate che se ne vadano in giro liberi?» domandò Coyningham.

«È quasi impossibile salire su quelle montagne. Abbiamo un accordo: noi li lasciamo in pace e loro ci riportano i fuggitivi in cambio di una ricompensa.»

«Perché i vostri schiavi scappano da loro, se sanno che verranno ricondotti qui?» volle sapere Rob.

Crow si strinse nelle spalle. «Un uomo deve pur sperare in qualcosa.»

«I cimarroni tradiscono la loro stessa gente?» chiese Fawcett.

«Serve un ladro per catturarne uno.» Crow guardò il sole. «Meglio tornare, presto Mr Bracewell vi vorrà su alla villa.»

Tutto era monumentale nella sontuosa magione di Bracewell che, alta quattro piani e fatta di pietra, si ergeva come una montagna sopra la scogliera affacciata sulla baia. Archi scuri si aprivano al pianterreno mentre le finestre soprastanti erano piccole e compatte. Era una casa costruita per intimidire, non per dare il benvenuto. La si raggiungeva grazie a un lungo viale a gradoni, fiancheggiato da stagni con il bordo di sassi e ombreggiato da alberi di tamarindo e palme. In cima svettava un obelisco di pietra alto quasi come la villa.

Gli ospiti vi arrivarono sudati e con il fiato corto. Il sole era ancora caldo, eppure quando entrarono nell'ombra dell'enorme obelisco Rob si sentì percorrere da un brivido freddo.

La massiccia sagoma di Bracewell si sporgeva dalla balconata con la balaustra in ferro al primo piano. Lui li guardò sorridendo.

«Capitano, tenenti, signori, vi do il benvenuto nella Thebes Plantation.»

Non appena entrarono Rob ebbe l'impressione di avere varcato una tenda magica per ritrovarsi in un mondo diverso. Se l'esterno della casa era parso brutalmente austero, l'interno sfoggiava invece un'opulenza quasi sfrenata. I pavimenti erano fatti di marmo e lungo il perimetro delle stanze si stagliavano affusolate colonne rivestite di foglia d'oro. Grazie agli enormi specchi dorati appesi alle pareti ogni sala sembrava prolungarsi all'infinito. Rob e i compagni si videro riflessi su tutti e quattro i lati, da qualsiasi angolazione, il che suscitò in lui la sconcertante sensazione di essere circondato.

Da dietro le colonne spuntarono alcune domestiche con vassoi d'argento su cui poggiavano calici di cristallo colmi di champagne. Gli uomini giunti dalla *Perseus* le fissarono con la lussuria di chi ha trascorso settimane stipato su una nave angusta. Le schiave, a seno nudo, portavano solo un collare d'oro e un corto gonnellino di sottilissimo tessuto bianco legato sui fianchi. Tennero sempre lo sguardo basso mentre servivano le bevande. Rob le osservò per scoprire se Phoebe era fra loro, ma non la vide.

Il guardiamarina Brompton notò che lui si stava guardando intorno.

«Un gran bello spettacolo, vero?» chiese ad alta voce.

Non aveva ancora svuotato il bicchiere e già cominciava a farfugliare. Rob immaginò che avesse bevuto anche prima che scendessero dalla *Perseus*.

«Quale preferite?» domandò Brompton. «Io prenderò quella.» Indicò una donna statuaria, con il seno alto e la pelle color rame. «Le sue poppe somigliano a palle di cannone da ventiquattro libbre.»

Non accorgendosi dell'occhiata di fuoco rivoltagli da Rob, aggiunse: «Mr Bracewell ha detto che dopo cena avremmo potuto avere quella che volevamo».

Rob osservò le donne con una nuova compassione. Nessuna di loro sembrava più vecchia di lui e molte erano più giovani. Quando una incrociò fugacemente il suo sguardo lui le lesse il terrore negli occhi.

«Sono schiave, sapete» spiegò Brompton. «Si può fare ciò che si vuole, con loro.»

Le sue parole seguenti furono sovrastate dal suono del gong di bronzo su cui uno schiavo muscoloso e vestito solo di un gonnellino picchiò tanto energicamente da far tremare gli specchi dentro la loro massiccia cornice.

«La cena è servita» annunciò Sophie.

Rob non l'aveva vista entrare e non appena la guardò si chiese come avesse potuto non notarla. La ragazza aveva i capelli scuri arricciati e raccolti sulla nuca, gli occhi contornati di kohl e le labbra dipinte di un rosso seducente. Portava un abito di seta gialla che scintillava nella luce delle candele, talmente scollato e dal corpetto così aderente che sarebbe bastato un punto della cucitura allentato per lasciarla seminuda come le giovani schiave.

Dopo aver sorriso a Rob prese a braccetto Coyningham e lo guidò verso la sala da pranzo. Rob li seguì, odiando ogni istante di quell'esperienza. Le sgargianti decorazioni dorate gli facevano girare la testa e la tragica situazione delle schiave che sapevano che cosa le aspettava dopo la cena lo nauseava, eppure doveva restare, non foss'altro che per avere l'occasione di vedere Phoebe.

La sala da pranzo sul retro della villa affacciava sulla baia e non avrebbe sfigurato nel palazzo di un imperatore romano. Lungo i lati correva una doppia fila di svettanti colonne dipinte a strisce orizzontali azzurre e color oro, le pareti erano decorate con scene in cui vergini a petto nudo consegnavano un tributo a un dio seduto sul trono. Statue a grandezza naturale di figure bacchiche con una grottesca testa di animale e un enorme fallo eretto osservavano gli astanti dalle nicchie. I candelieri avevano la forma di serpenti stranamente verosimili contorti e protesi verso l'alto, con le candele che spuntavano dalla loro bocca come topi che venissero divorati.

A un'estremità del tavolo lungo quasi come la stanza Bracewell prese posto su una sedia di mogano abbastanza ampia da accogliere tre uomini. Vista dalle finestre ad arco dietro di lui, la *Perseus* all'ancora non sembrava più grande di un giocattolo per bambini. Il padrone di casa fece sedere Coyningham alla sua destra, con accanto Sophie. Rob tentò di accomodarsi a una certa distanza da loro, ma lei gli indicò la sedia di fronte alla sua, dicendo ad alta voce: «Si unisca a noi, tenente».

Rob obbedì. La serata somigliava a una punizione sadica e lui ne paventava l'epilogo, ma sapeva che se avesse opposto resistenza Sophie avrebbe trovato modi ancora più crudeli per fargliela pagare.

Sorseggiò come se fosse veleno lo champagne, squisito e miracolosamente freddo. I domestici servirono il cibo. Nemmeno nelle sue più sfrenate serate con Hugo a Londra Rob aveva mai visto un pasto del genere. C'erano vari tipi di carne, calda e fredda, stufata, fritta e grigliata; pesce marinato e non; stufato guyanese con manioca, pane di manioca, ananas e altri frutti tropicali. Un brodo di tartaruga fu portato in tavola dentro un'enorme zuppiera d'argento. C'erano calici di vino secco tedesco, bicchieri colmi fino all'orlo di chiaretto o di Madeira.

Rob non riuscì a gustare nulla. Ascoltò le voci diventare sempre più sonore e rozze. Osservò il modo in cui i sottotenenti trattavano le schiave seminude, il modo in cui infilavano con fare possessivo le mani sotto il loro gonnellino per tastare cosce o strizzare natiche. Spingevano i propri bicchieri verso il centro del tavolo per costringerle a piegarvisi sopra per riempirli, i seni che dondolavano come frutti maturi davanti agli uomini. Rob vide Brompton afferrare il seno di una ragazza e torcerle il capezzolo fino a strapparle un rantolo di dolore. Sophie chiacchierava tutta contenta come se non l'avesse notato mentre suo zio presiedeva la tavolata con un sorriso compiacente stampato in volto, godendosi lo spettacolo dei suoi ospiti che gozzovigliavano.

Rob cercò di non bere troppo. Doveva conservare la lucidità mentale e il sangue freddo. Sapeva che Sophie avrebbe trovato il modo di provocarlo e lui non poteva rischiare di perdere il controllo. Ma non c'erano molte altre cose da fare e lui non prendeva parte alla conversazione, così scolò un bicchiere, poi parecchi altri. Cominciò ad abbassarsi sulla sedia, rimpiangendo di non poter scomparire sotto il tavolo.

«Che cosa ve ne pare della piantagione, Mr Coyningham?» chiese Sophie.

«Molto interessante» rispose lui mentre aggrediva una coscia di pollo con coltello e forchetta. «A quanto pare è una vera impresa indurre quei negri a lavorare.»

«Sono subdoli come bambini e altrettanto pigri» replicò lei. «Ma di solito una frustata li spinge a raddrizzare la schiena e fare il loro dovere. Non capita anche a voi, capitano?»

Coyningham rischiò di strozzarsi con il vino. «Spero non stiate paragonando i marinai britannici ai vostri negri.»

Sophie gli rivolse un sorriso a trentadue denti.

«A Londra c'è un prete che sostiene che sotto la loro pelle scura e i loro visi orrendi i negri non sono affatto diversi da voi e me.»

«Davvero?» Coyningham, rinunciando a usare le posate, afferrò la coscia di pollo e cominciò a smozzicarla con i denti. «Che idea bizzarra.»

«Avrete sicuramente sete.»

Sophie fece cenno a una schiava di riempirgli il bicchiere e quando la ragazza si chinò in avanti per obbedire i suoi seni gli sfiorarono la spalla. Lui si dimenò sulla sedia, imbarazzato.

Sophie si rivolse a Rob.

«E voi, tenente? Che cosa pensate dei nostri metodi?»

«Penso che farebbero inorridire persino il diavolo in persona» rispose lui.

Lei rise come se fosse stata una splendida battuta. Ma Bracewell, dopo avere ascoltato la conversazione dal suo trono, disse: «Mi deludete, tenente. Pensavo che un uomo d'azione non fosse così delicato nelle questioni di disciplina. I negri sono creature deboli».

«Che cosa mi dite dei cimarroni?» chiese Rob.

«In che senso?»

«Se i neri sono davvero così deboli, come fanno i cimarroni a fuggire e a vivere liberi sulle montagne?»

«Anche i cinghiali vivono sulle montagne allo stato brado.» Alcune goccioline di sangue della carne colarono lungo il mento di Bracewell, finendo sul tavolo. «Ma questo non significa che non possiamo ucciderli tutti quando decidiamo di andare a caccia.»

«Si caccia bene, qui sull'isola?» domandò Coyningham.

Bracewell attaccò con uno sproloquio sulla qualità della selvaggina locale, ma Rob aveva smesso di ascoltare: dietro una delle colonne si era aperta una porta da cui era entrato un corteo di schiave che portavano vassoi colmi di budini di gelatina e dolci dalle fogge esotiche, e fra loro c'era Phoebe. Rob sentì un nodo allo stomaco, nel vederla. Come le compagne era a seno nudo, portava solo la collana d'oro e il gonnellino sottile che non celava quasi nulla.

Si fermò accanto a Sophie per sistemare sul tavolo un budino a forma di sfinge adagiato su un letto di panna montata. Lui la fissò, cercando di stabilire un contatto visivo, ma lei rimase a capo chino.

A Sophie non sfuggì nulla.

«Guarda il tuo avvenente spasimante» le ordinò. «Il tenente Courtney è ansioso di ammirare la tua bellezza.»

Phoebe alzò la testa e Rob inspirò bruscamente. Lei aveva gli occhi pesti, una serie di lividi intorno al collo come se qualcuno avesse cercato di strangolarla e, sulla guancia, cicatrici che sembravano dovute a un ferro incandescente.

Lui non riuscì a dominare la rabbia. «Che cosa avete fatto?» sibilò.

Sophie prese una ditata del budino appena servito da Phoebe e la mangiò, leccandosi il polpastrello.

«Non dovete preoccuparvi» affermò con indifferenza. «Se la rompo posso sempre comprarvene un'altra.»

Fermò Phoebe, che stava per seguire le altre schiave fuori dalla stanza.

«Rimani qui.»

Senza mai distogliere lo sguardo da Rob, Sophie le infilò una mano sotto il gonnellino, le dita che salivano lungo l'interno coscia. Phoebe rimase immobile, tradita solo da un leggerissimo tremore.

«È questo che volete?» chiese Sophie.

Strizzò la coscia di Phoebe, poi scostò il gonnellino

per mettere in mostra la sommità delle cosce, i contorni delle anche e il triangolino di peluria scura del pube.

Al capo opposto del tavolo era scoppiato un diverbio da ubriachi. Gli ufficiali sbraitavano a gran voce, con i visi sporchi di panna, vino e gelatina. Accanto a Sophie Coyningham, intento a conversare con Bracewell, lo ascoltava parlare dei prezzi dello zucchero. Nessun altro notò Sophie mentre, con indice e pollice, allargava le labbra della vulva di Phoebe.

«Lasciatela stare» sussurrò Rob, stringendo il bordo del tavolo così forte da farsi sbiancare le nocche.

La vide muovere la mano di scatto e Phoebe emise un rantolo di dolore quando le dita di Sophie affondarono dentro di lei. Una lacrima le solcò la guancia. Rob afferrò il coltello accanto al suo piatto e immaginò di conficcarlo nel perfetto seno di Sophie fino a raggiungere qualsiasi cosa lei avesse al posto del cuore.

Ma Crow era appoggiato a una delle colonne dietro di lei con la giacca sbottonata, quindi Rob riuscì a vedere il calcio in noce di una pistola scintillare contro la camicia. L'uomo vi posò sopra la mano, pronto a estrarla e a sparare prima che lui potesse fare qualcosa.

Rob aprì la bocca per parlare, ma Sophie allungò una mano al di sopra del tavolo e gli premette un dito sulle labbra. Lui le sentì l'odore di Phoebe sulla pelle.

«Riflettete attentamente prima di parlare» disse Sophie. «In questa casa soltanto io gioco con i miei schiavi. Avete visto che cosa facciamo loro nei campi.»

Bracewell si alzò e batté le mani. «È arrivato il momento per noi gentiluomini di passare in salotto. Ho organizzato un intrattenimento che credo vi piacerà molto.»

«Ma non Mr Courtney» disse con disinvoltura Sophie.

«Deve tornare sulla *Perseus* per rimanere di guardia. Non è forse vero, capitano?»

Coyningham si illuminò in volto davanti alla prospettiva di sbarazzarsi di lui.

«Esatto, Miss Bracewell.»

Gli altri si stavano già dirigendo verso il salotto e le loro risate rozze e rauche risuonavano nel corridoio. Rob sapeva a quale tipo di intrattenimento si riferisse Bracewell e non voleva certo prendervi parte.

Ma l'unica cosa peggiore dell'assistervi sarebbe stata lasciare che Phoebe lo affrontasse da sola.

«La lancia non tornerà prima di tre ore» obiettò.

«Giù sul pontile c'è una lanterna» ribatté Coyningham. «Usatela per segnalare alla *Perseus* di mandare la barca e, una volta tornato a bordo, rimandatela qui ad aspettare noi.»

Le schiave seguirono gli ufficiali fuori dalla stanza. Mentre Phoebe usciva lanciò un'occhiata a Rob, che sentì il cuore balzargli in gola. Avrebbe voluto raggiungerla di corsa, tirarla indietro e salvarla dalla depravazione di Bracewell. Lei gli lesse quell'intenzione nello sguardo e scosse appena appena la testa.

Una mano gli calò pesantemente sulla spalla. Crow si era staccato dalla colonna.

«Meglio che vi accompagni fuori io, tenente» disse con simulata cortesia, l'altra mano ancora posata sul calcio della pistola. «Prima che sorgano problemi.»

La porta del salotto si chiuse dietro Phoebe. Rob ascoltò le grida e le risate provenienti dalla stanza, i suoni tipici di uomini pronti a spassarsela. Avrebbe voluto uccidere qualcuno.

Il campanello suonò.

«Chi diavolo può farci visita a quest'ora?» Bracewell fece cenno a un domestico, uno schiavo in livrea rossa immobile come una statua. «Vai ad aprire, dannazione a te.»

La porta si spalancò per lasciar entrare nell'atrio brillantemente illuminato un uomo con gli abiti consunti e macchiati dal viaggio appena fatto. Aveva il viso scavato per la fatica e stringeva fra le mani un plico chiuso con spago e sigilli in cera. Non appena varcò la soglia puntò verso Bracewell.

Crow diede un pugno nelle reni a Rob per spingerlo fuori dalla porta: evidentemente il padrone di casa voleva rimanere solo con il suo ospite. Rob incespicò in avanti, finendo contro il nuovo arrivato, che stava per passargli accanto.

Il visitatore alzò gli occhi, seccato. Il suo sguardo incrociò quello di Rob, che vide l'ultima persona al mondo che si fosse aspettato di incontrare.

Era Hugo Lyall.

Hugo lo fissò come se avesse visto un fantasma. Negli ultimi tre mesi, durante il suo miserevole viaggio fino a quel luogo dimenticato da Dio, aveva maledetto più e più volte il nome di Rob. E ora che era finalmente arrivato a destinazione trovava ad aspettarlo Rob, come le braccia della dea Nemesi. Non riusciva a crederci.

Prima che Hugo potesse proferire parola il brutto servitore di Bracewell spinse Rob fuori dalla villa, poi lo schiavo chiuse la porta, lasciando Hugo a chiedersi se non si fosse immaginato tutto.

Il padrone di casa gli strappò il plico dalle mani e ne esaminò attentamente i sigilli mentre Hugo aspettava, sorseggiando il vino portatogli da un domestico. Sembrava che in salotto si stesse svolgendo un'orgia, a giudicare dai sonori gemiti e dalle grida estasiate, ma Bracewell, con sua profonda delusione, lo accompagnò oltre quella stanza e nel suo studio.

Aprì il plico e lesse la lettera. Era tutta colpa di Rob, pensò Hugo amareggiato. Se lui non l'avesse conosciuto non avrebbe mai incrociato la strada del Barone di Dartmouth né sarebbe mai stato coinvolto nell'imprecisata faida fra Dartmouth e i Courtney.

Una settimana dopo l'incendio nel magazzino, la colluttazione sui moli e la fuga di Rob fra i ranghi della

Royal Navy, Dartmouth lo aveva convocato nuovamente a casa sua. Hugo aveva dovuto bere quasi tutta una bottiglia di vino per radunare il coraggio necessario per andarci, pur sapendo di non avere scelta: una sola parola del barone a suo padre avrebbe potuto lasciarlo senza nemmeno un penny.

Aveva visto la spada di Rob posata sulla scrivania di Dartmouth come una reliquia sull'altare e l'uomo vi aveva passato sopra la sua mano d'oro, il metallo che grattava sul metallo.

«Ho una commissione da affidarvi» aveva annunciato senza preamboli.

Hugo aveva sentito accentuarsi il pulsare nella testa causato dal vino. Era consumato dal senso di colpa per quanto aveva fatto a Rob e la prospettiva di non avere ancora finito gli era parsa insopportabile.

«Non ho già fatto abbastanza per voi?»

«Non avete fatto nulla» aveva ribattuto Dartmouth, sprezzante. «Robert Courtney è ancora vivo.»

«Spero non vi aspettiate che io entri nella Royal Navy per dargli la caccia» aveva detto Hugo, cercando di alleggerire la tensione.

«Non sarà necessario.»

«Grazie a Dio.»

«Ho bisogno che andiate in Giamaica.»

Lui era rimasto a bocca aperta per l'orrore. «In Giamaica?»

«Vostro padre possiede alcune piantagioni là, vero?»

«Esatto, signore, ma...»

Non c'era stato bisogno di sottolineare che lo scopo di possedere delle piantagioni di zucchero era guadagnare abbastanza per allontanarsi il più possibile da esse. Gli unici uomini che rimanevano nelle Indie Occidentali erano quelli impossibilitati ad andarsene perché erano troppo poveri per poterselo permettere o perché erano schiavi.

«Il clima è poco salubre» aveva sottolineato Hugo.

«Ho trascorso i miei primi cinquant'anni di vita in India» aveva ribattuto bruscamente Dartmouth. «Quanto a malattie, calura e neri assassini vi assicuro che l'India fa sembrare la Giamaica amena come il Surrey, al confronto.» Aveva stretto le dita intorno all'elsa della spada. «A meno che non vogliate che io parli a vostro padre.»

Hugo aveva deglutito. «Sono a vostra disposizione.»

«Ho una lettera.» Dartmouth aveva preso dal ripiano della scrivania un plico avvolto in carta oleata e sigillato in più punti. «Affronta una questione estremamente delicata e deve essere consegnata a Mr Hezekiah Bracewell, alla Thebes Plantation. La conoscete?»

«Tutti in Giamaica la conoscono, è la piantagione più ricca delle Indie Occidentali.»

«Consegnate la lettera personalmente a lui e a nessun altro.»

«Potete contare su di me, signore.»

Dartmouth si era allungato in avanti, sopra la scrivania. «Lo so. In caso contrario verrò io stesso nelle Indie Occidentali e userò questa splendida lama per scuoiarvi vivo, un brandello di pelle alla volta.»

Ecco come Hugo si era ritrovato a sudare in una minuscola cabina su una nave diretta a ovest. Era rimasto a suppurare per mare per sei lunghe settimane, poi una diligenza partita da Port Royal lo aveva portato lungo le strade più abominevoli che si potessero immaginare. E adesso era lì.

Bracewell posò sulla scrivania la lettera, capovolta, ed esaminò il plico. Era stato chiuso con una tale quantità di spago e sigilli di cera da rendere improbabile che qualcuno l'avesse aperto senza farsi scoprire.

Ma durante le settimane di navigazione Hugo aveva sicuramente avuto tutto il tempo di lasciare briglia sciolta alla propria curiosità. Un uomo scaltro avrebbe potuto trovare il modo di aprire il plico e apporvi dei nuovi sigilli per nascondere la cosa. Bracewell pensava che Hugo non fosse così scaltro, ma non era tipo da correre rischi.

Sventolò la lettera.

«Sapete che cosa riguarda?»

«Il Barone di Dartmouth non si è confidato con me.»

Bracewell gli rivolse un sorriso complice. «Ma voi siete un giovanotto pieno di risorse. Alla vostra età io non sarei riuscito a resistere alla tentazione di scoprire la natura della mia missione segreta.»

«Ho dato la mia parola al barone, garantendogli che vi avrei consegnato il plico intatto.»

«Certo.» Bracewell gli strizzò l'occhio. «Ma lui si trova molto lontano da qui, a Londra. Potete essere sincero con me, non siete stato tentato di staccare i sigilli?»

Hugo assunse un'aria indignata. «Certo che no. Dartmouth mi ha scelto perché sapeva di potersi fidare di me.»

Bracewell gli rivolse un'occhiata talmente penetrante da costringerlo a distogliere lo sguardo, poi gli diede una pacca sulla spalla.

«Dartmouth ha scelto bene. Non posso ancora rivelarvi la natura della missione che avete appena svolto, ma vi assicuro che avete reso alla nostra nazione un servigio di enorme importanza.»

«Spero che parlerete bene di me al Barone di Dartmouth, e a mio padre.» Hugo bevve un sorso di vino. «Ma c'è un'altra questione che devo affrontare. Quando sono arrivato ho visto uscire uno dei vostri ospiti, un certo Robert Courtney.»

«Lo conoscete?» Bracewell parve sbalordito. «Lo credevo spuntato dalle fogne. Era un marinaio comune finché quel babbeo del suo capitano non l'ha promosso, conferendogli un rango ben al di sopra di quello che merita.»

«L'ho conosciuto a Londra.» Con un dito Hugo si tirò ripetutamente il bordo dorato della giacca, staccandolo ancor più dal tessuto. «Ma dovete sapere che il Barone di Dartmouth lo odia e non si fermerebbe davanti a nulla pur di...» Non concluse la frase.

«Pur di fare che cosa?» L'altro si allungò in avanti come un avvoltoio. «Che cosa vuole Dartmouth da Courtney?»

«Lo vuole morto.»

Bracewell assimilò la notizia. Dalla stanza adiacente giungevano risate, grida e tonfi, ma lì nello studio l'unica cosa a muoversi era la polvere.

«Qual è il motivo dei loro dissapori?»

«Non ne ho idea, ma dev'essere qualcosa di tremendo. Non ho mai visto nessuno animato da un odio tanto implacabile.»

Tuttavia Bracewell cominciava a intuirlo. Sapeva qualcosa dell'illustre cognome dei Courtney, i grandi navigatori e mercanti del secolo precedente di cui il Barone di Dartmouth era l'unico discendente ancora in vita. Non aveva mai pensato di collegarlo con il tenente della *Perseus*, un marinaio promosso senza motivo e completamente sprovvisto di buone maniere o lignaggio. Ma i rami dell'albero genealogico della famiglia Courtney dovevano essersi spinti lontano. Rob poteva benissimo appartenere a un ramo bastardo, dimenticato e oscuro. Magari Rob e i familiari si erano inimicati il barone, lo avevano offeso oppure rappresentavano una fonte di imbarazzo per lui. Dartmouth non era certo tipo da tollerarlo e avrebbe sicuramente voluto eliminare il problema una volta per tutte.

«Robert Courtney è stato una spina nel fianco sin troppo a lungo» annunciò Bracewell. «Offende mia nipote e fomenta la ribellione fra i miei schiavi. Sarò felice quanto il Barone di Dartmouth di sbarazzarmene.»

Ormai Hugo aveva giocherellato così nervosamente con il bordo della sua giacca da staccarne un lungo pezzo che si avvolse intorno all'indice, tirandolo finché la punta del dito non sbiancò. Sembrava l'unica cosa a cui poteva aggrapparsi. Non sapeva cosa pensare. Aveva attraversato l'oceano per portare a termine quella terribile incombenza solo per imbattersi nell'uomo che era stato la causa di tutto, un uomo che non aveva assolutamente previsto di incontrare di nuovo. E ora stavano discutendo dell'eventualità di ucciderlo.

Bevve un altro sorso di liquore, che placò il suo nervosismo e le sue riflessioni. Non aveva dimenticato che un tempo lui e Rob erano stati amici, ma tutto quello che era successo in seguito aveva guastato il ricordo fino a trasformarlo in un tumore. Rob era il seme da cui avevano avuto origine tutte le sventure di Hugo, che lo aveva accolto in casa e ne aveva finanziati gli svaghi, ottenendo in cambio solo infelicità.

L'uccisione di Rob avrebbe reso felice Dartmouth, che avrebbe ricompensato Hugo e convinto suo padre che lui non era uno spendaccione dissoluto. La rendita di Hugo non sarebbe stata tagliata, forse sarebbe persino aumentata, consentendogli di tornare a Londra e sprofondare nuovamente nella vita di tranquillità e piaceri che aveva assaporato finché Rob Courtney non aveva bussato alla sua porta.

Sarebbe stato disposto a dare qualsiasi cosa, pur di ottenere quel risultato.

«Dove si trova Rob in questo momento?»

«Sta tornando alla sua nave. Manderò i miei uomini a inseguirlo» rispose Bracewell.

«È un uomo pieno di risorse» lo avvisò Hugo.

«Lo sono anch'io.» Suonò un campanello posato sul tavolino. «Vorrete sicuramente riposarvi, dopo il viaggio. Chiederò a qualcuno di accompagnarvi nella vostra stanza.»

Crow comparve senza fare alcun rumore, una sagoma scura che si stagliava nel vano della porta in ombra.

«Ho deciso che ne abbiamo avuto abbastanza di Mr Courtney» annunciò Bracewell. «Prendi quattro uomini e vedi se riesci a catturarlo prima che arrivi al pontile. Poi potresti mostrare a Mr Lyall la camera che gli abbiamo preparato. È reduce da un lungo viaggio, assicurati che nulla disturbi il suo riposo.»

Crow annuì, quindi tenne la porta aperta a Hugo e lo seguì con passo felpato.

Quando Bracewell rimase solo prese la lettera e la esaminò di nuovo. Robert Courtney rappresentava un enigma affascinante, ma era solo una nota a piè di pagina della faccenda. Ciò che contava era il contenuto della missiva.

Passò un dito sulla carta elegantemente goffrata. La sua unghia toccò, nell'angolo in basso a destra, una goccia di cera nera indistinguibile da una macchiolina di inchiostro che chiunque, vedendola, avrebbe creduto colata da una candela o da un bastoncino di cera per sigilli.

Ma non si trovava lì per caso, era un segnale preordinato. Quando il foglio era piegato, la cera teneva unita la carta. Chiunque lo aprisse avrebbe spezzato quel sigillo interno senza accorgersene.

Bracewell l'aveva notato: aprendo la lettera aveva trovato la cera staccata.

Nella luce della candela lesse di nuovo il poscritto vergato dalla grafia rabbiosa e irregolare di Dartmouth.

*Il giovane latore della presente non è degno di fiducia. Se sospettate che sia ormai a conoscenza del nostro segreto conto su di voi affinché non possa mai rivelarlo.*

Rob non si allontanò di molto dalla villa. Gli girava la testa, tremava violentemente e provava un senso di nausea. L'animo crudele di Sophie aveva escogitato una punizione davvero squisita. Phoebe era in quella stanza a fungere da giocattolo per uomini che non la consideravano nemmeno un essere umano mentre lui non poteva fare altro che rimanere fuori. Le finestre dell'enorme magione si trovavano troppo in alto per consentirgli di guardare dentro, ma i rumori dipingevano un vivido quadro di ciò che stava succedendo.

Inoltre c'era Hugo Lyall. Certo, Rob lo aveva intravisto solo per un attimo e avrebbe potuto quasi convincersi di esserselo soltanto immaginato. Forse era dipeso da uno scherzo giocatogli dalla luce o dagli effetti del vino. Ma quella sarebbe stata un'illusione pericolosa. Nel suo cuore non albergava il minimo dubbio.

Non riusciva a indovinare quale diavoleria potesse aver portato lì Hugo, che però lo aveva già tradito una volta. Rob era sicuro che l'avrebbe fatto di nuovo. Bracewell si era vantato della propria amicizia con il Barone di Dartmouth e se avesse saputo da Hugo che Dartmouth voleva morto Rob non avrebbe avuto esitazioni. Coyningham avrebbe accettato con gioia qualunque fandonia Bracewell potesse inventarsi per spiegare la scomparsa di Rob. Sophie avrebbe ottenuto la tanto agognata vendetta.

Lui non aveva nemmeno un alleato, lì sull'isola.

Nella sua mente cominciò a prendere forma il folle piano di tornare sulla *Perseus* per poi sobillare l'equipaggio e impadronirsi della nave. Con Coyningham e gli altri ufficiali a terra, non ci sarebbe stato nessuno a capeggiare l'eventuale resistenza all'ammutinamento. In seguito Rob avrebbe potuto tornare lì con alcuni uomini fidati per saccheggiare la piantagione, liberare Phoebe e Scipio e infine fuggire.

Sapeva che era un piano disperato, probabilmente c'erano almeno un centinaio di ragioni per cui non avrebbe potuto funzionare, ma lui non aveva il tempo di riflettere e preferiva non sapere. Aveva già aspettato fin troppo a lungo.

Imboccò il lungo sentiero che scendeva dalla villa, oltrepassando gli stagni immersi nel silenzio e puntando verso i gradini che raggiungevano la spiaggia. Aveva fatto meno di un centinaio di passi quando la porta della grande casa si spalancò. Voltandosi, vide l'inconfondibile sagoma di Crow, seguito da quattro uomini che corsero fuori.

La luna, benché calante, proiettava un chiarore più che sufficiente, perciò lo individuarono subito e gli urlarono di fermarsi, ma Rob si mise a correre.

Gli uomini si lanciarono all'inseguimento, gridando. Quando lui si voltò a guardare vide la luce della luna riflettersi sulle pistole e i falcetti che brandivano mentre Crow restava fermo sulla soglia. Aveva sguinzagliato i cani, quindi avrebbe aspettato che fossero loro a raggiungere Rob.

Rob arrivò ai gradini e cominciò a scendere rapidamente verso la spiaggia. La fitta vegetazione schermava il chiarore lunare e gli riusciva più difficile vedere dove metteva i piedi. Mentre faceva tre gradini alla volta inciampò e cadde, rischiando di rompersi l'osso del collo. Ruzzolò giù per altri tre gradini prima di balzare in piedi e proseguire di corsa. Alle sue spalle sentiva, sempre più vicino, il trapestio di scarponi chiodati.

Quando sbucò dalla macchia di alberi vide la sabbia chiara scintillare e la risacca incresparsi sulla spiaggia. In lontananza riuscì a scorgere gli alberi della *Perseus* che si stagliavano contro la luna, ma la nave era troppo lontana. L'equipaggio della barca a remi era tornato a bordo e aspettava il segnale per andare a recuperare gli ufficiali dopo la cena di Bracewell. Anche se Rob avesse trovato una lanterna non sarebbero mai riusciti a raggiungerlo in tempo.

Era già troppo tardi. Gli uomini di Crow si disposero a ventaglio intorno a lui, tenendosi a distanza di sicurezza. Erano dei bianchi, i sorveglianti impiegati nei campi della piantagione, uomini per i quali commettere violenze era naturale come respirare.

Quello che era palesemente il loro capo gli puntò contro il fucile.

«Vieni con noi.»

Volevano ucciderlo, Rob ne era certo, ma avrebbero sicuramente preferito non farlo lì sulla spiaggia, dove chiunque si trovasse sulla *Perseus* avrebbe potuto vederli. Intendevano senza dubbio riportarlo su verso la villa, magari nel capannone da cui gli schiavi si tenevano alla larga, dove avrebbero avuto a disposizione ganci e catene, e tutto il tempo di occuparsi con calma di lui. Forse gli avrebbero fatto delle domande, benché Rob non sapesse assolutamente cosa avrebbe potuto dire loro. Magari Sophie avrebbe voluto assistere alla scena.

Se lui li avesse affrontati lì forse sarebbe morto davanti a testimoni, ma sarebbe morto comunque. Era circondato, quindi gli sarebbe stato impossibile battersi contro tutti loro. Meglio sopravvivere il più a lungo possibile.

Incurvò le spalle e abbassò lo sguardo per dare l'impressione di essersi arreso.

«Sembra che io non abbia altra scelta.»

Dopo averlo perquisito per controllare che non fosse armato, si piazzarono davanti e dietro di lui, a due a due. Rob, senza opporre alcuna resistenza, si incamminò verso i gradini.

A un certo punto si fermò di colpo, tanto che i due uomini che lo seguivano gli finirono contro. Lui scelse come bersaglio il più basso, alla sua sinistra, gli diede un pestone sul piede e gli ghermì il polso. Senza lasciargli il tempo di reagire gli tolse di mano il machete e lo sollevò proprio mentre uno degli uomini davanti a lui cercava di colpirlo con il suo. Le lame cozzarono. Rob spinse via quella dell'avversario, gli si avvicinò con una rapida rotazione e gli sferrò un sinistro in pieno volto, spaccandogli il naso. Subito dopo lo afferrò per la camicia e lo scagliò contro il compagno alle sue spalle, facendoli cadere entrambi.

Si girò giusto in tempo per vedere il terzo sorvegliante lanciarglisi addosso. Schivò la lama abbassandosi di scatto, poi si avventò su di lui, dandogli una spallata al ventre.

Il quarto uomo rimase in disparte. I sorveglianti, per quanto brutali e abituati alla violenza, usavano più la frusta che i pugni, e senza mai aspettarsi che le loro vittime reagissero, perciò esitarono di fronte alla ferocia di Rob.

Ma avevano indubbiamente più opzioni di lui. Mentre i compagni doloranti si alzavano barcollando, l'ultimo sorvegliante estrasse la pistola e la puntò su Rob.

«Buttate il machete» disse con uno strano accento cantilenante, simile a quello degli schiavi.

«Non potete uccidere un ufficiale britannico» sottolineò Rob. Si trovavano ancora sulla spiaggia, in piena vista per gli uomini a bordo della *Perseus*. «Verreste impiccato per omicidio.»

L'uomo tentennò. «Posate il machete» intimò.

Rob obbedì, lanciandolo a terra più in fretta di quanto l'altro si aspettasse. Lo sguardo del sorvegliante, attirato dal movimento, guizzò verso l'arma e nello stesso istante Rob, con un calcio, gli scagliò della sabbia negli occhi.

L'uomo premette d'istinto il grilletto e una fiammata brillò nella notte. Per quanto avesse sparato alla cieca, la pistola era puntata contro Rob.

Solo che Rob si era gettato a terra. Mentre la pallottola gli sfrecciava sopra la testa fece una capriola e afferrò il grosso coltello che aveva lanciato sulla sabbia. Ignorò il grido che risuonò dietro di lui quando il proiettile che lo aveva mancato colpì uno degli altri uomini. Grazie a un unico movimento fluido si rialzò e affondò la lama nel ventre dell'avversario che, ancora con la sabbia negli occhi, non la vide finché non ne fu infilzato.

Crollò in ginocchio. Rob fece leva con il piede sulla spalla dell'uomo per liberare il machete, poi rifletté sulla situazione.

Lo avevano seguito in quattro. Uno di loro, semisbudellato, stava sanguinando dietro di lui, un altro era privo di sensi e con il naso rotto, il terzo si dimenava a terra, artigliandosi il fianco centrato dalla pallottola che doveva avere spezzato l'osso dell'anca.

L'unico sorvegliante rimasto in piedi lo fissò, orripilato, poi corse via.

Rob raccolse la pistola di uno degli uomini a terra e gli sparò, ma la colluttazione doveva aver fatto uscire quasi tutta la polvere nera dall'arma, tanto che la pietra focaia produsse poche scintille e la pallottola percorse solo una ventina di iarde. Il fuggitivo scomparve dietro una curva del sentiero.

Rob prese due machete, tre pistole e un sacchetto di munizioni ai sorveglianti che aveva steso. Ricaricò le pistole, se ne infilò due nella cintura e tenne in mano la terza. Avrebbe voluto avere accanto i suoi uomini, Angus e Hargrave e gli altri, ma erano rimasti ad aspettare sulla *Perseus*. Non aveva una lanterna con cui fare loro dei segnali né il tempo di cercarla. Il sorvegliante in fuga doveva avere quasi raggiunto la villa, dove avrebbe chiesto rinforzi.

Rob sparò alcuni colpi in aria, sperando che il suono facesse accorrere i suoi compagni dalla nave. Sapeva che avrebbe dovuto aspettarli, ma non ebbe la pazienza di farlo: agiva d'istinto, senza pensare alle conseguenze. Ora che i suoi nemici si erano palesati lui si era sbarazzato dei vincoli della disciplina della marina ed era libero di battersi.

E se non era più trattenuto dalle regole legate al suo ruolo poteva salvare Phoebe. Non era stata solo la bellezza della giovane donna a stregarlo, lei era uno spirito selvaggio chiuso in trappola, come una leonessa in gabbia. E Rob la amava. Doveva assolutamente liberarla.

Cominciò a risalire i gradini che portavano alla villa, ma ben presto vide avvicinarsi delle luci e poi un gruppo di uomini che urlavano e si urtavano per la fretta di scendere. Si infilò subito nel sottobosco lì accanto e rimase nascosto dietro una palma mentre passavano. Erano una dozzina, guidati da Crow, e puntarono verso la spiaggia senza vederlo.

Quando non riuscì più a scorgerli proseguì lungo il sentiero, in fondo al quale si fermò, in ascolto per captare eventuali rumori. Dalla casa giungeva un tintinnio di bicchieri inframmezzato da risate, per il resto si udivano solo il frinire dei grilli e il gracidare delle rane nella boscaglia.

Salì furtivamente e il più in fretta possibile la lunga scalinata antistante la villa. Di lì a breve Crow avrebbe trovato i sorveglianti feriti e, una volta accortosi che Rob non era sulla spiaggia, avrebbe capito dove si era probabilmente diretto. Lui aveva poco tempo per trovare Phoebe. Evitò l'ingresso principale, nel caso fosse sorvegliato, e si arrampicò sulla balaustra in ferro che girava intorno all'edificio. La costeggiò fino a trovarsi sotto una grande finestra laterale, poi sollevò la testa con cautela per sbirciare all'interno.

La finestra, aperta, era quella del salotto, quasi sfarzoso come la sala da pranzo e con il pavimento coperto da spessi tappeti persiani. Bicchieri e brocche di vetro, molti dei quali rovesciati, erano sparsi ovunque. I dipinti orientali appesi alle pareti raffiguravano donne nude sdraiate e in preda all'estasi del piacere, ma somigliavano a ritratti di sante in confronto alla scena sottostante.

Nemmeno durante le sue gozzoviglie più sfrenate Rob aveva mai visto qualcosa di tanto osceno. Gli ufficiali della *Perseus* erano riversi su divani e poltrone, alcuni senza i calzoni o la camicia e altri completamente nudi. Ognuno di loro aveva almeno una donna sopra di lui. Nel caso di Fawcett erano due, una inginocchiata fra le sue gambe a succhiargli l'uccello e l'altra accovacciata su di lui a sfregare le parti intime contro il suo viso. In un angolo il guardiamarina Brompton si stava godendo le attenzioni di un giovane schiavo.

Rob, pur non essendo un bacchettone, rimase disgustato dallo spettacolo. Alcuni degli uomini avevano raggiunto l'apice del piacere troppo in fretta e apparivano frastornati mentre altri andavano ritmicamente su e giù, come calcatoi dei cannoni, sopra le schiave che, supine o inginocchiate o prone, rimanevano immobili e inespressive, senza gridare né strillare. Aspettavano semplicemente che il supplizio finisse e Rob immaginò che non fosse la prima volta che subivano quel tipo di abusi.

Perlustrò la stanza con lo sguardo fino a individuare Phoebe, che riconobbe subito benché fosse di spalle. Era inginocchiata sul pavimento accanto a Coyningham, accasciato sul divano con i calzoni abbassati intorno alle caviglie e palesemente stordito dall'alcol, e gli stava massaggiando energicamente il pene.

Una foschia rossa comparve davanti agli occhi di Rob che, troppo furibondo per riflettere lucidamente, afferrò una delle pistole sottratte ai sorveglianti. Desiderava solo piantare una pallottola nella fronte di Coyningham, senza curarsi delle possibili conseguenze. Sollevò l'arma, sforzandosi di mantenere ferma la mano: se avesse mirato troppo in basso, persino di pochissimo, avrebbe rischiato di colpire Phoebe.

Un movimento in fondo alla stanza attirò la sua attenzione. Vide che qualcuno di cui non si era accorto stava osservando la scena da un angolo in ombra.

La figura fece un passo verso il centro del salotto e la luce di una lampada mise in risalto la curva di una guancia candida e un occhio scintillante. Si udì un fruscio di gonne e sottovesti. Rob rimase a bocca aperta, dimenticandosi della pistola. Era Sophie, che doveva essere sgattaiolata lì dentro mentre gli ospiti erano distratti. Non partecipava all'orgia ma era rimasta nascosta nel buio, con le labbra socchiuse e accarezzandosi in mezzo alle gambe con la mano.

Finalmente Rob capì che tipo di donna fosse. Sophie non amava il piacere, gli uomini o persino le donne, bensì il potere. In quella stanza le donne erano state degradate e gli uomini portati a un livello animalesco. Soltanto lei rimaneva in disparte, distaccata, senza essere vista mentre vedeva ogni cosa. E per Sophie quella era la sensazione più erotica del mondo.

Rob abbassò l'arma, ricondotto alla realtà dalla vista della giovane donna. Se avesse ucciso Coyningham avrebbe ottenuto un istante di soddisfazione, ma avrebbe condannato Phoebe a subire per tutta la vita le efferatezze di Sophie. Non poteva permetterlo.

Non avrebbe saputo dire se a spingere Phoebe a guardare verso la finestra fosse stato un sesto senso, una comunione di spiriti o un bisogno di consolazione simile a quello di un bambino sconvolto che si addentra a tentoni nella notte. Ma lei scrutò il buio all'esterno e il suo sguardo incrociò quello di Rob. Phoebe spalancò la bocca, stupita di vederlo, eppure non fermò la mano che stava dando piacere a Coyningham.

Rob accostò un dito alle labbra e indicò la porta con

un cenno del capo. Phoebe capì al volo e sussurrò qualcosa nell'orecchio dell'uomo.

«Altro vino!» esclamò Coyningham, farfugliando tanto che le sue parole risultarono quasi incomprensibili. Stentava a tenere gli occhi aperti.

Phoebe si alzò, fece un inchino e uscì dalla stanza senza che Sophie la fermasse. Coyningham si accorse a malapena della sua partenza. Rimase steso scompostamente sul divano, con i calzoni abbassati e il membro che si afflosciava piano piano, poi cominciò a russare.

Rob raggiunse la porta d'ingresso della villa mentre si apriva. Phoebe sgattaiolò fuori, vestita solo del gonnellino, e lui, senza curarsi del pericolo che correvano, la strinse a sé e la baciò sulla testa.

«Stai bene?» chiese. «Li ucciderò per quello che ti hanno costretto a fare.»

Lei gli rivolse un'occhiata così tetra da toccargli il cuore.

«Ho visto di peggio. Coyningham era talmente ubriaco da trovare a stento la forza di toccarmi, sarei rimasta lì tutta la notte a cercare di farlo concludere.»

Sentirono arrivare delle urla dalla spiaggia: gli uomini di Bracewell dovevano essersi imbattuti nei sorveglianti uccisi o feriti da Rob.

«Dobbiamo andare» disse Phoebe. «Se mi trovano...»

«O se trovano me» replicò lui. «Ormai sono condannato a morte.»

Lanciò una rapida occhiata verso le colline, ombre dai contorni frastagliati contro il cielo stellato. Non gli restava che tentare la fuga, sperando che gli uomini di Bracewell non riuscissero a seguire le sue tracce.

Ma non poteva andarsene, non ancora.

«Dobbiamo liberare gli altri. Dov'è Scipio?»

Non avrebbe dimenticato il proprio debito. Nella Seabrook Bay il guerriero ebo e i suoi uomini avevano salvato la vita di Rob, insieme alla *Perseus* e al suo intero equipaggio. Lui aveva promesso loro la libertà, invece erano stati incatenati nella stiva come animali e condotti in quel luogo orrendo. Doveva assolutamente rimediare.

Phoebe lo guidò di corsa verso lo zuccherificio. Le vele del mulino scricchiolavano roteando nella brezza notturna e, lì accanto, la luce del fuoco rischiarava la sala di bollitura in cui la lavorazione delle canne da zucchero proseguiva indisturbata. Più avanti si stagliava, buio come una tomba, l'edificio bianco a pianta rettangolare riservato alle punizioni corporali che Rob aveva visto in precedenza.

Un alito di vento ne portò l'odore fino a lui, che vi riconobbe lo stesso tanfo di sofferenza e disperazione notato nella stanza delle torture della piantagione di Bracewell in South Carolina.

Phoebe si era fermata per indicare, tremando, quel nefasto fabbricato.

«Scipio?» indovinò Rob.

«Non appena siamo sbarcati ha tentato di fuggire e Crow l'ha chiuso là dentro.»

«Vai a cercare gli altri» le chiese lui, non sopportando l'idea che lei vedesse quello che poteva trovarsi nell'edificio. «Libererò Scipio, poi ti raggiungerò negli alloggi degli schiavi.»

Phoebe corse via. L'odore dell'edificio, diventato sempre più nauseabondo a mano a mano che Rob si avvicinava, lo investì con tutta la sua forza non appena lui aprì la porta. Entrando rischiò di finire lungo disteso sul pavimento quando il suo stivale colpì qualcosa di morbido e tiepido, ma immobile. Capì di che cosa si trattasse ancor prima di guardare.

Era un corpo, steso bocconi. Rob si inginocchiò e lo girò, paventando quello che stava per vedere. Era arrivato troppo tardi? Crow aveva già ucciso Scipio?

Il viso del morto risultò pallido nella luce lunare che entrava dalla porta. Il cadavere non era quello di Scipio ma quello di Hugo Lyall.

Una riga scarlatta gli girava intorno al collo, stillando sangue. Aveva la carotide recisa, doveva essere stato garrotato. Rob se ne chiese il motivo. Non aveva alcuna ragione di voler bene a Hugo, tuttavia non avrebbe augurato a nessuno quella morte brutale, solitaria.

Rammentò le ultime parole che Hugo gli aveva rivolto a Londra.

*Non volevo che finisse così.*

Sentendo arrivare un gemito dal centro della stanza, guardò in quella direzione. Non appena i suoi occhi si adattarono alla penombra riuscì a distinguere una figura con le braccia allargate, appesa a due catene fissate al soffitto. La sezione inferiore della testa sembrava grande il doppio del normale, gonfia come un pallone.

Era Scipio. Rob lo raggiunse di corsa, scoprendo tutto l'orrore della tortura inflittagli. Quella che gli era sembrata un'enorme testa era in realtà un gigantesco collare di ferro al cui interno correva una serie di spuntoni acuminati rivolti verso il collo. Se il prigioniero avesse abbassato il capo anche solo per un istante, il peso di quell'infernale strumento avrebbe fatto sì che gli affondassero nella gola.

Scipio aveva la schiena solcata da ferite sanguinanti e

altro sangue gli colava lungo il collo e sul petto, laddove gli spuntoni gli avevano forato la pelle. Sembrava fuori di sé mentre lottava per rimanere sveglio nonostante il dolore e lo sfinimento, in modo che il collare non lo ferisse ulteriormente.

Rob posò la pistola che stringeva, poi cercò a tastoni i fermi che tenevano chiusi collare e ceppi, ma scoprì che erano dotati di serratura.

«Dove sono le chiavi?»

Scipio spalancò gli occhi che risultarono bianchi nel buio, poi imprecò e sputò, spavaldo persino in quelle condizioni.

«Vai all'inferno e brucia in eterno» ringhiò.

«Sono io» disse Rob. «Ti porterò fuori di qui.»

Scipio lo riconobbe lentamente, bofonchiando qualcosa che Rob non riuscì a capire, quindi si allungò ancor più in avanti. La voce del prigioniero assunse un tono più urgente.

«Crow» disse.

«Le chiavi le ha Crow?»

Una fitta di dolore guizzò come un lampo nella testa di Rob, proprio mentre capiva che Scipio aveva cercato di avvisarlo. Crollò in ginocchio, ma una mano lo afferrò per il colletto, lo sollevò di scatto e lo girò. Rob vide il volto ghignante di Crow prima che un destro alla mascella lo scagliasse contro il muro.

«Immaginavo di trovarvi qui» disse Crow in tono trionfante. «Visto quanto vi piacciono i negri sapevo che non sareste riuscito a tenere le mani lontano da lui.»

Rob, stordito dal colpo alla testa, tentò affannosamente di sfilare una delle due pistole dalla cintura, ma fu troppo lento. Crow gli spinse via la mano con un calcio, poi prese entrambe le armi e le gettò negli angoli bui della stanza.

«Vi ucciderò lentamente» disse, «lentamente come farei con un negro, davanti agli occhi del vostro amico.»

«Sono un ufficiale britannico» bofonchiò Rob.

«Siete un disertore. Un traditore. Un ladro.» Crow enfatizzò ogni insulto dandogli colpi violenti alle costole e ai fianchi, causando spasmi di dolore.

«So cosa avete fatto con Miss Sophie sulla nave» aggiunse in tono colloquiale, sferrandogli un pugno alla mascella. «Vi ho guardato ogni volta, attraverso il buco di un nodo del legno nella porta.» Lo zucchero di canna gli colò lungo il mento. «Schifoso, ecco cos'eravate.»

Lo colpì con violenza al ventre. Rob si vomitò sulla camicia, poi si piegò in avanti.

«Non capisco che cosa ci troviate in una pulciosa puttana negra quando potreste avere un pezzo di donna di prima categoria come Miss Sophie.»

Crow terminò la propria valutazione delle carenze di Rob con altri tre rapidi pugni che lo lasciarono intontito e subito dopo, senza lasciargli il tempo di riprendersi, lo colpì alle gambe, facendolo cadere.

Gli rivolse un'attenta occhiata, vedendo un uomo distrutto e piegato su se stesso per il dolore. Soddisfatto, si voltò per sfilare un coltello dalla rastrelliera fissata al muro.

«Ora che vi ho frollato un po' è giunto il momento di affettare.»

Ma Rob non era inerme come gli aveva fatto credere. Il pestaggio di Crow l'aveva riempito di lividi, però lui era giovane e forte. Balzò in piedi non appena l'altro si voltò.

Crow fu molto rapido, girandosi di scatto con un coltello che gli scintillava in mano. Rob non poteva affrontarlo, ma non ne aveva l'intenzione: corse verso la porta, scavalcando con un salto il corpo di Hugo prima di scomparire all'esterno.

Sentì dei passi pesanti dietro di lui, nel cortile, tuttavia Crow, basso e tarchiato, non avrebbe certo potuto eguagliare la velocità delle gambe di Rob, che sfrecciò oltre la sala di bollitura e il seccatoio. Aveva già guadagnato alcuni preziosi secondi di vantaggio quando girò l'angolo del mulino per poi lanciarsi all'interno dell'edificio.

Il frastuono del macchinario era assordante. I cinque o sei schiavi impegnati a infilare steli appena recisi nei rulli della pressa che ruotavano inesorabilmente si interruppero per guardare Rob con gli occhi sgranati.

«Aiutatemi» li implorò lui.

Loro lo fissarono, indecisi. Non lo conoscevano, lo avevano visto soltanto una volta, mentre attraversava la tenuta a cavallo insieme a Crow, come fosse uno dei sorveglianti. Forse avevano sentito dire che aveva ingannato i neri del South Carolina appena liberati, riducendoli nuovamente in schiavitù. Nulla di tutto ciò li invogliava a fidarsi di lui.

La porta si aprì di nuovo, con uno schianto: Crow non aveva impiegato molto a trovarlo. Entrò a grandi passi, facendo roteare il coltello da macellaio fra le dita.

«Fuori» ordinò agli schiavi.

Sapendo quanto avrebbero potuto soffrire per mano sua, gli operai fuggirono. Rob e Crow si fronteggiarono dai due capi opposti dell'edificio, fra i rombi e i sibili dei rulli.

«Credete che i negri vi aiuterebbero?» chiese Crow, sprezzante, mentre gli si avvicinava, fendendo due volte l'aria con il coltello. «Non aiuteranno un uomo morto.»

Cercò di colpire Rob al ventre, dimostrandosi rapido come un serpente a dispetto della mole massiccia. Se soltanto Rob avesse battuto le palpebre sarebbe stato trafitto come un maiale, invece reagì giusto in tempo, spingendo da parte la lama in un gesto che gli costò un ampio taglio sull'avambraccio nudo.

Crow non gli diede tregua, attaccandolo di nuovo. Rob non aveva modo di difendersi, poteva solo indietreggiare, lasciandosi dietro una scia di sangue. Alle sue spalle sentiva il ronzio del frantoio. Stringendo i denti per il dolore al braccio, riuscì a sferrare un pugno alla spalla di Crow, che senza battere ciglio gli si avventò ancora contro. Rob balzò all'indietro senza guardare dove sarebbe finito. Posò il piede su un ammasso di scarti di lavorazione lasciati sul pavimento dagli schiavi e, slittandovi sopra, perse l'equilibrio. Piombò pesantemente a terra, così vicino al frantoio da sentire qualche gocciolina di succo di canna schizzargli sulla pelle.

Crow lo raggiunse.

«Quando avrò finito con voi» promise, «nemmeno i miei cani vorranno...»

Si interruppe e indietreggiò di colpo: una mano lo aveva ghermito da dietro. Sollevò il coltello, ma fu spinto via prima di poterlo usare sull'aggressore. Barcollò in avanti, inciampò sulle gambe allungate di Rob e allargò istintivamente le braccia.

Grazie alla prontezza di riflessi riuscì ad attutire la caduta, ma solo quando si raddrizzò capì cosa lo aveva fermato: aveva posato le mani sul frantoio.

Con gli occhi sgranati per l'orrore cercò di ritrarle, però il succo dolce aveva reso viscosa la superficie.

I rulli continuarono a roteare e, senza lasciargli nemmeno il tempo di gridare, inghiottirono le sue mani. Crow tentò di liberarsi, ma il macchinario implacabile continuò a tirarlo. Rob rotolò via da sotto i piedi dell'uomo strattonato come un cane al guinzaglio e rimase stupito di vedere Angus fermo lì accanto, tuttavia non ebbe il tempo di chiedersi come l'amico fosse arrivato.

Crow aveva ritrovato la voce e stava urlando in preda a un dolore così atroce che Rob non avrebbe mai dimenticato quelle grida strozzate. Ma fu tutto inutile. Un'oncia di succo equivaleva a una libbra di profitto e i massicci rulli erano stati progettati in modo da spremere fino all'ultima goccia di liquido dalle voluminose fascine di canne da zucchero. Stritolarono facilmente carne e ossa, maciullando prima le mani e poi gli avambracci di Crow. I gomiti, dopo averli bloccati per un attimo, si frantumarono con un orrendo schiocco simile a quello del legno verde che si spezza e vennero fagocitati insieme al resto delle braccia.

«Liberatemi» implorò lui con un gorgoglio che sembrava a stento umano.

Era bloccato contro il macchinario, imprigionato dai rulli che gli roteavano sul viso, strappandone via la pelle come la corteccia da un albero fino a ridurlo a una maschera di sangue.

Rob non avrebbe voluto lasciarlo morire in quel modo, ma non poteva fare nulla per impedirlo. Il coltello di Crow era finito fra i rulli, rompendosi, e lì nel mulino non c'erano altre lame con cui liberarlo né Rob aveva modo di mettere fine alle sue sofferenze.

Angus alzò lo sguardo sul gancio appeso a una catena fissata a una trave, forse usato per issare le fascine di canne. Lo afferrò e, con un rapido movimento simile a quello di un pescatore che infilzi l'esca sull'amo, lo ficcò in bocca a Crow per poi tirare la catena.

La punta affilata gli forò il palato, raggiungendo il tessuto molle del cervello. Crow fu scosso da spasmi, poi si immobilizzò e rimase a penzolare grottescamente dalla catena, la punta del gancio che gli fuoriusciva dalla testa mentre i rulli continuavano a roteargli sopra le braccia maciullate. Il sangue gocciolò nel canaletto di scolo sottostante e defluì insieme al succo di canna.

Angus si inginocchiò accanto a Rob e vide la ferita lasciata dal coltello di Crow.

«Come sta il tuo braccio?»

Rob guardò Crow. «Meglio di lui.» Sentiva la mente più lucida, a dispetto del dolore che gli pulsava fra le tempie. Si alzò a fatica e si accorse che l'amico era bagnato fradicio. «In nome del cielo, come sei riuscito a venire qui?»

«Quando ho visto le luci sulla spiaggia ho immaginato che ci fossero problemi, poi ho sentito degli spari. Il nostromo non ci ha permesso di mandare la barca, così ho raggiunto la riva a nuoto.»

Rob, sapendo che i tagli causati dalle frustate non si erano ancora rimarginati completamente, cercò di non pensare a come doveva aver sofferto Angus a causa della lunga e faticosa nuotata e dell'acqua salata che gli faceva bruciare le ferite. «Non saresti dovuto venire.»

«Vale anche per te.»

«Io ero già condannato. Coyningham ti farà impiccare, se ti prende.»

«Allora ci troviamo sulla stessa barca.» Angus guardò verso la porta. «Ora cosa facciamo?»

«Dobbiamo liberare Scipio.»

Rob prese l'anello di chiavi fissato alla cintura di Crow

e precedette l'amico fino alla baracca in cui Scipio penzolava dalle catene, tentando di reggere il peso dell'infernale collare di ferro. Lo tenne in piedi mentre Angus infilava le chiavi di Crow nelle serrature del collare e dei ceppi, poi Scipio gli si afflosciò fra le braccia.

Sorreggendolo, Rob e Angus si diressero verso la porta, scavalcarono di nuovo il cadavere di Hugo Lyall e varcarono la soglia.

«Chi era?» domandò Angus.

Rob, troppo stanco per fornire spiegazioni, non riusciva ancora a immaginare quale strano scherzo del destino avesse condotto Hugo fino a quella piantagione.

«Un altro degli ospiti di Bracewell.»

«Comincio a farmi un'idea dell'ospitalità di Mr Bracewell» commentò Angus.

Rob annuì. «Dovremmo andarcene prima di goderne nuovamente.»

Quando si allontanarono dallo zuccherificio l'aria fresca cominciò a rianimare Scipio, che si staccò dai compagni, massaggiandosi i polsi laddove i ceppi erano affondati nella carne.

«Vi sono debitore» disse.

«È stata colpa mia» replicò Rob. «Dovevo liberarti.»

«E Phoebe?»

«È al sicuro, ci sta aspettando laggiù.»

Rob indicò gli alloggi degli schiavi dietro gli alberi. Vedendo alcune luci e una piccola folla riunita nello spazio aperto fra le casupole, si diresse rapidamente da quella parte.

Benché fosse mezzanotte passata sembrava che tutti gli schiavi, persino i bambini più piccoli, fossero stati svegliati, soltanto i neonati dormivano ancora fra le braccia delle madri, ignari del frastuono circostante. Phoebe, ferma sul davanti del gruppo con indosso una tunichetta bianca trovata chissà dove, sorrise per il sollievo quando vide che Rob e Scipio erano sani e salvi. Ma smise ben presto di sorridere.

«Non vogliono andarsene» spiegò. «Dicono che Bracewell li inseguirà con i cani oppure i cimarroni li rivenderanno a lui. Sai cosa succede agli schiavi fuggiaschi.»

Rob osservò la distesa di volti: alcuni sembravano speranzosi, altri confusi, molti apertamente ostili. Ricordava che gli schiavi in South Carolina si erano comportati in modo simile, sottoposti così lungamente a un trattamento tanto brutale da non potersi fidare quando si vedevano offrire la libertà. Lui era riuscito a convincerli ma, pur avendo promesso loro che sarebbero stati liberi, li aveva solo condotti ad altre catene. Scrutando la folla, riconobbe coloro che aveva portato a bordo della *Perseus*. Alcuni, come Scipio, avevano combattuto al suo fianco, rischiando la vita per salvare la nave che era poi diventata la loro prigione.

Perché mai avrebbero dovuto fidarsi di lui adesso?

Salì su un masso.

«Alcuni di voi erano con me nella piantagione in South Carolina» affermò. «Ho detto che avreste ottenuto la libertà. Mi sbagliavo.»

Un brusio si propagò fra la calca. Quelli che erano stati presenti non avevano certo dimenticato, gli altri avevano già sentito raccontare la storia.

«Stavolta non vi prometto nulla. Sapete, grazie a ogni cicatrice e ferita che avete sul corpo, che cosa farà Bracewell se tenterete la fuga e verrete catturati. Sapete anche che cosa succederà se rimarrete. Dovete prendere una decisione. Ma io mi trovo nelle vostre stesse condizioni. Se Bracewell mi trova mi ucciderà. Quindi ho intenzione di salire sulle montagne.»

«E poi?» mormorò Angus sottovoce.

Rob si strinse nelle spalle. La Giamaica era un'isola vasta, forse sarebbe stato possibile vivere fra quelle montagne senza essere mai scovati. Oppure lui sarebbe riuscito a rubare una nave per poi tornare in Gran Bretagna o in Africa. In quel momento l'unica cosa che contava era sopravvivere.

«Non ho architettato altri piani oltre a quello di superare la notte incolume» sussurrò.

Saltò giù fra la calca di schiavi, molti dei quali erano coinvolti in accese discussioni mentre altri piangevano.

«Perché esitano?» chiese Angus in tono stupito. «Si tratta di scegliere fra la schiavitù e la libertà.»

«Libertà?» ripeté sprezzante Scipio, lanciandogli un'occhiataccia. «Vogliono sapere come rimarranno vivi.»

«Vale anche per me.»

Non c'era più il tempo di discutere. Il frastuono del mulino doveva aver sovrastato le urla di Crow, ma di lì a breve qualcuno avrebbe sentito il chiasso nel quartiere degli schiavi. Questi ultimi presero una decisione. Alcuni, troppo anziani o spaventati, o troppo consapevoli dei rischi, sgattaiolarono dentro le rispettive case, ma la maggior parte rimase. Scassinarono la serratura del capanno per gli attrezzi e si armarono di machete, picconi e zappe. Qualcuno avvolse le proprie cose in una coperta. Il tutto avvenne senza alcun ordine né organizzazione. Poi si allontanarono di corsa nel buio, accanto ai familiari o a compagni casuali.

Rob, Angus, Scipio e Phoebe li seguirono lungo un

sentiero fra i campi di canne da zucchero. Le foglie frusciavano su entrambi i lati mentre il dolce profumo di zucchero permeava l'aria. Il confine della piantagione era indicato da un muro di pietre talmente malridotto che alcuni schiavi ne avevano già fatta crollare una sezione mentre tentavano di scalarlo. Rob e i compagni si arrampicarono sopra il cumulo di calcinacci e si infilarono nel varco, ritrovandosi nella fitta giungla buia. Rob e Angus aprirono la strada usando i loro machete nella boscaglia. Phoebe chiudeva la fila, aiutando Scipio che zoppicava.

«Vi rallento» disse lui. «Andate.»

«È la giungla a rallentarci» ansimò Rob. «E la montagna.»

Ma era evidente che Scipio non sarebbe riuscito a proseguire a lungo. Phoebe, quasi costretta a trascinarlo di peso su per il pendio, cominciava a stancarsi. Sentirono arrivare dal basso i latrati dei cani.

Rob le mise in mano il suo machete.

«Tieni.»

Si caricò Scipio sulle spalle. Per un attimo gli cedettero le gambe sotto il peso dell'omone gigantesco, ma poi riuscì a stabilizzarsi e si costrinse a proseguire.

Erano tutti stremati. Phoebe, essendo una cameriera, non si era mai vista costretta a lavorare nei campi e ben presto si ritrovò con le mani coperte di vesciche e il braccio dolorante per aver diradato la fitta vegetazione con il machete dalla lama ormai smussata. Angus stentava ad aprirsi un varco nella boscaglia. La foresta continuava a graffiarli, ferirli e farli inciampare. Rob barcollava, con le gambe che bruciavano e i polmoni sul punto di esplodere. L'abbaiare dei cani suonava più vicino.

«Hai un piano?» gli chiese Angus a bassa voce.

Rob scosse il capo, troppo stanco per parlare. Nelle vicinanze dovevano esserci altri schiavi fuggiti, ma non sarebbe mai riuscito a trovarli. Forse sulla montagna c'erano rupi sulle quali avrebbero potuto difendersi efficacemente, però lui non sapeva dove fossero. Poteva solo proseguire.

Sentì uno sgocciolio d'acqua alla sua destra e seguì la direzione del suono fino a un piccolo ruscello che scorreva giù per la montagna. Lo attraversarono nel tentativo di far perdere le loro tracce olfattive ai cani, ma Rob non riuscì a rimanere a lungo nell'acqua: i sassi sul fondo erano troppo viscidi e, avendo il peso di Scipio sulle spalle, rischiava di cadere a causa della corrente. Si issarono sulla riva opposta per poi risalire il pendio.

All'alba la luce cominciò a diffondersi nella foresta, troppo fioca per consentire loro di vedere chiaramente, anche perché la circostante cortina di vegetazione si stava addensando.

I latrati erano più distanti, forse i cani avevano perso le loro tracce dopo l'attraversamento del ruscello. Quando il senso di urgenza si attenuò Rob scoprì che il peso di Scipio sembrava più gravoso che mai.

A un tratto, senza preavviso, gli cedettero le gambe e lui piombò al suolo, seduto, facendosi rotolare il guerriero ebo giù dalle spalle. Aveva la bocca riarsa per la sete, così staccò una manciata di muschio da un albero e ne succhiò l'umidore come da una spugna.

Phoebe si lasciò cadere a terra, come Angus, la cui camicia era striata di sangue in corrispondenza delle ferite che si erano riaperte.

«Non possiamo rimanere qui a lungo» disse lui. «Bracewell chiamerà la milizia. Non ci siamo allontanati dalla piantagione tanto quanto pensiamo.»

Nessuno aveva abbastanza fiato per rispondergli. La quiete risultò opprimente e malinconica come quella in un cimitero. Sembrava che il tempo si fosse fermato.

Il silenzio fu rotto dal sonoro *clic* del cane di un moschetto che veniva armato.

Rob alzò gli occhi, disperato. Cinque o sei uomini di Bracewell erano comparsi nella radura, con le armi spianate. Erano brutti ceffi con il volto segnato da cicatrici di battaglia o butterato dal vaiolo, la barba disordinata e i capelli incolti. Sarebbe stato impossibile sgominarli. Senza lasciare a Rob il tempo di muoversi gli legarono le mani dietro la schiena. Angus fece per opporre resistenza, ma un moschetto puntato contro la sua tempia e un coltello accostato alla gola di Rob gli lasciarono ben poca scelta. Si ritrovarono presto tutti e quattro legati.

Uno degli uomini srotolò la lunga corda che aveva portato sulla spalla, la lanciò sopra il ramo di un albero a un'altezza di circa dieci piedi e, con mani esperte, ricavò un cappio sull'altro capo. Due suoi compagni afferrarono Scipio e lo tennero fermo mentre gli veniva infilato intorno al collo, poi lo strinsero.

«E lei?» chiese il primo uomo, indicando Phoebe.

«L'ordine diceva solo di riportare indietro vivi i bianchi» rispose il capo, un bruto tarchiato dai capelli rossi e sporchi.

L'altro infilò la canna del fucile sotto la gonna di Phoebe e gliela sollevò sopra le cosce.

«Tanto vale assaggiare la merce.»

Il rosso annuì. «Prima tiriamolo su» disse, indicando

Scipio, «ma dolcemente. Tenetelo in vita per un po', così che possa guardarci mentre facciamo a turno.»

Servirono tre uomini per issarlo, fra risate e parole di scherno. Rob non riuscì quasi a guardare. Il suo amico strabuzzò gli occhi, bianchi e tondi, e rantolò nel tentativo di incamerare aria per non soffocare.

Poi i sorveglianti spostarono l'attenzione su Phoebe.

Quello con i capelli rossi le tagliò il vestito dall'orlo fino al colletto, poi lo strappò via, la gettò a terra e le allargò le gambe mentre lei non emetteva nemmeno un suono.

«Sei un tipetto taciturno, eh? Vedrai che presto ti farò cantare.»

Dopo essersi slacciato la cintura si abbassò i calzoni mettendo in mostra l'uccello eretto, livido e turgido. Tre suoi uomini rimasero di guardia lungo il perimetro della radura mentre gli altri due tenevano bloccate le gambe di Phoebe. Lei non oppose resistenza. Probabilmente, pensò Rob con un senso di nausea, le era già successo in passato.

Rob tirò con forza le corde che lo legavano, ma i sorveglianti sapevano il fatto loro e avevano stretto bene i nodi. Scipio, appeso al ramo, stava soffocando e si dimenava, senza speranza. Si era girato per non assistere alla degradazione di Phoebe, ma riuscì a immaginarla grazie ai suoni che sentiva.

Il rosso le si inginocchiò in mezzo alle gambe, poi le ghermì le cosce, affondando con forza le dita nella carne. Si leccò le labbra.

Quando uno dei suoi uomini gli si avvicinò, lanciando un grido gorgogliante per poi stramazzare a terra, lui trasalì, furioso nel venire interrotto. L'urlo di protesta gli morì sulle labbra non appena vide il coltello conficcato nella schiena del compagno.

I sorveglianti si girarono di scatto, con i moschetti spianati e puntati in diverse direzioni, ma non c'era nessuno a cui mirare: la giungla circostante era una parete compatta di fitta vegetazione.

Risuonò un fruscio. Gli uomini, atterriti, avevano già il dito arcuato sul grilletto e uno di loro lo irrigidì tanto da sparare. Gli altri lo imitarono e, in un caotico miscuglio di fumo e fiamme, spararono alla cieca una gragnuola di colpi verso la foresta.

Quando l'eco delle detonazioni si spense calò un silenzio così totale che si sentirono foglie e ramoscelli svolazzare fino al suolo, lungo la traiettoria seguita dalle pallottole. Gli uomini si guardarono intorno, poi si fissarono a vicenda.

La speranza fu sostituita dal terrore quando si resero conto che avevano tutti l'arma scarica. Cominciarono ad armeggiare freneticamente con scovolini e munizioni. Nella fretta non videro quasi le sagome che sgusciarono fuori dalla vegetazione come ombre. Una dozzina di uomini e donne, tutti armati: alcuni brandivano dei machete, altri asce e tomahawk, uno di loro un coltellaccio regolamentare della marina. Si dimostrarono rapidi, efficienti e brutali. Rob li vide fare a pezzi in pochi istanti i sorveglianti ormai indifesi.

Durante il massacro strisciò fino al coltello di uno di loro che aveva notato a terra e lo usò per tagliare la fune che gli legava i polsi, poi corse verso quella a cui era appeso Scipio. Era troppo tesa perché lui potesse sciogliere il nodo che la assicurava al tronco d'albero, così iniziò a tagliarla con un machete, maledicendo la lama smussata che tranciava troppo lentamente le spesse fibre. Scipio aveva smesso di muoversi e la sua pelle scura aveva assunto una tonalità grigioazzurra.

Finalmente la corda si ruppe. Rob era troppo stremato per afferrarne un capo, quindi Scipio piombò al suolo, dove rimase immobile. Phoebe lo raggiunse di corsa, lo cinse con le braccia e gli accostò un orecchio alle labbra.

«Respira ancora.»

Il sollievo di Rob si affievolì mentre rifletteva sui loro improbabili salvatori. Li avrebbero protetti? Non erano schiavi della piantagione, o almeno non lo erano più da tempo. Dovevano essere i cimarroni, gli schiavi fuggiaschi che vivevano nel selvaggio entroterra dell'area montuosa. Ricordava di aver sentito dire a Crow che a volte riportavano gli schiavi in fuga ai loro padroni, in cambio di una ricompensa. Allora perché avevano ucciso i sorveglianti? Le leggi della giungla erano una perenne fonte di perplessità.

Si accorse che avevano preso i moschetti degli uomini uccisi e li stavano puntando contro lui e Angus. Alzò le mani.

«Amico» gracchiò. «Sono un amico.»

Il loro capo, un nero alto e avvenente che portava una collana di grani rossi, lo fissò, poi lanciò un'occhiata a Phoebe e disse qualcosa in una lingua che né Rob né lei riuscirono a capire. Ma Scipio la conosceva e, puntellandosi su un gomito, fornì sottovoce una risposta stringata.

Il capo dei cimarroni, con aria stupita, confabulò con i propri uomini per poi dire qualcos'altro a Scipio e annuire.

«Venite con noi.»

Rob non riuscì a capire se era un prigioniero o meno. Talmente sfinito da non riuscire quasi a reggersi in piedi, dubitava di poter fare anche solo un altro passo, eppure i cimarroni, inesorabili, lo costrinsero ad avanzare spedito nella foresta. Lui e i compagni arrancarono faticosamente, come meglio potevano. Si inerpicarono sulla montagna, seguendo tortuosi sentieri che sembrava impossibile individuare. Allo spuntar del sole la foresta cominciò a riempirsi di vapore. I cimarroni distribuirono pezzi di canna da zucchero e Rob masticò il gambo fibroso fino a estrarne ogni goccia di succo dolce, che gli fornì un pizzico di energia. Percorsero una stretta gola fra rupi svettanti, costeggiando un fiume che schiumava in mezzo alle enormi rocce. Alzando gli occhi Rob vide altri macigni in bilico sul ciglio dei promontori, da dove lo fissavano alcune sagome scure.

«Se fossero nemici potrebbero appiattirci con quei massi» borbottò Angus. «Nessuno sarebbe in grado di passare di qui senza che loro lo vogliano.»

L'assenza di un sentiero li costrinse ad arrampicarsi procedendo di masso in masso, scivolando e boccheggiando quando arrivavano a pochi pollici dall'acqua impetuosa. Rob perse il conto delle volte in cui le membra stanche rischiarono di tradirlo, in cui per poco non annegò. Era pronto a stramazzare al suolo lì dov'era per non alzarsi mai più quando il fiume divenne di colpo più placido e la gola confluì in una vasta conca fra le colline. Un villaggio di capanne di legno circondate da orti e piccoli campi agricoli occupava entrambe le rive del fiume. Polli e faraone razzolavano in giro, becchettando il suolo, e un maiale grufolava nel terreno.

Rob e i compagni furono condotti in una capanna vuota in cui trovarono materassi imbottiti di fibre di cocco su cui si lasciarono cadere come se fossero fatti di piuma, piombando subito in un sonno profondo.

L'indomani mattina, quando la *Perseus* salpò dalla Thebes Plantation, soltanto uno degli uomini a bordo era felice: il guardiamarina Brompton, appena promosso al grado di sostituto tenente in seguito alla diserzione di Robert Courtney. Coyningham era sgomentato dalla necessità di lasciare Sophie, e il suo compiacimento per essersi liberato di Rob era mitigato dalla devastazione che quest'ultimo aveva causato nella tenuta. Bracewell era rimasto senza il suo fedele segretario, con i suoi sorveglianti menomati o uccisi e più della metà dei suoi schiavi fuggita nella foresta. Era montato su tutte le furie e Coyningham, in veste di superiore di Rob, non era sfuggito alla sua collera. Non era certo quella l'impressione che lui aveva sperato di dare al tutore della sua potenziale futura moglie.

Anche i marinai erano avviliti. Angus era un compagno popolare e Rob aveva rappresentato l'ultimo baluardo che li difendesse dalla crudeltà di Coyningham, laddove il tenente Fawcett era un debole e Brompton era troppo ansioso di ben figurare con il comandante. Adesso temevano per il proprio futuro.

Coyningham stese la carta nautica e convocò tutti gli ufficiali.

«Fra due giorni ci incontreremo con il convoglio per poi scortarlo lungo la costa giamaicana. Mi aspetto che tutto venga fatto con la massima accuratezza. Chiunque non svolga al meglio il proprio compito assaggerà il gatto a nove code.»

La *Perseus* stabilì una rotta in direzione nord-est e si allontanò in fretta dalla Thebes Plantation. Grazie al vento e al rivestimento in rame dello scafo perfettamente ripulito procedette rapida, tanto da diventare ben presto un semplice puntino in lontananza.

Ma le sue vele erano a malapena scivolate oltre l'orizzonte quando a nord comparve un altro vascello che, con la sua andatura al lasco e spinto dal vento, puntava velocemente verso l'isola come un rapace. Per tutto il pomeriggio divenne sempre più grande, in lontananza, fino a gettare l'ancora quasi nello stesso punto in cui poche ore prima si era trovata la *Perseus*.

Sul colombiere fluttuava la bandiera a strisce delle colonie ribelli mentre sotto l'albero di bompresso si allungava un'aquila con gli artigli dorati protesi in avanti.

Dopo che una barca a remi li ebbe portati a terra, alcuni ufficiali salirono la scalinata dell'enorme magione, vennero accolti da un maggiordomo nero con bicchieri di vino bianco ben freddo e poi accompagnati in salotto. Presero posto sui divani che non recavano alcuna traccia dell'orgia di quarantotto ore prima: i cuscini erano stati sprimacciati e il tessuto pulito.

Bracewell entrò nella stanza, seguito da Sophie.

«Vi prego di scusarmi per il ritardo» disse. «Ieri ho subito un vero e proprio oltraggio, un dannato ufficiale britannico è fuggito con metà dei miei negri.»

Il comandante francese, Étienne, fulgido nella candida giacca dell'uniforme, si guardò intorno con cautela.

«Spero che questo ufficiale non sia ancora qui.»

«È scappato nella giungla, non avete motivo di preoccuparvi del tenente Courtney.»

Bracewell rimase stupito dal silenzio che calò di colpo sulla stanza.

«Che cosa c'è? Lo conoscete?»

Étienne indicò Cal che, seduto alla sua destra, portava la divisa dell'esercito continentale.

«Vi presento il maggiore Caleb Courtney.»

Bracewell gli rivolse un'occhiata penetrante senza notare alcuna somiglianza con Rob, se non che erano entrambi giovani e prestanti, più o meno coetanei. Eppure nell'aura del nuovo arrivato c'era qualcosa di vagamente familiare.

Scacciò l'idea. «A quanto pare non siete l'unico Courtney su quest'isola. Se riuscite a intralciare i vostri nemici tanto quanto Robert Courtney ha intralciato me, ve la caverete egregiamente.»

Cal non replicò. Sin da quando i Bracewell erano entrati fissava con sguardo famelico Sophie che, pur non essendo certo estranea alle adoranti occhiate maschili, era arrossita e aveva girato la testa.

Cal si rese conto che gli altri stavano aspettando che parlasse.

«Questo Robert Courtney viaggiava sulla *Perseus*?»

«Sì.»

«Abbiamo già incrociato la spada con lui. È riuscito a sfuggire per due volte alle trappole che gli avevamo preparato» spiegò Cal con un tono che lasciava trasparire la sete di vendetta.

«Ho mandato alcuni uomini a inseguirlo, con l'ordine di riportarlo qui vivo» spiegò Bracewell. «Credo che apprezzeremmo entrambi l'occasione di dargli ciò che merita.» Pianse per l'ennesima volta la morte di Crow, che si era dimostrato un vero artista nell'infliggere dolore. «Anche se vi conviene sperare che i miei uomini lo catturino prima di quei maledetti cimarroni, che uccidono qualsiasi bianco riescano a trovare.»

Cal annuì. «Sarei felice di poter scambiare due parole in privato con questo Robert Courtney.»

Étienne tossicchiò. «Dite di voler nuocere ai nostri nemici, Mr Bracewell» affermò. «Possiamo avere la certezza di combattere nello stesso campo?»

«I miei nemici sono i vostri» dichiarò Bracewell. «Il governo britannico.»

«Ma voi siete un suddito di Re Giorgio.»

«Lo era anche George Washington» sottolineò lui. «Dobbiamo adattarci ai tempi.»

«Infatti» confermò Étienne. «Ma che cosa mi garantisce che posso fidarmi di voi?»

«Avete visto l'isola» ribatté Bracewell. «Qui facciamo crescere solo canne da zucchero e schiavi. Tutto il resto – ogni mobile e capo di vestiario, ogni pezzo di ferro e legno, il nostro cibo e le provviste e il vino, fino all'ultimo cucchiaino di senape – viene importato. E la maggior parte di quelle merci arriva dall'America. Se l'America vince la guerra e le colonie si staccano dall'impero britannico queste isole verranno ridotte in miseria.» Picchiò il pugno sul tavolo. «Io perderò del denaro!»

Riuscì a ricomporsi.

«Inoltre gli inglesi ci stanno imponendo tasse vergognose. Non abbiamo altra scelta se non sottrarci al governo di Londra e allearci con gli americani.»

«E questo non vi preoccupa?» chiese Étienne.

«L'unica cosa che mi preoccupa è il rischio di non riuscire a trarre profitto dalle mie tenute.»

«Avete detto "non abbiamo altra scelta"» sottolineò Cal. «Chi altri la pensa come voi?»

«Tutti i principali proprietari terrieri dei Caraibi. Siamo pochi, ma insieme controlliamo la maggior parte dei terreni e degli uomini nelle Indie Occidentali. Abbiamo giurato di adoperarci per raggiungere questo scopo e ora è giunto il momento di colpire.»

«Se vi ribellate al re» disse Étienne, «lui manderà il suo esercito e la sua marina ad annientarvi.»

«Quell'esercito ha già il suo bel daffare in America. E noi abbiamo un sostenitore a Londra, un membro del governo di alto livello che è solidale con la nostra causa. Si darà da fare dietro le quinte per assicurarsi che il ministero non ci dichiari guerra ma tenti invece di negoziare una secessione pacifica.»

«Un membro del governo disposto a cedere una parte dell'impero britannico?» domandò Étienne in tono ironico.

«Abbiamo fatto in modo che la proposta risultasse molto allettante, per lui.»

Bracewell fece una smorfia nel pensare alla colossale quantità di denaro che era servita per corrompere un uomo ricco come il Barone di Dartmouth. Ma era stato un investimento potenzialmente molto redditizio: quando Bracewell avesse controllato le esportazioni di zucchero di tutti i Caraibi avrebbe guadagnato una somma mille volte superiore a quella spesa.

Inoltre sarebbe riuscito a salvaguardare l'intero capitale investito negli schiavi. Nel 1772 i tribunali avevano già decretato che in Inghilterra e in Galles la schiavitù non era sostenuta dalla legge e adesso il governo si era offerto di liberare gli schiavi in America. E se avesse esteso l'emancipazione alle altre colonie? Il solo pensiero dei suoi schiavi che venivano liberati bastava a causargli incubi, ma sarebbero invece stati al sicuro in caso di un'alleanza con l'America. Una rivoluzione capeggiata da uomini quali George Washington, Thomas Jefferson e James Madison – tutti proprietari di schiavi – avrebbe sicuramente rispettato i suoi diritti di proprietà.

Étienne fece un sorrisino gelido. Era salpato dalla Francia senza sapere che sarebbe stato coinvolto in quel piano, di cui aveva scoperto l'esistenza solo quando Cal Courtney era salito a bordo, eppure adesso aveva la possibilità di ottenere ben più di quanto sua madre avesse mai osato sognare. Se le isole dei Caraibi avessero ottenuto l'indipendenza i profitti britannici sullo zucchero sarebbero svaniti. La guerra in America sarebbe terminata nel giro di una settimana e l'anno seguente, quando il convoglio con lo zucchero avesse fatto vela per l'Europa, si sarebbe diretto non verso Londra bensì verso la Francia.

«Il primo punto all'ordine del giorno è tagliare fuori le guarnigioni britanniche su queste isole» annunciò Bracewell prima di accompagnare Étienne e Cal fino a un tavolo di mogano su cui era stesa una grande cartina dei Caraibi. «Ogni anno la Gran Bretagna manda delle navi a rifornire i suoi presidi nelle Indie Occidentali. Stavolta, visto il rischio rappresentato dai corsari, l'ammiragliato ha affidato i rifornimenti di un intero anno a un unico convoglio. Il nostro compito, signori, è intercettarlo.»

«Se è così prezioso sarà massicciamente sorvegliato» disse Cal.

«Una volta raggiunte le acque giamaicane si crederà al sicuro. Le navi della marina che lo scortano lo lasceranno per dirigersi a nord e prendere parte alla guerra in America. A proteggere il convoglio rimarrà solo la fregata *Perseus*.»

«Ne siete sicuro?»

«Mi trovavo nella stanza quando questo piano è stato architettato.»

«Perché non l'avete sabotato quando ne avete avuta l'occasione?» chiese Étienne.

«Siete pazzo? La risposta è lampante per chiunque si intenda anche solo vagamente di sotterfugi e affari. Non potevo mostrare troppo presto le mie carte agli inglesi rapaci.»

Bracewell, con il viso terreo per la frustrazione, inspirò a fondo per ricomporsi, poi picchiettò un dito sulla cartina, in un punto sulla costa accanto all'estremità dell'isola, a poche miglia di distanza dalla Thebes Plantation.

«È qui che li intercetterete.»

Étienne studiò la mappa con aria meditabonda.

«Le navi mercantili britanniche avranno comunque dei cannoni. Se il mio vascello dovesse affrontare solo la fregata avrebbe facilmente la meglio. Affrontare la fregata e un convoglio armato, invece, sarebbe ben più arduo.»

Bracewell scoprì i denti. «Non sarete soli. Quando darete battaglia alla *Perseus* la condurrete dritta in una trappola.»

Al risveglio Rob rimase confuso dalla mancanza di movimento: era così abituato a dormire sulla sua cuccetta, con la nave che rollava sotto di lui, che non capì dove si trovava e restò sdraiato, cercando di orientarsi. L'aria era tiepida, il materasso era morbido e la luce del sole filtrava scintillante dalle stuoie di cocco che costituivano il tetto.

Sentiva tutti i muscoli molto più indolenziti di quanto non fosse successo durante il suo primo giorno in marina. Il ricordo della sera precedente – la cena con Bracewell, la colluttazione con Crow, la liberazione degli schiavi, la fuga dalla piantagione – riaffiorò lentamente. Rammentò Phoebe.

Phoebe era premuta contro di lui, la schiena che aderiva al torso di Rob come una palla di moschetto alle pareti dello stampo. Aveva la pelle talmente serica che lui ne sentiva a malapena il tocco. Era nuda, a parte i resti dell'abito strappato annodati intorno ai fianchi. Guardando al di sopra della spalla di Phoebe Rob vide il suo seno sollevarsi e abbassarsi con i pacati respiri tipici del sonno.

Allungò un braccio per stringerla ancor più a sé, posandole la mano sul ventre liscio. Lei si mosse, accoccolandosi contro di lui. Sfregò le natiche sull'inguine di Rob che, con profondo imbarazzo, si accorse di avere un'erezione e tentò di scostarsi, ma Phoebe spinse ancor più indietro la schiena.

Aprì gli occhi, si guardò intorno e lo vide.

Si staccò la mano di Rob dal ventre per posarsela su un seno morbido, poi la coprì con la sua. Boccheggiò quando lui le sfiorò il capezzolo turgido con le dita.

Si girò per guardarlo in volto.

«Mi desideri?» chiese. Non lo stava provocando, nella sua voce c'era una punta di esitazione, quasi di timore.

Angus e Scipio erano scomparsi, lasciandoli soli nella capanna.

Rob si allungò in avanti per baciarla e Phoebe socchiuse le labbra, umide e dolciastre grazie allo zucchero di canna che lei e i compagni avevano succhiato durante la marcia. Lui vi passò sopra la lingua e poi vi incollò le sue mentre la attirava a sé.

La penetrò, poi il suo corpo da marinaio cominciò a muoversi con il ritmo naturale di una nave sull'onda lunga. Abbassò lo sguardo sugli occhi sgranati di Phoebe.

Un ricordo di Sophie Bracewell gli balenò nella mente prima che potesse cacciarlo. Il sesso con lei era stato un gioco di violenza, lussuria e potere. Con Phoebe, invece, Rob provava una sconfinata tenerezza. Desiderava stringerla in eterno, fondersi con lei, riempirle il corpo di gioia e piacere.

Raggiunsero l'apice insieme. Phoebe fu percorsa da un violento fremito, poi chiuse gli occhi, inarcando la schiena per premersi contro di lui, ed emise fiochi miagolii da gattino mentre Rob si spingeva dentro di lei con gli ultimi affondi tremanti.

Rimasero avvinghiati l'uno all'altra, madidi di sudore.

«Non l'avevo mai fatto così, prima d'ora» disse timidamente lei. «Non sapevo che potesse essere tanto... piacevole.»

Rob la strinse talmente forte che temette di poterle rompere le costole.

«Neanch'io l'avevo mai fatto così» le assicurò. «E non voglio farlo mai più in nessun altro modo, tranne che con te.»

Udirono un tonfo sopra le loro teste quando una pietra colpì il tetto per poi rotolare a terra. Subito dopo sentirono avvicinarsi dei passi accompagnati da un fischiettare. Rob si alzò, ghermendo i calzoni, e Phoebe afferrò l'abito lacero per coprirsi.

«Spero abbiate dormito bene, tenente, e non siate troppo indolenzito a causa dei vostri sforzi» disse la voce di Angus, davanti alla capanna.

Rob sorrise. «Mi stavo solo stiracchiando per alleviare i doloretti. E non sono più un tenente, non devi chiamarmi così.»

«Certo. Un vero tenente dormirebbe ancora.»

Dalla posizione del sole Rob capì che si era a metà mattina.

«Mi sono coricato all'alba.» A dispetto delle poche ore di sonno, si sentiva magnificamente rinfrancato. «È successo solo stamattina?»

«No, ieri mattina» rispose Angus. «Da quando siamo arrivati qui hai dormito per un intero giorno e un'intera notte.»

In vita sua Rob non aveva mai riposato per tante ore di seguito. Si sentì disorientato, con l'impressione che la giornata appena trascorsa avesse lasciato uno spazio vuoto nella sua memoria.

«È successo qualcosa? Che cosa ne è stato della *Perseus*? E degli uomini di Bracewell?»

«Gli uomini di Kojo dicono che la *Perseus* è salpata stamattina. Molto probabilmente sta andando a incontrare il convoglio. Quanto ai sorveglianti di Bracewell...» Si passò un dito sulla gola e assunse un tono grave. «La gente di Kojo non li ha trattati certo con clemenza.»

Rob si sfregò gli occhi. «Chi è Kojo?»

«Il re di queste persone.»

«Devo vederlo.»

«Strano, è la stessa cosa che ha appena detto lui.»

Angus lo accompagnò attraverso il villaggio, che era quasi un paesino con le sue cento e più ordinate capanne di vimini, canniccio e paglia. Ovunque Rob volgesse lo sguardo vedeva i cimarroni al lavoro. Le donne zappavano orti, macinavano granturco o lavavano panni nel torrente. In una capanna scoperta alcuni uomini macellavano le carcasse di maiali selvatici appena uccisi e ne affumicavano la carne sul fuoco.

Di tutti i posti che Rob aveva visto durante i suoi viaggi era quello che più gli ricordava casa sua, grazie alle casupole dalle linee semplici e alla sensazione che uomini e donne lavorassero sodo ma per libera scelta. Non c'erano grida o saluti militari, nessun sorvegliante o aiuto nostromo armati di frusta. Si percepiva la gioia dell'operosità condivisa.

Rob rimase stupito di vedere, al centro dell'abitato, una piattaforma circolare rialzata fatta di terra che doveva essere stata compattata e lisciata dal pestare di numerosi piedi.

*Un'area destinata alle danze*, capì.

Aveva notato spazi simili nei villaggi dei Qwabe intorno a Fort Auspice, punti in cui gli abitanti si riunivano per eseguire danze cerimoniali e venerare i loro dei.

Dietro la piattaforma, in cima al pendio, spiccava un imponente edificio con le fondamenta di pietra e dotato di massicce travi di legno che lo rendevano più solido di qualsiasi altra costruzione del villaggio, anche se ad attirare l'attenzione di Rob fu la serie di teschi umani posati su pali lungo il suo perimetro.

Lì davanti, sotto un riparo di stuoie di palma, un uomo sedeva su uno scranno talmente grande da poterlo definire un trono. Era scalzo e vestito nel modo più bizzarro che Rob avesse mai visto. Oltre a una camicia ornata di gale e ampi calzoni al ginocchio che lo facevano somigliare a un pirata dell'epoca Tudor, portava una giacca di lana pettinata con mostrine scarlatte e bottoni dorati, un tricorno nero con tre piume di pappagallo infilate nella fascia e due bandoliere incrociate che reggevano un intero arsenale di coltelli e pistole. Aveva la pelle di un marrone grigiastro, zigomi eleganti, stretti e penetranti occhi scuri che si degnarono a stento di guardare Rob. Sulla sua guancia spiccava un marchio impresso a fuoco, a forma di larga freccia.

Accanto a lui c'era Scipio, con intorno alla gola i lividi scuri causati dal cappio dei sorveglianti ma per il resto ripresosi quasi del tutto dalla difficile prova affrontata.

«Ecco Kojo, il re» disse Angus.

Rob, non sapendo bene cosa fare, abbozzò un inchino a cui il sovrano reagì con un'occhiata sprezzante.

«Nessun bianco viene mai qui» dichiarò.

«In tal caso ti ringrazio, i tuoi uomini ci hanno salvato la vita.»

Kojo, senza prendere atto della sua riconoscenza, lo

osservò come un agricoltore che esamini del bestiame messo all'asta. Quando riprese a parlare usò la propria lingua madre.

«Dice che i suoi uomini non ti hanno salvato per gentilezza» tradusse Scipio. «Ti hanno salvato perché pensano che Bracewell ti vuole. Forse avranno una ricompensa, se ti riportano da lui.»

Rob rimase in attesa.

«Bracewell ti vuole morto.»

Kojo annuì vigorosamente, lanciando una risata stridula che echeggiò nella radura.

«Bracewell vuole morto anche Kojo» sottolineò Rob. «I nostri interessi coincidono.»

Evidentemente il re conosceva la sua lingua meglio di quanto non lasciasse trapelare perché, senza lasciare a Scipio il tempo di tradurre le parole di Rob, si lanciò in una lunga tirata durante la quale sfilò una pistola dalla bandoliera e la sventolò energicamente.

«Combatto già prima con l'uomo bianco!» gridò. «Per il bianco Re Giorgio con le sue grandi navi.»

Rob temette di aver capito male.

«Eri in marina?»

Per tutta risposta Kojo si strappò via giacca e camicia, poi fletté i muscoli del bicipite per farlo gonfiare finché la pelle non si tese rivelando un tatuaggio blu, quasi invisibile sull'epidermide scura, che raffigurava un'ancora avvolta in una fune.

Rob si tolse la camicia e gliene mostrò uno quasi identico, quasi nella stessa posizione.

«Come sei finito qui?»

Kojo fornì una risposta lunga e complessa, alternando le due lingue, con un gran sventolare di pistola per dare maggiore enfasi. Rob riuscì a ricostruire la vicenda grazie alla traduzione di Scipio, agli stralci di racconto che riuscì a capire da solo e ai gesti espressivi del re.

Kojo era cresciuto sulla costa occidentale dell'Africa, non lontano da dove era nato Scipio, tanto che le loro due tribù facevano parte della stessa lasca confederazione e avevano una lingua comune. Un giorno una nave da guerra britannica aveva gettato l'ancora nella baia per rifornirsi d'acqua e lui era rimasto affascinato dal vascello, dagli strani uomini che ne costituivano l'equipaggio e dagli enormi cannoni. Era salito a bordo per chiedere di poter entrare nella Royal Navy. L'equipaggio era stato decimato dalla febbre, quindi il comandante era stato felice di accontentarlo.

Kojo aveva fatto rapidamente carriera. Lavorando sodo e imparando in fretta era approdato al ruolo di cannoniere. Aveva visitato Cape Town, Bombay, Londra e New York.

Poi, una volta in Giamaica, era sbarcato per una licenza, era rimasto separato dai compagni e in una taverna si era sbronzato con del rum insieme a un gruppo di uomini, che probabilmente avevano organizzato tutto. Si era risvegliato in catene, scoprendo che la sua nave era già salpata, poi i suoi nuovi amici lo avevano consegnato alle autorità, definendolo uno schiavo fuggito.

Visto che in realtà non lo era, nessun proprietario di piantagione si era fatto avanti per rivendicarlo, ma coloro che l'avevano catturato avevano un complice nel cantiere navale di Port Royal che lo aveva costretto a sgobbare lì per poi spartire con loro la ricompensa per la sua cattura. Quindi Kojo aveva lavorato di nuovo per la Royal Navy, ma come schiavo invece che come uomo libero.

Indicò il marchio a forma di freccia sulla propria guancia e Rob vi riconobbe quello della marina britannica che aveva visto innumerevoli volte impresso su barili e casse a bordo delle navi. In qualità di schiavo Kojo era stato considerato un ennesimo bene di proprietà del governo da marchiare in caso di smarrimento o furto.

Aveva continuato a covare il proprio rancore. Dopo essere riuscito a farsi trasferire nel deposito approvvigionamenti aveva viaggiato in giro per l'isola con il capo magazziniere, organizzando l'acquisto di vettovaglie. A poco a poco, grazie a conversazioni sussurrate dietro la schiena dei sorveglianti, aveva stretto amicizie e architettato piani.

Una notte gli schiavi di venti diverse piantagioni dell'isola si erano ribellati nello stesso momento. Il chiarore delle canne da zucchero e delle ville in fiamme aveva trasformato la notte in giorno. Tutti i soldati e i membri della milizia di Port Royal erano stati mandati a sedare la rivolta, e a quel punto gli schiavi del cantiere navale erano scappati. Kojo si era unito agli altri in fuga e li aveva guidati sulle montagne.

Ne era seguita una guerra senza quartiere. Lui aveva commesso l'imperdonabile peccato di mostrare come vacillassero le fondamenta del controllo esercitato dai proprietari delle piantagioni, che per vendicarsi avevano seminato il terrore nell'isola. Avevano fatto impiccare qualsiasi schiavo sospettato di disprezzo dell'autorità e bruciare vivi tutti quelli ricatturati. C'erano stati bimbi massacrati davanti alle madri, donne sottoposte a stupri di gruppo davanti ai mariti. Avevano offerto una ricompensa per chiunque fosse stato disposto a tradire Kojo; le cinquanta sterline iniziali erano diventate cinque volte tanto, poi la somma aveva continuato a salire fino a raggiungere il migliaio.

Non lo avevano mai catturato. Kojo e i suoi seguaci si erano volatilizzati nelle fitte foreste e fra le impenetrabili montagne dell'entroterra. Coloro che erano cresciuti in Africa sapevano già combattere nella giungla, quelli che invece erano nati in catene lo impararono presto. Per quante perdite avessero subito ne avevano inflitte dieci volte tante ai nemici. I membri della milizia erano arrivati a odiare la foresta, dove venivano divorati dagli insetti e devastati dalle malattie, e pur addentrandovisi a fondo non avevano mai scovato nessun cimarrone. Proprio quando si convincevano che la loro fosse una caccia ai fantasmi sentivano di colpo degli spari e alcuni di loro cadevano a terra, stecchiti. Si poteva ricostruire il loro tragitto nella giungla grazie alla scia di cadaveri che si lasciavano dietro.

In seguito era successa una cosa straordinaria: i proprietari di piantagioni avevano gettato la spugna e mandato una delegazione da Kojo per chiedere la pace. Lui aveva sospettato una trappola, ma i suoi avversari erano sinceri. Stanchi di quella guerra che non potevano vincere gli avevano offerto ciò che non offrivano mai a un nero, libertà e pace. E in linea di massima avevano tenuto fede agli accordi.

Però lui non si sarebbe mai più fidato di un bianco.

Guardò Rob e Angus con aria sprezzante.

«Tutto quello che dici sull'uomo bianco è vero» disse Rob.

Kojo annuì, stupito dalla sua sincerità.

«Ma vale anche per l'uomo nero.»

La rabbia balenò sul viso di Kojo, un monito che non

aveva bisogno di traduzioni, ma Rob non si lasciò intimidire e si rivolse a Scipio.

«Chi ti ha fatto schiavo? I bianchi sono venuti di persona nella tua casa? Hanno combattuto per farti prigioniero? Oppure sei stato venduto dal tuo stesso popolo?»

Scipio annuì. «È come dici. È stata la tribù degli Aro. Mi ha portato fino al mare e mi ha venduto all'uomo bianco.»

«E tu?» chiese Rob a Kojo. «Come schiavo hai sofferto, eppure quando arrivano qui dei fuggitivi li rivendi all'uomo bianco. Questo ti rende forse migliore dei bianchi che ti hanno comprato e venduto?»

«Attento, Rob» gli sussurrò Angus.

Ma era già troppo tardi. Kojo si alzò dal trono, fremendo di rabbia.

«Questa è la mia pace!» urlò. «Proteggo io il mio popolo. Io!» Pestò il piede a terra, gesticolando febbrilmente con la pistola. «Se tutti gli schiavi vengono da me l'uomo bianco li seguirà.»

Continuò a farneticare, talmente agitato da tornare alla propria lingua.

«"A volte devi dar da mangiare al leone il tuo bestiame se non vuoi che divori la tua famiglia"» tradusse Scipio.

«Non intendevo mancarti di rispetto» disse Rob, nel tentativo di calmare le acque. «Volevo solo dire che un uomo non è ciò che è qui.» Si pizzicò la pelle del braccio per evidenziarne il colore, poi si batté un pugno sul petto. «Un uomo è ciò che ha nel cuore.»

Quasi tutti gli abitanti del villaggio si erano ormai radunati intorno a loro e pur essendo centinaia non produssero quasi nessun suono mentre fissavano il sovrano per vedere come avrebbe reagito.

Kojo osservò i quattro prigionieri di fronte a lui, due neri e due bianchi, poi mosse con impazienza le dita sul calcio della pistola.

A un tratto cominciò a parlare a ritmo serrato nella lingua che aveva in comune con Scipio. Rob ebbe la sgradevole sensazione di essere del tutto impotente mentre un altro uomo decideva se lui doveva sopravvivere o meno. Non poteva fare altro che aspettare.

Alla fine Kojo lo guardò.

«Scipio dice che tu gli hai salvato la vita.»

«Come i tuoi uomini hanno salvato la mia.»

«Sì» confermò Kojo, compiaciuto. «Sì. Io salvo la tua vita.» Parve giungere a una decisione. «Non ti uccido» annunciò.

Rob tentò di non rilassare le spalle per il sollievo.

«Ma non rimani qui. Tu, e tu» aggiunse Kojo, indicando Angus. «Voi andate.»

«Dov'è che possiamo andare, qui?» chiese Angus.

«Via» disse il re in tono liquidatorio.

Rob tirò la manica dell'amico. «Sarebbe inutile discutere. Troveremo una strada.»

Kojo indicò Phoebe e Scipio. «Voi rimanete.»

Rob, benché angosciato al pensiero di perdere i due compagni, sapeva che almeno sarebbero stati al sicuro. Era convinto che Kojo non progettasse di venderli a un proprietario di piantagione, eppure...

«No.» Phoebe prese la mano di Rob. «Ovunque tu vada io verrò con te.»

«Non puoi farlo» disse lui. «Non esiste un posto sicuro per me su quest'isola, dovrò vivere come un animale braccato.»

«In tal caso vivrò così anch'io» ribatté lei. «Per quanti giorni ti rimangano da vivere voglio trascorrerli tutti con te. E non voglio passarne nemmeno uno senza di te. Nessuno mi ha mai riservato la premura che mi hai mostrato tu. Voglio rimanerti accanto per sempre. Desidero solo la tua felicità.»

«Anch'io ti proteggo» disse Scipio con un tono che non ammetteva discussioni. «Sei un uomo buono. Ti devo la vita, ti ripago con la mia eterna lealtà.»

Rob non sapeva cosa dire. Aveva le lacrime agli occhi, ma non poteva mostrarsi debole davanti alla folla. Kojo, seduto sul trono, li stava fissando con qualcosa di simile all'incredulità. Rob si chiese se avesse dei ripensamenti.

«Se qui non siamo più i benvenuti ci conviene andarcene» disse.

Si sentì sulla schiena lo sguardo del sovrano finché non arrivarono in fondo al villaggio. Ma Kojo era un uomo di parola e forse era felice di liberarsi degli intrusi. I suoi uomini li riaccompagnarono giù per la gola, dove il fiume gonfiato dalla pioggia schiumava e ruggiva intorno a loro mentre saltavano da un masso all'altro, con Rob sempre accanto a Phoebe, pronto ad afferrarla nel caso scivolasse.

Raggiunta l'imboccatura del canyon le guardie di Kojo consegnarono loro un sacco di provviste, poi se ne andarono. Rob, pur non sapendo dove stava andando, precedette i compagni su un sentiero poco più largo di quelli per le capre. La pioggia ricominciò a cadere, così torrenziale che gli alberi non fornivano alcun riparo, tanto che ben presto si ritrovarono tutti e quattro bagnati fradici.

«E adesso?» chiese Scipio.

Si fermarono a rifocillarsi, rannicchiati al riparo di una macchia di bambù. Rob masticò un duro pezzo di carne di maiale affumicata. Persino quell'unico pasto frugale consumò una cospicua porzione delle provviste fornite da Kojo.

«Potremmo cercare un'altra piantagione» disse Angus in tono meditabondo, «dove magari non sanno ancora cos'è successo in quella di Bracewell. E potrebbero avere una barca.»

«Non funzionerebbe» replicò Rob. «Anche se fossero disposti ad aiutare te e me catturerebbero Scipio e Phoebe in qualità di schiavi fuggiaschi.»

«Non se li credessero i nostri schiavi.»

Il brontolio di Scipio rivelò che cosa lui pensasse di quel piano.

«Morirò prima di essere di nuovo uno schiavo.» Il suo sguardo assassino non lasciava adito a discussioni.

«Forse riusciremo a rubare una barca» intervenne Phoebe.

«Per andare dove?» chiese Angus. «Ci sono schiavi su ogni isola in un raggio di cinquecento miglia.»

«In Canada» suggerì lei. «Ne ho sentito parlare da Mr Bracewell. Gli schiavi che stanno liberando nelle colonie americane vengono portati là.»

«Sai almeno dove si trova il Canada?» domandò Angus in tono scettico. «Chi condurrebbe una nave fin là? Tu?»

«Hai forse un altro piano?» lo sfidò Scipio, pronto a difendere Phoebe.

«Sì. E se tu non fossi stato così geloso della tua dignità avremmo potuto tentare di attuarlo.»

Avevano alzato entrambi la voce e, con le gambe allargate e le braccia conserte, si stavano fronteggiando come due tori rivali.

«Basta!» gridò Rob, vedendo che cominciavano a perdere la calma. Nell'improvviso silenzio che seguì gli sembrò di sentire ogni goccia d'acqua che cadeva nella foresta.

Udì anche un altro suono, il ragliare di un mulo, poi una voce maschile che gridava rabbiosamente: «*Merde!*».

Scipio e Angus dimenticarono subito il loro diverbio. Tutti e quattro si nascosero nel sottobosco, immobili. Rob rimase in attesa, con la pioggia che gli colava giù per il collo e la mente che lavorava a pieno ritmo.

La voce aveva parlato in francese.

Lui alzò la testa per sbirciare al di sopra di un ceppo marcescente.

Una ventina di iarde più giù, sul pendio della collina, comparve un uomo che camminava su un sentiero nascosto dal fogliame. Portava un'uniforme militare, un tricorno e una giacca bianca con le mostrine rosse talmente infangata che i colori risultavano a stento visibili. Dietro di lui trotterellava un mulo carico di barilotti che dovevano contenere polvere da sparo, a giudicare dall'odore sulfureo che Rob riuscì a captare persino da quella distanza.

L'uniforme era francese come l'imprecazione di poco prima. Com'era possibile che un soldato di Re Luigi si trovasse da solo nella giungla di un'isola britannica, guidando un mulo che portava polvere da sparo?

Non era affatto solo. Mentre proseguiva lungo il sentiero, dietro di lui comparve un secondo militare che conduceva a sua volta un mulo, seguito da molti altri. Tenevano tutti la testa china per ripararsi il viso dalla pioggia e lo sguardo fisso sul fondo infido del sentiero fangoso, quindi nessuno di loro si accorse di Rob che li osservava.

Quando furono passati tutti, lui aveva contato trenta muli e quasi quaranta uomini.

«Non ha alcun senso» disse non appena i francesi furono a distanza di sicurezza. «Non possono certo aver invaso la Giamaica durante la notte. E perché mai dovrebbero trovarsi qui, quando le forze britanniche sono concentrate a Port Royal e a Kingston?»

«C'è un modo facile per scoprirlo» affermò Angus. «Dobbiamo seguirli.»

Rob lo pregò di rimanere lì con Phoebe mentre lui e Scipio si accodavano alla colonna di militari: non voleva mettere in pericolo Phoebe se i francesi li avessero catturati, inoltre Angus aveva bisogno di far riposare la schiena, ancora dolorante per le frustate. Non fu difficile individuare le tracce, visto che un così cospicuo numero di uomini e di animali sovraccarichi aveva trasformato il terreno bagnato in un pantano. Rob e Scipio avrebbero potuto mantenersi a una notevole distanza da loro senza timore di perderli.

Inseguirono i francesi per ore, tanto che Rob cominciò a temere che non sarebbe riuscito più a trovare la strada del ritorno, al buio, e a paventare quello che sarebbe potuto succedere ad Angus e Phoebe. Ma non tornò sui propri passi. Se lì c'erano delle truppe francesi potevano essere arrivate solo per nave e forse lui sarebbe riuscito a fuggire dall'isola nello stesso modo.

Dovevano avere percorso diverse miglia quando girarono intorno a un affioramento roccioso e la foresta terminò di colpo. La pioggia si era attenuata e di fronte a loro brillava il sole calante, un disco di un arancione acceso che stava per scendere sotto le nubi. Si trovavano su un promontorio nell'estremità occidentale dell'isola, dove le scogliere scendevano a picco verso un mare che sfavillava dorato nella luce serale. Il profumo di carne arrostita che aleggiava nell'aria fece fare una capriola allo stomaco vuoto di Rob.

Lui si stese a terra, poi strisciò in avanti lungo la mulattiera fino a raggiungere il ciglio della scogliera e guardò giù.

La parete rocciosa non era scoscesa come aveva pensato. Il sentiero tortuoso scendeva fino alla cengia piatta, situata a circa metà del pendio, su cui era stato allestito un accampamento militare. I muli, legati, masticavano le erbe selvatiche che crescevano lì. Davanti alla mezza dozzina di tende bianche montate a ridosso della scogliera i soldati sedevano intorno ai fuochi da campo a far scaldare bollitori e cuocere carne di maiale allo spiedo.

L'accampamento, gestito con palese efficienza, doveva trovarsi lì già da un po' perché i sentierini fra le tende apparivano ben battuti e i militari vi si aggiravano con il passo sicuro di chi è abituato all'ambiente circostante. Si erano dati parecchio da fare. Avevano spinto massi e macigni fin sul ciglio della rupe per creare un parapetto basso e piatto, un riparo di legno coperto di fronde di palma creava un'ampia zona d'ombra e in fondo al campo troneggiava una gru pronta a issare le vettovaglie dal mare.

E accanto al parapetto spiccava una dozzina di cannoni allineati come a bordo di una nave da guerra.

Rob fissò la scena, cercando di capire cosa significasse. Durante un'eventuale invasione i cannoni non sarebbero serviti a nulla, visto che erano puntati verso il mare. Qualsiasi forza britannica che attaccasse quella batteria via terra avrebbe potuto sgominarla in fretta. Che cosa stavano facendo i francesi?

Sentì la mano di Scipio sulla spalla.

«Andiamocene, prima che ci trovino.»

Rob annuì. I francesi avrebbero potuto avere delle pattuglie di picchetto oppure mandare dei soldati in perlustrazione durante la notte. Lui e Scipio indietreggiarono fino a mettersi al riparo, poi diedero inizio al lungo viaggio di ritorno.

L'oscurità tropicale calò in fretta, prima che avessero coperto più di un paio di miglia. Per non rischiare di smarrirsi passarono la notte rannicchiati in un riparo di fortuna fra due macigni, poi ripartirono alle prime luci dell'alba. Si mossero con estrema cautela, temendo di incrociare qualcun altro che scendeva lungo il sentiero.

Il tragitto parve più lungo di quello d'andata. Il sole era già alto nel cielo quando raggiunsero il punto in cui avevano lasciato Angus e Phoebe.

Non trovarono nessuno dei due.

«Il posto è questo?» chiese Rob, pur essendone sicuro

data la presenza di un masso a forma di grugno di maiale e dell'ampia saetta incisa da Angus sul tronco di un albero.

Una grossa albicocca tropicale schizzò fuori dalla foresta e lo colpì sulla guancia, poi Angus si alzò sorridendo dai cespugli che bordavano il sentiero.

«Ve la siete presa comoda» disse.

«Siamo arrivati fino in fondo all'isola» spiegò Rob. «Delle truppe francesi hanno piazzato una batteria di cannoni puntati sul canale occidentale.»

Vide Phoebe seguire Angus, portando il sacco con le provviste, e si sentì debole per la fame. Estrasse un pezzo di carne di maiale affumicata e cominciò a masticarlo avidamente.

Phoebe lo prese da parte per sussurrargli qualcosa all'orecchio. Lui indietreggiò di un passo e alzò le braccia, scuotendo il capo. Lei lo tenne stretto per le spalle mentre parlava in tono rapido e urgente, poi si allontanò e scomparve nella foresta.

«Qual è il problema?» chiese Angus.

«Phoebe ha un piano» rispose Rob.

«Può anche darsi, ma prima devi vedere una cosa.»

Rob staccò un pezzetto di carne con i denti.

«Non mangio sin da quando vi ho lasciato qui ieri.»

«È importante.»

La nota urgente nella voce di Angus fece breccia nella fame di Rob, che lo seguì su per il pendio, fino a un affioramento roccioso che spuntava dal fianco della montagna. Si arrampicarono in cima.

L'enorme macigno svettava sopra gli alberi, fornendo loro un'ampia visuale anche sulla costa sottostante. A ovest Rob vide che l'isola si restringeva gradualmente fino a raggiungere l'estremità appuntita dove lui e Scipio avevano trovato la batteria francese. Fece correre lo sguardo sulla giungla che avevano attraversato per miglia, stupito che da quell'altezza sembrasse così piccola.

Ma Angus non stava indicando quella e lo sollecitò a guardare verso nord, dove la foresta lasciava il posto ai rettangoli verde scuro dei campi di canna da zucchero della Thebes Plantation. Rob riuscì a distinguere le vele dei mulini, ferme ora che non c'erano più schiavi a occuparsene, gli alloggi degli schiavi e l'imponente villa affacciata sul mare.

Dietro la casa vide una nave che l'occhio inesperto di un terraiolo avrebbe potuto scambiare per la *Perseus*, una fregata ancorata nello stesso punto, con linee e armamenti simili. Ma Rob e Angus conoscevano la propria nave come un bambino conosce la madre, e quella non era la *Perseus*.

Erano troppo lontani per riuscire a distinguerne la polena, ma la bandiera americana fissata al colombiere confermò quello che avevano capito all'istante.

«La nave corsara» disse Rob, che si accovacciò istintivamente, pur non potendo certo risultare visibile, a quella distanza. «Ma che cosa starà mai facendo qui?»

«Niente di buono» rispose Angus. «E Bracewell per quale malefatta intende usarla?»

Sul lontano orizzonte, a nord-ovest, spiccava una vela che Rob, forte delle tante ore passate sul colombiere, notò subito.

«Il convoglio» disse.

A un tratto vide chiaramente quello che sarebbe successo, come se fosse disegnato su una mappa. La *Perseus* avrebbe scortato il convoglio lungo la costa giamaicana e avvistato la fregata francese a cui Coyningham avrebbe dato la caccia, inseguendo la *Rapace* fino al promontorio e finendo giusto sotto il tiro dei cannoni piazzati là dai francesi. La *Perseus* sarebbe finita in loro balia e il resto del convoglio, rimasto del tutto indifeso, sarebbe stato catturato.

«Ma perché?» mormorò.

«Bracewell dev'essere in combutta con i francesi» ipotizzò Angus. «Forse vuole diventare il re della Giamaica.»

Rob ripensò alle parole di Coyningham. A bordo di quel convoglio c'erano abbastanza polvere nera e munizioni per dare inizio a una guerra. Se Bracewell stava collaborando con i francesi questi ultimi sarebbero riusciti a conquistare la Giamaica. Le altre isole caraibiche vantavano contingenti sparuti, che truppe ben equipaggiate avrebbero sgominato nel giro di poche settimane. L'impero britannico dello zucchero sarebbe crollato.

Rob provava ben poca lealtà nei confronti di Re Giorgio. Non gli sarebbe interessato se la bandiera dell'Unione avesse sventolato sulla Giamaica, se i mercanti a Londra si fossero ingrassati grazie ai profitti dello zucchero o le colonie americane avessero conquistato l'indipendenza. Erano affari dei ministri e dei generali.

Ma aveva un dovere ben preciso nei confronti dei suoi compagni sulla *Perseus*. Non poteva lasciare che venissero massacrati dai cannoni francesi né dimenticarsi degli schiavi che avevano sgobbato nella tenuta di Bracewell e delle migliaia di altri prigionieri nelle altre piantagioni sparse nei Caraibi. Per quanto soffrissero al momento, sarebbero stati sottoposti a perenni torture, senza alcuna speranza di salvezza, se le isole fossero diventate il regno privato di Bracewell.

Giù nella baia accanto alla villa i marinai si arrampicarono rapidi sul sartiame della *Rapace* e cominciarono a spiegare le vele mentre altri issavano l'ancora. Nella risacca sulla spiaggia si stava approntando una barca. La nave si preparava a salpare.

«Dobbiamo fermarli» disse Rob.

«Certo» replicò Angus. «Ma come?»

I rematori della lancia della *Rapace* la tennero ferma per consentire a Bracewell di salirvi. L'avevano tirata in secca sulla spiaggia per evitargli di bagnarsi i piedi e non sarebbe stato facile rispingerla in mare con l'enorme mole dell'uomo ad appesantirla.

Due schiavi vi caricarono una grossa cassaforte di ferro intorno a cui lui si affaccendò fino a infilarla al sicuro sotto il sedile del rematore per poi tenerla stretta con i piedi, come se temesse che qualcuno potesse scassinargliela sotto il naso.

Sophie era ferma in riva al mare. «Perché non posso venire con te, zio?»

Bracewell scosse il capo, facendo tremolare il doppio e il triplo mento. «Ci saranno dei combattimenti, mia cara, sarai più al sicuro nella villa.»

«Ma là non c'è nessuno a proteggermi e molti dei nostri negri sono nascosti nella foresta. Pensa a cosa farebbero quei bruti se mi catturassero.»

Fu scossa da un brivido e impallidì, sul punto di svenire. Avrebbe potuto cadere se Cal Courtney, fermo accanto a lei, non l'avesse presa fra le braccia.

«Dovreste portare Sophie sulla nave» disse a Bracewell. «Potete tenerla al sicuro quando inizia la battaglia. Con i nostri cannoni piazzati in cima alla scogliera, la fregata britannica avrà a malapena il tempo di spingere fuori i suoi prima di essere fatta a pezzi.»

«Che cosa ne dice il comandante?» chiese Bracewell.

«*Je m'en fous*» rispose Étienne. «Ma sbrigatevi a decidere. Il convoglio riuscirà ad attraccare incolume a Port Royal se noi non facciamo che discutere.»

«Benissimo» brontolò Bracewell, poi si allungò in avanti per controllare di nuovo la serratura della cassaforte. «Se vuoi puoi venire con noi, mia cara.»

«Posso cedervi la mia cabina» si offrì Cal.

«Siete troppo gentile.» Sophie gli rivolse un sorriso radioso e, quando lui le porse la mano per aiutarla a salire sulla barca, infilò le dita guantate fra le sue. «Ma voi dove dormirete?»

«Non sarò sulla nave, bensì responsabile dei nostri cannoni sulla scogliera.» Cal non riuscì a celare il rammarico.

«In tal caso vi auguro tutto il successo possibile» replicò lei. «Spero che dopo la battaglia potremo assaporare insieme i frutti della vittoria.»

«Nulla potrebbe rendermi più felice.»

Sophie prese posto sulla panca, accanto allo zio, poi i rematori spinsero la lancia in acqua e cominciarono a dirigersi verso la *Rapace*. Cal si girò verso la scogliera.

Non avrebbe saputo dire che cosa trovava più eccitante fra la promessa dei favori di Sophie e il pensiero di avere la flotta britannica sotto il tiro dei suoi cannoni.

Rob, Scipio e Angus corsero fra le canne da zucchero fruscianti, oltre i mulini ormai inattivi e giù nella baia. Dopo la diserzione degli schiavi la piantagione deserta somigliava a una città fantasma. Sfrecciarono sul pontile che aggettava nella baia, su cui erano ammonticchiati barili pronti per le esportazioni; il sole ne aveva scollato le tavole e l'aria era pervasa dal profumo del liquore che era fuoriuscito dalle crepe per poi evaporare.

Rob esaminò con occhio esperto la mezza dozzina di imbarcazioni ormeggiata lì, prevalentemente ampie chiatte dal fondo piatto costruite per portare botti di zucchero fino alle navi mercantili. Notò una lunga pinaccia, sui cui sedili dei rematori era posato un albero con vela pronto per essere montato. Grazie alle sue linee pulite e alla prua appuntita, con il vento a favore sarebbe sfrecciata sulle onde.

Anche Scipio e Angus l'avevano vista e, senza aspettare Rob, saltarono a bordo e cominciarono ad alzare l'albero. Rob slegò la gomena e si mise al timone. Ben presto si allontanarono dalla costa, acquistando velocità non appena uscirono dal riparo della baia e poterono approfittare del vento che soffiava sul mare aperto.

Rob strizzò gli occhi per osservare le navi più al largo. Mentre lui scendeva fin lì dalla foresta il convoglio e la *Perseus* avevano fatto parecchia strada. La *Perseus* si trovava quasi direttamente di fronte a loro, seguita dalle navi mercantili che proteggeva e con la nave corsara a poche miglia dalla sua prua. Sembravano vicine, ma lui sapeva che era solo un'illusione ottica e rimpianse di non avere un cannocchiale.

La *Perseus* aveva già visto la *Rapace* e abboccato all'amo, issando la bandiera e spiegando tutte le vele. Rob osservò l'equipaggio arrampicarsi rapido sul sartiame; quelle figure minuscole, simili a formiche contro il cielo azzurro, erano i suoi amici. Thomas si trovava sicuramente lassù, a inghiottire la paura mentre Hargrave controllava che i cannoni fossero pronti a sparare. Erano uomini con cui lui aveva mangiato, dormito, scherzato e combattuto per mesi. Doveva salvarli.

La pinaccia aveva il vento a giardinetto e una vela aurica. La *Perseus*, invece, navigava con il vento in poppa e le vele quadre l'avrebbero rallentata mentre quello di prua creato dalla sua velocità la spingeva indietro. Rob poteva quindi sperare di riuscire a raggiungerla.

Scipio osservava la vela maestra come un falco, continuando ad allentarla e stringerla quasi impercettibilmente come un cavaliere provetto che muova appena appena le redini per ottenere la massima velocità possibile dal proprio destriero. Angus si occupava del fiocco e Rob manovrava la piccola imbarcazione in modo da sfruttare pienamente il vento.

La pinaccia procedeva rapida e la sua distanza dalla fregata si stava riducendo, ma con tormentosa lentezza. Lì al largo le onde erano più alte e più difficili da superare. Alcune si infrangevano sulla prua, costringendo Angus a lasciar andare il fiocco per aggottare l'acqua nella carena.

Rob guardò il nastro legato al colombiere. Il vento stava cambiando direzione, il che avrebbe favorito la *Perseus* e rallentato la pinaccia.

«Possiamo farle dei segnali?»

Angus scosse il capo. «Non ci sono bandiere.»

La *Perseus* li stava distanziando. La fregata francese aveva rallentato per indurre la preda ad avvicinarsi. Coyningham si sarebbe creduto più veloce della nave nemica, senza rendersi conto che stava invece correndo verso la trappola. La pinaccia iniziava a perdere terreno.

«Non c'è niente che possiamo fare?»

Rob imprecò. Avevano coperto diverse miglia lungo la costa, tanto che riusciva a vedere il promontorio su cui aspettavano i cannoni francesi, non troppo lontani dal loro babordo di poppa.

Per un attimo Rob tornò a quella fatidica mattina davanti al magazzino di Londra, alla sensazione di vuoto allo stomaco provata nel veder andare in fumo il suo intero patrimonio. Si sentiva altrettanto impotente, aveva fallito di nuovo. E stavolta sarebbero morti degli uomini.

Sentì una cannonata e guardò verso la terraferma, aspettandosi di vedere del fumo levarsi dalla batteria costiera, ma i bersagli non erano ancora alla portata di quei cannoni. A sparare era stato uno di quelli a poppa della *Rapace*.

«Cercano di attirare il Segugio» disse Angus.

«No» replicò Scipio. «Sparano alla vela.»

Aveva ragione, infatti al centro della vela maestra della *Perseus* era comparso un foro dai contorni netti e nella posizione ideale, perché ora il vento premeva energicamente sulla vela, concentrandosi su quel punto di sforzo centrale. La tela, non riuscendo a reggere la tensione, si squarciò, penzolando dai pennoni come bucato appeso al filo.

«L'hanno colpita!» gridò Rob.

I francesi, per non correre rischi, volevano negare alla *Perseus* l'abbrivio sufficiente per governare, in modo che non potesse fuggire quando la batteria principale avesse aperto il fuoco.

Ma adesso Rob aveva una chance di raggiungerla. La *Perseus*, con la vela maestra a brandelli, rallentò di colpo e perse ulteriormente velocità quando gli uomini lasciarono i loro posti per togliere il tessuto stracciato dai pennoni.

La distanza fra la pinaccia e la fregata cominciò a ridursi. Tutti e tre gli uomini sapevano che quella sarebbe stata la loro ultima occasione. La barca sbandò mentre acquistava velocità. Scipio aveva teso la vela a tal punto che Rob temette potesse strapparsi. Agganciarono le gambe sotto i sedili da rematore e si sporsero da una fiancata per controbilanciare l'inclinazione, investiti dagli spruzzi. La pinaccia era ormai così veloce da non colpire più le onde con la prua, ma planarvi sopra, passando di cresta in cresta. L'acqua si riversò all'interno, facendo quasi cadere in mare Rob, che si tenne aggrappato con tutte le sue forze.

Un secondo colpo sparato dalla *Rapace* centrò il pennone della vela di prua, il cui angolo si afflosciò, lasciando passare il vento e rallentando ancor più la nave.

Ormai Rob e i due compagni erano talmente prossimi alla *Perseus* che lui sentiva le grida degli uomini in coperta. Nella frenesia dell'inseguimento soltanto alcuni addetti ai pezzi notarono la pinaccia che si avvicinava al baglio e si sporsero dalla murata per osservarla.

«È una trappola!» urlò Rob nel tentativo disperato di farsi sentire nonostante il frastuono del vento e dell'acqua. «State per finire in un'imboscata!»

Gli uomini lo fissarono, esitanti, e un paio di loro guardarono dietro di sé, ma senza riferire il messaggio. Coyningham era riuscito a risistemare le vele, tanto che la *Perseus* ricominciò a sfrecciare sulle onde. La pinaccia si infilò nel cono di sventamento della grande nave e la distanza fra le due imbarcazioni riprese a crescere.

«Prendi il timone» disse Rob a Scipio.

Corse a prua, trovò la fune arrotolata dell'ancora e, dopo averla liberata da quest'ultima tagliandola, la lanciò verso la *Perseus*.

La guardò descrivere un arco nell'aria, srotolandosi, e sentì una stretta allo stomaco temendo che non riuscisse ad arrivare fino alla nave. Ma il suo lancio era stato perfetto e l'estremità della fune colpì la fiancata della *Perseus*. Per un attimo Rob ebbe paura di vederla cadere in mare.

Una mano vigorosa uscì di scatto dal portello del cannone e la afferrò, poi i marinai cominciarono a tirarla finché la pinaccia non si affiancò al loro scafo. Non appena furono abbastanza vicini Rob superò con un balzo lo spazio vuoto fra le due imbarcazioni, si aggrappò allo scafo della fregata e salì rapidamente la scaletta.

La *Perseus* era pronta a entrare in azione. I marinai scelti si trovavano sui pennoni mentre gli uomini sul ponte erano accovacciati di fianco ai rispettivi cannoni e i ragazzi incaricati di portare la polvere da sparo aspettavano accanto alle scale di boccaporto di andare a prenderne altra. Fissarono tutti Rob come fosse un fantasma.

«È una trappola» annunciò lui, farfugliando per la

fretta. «I francesi hanno piazzato una batteria sul promontorio. La nave corsara vuole attirarvi sotto il tiro dei cannoni per annientarvi.»

Il tenente Fawcett era fermo accanto all'albero con aria incredula.

«Una batteria francese? In Giamaica?»

«Sono in combutta con Bracewell.» Rob indicò la *Rapace*, che distava solo mezzo miglio. «L'ho visto salire su quella nave oggi pomeriggio, vi ha tradito.»

Fawcett rimase a bocca aperta, poi scomparve quando una figura alta con un tricorno in testa gli si piazzò davanti. Il merletto che attestava il rango di capitano spuntava dai polsini della giacca.

«Mr Courtney» disse Coyningham, «mi chiedo come osiate ripresentarvi su questa nave.»

«Dimenticate la nostra lite» lo implorò Rob. «State per finire in un trabocchetto.» Con la coda dell'occhio vide il promontorio avvicinarsi. I cannoni avrebbero aperto il fuoco di lì a pochi minuti. «Vi imploro, signore.»

Coyningham reagì con un enorme sorriso trionfante.

«Non so a che gioco stiate giocando, Mr Courtney, ma avete perso.»

Si rivolse ai marinai scelti che, scesi dal cassero, si erano disposti in cerchio intorno a Rob.

«Se non stessimo per dare battaglia vi farei impiccare al pennone in questo preciso istante. Stando così le cose, invece, aspetterò con ansia di avere quel piacere dopo che ci saremo assicurati la vittoria.» Si rivolse ad Angus e Scipio, minacciati dalle baionette dei marinai. «MacNeil penzolerà accanto a Mr Courtney. Quanto a te...» disse, indicando Scipio, «restituirò a Mr Bracewell ciò che gli appartiene di diritto quando lo inviterò a bordo per assistere alle esecuzioni. Non appena scoprirà quali menzogne avete raccontato su di lui vorrà sicuramente che sia fatta giustizia. Così come Miss Bracewell.»

«Non sto mentendo» replicò Rob. Doveva assolutamente convincerli. «È la verità, Bracewell vi ha tradito. Se non cambiate rotta morirete tutti!»

Stava ancora gridando quando i marinai scelti lo afferrarono e lo trascinarono giù per la scala di boccaporto così energicamente che rischiò di spezzarsi l'osso del collo, poi giù per un'altra, fino al falso ponte.

Portarono lì anche Scipio e Angus, misero loro i ceppi alle caviglie e ne infilarono le catene in anelli di ferro fissati al pavimento. Se la nave fosse affondata li avrebbe trascinati giù con sé.

«Per l'amor di Dio, ascoltatemi» supplicò Rob. «Se Coyningham non intende cambiare rotta, almeno segnalate al convoglio di tenersi lontano dal promontorio, altrimenti saranno come agnelli condotti al macello.»

I marinai non gli diedero ascolto e tirarono il chiavistello della porta, lasciandoli imprigionati nel buio.

Nel ventre della fregata Rob sentiva l'acqua sciabordare contro lo scafo, a pochi pollici di distanza. In passato aveva trovato consolatori i rumori tipici di una nave nel proprio elemento, ma stavolta erano quelli della *Perseus* che correva verso l'annientamento.

«E adesso?» chiese Angus.

Rob tirò le catene, però la piastra del loro anello era saldamente fissata al tavolato. Lui non sarebbe certo riuscito a trovare in fretta una soluzione.

«Verremo affondati dai francesi o impiccati da Coyningham.»

«Se le alternative sono queste spero che i francesi facciano in fretta. Preferisco non dare la soddisfazione a Coyningham.»

Dall'oscurità si levò un suono così grave che Rob lo scambiò per il rombo dei cannoni trainati sul ponte, poi capì che Scipio stava intonando un canto improntato a una profonda mestizia ma anche a un'incrollabile baldanza. Rob, ascoltandolo, si rese conto che gli dava forza.

«Che cos'è?» chiese durante le ultime note.

«Una supplica agli antenati» rispose Scipio.

«Per chiedere aiuto?»

«No, vendetta.»

Rob ammirò la forza d'animo dell'uomo. «Avremo bisogno di tutti i tuoi antenati e dei miei, se vogliamo avere una chance di ottenerla.»

Le tavole tremarono sotto di loro e l'intero locale parve vibrare. Rob sentì arrivare delle grida smorzate dal ponte: la batteria doveva aver aperto il fuoco.

«Tappatevi le orecchie» gridò un attimo prima che un rombo fragoroso scuotesse la nave. Anche la *Perseus* doveva aver sparato. «Avrebbero fatto meglio a risparmiare la polvere nera» aggiunse. «Non possono certo sperare di colpire la batteria sulla costa.»

Chiuso in quella stanza buia poteva affidarsi solo all'udito per capire cosa stesse succedendo. Sentì una serie di tonfi mentre l'equipaggio spostava i cannoni, il rombo degli affusti intanto che gli uomini tiravano i paranchi per spingerli di nuovo fuori e infine il boato della bordata.

Eppure...

«Sentite?» domandò Rob. «Le vele.»

Ascoltarono tutti e tre in silenzio.

«Non sento nulla» rispose Angus.

«Appunto.»

Non captarono alcuno scricchiolio di funi o di tavole a indicare che la fregata stesse modificando l'angolazione delle vele né alcun mutamento nel suono dell'acqua che sfrecciava oltre lo scafo.

«Perché non cambiano rotta? Coyningham non sta cercando di sottrarsi al tiro dei cannoni.»

«Magari è stato colpito il timone oppure uno degli alberi.»

«Lo avremmo sentito.»

Entrambe le batterie spararono ancora una volta. Rob trasalì quando lo scafo vibrò di nuovo, centrato dalle palle di cannone dei nemici. Non lo consolava affatto sapere di essere probabilmente l'uomo più al sicuro sull'intera nave. Avrebbe voluto trovarsi in coperta, a combattere con i compagni, per quanto fosse una causa persa.

Il frastuono della battaglia stava assumendo un ritmo più irregolare: davanti alla prospettiva di un massacro ormai inevitabile, la disciplina dell'equipaggio cominciava ad allentarsi.

«Perché Coyningham non mostra loro la poppa?» chiese Rob. «A quel punto, almeno, rappresenteremmo un bersaglio più piccolo.»

Ascoltò attento ogni sussulto e tintinnio della *Perseus*. Al di sopra del chiasso udì dei passi che scendevano di corsa la scaletta esterna. Dopo un grattare di chiavistelli la porta venne spalancata e Thomas infilò dentro la testa. Aveva il viso nero di polvere da sparo, un taglio sotto l'occhio destro e l'aria terrorizzata.

«Non puoi abbandonare il tuo posto, Thomas» gli disse Rob.

Ricordò la paura del ragazzo quando si era arrampicato sull'albero. Affrontare in battaglia quel nemico invisibile doveva essere di gran lunga peggio.

Ma Thomas scosse il capo.

«Si tratta del comandante, signore.»

«È morto?» chiese Angus, speranzoso.

«No, ma non farà nulla.»

«Che cosa vuoi dire?»

«È fermo sul cassero. Non si muove e non parla, si limita a giocherellare con i bottoni della giacca.»

«E il tenente?»

«Mr Fawcett dice che se assumesse lui il comando sarebbe un ammutinamento.» Thomas guardò Rob. «Gli uomini dicono che voi siete l'unico a sapere che cosa fare.»

Rob mosse le sue catene. «Non posso fare niente fintanto che sono bloccato qui.»

Thomas estrasse una chiave. «L'ho presa a Mr Leake.»

«È stato davvero gentile a dartela.»

«Non ha obiettato, dopo che l'ho steso con un pugno.»

«Impari in fretta, Thomas. Riusciremo a fare di te un ottimo marinaio.»

Il ragazzo aprì i ceppi e Rob si alzò. Sentiva le caviglie anchilosate ma non aveva tempo da perdere, così risalì la scaletta il più in fretta possibile.

La battaglia non era iniziata da molto, eppure la *Perseus* aveva già riportato enormi danni. Diversi cannoni erano stati distrutti, così come l'albero di parrocchetto e parte di quello di mezzana. Molte vele sventolavano libere, le loro legature tranciate dalle cannonate. Alcuni uomini stavano ancora servendo ai pezzi, soprattutto vicino alla prua, dove Hargrave li stava dirigendo con una foga feroce, ma parecchi altri si aggiravano per il ponte con aria sconvolta, senza sapere bene cosa fare. I feriti, lasciati a se stessi, erano stesi negli ombrinali e i pezzi di legno che avrebbero dovuto essere subito tolti penzolavano dal sartiame come arti fratturati.

Nel bel mezzo della carneficina Coyningham era immobile come l'occhio di un uragano; fissava il tavolato con la schiena rigida e il viso di un bianco spettrale come i suoi capelli. L'unico movimento era quello del suo indice che sfregava sui bottoni di ottone della giubba come per togliere una macchia incancellabile.

Rob ricordò la sua prima esperienza di comando a bordo del brigantino nella Narragansett Bay, al largo della cittadina di Newport. Ripensò a come aveva dimenticato di piazzare a prua un addetto allo scandaglio, dati i mille altri dettagli e decisioni che aveva tentato di tenere sotto controllo. Forse a paralizzare Coyningham erano state le innumerevoli decisioni da prendere, che gli avevano riempito la mente come sassi che intasino un tubo.

Per un raro istante Rob provò un briciolo di compassione per lui, pensando alla solitudine del comando. Poi Coyningham lo vide.

La battaglia, il massacro del suo equipaggio e la prospettiva di perdere ben presto la propria nave non erano riusciti a riscuoterlo dal panico, ma la vista di Rob che si aggirava liberamente per il cassero mise fine al suo intontimento. Coyningham fece una smorfia, smise di giocherellare con il bottone della giacca e sguainò la spada.

«Voi!» gridò. Si diresse verso Rob, l'arma allungata in avanti. «Lurido *ratto* ribelle, codardo e arrivista.» La lama fendette l'aria a pochi pollici dal viso di Rob. «Ora che sono rovinato credete di potermi sottrarre il comando?» Agitò di nuovo la spada e Rob si ritrasse. «Vi farò impiccare.»

L'equipaggio si fermò a guardare quel confronto fra gli ufficiali capaci di determinare il suo destino, ma anche il minimo ritardo avrebbe causato la morte di altri uomini. Rob non poteva permettere che si perdesse altro tempo.

Si chinò a raccogliere un perno di sicurezza caduto sul ponte, lo usò per parare l'affondo seguente di Coyningham e poi, prima che il capitano potesse effettuarne un altro, per colpirlo in faccia.

Da quando si era imbarcato sulla *Perseus* aveva immaginato diverse volte di picchiare Coyningham eppure, adesso che c'era finalmente riuscito, non provava alcuna gioia. Troppi uomini erano già morti a causa della perfidia e della codardia di quell'ufficiale.

Coyningham barcollò all'indietro e Angus e Scipio lo presero per le braccia, tenendolo bloccato. Il colpo di Rob, lungi dal tramortirlo, l'aveva spinto verso nuovi abissi di follia.

«Questo è ammutinamento!» gridò. Uno zampillo di sangue misto a saliva gli schizzò fuori dalla bocca insieme a un dente, e altro sangue gli colava dal naso, trasformando il suo viso in un'orrenda maschera. Coyningham sembrava un mostro farneticante. «Prendetelo! Prendeteli tutti!»

Nessun membro dell'equipaggio obbedì. Lo sguardo frenetico di Coyningham si posò su Leake, l'aiuto nostromo, ritto sul ponte principale con un enorme livido violaceo sulla tempia causato dal pugno di Thomas. Ma nemmeno lui si mosse.

«Mr Leake?» strillò Coyningham. «Non vi sarete unito agli insorti, vero?»

«Voglio sopravvivere» replicò Leake, parlando a nome dell'intero equipaggio. Sapevano che Rob rappresentava la loro unica chance di salvezza.

«Portatelo sottocoperta» ordinò Rob. Angus e Scipio trascinarono Coyningham giù nella cella. «Troverete le manette già pronte a riceverlo.»

Il tenente Fawcett, che aveva ascoltato la conversazione da lontano, si fece avanti con aria esitante.

«Se il capitano è stato destituito, in veste di tenente dovrei assumere io il comando.»

I cannoni francesi, dopo una breve pausa, ripresero a sparare con più vigore che mai. Una dozzina di palle sfondarono le murate della *Perseus*, poi falciarono qualsiasi ostacolo incontrassero sul ponte. Il fumo cominciò a salire dai punti d'impatto.

«Palle arroventate!» gridarono alcuni marinai mentre tentavano freneticamente di versare acqua su quei proietti incandescenti. Rob ripensò alla palla di cannone che aveva trovato nella Nativity Bay il giorno in cui Cornish era arrivato e la sua vita era cambiata per sempre. Ripensò ai racconti sull'effetto avuto da quelle roventi sulle navi di Zayn al-Din, tanti anni prima. Se la *Perseus* non si fosse mossa con intelligenza sarebbe rimasta vittima di un destino molto simile.

«Sono io al comando» annunciò, con un tono di voce che zittì Fawcett e sistemò la questione. «Se non riuscite ad accettarlo potete scendere sottocoperta.»

«Non ho intenzione di abbandonare il mio posto» ribatté Fawcett.

«Bravo.»

Thomas risalì dalla stiva stringendo una spada dal fodero dorato. Erano successe talmente tante cose che a

Rob ci volle un istante per identificarla come quella che il generale Howe gli aveva regalato a Boston, dopo la sua vittoria a Newport.

«L'ho tenuta al sicuro per voi» spiegò Thomas. «Dovreste portarla.» Gliela agganciò alla cintura. «Adesso sì che sembrate un vero comandante, signore.»

«Grazie» rispose con solennità Rob.

C'erano però altri problemi di cui occuparsi. Si arrampicò sul sartiame per osservare la carneficina sul ponte. La *Perseus*, a circa un miglio dalla costa, aveva la fiancata rivolta verso i cannoni francesi, benché i suoi non potessero inclinarsi abbastanza per poter centrare la batteria in cima alla scogliera.

Ma dov'era finita la *Rapace*?

Étienne, fermo sul cassero, osservava la fregata britannica ripetutamente colpita. I cannoni di Cal l'avevano danneggiata a tal punto che conservava a malapena un brandello di tela che non fosse bucherellato come un setaccio. Le sue fiancate erano in frantumi.

Accanto a lui Bracewell disse in tono sicuro: «Il nostro piano ha funzionato alla perfezione».

«Povero tenente Coyningham» commentò Sophie, giocherellando con la sua collana d'oro. All'inizio della battaglia Étienne le aveva ordinato di scendere sottocoperta, ma lei aveva rifiutato. «Mi era così devoto.»

«Spero che la scena non ti impressioni troppo» ribatté Bracewell.

«È quasi una gentilezza mettere fine alle sue sofferenze, come si farebbe con un bracciante che non è più in grado di raccogliere la canna da zucchero.»

Étienne si allontanò per consultare la chiesuola. Non gli piaceva avere dei civili a bordo e Bracewell, pur essendo un alleato indispensabile, rimaneva comunque un inglese.

«Virate» ordinò all'ufficiale di rotta. «Nel passare spareremo una bordata contro la *Perseus*, poi ci occuperemo del convoglio.»

Il suo primo tenente trasalì. «Non avete intenzione di arrembarla?»

Era una domanda semplice, ma l'uomo aveva un'espressione molto eloquente. Catturare una fregata era un'impresa gloriosa, laddove non si conquistava certo la gloria bloccando delle navi mercantili.

Il piacere che Étienne aveva tratto dalla semidistruzione della *Perseus* si affievolì. Lui sapeva che l'altro ufficiale aveva ragione. Guardò Jean, l'artista assoldato da sua madre, che sedeva su uno sgabello e stava realizzando uno schizzo della malconcia fregata britannica. Quella era l'occasione di Étienne di farsi immortalare.

«Quello che conta è il convoglio» sottolineò Bracewell che, al pari di uno sciacallo che capti l'odore di una preda ferita, si era avventato sulla titubanza del giovane capitano francese. «Abbiamo bisogno di quella polvere da sparo e di quei proietti per cacciare gli inglesi dalle Indie Occidentali.»

Étienne assentì. «Avete ragione. Non possiamo rinunciare agli uomini necessari per arrembare la fregata, torneremo da lei dopo esserci occupati del convoglio.»

Il boato che echeggiò sopra il pelo dell'acqua segnalò che i cannoni di Cal, dopo un breve intervallo, avevano ripreso a sparare con rinnovata ferocia.

«Che cosa sta facendo il maggiore Courtney?» chiese Étienne. «La *Perseus* è menomata, se lui la colpisce ancora affonderà.»

Sarebbe stato meglio evitarlo, visto che un eroe francese aveva bisogno di una preda degna di lui. Sua madre non lo avrebbe mai perdonato se fosse tornato in patria senza la fregata. Era una questione d'onore. La *Perseus* lo aveva battuto a Newport e nella Seabrook Bay, quindi Étienne non si sarebbe ritenuto soddisfatto finché non avesse accettato, sul proprio cassero, la resa del suo comandante.

La *Rapace* si era avvicinata, veleggiando verso la fregata e il convoglio molto più indietro rispetto a essa. La sua rotta l'avrebbe portata oltre la batteria sulla scogliera.

«Se non smette di sparare rischierà di colpirci» disse il primo ufficiale, poi imprecò sottovoce. Jean, l'artista, alzò ansiosamente gli occhi dall'album da disegno.

Étienne puntò il cannocchiale sulla *Perseus*, dal cui ponte si levavano volute di fumo, e vide uomini che, armati di secchi e redazze, cercavano di spegnere gli incendi divampati intorno a loro.

«*Mon Dieu*» imprecò, assalito da una furia impotente. «Perché il maggiore Courtney sta usando palle arroventate?»

Cal era madido di sudore, con la camicia incollata alla pelle tanto che la scritta ricamata sul tessuto, *Libertà o morte*, risaltava come un tatuaggio. Il sole tropicale era alto nel cielo e le palme tremavano a causa dell'eco delle cannonate, eppure per un attimo venne riportato a un pomeriggio d'inverno sulle alture sopra Boston quando, osservando il nemico alla sua mercé davanti ai cannoni, si era sentito dire da un corsettaio borioso che non poteva fare fuoco. Ricordava di avere toccato i suoi pezzi d'artiglieria, gelidi come il terreno.

Adesso, invece, non c'era nessuno a dargli ordini, era lui a comandare. I suoi cannoni erano così bollenti da ustionare chiunque li toccasse. Gli uomini dovevano versare secchiate d'acqua sulle canne per evitare che dessero fuoco alla carica di polvere da sparo non appena veniva spinta all'interno. Cal era deciso a farli sparare finché non si fossero spaccati a metà, se necessario.

Sapeva che Étienne voleva la preda, ma non gli importava. Una sola fregata non avrebbe certo vinto la guerra. Étienne avrebbe ottenuto il convoglio, e i rifornimenti che quest'ultimo trasportava avrebbero garantito una vittoria su più ampia scala. La fregata britannica, invece, era destinata a Cal, che ne avrebbe frantumato le tavole per poi ridurla in cenere.

Cercò di non pensare agli uomini a bordo, semplici marinai che probabilmente amavano la libertà al pari di qualsiasi americano e molti dei quali dovevano essere stati arruolati con la forza. Non avrebbe ricavato alcun piacere dall'annientarli, però si sentiva obbligato a farlo, come un ubriacone che non riesca più a sentire il gusto dell'alcol ma allunghi comunque la mano verso la bottiglia. Doveva farlo assolutamente, in modo che la morte di Aidan non fosse stata vana, in modo da dimostrare che suo padre si sbagliava.

Uno dei suoi cannonieri prese una palla dal braciere e la infilò nella lunga canna, da cui sgorgò del vapore sibilante, poi la squadra trattenne il respiro mentre la sentiva rotolare. Avevano infradiciato lo stoppaccio per impedire che la palla desse subito fuoco alla polvere, ma nel caso non lo avessero spinto abbastanza in fondo sarebbero rimasti tutti uccisi dalla conseguente esplosione.

Dopo averla udita scendere fino in fondo indietreggiarono tappandosi le orecchie e il cannoniere avvicinò la miccia al focone.

Per una frazione di secondo regnò un assoluto silenzio, a parte il sibilo della polvere da sparo nel focone, poi il cannone ruggì.

Un'altra palla di cannone colpì con un tonfo lo scafo della *Perseus* e si udì un sibilo di vapore quando i marinai corsero a gettarvi sopra dell'acqua. Dalle sartie Rob scrutò il mare fino a individuare la *Rapace*, scoprendo con stupore che aveva virato per puntare verso di loro.

*Intende navigare di bolina*, pensò. *Ci sparerà contro una bordata.*

La *Perseus* si sarebbe ritrovata bloccata fra la batteria costiera e la nave corsara. Con le vele a brandelli si muoveva a stento, ma se non fosse uscita dalla portata dei cannoni sarebbe stata distrutta in brevissimo tempo.

«Issate altre vele» ordinò Rob.

«Rappresenteranno un gran bel bersaglio per i francesi» lo avvisò Angus. «Se la tela prende fuoco non avremo modo di rimediare.»

«Bruceremo comunque, se non ci allontaniamo da quei cannoni.»

Non appena gli uomini tirarono le drizze il pennone salì rumorosamente lungo l'albero maestro, spiegando la vela ancora intatta, che venne subito gonfiata dal vento. Rob sentì la potenza propagarsi al ponte sotto i suoi piedi e la nave cominciare a muoversi.

La speranza balenò sul viso degli uomini. Lui raggiunse il timone affinché l'addetto riuscisse a sentire i suoi ordini.

«Dobbiamo fare in modo che la nave corsara si frapponga fra noi e i cannoni sulla scogliera» spiegò.

Era una mossa pericolosa. La *Rapace* puntava dritta verso di loro e la *Perseus* aveva soltanto una vela, quindi doveva incrociarne la rotta in fretta.

«Se non riusciamo a superarla verremo fottuti come una puttana da entrambi i lati» lo mise in guardia Angus.

«Allora issate altre vele» replicò brusco Rob.

Cominciava a risentire della tensione. Quello era il vero, terrificante isolamento tipico di un comandante, l'attimo in cui ogni possibile scelta sembrava condurre inevitabilmente alla morte.

La nave acquistò velocità. I marinai posizionati sul cassero erano riusciti a confezionare un'altra vela di fortuna, davvero brutta a vedersi, ma la *Perseus* possedeva l'istinto di un purosangue e reagiva a ogni minimo alito di vento.

Ma non fu sufficiente: la fregata francese era troppo veloce, avrebbe tagliato loro la strada. E i cannonieri in cima alla scogliera stavano ricaricando.

Cal guardò la *Rapace* prepararsi a dare il colpo di grazia. Sapeva di non poter rischiare di centrarla: avevano bisogno della nave di Étienne per catturare il convoglio, se volevano raggiungere il loro scopo.

Nel bel mezzo di quel torrido campo di battaglia tropicale fu ritrasportato all'improvviso al quartier generale nella gelida Boston, in inverno, quando aveva ascoltato il generale illustrare l'audace missione che voleva assegnargli. Ricordò l'euforia provata al pensiero che lui, Cal Courtney, avrebbe potuto mettere fine alla guerra in un colpo solo, che sarebbe riuscito a vendicare la morte di Aidan e a dimostrare a suo padre che aveva avuto ragione lui.

Adesso quel momento era arrivato. Tutto era andato esattamente secondo i piani: la *Perseus* era spacciata e il convoglio indifeso. Cal aveva ottenuto più di quanto avrebbe mai potuto sognare.

Avrebbe dovuto sentirsi più orgoglioso di quanto non gli fosse mai successo nella vita eppure, ora che stava per vincere, non provava affatto il trionfo né la felicità che si era aspettato. Era pervaso da un disperato senso di vuoto. Che importanza avevano navi, cannoni, guerre, nazioni? Il suo unico desiderio era riavere il fratello e vedere il padre dargli il benvenuto nell'antica fattoria del Massachusetts. Voleva sentirsi stringere dalle braccia di Theo e percepire il tepore dell'orgoglio di un padre per il figlio.

Un pezzo di stoppaccio in fiamme cadde a terra, lasciandosi dietro una scia di scintille. L'odore gli rammentò quella terribile notte all'arsenale, l'esplosione del carro carico di polvere da sparo. Aidan era morto inutilmente?

Non poteva permettere che succedesse. Quella era la strada che aveva scelto e doveva percorrerla fino in fondo.

«Ricaricare» disse ai suoi cannonieri. «Doppia palla e polvere supplementare.»

«La *Rapace* è troppo vicina» protestò il loro sergente.

«Ci rimane il tempo per un ultimo colpo.» Cal gli diede una pacca sulla schiena. «Confido nella vostra mira.»

Gli addetti ai pezzi pulirono accuratamente i cannoni. Data l'alta temperatura delle canne e delle palle e la quantità di polvere da sparo non c'era alcun margine di errore. Gli artiglieri andarono a prendere le munizioni; protetti da guanti e grembiule di cuoio, tenevano le palle di ferro il più lontano possibile dal corpo, stringendole con delle enormi pinze. Trasalirono per il calore emanato da quei proietti che, appena tolti dal fondo della fornace, scintillavano come carboni ardenti. Dovevano agire rapidamente. Non appena lo stoppaccio di tessuto bagnato che separava la carica di polvere da sparo da ogni palla rovente si fosse asciugato avrebbe preso fuoco, accendendo prematuramente la carica.

«Cercate di non sprecare nemmeno un colpo» li sollecitò Cal.

Si inginocchiò per poter osservare la *Perseus*, facendo correre lo sguardo lungo il fusto del cannone. La fregata aveva virato, come un coniglio che fugga da una volpe, ma non poteva certo sottrarsi alla portata delle bocche da fuoco. Non aveva via di scampo.

Chiuse di nuovo gli occhi, tentando di evocare almeno un pizzico di soddisfazione. Quello avrebbe dovuto essere il suo momento, eppure lui provava solo un senso di vuoto.

Alle sue spalle risuonò un grido.

Cal aprì subito gli occhi, temendo che uno dei cannonieri avesse toccato il metallo bollente, ma sapeva che era impossibile: il suono era arrivato dalla giungla e là non c'erano pezzi di artiglieria.

Sopra le piazzole dei cannoni il pendio sassoso saliva fino alla linea degli alberi. Cal era a corto di uomini – era riuscito a portare furtivamente a terra solo gli addetti ai pezzi – ma aveva collocato due sentinelle nelle retrovie perché voleva che qualcuno gli guardasse le spalle. A urlare era stato uno di quei due uomini e stava ancora gridando mentre, in ginocchio, stringeva la lancia di bambù che gli spuntava fra le scapole. Il compagno era steso accanto a lui, morto, e tutt'intorno a loro un esercito di neri stava sbucando di corsa dalla foresta. Seminudi e armati di machete e asce, sembravano solo una marmaglia disorganizzata, del tutto insignificanti rispetto alle enormi bocche da fuoco della batteria francese.

Ma erano puntate dall'altra parte.

«Monsieur!» Il sergente degli artiglieri si era avvicinato a Cal e gli stava urlando qualcosa. «Monsieur! I cannoni!»

Cal si ricordò delle palle che bruciavano senza fiamma dentro di essi.

«Fuoco!» ordinò a gran voce.

Aveva aspettato troppo a lungo. Le palle roventi avevano consumato lo stoppaccio e, visto che le canne erano inclinate verso l'alto per garantirsi una gittata maggiore, erano rotolate all'indietro, raggiungendo i sacchetti di polvere da sparo nella camera. Il ferro incandescente aveva bruciato in un istante il tessuto del sacchetto e toccato così il contenuto.

L'esplosione della polvere da sparo incendiata dalla parte sbagliata risalì all'indietro lungo il fusto, cercando la via di minore resistenza, e sgorgò dal focone sotto forma di fiamme che arrostirono gli uomini accovacciati intorno ai pezzi. La potenza delle detonazioni, incanalata in quegli stretti fori, spaccò il metallo e i cannoni si aprirono in due come gusci di noce.

Parte della forza d'urto uscì dalla bocca dei cannoni e un uomo ancora intento a ricaricare fu trafitto dal calcatoio, subito seguito da due palle talmente roventi da cauterizzare la ferita mentre gli attraversavano il ventre.

Per un attimo il poveretto fissò sbalordito l'ammasso di viscere sanguinolente comparso in corrispondenza della sua pancia. I compagni lo guardarono orripilati e riuscirono a vedere attraverso di lui, come fosse un cannocchiale, il mare e le navi alle sue spalle.

Il cannoniere indietreggiò di un passo, vacillando sul ciglio della scogliera, senza che nessuno tentasse di salvarlo. Quando cadde nel vuoto i compagni lo avevano già dimenticato, impegnati a combattere per sopravvivere.

Varie decine di guerrieri neri erano emerse dalla giungla, capitanate da Kojo che stringeva un coltellaccio in ciascuna mano. Lo seguiva Phoebe, armata di una lancia di bambù con cui spingeva indietro qualsiasi francese che tentasse di fuggire.

I cannonieri in netta inferiorità numerica non avevano alcuna chance. Una metà di loro era stata mutilata o uccisa dall'esplosione dei cannoni, gli altri non opposero alcuna resistenza. I cimarroni non furono certo misericordiosi. Un francese che si aggirava intontito fra la ressa, con gli occhi vitrei e il sangue che gli colava dalle orecchie, venne eliminato senza pietà e i suoi compagni furono uccisi sul posto oppure spinti giù dalla scogliera.

Ben pochi riuscirono a fuggire. Un sentiero ripido scendeva fino a una caletta rocciosa sulla cui estremità erano stati sbarcati i cannoni, poi issati sulla cima della scogliera tramite gru. Nella cala era ormeggiata una piccola checchia, nascosta dalle rocce. Alcuni cannonieri, con la mente ancora lucida e senza alcun desiderio di morire per il re di Francia, erano fuggiti laggiù non appena l'attacco degli uomini di Kojo era iniziato.

Cal li seguì, scendendo faticosamente lungo il pendio. Si era trovato accanto a uno dei cannoni quando era esploso e l'onda d'urto l'aveva scagliato a terra un attimo prima che l'arma si sbriciolasse, dando vita a una letale nube di schegge metalliche che avevano ucciso uomini più lontani di lui. Cal era stato fortunato a sopravvivere, ma aveva metà viso ustionata dalla fiammata, naso e orecchie sanguinanti, e un'enorme ferita alla gamba che un frammento di ferro gli aveva quasi mozzato. Sapeva che avrebbero dovuto amputargliela. Zoppicò giù per la scogliera, usando un calcatoio come stampella e arrancando sul sentiero sassoso.

«Aspettate!» gridò agli uomini che lo precedevano di corsa. «Aiutatemi!»

Ma loro erano stati assordati dall'esplosione oppure non si curavano di un ufficiale americano: volevano solo mettersi in salvo. Cal li vide raggiungere la rada prima che lui arrivasse a metà del pendio e slegare la barca per poi spingerla in acqua. Se ne sarebbero andati senza di lui.

Guardò dietro di sé. Gli uomini di Kojo non avevano ancora notato il sentiero, ma lo avrebbero fatto presto, e a quel punto Cal sarebbe rimasto imprigionato nella caletta per poi essere massacrato come gli altri.

Cercò di accelerare il passo, ma inciampò e cadde. Quando tentò di rialzarsi, un dolore lancinante gli disse che si era rotto il braccio. Stringendo i denti si costrinse a tirarsi su. Urlò quando spostò il peso sulla gamba ferita, che cedette, facendolo piombare di nuovo a terra.

Non sarebbe mai riuscito a reggersi in piedi, però non intendeva arrendersi. Cominciò a strisciare su mani e ginocchia, ogni istante un'autentica tortura. Doveva assolutamente raggiungere la barca.

La *Rapace* e la *Perseus* si lanciarono l'una verso l'altra come due cavalieri impegnati in una giostra medievale.

Étienne capì quale fosse il piano della *Perseus*: voleva incrociare la rotta della nave francese, speronarla da poppa a prua e infine piazzarsi dietro di essa, rispetto ai cannoni sulla costa. Non era un piano malvagio, ma si basava sulla capacità della fregata britannica di navigare sopravento rispetto al vascello nemico.

Non ci sarebbe riuscita. Nonostante il rivestimento in rame non era abbastanza veloce per effettuare la manovra in tempo. L'equipaggio di Rob aveva davvero fatto miracoli nell'issare nuovamente le vele, ma non sarebbe bastato. La *Rapace* aveva tutte le vele spiegate e si muoveva sopravento rispetto alla *Perseus*. Ormai si trattava solo di concludere la partita.

Étienne era felice che i cannoni sulla scogliera si fossero zittiti. Trovava oltraggioso che Cal avesse anche solo tentato di usare delle palle arroventate: aveva rischiato di distruggere la fregata e sottrargli così la sua preda. Étienne aveva intenzione di scambiare due parole severe con lui, più tardi. E se avessero perso la calma non avrebbe esitato a sfidarlo a duello, ovviamente scegliendo la spada. Aveva ricevuto lezioni di scherma sin da quando aveva cinque anni, dimostrandosi il miglior allievo che i suoi insegnanti avessero mai avuto. Più di uno di loro era stato respinto da quel precoce alunno, ritrovandosi con il braccio o la guancia sanguinanti, e un maestro di scherma che lui aveva trovato particolarmente antipatico aveva perso un occhio.

Ci stava ancora pensando quando sentì esplodere la batteria sulla scogliera, in cima alla quale vide brillare enormi palle di fuoco invece di lingue di fiamma sgorgate dalla bocca dei cannoni. Afferrò un cannocchiale, ma quando lo sollevò riuscì a scorgere solo una gigantesca nube di fumo.

A cinquecento iarde dalla sua prua alcune palle di cannone piombarono in mare. Cosa stava succedendo? Quando il vento cominciò a diradare il fumo rimase comunque una sottile patina di foschia, come un velo che celava l'autentica portata della carneficina. Étienne fu costretto a strizzare gli occhi per mettere a fuoco la scena.

La spalletta di pietra che aveva sostenuto la batteria si era sbriciolata, quasi tutti i cannoni erano andati distrutti e gli artiglieri erano stesi a terra intorno a essi. Ma non era quella la cosa peggiore. Numerosi neri seminudi armati di coltelli e accette avevano attaccato la postazione. Stavano massacrando dei francesi!

Étienne abbassò il cannocchiale sul parapetto con tanta energia da romperne il vetro. Gli uomini scelti con cura per la missione erano il fiore all'occhiello dell'artiglieria francese. Com'era possibile che fossero stati sconfitti da una marmaglia di schiavi? Che cosa aveva combinato Cal, stavolta?

«Monsieur?» Il tenente, temendo l'ira del superiore, rimase a distanza di sicurezza. «Il nemico ci ha quasi raggiunto.»

Étienne si era dimenticato della *Perseus*. Sollevò di nuovo il cannocchiale, vide il vetro rotto e gettò in mare lo strumento. Non ne aveva bisogno: la fregata era talmente vicina che riusciva a distinguerne fino all'ultimo dettaglio anche a occhio nudo.

Si era avvicinata più rapidamente di quanto si fosse aspettato. Étienne non aveva mai visto dei marinai issare nuove vele così in fretta, men che meno durante una battaglia. La *Perseus* solcava le onde come se al comando ci fosse il diavolo in persona, ma nemmeno quello sarebbe bastato. La *Rapace* aveva spazio sufficiente per fare manovra sopravento e superarla senza dare battaglia.

Tuttavia esitò prima di dare l'ordine. Era molto tentato. Evidentemente la fregata non era malridotta come aveva creduto. E se fosse riuscita a fuggire mentre loro catturavano il convoglio? Che cosa ci sarebbe stato di glorioso in quello?

*È per il bene maggiore*, si disse.

La cosa più importante era il convoglio, lui non doveva perdere di vista quello.

Il bene maggiore.

Sul cassero della *Perseus* Rob sapeva di aver perso la battaglia. Era rimasto sbalordito come chiunque altro dall'esplosione dei cannoni sulla scogliera e aveva capito cosa fosse successo solo quando aveva visto i cimarroni erompere dalla foresta.

*Phoebe deve aver convinto Kojo ad attaccare i francesi,* pensò.

Era il piano che lei gli aveva sussurrato all'orecchio, anche se lui aveva dubitato che potesse funzionare. Comunque era ancora troppo presto per festeggiare. Anche con la batteria di cannoni fuori uso, la *Perseus* gravemente danneggiata non era certo all'altezza della fregata francese. L'unica speranza di Rob era stata tagliarle la strada, ma ormai capiva che era impossibile riuscirvi. La *Rapace* si stava allontanando, ampliando la distanza fra loro. Nel giro di un istante li avrebbe superati, dopodiché avrebbe avuto sia la *Perseus* sia il convoglio alla sua mercé.

Gli venne un'ultima idea disperata.

«Virare a babordo» ordinò.

«Ma ci ritroveremo con la nave affiancata alla loro» sottolineò Fawcett, inorridito, prima di indicare il ponte. «Possiamo contare a malapena su quattro cannoni della batteria di dritta.»

«Allora caricateli» sbottò Rob.

«Intendete attaccarla?»

«Ho intenzione di darle del filo da torcere. Se abbocca all'amo, il convoglio guadagnerà tempo.»

«Sì» replicò Angus, «ma in questo modo l'amo siamo noi.»

Per la seconda volta quel pomeriggio la strategia di Étienne subì un duro colpo. Lui aveva manovrato la propria nave in modo da riuscire a speronare la *Perseus*, ma la fregata stava cambiando rotta e spingendo fuori i cannoni. Il suo capitano intendeva forse sfidarlo? Come poteva sperare di vincere con due vele di fortuna e meno della metà dei cannoni operativi? Era davvero una straordinaria insolenza.

Étienne decise di dare una lezione alla nave britannica, ormai quasi parallela alla sua, a nemmeno un decimo di miglio di distanza.

«Mirate alto» ordinò. Non voleva distruggerla, solo disalberarla così da poter tornare a catturarla in seguito, a suo piacimento. «Spingete fuori i nostri cannoni.»

Venti pezzi da ventiquattro libbre rotolarono fino alla murata e gli addetti si accovacciarono prendendo posizione, con il volto radioso e l'uniforme immacolata.

Étienne sollevò la spada. «Sparate quando ci alziamo...»

Dei cannoni fecero fuoco, ma non i suoi. La *Perseus* sparò una frazione di secondo prima che lui impartisse l'ordine e quattro palle di cannone piombarono sulla *Rapace*, spezzando legno, sfilacciando cime e facendo schizzare sangue sul ponte pulito con la pomice.

Étienne ne rimase indignato. Come osava la fregata britannica fare fuoco per prima? Per un attimo restò paralizzato dalla rabbia, poi abbassò la spada così energicamente che la lama si conficcò nel tavolato.

«Fuoco!»

Il mondo tremò quando i cannoni ruggirono all'unisono. Da quella distanza non potevano sbagliare e le palle demolirono ciò che restava degli alberi e del sartiame della *Perseus*. L'albero di trinchetto, centrato in pieno, si spezzò e l'asta che reggeva la vela maestra di fortuna fu spazzata via.

Le reti inizialmente tese per proteggere gli uomini in coperta erano scomparse da tempo, quindi nulla riparava l'equipaggio dalle funi, dai bozzelli, dalle stecche e dai pezzi di legno che gli piovevano addosso. Alcuni uomini cercavano disperatamente di strisciare fuori da sotto la vela maestra, altri erano stati tramortiti dai colpi. Un marinaio intrappolato da una cima che penzolava dall'albero di gabbia fu trascinato in acqua da quest'ultimo. Ormai regnava il caos.

Étienne osservò la carneficina. Sarebbero passate ore prima che la *Perseus* riuscisse a issare altre vele, era del tutto impotente.

Notò Jean, l'artista, che si faceva piccino sul ponte, terrorizzato dal frastuono dei cannoni.

«Alzatevi» latrò Étienne. «Voglio che osserviate ogni minimo dettaglio di quella nave, così da poterne ritrarre la distruzione.»

Jean obbedì, alzandosi con l'album da disegno in mano, e si sporse dalla fiancata per guardare, poi si ritrasse di scatto quando una palla di cannone gli sfiorò la testa.

Étienne sussultò. Vicino alla poppa della *Perseus* un cannone era ancora in funzione. Vide gli addetti pulire la canna e poi ricaricarlo. Perché continuavano a combattere?

Era davvero troppo. Se loro non riuscivano a capire quando erano sconfitti glielo avrebbe insegnato lui. Si lanciò verso il timone e lo ruotò con forza, strappandolo dalle mani del timoniere. La nave tremò. Il sartiame scricchiolò, protestando per quell'improvviso cambio di rotta e per la tensione che imponeva a cime e vele. La prua della *Rapace* virò verso la fregata britannica.

«Che cosa state facendo, monsieur?» chiese il primo ufficiale, stupito.

«Voglio arrembarla.» Étienne guardò su, notando lo stendardo americano a strisce che sventolava sul colombiere. «E ammainate quella bandiera dei ribelli, oggi combatteremo con i nostri veri colori.»

Rob guardò la *Rapace* sostituire alla bandiera dei ribelli sul colombiere il vessillo bianco della Francia con ricamati i gigli color oro, che prese subito a garrire baldanzoso nella brezza.

«Bene» disse. «Basta con le finzioni.»

Le due fregate si stavano avvicinando rapidamente l'una all'altra. In pratica la *Perseus* era un guscio vuoto e privo di alberi, laddove la *Rapace* avanzava pavoneggiandosi con le vele spiegate e solo qualche graffio sulla vernice scintillante a dimostrare che aveva appena combattuto.

Eppure sul suo ponte sembrava regnare una certa confusione. I membri dell'equipaggio stavano correndo in giro in maniera disordinata, recuperando armi e occupando le rispettive postazioni. L'ordine di arrembare li aveva apparentemente colti di sorpresa.

Rob osservò i suoi uomini che, per quanto con il viso insanguinato e i vestiti laceri, erano armati e pronti per il confronto finale.

«Vendete cara la pelle» li esortò.

Una palla di moschetto colpì il ponte a sei pollici di distanza da lui. I marinai scelti della *Rapace* stavano sparando loro addosso dalle traverse. Rob non batté ciglio, non poteva mostrare traccia di incertezza davanti ai propri uomini. I moschetti francesi erano armi scadenti e chi li impugnava stava sicuramente contando più sulla fortuna che sull'abilità, da quella distanza.

Ormai le due navi distavano solo poche iarde. Rob controllò la carica delle pistole procurategli da Angus, fece tintinnare la spada all'interno del fodero per accertarsi che non fosse bloccata, poi recitò una preghiera per se stesso e chiese a Dio di proteggere i suoi uomini. Non si faceva illusioni sulle loro probabilità di vittoria. Erano in inferiorità numerica, avevano meno cannoni dei nemici e la loro fregata era semidistrutta. Al massimo poteva sperare di riuscire a rallentare la *Rapace*, dando quindi al convoglio il tempo di fuggire.

Non aveva paura. Per tutta la vita aveva sognato di combattere con una nave robusta sotto di lui e una spada stretta in mano, come avevano fatto i suoi antenati sin dall'epoca di Sir Francis Drake. Quello era il suo destino.

Le due fregate si affiancarono, erano ormai a meno di dieci piedi di distanza. Rob dovette accovacciarsi dietro ciò che restava della murata. Sul ponte della *Rapace* l'equipaggio aveva recuperato le armi e si stava occupando dei cannoni, con l'intenzione di sparare una bordata a bruciapelo per poi lanciarsi all'arrembaggio della *Perseus* non appena il suo scafo l'avesse toccata.

Rob non avrebbe concesso loro quell'opportunità. Si alzò e sguainò la spada, tenendola sollevata come un vessillo di battaglia.

«All'attacco, uomini della *Perseus.*»

I suoi si mossero come un sol uomo. La distanza fra le due fregate era troppo ampia per poterla superare con un balzo, ma erano preparati a quell'eventualità e avevano legato delle cime a ogni pennone ancora integro, con l'intenzione di usarle a mo' di liana per lanciarsi fino alla nave nemica.

Rob aprì la strada. Saltò sul parapetto, afferrò il capo di una fune e, dopo essersi spinto in avanti con un energico calcio, vi si aggrappò con le gambe così da non dover usare la mano con la spada. Per un attimo rimase sospeso sopra l'acqua mentre la fiancata della *Rapace* sfrecciava verso di lui.

Lasciò andare la cima prima di raggiungere il parapetto, contando sullo slancio acquisito per arrivare sul ponte. Si scontrò con un uomo, scagliandolo sul tavolato, poi atterrò con l'agilità di un gatto e sollevò la spada giusto in tempo per parare il colpo di un coltellaccio.

I marinai francesi erano in preda alla confusione. Avevano creduto che la *Perseus* fosse già sconfitta, una preda che aspettava solo il colpo di grazia, e molti di loro, impegnati com'erano ad approntare i cannoni per l'ultima bordata, non l'avevano nemmeno guardata. L'attacco degli inglesi li prese del tutto alla sprovvista.

I rampini descrissero un arco nell'aria sopra lo spazio sempre più ridotto che separava le due navi, poi si conficcarono nella murata e le loro corde vennero tirate, accostando una fregata all'altra. Sul ponte della *Rapace* infuriava già la battaglia. L'equipaggio francese, benché colto di sorpresa, era armato e reagì in fretta. Rob si ritrovò circondato, quasi senza lo spazio sufficiente per far roteare la spada, così la maneggiò come fosse una corta mazza, sferrando colpi con l'elsa.

Un tremito percorse il ponte quando gli scafi si urtarono. Rob riuscì a mantenersi in equilibrio, ma molti uomini intorno a lui furono scagliati all'indietro. Sfoderò una pistola, sparò a caso contro la calca di marinai che aveva di fronte e poi sferrò una serie di fendenti nel varco così creato. L'acciaio cozzò contro l'acciaio.

Alle sue spalle gli altri uomini della *Perseus* scavalcarono la fiancata, lasciando deserto il ponte. Il loro impeto fece avanzare la linea della battaglia e Rob fu spinto all'interno della calca. Nel conseguente corpo a corpo spalle, gomiti e ginocchia furono quasi più utili delle armi.

Una lama lampeggiò accanto a lui: Angus, appena arrivato, fece oscillare con devastante abbandono la gigantesca ascia da arrembaggio e si aprì un varco tra i francesi allo scopo di lasciare a Rob lo spazio sufficiente per usare la spada.

«Dov'è il loro comandante?» gridò Rob.

Vide l'amico stringersi nelle spalle e guardò verso poppa. Sul cassero un uomo in uniforme bianca, che duellava in modo magistrale brandendo uno stocco dall'elsa dorata, trafisse l'avversario. Uno degli uomini di Rob, originario della Cornovaglia e chiamato Comstock, vide un'occasione per conquistare la gloria e, brandendo il suo coltellaccio, si avventò su di lui per ucciderlo prima che potesse liberare la propria lama.

Benché la battaglia gli infuriasse intorno, il capitano francese percepì il pericolo ed estrasse fulmineo la lama dal corpo dell'uomo che aveva appena infilzato. Con un unico movimento fluido fece una piroetta e sollevò la spada per parare l'affondo del grosso coltellaccio, colpendolo con tanta forza da farlo schizzare via dalla mano di Comstock. Quest'ultimo era ancora a bocca aperta quando lo stocco dall'elsa dorata gli affondò nel cuore.

Rob si diresse verso la scaletta del cassero mentre lo scontro si inaspriva. Non aveva mai visto i suoi uomini battersi con tanta ferocia: per quanto contusi e insanguinati, in inferiorità numerica rispetto a nemici vigorosi e pronti, riuscivano a farsi valere. Alla sua sinistra Angus falciava gli avversari con l'ascia da arrembaggio, alla sua destra Scipio vorticava mentre sferrava colpi con il collellaccio. Avanzarono tutti e tre nella mischia, combattendo come un sol uomo e sgominando chiunque si trovassero di fronte.

Non appena Rob arrivò alla base della scaletta, un uomo ritto sopra di lui cercò di colpirlo con una sciabola. Rob si scansò, allungò la spada verso l'alto e gli recise il tendine d'Achille. Quando vide il nemico accovacciarsi in preda alla sofferenza, gli afferrò la caviglia e lo tirò giù dal cassero, gettandolo nella calca sul ponte principale.

Una volta saliti i gradini con un paio di balzi Rob vide Étienne che, grazie al suo infallibile istinto nel captare il pericolo, si accorse subito di lui e, dopo aver dato rapidamente il colpo di grazia all'avversario con cui stava combattendo, si voltò per affrontare il nuovo arrivato.

Lo spazio vuoto intorno a loro due si allargò mentre gli altri uomini sembravano indietreggiare. Dopo aver sollevato lo stocco Étienne osservò attentamente Rob, notando e analizzando in una frazione di secondo un centinaio di dettagli diversi: la sua postura, il suo modo di muoversi, come teneva la spada. Un sorriso gli incurvò un angolo delle labbra. Sarebbe stata una vittoria facile.

Rapido come un serpente, gli si avvicinò facendo una serie di finte seguite da un affondo che Rob parò con un colpo pregevole, che però parve goffo e lento in confronto alle movenze repentine dell'altra spada.

Il sorriso di Étienne si allargò. In circostanze diverse si sarebbe divertito a giocherellare con l'avversario, lo avrebbe stuzzicato come un pesce preso all'amo, gustandosi l'espressione nei suoi occhi mentre la speranza si trasformava in frustrazione. Ma quella sarebbe stata semplice autoindulgenza e lui aveva bisogno di vincere in fretta.

Rob sapeva che il tempo stringeva. Il francese era palesemente uno spadaccino più abile di lui, quindi più a lungo avessero combattuto e più sarebbe stato avvantaggiato dalla propria maestria. Ma Rob, che era stato un gabbiere, vantava ancora braccia forti e muscoli ben sviluppati grazie alle arrampicate sul sartiame con qualsiasi condizione atmosferica. Étienne, invece, aveva una corporatura snella e sottile.

Il francese avanzò, la punta del suo stocco che guizzava come una libellula. Rob scelse un approccio più diretto e colpì con tutte le sue forze la lama dell'avversario, spingendola di lato, poi gli si avvicinò.

Étienne indietreggiò, il braccio che tremava per la violenza dell'affondo di Rob. Non aveva mai incontrato prima una simile potenza, ma non se ne preoccupava: un duello con le lame si basava sull'abilità, non sulla forza. Voleva attirare il nemico verso di sé come fa un torero con il toro e poi dargli il colpo di grazia.

Rob era un combattente coraggioso, però mancava di scaltrezza: Étienne riusciva a capirne le intenzioni come se lui avesse appena alzato una bandierina di segnalazione. Il capitano francese modificò la guardia, pronto ad affrontare l'attacco successivo, immaginando già quale sarebbe stato e come vi avrebbe reagito: avrebbe schivato l'affondo, spostandosi sulla destra, per poi fare un mezzo passo in avanti e infilzare Rob alla gola.

Gli serviva solo un altro po' di spazio. Indietreggiò.

Non notò la picca da arrembaggio caduta a un uomo colpito a morte finché non la urtò con il tallone sinistro, incespicando. Per non sbilanciarsi piantò saldamente il piede destro a terra, ma scivolò in una pozza di sangue e piombò all'indietro sul ponte. Allargò le braccia per attutire la caduta, lasciando andare lo stocco.

Rimase steso sul tavolato, impotente. Francesi e inglesi smisero di combattere per osservare il loro comandante caduto.

Senza lasciargli il tempo di alzarsi, Rob sfilò la seconda pistola dalla cintura e gliela puntò contro.

«Consegnate la vostra nave» disse. «È finita.»

Étienne fece una smorfia di incredulità. Com'era possibile che quella marmaglia britannica avesse conquistato la miglior nave della marina francese? Cercò di recuperare la sua spada a tastoni, ma Rob piazzò un piede sulla lama.

«Dovrete uccidermi prima che io vi ceda la mia nave» dichiarò Étienne.

«Non c'è nulla di vergognoso in una sconfitta onorevole.»

«Soltanto i vigliacchi credono che esista una sconfitta onorevole.»

«Benissimo» disse Rob.

Il silenzio calò sul ponte. Lui si sentì osservato sia dagli inglesi sia dai francesi. Sotto una simile pressione qualcuno avrebbe potuto cedere, ma la mano di Rob non tremò.

Étienne aveva combattuto senza alcuna remora, pronto ad assassinare ogni uomo a bordo della *Perseus*, se necessario. Rob non avrebbe provato alcun senso di colpa nell'ucciderlo.

«No!»

Lo strillo di una donna fendette il silenzio, inaspettato e anomalo come se una sirena fosse affiorata accanto alla nave.

Sophie era comparsa sul ponte. Rob non sapeva come fosse riuscita ad arrivare fin lì inosservata. Dietro di lei c'era lo zio, che se la teneva premuta sul petto, cingendole il collo con un braccio e puntandole una pistola alla tempia.

«Lasciate cadere la spada» ordinò Bracewell a Rob, «altrimenti decorerò la nave con le cervella della mia cara nipote.»

Rob lo fissò sbalordito. Fece due passi in avanti, chiedendosi se fosse solo una finta e se Sophie fosse una complice, ma vide che lei aveva gli occhi sgranati e la bocca dalle labbra scarlatte spalancata per il terrore. Impossibile che stesse recitando. E nemmeno Bracewell, mentre contraeva il dito sul grilletto.

L'uomo avrebbe sicuramente sparato. Nel carattere della famiglia Bracewell c'era una vena così crudele che Rob stentava a comprenderla. Sophie bramava il potere, suo zio il denaro: non c'era niente al mondo che i due non fossero disposti a sacrificare pur di ottenerli.

«Vi prego, salvatemi» implorò Sophie.

Alle spalle di Rob, Angus ringhiò: «Lascia che Bracewell le spari. Oppure risparmiagli il disturbo e spara a tutti e due. Se lo meritano dopo ciò che hanno fatto, dopo quello che lei ha fatto a Phoebe».

Rob annuì lentamente. La pistola che stringeva non gli sarebbe servita a nulla, puntata com'era contro Étienne. Non poteva sparare a Bracewell senza rischiare di colpire Sophie, e non appena si fosse mosso Étienne lo avrebbe aggredito. Che cosa avrebbe dovuto fare?

Bracewell era un traditore e un mostro. Sophie non era migliore di lui. Quanti schiavi erano morti per colpa della sua crudeltà? Avrebbe forse sprecato qualche parola implorando perché Rob avesse salva la vita, se i loro ruoli fossero stati invertiti? Come si sarebbe potuta contrapporre la vita di un'unica donna a quella dell'equipaggio di Rob e di tutti gli uomini destinati a soffrire e perire nel caso che Étienne e Bracewell avessero ottenuto il dominio sui Caraibi?

Eppure Rob poteva lasciarla morire? Si sarebbe sentito in colpa come se avesse premuto lui stesso il grilletto.

Tutte quelle riflessioni gli attraversarono la mente in un istante, ma prima di poter prendere una decisione Rob capì di aver aspettato troppo a lungo. Sentendo qualcosa toccargli la gola, abbassò lo sguardo e vide la punta scintillante dello stocco di Étienne guizzargli accanto al colletto.

Il capitano francese si era alzato, con il viso che brillava di trionfo, e rivolse un cenno d'assenso a Bracewell.

«Un ottimo stratagemma, monsieur. Mi avete convinto.»

«Ah.» Il sogghigno di Bracewell dimostrò che non si era affatto trattato di uno stratagemma.

L'uomo lasciò andare Sophie, che raggiunse il parapetto barcollando, piegata in due come se stesse per vomitare.

«Ora» disse Étienne a Rob, «la vostra spada, prego. Che cos'è che dicevate? Non c'è nulla di vergognoso in una sconfitta onorevole.»

Un tuono rombò in lontananza. Il perfetto cielo azzurro era guastato solo da una nuvoletta di fumo bianco che si levava dalla scogliera.

Non si era trattato di un tuono, bensì di alcune cannonate sparate nello stesso momento, capì Rob un attimo prima che le palle colpissero la *Rapace*. Erano soltanto tre, ma ebbero lo stesso impatto di un'intera bordata. Centrarono gli uomini sul ponte, dilaniando corpi e provocando schizzi di sangue. Scoppiò il caos. Nessuno sapeva chi stesse sparando o da dove. Gli uomini morivano, apparentemente, come se un dio invisibile li stesse facendo a pezzi.

«Kojo ha azionato i cannoni sulla scogliera!» gridò Rob.

Il re dei cimarroni aveva imparato bene il mestiere, in marina. Le cannonate avevano colpito la *Rapace* all'altezza di metà della nave, nell'angusto spazio in cui avrebbero senza dubbio causato più danni agli uomini in coperta, e quasi tutto l'equipaggio francese si era radunato lì.

«Uomini della *Perseus*!» urlò Rob. «A me! A me!»

I suoi si lanciarono nuovamente all'attacco. Alcuni marinai francesi erano rimasti uccisi, molti altri si erano fatti prendere dal panico e quelli rimasti non avrebbero potuto resistere agli inglesi, in quella confusione.

Ma il loro comandante, solo sul cassero, aveva mantenuto la calma e la sua aria altezzosa. Si diresse verso Rob.

Seguendo una procedura canonica, prima di cominciare a combattere la *Rapace* aveva calato le scialuppe in mare in modo da trainarle.

Étienne, vicino alla poppa, avrebbe potuto scavalcare il parapetto e raggiungerle, ma non si mosse. Era paralizzato dalla collera e dall'incredulità. La sua splendida nave era stata costruita per uccidere proprio quegli stessi inglesi che ora l'avevano conquistata. Osservò con aria torva quella devastazione: i cannoni capovolti e le paratie scheggiate, i corpi sanguinanti negli ombrinali. Immaginò sua madre, con il viso bianco e i capelli color oro, la bocca rossa contratta per la disapprovazione che lui temeva più di qualsiasi lama o proiettile. Sin da quando era bambino lei gli aveva ripetuto che era destinato alla grandezza, che era speciale e il suo figlio adorato. E lui l'aveva delusa.

Invece di attaccare la *Perseus* avrebbe dovuto ignorarla per inseguire il convoglio, era quella la sua missione. Aveva avuto in mano la possibilità di decidere le sorti della guerra e l'aveva sprecata.

Non era colpa sua, si disse. Era sceso in battaglia per tre volte, e per tre volte Robert Courtney lo aveva sconfitto. Quell'uomo doveva essere in combutta con il demonio. E adesso era lì, avvolto dal fumo dei cannoni, e stava attraversando il cassero.

Robert Courtney era la causa di tutte le sventure di Étienne. Ucciderlo avrebbe sistemato ogni cosa, gli avrebbe consentito di recuperare la propria nave e catturare il convoglio, di non deludere la madre.

Sollevò lo stocco. Rob gli rivolse un lieve cenno d'assenso. Stavolta non vi furono convenevoli, nessun saluto militare o *en garde*. Étienne gli si lanciò contro, con una velocità e una violenza tali da costringerlo a scostarsi con un balzo.

Le loro spade cozzarono, le lame premute l'una sull'altra, i loro volti a pochi pollici di distanza.

«Vi ucciderò» sibilò il francese.

Si ritrasse, roteò lo stocco brandito con entrambe le mani e fece una finta alla sinistra di Rob che, pur non essendo uno spadaccino esperto, sapeva giudicare i nemici: riconobbe la finta come tale e non cercò di contrastarla, tentando invece di colpire Étienne alla spalla. Fu molto rapido, ma il francese tornò subito in posizione e parò il colpo, rispondendo così in fretta da riuscire quasi a ferire Rob.

Anche nel bel mezzo del duello Rob notò l'estrema eleganza dei movimenti dell'avversario, simili a quelli di un ballerino e talmente fluidi da consentirgli di passare in un baleno dalla difesa all'attacco. Rob era rimasto solo perché Angus si trovava al centro della nave a dirigere gli uomini della *Perseus* mentre Scipio inseguiva Bracewell.

Aveva il dubbio di essere surclassato. Sentiva le braccia stremate e le gambe di piombo, laddove Étienne appariva ben riposato e spinto da una furia che lo rendeva fulmineo. I suoi piedi danzavano, la spada sembrava un prolungamento del braccio e nei suoi occhi ardeva una fiamma da invasato. Rob riusciva a stento a parare l'incessante raffica di affondi e fendenti diretti contro di lui. Il suo braccio divenne leggermente più lento, la lama dell'avversario parve più vicina a colpire il bersaglio.

Indietreggiò, scavalcando le macerie e i cadaveri disseminati sul ponte, fino a raggiungere la fiancata, dove avrebbe dovuto trovarsi il parapetto, ormai scomparso. Vacillò sul bordo della nave, seguendone il dondolio mentre le onde premevano sullo scafo sottostante. Cercò invano una fune a cui aggrapparsi.

Non vi furono frasi di commiato, nessun insulto o esultanza finali. Étienne, in apparente stato di trance come se si trovasse in un luogo al di là delle parole, si scagliò in avanti per sferrare il colpo di grazia...

E rischiò di cadere in mare quando il suo stocco affondò solo nell'aria rarefatta. Incespicò, reggendosi al moncone di uno dei pali del parapetto senza nemmeno accorgersi della scheggia lunga sei pollici che gli forò la mano. Dov'era il suo nemico? Osservò la schiuma sottostante. Quel codardo si era forse tuffato in acqua?

Si guardò intorno e scoprì che Rob era balzato da una parte, sui parasartie che spuntavano dalla fiancata, e si stava arrampicando sulle griselle, sempre più in alto, fuggendo dal pericolo.

Ma era disarmato. Gli erano servite entrambe le mani per potersi aggrappare dopo il salto, quindi aveva lasciato cadere la spada sul ponte.

Étienne, in preda alla furia e senza riflettere, si tolse le scarpe scalciando, corse fino al sartiame e cominciò a salirvi. Rob, agile come una scimmia, raggiunse la cotta di mezzana e, trascurando il buco del gatto, continuò a inerpicarsi fino all'albero di gabbia. Étienne lo seguì. L'avversario si trovava sopra di lui, quindi in vantaggio, ma non poteva certo proseguire in eterno.

Raggiunte le crocette, Rob corse sul pennone di contromezzana e si tenne in equilibrio sopra quell'asta sottile come un leopardo su un ramo. Il pennone vibrò quando anche Étienne cominciò a camminarvi sopra.

I due uomini si fronteggiarono, dondolandosi per non perdere l'equilibrio. Una brezza tiepida soffiava intorno a loro e in coperta entrambi gli equipaggi osservavano i propri comandanti. Ormai non era più questione di arrendersi con onore: chiunque avesse perso sarebbe precipitato sul ponte principale, rompendosi l'osso del collo.

Rob ed Étienne rimasero fermi per un attimo a riprendere fiato. Il primo vantava una maggiore esperienza lassù, ma il secondo aveva l'aggraziata agilità di un ballerino. Inoltre Rob era disarmato.

Étienne avanzò, menando fendenti nell'aria. Rob, costretto a indietreggiare, si trovava adesso in fondo al pennone sempre più affusolato, nel punto in cui era poco più spesso di una fune. Barcollò, allargando le braccia per mantenere l'equilibrio. Étienne fece un sorriso gelido e del tutto privo di allegria: vincere sarebbe stato fin troppo facile.

«Salterete verso la morte» gli chiese per stuzzicarlo, «oppure morirete da uomo, con una lama nel cuore?»

«Ucciderete un uomo disarmato?»

«*Oui*.» Étienne agitò la spada davanti al viso di Rob, felice di vederlo ritrarsi di scatto: solo un altro pollice e sarebbe caduto. «Consideratelo un atto di giustizia per tutte le occasioni in cui mi avete sconfitto.»

Ritrasse la spada per sferrare il colpo di grazia.

Con la coda dell'occhio notò un movimento, probabilmente solo un brandello di tela o una fune lasca, ma ancora una volta l'istinto gli segnalò la presenza di un pericolo. Guardò dietro di sé.

Un ragazzo aggrappato al sartiame era comparso sul colombiere. Era pallido, teneva gli occhi socchiusi e sembrava terrorizzato. Doveva essersi inerpicato fin lì con una mano sola perché l'altra stringeva una spada insanguinata.

«Thomas!» gridò Rob.

Il ragazzo sorrise. «Tenete gli occhi sull'orizzonte» gridò.

Lanciò in maniera perfetta la spada, che passò accanto a Étienne prima che lui potesse reagire e fu afferrata al volo da Rob.

Adesso Rob sarebbe stato in grado di difendersi, ma facendo quel movimento aveva scoperto il fianco ed Étienne ne approfittò, tuffandosi verso di lui.

Aveva però sottovalutato Rob che, con l'agilità tipica di un gabbiere, aveva riacquistato l'equilibrio quasi prima che l'avversario cominciasse a muoversi. Sollevò la spada e parò l'affondo del francese con una forza tale che l'impatto rischiò di farli cadere entrambi dal pennone.

Étienne indietreggiò, cercando di stabilizzarsi e di adattarsi alla nuova situazione: era sospeso nel vuoto e, a dispetto di tutte le migliaia di ore di pratica, nulla nelle sale di scherma parigine lo aveva preparato per una simile evenienza.

Scacciò il pensiero dalla mente e si lanciò di nuovo all'attacco. Allungo, parata, risposta. Seguì la regola di rimanere in punta di piedi, con le ginocchia piegate e la schiena dritta, e di usare i polsi. I suoi gesti avevano una perfezione classica.

Rob tenne gli occhi fissi in quelli del nemico, cercando di leggervi le intenzioni. Étienne lo fissava a sua volta, con una protervia sprezzante. Nel suo sguardo non c'era alcuna emozione, alcuna passione o ammirazione per un degno avversario, solo la certezza che lui avrebbe vinto perché era più bravo.

Dentro Rob scattò qualcosa. Invece di Étienne vide tutti gli uomini che aveva imparato a odiare sin da quando aveva lasciato la Nativity Bay. Uomini come Lyall, Coyningham, Spinkley e Bracewell, con la loro istruzione raffinata e il loro animo perfido. Uomini che preferivano l'oro all'amicizia, l'ambizione alla lealtà, il successo alla gentilezza. Uomini convinti che il mondo dovesse loro tutto, a prescindere dal costo in vite umane.

Le lame cozzarono di nuovo e la massiccia spada di Rob cominciò a piegare quella dello stocco sottile. Étienne fu costretto a balzare all'indietro, mettendo quasi il piede in fallo prima di spostarli entrambi affannosamente per fare presa sul pennone.

In quell'istante Rob colpì.

Scordando tutto ciò che sapeva sulla scherma ghermì la spada con tutt'e due le mani e descrisse un basso arco, proprio come aveva fatto con l'ascia mentre spaccava legna nella Nativity Bay. La mossa non compariva in nessun manuale e nessun autentico gentiluomo avrebbe mai contemplato l'ipotesi di utilizzarla. Ma Rob non era un gentiluomo né conosceva o giudicava importante ciò che prescrivevano i libri o gli esperti. Era un guerriero di fronte a un nemico e sapeva istintivamente cosa doveva fare.

Étienne non aveva previsto quella mossa né aveva mai visto nulla di simile. Indovinò troppo tardi le intenzioni di Rob. Cominciò a sollevare lo stocco per parare il colpo, ma il suo fu un movimento goffo, del tutto privo dell'eleganza fluida di cui lui andava tanto fiero. La prontezza di riflessi, tuttavia, non lo abbandonò, tanto che la sua lama arrivò nella posizione desiderata una frazione di secondo prima che il fendente di Rob lo ferisse al collo.

Non fece alcuna differenza. La massiccia spada di Rob centrò lo stocco e lo fece volare via. Lui se ne accorse a stento, perché il suo colpo era talmente violento che incontrò ben poca resistenza, come se avesse tagliato della carta. La lama non deviò mai dalla traiettoria e finì di tracciare l'arco, come l'ago di una bussola che punti inesorabilmente verso nord.

Con l'acuita consapevolezza tipica della battaglia, quando ogni secondo sembra durare un'eternità, Étienne vide il proprio stocco precipitare verso il ponte. Cominciò ad aprire la bocca e muovere le mani, poi la spada di Rob lo colpì.

La lama affilata come un rasoio gli recise il collo. Tranciò vertebre, trachea e carotide, poi proseguì fino a uscire da sotto la nuca.

Il taglio fu talmente netto che per un attimo la testa di Étienne rimase al suo posto, un filo di sangue sulla sua gola l'unica traccia di quanto era appena successo. Il francese sgranò gli occhi e aprì la bocca per emettere un urlo silenzioso. Il vento gli agitò i riccioli color oro.

Poi la testa cadde nel vuoto e il corpo la seguì quasi con eccessiva lentezza, facendo piovere il sangue sugli uomini che si trovavano sul ponte sottostante prima di piombare giù. La testa rotolò via e si fermò accanto a un cannone in frantumi. La pozza di sangue che le si formò intorno macchiò di rosso scuro la chioma bionda.

Rob perse tutte le forze di colpo. Gli cedettero le gambe e cadde in ginocchio, aggrappandosi come un uomo in procinto di affogare si regge a un relitto. Si sentiva svuotato. Il pennone gli sembrava lungo un miglio, ma lui riuscì a trovare la forza di tornare strisciando fino alle crocette. Una drizza tirata dallo sventolare dell'enorme bandiera di battaglia bianca sul colombiere sbatteva contro l'albero.

Rob la tranciò con la spada. Il vento ghermì e portò via con sé il vessillo, che rimase sospeso nell'aria per un istante prima di scendere verso le onde, fluttuando come una piuma. Prima che finisse sott'acqua lui vide i gigli dorati scintillare in una lama di luce solare.

Gli uomini sul ponte esultarono per la vittoria, ma a poppa, quasi direttamente sotto Rob, ce n'erano due che non avevano rinunciato a combattere. Uno era Scipio, a torso nudo e sanguinante ma ancora con il coltellaccio stretto in mano, l'altro era Bracewell.

Vedendo Bracewell fermo accanto al parapetto, Rob immaginò che avesse cercato di fuggire calandosi in una delle scialuppe trainate dalla fregata per poter raggiungere la riva e i suoi amici proprietari di piantagioni. Nel caos seguito alla battaglia gli sarebbe stato facile sgattaiolare via inosservato, ma Scipio doveva averlo atteso al varco.

Rob, capendo quali intenzioni avesse l'uomo nero, afferrò uno strallo e cominciò a scendere verso il ponte.

«Fermo!» gridò.

Sapeva che Scipio non avrebbe badato a lui, infatti sentendo l'urlo guardò su e si accigliò, ma poi ghermì lo sparato della camicia di Bracewell prima che Rob arrivasse a metà strada. Bracewell rabbrividì, facendo tremolare la pappagorgia, mentre fissava la mano di Scipio e il colore della sua pelle con qualcosa che rasentava l'orrore.

«Lasciami andare, figlio di puttana nero.»

«Aspetta» disse Rob a Scipio, posando i piedi sul tavolato. «Lo riporteremo in Gran Bretagna ad affrontare la giustizia.»

«Questa è giustizia.»

Per un attimo Scipio resse lo sguardo terrorizzato di Bracewell, poi gli affondò il coltellaccio nel ventre.

Quell'arma acuminata era fatta per tagliare e affettare, non per pugnalare, ma la punta smussata, spinta con forza, riuscì a forare la pelle e ad affondare nel grasso della pancia di Bracewell, fin nelle viscere.

L'uomo urlò e il sangue colò sulla lama, senza però che Scipio allentasse la presa. Ruotò il coltellaccio, squarciando l'addome, poi lo estrasse di scatto. Bracewell, sventrato come un pesce, si artigliò la pancia nel tentativo di trattenere le budella che fuoriuscivano dall'enorme ferita, ma Scipio le strappò via e le gettò in mare.

Gli squali, attirati dal sangue che grondava dagli ombrinali, stavano girando intorno alla fregata e sfrecciarono verso di esse, sagome scure che si muovevano a scatti sotto il pelo dell'acqua.

Bracewell, ancora vivo, urlò mentre si fissava le dita insanguinate. Scipio avrebbe potuto finirlo con una coltellata, invece rimase fermo con le mani posate sui fianchi a osservarne le atroci sofferenze.

Bracewell aveva soltanto un modo per mettere fine al proprio strazio. Lanciando un ululato che faceva pensare che gli stessero strappando l'anima, un viscerale grido di angoscia e disperazione, barcollò all'indietro e si gettò in mare. Rob preferì non guardare. Una volta, nella Nativity

Bay, aveva visto alcuni squali strappare via il grasso dalla carcassa di una balena e sapeva che quello spettacolo non sarebbe stato molto diverso.

Il vento gonfiò le vele, facendo ruotare la nave verso destra. Una palla di cannone rotolò lungo il ponte e Rob, senza pensarci, vi posò sopra il piede per fermarla, poi la prese, scoprendo che il ferro levigato era davvero molto pesante per una sfera di quelle dimensioni.

Lo fece ripensare a un'altra palla di cannone, a un altro oceano e a un'altra battaglia vinta. Quando, molti mesi prima, ne aveva trovata una nella Nativity Bay, gli era sembrata la reliquia di un'epoca eroica ormai lontana. Adesso lui aveva scritto il proprio capitolo nella storia dei Courtney e quando fosse tornato là non si sarebbe sentito troppo intimidito dagli antenati.

Ma la storia non era ancora finita, c'era del lavoro da fare. Gettò in acqua la palla di ferro e andò a cercare Hargrave.

«Ci sono dei cannoni intatti?»

Hargrave annuì. Aveva la testa fasciata, ma non aveva perso il suo sorriso pronto.

«Qualcuno, signore.»

«Allora sparate una salva per ringraziare la batteria di terra. Oggi se l'è meritata.»

Quando Cal arrivò ai piedi della scogliera la barca a remi era già stata spinta via dalla riva, ma senza allontanarsi molto: era sovraccarica e bassa nell'acqua, inoltre i cannonieri francesi in preda al panico stentavano a manovrarla. Era comunque troppo distante dalla spiaggia perché Cal potesse raggiungerla.

«Tornate indietro a prendermi, maledizione!» gridò.

Un paio degli uomini a poppa, sentendolo, si girarono a lanciargli occhiate furtive, poi ripresero a remare. La barca non cambiò rotta, anzi, cominciò ad avanzare più risolutamente mentre i francesi cominciavano a vogare con una parvenza di armonia.

Cal strisciò fino al mare e vi entrò. Le onde gli si infransero sul viso, riempiendogli la gola di salsedine, poi lo sollevarono e lo rispinsero giù, tanto che la gamba rotta sbatté contro i sassi sul fondo. Lui urlò, facendosi entrare ancora più acqua salata nei polmoni.

Nuotò fino a un tratto di mare più profondo, dove poteva tenersi a galla più agevolmente. Agitò il braccio e la gamba non lesionati, dibattendosi con i movimenti frenetici di un cagnolino, ma non bastò: la barca, raggiunto l'imbocco della baia, aveva iniziato a costeggiare il promontorio.

Mentre si sforzava di restare a galla vide dei neri armati correre giù per il sentiero sulla scogliera. Alcuni avevano un moschetto, tuttavia non gli spararono. Forse lo credevano fuori portata o forse volevano guardarlo annegare.

Non avrebbe dato loro quella soddisfazione, non si sarebbe arreso. Se non c'era modo di tornare indietro avrebbe continuato ad avanzare. Riprese a nuotare, stringendo i denti per il dolore e la determinazione. Avrebbe nuotato fino a Cuba, se necessario. Era un combattente.

Ma non era solo, lì nell'acqua.

La maggior parte degli squali stava banchettando accanto alle fregate, però uno di loro era rimasto più vicino alla costa, forse preferiva le acque più tiepide o magari possedeva un inveterato istinto nell'individuare la preda. Era un maschio dal corpo snello e agile, in cerca di cibo. Le sue nari riuscivano a captare l'odore del sangue anche da mezzo miglio di distanza e si trovava ben più vicino di così al corpo che si dibatteva. Con un guizzo della coda possente si girò verso Cal, seguendo la pista olfattiva fino alla sua fonte.

Adesso che Cal aveva lasciato il riparo della baia le onde erano più alte e la corrente lungo l'estremità del promontorio gli rendeva quasi impossibile proseguire, gravemente ferito com'era. Ma non si arrese. Gli sembrò di vedere davanti a sé Aidan, ritto sull'acqua, che gli faceva cenno di raggiungerlo. *Ti renderò fiero di me.*

Poi notò la pinna dorsale.

A una prima occhiata non fu sicuro che si trattasse davvero di quello e non di un relitto galleggiante o un'ombra sull'acqua. La seconda volta, invece, ne ebbe la certezza. Dopo essere salpato dal South Carolina aveva osservato gli squali intenti a seguire la nave, li aveva visti nuotarle accanto quando uno dei maiali a bordo era stato macellato. Una volta, per divertire l'equipaggio, Étienne aveva gettato in mare un pollo vivo e uno squalo lo aveva inghiottito tutto intero.

Essere catturato dai cimarroni sarebbe stato un destino preferibile a quello che lo aspettava. Cal si girò, dibattendosi in modo spasmodico per tornare verso la costa. Dimenticò il dolore mentre agitava il braccio ferito e scalciava energicamente con la gamba rotta. Non servì a nulla. La corrente continuò a trascinarlo tanto che, a dispetto di tutti i suoi sforzi, non parve fare il minimo progresso. La baia era lontana.

Lo squalo lo raggiunse di lì a breve.

Quel giorno Rob imparò diverse lezioni e gli rimase impressa soprattutto quella che apprese dopo il combattimento. Nei racconti di suo nonno le battaglie navali erano sempre terminate con la vittoria, con il cattivo sconfitto e l'eroe trionfante. Nella realtà, invece, la parte più difficile arrivava dopo lo scontro: c'erano i feriti da curare e le riparazioni da fare, e soltanto un equipaggio malridotto e stremato a occuparsene. L'eccitazione della battaglia si esaurì in fretta e il dolore per i compagni caduti sarebbe sopraggiunto in seguito. Per il momento c'era solo un'infinita sequela di incombenze.

Rob scese con Angus e Scipio a esaminare la nave catturata, scoprendo che la *Rapace* aveva subito molti meno danni della *Perseus*: lo scafo sotto la linea di galleggiamento era intatto e la maggior parte delle vele al suo posto.

«Finalmente sei riuscito a conquistare una nave e a tenertela» commentò Angus.

«A volte ho dubitato di poterlo fare» ammise Rob.

Scipio scoprì i denti in un sorriso. «Anch'io.»

Raggiunsero la cabina a poppa, dove gli oblò erano andati in frantumi e sulle pareti spiccavano le tracce delle recenti riparazioni rese necessarie dalle cannonate sparate da Rob nella Seabrook Bay. Étienne doveva essere stato un uomo dai gusti frugali: nella sua cabina non c'era nulla di stravagante o sontuoso. L'unica decorazione sulla parete era il cammeo di una donna elegante, con i capelli color oro raccolti sopra la testa e un abito scollato. Rob non riuscì a impedirsi di fissarlo per un istante, trovava che quel viso avesse qualcosa di seducente.

L'assito dietro il paravento scricchiolò, spingendo Scipio a brandire il coltello. Angus raggiunse il divisorio e lo spinse via, facendolo cadere con un tonfo sonoro come un colpo di moschetto e accompagnato da uno strillo acuto.

I tre uomini si ritrovarono di fronte Sophie Bracewell, che indossava solo corsetto e sottovesti e aveva i lunghi capelli scuri sciolti sulle spalle nude. Con un grido si lanciò su Rob e lo cinse con le braccia.

«Grazie a Dio siete qui» singhiozzò. «Avevo il terrore che quei marinai mi trovassero e mi facessero cose indicibili.»

«Allontanatevi da me.» Rob tentò di spingerla via, ma lei gli si aggrappò.

«Vi amo, Rob» disse, ansimando. «So di aver commesso degli errori, ma ho fatto quelle cose solo perché mio zio mi ha costretto. Era un bruto. Avete visto come mi ha trattato sul cassero.»

Lui esitò, rammentando Bracewell che le puntava la pistola alla tempia, e guardò con titubanza quegli imploranti occhi azzurri. Sarebbe stato facile credere alla loro innocenza.

«Mi spiace, Sophie» dichiarò, «ma vostro zio è morto.»

Lei non batté ciglio. Stava forse per versare qualche lacrima? Era dilaniata dal dolore ma stava esercitando un sublime autocontrollo oppure aveva il cuore di pietra?

Rob non riusciva a decifrare quella donna straordinaria, che lo spaventava ed eccitava in egual misura.

Ma quegli occhi non avevano mostrato alcuna compassione osservando Angus ricevere quattro dozzine di frustate o le giovani schiave nella Thebes Plantation stuprate dagli ufficiali della *Perseus*. Avevano retto lo sguardo di Rob mentre lei tormentava Phoebe durante la cena. Quel viso dolce come miele era imbevuto di sangue e crudeltà.

Rob si staccò di dosso le mani di Sophie.

«Chiudila a chiave in una delle cabine degli ufficiali» chiese ad Angus. «Assicurati che non le capiti nulla, la faremo sbarcare a Port Royal.»

«Ma cosa ne sarà di me?» gridò lei. «Sarò povera e sola, là non ho nessun amico.»

«Credo che ve ne farete facilmente» ribatté Rob. «Possedete un autentico talento in questo campo.»

Angus la trascinò via, ma prima che raggiungessero la porta Rob notò che lei stringeva in mano un involto, che aveva ghermito senza farsi notare, furtiva come un borsaiolo di Limehouse. Lo teneva nascosto nelle sottovesti, ma era troppo grande per poterlo celare completamente. Sembrava un fascio di documenti avvolto in carta oleata.

«Datemelo» le ordinò.

Sophie se lo strinse al petto, con forza.

«Nemmeno voi potreste essere tanto scortese da privarmene. Sono solo alcune lettere private, l'unica proprietà che mi rimanga.»

Rob avrebbe potuto anche crederle, ma, con i molti altri pensieri che aveva per la testa e due navi da comandare, la parola «proprietà» fu come un fuoco d'artificio che gli illuminasse il cervello. Sapeva cosa intendevano persone come Bracewell e Sophie quando dicevano di possedere qualcosa. E capì cosa conteneva quell'involto.

«Datemelo» ripeté, poi glielo strappò dalle mani. «Se racchiude qualcosa di natura privata potrete riaverlo più tardi.»

Il viso di Sophie si contorse in una maschera di rabbia e a un tratto lei non parve affatto bella.

«Mi avete rovinato!» strillò. «Non mi rimane nulla.»

«Presumo che erediterete la tenuta di vostro zio» ribatté Rob, «a meno che i beni di un traditore della patria non vengano confiscati.»

«La piantagione non serve a nulla, senza schiavi che vi lavorino.»

«In tal caso forse dovrete sporcarvi voi le mani.» Lui notò l'aria sgomenta di Sophie. «Avete ancora la vostra libertà, è più di quanto abbiate mai concesso a chiunque altro.»

Prima che lei potesse discutere Angus la spinse fuori dalla porta e Rob la sentì gridare maledizioni mentre si allontanava lungo il corridoio.

«Dammi il coltello» chiese a Scipio.

Tagliò la carta oleata e aprì l'involto, trovandovi vari fasci di documenti ordinatamente legati da nastri.

Lesse il primo foglio.

*Il presente atto certifica che un negro di nome Ulisse, dell'età di circa 7 anni, è stato debitamente registrato come appartenente a Hezekiah Bracewell.*

L'inchiostro marrone sui documenti aveva assunto il colore del sangue secco. Rob si sentì contaminato al solo toccarli. Erano strumenti di tortura non meno delle catene, delle fruste e dei ferri da marchiatura nella tenuta. Erano gli arnesi utilizzati da uomini come Bracewell per non sporcarsi le mani, per scimmiottare le buone maniere di rispettabili uomini d'affari mentre traevano profitto dal commercio più barbaro e cruento mai inventato. Ogni foglio di carta rappresentava una vita, un essere umano che sarebbe stato costretto a sanguinare e soffrire e, se necessario, morire per garantire un guadagno a qualcun altro.

Rob rovistò fra i certificati finché trovò quello che cercava, poi lo passò a Scipio.

Scipio fissò il documento con un misto di emozioni sul viso. Rob si era aspettato di vederlo felice o grato, invece nella sua espressione lesse solo odio.

«Parla apertamente» disse Angus, appena rientrato nella cabina. «Il capitano Courtney ti ha liberato.»

Il volto di Scipio si indurì e lui appallottolò il foglio prima di gettarlo fuori dall'oblò di poppa con i vetri rotti.

«No» dichiarò in tono risoluto. «Io ho liberato me.»

«Degli uomini coraggiosi sono morti per consentirti di essere libero. Loro non contano?»

Rob posò una mano sul braccio di Angus, capendo benissimo cosa intendesse Scipio.

«Non è questo che vuole dire» spiegò. «Un uomo non è meno di un uomo solo perché lo afferma un pezzo di carta. È un uomo grazie alle proprie azioni.»

Scipio annuì. Strinse vigorosamente la mano a Rob e lo guardò dritto in faccia, non con gratitudine o aria di sudditanza, ma come un guerriero che ne fissa un altro.

«Sei mio fratello» dichiarò.

«E tu il mio.»

Angus sbuffò. «Credo che questo significhi che io sono

imparentato con entrambi.» Diede una pacca sulla schiena a Scipio. «Quali che siano le battaglie future le combatteremo insieme, giusto?»

«Giusto.»

Rob consegnò il fascio di documenti a Scipio.

«Cerca quelli relativi alle persone della Thebes Plantation o a quelle che sono fuggite. Bruceremo tutti gli altri.»

Posò su un tavolino le altre carte contenute nell'involto, anch'esse orrende proprio per la loro banalità: erano ricevute, atti di vendita, certificati di proprietà, elenchi di prodotti che avrebbero potuto appartenere a un qualsiasi commissario di bordo o mercante, solo che i prodotti in questione erano esseri umani.

La sua attenzione fu attirata da una lettera la cui carta era lacerata da rabbiosi colpi del pennino, come se fosse stata becchettata da uno stormo di corvi. La grafia disordinata appariva molto diversa da quella degli anonimi impiegati che compariva sui documenti relativi agli schiavi.

La prese, notando il massiccio sigillo che recava, e abbassò lo sguardo sulla firma in calce. Rimase talmente sconcertato da lasciar quasi cadere il foglio.

Qualcuno bussò alla porta, poi comparve il viso di Thomas, bianco come gesso.

«Che cosa c'è?» chiese Rob.

«Si tratta di Mr Coyningham, signore.»

Nella foga della battaglia e subito dopo la vittoria Rob aveva scacciato dalla mente il pensiero di Coyningham, considerandolo un problema di cui occuparsi in seguito.

«Che cosa vuole, adesso?»

Thomas deglutì. «È morto, signore.»

«Morto?»

«Si è ucciso.» Il ragazzo tremò, sembrava sul punto di vomitare. «Si è sparato in testa. Uno spettacolo orribile, signore. Le sue cervella sono sparse in tutta la cella.»

Angus andò a cingergli le spalle con un braccio, un istante prima che Thomas svenisse.

«Vieni, ragazzo, sei sconvolto. Dovresti bere un goccetto.»

Angus tolse il tappo a un decanter di brandy sistemato su una mensola fissata alla parete, poi ne versò una dose generosa nella gola di Thomas, le cui guance ripresero subito colore.

Scipio rimase impassibile. Rob lo guardò di sottecchi. Era davvero strano che Coyningham si fosse sparato. Quando lo avevano rinchiuso nella cella era disarmato e ammanettato. Nella confusione seguita alla battaglia non sarebbe stato difficile per qualcuno sgattaiolare laggiù con una pistola carica. Scipio, in particolare, avrebbe avuto un valido motivo per farlo: era stato Coyningham a restituirlo a Bracewell dopo che Tew era rimasto ucciso.

Rob scacciò il sospetto. A bordo della *Perseus* c'erano parecchi uomini che nutrivano del rancore verso Coyningham e uno qualsiasi di loro poteva aver approfittato dell'occasione. Lui non avrebbe mai scoperto la verità e la cosa non aveva alcuna importanza. Quel giorno erano morti uomini migliori di Coyningham.

«Lavate la cella» ordinò Rob, «prima che il suo sangue attiri tutti i ratti sulla nave.»

Thomas annuì, poi se ne andò. Rob prese il decanter e bevve qualche sorso a collo, sentendo a stento il bruciore nella gola causato dall'alcol.

«Sei un uomo pericoloso da intralciare, Robert Courtney» disse Angus. «Tutti i tuoi nemici sono morti e sconfitti.»

Rob supponeva che fosse vero, pur non traendone alcuna soddisfazione. Riprese la lettera esaminata poco prima, meravigliandosi di nuovo per la firma in calce.

«Non tutti, in realtà.»

Il presidente del Board of Trade and Foreign Plantations occupava una sontuosa serie di stanze nel Palazzo di Westminster, come si addiceva all'importanza del suo ruolo. Tutti i commerci dell'impero scorrevano sotto il suo sguardo e i membri del parlamento, che ne ricavavano anch'essi esorbitanti profitti, erano generosi nel dimostrargli la loro gratitudine.

Christopher Courtney, l'attuale Barone di Dartmouth, godeva del proprio potere. Il suo appartamento aveva lo scopo di attestare la sua autorità e intimidire chiunque ne varcasse la soglia. Un visitatore doveva attraversare ben tre anticamere, ognuna sorvegliata da un impiegato dallo sguardo più raggelante e temibile del precedente, prima di essere ammesso nella stanza più vasta di tutte. Dartmouth aveva una scrivania ampia come un letto, una sedia dallo schienale alto che gli lasciava il viso in ombra e, sulla parete, trofei provenienti dai suoi lontani domini. Il posto d'onore era occupato dalla sua più recente e preziosa acquisizione, a lui più cara di qualsiasi altro oggetto presente nella stanza.

La spada Nettuno.

Era appesa sopra l'enorme mensola del caminetto in marmo, di fronte alla scrivania di Dartmouth, che quindi l'aveva sempre sott'occhio. Poggiava su supporti rivestiti di velluto, con due lampade montate sui lati in modo che l'oro sfavillasse e lo zaffiro nel pomo brillasse come il mare in una giornata estiva.

Si era a metà pomeriggio e la luce del sole entrava copiosa dalle alte finestre affacciate sul Tamigi. Il parlamento non era in sessione, quindi il palazzo era deserto e silenzioso. Lui lo preferiva così. Era più facile lavorare senza che dei babbei lo interrompessero con richieste ossequiose e domande stupide, chiedendo l'importo delle imposte sullo zucchero o perché la Gran Bretagna non stesse conseguendo più vittorie nel corso della guerra in America.

Sapeva perché il conflitto non aveva l'andamento sperato: era merito suo. Era successo tutto quello che lui aveva progettato in quello stesso ufficio.

Eppure non riusciva a riposare tranquillo. Nelle ultime settimane aveva aspettato di ricevere dalle colonie la notizia che l'atto finale, la chiave di volta del suo piano, si era compiuto. Ogni lettera, ogni messaggero, gli causavano un parossismo di speranza e preoccupazione.

Un impiegato bussò alla porta, un uomo macilento e dal viso affilato che non avrebbe esitato a prendere a calci un ministro di gabinetto come fosse un cane randagio, se il suo principale fosse stato impegnato. Ma adesso aveva un'aria titubante.

«Sì?» disse bruscamente Dartmouth, più irascibile del solito a causa dell'ansia.

«Il tenente Hugo Lyall desidera vedervi.»

Il barone picchiò la mano d'oro sulla scrivania.

«Fallo entrare, dannazione a te. Che cosa stai aspettando?»

Poi si rese conto di una cosa.

«Ma Lyall non è un ufficiale.»

L'impiegato si strinse nelle spalle. «Indossa l'uniforme di un tenente della Royal Navy.»

Si trattava senza dubbio di un'affettazione che il giovane donnaiolo aveva adottato nelle Indie Occidentali. Dartmouth era troppo impaziente per riflettere sulla questione.

«Mandalo qui.»

Il visitatore passò accanto all'impiegato dall'aria acida e lo urtò senza scusarsi.

«Mr Lyall» annunciò l'uomo, subito prima di lasciare la stanza.

Si richiuse la porta alle spalle e, nella fretta, non notò che la chiave non si trovava più nella serratura esterna.

Mentre l'uscio si chiudeva Rob l'aveva afferrata e se l'era infilata nella tasca della giacca dell'uniforme. Faceva troppo caldo per portare indumenti così pesanti e il tricorno che si era abbassato sulla fronte, ma la divisa giustificava la presenza della spada fissata alla sua cintura.

«Vi aspetto da tre settimane» sbottò Dartmouth. Non vedeva Hugo Lyall da mesi e lo rammentava a stento, visto che non si prendeva il disturbo di ricordare creature tanto insignificanti. Aveva la sensazione che il giovane sembrasse più prestante rispetto al passato, ma forse si era irrobustito durante i suoi viaggi. Il viso era parzialmente nascosto dal cappello. «Quali sono le notizie dalla Giamaica?»

Rob, intento a fissare la spada Nettuno, non rispose.

«Allora?» chiese bruscamente il barone. Erano passati quasi cinquant'anni dall'ultima volta in cui qualcuno lo aveva ignorato, figurarsi un giovane inesperto come quello.

Quando vide Rob staccare la spada dal muro divenne paonazzo, strabuzzò gli occhi e la vena sul suo collo cominciò a pulsare. Nessuno aveva mai osato compiere un gesto così insolente davanti a lui.

«Rimettetela subito al suo posto» ordinò con voce tremula, «prima che io chiami i miei uomini e vi faccia arrestare.»

Rob si voltò verso la porta e, con un movimento rapido, infilò la chiave nella serratura per poi girarla. Senza lasciare a Dartmouth il tempo di reagire raggiunse il centro della stanza, sempre stringendo l'arma, e si tolse il tricorno per mostrare il proprio viso.

«Ora lasciate che vi riferisca le notizie dalla Giamaica» disse.

«Voi non siete Hugo Lyall» replicò l'altro, assalito da un misto di collera e sconcerto.

«Lyall è morto. Bracewell è morto. I francesi sono stati sconfitti. Le Indie Occidentali sono al sicuro.»

«Che cosa? Come?» Le notizie si erano susseguite così velocemente che Dartmouth riusciva a stento a parlare. «Chi siete?»

Rob gettò il cappello in un angolo e si drizzò in tutta la sua statura, con aria di sfida.

«Sono Robert Courtney, il vostro pronipote.»

Dartmouth sentì le costole premergli sul cuore e il colletto minacciare di strozzarlo. Il sudore gli gocciolò sul viso, nella stanza faceva troppo caldo.

Ma aveva affrontato nemici ben più terrificanti di quel ragazzo. Loro erano morti e lui era sempre emerso dallo scontro più potente di prima. Si costrinse a respirare più lentamente, a concentrarsi sull'interlocutore. Non esisteva uomo al mondo che non avesse un punto debole e non esisteva uomo al mondo capace di sfruttare la cosa meglio di Dartmouth.

Inoltre non era inerme come sembrava.

«Avete reso un enorme servigio al nostro paese» affermò, sfregandosi la mano d'oro. «Mi congratulo con voi per avere salvato dai francesi le nostre colonie che producono zucchero. Sono sicuro che riuscirò a fornirvi un adeguato pegno della mia gratitudine.»

«Il *nostro* paese?» ripeté Rob. «Voi avete cospirato con i nostri nemici, eravate pronto a vendere le colonie al miglior offerente. Meritate che la vostra testa venga infilzata su una picca sopra il London Bridge.»

«Questa è un'oltraggiosa calunnia.»

«Ne ho le prove.»

«Impossibile.»

Rob gli mostrò la lettera. La rabbiosa grafia vergata da una mano sinistra risultava inconfondibile anche vista dal capo opposto dell'ampia scrivania.

«Come ne siete entrato in possesso?» chiese il barone, con il battito cardiaco nuovamente accelerato.

*Concentrati.* Avrebbe avuto soltanto una chance.

Si allungò sopra la scrivania, tendendo una mano come un mendicante verso l'elemosina.

«Datemela.»

Rob la tenne al di fuori della portata dell'uomo.

«Se la renderò pubblica verrete impiccato per tradimento.»

«Chi oserebbe mai farlo?» replicò Dartmouth, sprezzante. «Solo il parlamento può incriminarmi e in questo palazzo non c'è nessuno che non sia in debito con me.»

«Davvero?» chiese Rob. «Ho sentito dire che in parlamento c'è un gruppo di uomini accomunati dalla loro strenua opposizione alla schiavitù. Vi impedirebbero sicuramente di nascondere tutto questo.»

«Scempiaggini.»

«Stiamo perdendo la guerra in America» affermò Rob, «e l'opinione pubblica reclama un capro espiatorio. Se si venisse a sapere che il presidente del Board of Trade and Foreign Plantations ha cospirato con i nostri nemici potreste scoprire che i vostri amici non sono leali come pensate.»

Il barone, che si era calmato e respirava in modo più regolare, unì i polpastrelli, oro contro carne.

«Mi offrite un'alternativa?»

«Gli abolizionisti a cui accennavo hanno proposto di dichiarare illegale il commercio di schiavi in tutto l'impero britannico.»

«Sono dei pazzi» commentò Dartmouth. «Il parlamento non approverà mai quella mostruosa proposta di legge. Loro non riuscirebbero a ottenere nemmeno una mezza dozzina di voti.»

«Verrebbe approvata se voi usaste la vostra influenza per appoggiarla.»

Il silenzio calò sulla stanza, dove il pulviscolo vorticava nelle lame di luce solare. Dartmouth guardò la lettera, la spada e il volto implacabile di Rob.

«È questo il prezzo che chiedete?»

«Sì, oltre alla spada Nettuno.»

«E in cambio mi restituirete la lettera e non ne farete parola con anima viva?»

«Non appena il re firmerà la legge.»

Il barone annuì lentamente. Fissò la scrivania, come se fosse in preda a un tormentoso dilemma interiore, e si passò il pollice lungo un lato della mano posticcia.

Alzò la testa e guardò negli occhi Rob.

«Accetto le vostre condizioni.»

Rob rimase sbalordito. Non aveva quasi osato sperare di riuscire nel suo intento, figurarsi sperare che Dartmouth si arrendesse così facilmente. Pensò alle decine di migliaia di africani che non avrebbero più patito i tormenti che uomini come Bracewell potevano infliggere. Era al settimo cielo, aveva vinto.

Il barone gli rivolse un sorriso benevolo mentre notava la sua soddisfazione, poi si alzò e gli porse la mano destra d'oro.

«Siamo una famiglia, Robert. Non dovremmo essere nemici.»

Rob esitò. Non si fidava di quell'uomo, ma era euforico per il successo ottenuto. Inoltre sapeva che quello scisma all'interno della famiglia aveva rappresentato il più grande rammarico di suo nonno. Finalmente si presentava l'occasione di porvi rimedio.

*E questo,* pensò Dartmouth mentre premeva il pollice sul fermo nascosto nella mano posticcia, *è il punto debole del ragazzo. Un punto debole fatale. Lui non riesce a vedere al di là della famiglia.*

In India aveva scoperto un'arma chiamata *bagh nakh*, l'artiglio della tigre, un alto anello che copriva un intero dito e dal quale si poteva far spuntare grazie a una molla, a distanza ravvicinata e con effetti letali, un corto coltellino affilato come un rasoio. Dartmouth lo aveva usato più di una volta. Quando si era fatto confezionare la mano artificiale aveva chiesto all'orafo di inserirvi un meccanismo simile che gli consentisse di far sbucare una lama sottile da sotto l'unghia dell'indice.

Rob posò la spada Nettuno sulla scrivania e gli strinse la mano. Dartmouth torse il polso per far scattare la molla nascosta dentro la mano d'oro e la lama scivolò fuori, tagliando la carne del giovane e puntando verso l'arteria.

Ma Rob, molto meno ingenuo di quando era arrivato a Londra per la prima volta, non aveva abbassato la guardia. Aveva notato la brama e il lampo di impazienza sul volto dell'uomo, e aveva percepito la vibrazione del meccanismo che entrava in azione. Quando la lama schizzò fuori lui aveva già cominciato a ritrarre la mano per cercare di prendere la spada.

Il sangue gli sgorgò dal polso, dove la lama era penetrata a fondo, senza però raggiungere l'arteria. Dartmouth capì subito che la ferita non sarebbe stata fatale e infilò la mano nel cassetto della scrivania. Persino nel Palazzo di Westminster teneva sempre vicina una pistola carica e pronta a sparare.

Sollevarono all'unisono le rispettive armi, la spada Nettuno e la pistola, fronteggiandosi dai lati opposti della scrivania.

Rob esitò, il barone no. Premette il grilletto.

Con la pistola che distava solo due piedi dal petto del giovane, lui non poteva certo mancarlo. Rob sentì il calore delle fiamme sgorgate dalla canna e il pizzicore quando granellini di polvere da sparo lo colpirono al volto. Quasi nello stesso istante avvertì l'impatto sul torace.

In seguito avrebbero raccontato che in quella frazione di secondo Rob aveva mosso la spada Nettuno per bloccare la pallottola e sarebbe nata la leggenda che lo presentava come uno spadaccino talmente abile da poter colpire un proiettile con la stessa facilità con cui scacciava una mosca agitando la mano.

La verità era che non ebbe affatto il tempo di reagire e meno che meno di muoversi. Ma grazie a un colpo di fortuna o al fatto che Dartmouth stava fissando così intensamente la spada da mirare a quella, la lama si trovò sul tragitto della pallottola, che la centrò e vi rimbalzò sopra senza ferire nessuno.

Aveva però causato dei danni. La lama d'acciaio sopravvissuta a un migliaio di battaglie era vecchia di duecento anni e non poteva reggere la forza d'urto di un proiettile sparato a distanza ravvicinata. Si spezzò in due. Una metà volò via, cadendo fragorosamente sul pavimento, mentre quella fissata all'elsa schizzò all'indietro e colpì Rob al petto.

Lui fissò orripilato la spada in frantumi. Dartmouth rimase ancora più sconvolto, con la bocca aperta come per urlare, anche se non ne uscì alcun suono. Aveva la pelle cerea e gli occhi strabuzzati mentre fissava l'unica cosa al mondo che avesse mai amato.

Rob non aspettò che l'uomo si ricomponesse né voleva scoprire quali altre armi avesse nascosto nel proprio studio. Afferrò l'elsa della spada e si lanciò in avanti.

Il moncone di lama, quasi affilato come la punta, tagliò agevolmente la giacca, la camicia e la pelle di Dartmouth, si infilò fra le costole e raggiunse la cavità toracica.

Il barone serrò le mani intorno all'impugnatura, senza però cercare di estrarla. Fissò la propria immagine riflessa in tutte le sfaccettature dello zaffiro nel pomo e aveva ancora gli occhi aperti quando, con un sospiro, si accasciò sulla scrivania. Il sangue infradiciò i suoi documenti.

Rob non ebbe il tempo di riflettere su ciò che aveva

appena fatto, sapeva che uno sparo nel Palazzo di Westminster sarebbe stato subito notato. Fuori dalla porta l'impiegato stava urlando e scuotendo vigorosamente la maniglia. Rob staccò le mani di Dartmouth dall'elsa della spada, gli sfilò la lama dal petto e recuperò l'altra metà dal pavimento, poi le avvolse entrambe in una grossa cartina che il barone aveva tenuto aperta su un apposito tavolo.

Si tagliò via la manica della camicia e se la legò intorno al polso per fermare l'emorragia, poi abbassò il polsino dell'altra per nascondere la cosa. Le grida fuori dalla porta avevano lasciato il posto ai forti tonfi causati dal tentativo di sfondarla. Fortunatamente Dartmouth, che teneva molto alla riservatezza, aveva insistito per averne una robusta.

Rob si lanciò fuori, spingendo da parte l'impiegato, poi richiuse l'uscio a chiave senza lasciargli il tempo di guardare all'interno.

«Che cosa ne è stato del Barone di Dartmouth?» chiese l'uomo. «Ho sentito uno sparo.»

«Dev'essere arrivato da fuori» replicò Rob, ma la sua menzogna non suonò affatto convincente. Coperto di bruciature di polvere da sparo e sangue, si diresse verso la porta dell'edificio prima che l'impiegato potesse fermarlo. Si sarebbe pensato che Hugo Lyall fosse stato l'ultima persona a vedere vivo Dartmouth, il che avrebbe tenuto al sicuro Rob per un po'. A testa bassa corse fuori dal Palazzo di Westminster.

Non riprese a respirare agevolmente finché non si ritrovò al sicuro fra la vegetazione di St James's Park, lontano dal palazzo governativo, e rallentò il passo sul vialetto ghiaioso per non attirare l'attenzione.

Phoebe, che lo stava aspettando, corse da lui e notò subito le sue ferite.

«Sanguini» disse.

«Non è niente.»

«E quello cos'è?» Phoebe sbirciò dentro la cartina arrotolata. «La spada si è rotta. Oh, Rob.»

«Le lame si possono forgiare di nuovo, rendendole più resistenti di prima.» Lui picchiettò un dito sulla spada che portava appesa al fianco. «Per il momento ho la mia arma, quella che mi sono guadagnato.»

La sua non era semplice spavalderia, l'orrore che aveva provato nel vedere la spada Nettuno spezzata si era stemperato. Dartmouth era morto e lui era vivo, che importanza avevano l'oro e l'acciaio, al confronto?

Phoebe trasse forza dalla sua calma.

«Hai del sangue sulla camicia nuova» gli disse in tono di rimprovero.

Rob scoppiò a ridere, felice di sentire allentarsi la tensione.

«Non sono fatto per andare in giro a pavoneggiarmi indossando uniformi eleganti. Le sporco sempre.»

«Allora mi terrai sicuramente impegnata, visto che dovrò lavarle io.»

Rob le cinse il mento con una mano e la guardò negli occhi.

«Non avrai bisogno di farlo. Sporcarsi le mani con lavori così umili non si addice alla moglie di un ufficiale.»

Phoebe si immobilizzò e sul suo viso l'incredulità si mescolò a una speranza che lui non sarebbe riuscito a sopportare, se non fosse stato sicuro di poterla tradurre in realtà.

«La *moglie* di un ufficiale?»

«Sì.»

Non era un'idea nuova né oziosa, Rob vi aveva riflettuto durante l'intero viaggio di ritorno dalla Giamaica. Avrebbe voluto chiedere a Phoebe di sposarlo prima, ma si era sentito in dovere di farlo solo dopo aver affrontato Dartmouth. Ormai non c'erano più ostacoli sulla sua strada.

Posò un ginocchio a terra.

«Sposami, Phoebe.»

Lei rimase in silenzio così a lungo che il cuore di Rob parve fermarsi. L'aveva forse mal giudicata? Si era illuso?

«È davvero possibile?» chiese Phoebe con un filo di voce.

«Mio nonno diceva sempre che il destino di un uomo è quello che lui scrive per se stesso. Vale anche per una donna. Se lo desideri, puoi diventare mia moglie.»

Lei lo tirò in piedi e lo abbracciò con foga.

«Sì!» esclamò. «Robert Courtney, sarò tua moglie per sempre.»

Le loro labbra si incontrarono nel bacio più dolce che lui avesse mai assaporato. Rimasero avvinghiati lì nel parco, ignari delle dame e dei gentiluomini che li fissavano nel passare. Rob sentì il futuro prendere forma nel contatto del corpo di Phoebe con il suo.

«Mr Courtney, signore?»

Il suono del suo nome rovinò l'atmosfera. Rob si staccò da Phoebe, portando istintivamente la mano alla spada. Era stato identificato? L'impiegato di Dartmouth aveva mandato degli uomini a catturarlo? Uccidere un pari del regno nel Palazzo di Westminster significava colpire il cuore stesso dell'establishment britannico. Se Rob avesse invocato l'autodifesa nessuno gli avrebbe creduto.

Ma a chiamarlo non era stato uno dei Bow Street Runners, i poliziotti londinesi, né una guardia a cavallo, bensì un giovane cadetto sui tredici anni con il viso brufoloso e una giacca di almeno due taglie troppo grandi per il suo corpo scheletrico.

«Mr Courtney?» ripeté, guardando con palese esitazione l'aspetto malconcio di Rob, che sembrava reduce da una battaglia.

«Come sapevi dove trovarmi?»

«Non lo sapevo. Mi stavo dirigendo verso i vostri alloggi quando vi ho riconosciuto grazie alla vostra... ehm... signora.»

Era più che probabile: non erano molti gli ufficiali che scortavano una donna nera in giro per St James's Park. Rob immaginava che avrebbe dovuto abituarsi a essere notato e sapeva che per Phoebe sarebbe stato molto peggio.

Si rese conto che il cadetto stava ancora aspettando.

«Allora? Di cosa si tratta?»

Il ragazzo gli mise in mano un involto di carta oleata.

«I vostri ordini, signore, spediti dall'ammiragliato.»

Rob ruppe il sigillo di cera sul pacchetto, ancora tiepido, e lesse il documento. I Lord dell'ammiragliato prendevano atto della sublime abilità marinaresca e dello straordinario coraggio da lui dimostrati, del suo eroismo nel catturare la *Rapace* e salvare il convoglio che trasportava rifornimenti nelle Indie Occidentali. In riconoscimento di tali sforzi chiedevano e ordinavano che Robert Courtney Esq. si recasse al più presto a bordo della nave da guerra *Viper* per assumerne il comando.

«Mi assegnano una nave tutta mia» disse Rob, non osando quasi credervi.

Continuò a leggere. Avrebbe dovuto unirsi alla flotta nella Manica, operando sulla costa francese per raccogliere informazioni segrete. Sarebbe stato un incarico pericoloso, ma non era quello a preoccuparlo.

«Vogliono che io vada in Francia» disse a Phoebe.

«Ci andrai» replicò lei.

Non era una domanda, però Rob esitò comunque. L'eco di un'affermazione di Bracewell gli si affacciò alla mente, parole crudeli che risultarono ancora più taglienti perché erano vere.

*Tutta questa guerra viene finanziata grazie allo zucchero, compreso ogni bottone sulla vostra uniforme, ogni granello di polvere da sparo e ogni brandello di vela su ogni nave.*

«Come posso difendere senza scrupoli di coscienza un impero costruito sulla schiavitù?»

Phoebe annuì. Per lei la schiavitù non era un'astrazione bensì vari anni della sua vita, innumerevoli e indicibili atrocità che le erano state inflitte, eppure quando parlò lo fece in tono pacato.

«La Gran Bretagna è ben più di questo, ecco perché Bracewell e tuo zio si sono rivoltati contro il loro stesso paese. Qui ci sono degli uomini nobili, uomini che si battono per la giustizia, e stanno già cambiando la situazione. Qui noi due siamo liberi di stare insieme, di amarci e scegliere di sposarci. Se oggi succede qui, un giorno, presto, succederà anche nelle colonie. Tu devi batterti per quel giorno e contro le nazioni che vogliono rendere per sempre schiave le persone.»

Le parole di Phoebe lo calmarono, ma era ancora indeciso.

«Resterei per mare, lontano da casa, per vari mesi di

seguito. Sarebbe una vita piena di rischi. Non sarei un buon marito per te né un buon padre per i nostri figli.»

«Non saresti un buon marito o un buon padre se rimanessi sulla terraferma, come un leone intrappolato nella sua tana.» Phoebe si strofinò il volto. «Ti ho osservato, Robert, e ti ho visto davvero felice solo quando eri per mare con i tuoi uomini.»

«Sono stato davvero felice solo quando mi sono svegliato fra le tue braccia» ribatté lui, cingendole la vita. «Inoltre mi hai visto sulla terraferma soltanto mentre venivo inseguito dai ribelli o attaccato dai francesi. La vita non è sempre così.»

Phoebe gli rivolse un sorrisetto ironico. «Credo che per te lo sia più spesso che per altri uomini.»

Il cadetto, che per discrezione si era spostato un po' più in là ma era ancora in attesa con aria imbarazzata, tossicchiò.

«Devo portare una risposta all'ammiragliato?»

Rob toccò di nuovo l'elsa della spada, percependone la forza e la potenza. Phoebe aveva ragione, quella era la vita che era nato per vivere.

«Riferisci che mi dirigerò subito alla volta di Portsmouth.»

Il ragazzo annuì e corse via. Rob lesse di nuovo la propria nomina a comandante, illuminandosi in volto per la gioia. Una nave tutta sua.

«Dovrò abituarmi a sentirti chiamare capitano Courtney» disse Phoebe.

«Ha un suono piacevole» ammise lui.

«Scipio e Angus si trovano già a Portsmouth» aggiunse lei. «Hanno indovinato dove ti avrebbe spedito l'ammiragliato.»

«Come al solito sono l'ultimo a scoprire quale sarà il mio futuro» affermò Rob con simulata esasperazione. «Presumo che si siano già offerti di far parte dell'equipaggio della *Viper*, giusto?»

Phoebe abbassò lo sguardo. «Ti conviene raggiungerli prima che fomentino un ammutinamento.»

«Infatti» concordò lui, «ma non posso partire prima di essermi sposato.»

«Hai promesso all'ammiragliato di andare subito a Portsmouth» gli ricordò lei.

«Possono aspettare un altro po'.» Rob le strinse delicatamente la vita con un braccio. «Inoltre ci servirà del tempo per la luna di miele.»

«Non è certo il modo migliore di iniziare la tua carriera di comandante» lo prese in giro Phoebe. «Sei un capitano da soli cinque minuti e già disobbedisci agli ordini.»

«È il modo migliore di iniziarla, invece.»

La prese a braccetto, poi attraversarono il parco e risalirono la collina, puntando verso il trambusto di Piccadilly. Attirarono lo sguardo di alcuni passanti, ma non numerosi come Rob si era aspettato. A Londra i neri rappresentavano uno spettacolo consueto, migliaia di loro abitavano in città, uomini e donne che vivevano la propria esistenza come chiunque altro. Chi poteva stabilire di chi dovessero innamorarsi?

Quella, in fondo, era libertà.